Adriano Todaro

Dalla parte
del torto

Zero Book
2023

Titolo originario: Dalla parte del torto / di Adriano Todaro

Questo libro è stato edito da ZeroBook: www.zerobook.it.

Prima edizione: Novembre 2023

ISBN 978-88-6711-228-9

Controllo qualità ZeroBook: se trovi un errore, segnalacelo!

Email: zerobook@girodivite.it

Grafica: ZeroBook

Copertina: disegno di Beatrice Turra

Poesia: Adele Fossati

Revisione testo: Caterina D'Angelo

Storia e personaggi di questo libro sono frutto di invenzione narrativa dell'autore anche se la vicenda fa riferimento a fatti storici. Ogni riferimento, al di fuori di tali fatti, è da considerarsi puramente casuale e frutto dell'immaginazione dell'autore. Pur tuttavia, molte vicende narrate in questo libro hanno attinenza con la cronaca politica e sociale del nostro Paese e non solo. Come avviene spesso, infatti, la realtà supera di molto la fantasia.

Personaggi principali in ordine di apparizione

Mbdao, profugo senegalese

Karim, amico ghanese di Mbdao

Gaetano Maugeri, Tanuzzo, medico

Nunzia, sua moglie

Saro, padre di Gaetano

Carmelina, madre di Gaetano

Augusto Roscini, ex professore di liceo

Sofia Egle Arnaboldi, proprietaria residenza "Il Dolce Sorriso"

Arturo Pontiggia, magistrato

Enrico Carati, giornalista

Francesca Pozzi, infermiera

Stefano Ercolani, direttore quotidiano *Unità a sinistra*

Matteo Sinatra, vice di Ercolani

Claudio Borghesi, amico di Carati

Manuela Di Battista, avvocata di Carati

Alfonso Fadda, giudice monocratico

Lorenzo Gallarini, Pm

Silvana Crippa, redattrice giudiziaria

Saro, figlio di Gaetano

Sandro Pelucchi, proprietario della Sapelu Farmaceutica

Otello Mengogni, direttore de *Il nuovo milanese*

Fabiana Roma, vicedirettrice de *Il nuovo milanese*

Giovanna Scalzi, commissaria capo Squadra mobile

Benedetta, ragazza di Enrico

Fratel Achille Pratini, il frate amico dei senza-casa

Attilio Mancini, collega di Enrico

Lorenzo Salvati, dirigente Sapelu e marito di Fabiana Roma

Valter Orsini, presidente della Scf Invest e proprietario de "Il Dolce Sorriso"

Carlo Vailati, l'uomo che ordina

Ignazio Aversente e Gigino Sapia, spezzaossa, "prestati" dalla 'ndrangheta

Keba Ndiaye, padre di Mbdao

Adaliya, madre di Mbdao

Mali, sorella di Bbdao

Babacar, fratello di Mbdao

Graziosa, moglie di Sandro Pelucchi

Angelo Sorrenti, caporedattore

Italo Bonvissuto, responsabile Cdr

Yusef, ghanese, mentore di Mbdao e Karim

Fausto Infascelli, giornalista, sostituto di Carati

Lorenza, collaboratrice di fratel Achille

Giordano Cervia, marito di Silvana Crippa

Rosetta, vicina di casa di Enrico

Zeta, comandante, ex Servizi segreti

Franco Delmasso, detto "Siringa", drogato

Ettore Borsani, capitano dei carabinieri

Riccardo De Santis, questore

In attesa, Lui, il mio eroe,
mente al giudice istruttore,
mente benissimo: ecco, dunque,
il suo trionfo, potrà godersi
i frutti della sua scaltrezza. Senonché...

Fëdor Dostoevskij

PROLOGO

Borgo Tressanti-Cerignola (Foggia), estate 2000

Correva a perdifiato.

La gola in fiamme, riarsa dalla fatica e dal terrore di essere raggiunto. Ha 25 anni Mbdao e molta paura. Proviene dal Senegal e ha paura, paura di fare la fine di Karim, l'amico ghanese. Mbdao ha 25 anni, ha tante paure non ultima quella di non riuscire a raggiungere la sorella a Londra. Per questo sta correndo con tutte le forze che dispone. Non sa dove si stia dirigendo, l'importante è allontanarsi dal quel posto terribile, dagli uomini che lo inseguono. Deve tentare di andare verso Nord, raggiungere Milano e poi, con mezzi di fortuna, cercare di arrivare a Londra. Questo dopo. Ora deve cercare di non essere catturato dai caporali italiani e romeni che lo stanno inseguendo. Sentiva, dietro di lui, le voci gutturali degli inseguitori, una strana parlata, un misto di dialetto pugliese, rumeno, italiano. Gli inseguitori erano armati e se lo avessero raggiunto, senza dubbio gli avrebbero sparato e ucciso così come avevano fatto con Karim poche ore prima.

Ormai sta albeggiando. Mbdao era stanco, sta correndo da ore. Gli inseguitori, a un certo punto, sembrava si fossero fermati. Invece erano semplicemente tornati nel ghetto e preso un pickup. Lui si era infilato in una condotta puzzolente, come un topo, come un ratto spaventato. C'era del liquido melmoso nella condotta ma non era questo a preoccupare Mbdao, quanto piuttosto quegli uomini che non abbandonavano la caccia. La caccia a lui, armati di fucili, come se fossero a un safari. La caccia a lui, al topo di fogna come spesso veniva chiamato dai caporali italiani, per incitarlo a lavorare più in fretta, per raccogliere più pomodori.

Tutto era cominciato la sera prima. Mbdao era stato uno dei capi della protesta contro lo sfruttamento di quel lavoro, contro quella vita cui erano costretti i lavoratori immigrati, in maggioranza provenienti dall'Africa, per avere più diritti, una paga regolare, protezioni contro i pesticidi che utilizzavano per le colture, un posto dove vivere con dignità. Fino a quel momento Mbdao viveva in uno dei tanti ghetti che erano sorti ai margini dei campi di pomodori, nel ghetto di Borgo Tressanti nelle campagne di Cerignola.

Mbdao, aiutato da Karim, era riuscito a convincere i lavoratori africani a riunirsi. Lo avevano fatto in una chiesa sorta vicino a Borgo Tressanti. Lì, assieme al prete, c'erano dei sindacalisti e volontari che cercavano di aiutare i migranti portando loro generi di prima necessità: materassi, vestiti, cibo. Mbdao era intervenuto per primo. Aveva raccontato di essere un insegnante di scuola elementare, di aver abbandonata famiglia e casa con l'obiettivo di raggiungere la sorella a Londra e lavorare in quella città. Poi aveva descritto l'ambiente disumano dove gli immigrati erano costretti a vivere. Nei container, aveva denunciato Mbdao, ci vivono 1.500 persone. «Per andare a raccogliere pomodori – *aveva continuato* – partiamo alle 4 del mattino, stipati nei furgoni. Lo sanno tutti questo, ma non interviene nessuno, né polizia e neppure la polizia locale, non c'è mai un controllo. Si fanno pagare più di 1,5 euro a persona e su ogni pulmino caricano ben 15 lavoratori. Su di noi guadagnano tutti, siamo sfruttati da tutti. Non abbiamo nessuna assistenza sanitaria, mangiamo poco e male e se ci ammaliamo dobbiamo, ugualmente, lavorare per non perdere la giornata. E così, oltre a sfruttarci, ci hanno tolto la dignità di uomini e la speranza».

I presenti avevano applaudito e incitato Mbdao a continuare. E il senegalese non si era tirato indietro. Aveva parlato delle paghe, della vergogna delle paghe degli africani dopo una giornata passata sotto un sole implacabile. «Gli uomini – *aveva proseguito Mbdao* – ricevono meno di 2,50 euro l'ora, le donne poco più di 1 euro e i bambini ancora meno. Uno scandalo, quello di far lavorare i bambini. Queste sono le paghe se si viene retribuiti a ore. Se, invece, si viene retribuiti a cassone, quello chiamato "Binz", che ha una capienza di 300 kg – *aveva aggiunto Mbdao* – vengono riconosciuti da meno di 4 euro a poco più di 5 euro. *Da qui l'esigenza, per Mbdao, di organizzarsi sindacalmente, di scioperare per migliori condizioni di lavoro.*

Dopo di lui erano intervenuti altri africani, poi il sacerdote che aveva sottolineato che la Chiesa sarebbe stata dalla loro parte e un sindacalista.

Questi aveva descritto cosa ci stava dietro la raccolta del cosiddetto "oro rosso", il pomodoro. «Nel Foggiano – *aveva esordito* – sono quasi 17 mila gli ettari che ogni anno vengono utilizzati per la coltivazione del pomodoro, realizzando così il 30-40 per cento di tutto il prodotto italiano. Da qui l'esigenza di riuscire a organizzare sindacalmente i lavoratori, la maggior parte di essi africani. Tra Puglia e Basilicata, il sindacato ha censito tra i 18 e i 19 mila braccianti impiegati nella raccolta dei pomodori, mentre si parla di un fatturato che rappresenta il 10% di tutto il Pil criminale italiano. Oltre a questo ci sono i soldi pubblici, molti soldi pubblici, i fondi europei su cui i clan mafiosi ci mettono le mani. E si truffa anche l'Inps, con contratti inesistenti».

L'assemblea si era conclusa con una serie di punti precisi, di obiettivi da raggiungere. Poi gli africani avevano abbandonato la chiesa ed erano tornati nel loro ghetto, commentando fra loro l'esito di quella anomala riunione. Erano perfettamente consapevoli che ci sarebbero stati delle ritorsioni nei loro confronti, ma nello stesso tempo ben convinti che in quel modo non era più possibile andare avanti, che fosse necessaria una dimostrazione, per costringere i padroni a trattarli in modo più umano. Anche Mbdao e Karim erano consapevoli del pericolo cui andavano incontro. Loro erano stati i più risoluti alla denuncia e, quindi, si dovevano aspettare ritorsioni da parte dei caporali e dei mafiosi che li comandavano.

E la ritorsione era venuta puntuale, la notte seguente. Il container dove dormivano Mbdao e Karin era uno dei più piccoli: ci dormivano 30 persone. Attorno alle 2 di notte, mentre gli africani dormivano le ultime ore di sonno prima della sveglia fissata per le 4, erano entrati nel container quattro persone armate di fucili a pompa e avevano cominciato a sparare. Sparato a colpo sicuro verso i giacigli di Karin e Mbdao. Karim era stato subito colpito, mentre Mbdao nella confusione che era seguita agli spari, era riuscito, in modo fortuito, a sgattaiolare fuori e correre, correre il più presto possibile lontano da quel ghetto. Pensava a questo Mbdao, mentre era infilato nella condotta ammorbante, in attesa che i caporali si allontanassero. Doveva abbandonare quelle campagne e lo doveva fare presto.

Prima parte

CAP. 1 – Niente succede per caso

Longone al Segrino, provincia di Como, marzo 1988

N iente succede per caso. Pensava a questo il dottor Gaetano Maugeri detto Tanuzzo mentre, in auto, si recava alla residenza anziani "Il Dolce Sorriso" che stava in Brianza, sul piccolo lago del Segrino, in provincia di Como. No, niente succede per caso, pensava. E, soprattutto, pensava alla sera precedente quando aveva rifatto, per l'ennesima volta – con Nunzia, sua moglie – i conti, quei maledetti conti che non tornavano mai. Ragionavano sull'esigenza di acquistare una casa, una casa tutta loro, così da poter programmare anche la nascita di un bambino. A Tanuzzo, quel fatto di dover programmare anche la nascita del figlio, dava alquanto fastidio, ma Nunzia era stata inflessibile: in quei due locali un figlio non ci stava. Per suo figlio voleva una cameretta dedicata. Necessario, quindi, cambiare abitazione, cercare una casa più ampia dove fare crescere il loro figlio nel migliore dei modi. E, proprio quella sera, mentre erano intenti a rifare, per l'ennesima volta, i conti, era suonato il campanello. Chi poteva essere? Non aspettavano nessuno e, in realtà, non conoscevano tanta gente. In quel paesotto, a Canzo – poco più di 5 mila abitanti – erano arrivati da pochi mesi. Scelto perché lei, Nunzia, era stata assegnata alle scuole elementari, dove insegnava. Gaetano era andato ad aprire e si era trovato davanti il suo padrone di casa, Amilcare Frigerio.

– Ah, buona sera signor Amilcare, aveva bisogno di me?

– Beh, sì... insomma, avrei bisogno di parlarle... se non disturbo.

Amilcare sembrava timoroso, in difficoltà, titubante. Gaetano l'aveva invitato a entrare.

– S'accomodi Amilcare, qual è il problema?

– No... non voglio disturbare, preferisco rimanere in piedi.

Nunzia, intanto, aveva cominciato a sparecchiare la tavola e aveva domandato al padrone di casa se gradiva un caffè. Un'offerta subito rifiutata.

– Ecco... dottore. Ci sarebbe la questione della pigione... sa non per dire, ma con i tempi che corrono... aumenta tutto e noi... sì, insomma non ci stiamo dentro più, sono costretto ad aumentarle il canone... dopotutto sono due anni che...

– ... senta signor Amilcare. Noi siamo in affitto appunto da due anni e lei e sua moglie, quando abbiamo stipulato il contratto, ci avevate assicurato che per quattro anni l'affitto non sarebbe stato ritoccato... non è possibile rimangiarsi il tutto...

– ... ha ragione, è vero, ma non ce la facciamo e poi sa ho una figlia che si deve sposare e se lei non accetta l'au-

mento sono costretto a mandarla via e sistemare mia figlia al suo posto che ha bisogno di una casa.

– Se invece accetto l'aumento, sua figlia non ha più
bisogno della casa?

– Non la metta in questo modo... io... ma mia moglie e
poi abbiamo problemi. O accetta l'aumento del canone
oppure deve lasciare l'appartamento... mi dispiace!

Nunzia era tornata dalla piccola cucina e aveva ascoltato l'ultima parte del dialogo fra il marito e Amilcare. Era
intervenuta in modo deciso, alzato la voce, inveito nei confronti del padrone di casa. Non c'era stato nulla da fare. O
pagavano o sarebbero stati sbattuti fuori casa. Certo, si
poteva sempre denunciare il tutto, attendere le lungaggini
della giustizia, trovare un avvocato... Solo pensarci a Nunzia veniva la nausea e non certo perché fosse incinta. Anzi,
a questo punto il desiderio di avere un figlio si allontanava
sempre più.

Sì, pensava Gaetano, mentre guidava la Fiat Uno di seconda mano, niente succede per caso. Stavano facendo i
conti ed ecco l'arrivo di Amilcare con la richiesta dell'aumento dell'affitto. L'unica cosa che aveva ottenuto era stata quella di una proroga di due mesi. Dopo tale periodo, o
pagavano o si sarebbero dovuti cercare un'altra abitazione.

Intanto era arrivato al "Dolce Sorriso". Come al solito
aveva parcheggiato nella zona riservata ai medici e poi si
era diretto all'entrata della residenza, salendo una maesto-
sa scalinata. La villa, poi riadattata a residenza per anziani, era stata, nel passato, una delle tante ville patrizie dis-

seminate in Brianza, in quella che veniva chiamata la verde Brianza, posto ameno sino a dopo la seconda guerra mondiale, dove i ricchi milanesi, i *sciuri*, erano soliti passare l'estate. Ora, invece, il verde cominciava a lasciare il posto al cemento e, in giro, si vedevano sempre più cantieri edili. "Il Dolce Sorriso" era un bellissimo fabbricato in stile Liberty, lo stile che si era imposto nei primi del '900 e che era lo stile-simbolo della borghesia milanese dell'epoca. Una villa con grandi vetrate colorate e decorate, raffiguranti la natura. Il tutto, come si diceva, "legato a piombo". In pratica, i vetri delle finestre erano composte singolarmente, pur utilizzando tecniche differenti, per poi essere unite tra loro con un profilato in piombo. Spesso, prima di entrare nella residenza, Gaetano si soffermava a guardare l'esterno della villa con le due maestose scale e il pensiero correva a coloro che erano vissuti in quella immensa casa, al loro modo di vivere, di concepire la vita. Poi si voltava, dando le spalle all'entrata principale, e guardava il piccolo lago prealpino sottostante che suscitava in lui un senso di pace. Un laghetto, quello del Segrino, incastonato fra i monti Pesora e Cornizzolo in una zona dove i laghetti prealpini sono numerosi e dove, a pochi chilometri, c'era quello di Lecco di manzoniana memoria. Forse l'unica cosa che guastava quell'idilliaco panorama, era il vicino cimitero. Era vicinissimo alla residenza ma, tutto sommato, pensava Gaetano: anche i morti avevano una bella vista, quella del lago!

Quando era arrivato in quella zona, Gaetano si era immediatamente interessato alla storia del luogo e aveva così appreso che il lago del Segrino aveva dato estro e fonte d'ispirazione a tanti scrittori: da Giuseppe Parini a Carlo Emilio Gadda, da Stendhall a Ippolito Nievo, da Antonio Fogazzaro ad Alberto Airoldi e tanti altri.

Gaetano, entrando nell'ampio ingresso dove c'era la reception della residenza, si era diretto all'ascensore, inserito, ovviamente, in epoca recente, e schiacciato il bottone del secondo piano dove c'era il suo ufficio.

Gaetano Maugeri aveva 35 anni e, quello alla residenza per anziani "Il Dolce Sorriso", era il suo primo posto di lavoro, dopo essersi laureato e specializzato in geriatria. In realtà, subito dopo la laurea, aveva fatto un po' di pratica presso l'ospedale Garibaldi di Catania. Sì, perché Gaetano veniva da Catania. Figlio unico, aveva avuto un'infanzia tutto sommata felice. Il padre Saro, incuteva a Gaetano un certo timore, anche per il fisico: alto, imponente con un paio di baffi grigi, molto folti.

La madre, Carmelina, al contrario, era piccola e con occhi neri, molto belli, sottomessa a Saro, sempre indaffarata a far da mangiare, a preparare conserve... Era restata incinta di Gaetano piuttosto tardi per l'epoca: 36 anni e lei aveva vergogna di farsi vedere in giro, alla sua età, con la "pancia".

Entrambi provenivano dalla provincia di Ragusa. Si erano spostati perché Saro era insofferente ai dettami dei vari capi mafia e dei loro campieri.

Per faticare un giorno intero, dalla mattina presto a sera, sui terreni del signorotto locale, dovevi sempre dire di sì e quando lo trovavi per strada, magari di sera o nei giorni di festa, dovevi scappellarti, cedere il passo al *si-*

gnor conte, inchinarti e, soprattutto, ringraziarlo sempre perché ti faceva il *piacere* di farti lavorare.

A Saro tutto ciò non andava bene e spesso si era ribellato, con il risultato che per lui non era facile trovare chi l'assumesse, a giornata, per vangare. La moglie, Carmelina, cercava sempre di frenare l'irruenza di Saro e spesso ci riusciva. Ma più passava il tempo, più per loro diventava molto difficile vivere in quelle condizioni. Ora c'era anche una bocca in più da sfamare, e Saro aveva deciso di emigrare, di andare in una grande città dove le occasioni di lavoro erano certamente diverse, abbandonando, così, quella terra aspra e faticosa che non dava frutti, ma solo fatica e disperazione.

Carmelina aveva tentato in tutti i modi di dissuaderlo. Inutilmente. E così si era piegata al volere di Saro. Erano andati ad abitare a Catania.

Per Gaetano fu una mazzata. Lasciare gli amici a quell'età, a 8 anni, sembra una cosa irreparabile, inaudita, una cesura definitiva con quel mondo. Gli dispiaceva lasciare i giochi, le scorribande nelle strade e nei campi, l'andare a rubare la frutta sugli alberi, sentire i grilli, lo squittio degli uccelli.

Cosa avrebbe trovato a Catania? Com'era una grande città? Avrebbe trovato altri amici? Grandi preoccupazioni di un piccolo bambino. Invece, contrariamente a quel che pensava, a Catania, si era trovato bene. Avevano trovato un'abitazione in affitto in una casa al secondo piano di un palazzo di via San Calogero, molto vicino al Castello Ursino, *u Casteddu Ursinu,* come dicevano i catanesi, costrui-

20

to da Federico II di Svevia nel XIII secolo. Ma queste notizie, Gaetano le apprese molto dopo, quando era al liceo. In quel momento il Castello Ursino era il sito dove poter giocare e far correre la fantasia di epiche battaglie contro altre bande di ragazzini.

Sì, Gaetano si era trovato bene a Catania, quella città tutta "nera" a causa della lava dell'Etna. Tutto era una novità per lui e anche per Carmelina e Saro. Questi, appena arrivato, aveva cominciato a lavorare ai mercati, a scaricare cassette di frutta. Era forte Saro e lavorare non gli dava fastidio. Anche qui, purtroppo, c'erano i *caporali* che sceglievano, ogni mattina, coloro i quali dovevano lavorare e quali, invece, avrebbero dovuto tornare a casa. Saro si era imposto di non ribellarsi e l'aveva promesso anche a Carmelina e, tutto sommato, lavorava quasi tutti i giorni. Con gli anni, a Catania si erano insediate numerose aziende al punto che si parlava che stesse per divenire "la Milano del Sud". Non fu così, per la solita cecità di chi governava, ma comunque, in quegli anni, a Saro riuscì il grande salto. Da *viddanu*, da lavoratore della terra a operaio. Assunto da una azienda edile prima e poi da una fabbrica che produceva tubi. Assunto *a libretto*, in regola e con, addirittura, la *cassa malattia*. Quando Saro tornò a casa con quella grande notizia, fu festa. Gaetano capì poco di tutte quelle parole astruse che pronunciava il padre abbracciando Carmelina, ma capiva che quello era un grande giorno, tanto che il padre aveva sollecitato Carmelina a «*vestirsi bene*» che sarebbero andati, tutti e tre, a prendere la granita in via Etnea, la via più importante di Catania. Non solo, ma sarebbero andati a prendere una granita ai gelsi, addirittura da

Spinella vicino a Villa Bellini dove, diceva Saro, si sarebbero *arricriati* a mangiarla.

Era la Catania che Tanuzzo si era lasciata alle spalle, la grande illusione degli anni '60, quando la città siciliana era additata, appunto, dai giornali come la "Milano del Sud", la Catania dell'espansione con 400 mila abitanti, la Catania dei cantieri e della speculazione, la città devastata da politici inetti, devastata dagli intrecci malavitosi fra mafia e politica, fra il clan Santapaola e quello dei Cursotti, quegli anni che Pippo Fava raccontò, in seguito, in modo mirabile e unico.

In quel momento, però, tutto questo era lontano e i tre Maugeri se ne stavano beatamente seduti a un tavolino di via Etnea tutti *arricriati* nel gustare la granita, a *provare piacere*, come fossero signori. Saro si era fatto portare anche una *brioche* e l'inzuppava nella granita. Carmelina no. A lei tutto quel dispendio le sembrava troppo. Fu una bella giornata che si concluse con un giro nella vicina villa Bellini, un giardino pieno di aiuole fiorite, panchine, viali ombreggiati e fontane.

Quando era arrivato a Catania, Tanuzzo si era meravigliato di come fosse "nera" la città. I vecchi edifici del centro erano costruiti utilizzando la pietra lavica, così come il selciato delle strade. Spesso quando l'Etna eruttava, si depositava un po' dappertutto la polvere lavica, fra l'altro molto utile per le coltivazioni, per gli aranceti e non solo. L'Etna è un vulcano, ma per i catanesi e la gente del circondario era *a muntagna*. Così veniva definito il vulcano, quasi sempre con una specie di pennacchio perché sempre in attività. D'inverno una visione unica: la neve, zampilli di fuoco, cenere, fumo e, in lontananza, il mare. La lava quando scende si riversa, per fortuna, nella capiente Valle del Bove che protegge la città. Disseminate fra le vie cittadine, Tanuzzo aveva notato delle strane costruzioni in ferro, chioschetti esagonali chiamati dai catanesi *ciòspi*, sempre con numerose persone attorno, capannelli di persone che discutono, in piedi, mentre sorseggiano acqua e limone, acqua e anice, orzate, spremute di agrumi. D'estate, aperti giorno e notte. Nel paese dove era vissuto sino a quel momento, Acate, i *ciòspi* non esistevano.

Gaetano aveva vissuto così i suoi primi anni catanesi, con un padre piuttosto autoritario e una madre sottomessa al marito, ma non prona ai voleri di Saro. Lui, Saro, nei primi anni di fabbrica, era stato buono. Poi la sua indole ribelle aveva preso il sopravvento e quando c'era qualche sciopero o corteo, Saro era sempre in prima fila imbracciando il megafono a rivendicare più diritti e giustizia. Le ritorsioni nei suoi confronti non avevano tardato a significarsi: qualche multa, qualche sospensione, richiami scritti. Carmelina non lo diceva a voce, ma con gli occhi: lei era dalla parte del suo Saro, timorosa e preoccupata sì, ma certa che il comportamento del marito fosse giusto.

Quando la sera erano a letto, Gaetano li sentiva parlare e sentiva la madre che infondeva coraggio a Saro, diceva che la sua lotta era giusta e che il buon Dio era dalla loro parte perché Dio è sempre con chi soffre e lotta per la giustizia sociale.

Quando anni dopo frequentava il liceo e capitava di *ca-*

liare, di marinare le lezioni, con gli amici, Gaetano andava, nella bella stagione, alla Plaja, la spiaggia di Catania, il
lungo tratto di sabbia dorata che si estende per 18 chilometri e arriva sino alla provincia di Siracusa lungo la costa
orientale della Sicilia. Andava, preferibilmente, al Lido Casablanca o al Lido Azzurro. Per arrivarci, passava a fianco
della fabbrica di tubi dove lavorava suo padre, sempre timoroso che potesse vederlo. Gaetano lo pensava al lavoro,
intento a saldare o a far comizi. Com'era la fabbrica? Saro
aveva spiegato al figlio com'erano organizzati, ma Gaetano aveva difficoltà a seguire le spiegazioni del padre,
tutti quei termini tecnici come "produttività", "cartellini
da timbrare", "straordinari", "cassa mutua", "crumiri" (che
nella descrizione del padre erano sempre «*maledetti*») ecc.
Così, mentre gli amici ridevano prendendolo in giro, Tanuzzo correva per superare più in fretta possibile il lungo
muraglione della fabbrica dove lavorava il padre. Per questo Tanuzzo preferiva andare a Ognina per fare il bagno.
Ognina, però, era distante; ci voleva un mezzo o il pullman
e non sempre i soldi c'erano.

Quando la sera Saro tornava dal lavoro e si sedeva in
cucina per mangiare, le finestre si dovevano rigorosamente, in ogni stagione, tenere chiuse perché, praticamente a
fianco della loro casa, transitava il treno con la locomotiva
tutta fumante. Un fumo denso e soffocante invadeva tutto
l'appartamento, impedendo loro di respirare. Ormai, però,
la famiglia di Gaetano conosceva gli orari in cui passavano
i treni e si regolavano di conseguenza. Ecco, mentre mangiavano, Saro raccontava la sua giornata di lavoro. Si rivolgeva soprattutto a Gaetano incitandolo a studiare, per un

avvenire più sicuro del suo. Nello stesso tempo, però, non smetteva mai d'insistere affinché Gaetano si comportasse sempre con dignità, con fermezza perché nella vita, diceva, bisogna avere dignità e stima di sé stessi. Ricordati Tanuzzo, diceva Saro, «*cu pecura si fa, u lupu sa mancia*» (chi agisce da pecora, il lupo se lo mangia).

Gaetano a scuola andava bene. Terminate le medie, i professori avevano chiamato i genitori per un colloquio. A parlare con loro si era recato solo Saro; Carmelina non aveva voluto andarci. Lei, aveva affermato, non era adeguata, quella era cosa di *màsculi*, non da *fimmini*. I professori avevano fatto presente a Saro che Gaetano studiava con facilità e sarebbe stato un peccato non farlo proseguire negli studi. Anzi, avevano consigliato l'iscrizione a un liceo.

A casa ne avevano parlato tutti e tre. C'era un clima di sospensione nella casa, un momento importante, scelte da compiere che non riguardavano solo Gaetano, ma tutti e tre loro. Il problema, ancora una volta, erano i soldi. Per studiare ci volevano i soldi, i *piccioli* e in casa Maugeri non ce ne stavano molti. Ne avevano parlato lungamente, poi avevano deciso che Tanuzzo avrebbe dovuto avere la possibilità di studiare, per costruirsi un futuro migliore. L'avevano iscritto ai Salesiani, vicino a via dei Crociferi, dove davano una specie di borsa di studio per gli studenti più meritevoli e Carmelina avrebbe cominciato a cercarsi un lavoro. Lo aveva, in effetti, trovato poco dopo: lavare le scale a più condomìni. Da parte sua, aveva detto Saro, cercherò di fare qualche straordinario e, nel tempo "libero", farò un altro lavoro. Cosa che aveva fatto. No, gli straordinari, per ritorsione, l'azienda non gliele faceva fare, ma un lavoro, al sabato pomeriggio e alla domenica lo aveva trovato: aiutava a scaricare cassette di pesce alla pescheria, *a piscaria*, attigua a piazza Duomo e, a fine giornata, lavava la pavimentazione della pescheria.

A Tanuzzo faceva un po' impressione attraversare l'arco all'inizio di via dei Crociferi. Dopo un po' che stava al liceo, i compagni gli avevano raccontato della leggenda del cavallo senza testa. Si diceva che tutte le chiese fossero collegate tra loro attraverso cunicoli sotterranei, cunicoli percorsi, nelle ore notturne, da frati e suore che allegramente si accoppiavano. I nobili dell'epoca, nel '700, che frequentavano via dei Crociferi per scappatelle e intrighi, sparsero la voce – così da evitare che il popolino frequentasse quella strada – che durante la notte appariva un cavallo senza testa alla ricerca del suo cavaliere. Al che, tutti pensarono bene di non frequentare, di notte, l'arco che metteva in comunicazione il convento delle suore benedettine e la chiesa dei frati benedettini. Ma un giovane coraggioso non credeva a quello che raccontavano i nobili e decise di andare di notte in quella via e di piantare un chiodo come prova del suo coraggio. Mentre era intento a piantare il chiodo, sentì il passo di un cavallo. Si spaventò talmente che nella fretta di scappare, non si accorse che un lembo del suo mantello era rimasto attaccato al chiodo. In quel mentre arrivò il cavallo che lo travolse e gli staccò la testa e nelle notti di luna piena si fanno vedere assieme, cavallo e giovane, ambedue senza le teste.

Gli anni erano passati così con Carmelina e Saro che si spezzavano la schiena come schiavi per dare la possibilità a Tanuzzo di studiare. Lui s'impegnava con profitto. Dopo il liceo era venuta l'università. Aveva scelto medicina. Il padre avrebbe voluto che scegliesse legge perché era convinto che gli avvocati, in un modo o nell'altro, se la cavavano sempre. Secondo Saro ci sarebbe stato per gli avvocati sempre lavoro, sempre *travagghiu* e poi sentenziava: «*Ricordati Tanuzzu il detto popolare che u bicchinu spogghia i morti, l'avvucatu spogghia i vivi*» (Il becchino spoglia i morti, l'avvocato spoglia i vivi). Ma Gaetano aveva resistito nella sua idea e aveva scelto medicina, una facoltà che non lasciava molto spazio a fare cose diverse che lo studio. Gaetano, però, ogni qual volta poteva, subito dopo aver dato un esame, si metteva a fare il garzone, l'*arzuni*, in qualche bar oppure il fattorino, o anche l'aiuto edicolante. Non che rendessero bene quei lavori, ma almeno non doveva chiedere la "mancia" ai genitori. Poi erano arrivate le ripetizioni e i Salesiani gliene procuravano molte. Era stata dura per tutti, ma alla fine Tanuzzu era diventato il dottor Gaetano Maugeri.

Il giorno della proclamazione, Gaetano non lo dimenticherà mai. C'erano, ovviamente, anche i genitori presenti e, questa volta, Carmelina aveva voluto esserci. I genitori avevano indossato il loro abito migliore; emozionatissima Carmelina e anche Saro che fingeva noncuranza, ma che aveva il cuore in tumulto. Poi, quando il presidente della Commissione di laurea, rivolgendosi a Gaetano, aveva annunciato che «*Per l'autorità conferitami dal Magnifico rettore, la proclamo Dottore in Medicina e Chirurgia*», anche la scorza dura di Saro aveva cominciato a vacillare e le lacrime gli avevano riempito gli occhi.

Anche quella era stata una buona e bella giornata, una giornata felice. Per Saro una delle ultime perché pochi mesi dopo si era ammalato e, nel giro di un anno, era morto. Una volta, mentre era all'ospedale Garibaldi e Gaetano era andato a trovarlo, gli aveva detto: «*Tanuzzu promettimi che continuerai a studiare perché se ti fai na bona nomina, si pisci nto lettu dicìunu ca sudasti*» (Se ti fai una buona fama, se pisci nel letto diranno che hai sudato), a significare che con una buona fama come dottore, tutto ti sarebbe stato perdonato e saresti sempre stato riverito.

Da quei giorni erano passati molti anni. Lui, ormai, andava raramente a Catania a trovare la madre che si era rifiutata di seguirlo a Milano e ogni volta la trovava sempre più rinsecchita come avvolta, ripiegata su sé stessa. Solo gli occhi brillavano come sempre. Due tizzoni, neri. Lui voleva visitarla, ma lei si vergognava di farsi vedere dal figlio e così Gaetano Maugeri si limitava a portarle qualche scatola di medicine per le ossa. E ora lui era qui, al "Dolce Sorriso", pronto per cominciare una nuova giornata di lavoro, con i problemi dell'aumento dell'affitto, della ricerca della casa, del desiderio di avere un figlio. Anche Nunzia era siciliana, di Paternò, un grosso comune con più di 40 mila abitanti a una ventina di chilometri da Catania. Si erano conosciuti, per caso, durante i festeggiamenti di Sant'Agata quando la città di Catania è invasa dai fedeli e dove viene esposta la *Santa*, portata in processione su un carro trainato da tanti volontari delle confraternite.

I fedeli cantano e inneggiano alla *Santa*, protettrice della città. Quasi tutti hanno in mano un cero acceso che "cola" la cera per terra, sul selciato, facendolo diventare molto scivoloso. Nunzia era infatti scivolata a terra ed era stata soccorsa da Gaetano che stava proprio lì vicino. Si erano conosciuti così, con il responso di una caviglia distorta, da parte del dottor Maugeri.

Lo stipendio al "Dolce Sorriso" non era un granché, ma con quello di Nunzia, insegnante di scuola elementare, in due ce la facevano e, qualche rara volta, si potevano anche permettere un'uscita serale al ristorante. Certo, la macchina l'avrebbero dovuta cambiare, la casa era in affitto... ma, tutto sommato, Gaetano era convinto di potercela fare, soprattutto ad acquistare – pur con un notevole mutuo – una casa consona alla sua professione e, soprattutto, una casa più ampia dei due miseri locali, dove abitava in quel momento, a Canzo.

Gaetano aveva cominciato a prendere le cartelle cliniche e iniziato il giro nei reparti. Gli anziani ricoverati, prevalentemente, non erano autosufficienti. Gaetano li visitava, parlava loro, raramente consigliava qualche medicina. Perlopiù a loro bastava qualcuno con cui parlare. Uno di questi era un ex professore di liceo, Augusto Roscini, un umbro di 88 anni. Si spostava su una sedia a rotelle e da un po' di tempo, qualche settimana, assillava Gaetano con una richiesta ben precisa: voleva morire. Voleva da Gaetano qualcosa per morire, per non soffrire più, per andarsene, dignitosamente, all'altro mondo. Perché questa richiesta? Gaetano aveva spiegato che lui non poteva aiutarlo;

lui curava, non faceva morire. E poi perché quella richiesta da parte di una persona che sino a quel momento non aveva mai espresso desideri suicidi?

Roscini, alla fine, si era confidato con Gaetano: c'erano due infermiere che lo assillavano, lo trattavano male, spesso lo schiaffeggiavano, gli gridavano parole sconce, lo offendevano perché non riusciva a contenere l'urina... non ce la faceva più. Augusto Roscini non aveva famiglia, era solo, in balìa delle due infermiere. Aveva però la pensione e questa faceva gola alle due. Più volte gli avevano proposto di fare un lascito a loro nome. Visto il diniego convinto dell'uomo, le due avevano cominciato a rendergli la poca vita che gli rimaneva, difficile. Ora, da un po' di tempo, si permettevano anche di schiaffeggiarlo e, quando chiamava perché aveva bisogno di qualcosa, le due facevano finta di non sentire.

Gaetano era rimasto scioccato dal racconto dell'ex professore, una persona mite con cui era piacevole discutere, proprio per la cultura che aveva. Lo faceva spesso Gaetano, ogni qualvolta aveva tempo a disposizione. Aveva deciso di non fermarsi alle accuse dell'uomo, ma d'indagare più a fondo e così cercava di seguire con più attenzione il lavoro svolto dalle due infermiere. E, una volta, pochi giorni dopo il racconto di Augusto Roscini, aveva visto, con i propri occhi, che le due infermiere scuotevano in malo modo Roscini, gridandogli tutto il loro livore: «*Ti sei pisciato ancora addosso... vecchio stronzo e noi non ti cambiamo... arrangiati... ma perché non muori tanto non servi a nulla... sei una nullità...*». Il tutto accompagnato da schiaffi sulle guance e pugni sulla testa. L'ex professore cercava di ripararsi dai colpi delle infermiere e piangeva non tanto per gli schiaffi e i pugni ricevuti, quanto per l'umiliazione subìta.

Il medico era intervenuto immediatamente. Aveva bloccato le infermiere e le aveva fatte chiamare in direzione. Qui, alla presenza della direttrice-proprietaria della residenza, aveva rinnovato le accuse alle due, minacciandole di denunciarle alla magistratura, se non avessero smesso, immediatamente, di avere quell'atteggiamento vessatorio nei confronti dell'ex professore.

Sofia Egle Arnaboldi dirigeva "Il Dolce Sorriso" da cinque anni, da quando il marito era morto. Alta e magra, viso arcigno, aveva 70 anni, e la villa dove c'era la residenza era di sua proprietà, da sempre. L'aveva ereditata dalla famiglia, una famiglia milanese che aveva un'industria di mobili. Era stato, però, il marito ad avere l'idea della residenza per anziani, il nuovo "affare", il nuovo *business*, come si usava dire. Considerato che le speranze di vita, nella popolazione, aumentavano sempre più e che le famiglie non potevano tenere gli anziani in casa, ecco la soluzione delle residenze per anziani. Era stata l'idea vincente al punto che per ottenere un posto nella residenza bisognava mettersi in lista d'attesa per diversi mesi, se non anni e, spesso, l'anziano non riusciva neppure a entrare in quanto decedeva prima. Le rette, per avere un letto al "Dolce Sorriso", erano piuttosto care e non restava mai un letto vuoto. Appena moriva un degente, subito un altro ne prendeva il posto. Non c'era crisi in quel settore.

La proprietaria-direttrice aveva riunito attorno a un

tavolo le infermiere e il dottor Gaetano Maugeri a cui aveva immediatamente dato la parola. Gaetano aveva spiegato quello che era avvenuto e aveva espresso l'intenzione, se non smettevano le violenze delle due, di denunciarle, anche perché altri anziani avevano accusato le infermiere. Naturalmente le due avevano negato, decisamente.

— Ma non vi rendete conto che il vostro stipendio ve lo danno quelli come il professor Augusto Roscini? Non potete trattare in questo modo una persona che è oggettivamente in difficoltà, è debole, indifesa... ormai siamo in una situazione grave, di umiliazione continua degli anziani, anche in momenti delicati della loro vita... Quotidiani sono i maltrattamenti fisici e morali nei confronti dei degenti, sottoposti, senza alcun motivo, a strattonamenti e condotte lesive della loro integrità fisica. Altrettanto quotidiane sono le condotte di dileggio e ingiuria nei confronti degli anziani, che denotano una costante volontà vessatoria nei confronti dei malati...

— ... come direttrice e proprietaria di questa residenza debbo dire che è la prima volta che avviene una cosa del genere. La nostra residenza ha fama di essere una delle migliori. Da noi non ci sono malati, ma ospiti. Pur tuttavia, ritengo che questa vicenda non debba superare i cancelli della residenza, la dobbiamo gestire noi, nel migliore dei modi. Se fuori si dovesse apprendere cosa avviene al "Dolce Sorriso", sarebbe una catastrofe anche dal punto di vista economico con ricadute su tutti voi. Per questo, dottor Maugeri, la prego di riconsiderare la sua decisione di rivolgersi alla magistratura. In quanto a voi due, sarete sospese per 15 giorni. Se dovesse accadere di nuovo un fatto del genere, sarete licenziate. E ora potete andare... No, lei no dottore.

Le due si erano alzate lanciando sguardi di odio nei confronti di Gaetano. Uscite le due infermiere, Sofia Arnaboldi si era rivolta a Gaetano con fare suadente.

– Dottor Maugeri, queste cose purtroppo capitano, ma, come ho detto, non possiamo permetterci uno scandalo. Non me lo posso permettere io e neppure lei che è all'inizio della carriera. Lasci perdere questa brutta vicenda... le due infermiere sono state sospese e sono sicura che, al rientro, si comporteranno nei migliori dei modi. E poi che bisogno c'è di disturbare la magistratura... le risolviamo noi queste cose senza bisogno di carabinieri e magistrati. Ci guadagniamo tutti a comportarci così...

– ... scusi se l'interrompo direttrice. Ma qui non c'è in ballo solo la ricaduta economica sulla residenza. Qui c'è in ballo ben altro. C'è in ballo la vita, la dignità di un *ospite* come l'ha definito lei poc'anzi. Se non c'è il dovuto rispetto per gli anziani, non ci può essere per nessun altro. Le due hanno perpetrato una serie di angherie nei confronti degli anziani. E questo, ancora più grave, da parte di persone che erano pagate per accudirle.

– Guardi che questa situazione non piace neppure a me, dottore. Ma facendo intervenire la magistratura cosa potrà risolvere? Glielo chiarisco io: intanto sospenderanno l'attività della residenza, le due infermiere saranno licenziate definitivamente e lei perderà il posto di lavoro. A chi conviene tutto questo? Non a lei, dottor Maugeri e neppure a me. E allora troviamo una via d'uscita. È l'unica via d'uscita è soprassedere. Mi ascolti, e vedrà che si troverà bene. Restiamo d'accordo in questo modo: per ora non faccia nulla. Se al rientro delle due dovessero, nuovamente, avvenire situazioni come quella descritta oggi, decideremo il da farsi.

Gaetano non poteva sottrarsi a questo, tanto più che era stato lui stesso a minacciare l'intervento alla magistratura, nel caso le due non si fossero comportante in modo corretto.

Era uscito dall'ufficio della direttrice, però, con un senso di fastidio, come se non fosse riuscito a completare qualcosa, un senso di smarrimento. A sera ne aveva parlato con Nunzia. Anche lei era del parere di non tirare troppo la corda.

A parere di Nunzia, le parole della Arnaboldi erano state giuste, di buon senso. E poi, aveva sottolineato, se dovessero chiudere la residenza, dovresti trovare un altro posto. Certo, lo troveresti. Ma dove? Magari lontano da dove io insegno, dovrai trovarti una casa in affitto. Così, io qui con lo sfratto, tu magari a Bergamo in affitto. Soldi sprecati, buttati dalla finestra. Tanto valeva, allora, restare in Sicilia.

La discussione era andata avanti per un bel po'. Poi Gaetano aveva convenuto con Nunzia: d'accordo vediamo come si comportano nei prossimi giorni le infermiere. Ma se dovessero continuare a brutalizzare l'ex professore, allora le denuncerò.

A letto, Nunzia si era data a Tanuzzo con trasporto. Aveva fatto l'amore con il marito come da tempo non faceva. Gaetano, invece, aveva la testa da un'altra parte, pensava continuamente al professore Augusto Roscini, a ciò che era avvenuto, in quei giorni, al "Dolce Sorriso".

CAP. 2 – Perché vivere?

Augusto Roscini aveva deciso per quel giorno. Per tutta la mattinata si era tenuto lontano dalle infermiere. Per lo più era stato a letto, in una camera che divideva con un altro ricoverato affetto da demenza senile. Anzi. Non aveva neppure chiamato le infermiere per farsi cambiare il pannolone. Nessuno l'aveva disturbato e lui si era rimesso a rileggere, per l'ennesima volta, il ponderoso "Delitto e castigo" che amava molto. Lo trovava un libro modernissimo anche se l'autore – Fëdor Dostoevskij – l'aveva pubblicato nel 1866.

Un romanzo "giallo" anomalo, con l'autore di due delitti che si palesa sin dalle prime pagine. Un romanzo che cerca di entrare nella mente di un uomo, lo studente Raskol'nikov, una mente sconvolta dall'angoscia, ma nello stesso tempo una mente acuta e riflessiva. Lo studente uccide un'usuraia, avida e cattiva, ma purtroppo anche la sorella di questa, persona mite che non c'entrava nulla con le cattiverie della sorella usuraia. Il romanzo è grandissimo ed è sì la storia di un omicidio ma, nello stesso tempo, descrive lo studente assassino come un uomo sconvolto dall'angoscia, un libro sulla morale, l'ateismo e sulla fede, una critica alla società russa dell'epoca. Sarà una prostituta, Sonja – «*biondina, col visetto sempre pallido, magrolina*», così la descrive Dostoevskij – costretta a quella vita per mantenere i fratellini e la madre malata a convincere lo studente a costituirsi e a confessare i delitti da lui commessi. Lo studente viene deportato in Siberia e Sonja lo seguirà nella sua reclusione.

La descrizione dell'usuraia, da parte di Dostoevskij, faceva sempre riflettere Roscini. Lo scrittore russo la tratteggia come una vecchia stupida, sorda, malata, avida e tanto altro e si domanda «*Perché vive? A chi è utile?*». Poi alla fine, sentenzia: «*Essa non serve a niente*». L'ex professore faceva un paragone con sé stesso. Lui non era avido, ma era sì malato e non era utile a nessuno e, soprattutto, «*non serve a niente*». E, dunque, «*Perché vive?*». Quasi alla fine del romanzo, la verità di Dio e la legge degli uomini si fanno valere, e lo studente finisce col trovarsi costretto a denunciarsi da sé ed espiare – come detto – la pena in Siberia.

Pensando, appunto, che lui ormai non serviva più a nulla, attorno alle 15 si era alzato dal letto e, con fatica, si era seduto sulla sedia a rotelle. Poi aveva preso il libro di Dostoevskij, l'aveva appoggiato sulle sue gambe e, con molta circospezione, aveva aperto la porta della stanza. In corridoio non c'era nessuno e quelle erano le ore più tranquille. Il personale della cucina era intento a rigovernarla, i medici non c'erano, le infermiere e altro personale sanitario, in genere, stavano nelle loro zone chi giocando a carte, chi leggendo o fumando in santa pace. I ricoverati, quelli più gravi, a letto. Si era diretto verso la porta che comunicava con l'esterno. Di fronte, dopo un breve corridoio, c'era un altro corridoio con altre stanzette per i degenti. Per arrivare a quella porta, all'esterno del reparto dove stava l'ex professore, era necessario superare un grande salone. Ma qui non vedeva pericoli di essere scoperto. Anche in quel momento, come tutti i giorni, il televisore era a tutto volume ed era attorniata da una decina di degenti. Molti dormivano con la testa sui tavolini, altri guardavano ipnotizzati il teleschermo.

Roscini non diede confidenza a nessuno. Spinse la sedia a rotelle verso la porta che dava sulle scale. Quella era una porta scorrevole, molto larga così da far passare le carrozzine. Come norma, quella porta doveva sempre restare chiusa a chiave, per garantire la sicurezza dei malati. In realtà, quella porta, era sempre aperta, per agevolare il passaggio del personale da un reparto all'altro. Con molta circospezione Roscini allungò un braccio verso la maniglia. In quel momento si sentì afferrare il braccio. Si voltò in preda al terrore di trovare le infermiere o qualcun altro. Invece era Tarcisio, un ricoverato che parlava sempre da solo e rideva continuamente. Augusto respirò profondamente poi fece capire a Tarcisio che doveva andarsene via.

– Dai Tarcisio, fai il bravo. Vai a vedere la televisione che ti diverti. Vedi, ci sono anche gli altri che ti aspettano, forza, vai via che ho un lavoro da compiere.

Tarcisio lo guardava e rideva incessantemente. Poi si era girato ed era andato verso le altre persone che guardavano la televisione.

Roscini aveva ripreso in mano la maniglia e con molta delicatezza, allungando il braccio, aveva cominciato ad aprire la porta. Aveva spinto la sedia a rotelle sul pianerottolo del secondo piano. Subito sulla destra della porta da dove era uscito, c'erano le scale che scendevano al primo e al piano terreno. Una ventina di gradini, poi un piccolo spazio con tre gradini che giravano per poi congiungersi con altri gradini che portavano al piano sottostante. L'ex professore Augusto Roscini aveva spinto la sedia a rotelle contro la parete. Di fronte, le scale. Poi aveva dato, con le due braccia, un colpo deciso, con tutta la forza che aveva, alle ruote della sedia a rotelle, diritta alle scale. Appena le ruote avevano toccato i primi gradini, la stessa si era capovolta gettando Roscini giù per le scale. Il corpo dell'anziano era rotolato da un gradino all'altro, la faccia tumefatta, una profonda ferita alla fronte mentre la sedia a rotelle rimbalzava da una parte all'altra della scala e finiva sopra di lui. Si era fermato proprio nel piccolo spazio in curva. Senza un gemito. Con una posa innaturale, con la testa verso il fondo scala e le gambe verso l'inizio delle scale. A pancia sotto.

Augusto Roscini era morto così. Vicino a lui, un gradino più sotto, ci stava "Delitto e castigo" aperto all'inizio della quarta parte del libro: «*Possibile che sia la continuazione del sogno?*». Così scriveva lo scrittore russo nella prima riga di quel capitolo. Ma quello non era un sogno, era tutto vero. Ed era vero il suicidio di Roscini. Tanto lui «*non serviva a niente*».

Il fracasso della sedia a rotelle che rotolava dalle scale, aveva richiamato l'attenzione del personale della residenza. Erano corsi fuori dai reparti per rendersi conto del rumore e avevano trovato l'ex professore morto. Era accorso anche un medico, ma per Roscini non c'era stato nulla da fare. Era morto subito, forse non si era neppure accorto.

La direttrice Arnaboldi, informata dell'accaduto, si era precipitata sul luogo dell'incidente e aveva ordinato di chiamare i carabinieri che non avevano potuto far altro che verbalizzare la sua dichiarazione e quella dei primi infermieri accorsi e del medico che aveva tentato la rianimazione. «*Una disgrazia*», aveva affermato Sonia Egle Arnaboldi ai carabinieri, mentre si attendeva il magistrato di turno per poter spostare il cadavere, una tesi, quella della disgrazia, ribadita anche al magistrato Arturo Pontiggia quando l'aveva interrogata. «*Qui* – aveva informato Arnaboldi – *abbiamo molto cura dei nostri ospiti. Siamo come una grande famiglia, una famiglia che lavora compatta per dare serenità ai nostri anziani, per fargli passare gli ultimi anni della loro vita nel migliore dei modi. Una terribile disgrazia, che, comunque, non scalfisce, per nulla, il nostro rapporto con gli ospiti*».

– Negli ultimi tempi il signor Roscini aveva dato adito a propositi suicidi?

– Ma no, cosa dice dottore? Augusto Roscini era un ex professore di liceo con una grande cultura. Continuava a fare l'insegnante, agli altri ospiti. Lui era appassionato di letteratura e raccontava le trame dei libri che leggeva a coloro che non potevano leggere. No, proprio non posso immaginare il professore con intenti suicidi...

– Come mai il professore era uscito dal proprio reparto con un libro. Dove si stava recando, secondo lei?

– Sì. Qui, purtroppo, ha ragione lei. Quella porta doveva restare sempre chiusa a chiave e, invece, oggi non lo era. Chi ha compiuto questa leggerezza, malgrado le indicazioni scritte, dovrà pagare perché io non tollero leggerezze di questo tipo che poi ricadono sui nostri ospiti. È probabile, per quanto riguarda il libro, che Roscini si stesse recando nel reparto di fronte al suo, da qualcuno di sua conoscenza, per parlare del libro. Avrà avuto uno sbandamento... un malore e, quindi, la conseguenza del ribaltamento della sedia a rotelle con sopra il professore. Oggi per tutta la nostra comunità è un brutto giorno.

– Va bene. Ora io interrogo il personale. Lei, per cortesia signora Arnaboldi, resti a disposizione. Può darsi che avrò ancora bisogno di lei. Anzi, può mettermi a disposizione un ufficio per gli interrogatori?

– Certamente. Può utilizzare il mio ufficio. Io comunque sono nei paraggi. Se ha bisogno di qualsiasi cosa, conti pure su di me. Venga, le faccio strada.

I due si erano incamminati verso l'ufficio della direttrice Sofia Egle Arnaboldi.

Gaetano Maugeri era stato avvisato della morte dell'ex professore, direttamente dalla Arnaboldi, per telefono. «*Venga subito, è urgentissimo*» le aveva detto la direttrice. «*Non nel mio ufficio, però. Ci vediamo nella sala delle riunioni*».

In quel momento, Maugeri stava scaldandosi un piatto di pasta, per iniziare a pranzare, piatto che la moglie gli aveva cucinato la mattina, prima di recarsi a scuola. In quel momento, appunto, la moglie Nunzia era a scuola.

Lui sarebbe entrato in servizio nella residenza per anziani, nel primo pomeriggio. Così aveva spento il gas, saltato il pasto e lasciato un biglietto a Nunzia: ci vediamo appena possibile. Sono stato richiamato urgentemente al "Dolce Sorriso".

Quando era arrivato nel cortile del parco antistante la residenza, Maugeri aveva capito subito che era avvenuto qualcosa di grave: c'era un'ambulanza e un paio di macchine dei carabinieri. Si era recato velocemente al primo piano dove era situata la sala riunioni. Nella grande stanza, attorno a un tavolo ovale, c'erano sedute in quel momento, quattro persone: la direttrice, due medici, fra cui il Direttore sanitario, e la capo infermiera.

– Cosa è avvenuto?

– Un momento, dottore. Sono subito da lei. Intanto si accomodi.

La direttrice aveva terminato di parlare con il personale sanitario che subito dopo aveva abbandonato la sala-riunioni.

– Mi dica cosa è avvenuto.

– Purtroppo una disgrazia. Augusto Roscini, probabilmente, ha avuto uno sbandamento, è caduto con la sedia a rotelle dalle scale e, malauguratamente, è morto sul colpo...

– ... morto? E poi uno sbandamento... ma cosa sta dicendo? Roscini l'ho visitato tante volte e non aveva problemi di deambulazione o come lo chiama lei di sbandamento. Aveva altri problemi, soprattutto quello che procuravano le due infermiere picchiandolo e brutalizzandolo. Bisogna far qualcosa... ho visto che ci sono i carabinieri. Parlerò con loro e racconterò quello che ho appreso in questi giorni. Saranno loro poi a decidere cosa fare...

– ... aspetti un momento, non corra troppo. Sì, ci sono i carabinieri e c'è il magistrato che sta nel mio ufficio e ha cominciato gli interrogatori del personale. Dovrà essere interrogato anche lei. In questo momento lei ha una grossa responsabilità. Decida lei cosa fare. Ma sappia che se racconterà quello che è avvenuto con le infermiere, peraltro già sospese, questa struttura sarà bloccata dalla magistratura. Perderanno il posto di lavoro medici e infermieri, lei stesso perderà il posto di lavoro. Le conviene tutto questo? Ci pensi bene e in fretta perché fra poco sarà chiamato a testimoniare.

– Senta Arnaboldi... Al posto di lavoro ci tengo e ci teniamo tutti. Ma non posso permettere che un paziente sia schiaffeggiato, offeso, dileggiato solo perché vecchio e senza potere... perché si pisciava addosso, come se fosse colpa sua... Io queste cose le debbo dire al magistrato quando m'interrogherà.

Sofia Egle Arnaboldi non aveva ribattuto e lo aveva guardato profondamente con un misto di compassione e disgusto. Era calato il silenzio, un silenzio opprimente. Poi, dopo alcuni minuti, la direttrice aveva ripreso.

– Mi ascolti bene perché è l'ultimo tentativo che faccio per convincerla a non raccontare gli episodi che riguardano Roscini. Lei è un giovane medico, brillante e intelligente. Non voglio indorare la pillola amara che le chiedo d'ingoiare. La prego solo di non rovinare tutto. Ho una proposta da farle, una proposta che se non la sfrutta subito, non ci sarà più nessuna possibilità di utilizzarla nel futuro. Lei è giovane e brillante dicevo, ma so che ha anche tanti problemi: ha bisogno di una casa, di un'auto nuova. Ha bisogno di consolidare la sua famiglia con un bambino. Per tutto ciò sono necessari soldi, parecchi soldi. Stia a sentire. Il prossimo anno, il Direttore sanitario di questa residenza, il dottor Oppini, andrà in pensione. Oppini è vecchio e disinteressato, non ha più voglia di fare nulla, soprattutto non gli piacciono le novità. Pensi se avesse lei questo incarico? Pensi quante cose potrebbe fare, organizzare per far andare meglio questa residenza? Io le offro il posto di Oppini e carta libera per risistemare il tutto, per far diventare questa residenza migliore, ancora più adeguata ai tempi che abbiamo davanti. È uno sbocco professionale notevole quello che le offro. E non è solo uno sbocco professionale...

– ... non è possibile questo. Per diventare Direttore sanitario avrei dovuto essere qui da almeno cinque anni...

– ... non si preoccupi della parte burocratica. A questo ci penso io. Accettare la mia proposta significa anche uno stipendio adeguato alla posizione e alle responsabilità che assumerà, in pratica più soldi. Potrà assolvere al problema dei soldi, avere una bella casa di sua proprietà e tanto altro. Non ultimo, anche un ruolo diverso di quello che ha ora, nella società. Non cerchi di fare l'eroe, il Don Chisciotte che non serve a nessuno e, soprattutto, non serve a lei e alla sua famiglia. Quando per la prima volta si prendono tali decisioni, sembra di non potercela fare. Poi, col tempo, vedrà che tutto sarà più facile... Ora sta solo a lei decidere.

Lo faccia in fretta, però, perché fra poco sarà interrogato. Ora la lascio qui a meditare. Spero nei migliori dei modi...

– ... un momento. Come fa a sapere particolari della mia vita personale. Mi fa seguire? Come si è permessa di entrare nel mio privato?

– Dirigo un'azienda e prima di assumere qualcuno, l'azienda ha tutto il diritto di conoscere chi sta andando ad assumere. Lasci perdere queste sottigliezze, pensi, piuttosto, alla mia proposta. Se non accetta, un'altra occasione non si presenterà più. Arrivederci, spero.

Con fare altezzoso e un po' schifata si era alzata ed era uscita dalla sala-riunioni. Gaetano era rimasto seduto, la testa sorretta dal braccio. Sentiva dentro di sé una rabbia montare. Com'era possibile far finta di nulla. Se anche Roscini fosse stato colto da un malore e non si fosse suicidato, restava il fatto che il tutto era stato causato da un clima per lui irrespirabile che si era creato all'interno della residenza. Addormentarsi la sera senza sapere a che tipo di coercizione sarebbe andato incontro l'indomani mattina, non era certo un bel vivere, soprattutto a 88 anni.

Che fare? La solita domanda, continua, che ci impone la vita. Se una parte di sé era decisamente per la denuncia, un'altra parte non poteva negare che la sua querela avrebbe avuto ripercussioni negative anche nei confronti di persone che facevano bene il proprio lavoro e non c'entravano nulla con le due infermiere. Già, cosa fare? E poi, inutile negarlo, si diceva, la prospettiva di diventare Direttore sanitario della residenza era allettante. Avrebbe così finito di preoccuparsi di tirare la fine del mese, avrebbe potuto pianificare l'acquisto di una casa propria. E poi un bambino. Nunzia ne sarebbe stata felice. E come sarebbe stata, invece, Nunzia se e quando Gaetano le avesse comunicato il suo licenziamento?

La testa gli scoppiava. Non sapeva cosa fare. Cosa dire al magistrato? Dopo una decina di minuti, era entrata un'infermiera e aveva avvisato Gaetano che il dottor Arturo Pontiggia, il magistrato incaricato dell'indagine, lo attendeva nell'ufficio della signora Arnaboldi. Gaetano, sempre più confuso e indeciso sul da farsi, si era alzato di malavoglia ed era andato dal magistrato.

Il magistrato stava seduto al posto della Arnaboldi. Da ciò che poteva vedere Gaetano, egli era una persona di una sessantina d'anni, abbastanza pienotto, con spessi occhiali di tartaruga. Era senza cravatta, con pochi capelli biondicci in testa. Vicino a lui, un carabiniere davanti alla macchina da scrivere per le deposizioni degli interrogati. Quasi dietro a dove sedeva il dottor Pontiggia, un maresciallo dei carabinieri, in piedi. Il magistrato non si era alzato e non aveva neppure stretta la mano a Gaetano.

– Lei è il dottor Gaetano Maugeri? Giusto? Bene, fornisca i suoi dati all'appuntato... quando è nato, dove abita ecc.

Sembrava avesse fretta di andarsene e, forse, aveva realmente fretta.

– Dunque, dottor Maugeri. Lei lavora in questo istituto da due anni e viene da Catania. Come si trova da queste parti?

– Bene... anche sul lavoro non ci sono problemi.

– Leggo che è sposato, senza figli... non ha figli?

– Non ancora.

Il magistrato leggeva un foglio preso da una cartelletta verde.

– Allora, dottor Maugeri, lei conosceva Augusto Roscini, l'uomo morto questa mattina? Dalle altre testimonianze risulta che lei fosse molto, diciamo così, "intimo" al Roscini.

– Beh, "intimo" mi sembra esagerato. Diciamo che parlavo spesso con lui perché era un ottimo conversatore e un lettore insaziabile. Sì, trovavo piacevole parlare con lui.

– E di cosa parlavate?

– Un po' di tutto, ma prevalentemente di libri, letteratura, dei libri che lui leggeva e rileggeva. Roscini era un ex professore di liceo.

– Certo... certo. E di politica non parlavate mai?

– Qualche volta capitava, ma più che altro parlavamo di libri.

– Sapeva che Augusto Roscini, quando insegnava, era stato denunciato per aver occupato l'istituto assieme ai suoi studenti? Protestavano contro «*la scuola dei padroni*».

– No, non lo sapevo. D'altronde, in questa residenza, io cerco di curare la malattia delle persone, non le loro idee politiche, sempre che siano da curare.

– Mi faccia capire. Vuol dire, forse, che il Roscini ha fatto bene, a suo tempo, a occupare la scuola con i suoi studenti?

– Non ho detto questo.

– Certo, certo... mi dica una cosa. Come mai, secondo lei, il Roscini si era portato dietro un libro? Secondo il suo parere dove intendeva recarsi?

Gaetano era sempre in piedi davanti alla scrivania dove era seduto il magistrato, il quale raramente lo guardava in faccia. Sempre assorto a leggere da un foglio.

– Ho saputo che il libro era "Delitto e castigo". In realtà il professore Roscini amava molto quel libro e lo rileggeva spesso.

– Il Roscini non aveva mai espresso intenti suicidi?

Gaetano malgrado si aspettasse quella domanda, era restato interdetto. Cosa poteva rispondere? Così l'aveva presa alla larga, rifugiandosi nei tecnicismi della sua specialità.

– Vede dottore, gli anziani – soprattutto coloro che non vivono più con le loro famiglie e sono ricoverati in qualche istituto – sentono maggiormente il distacco dalla società, vivono gli anni che passano nelle residenze come una cesura netta con la loro precedente vita. Non tutti si adattano a questo cambiamento.

– Dottor Maugeri, non ha risposto alla mia domanda. La rifaccio? Ha mai avuto la sensazione che il Roscini avesse intenzione di suicidarsi?

– No. Mai. Come le ho detto poc'anzi il professore Roscini s'interessava di tante cose, seguiva le nuove uscite letterarie, leggeva, insegnava agli altri degenti e spiegava loro i libri che leggeva.

Gaetano aveva calcato la voce quando aveva affermato

«*professore Roscini*». Le dava fastidio sentire il magistrato definirlo «*il Roscini*».

– Quindi, secondo il suo parere, non c'erano motivi affinché il Roscini si suicidasse?

– No. Direi proprio di no.

– Sa perché le chiedo questo? Perché mi sembra strano che in un orario "vuoto", con tutto il personale occupato in altre cose, per lo più in fase di riposo, al Roscini gli fosse venuto in mente di portare un libro nel reparto di fronte. Lei cosa ne dice, maresciallo?

Si era rivolto al maresciallo dei carabinieri che, sino a quel momento, era restato zitto.

– A mio parere, dottore, questa è una situazione per nulla chiara. Se doveva portare un libro in un altro reparto dell'istituto, poteva attendere quando ci fosse stato il personale in attività. Perché quella fretta?

– Domanda acuta maresciallo. Ma il Roscini è morto e non potrà più parlare e, gli altri, parlano molto poco. Lei cosa ne dice dottor Maugeri?

– Niente. Cosa debbo dire. Quello che so l'ho detto.

– Eppure, qualcuno mentre lo interrogavamo, si è lasciato scappare che nei giorni scorsi c'era stato un diverbio fra il Roscini e alcune infermiere. A lei risulta questo?

– No, non mi sembra proprio di ricordare fatti del genere. Bisogna anche dire che molte volte gli anziani vedono le cose da un'angolazione diversa dal reale, sono più sensibili e nello stesso tempo fragili, tendono o a essere aggressivi, oppure l'opposto, si chiudono in sé e...

– ... i soliti tecnicismi... Appuntato, lei ha scritto tutto?

Bene. Possiamo chiudere qui. Dopo l'autopsia, il cadavere del Roscini potrà essere tumulato. Può andare dottor Gaetano Maugeri. Ah, a proposito... L'ho letto anch'io "Delitto e castigo" e a un certo punto lo scrittore russo parlando dello studente assassino afferma che malgrado sia sfuggito alla giustizia «*non riesce a sfuggire alla propria coscienza, ai rimorsi e all'angoscia*». Lei, dottor Maugeri, preferisce il rimorso o il rimpianto? No. Non si preoccupi di rispondermi. Può andare e buona giornata.

Il magistrato non si era alzato a salutare Maugeri, anzi si era voltato verso il maresciallo e avevano cominciato a parlare a bassa voce. A Gaetano non restava che andarsene.

Lo faceva con un senso di disagio, d'incompletezza. E poi cosa avrà voluto dire il magistrato quando ha fatto riferimento al rimorso e al rimpianto? Ancora una volta entrava prepotentemente in scena "Delitto e castigo". Il giudice Porfirij Petrovic è certo, nella sua mente, che il colpevole è Raskol'nikov e questo sa che il giudice sa. Anche ora il magistrato sembra sapere com'era andata la vicenda del professore Roscini e Gaetano sa che il magistrato Arturo Pontiggia sa.

Doveva parlare con la direttrice e gli era stato detto, da un'infermiera, che l'avrebbe trovata negli uffici amministrativi che stavano al piano terra. Appena aveva incrociato lo sguardo con l'Arnaboldi, questa gli aveva fatto capire di non parlare e di seguirla. Si erano diretti in giardino e si erano fermati a discutere in fondo, dove c'erano le auto del personale posteggiate.

– Allora, Maugeri, com'è andata? Cosa ha detto al magistrato?

– Ho riferito le cose che lei mi aveva consigliato, ma non credo che il magistrato ci abbia creduto. Non sembra, ma quello è un mastino e non mollerà facilmente la presa. Inoltre, ha fatto anche dei riferimenti sul «*rimorso e il rimpianto*» che non mi sono piaciuti.

– Sono contenta che abbia deciso di stare dalla parte della residenza. Vedrà che si troverà bene. Non si preoccupi troppo del magistrato. Vedrà che tutto finirà in una bolla. Informerò alcuni influenti amici che interverranno decisamente così da mettere Arturo Pontiggia nella condizione di non nuocere alla nostra residenza.

– Come amici influenti... cos'ha intenzione di fare? Chi sono questi amici influenti?

– Non si preoccupi. Piuttosto, se deve riferirmi qualcosa, non utilizzi il mio telefono e neppure io utilizzerò il suo numero. Se dobbiamo dirci qualcosa relativa a questa vicenda, lo faremo come ora, in giardino, lontano da possibili "cimici". Ma ora non si preoccupi di questo. Pensi che fra un anno, come promesso, il posto di Direttore sanitario sarà suo. Intanto, però, la voglio ringraziare per quanto ha fatto, per la scelta che oggi ha compiuto. Come le dicevo poc'anzi, la prima volta sembra che alcune cose non si possano fare; poi diventa tutto più facile.

Già, aveva pensato fra sé Gaetano. Dopo diventa tutto più facile. Sì, è vero, anche rubare o affermare il falso come ho appena fatto.

La direttrice aveva allungato il braccio e stretta la mano

di Maugeri. In quel momento, mentre stringeva la mano molliccia e fredda della direttrice, aveva istintivamente alzato la testa e aveva notato che il maresciallo dei carabinieri e il dottor Arturo Pontiggia, li stavano osservando da una finestra.

Lasciata la direttrice, si era spostato nei reparti e aveva iniziato a lavorare, come sempre. Apparentemente sembrava come di consueto: scrupoloso e cordiale con malati e personale.

Dentro di lui, però, era in atto una tempesta e non poteva dimenticare l'atteggiamento del magistrato, quei riferimenti a "Delitto e castigo", quell'insistere in modo subdolo sul «*rimorso e il rimpianto*».

Quando era tornato a casa, Nunzia aveva capito subito che era avvenuto qualcosa di molto grave. Gaetano si era seduto sul divano, non si era neppure tolto le scarpe e cambiato prima di cenare, come faceva sempre. Nunzia lo aveva abbracciato e incitato ad aprirsi, a raccontare cosa era avvenuto. «*Hai una faccia terribile Tanuzzo, sei pallido, le occhiaie, cosa sta avvenendo?*».

– Oggi si è suicidato il professore Roscini. Ricordi che te ne avevo parlato? Quello che voleva morire, che non ne poteva più delle angherie, delle prepotenze delle infermiere? Si è ucciso perché non l'ho ascoltato, non ho saputo ascoltare la sua domanda d'aiuto. E si è ucciso. È arrivato il magistrato con i carabinieri e siamo stati tutti interrogati. Quando il magistrato l'ha fatto con me, è stato ambiguo come se sapesse qualcosa di quanto avvenuto nei giorni scorsi... sono una merda Nunzia...

– Perché dici questo. Spiegami dall'inizio.

– Spiegare... cosa c'è da spiegare. Sono proprio un *omu ri mmedda*, sì un uomo di merda perché ho tradito la fiducia di Roscini, perché ho accettato il volere della Arnaboldi. E l'ho fatto per interesse, capisci Nunzia. Per interesse, per avere più soldi, per la casa...

Gaetano si era preso la testa fra le mani. Fissava nel vuoto, perso nei suoi pensieri.

Nunzia l'aveva accarezzato dolcemente e mentre lo faceva lo baciava sul viso, sul collo. «*Cosa significa che l'hai fatto per interesse, cosa vuoi dire*».

– È semplice. Significa che non avremo più problemi per la casa... non avremo più problemi economici. È bastato raccontare il falso al magistrato ed ecco che tuo marito, il prossimo anno sarà nominato Direttore sanitario della Residenza "Il Dolce Sorriso"! Non sei contenta? Certo, lo sono anch'io, ma mi domando: come farò a guardarmi allo specchio domattina, con che coraggio continuerò a lavorare? Diventare Direttore sanitario, come regola, spettava ad altri, più anziani di me. Ebbene, queste persone cosa penseranno di me?

– Non ti preoccupare del giudizio degli altri. Hai le capacità per essere un buon Direttore sanitario, un buon organizzatore. So che tu ami tanto il tuo lavoro, che hai fatto e abbiamo fatto tanti sacrifici. Ora è giusto portare a casa qualcosa. Lo hai fatto per la nostra vita, per il nostro futuro figlio...

– ... mio padre non sarebbe stato contento. Lui ha sempre lottato, pagando di persona e io come ripago tutti i sacrifici che hanno fatto i miei genitori per farmi studiare? Alla prima occasione mi vendo... che merda!

– Basta, Tanuzzo! Hai fatto la cosa giusta. Se avessi detto la verità, cosa sarebbe avvenuto? Sicuro che saresti stato meglio? Come avresti fatto a guardare in faccia i tuoi colleghi che venivano magari licenziati? E questi, cosa avrebbero raccontato ai loro figli? Sapete ragazzi, sono stato licenziato perché un cretino ha voluto dire la verità al magistrato! Bella cosa. E poi cos'era la verità, qual era la verità? Che sicurezze hai che Roscini non si sarebbe ammazzato ugualmente? Mi hai sempre detto che gli anziani sono fragili, paurosi, incostanti nei loro comportamenti... Convinciti che hai fatto quello che dovevi fare e che i tuoi genitori sarebbero fieri di avere un figlio diventato Direttore sanitario. O preferivi diversamente?

Lo aveva di nuovo abbracciato, gli aveva massaggiato le tempie, baciato.

Poi si era alzata e, lentamente, si era sbottonata la camicetta, si era tolta la gonna e si era sdraiata sul divano. Gaetano aveva aderito al suo corpo, con passione, aveva risposto ai suoi baci con violenza come se volesse con quei gesti annientare tutto il male che esisteva nel mondo, tutto il male che lui quel giorno aveva compiuto. Era stata una penetrazione in lei violenta, quasi animalesca. Quella sera, Nunzia e Tanuzzo avevano concepito un figlio.

Dopo poco più di tre mesi da quei fatti, il dottor Arturo Pontiggia, magistrato in forza alla Procura di Como era stato trasferito alla Procura di Potenza per «*incompatibilità ambientale*» una formula prevista dall'ordinamento giudiziario che avviene quando i magistrati, «*...per qualsiasi causa, anche indipendente da loro colpa, non possono, nella sede che occupano, amministrare giustizia nelle condizioni richieste dal prestigio dell'ordine giudiziario*».

A "Il Dolce Sorriso", invece, tutto proseguiva come sempre. Non c'erano stati più interrogatori e l'ex professore di liceo Augusto Roscini, pochi giorni dopo la sua morte, dopo l'autopsia, era stato tumulato nel vicino cimitero di Segrino.

La bara era stata seguita, quel pomeriggio, da poca gente e, d'altronde, Augusto Roscini non aveva nessun parente. Per lo più, personale della residenza: Gaetano, naturalmente, e la direttrice Sofia Egle Arnaboldi. E poi il Direttore sanitario e un gruppo d'infermiere in rappresentanza del personale del "Dolce Sorriso". Una corona, l'unica, era firmata dal «*personale e dai dirigenti della Residenza Il Dolce Sorriso*». Sofia Egle Arnaboldi portava un vestito nero e un paio di occhiali, sempre neri, le travisano il viso. Una cerimonia veloce con il sacerdote che officiava veloce anch'egli. Poi, ognuno era tornato alle proprie incombenze, al proprio lavoro.

Ed era proprio quando Gaetano stava incamminandosi verso la residenza, che si era sentito chiamare.

– Dottor Maugeri, mi scusi.

A lui si era avvicinato un uomo di una quarantina d'anni. Non molto alto, magro, con una folta barba sale e pepe che gli adornava il viso.

– Non voglio importunarla dottor Maugeri. Sono un giornalista di *Unità a sinistra* e vorrei poterle fare soltanto qualche domanda sulla persona appena tumulata, il professore Roscini...

– ... non ho nulla da dire. Quello che dovevo dire l'ho già detto al magistrato...

– ... immagino l'abbia già detto al magistrato. No, io vorrei parlare della persona morta, del professore Roscini.

– Ripeto che non ho nulla da dire. È stata una disgrazia terribile per tutti noi che lavoriamo alla residenza... cerchi di capire il nostro stato d'animo. E adesso mi scusi, ma debbo tornare a lavorare. Buongiorno.

– Anch'io mi sto recando alla residenza perché debbo parlare con la direttrice, la signora...

Il giornalista aveva tratto dalla tasca un bloc-notes, l'aveva sfogliato soffermandosi su una pagina.

– Ah... ecco qua... direttrice e proprietaria... la signora Sofia Egle Arnaboldi. Secondo lei la direttrice era a conoscenza delle dicerie riguardanti un presunto litigio fra Roscini e alcune infermiere?

– Non deve domandarlo a me, questo.

– Certo, ha ragione. Lo domanderò alla direttrice. E lei, dottor Maugeri, ne sa niente di questo presunto litigio?

– No. Ora la saluto.

E così dicendo si era diretto alla sua auto posteggiata nei pressi del cimitero e presa la strada che conduceva alla residenza. Il giornalista era rimasto solo nel piazzale antistante il cimitero. Poi aveva notato tre donne che si stavano dirigendo verso un'auto posteggiata. A una di esse, sotto il cappotto, le spuntava un orlo di un camice bianco. Infermiere?

– Scusate... buongiorno. Voi lavorate alla residenza dove stava il signor Roscini?

– Sì, ma lei chi è, cosa vuole?

Il tono di chi aveva risposto era piuttosto duro, ma il giornalista questo lo dava per scontato. Era sempre così al primo approccio. Poi, di solito, l'atteggiamento delle persone nei confronti dei giornalisti cambiava e, molte volte, si arrivava al punto che erano gli stessi intervistati a prendere l'iniziativa di parlare, raccontare.

– Debbo scrivere un articolo per il mio giornale e non posso ritornare a Milano a mani vuote. Il mio direttore non me lo perdonerebbe. Ditemi qualcosa sulla morte di Augusto Roscini.

Aveva usato un tono di voce lamentevole, quasi supplichevole, così da convincerle a raccontare.

– Parli con la signora Arnaboldi. Noi siamo solo delle infermiere.

– Sì, fra poco andrò dalla direttrice, ma intanto ditemi com'è avvenuta la disgrazia.

– Non sappiamo niente... la persona ricoverata ha avuto un malore... è caduto dalle scale.

Chi aveva risposto era una donna di una cinquantina d'anni, piuttosto alta, mora, occhiali ed espressione decisa. Il giornalista aveva chiesto il suo nome e se poteva citarla nell'articolo. Cosa per altro subito negata da parte dell'infermiera.

– Sembra che il signor Augusto Roscini, nei giorni passati, avesse avuto un diverbio con qualcuno del personale, un paio di vostre colleghe. A voi risulta, questo litigio?

La donna era trasalita e il giornalista aveva colto il suo sussulto. Segno che qualcosa, l'infermiera sapeva. Doveva insistere.

– Non c'è bisogno che mi risponda in modo articolato. Mi dica solo se lo sapeva, sì o no.

Le altre due infermiere che stavano con la donna interrogata dal giornalista, si erano staccate dalla compagna e affrettate a dirigersi verso l'auto, mentre quella che aveva parlato con il giornalista aveva avuto un attimo d'indecisione. Il giornalista ne aveva approfittato prendendola alla larga.

– Scusi ancora. Mi può dire qualcosa della residenza? Quante persone lavorano, come vi trovate, in quante siete ad assistere...

– ... no, le ho già detto di chiedere alla direttrice. Buongiorno.

Si era incamminata in modo deciso in direzione delle compagne ferme ad attenderla. Al giornalista non era rimasto altro che dirigersi verso la residenza "Il Dolce Sorriso" per cercare di parlare con la direttrice. Aveva chiesto all'entrata, alla ragazza addetta alla reception, di poter parlare con la signora Sofia Egle Arnaboldi.

– Non so se potrà riceverla.

– Lei non si preoccupi. Informi la direttrice che un giornalista di *Unità a sinistra*, Enrico Carati, ha bisogno di parlarle.

Nel vestibolo c'erano posizionate alcuni sedie. Carati si era seduto su di una e, intanto, si guardava attorno. Da lì, dal vestibolo, partiva una larga scalinata che portava ai piani superiori. Una scalinata con gradini larghi, comodi, quelli che si usavano una volta nelle case patrizie. Si poteva però notare anche un ascensore, evidentemente costruito dopo la costruzione originaria della villa adibita a residenza per anziani. Alle pareti, pitture agresti con colori rilassanti, soprattutto verde, blu e viola. Quest'ultimo, lo sapeva anche Carati, serviva a calmare i disturbi nervosi, la malattia mentale in genere.

Dopo più di un quarto d'ora, la ragazza addetta alla reception si era alzata dalla scrivania e si era avvicinata a Carati.

– La direttrice ora può riceverla. L'attende nel suo ufficio al primo piano. Seconda porta a destra.

– Ha visto che mi ha ricevuto? Senta un'altra cosa. Prima di me sono entrate tre infermiere. Una di queste, una signora alta, bruna, con gli occhiali mi ha detto il suo nome ma, purtroppo, l'ho già dimenticato. Può fornirmelo lei?

– Non sono autorizzata a fornire i nomi del personale. Domandi alla direttrice.

– Ha mai provato a fare qualcosa di sua iniziativa?

L'aveva lasciata tutta rossa in viso e si era diretto alle scale. Aveva bussato alla seconda porta a destra, una porta di mogano chiaro con affissa una targhetta indicante "Direzione".

Una voce molto decisa aveva risposto «*Avanti!*» ed Enrico Carati si era ritrovato in uno spazio enorme, con una mastodontica scrivania e una libreria che occupava gran parte delle pareti. Dietro l'imponente scrivania stava seduta Sofia Egle Arnaboldi, proprietaria e direttrice della residenza per anziani. Era una donna, per quel che poteva vedere Enrico Carati, considerato che aveva allungato il braccio, senza alzarsi dalla sedia, magra e alta, naso grifagno, colorito pallido e capelli tinti che davano sull'azzurro tenue, raccolti in uno chignon. Gli occhi, dietro a un paio di occhiali dalla montatura angolosa, avevano qualcosa di inquietante, uno sguardo fisso su Enrico.

Aveva fatto segno al giornalista di accomodarsi. Carati era sprofondato in una poltrona di cuoio, molto comoda, con grandi braccioli tutti punteggiati. Una poltrona in stile classico con braccioli alti, dalle forme arrotondate da linee curve. Si sarebbe fatto volentieri, pensò Carati, un bel pisolino.

Si stava bene in quell'ambiente dove aleggiava un discreto profumo di sandalo e non poté far altro che confrontare quel posto a dove lavorava lui, al giornale, nello stanzone di viale Fulvio Testi, a Milano, vociante, con i telefoni che suonavano in continuazione, con i colleghi che gridavano o imprecavano nei confronti di questo o quell'interlocutore. Arnaboldi aveva esordito immediatamente, chiarendo che non aveva tempo da perdere e tanto più con un giornalista.

Aveva affermato quella parola come se avesse schifo o ribrezzo nel pronunciarla. Certamente un brutto inizio.

– Signora Arnaboldi, perché è così riluttante a parlarmi. Io non faccio altro che il mio lavoro come lei fa il suo. Non crede che l'opinione pubblica abbia il diritto di sapere come è morto il signor Roscini?

– Questo è parte integrante dell'inchiesta che sta svolgendo il magistrato Arturo Pontiggia. Chieda al magistrato.

– Certo, lo farò senz'altro. Il problema è che tutti coloro ai quali faccio questa domanda, mi rimandano a qualcun altro. Allora le faccio un'altra domanda. Ho appreso che il signor Roscini, negli ultimi tempi, era depresso. Non pensa che questo l'abbia potuto indurre a suicidarsi?

– Ma cosa dice? Chi le ha raccontato questa menzogna? Io mi guardo bene dal leggere il suo giornale che certo non amo, ma so che voi comunisti non fate altro che andare a caccia di ipotesi fantasiose, per denigrare tutti coloro che onestamente lavorano e danno da lavorare a tanta gente. È vergognoso quello che fate e scrivete. E con questo la prego di andarsene. Non mi costringa a chiamare i vigilanti.

Arnaboldi si era alzata, rossa in viso. Anche il giornalista, dopo qualche secondo si era alzato e, senza salutare, si era diretto verso la porta. Si era fermato e rivolto di nuovo verso la direttrice.

– Me ne vado, certo. Ma ho l'impressione che ci rivedremo. Presto. Ah, un'altra cosa: forse non se n'è accorta, ma i comunisti non ci sono più e, soprattutto, non mangiano più i bambini. Le auguro una buona giornata, direttrice.

Era uscito dall'ufficio e, invece, di dirigersi verso il piano terra, aveva imboccato le scale che conducevano al secondo piano, il piano dove era avvenuta "la disgrazia". Terminate le scale, aveva aperto la porta subito alla sua sinistra ed era entrato nel salone dove, come al solito, la televisione trasmetteva qualcosa a tutto volume. C'erano parecchi anziani. Molti guardavano la televisione, altri facevano le parole crociate. Due donne, le più vicine a lui, stavano disegnando qualcosa su grandi fogli. In fondo c'era un'infermiera che spingeva una sedia a rotelle con sopra una signora anziana che borbottava da sola. Carati si era diretto, decisamente, verso l'infermiera.

– Buongiorno signorina. Mi scusi, io avevo appuntamento con una sua collega ma non ricordo più il nome, una signora alta, bruna, con gli occhiali...

– ... ah la Francesca. Sì, Francesca Pozzi... La può trovare oltre quel corridoio nella prima stanza a sinistra.

Il giornalista si era recato dove indicato dall'infermiera. Riflettendo, aveva cambiato idea e si era fermato, tornando sui propri passi. Non aveva senso disturbarla. Avrebbe potuto gridare, far accorrere i vigilanti. Fra l'altro lui non era autorizzato a entrare nei reparti della residenza... No, meglio desistere. Intanto, però, aveva il nome dell'infermiera: Francesca Pozzi. Era già qualcosa.

Era tornato al piano terra e si era diretto dalla ragazza della reception.

– Ecco fatto, signorina. Grazie. A proposito, quell'infermiera da me cercata che lei non mi aveva voluto rivelare il nome, si chiama Francesca Pozzi. Vede com'è facile? Basta domandare. Arrivederci.

CAP. 3 – Contorsioni ideologiche

A Enrico Carati non era rimasto che tornare in redazione, a Milano. Era già pomeriggio inoltrato e prima delle 19 avrebbe dovuto scrivere il pezzo sui funerali di Augusto Roscini, l'ex professore morto nella residenza anziani "Il Dolce Sorriso". Il giornale per il quale lavorava *chiudeva* presto nel senso che alle 21 *andava in macchina* cioè cominciava a stampare. *Chiudeva* presto così da risparmiare non solo sugli straordinari dei rotativisti, ma anche per essere in orario con i treni, per non perderli ed essere costretti a trasportare i giornali stampati con le auto. Un aggravio di spesa che *Unità a sinistra* non poteva certo permettersi. In questo modo, le ultime notizie, quelle accadute dopo le 21, non si potevano portare sul giornale ma, d'altronde, loro non erano il *Corriere* che poteva permettersi di chiudere alle 1,30 di notte... Loro stavano sempre sul filo del rasoio e quando erano ridotti all'osso, in difficoltà finanziarie, chiedevano ai lettori una sottoscrizione "straordinaria".

Carati ci lavorava da tanti anni. Si era fatto notare durante l'università, redigendo tanti piccoli giornali del movimento. Poi era venuta la proposta da parte della direzione del quotidiano e Carati aveva accettato, abbandonando l'università e con essa, la possibilità di laurearsi. Guadagnava poco, ma tutto sommato non aveva nessuno da mantenere; non aveva fratelli e i genitori erano morti. *Unità a sinistra* era un giornale battagliero, senza censure, sempre teso a trovare le pecche del mondo borghese. Dietro al quotidiano non c'era un editore, bensì una cooperativa formata dagli stessi redattori e da una miriade di circoli e centri sociali. Era anche l'unico quotidiano sopravvissuto all'orgia comunicativa del '68 e alle P38, alle Brigate Rosse e simili. Lui si trovava bene e non disdegnava di lavorare anche in certe giornate canoniche di festa, come il 26 dicembre. Sostituiva volentieri altri colleghi che avevano famiglia e quel giorno volevano continuare il pranzo del giorno precedente. Il più delle volte, in quei giorni, non avveniva nulla di allarmante. Anche la cronaca nera latitava, nel senso che a Natale si ammazzava meno. Notizie di due giorni, perché il 24 e il 25 dicembre sono giorni festivi per i quotidiani. Due dei sei giorni all'anno in cui i quotidiani fanno festa. Enrico ricordava altri Natali, quando era piccolo. Ricordava l'elettricità che c'era nell'aria, l'attesa dei regali. Loro tre, lui e i genitori, riuniti attorno al tavolo da pranzo per gustare cibi non usuali negli altri mesi, gli antipasti, il brodo... Poi le ombre della sera portavano via tutto e restava qualcosa di amaro dentro di lui. Ma l'indomani era ancora festa e venivano a festeggiare i parenti. Episodi persi nel tempo che lasciavano in bocca un senso di inadeguatezza. La nostalgia era proprio una brutta bestia.

Spesso, nei primi tempi della vita del quotidiano, capitavano in redazione svariati personaggi legati alla sinistra extraparlamentare: *cinesi* con l'ossessione della purezza ideologica, operaisti, eretici dell'ortodossia marxista-leninista, fedeli della centralità e autonomia operaia. Pochi di loro avevano compreso che il giornale doveva uscire tutte le mattine e, per farlo uscire, era necessario produrre, scrivere gli articoli, impaginare. Tutti lavori, impegni, che non garbavano a questi personaggi. Preferivano pontificare, fare analisi sottilissime «*nella misura in cui*» la classe operaia un giorno avrebbe preso il potere. Tutti concentrati nelle loro contorsioni ideologiche. E così, dopo qualche settimana, non si facevano più vedere. Le coraggiose prese di posizione di *Unità a sinistra*, non piacevano a tanti "gruppi" più che altro impegnati a parlarsi addosso. Quando i brigatisti avevano ucciso, nel novembre 1977, Carlo Casalegno, vicedirettore della *Stampa* ed ex partigiano di "Giustizia e Libertà", il giornale aveva preso una posizione di netta condanna dell'assassinio così come gli altri ferimenti nei confronti di numerosi giornalisti e l'assassinio, da parte di Prima Linea, dei magistrati Emilio Alessandrini e Guido Galli.

E così il giornale aveva ricevuto minacce e spesso veniva considerato "venduto" alla borghesia. Era arrivato in redazione anche un comunicato, una "Risoluzione strategica" delle Br, del febbraio 1978 dove appariva un'analisi sull'informazione italiana. I brigatisti scrivevano che chi fa effettivamente funzionare quotidianamente

LA MACCHINA DELL'INFORMAZIONE È LA CORPORAZIONE DEI GIORNALISTI...

NELLE REDAZIONI SI ANNIDANO I VERI VERMI STRISCIANTI, GLI SPREGEVOLI FIANCHEGGIATORI DELLO

65

STATO: I CRONISTI, QUESTE FIGURE SI RIPARANO ALL'OMBRA DEI COLLEGHI PIÙ FAMOSI... DAI SOTTOSCALA IN CUI SONO ANNIDATI PRATICANO LE VIVISEZIONI DEI COMUNISTI, APPOGGIANDO LE CAMPAGNE DI ANNIENTAMENTO, CONTRIBUENDO A CREARE IL MOSTRO A TUTTI I COSTI E COSÌ VIA. A QUESTI SPORCHI FIGURI RACCOMANDIAMO UNA COSA SOLA: NON SCHIERATEVI NELLA GUERRA DI CLASSE CONTRO IL PROLETARIATO E LE SUE AVANGUARDIE; ALTRIMENTI VE NE ASSUMERETE IN PIENO IL CARICO POLITICO E MILITARE. PER TUTTI QUESTI C'È SOLO UN MODO DI SFUGGIRE ALLA GIUSTIZIA PROLETARIA: CAMBIARE MESTIERE AL PIÙ PRESTO.

Un mese dopo quel comunicato, giovedì 16 marzo, l'agenzia *Ansa* dava conto di una telefonata delle Br: «*Questa mattina abbiamo sequestrato il presidente della Democrazia cristiana Moro ed eliminato la sua guardia del corpo, teste di cuoio di Cossiga. Seguirà comunicato. Firmato Brigate rosse*». A metà mattinata di quel giorno "edizione straordinaria" del *TG1*. Il conduttore, Bruno Vespa, giacca marrone e cravatta verde, annuncia il rapimento e precisa che gli agenti di scorta uccisi sono quattro (Oreste Leonardi, Domenico Ricci, Raffaele Iozzino, Giulio Rivera), mentre del quinto non si hanno notizie precise. All'ora di pranzo si saprà che anche il quinto agente, Francesco Zizzi, è morto. A giugno, avrebbe compiuto trent'anni. Mancano dieci giorni a Pasqua e, da quel momento, inizierà un periodo molto difficile e confusionario per gli italiani. Poi cominciano a uscire le edizioni straordinarie dei quotidiani che vanno a ruba. Il giorno dopo il quotidiano *Lotta Continua* titola «Il ricatto delle Br e quello dello Stato». Leonardo Sciascia pubblica *L'affaire Moro* e si domanda che senso ha «*istituire posti di blocco, controllare mezzi e persone, la mattina del 16 marzo, a Trapani o ad Aosta*». Lui stesso si risponde. «*Nessuno, se non quello di offrire lo spettacolo dello sforzo imponente*».

E che sia imponente lo sforzo dello Stato è evidente: 72mila posti di blocco, più di tre milioni gli automezzi controllati, 6milioni e mezzo le persone controllate. Il Procuratore generale presso la Corte d'Appello di Roma, Pietro Pascalino, definì i controlli polizieschi, «*operazioni di parata*».

Un anno importante e tragico il 1978. Non solo per il rapimento di Aldo Moro ma, nello stesso tempo, per il fatto che ben tre papi si avvicendarono, uno dei quali morì, anch'esso in modo mai chiarito, dopo appena un mese di pontificato. Poi le dimissioni di Giovanni Leone e l'elezione a presidente della Repubblica del partigiano Sandro Pertini, i Mondiali di calcio in Argentina che "aiutarono" la dittatura militare al potere. E poi le ultime grandi riforme a seguito delle lotte iniziate nel '68: l'istituzione del Servizio sanitario nazionale, la legalizzazione dell'aborto, l'abolizione dei manicomi.

Enrico era al giornale da poco tempo quando avvenne il rapimento Moro. Fu un momento di grande tensione. Doveva seguire le numerose e imponenti manifestazioni di protesta per il rapimento, i comunicati, spesso falsi, che le Br lasciavano nelle cabine telefoniche, intervistare personaggi politici locali, associazioni, gruppi politici. Per 55 giorni Enrico fu "staccato", con altri colleghi, alle ripercussioni milanesi di quell'episodio terribile. Si era fatto le ossa, giornalisticamente parlando, con un fatto clamoroso e con un finale tragico ma, nello stesso tempo, nebuloso e, come al solito, oscuro. Fino al momento del rapimento, il Pci stava all'opposizione e quel 16 marzo, in Parlamento, si sarebbe sancito l'entrata dei comunisti nel governo. In realtà non era proprio così. Fin dal luglio 1976 si era astenuto sul governo Andreotti III.

Ormai, però, quel mondo non esisteva più. Come non esisteva più la P2 di Licio Gelli grazie al lavoro compiuto dalla Commissione parlamentare con a capo Tina Anselmi. La P2 – definita dalla stessa Commissione un'associazione «*criminale ed eversiva*» – prevedeva, sin dal 1976, un coordinamento di «*tutta la stampa provinciale e locale attraverso una agenzia centralizzata*». Quella organizzazione per delinquere di cui facevano parte, fra gli altri, tre ministri, i vertici dei Servizi segreti, 208 ufficiali, 18 alti magistrati, 49 banchieri, 120 imprenditori, 44 parlamentari e 27 giornalisti.

Non c'era più la P2 ma, profeticamente, Tina Anselmi aveva scritto nel suo Diario: «*Le P2 non nascono a caso, ma occupano spazi lasciati vuoti, per insensibilità, e li occupano per creare la P3, la P4...*».

Prima la droga e poi gli omicidi delle Brigate Rosse avevano portato anche il movimento a rifluire, a ritirarsi, come si diceva, nel privato. La caduta del Muro di Berlino, nel 1989, era stato il colpo finale. Un'epoca, quella, certamente difficile con attentati e bombe, eppure con una grande voglia di battersi per una società più giusta. Battaglie che avevano portato una ventata salutare per la società italiana, sino a quel momento ingessata su stanchi rituali. Non era un caso che le lotte di quegli anni avevano prodotto lo Statuto dei lavoratori, il divorzio, la depenalizzazione dell'aborto, la riforma del diritto di famiglia, l'obiezione di coscienza...

Al giornale, Carati si occupava di tutto. Un giornale molto attento alle lotte nelle fabbriche e alla trasformazione della società, quella milanese, in particolare, dove c'erano in atto grandi sconvolgimenti con interi quartieri sventrati così da far posto ai cosiddetti "centri direzionali". Una speculazione selvaggia che estrometteva dai quartieri popolari, piccole botteghe artigianali, che espelleva lavoratori a reddito fisso e pensionati costretti a cercarsi un'altra abitazione in quartieri lontani, dove non avevano nessun legame.

Il quotidiano si occupava, invece, poco di cronaca nera. Solo quando c'erano risvolti sociali. In realtà, la "nera" la seguiva maggiormente proprio Carati che sembrava avesse una particolare propensione per questo settore. Scrivere di cronaca nera era particolarmente formativo per un giovane giornalista e Carati iniziava a creare rapporti con gli organi inquirenti e, anche, con un certo tipo di malavita, fonti che potevano essere utili. Ciò che non riusciva ad abituarsi era entrare nella vita di sconosciuti colpiti da qualche tragedia. Come era possibile fare domande a una madre che aveva appena perduto un figlio per un incidente o perché sparato? Come era possibile domandare a loro la fotografia del morto, quasi sempre ritratto in un momento sereno della sua vita? Il dolore degli altri, anche se non ti colpisce direttamente, ti entra dentro e non c'è cinismo che tenga. Quando entrava in quelle case, Enrico era assalito da un'angoscia attanagliante e cercava sempre di uscire al più presto.

Nel caso della residenza "Dolce Sorriso", era arrivata in redazione una telefonata da parte di un militante di un centro sociale di Erba. Segnalava, appunto, la morte dell'ex professore Roscini per un «*banale incidente*» così come scrivevano i giornali locali della zona. In realtà, secondo il militante che aveva telefonato, attorno alla Casa di riposo fiorivano diverse voci non controllate e anche la morte del Roscini non era per nulla chiara.

Il direttore di *Unità a sinistra*, Stefano Ercolani, aveva chiamato nel suo ufficio Carati e gli aveva detto di andare a seguire il funerale di Roscini e cercare di sapere qualcosa sulla sua morte. Ercolani proveniva da un grande giornale "borghese". Era stato inviato speciale in alcuni teatri di guerra, poi redattore capo e, infine, notista politico del giornale. Una carriera prestigiosa, se non ci fosse stata la proposta di dirigere *Unità a sinistra*. Per un incomprensibile motivo, Ercolani aveva accettato la proposta. Per quale strano disegno aveva accettato? Perché lasciava un posto sicuro e ben retribuito per un posto "traballante", incerto, molto poco retribuito? L'animo umano è certamente insondabile. Ercolani aveva visto la possibilità di fare il giornalista come aveva sempre desiderato; essere lui a decidere cosa mettere in pagina, quali notizie riportare, quali argomenti trattare. Non essere legato a un padrone, non difendere – attraverso il giornale – gli interessi di questo. Era una scommessa. Ed Ercolani aveva scommesso. Aveva scommesso di portare la testata al pareggio economico, aveva scommesso di fare del buon giornalismo, dimostrare di non essere al servizio di una qualsiasi camarilla esistente nel nostro Paese.

Stefano Ercolani era un ottimo giornalista, un eccellente "insegnante" di giornalismo. Non aveva la puzza sotto il naso e dispensava non solo consigli ai giovani redattori che arrivavano al giornale che dirigeva. Spesso li spronava a fare di più e meglio, non farsi scoraggiare se un loro articolo veniva cestinato. Se oggi è andata male, diceva ai giovani redattori, insisti, non lasciarti abbattere, continua a lavorare, a scrivere e riscrivere fino alla volta buona. E quando qualcuno dei "vecchi" assumeva atteggiamenti troppo "professorali", ricordava loro di non prendersi troppo sul serio.

Non è un caso, continuava, che nella Londra di metà Settecento i giornalisti venivano chiamati «*imbratta carte*», una professione disonorevole. Talmente indecorosa che il famoso scrittore Mark Twain aveva coniato questa frase: «*Non dite a mia madre che faccio il giornalista, mi crede pianista in un bordello*».

Arrivato in redazione, nello stanzone di viale Fulvio Testi, Carati si era subito recato nella stanza del direttore Ercolani. Come al solito, egli stava seduto a una scrivania onusta di fogli, subissato da *menabò*[1] appena abbozzati e squilli del telefono.

– Ah, Enrico, sei arrivato? Com'è andata?

– Non troppo bene. Alla Casa di riposo le bocche sono cucite da parte del personale e anche con la direttrice l'incontro è stato un buco. Ho qualcosa...

– ... scrivi un pezzo molto interlocutorio, senza nessuna accusa. Stiamo attenti perché è anche possibile che il morto si sia suicidato.

– D'accordo. Volevo solo avvisarti che tenterò di avere un contatto con una infermiera che mi ha dato l'impressione di sapere molte cose, ma sembra avere paura di parlare. Ora scrivo subito il pezzo, quante righe?

– Guarda, lo mettiamo di *spalla*[2] in quarta pagina, a due colonne. Direi 30 righe contornate. Vediamo domani se altri giornali riportano qualcosa sul "Dolce Sorriso". Forza, diamoci sotto che è già tardi.

Carati si era diretto alla sua scrivania per scrivere l'articolo. Era partito con la descrizione del funerale e il tentativo abortito di far parlare la direttrice. In archivio aveva fatto una ricerca sulla proprietà della residenza per anziani "Il Dolce Sorriso". L'archivio era situato nel sotterraneo del giornale, un immenso stanzone dove ci stavano migliaia e migliaia di ritagli di giornali e riviste, tutti catalogati e sistemati su scaffali alti sino al soffitto. Era gestito con mano ferma e dura da Elda, una signora di poco meno di 65 anni, che a 16 anni era stata staffetta partigiana dalle

---

1   Il foglio dove il grafico disegna la pagina collocando titoli e foto
2   L'articolo posto con il titolo in alto a destra o a sinistra della pagina

parti di Cuneo. Gestiva il suo incarico con autorevolezza e odiava tutti coloro che procuravano disordine nel suo "regno", un odio sconfinato, soprattutto, nei confronti di coloro che «*rubavano*», come diceva lei, i suoi ritagli. Era, il suo, un lavoro importantissimo. Lei, aiutata dai suoi pochi collaboratori, leggeva tutto ciò che usciva su quotidiani e riviste, ritagliava gli articoli e catalogava il tutto secondo l'argomento e per data. Un lavoro certosino, ma di grande importanza per i giornalisti se volevano sapere, ad esempio, come era andato a finire un determinato processo avvenuto dieci anni prima oppure la dichiarazione rilasciata da un politico su un precisato argomento.

— Elda avrei bisogno di conoscere chi sono i padroni di una residenza per anziani. Puoi vedere, per favore?

— Come al solito venite qui e pensate che tutto sia facile. Devi darmi più dati, come si chiama la residenza, il luogo dove opera e tutto il resto. Non basta chiedere come fate voi. Qui ci facciamo due palle così per voi e voi mi mettete in disordine sempre tutto.

Enrico si aspettava quella sfuriata polemica. Era di prammatica ogni qualvolta si chiedeva una busta su un precipuo argomento. I ritagli dei giornali, infatti, erano conservati in grosse buste dal colore giallo paglierino. Enrico aveva dato a Elda gli estremi per la ricerca ed ella borbottando era sparita fra i meandri degli scaffali. Era tornata poco dopo con in mano una busta gialla poca voluminosa. Sopra c'era scritto "Residenza Il Dolce Sorriso". All'interno pochi ritagli. Enrico li aveva esaminati: un ritaglio era di un giornale locale e parlava dell'inaugurazione quando la residenza aveva aperto, poi altri ritagli poco importanti per Enrico. Uno, però, era un trafiletto ritagliato da una pagina del quotidiano economico della Confindustria dove risultava che la composizione della proprietà della residenza "Il Dolce Sorriso" non tutta era in mano a Sofia Egle Arnaboldi. Una percentuale del 40% era di proprietà della Scf Invest, una società d'investimenti di cui si conosceva molto poco.

Aveva iniziato a scrivere il pezzo e aggiunto anche questo ultimo particolare. Poi aveva consegnato il tutto al vice di Ercolani, Matteo Sinatra, ed era sceso in tipografia in attesa delle prime copie stampate.

Il titolo del suo pezzo, deciso da Ercolani e Sinatra era, volutamente, piuttosto sibillino: «*Com'è morto Augusto Roscini?*». Il *catenaccio*[3] era centrato sui funerali avvenuti e non c'era nessun accenno alle infermiere e, neppure, ai dinieghi da parte della direttrice Arnaboldi. Era il classico articolo di "attesa".

Ormai erano passate le 21 e Carati era tornato in redazione, alla sua scrivania. Doveva assolutamente trovare la possibilità di parlare con l'infermiera Francesca Pozzi, convincerla a raccontare, pur con l'anonimato, cosa fosse realmente avvenuto nella casa di riposo. Se veramente era stato un malore come ufficialmente raccontavano al "Dolce Sorriso". E poi c'era la questione di quel medico, il dottor Gaetano Maugeri. Un tipo che aveva dato l'impressione, a Enrico, di sapere molto, ma non di volerlo raccontare. Perché?

---

3   Di solito una riga sotto il titolo, spesso maiuscola

Aveva aperto il bloc-notes e si era fatto una scaletta delle cose da fare. Per prima cosa era necessario trovare il numero di telefono personale dell'infermiera Pozzi e cercare di parlarle. Poi, interpellare di nuovo, il dottor Maugeri e, infine, il magistrato. Questo incontro lo aveva tenuto per ultimo per diversi motivi. Intanto perché difficilmente i magistrati parlavano apertamente con i giornalisti e poi era meglio andare da lui con più elementi possibili.

Ormai erano circa le 22 e aveva deciso di andarsene. Il quotidiano era ormai stampato e a *Unità a sinistra* non prevedevano mai le "ribattute", cioè smontare intere pagine e sostituirle con fatti eclatanti dell'ultimo momento. Aveva un appuntamento, alle 23, con un suo amico e la sua ragazza in un locale del centro di Milano.

Lui sarebbe passato a prendere Mirella, una ragazza con la quale, negli ultimi tempi, usciva spesso. Niente di straordinario, ma assieme ci stavano abbastanza bene. Spesso lei si fermava a dormire da lui, nel monolocale dove abitava in via Scaldasole, a Porta Ticinese, un quartiere una volta pieno di circoli extraparlamentari, un quartiere che legava il centro alla periferia. Lei, Mirella, invece, abitava in una traversa di via Paolo Sarpi, in via Aleardo Aleardi.

Una serata come tante altre. Avevano bevuto e mangiato una pizza, scherzato fra loro, discusso della morte di Sandro Pertini avvenuta in febbraio, della dissoluzione dell'ex impero sovietico e del clima razzista che si stava instaurando nel nostro Paese con manifestazioni di cittadini, sobillati dalle destre, che scendevano in piazza al grido di «*Via i negri!*».

Claudio Borghesi, l'amico di Carati, lavorava in una grande società multinazionale delle telecomunicazioni, la Consulting Comunication ed era National Project Manager, cioè Responsabile dei Progetti nazionali, ma che affermato in inglese, dava certamente più prestigio.

Era un tecnico gestionale e, qualche volta, Carati si rivolgeva a lui quando aveva bisogno di capire certi passaggi di quel mondo così oscuro per lui che era l'informatica. Gli era venuta un'idea e l'aveva espressa a Claudio mentre, dopo aver cenato, stavano andando al parcheggio a prendere le auto e le due ragazze aspettavano ancora in pizzeria.

– Senti Claudio, se io ti fornisco nome e cognome di una persona, tu puoi risalire al suo numero di telefono?

– Guarda sull'elenco telefonico.

– Ma va! Non lo sapevo, sai. Grazie dell'informazione. Come potrei fare senza di te? C'è un piccolo problema: io non so in quale comune abita questa persona.

– Enrico, vedi di non farmi finire nei pasticci che combini. Riguarda una donna?

– Beh, sì. Non voglio però che Mirella lo sappia.

– Va bene. Lo faccio solo perché riguarda una donna e non uno dei tuoi soliti casini che hai al giornale. A proposito: quando te ne vai da quel giornale di merda?

– Non è un giornale di merda. È un giornale libero. Sei tu che da quando lavori in quella multinazionale hai abiurato i tuoi princìpi. Una volta, all'università, stavi sulle barricate a gridare contro i padroni. Ora che sei un dirigente, ti sei ammosciato.

Spesso Claudio ed Enrico si prendevano in giro a vicenda. Nella realtà Claudio aveva un ottimo posto di lavoro e un futuro pieno di prospettive e fra queste, non ultimo, sposare Carla, la sua ragazza. Enrico sì che era messo male: lavorava in un giornale dall'avvenire incerto, guadagnava poco e non poteva certo sposarsi, creare una famiglia. Viveva un po' alla giornata. Giornate riempite dal suo lavoro al giornale, qualche uscita con Mirella, qualche cinema. In ferie non più di una settimana, un po' per via dei soldi che mancavano sempre e un po' perché al giornale succedeva sempre qualcosa da seguire. L'unica cosa positiva di quel giornale, era che tutti i redattori erano inquadrati in modo regolare, al minimo sindacale, ma regolari. A quanto si diceva nell'ambiente giornalistico, fra poco gli editori, per abbattere i costi, avrebbero assunto solo giovani, i cosiddetti "precari", disposti a lavorare senza garanzie sindacali e disponibili a fare più mansioni. Non ci sarebbe più stato il giornalista e il fotografo, ad esempio, ma una sola figura: chi seguiva, ad esempio, una manifestazione, avrebbe dovuto fare tutto, dalle fotografie, alle interviste, alla cronaca della giornata.

Per ora si lavorava come sempre. In redazione erano in 15. Fra di loro quattro donne. Una seguiva, in particolare, gli spettacoli; una era staccata, praticamente, al palazzo di Giustizia; la terza e la quarta facevano, come tutti, una rotazione continua in base a quello che avveniva in quel giorno. Collaboratori e corrispondenti erano una ventina.

Questi non erano assunti: erano retribuiti in base agli articoli che scrivevano; i più erano già dipendenti da altri giornali o erano corrispondenti, per quella città o zona, di qualche agenzia di stampa.

L'anno precedente, Claudio aveva saputo che la sua azienda cercava un redattore per rimpinguare l'Ufficio stampa e subito l'aveva detto a Enrico. Claudio l'avrebbe segnalato al responsabile ed era sicuro che l'avrebbero assunto. Era stato Enrico a non volerne sapere. «*Te lo immagini* – aveva detto a Claudio – *io tutti i giorni con la cravatta in ufficio a dire sempre sì al dirigente di turno, a magnificare le sorti della famosa Consulting Comunication? A scrivere* soffietti [4] *per la Cc? No. Io non mi ci vedo. Sono libero e lavoro in un giornale libero*».

– Enrico, hai 40 anni. Guarda in faccia la realtà. Non diventerai mai un grande giornalista non perché non ne hai le qualità, ma perché hai la puzza sotto il naso. Per te, tutti coloro che non lavorano in un giornale di sinistra sono delle merde, tutti coloro che lavorano per aziende private, sono dei venduti al grande capitale. E poi dai una regolata alla tua vita... Non puoi vivere sempre come se fossi un eterno beatnik. Non usano più. Tagliati la barba, butta via il giaccone, l'eskimo, mangia decentemente, trovati una moglie e non usare più le finte Clarks, i calzoni di velluto, i jeans scoloriti...

Enrico era scoppiato in una fragorosa risata.

– Ti voglio troppo bene Claudio per litigare. Ognuno quando nasce ha una strada ben segnata. La mia è quella

---

4   Pompare una notizia pubblicitariamente

che faccio e non me ne lamento. D'altronde in una società tutta tesa al profitto, dove tutti fanno salti mortali per emergere, farsi notare, far carriera, io cerco solo di tenermi a galla attraverso il mio lavoro, i miei articoli, le mie inchieste su come vivono gli immigrati o come vivono quelli che abitano nelle case popolari Iacp, sulla sanità che non funziona perché sempre più in mano ai privati ecc. Ecco perché mi sento libero: perché non c'è direttore che mi proibisca di scrivere queste cose. Come potrei mai scrivere mirabilie della tua Consulting Comunication? Io amo quello che faccio, mi sento libero. Ricordati ciò che scriveva Primo Levi nel suo "La chiave a stella" e che ci aveva così tanto entusiasmato a quel tempo: «*Amare il proprio lavoro costituisce la migliore approssimazione concreta alla felicità sulla terra*». Io lo amo il mio lavoro e sono felice.

Cazzeggiavano spesso su questi temi. Ma quella sera, mentre andavano a prendere le auto, Enrico aveva in testa solo il numero di telefono dell'infermiera.

– Allora Claudio, scriviti il nome. La ragazza si chiama Francesca Pozzi.

– Dove abita?

– Ti ho detto che non lo so.

– Come non lo sai. Sarai andato a prenderla, vi sarete visti, parlati. Per risalire al suo numero di telefono ho bisogno di qualche dato più preciso.

– Senti abita certamente in Brianza, nella zona attorno al Segrino. Io ho già guardato l'elenco telefonico di Longone al Segrino, ma il suo nome non appare.

– Probabilmente perché non vuole che appaia sull'elenco, oppure perché l'utenza è intestata al padre, al marito, chessò... Va bene. Vedo cosa posso fare. Mi sembra, però, una cosa un po' strana. Sicuro che c'è di mezzo una donna? Non mettermi nei casini, Enrico.

– Non preoccuparti. Ti ho mai messo nei casini?

– Sì, ed è proprio per questo che mi preoccupo.

– Ho bisogno in fretta quel numero. Fammelo avere domani...

– ... cos'è ti scappa di andarci a letto? Tu non me la conti giusta. Te lo ripeto: non...

– ... mettermi nei casini. Ho capito. Ti assicuro che non lo farò anche perché io mantengo l'anonimato delle fonti.

– Non rivelarmi altro che non lo voglio sapere.

Claudio, successivamente, gli aveva raccontato che fra non molto, in commercio, ci sarebbero stati dei telefoni portatili, individuali. Certo, una bella comodità pensava Enrico.

Per ora, però, non c'erano e lui doveva girare sempre con una manciata di gettoni telefonici in tasca per poter telefonare al giornale da qualche bar. In realtà, nel 1990, erano apparsi i primi grossi telefoni portatili. Più che altro erano per "farsi notare", erano, come si diceva, uno *status symbol*. Solo dal 1994 in avanti, con l'introduzione delle Sim card ricaricabili, diventeranno uno strumento "di massa" anche se il costo non era ancora da tutti abbordabile in quanto costavano 500 mila lire e le Sim ben 100 mila lire.

Frattanto erano arrivati al posteggio. Si erano salutati

e, con le auto, erano tornati alla pizzeria a prendere le ragazze. Mentre accompagnava a casa Mirella, questa gli aveva chiesto se voleva salire da lei. Enrico aveva tergiversato adducendo a un impegno l'indomani domattina presto. Così si erano salutati ed Enrico si era diretto nel suo, triste, monolocale di via Scaldasole. Triste certamente, ma lui ci stava bene. Appena entrato si era spogliato e aveva acceso il televisore, sintonizzandosi su un canale di notizie. Del morto del Segrino non se ne parlava. D'altronde non che Enrico s'aspettasse altro. Tutto sommato non era che un banale incidente, una disgrazia. Aveva spento la Tv e, dopo essersi lavato, si era messo a letto. Di solito non aveva problemi ad addormentarsi. Di solito avveniva subito. Magari leggeva un po' e poi sentiva le palpebre farsi pesanti. Quella sera, invece, non riusciva ad addormentarsi. La morte dell'ex professore di liceo lo disturbava, soprattutto, perché non ne riusciva a capirne il motivo.

Al giornale, la mattina dopo era arrivato poco prima delle 11. A quell'orario, infatti, c'era la prima riunione della redazione: si valutavano le notizie da mettere in pagina, si assegnavano gli incarichi, si faceva un primo *menabò* di massima, *menabò* che nel corso della giornata sarebbe cambiato molte volte.

Un'altra riunione avveniva attorno alle 17 per verificare cosa mettere in pagina, cosa far saltare in caso di una notizia importante e improvvisa.

Prima di entrare nella sala riunioni, Enrico si era fermato alla macchinetta delle bevande calde e aveva preso una cioccolata. La bevanda era scesa producendo i consueti gorgoglii e ronzii nel bicchiere di plastica. Imbevibile, certo, ma molto calda. Poi si era recato alla riunione.

Ercolani, con a fianco Sinatra, valutava già il primo schizzo di *menabò* contornato da numerose "strisciate" ricevute per telescrivente dalle agenzie. Sinatra era un uomo di media statura, capelli biondicci, sottili e radi. Piuttosto robusto. Ogni qualvolta Enrico lo guardava, si domandava per quale motivo non si tagliava quei quattro peli che aveva in testa. Era il classico uomo-macchina del giornale. Forse, in vita sua, non aveva mai scritto un articolo, ma sapeva benissimo come far funzionare la "cucina" di un giornale, far chiudere le pagine in orario e tanto altro. Da una notizia d'agenzia capiva immediatamente se bisognava lavorarci sopra, aveva il senso della notizia. Spesso gridava al telefono con i corrispondenti o con i redattori. Sembrava sempre incazzato con il mondo intero, ma il suo lavoro lo sapeva fare e bene. Si diceva che fosse stato sposato, ma che alla fine la moglie lo avesse lasciato perché non c'era mai, era sempre al giornale. Nessuno conosceva le sue idee politiche, sempre che le avesse.

Ercolani, invece, non gridava mai. Aveva poco più di 60 anni, capelli castani tutti riccioluti, fisico asciutto. Non era molto alto, ma aveva un portamento che lo faceva sembrare più alto di quanto fosse in realtà. Aveva sposato una ragazza ricca e aveva due bambini. Non si conosceva troppo della sua vita privata e, in realtà, a Enrico questo non interessava poi molto. Il direttore, contrariamente a Enrico e a molti altri redattori, non indossava mai maglioni o scarpe sportive. Indossava sempre giacche perfettamente intonate con i pantaloni, molte volte un abbigliamento classico altre volte in modo più casual, ma sempre intonato. Niente jeans sdruciti, ma pantaloni di velluto marroni e giacca dello stesso colore, camicia e cravatta in tinta. Spesso Enrico lo guardava, guardava il suo dono dell'eleganza, cosa che Enrico, di questo era consapevole, ne era sprovvisto completamente.

Il direttore aveva cominciato a elencare gli argomenti che intendeva sviluppare. Una azienda del Lodigiano che produceva laminati metallici, aveva deciso di trasferirsi in Polonia.

Era quella che gentilmente veniva definita *"delocalizzazione"*.

In realtà, malgrado fosse un'azienda in attivo, in Polonia i lavoratori erano meno retribuiti e, quindi, i guadagni per l'azienda italiana, maggiori. Il direttore aveva deciso d'inviare nel Lodigiano un redattore e il fotografo a seguire la vicenda. Aveva incaricato chi, in genere, seguiva il sindacale. Poi, di seguito, aveva elencato tutti gli argomenti in sospeso da sviluppare e assegnato i redattori a seguirli. Una pagina del giornale, sarebbe stata dedicata allo stato disastroso dei trasporti pubblici cittadini.

– Abbiamo poi la vicenda dell'uomo morto nella Casa di riposo, in Brianza. L'articolo che abbiamo pubblicato stamane sembra sia passato inosservato. Ritengo, però, che dobbiamo interessarci ancora di questo episodio dai contorni ancora troppo nebulosi. Enrico hai novità in merito?

– No, direttore. Ci sto lavorando. Attendo una telefonata da una mia fonte. Appena avrò qualche notizia te lo faccio sapere immediatamente. Ho in programma anche una visita al magistrato che ha avviato un'indagine, ma preferisco attendere ancora per avere più elementi.

– Va bene. Non ti do incarichi precisi. Resta in redazione a *passare*[5] le agenzie e stai addosso alle tue fonti. Bene, buon lavoro a tutti.

La riunione si era sciolta. I redattori erano andati ai loro tavoli. Alcuni erano usciti chi per raggiungere la sala stampa della questura e chi il palazzo di giustizia. Altri avevano cominciato a fare i giri telefonici negli ospedali e ai corrispondenti. Iniziava un altro giorno di lavoro, un giorno sempre diverso dal precedente, a descrivere quello che era avvenuto così che i lettori, l'indomani mattina, potessero essere informati. Notizie di lotte per il posto di lavoro o di delitti inesplicabili, consapevoli che ogni cosa che avviene ha il suo mistero, ogni persona il suo segreto più o meno grande, più o meno nascosto. Ma cosa nascondeva, si domandava Enrico, l'ex professore Augusto Roscini? Ma poi, nascondeva qualcosa?

La telefonata era arrivata attorno alle 12,30. Claudio era stato di parola e aveva chiamato. Il numero di telefono di Francesca Pozzi compariva nell'elenco telefonico di Erba, sotto il nome di Aldo Pozzi. Un numero che aveva il prefisso 031, così come quello della casa di riposo "Il Dolce Sorriso". Non era l'orario giusto per telefonare a Pozzi, marito o padre che fosse. Francesca a quell'ora sarebbe stata senza dubbio al lavoro. Meglio di sera, all'ora di cena.

---

5   Controllare o riscrivere notizie o articoli

Dalla parte del torto

Arrivato a casa, aveva aperto il frigorifero per mangiare qualcosa. Era terribilmente vuoto e deprimente. Cosa c'è, infatti, di più deprimente di un frigorifero vuoto? Si era dimenticato, ancora una volta, di fare provviste. All'interno del frigorifero c'era solo mezzo limone, qualche fetta di prosciutto risalente, probabilmente, a un'era geologica molto lontana e un litro di latte. Questo non era scaduto, buon segno. Si era preparato una grossa tazza di latte ben caldo e ci aveva spezzettato dentro un panino un po' rinsecchito.

Tutto sommato non era male. Certo, si rendeva conto che non poteva continuare a vivere in questo modo. Avrebbe dovuto darsi una regolata. Aveva ragione Claudio? Sì, forse aveva ragione Claudio e avrebbe dovuto sposarsi. Già, sposarsi. Ma con chi? No, meglio lasciare perdere.

Erano le 20,30 ed era il momento di telefonare anche se questo andava in contrasto con l'ascolto del telegiornale. Però era l'orario, nello stesso tempo, che dava più certezze di trovare l'interlocutore. Chi se ne fotteva se la telefonata rovinava l'ascolto televisivo.

– Pronto. Buonasera, signor Pozzi. Mi chiamo Enrico Carati e avrei bisogno di parlare con Francesca.

– Chi parla? Carate? Cosa vuole da mia figlia?

– No Carate... Carati, Enrico Carati.

La voce dell'interlocutore di Enrico, era una voce cavernosa da fumatore incallito. Probabilmente era sordo perché Enrico sentiva, attraverso la cornetta, il volume della televisione molto alto. Poi si era sentita una discussione fra il Pozzi e una voce femminile e, infine, Francesca al telefono.

– Pronto, chi parla?

– Buonasera Francesca. Sono Enrico Carati, il giornalista... si ricorda... ci siamo parlati dopo il funerale di Augusto Roscini.

– Cosa vuole ancora... le avevo detto che non ho nulla da dichiarare, che non so nulla della disgrazia di Roscini... mi lasci in pace.

– Aspetti, non chiuda... mi faccia terminare almeno... poi deciderà cosa fare. Ho bisogno di parlarle, magari assieme alle sue due colleghe. Io so che le cose non sono andate come vengono descritte dalla direzione della residenza. Ho bisogno solo di fare delle verifiche e poi non la disturberò più. Troviamoci da qualche parte, parliamone e le prometto che il suo nome non verrà mai fuori. Se decide in questo senso mi richiami al giornale. Se non ci sono, lasci un messaggio e sarà mia premura ricontattarla. Adesso chiudo. Se non ricevo la sua telefonata, non la cercherò più. Ci pensi, però, perché io sono convinto che lei deve dirmi qualcosa. Grazie.

Enrico aveva chiuso la comunicazione. Era un azzardo quello che aveva fatto, certo. Probabilmente Francesca non lo avrebbe più chiamato. D'altronde era inutile insistere. Chiudendo la comunicazione, invece, aveva lasciato a Francesca la responsabilità di decidere, facendola macerare nel dubbio.

Erano passati alcuni giorni senza novità. La notizia della morte di Roscini non era più sui giornali ed Enrico stava lavorando ad altro. Poi, dopo quattro giorni, un pomeriggio attorno alle 17, Francesca aveva telefonato.

– Sì... buonasera... sono Francesca Pozzi... eravamo rimasti d'accordo che le avrei telefonato.

– Certo, Francesca. Ha deciso qualcosa?

– Sì... no... in realtà le mie colleghe non vogliono incontrarla e hanno delegato me di parlare con lei...

– ... mi dica solo l'ora e quando.

– Domattina alle 10 io sarò in un supermercato di Erba per fare la spesa. Si chiama Bennet. Trovi lei dov'è. A quell'orario io sarò vicino al banco della vendita di pesce. Troviamoci lì. Buonasera.

CAP. 4 – Il processo

C ome sempre, quando aveva qualche appuntamento di lavoro, Enrico Carati, arrivava sul
posto in anticipo. Preferiva guardarsi attorno,
vedere le arterie che conducevano in quel posto e, anche, i
punti di fuga in caso di bisogno. Era già capitato almeno
un paio di volte e si era salvato solo perché, in anticipo, si
era preparato la fuga. Era avvenuto durante l'intervista
con uno spacciatore di droga quando, a un certo punto,
questi si era alterato e aveva cacciato dal giubbotto un coltello. Ed era capitato con due malavitosi della Comasina
che gli avevano dato appuntamento in una ex fabbrica.
Avrebbero dovuto rivelargli alcuni aspetti di un traffico di
armi ma, improvvisamente, avevano cambiato idea ed Enrico aveva capito che doveva andarsene, molto velocemente.

Certo, con Francesca Pozzi questo problema, non c'era.
Ma lui era ormai abituato così. Come gli aveva insegnato a
fare un vecchio cronista di nera, quando Enrico era alle
prime armi di quello strano, per molte persone, lavoro che
faceva.

Alle 10, puntuale, entrava nel grande spazio della Bennet. Camminava lentamente, soffermandosi a guardare le
merci esposte e i relativi prezzi. Aveva rintracciato immediatamente il reparto "Pescheria" non fosse altro perché

appeso al soffitto, in fondo all'entrata del supermercato, c'era un enorme pesce in materiale gonfiabile. Ondeggiava in continuazione. Era impossibile non notarlo. Si era diretto in quella direzione e l'aveva individuata subito. Stava di spalle, con il corpo leggermente curvato verso l'esposizione del banco del pesce. Indossava un cappotto non pesante e una grossa sciarpa multicolore. Si era avvicinato al bancone frigorifero e si era posizionato al suo fianco.

– Buongiorno signora Pozzi. Per semplificare la posso chiamare Francesca?

– Certo. Comunque non sono sposata. Quello che ha risposto al telefono quando mi ha telefonato, come avrà capito, era mio padre. Viviamo assieme da quando mia madre, tre anni fa, è morta a causa di un ictus. Resta inteso che qualsiasi cosa le dirò, lei la potrà usare senza far risalire la confidenza alla mia persona. Solo così, io e le mie amiche, abbiamo deciso di raccontare quello che sappiamo.

– D'accordo. D'altronde era la mia proposta iniziale. Le garantisco che la fonte non la rivelerò a nessuno. Cominciamo dall'inizio, vuole?

– Non c'è nessun inizio e nessuna fine, se non quella di Roscini.

Aveva risposto in modo duro. Non era certo un soggetto facile Francesca. Ora che Enrico la guardava da vicino, vedeva una quantità enorme di rughe attorno agli occhi, un reticolo che arrivava alle guance piuttosto magre. Forse Francesca era stata una bella donna, da giovane. Ma le batoste della vita accompagnate all'età, ai primi cedimenti della pelle, le avevano lasciato un segno perenne.

Francesca aveva cominciato a parlare, mentre ogni tanto prendeva qualche busta contenente del pesce, leggeva etichetta e prezzo e, qualche volta, lo depositava nel carrello al suo fianco sinistro.

– ... non c'è molto da raccontare. L'unica cosa è che Roscini era stato preso di mira da due mie colleghe...

– ... per quale motivo?

– Non è un segreto che le due volevano la pensione dell'ex professore. A quanto si dice, lui ha risposto picche e da quel momento sono cominciate le ingiurie nei suoi confronti e anche maltrattamenti fisici oppure lo lasciavano nella sporcizia senza cambiarlo...

– ... e nessuno interveniva per difenderlo?

– No. E questo per diversi motivi. Anch'io ho fatto come tutti. Quando succedeva volgevo la testa da un'altra parte.

– E la direzione?

– La direzione è interessata alle rette e basta. Fra l'altro, una delle due infermiere è una lontana parente, così si dice, della signora Sofia Egle Arnaboldi. Da quanto ne sappiamo l'unico che è intervenuto a difendere Roscini è stato il dottor Gaetano Maugeri, l'ultimo arrivato. Dopo il suo intervento, le due sono state sospese dal servizio per 15 giorni.

Mentre parlava Francesca continuava a porre merce nel carrello mentre il giornalista faceva finta di osservare i prodotti.

– Mi diceva che nessuno interveniva per diversi motivi. Quali sono questi motivi?

– Beh, prima di tutto la paura di perdere il posto di lavoro in un momento difficile come questo e poi per evitare conflitti con le due colleghe.

– E il sindacato?

Francesca aveva fatto un sorriso amaro.

– Il sindacato al "Dolce Sorriso" non esiste. Come dice sempre l'Arnaboldi siamo «*una famiglia*» e le questioni di lavoro si risolvono nel suo ufficio. Decide lei chi ha torto o ragione... Io ora debbo andare...

– ... no, attenda un momento. Mi è stato raccontato da una mia fonte che girano strane voci sulla residenza dove lei lavora. A lei risulta questo?

– No. Io sono lì per lavorare, non mi interessano le voci.

– Allora significa che le ha sentite anche lei?

– Mi lasci andare che ho già rischiato molto a parlarle.

– Facciamo così. Io le dico alcune cose. Se non mi risponde significa che queste cose le ha sentite anche lei. La fonte mi ha detto che ci sono strani giri con politici regionali per dirottare al "Dolce Sorriso" gli anziani. Non solo. Si parla anche di operazioni chirurgiche effettuate su anziani di cui non vi era bisogno, solo per incassare le rette dal Servizio nazionale.

Francesca non aveva risposto. Si era spostata leggermente di lato e continuava a valutare il pesce esposto.

– Se viene fuori il mio nome, per me è finita. Lei mi ha

fatto una promessa che spero mantenga. Se non dovesse essere così, in un modo o nell'altro gliela farò pagare. Addio.

Aveva preso il carrello e si era incamminata verso altri reparti del supermercato. Enrico non aveva carrello. Si era diretto verso l'uscita soffermandosi, ogni tanto, a osservare i prodotti esposti. Prima di uscire dal Bennet, aveva acquistato un Cd vergine e raggiunto la propria auto. Lì, seduto al posto di guida, con la mente passava in rassegna le cose dette da Francesca Pozzi, mentre prendeva appunti del colloquio su un bloc-notes.

Appena giunto in redazione, si era recato nell'ufficio del direttore e aveva raccontato dell'incontro con la sua fonte.

Il processo nei confronti di Enrico Carati si era aperto il 3 febbraio 1992, presso il Tribunale di Milano, considerato che la stampa del giornale avveniva, appunto, a Milano. Un lunedì freddo e uggioso. Il freddo milanese è particolare: penetra sotto cappotti e giacconi. È un freddo umido, un freddo diverso da quello che senti, ad esempio, quando sei in montagna. Un freddo che ti penetra la pelle e fa scricchiolare le giunture delle ossa. Il meteo dava 3 gradi sotto zero la notte e una massima, durante il giorno, di 11 gradi. Alle 9 del mattino c'erano, comunque, 5 gradi ed Enrico Carati cercava di scaldarsi in un bar attiguo al palazzo di giustizia, in via Freguglia. Odiava il freddo, Enrico, e malgrado si imbacuccasse, lo sentiva in continuazione. Amava il sole e il caldo, invece. Certo, non l'afa umida milanese, ma quelle bellissime giornate di sole, il sentire sulla propria pelle i raggi caldi che penetravano nel corpo. D'estate Enrico parlava di più, comunicava con facilità; d'inverno si rinchiudeva in sé stesso e parlava poco, solo l'indispensabile. Enrico ricordava che anni prima, a Milano, il 13 gennaio 1985, era avvenuta una grossa nevicata. La temperatura era scesa a 15 gradi sotto zero e il manto nevoso aveva raggiunto lo spessore di settanta centimetri. Fuori città, superava il metro. Era difficilissimo muoversi in auto. Era sperabile non dovesse avvenire ancora.

In quel momento, invece, all'interno del bar di via Freguglia era seduto a un tavolino in attesa che arrivasse il suo avvocato e, intanto, beveva un cappuccino caldo. Come al solito, ovunque lo prendesse, il cappuccino era sempre tiepido e lui doveva ritornare immancabilmente al bancone e chiedere di farlo più caldo. Aspettava l'avvocato del giornale che poi era una donna, l'avvocata Manuela Di Battista, una signora di circa 60 anni, non molto alta, dai capelli corti e mori, naso aquilino. Dopo la laurea a Torino, Manuela Di Battista si era messa a difendere i ragazzi del cosiddetto "movimento" e, col tempo, si era sempre più specializzata a seguire le cause che riguardavano la libertà di stampa, difendendo i giornalisti dalle cause di diffamazione. Proveniva da una ricca famiglia della borghesia torinese, il padre, penalista famoso; la madre medico pediatrico. Lei, Manuela, non aveva figli. Si era spostata a Milano e viveva con un ingegnere edile. Da cinque anni difendeva, fra le altre testate, *Unità a sinistra*. Da questo giornale non prendeva molti soldi; si rifaceva quando difendeva giornali famosi o, quando, vinceva qualche causa intentata contro *Unità a sinistra* e, quindi, la controparte doveva pagare.

Con lei e il direttore Stefano Ercolani, Enrico si era riunito tante volte per quella causa, per mettere a punto una linea difensiva coerente, per non essere costretto a rivelare il nome della fonte, chi gli aveva permesso di denunciare sul giornale quello che avveniva a "Il Dolce Sorriso". Da quell'articolo erano passati due anni e ora c'era il dibattimento a seguito della denuncia per diffamazione intentata dalla signora Sofia Egle Arnaboldi nei suoi confronti e del giornale. Manuela Di Battista era stata molto chiara: noi ce la metteremo tutta, ma purtroppo la legislazione vigente non dà nessuna sicurezza al giornalista, contrariamente ad altre categorie come i medici, le ostetriche o, addirittura, i ragionieri commercialisti. Certo, mi appellerò al diritto della riservatezza delle fonti, all'articolo 2 della legge professionale dei giornalisti e tanto altro. Ma è meglio sapere che se il magistrato non accetterà le nostre controdeduzioni, Enrico sarà costretto a rivelare il nome della fonte. Se continuerà nel suo diniego, potrebbe finire anche in prigione. Comunque non preoccupiamoci di questo ora. Esamineremo il da farsi al momento opportuno.

Manuela Di Battista era entrata nel bar assieme a una ragazza, avvocata anch'essa, che sorreggeva una voluminosa cartella. Rapido saluto, un caffè al bancone del bar e poi, frettolosamente su per i gradini del Palazzo di Giustizia, stanza 21, secondo piano. Enrico conosceva benissimo il palazzo per aver seguito diversi processi. Eppure entrare da imputato non era la stessa cosa: gli dava fastidio tutto quello spazio, quegli scaloni enormi, il vociare continuo di avvocati, imputati, carabinieri, magistrati... Un palazzo progettato dall'architetto Marcello Piacentini, costruito dal 1932 al 1940, tipica espressione stilistica fascista. Sull'ingresso principale c'erano diverse frasi latine riguardanti i principi della Giurisprudenza. Una, tradotta dal latino, così proclamava: «*Siamo chiamati alla giustizia fin da quando siamo nati e sulla natura si fonda il diritto, non sull'opinione*». Speriamo, aveva pensato tra sé Enrico, che il diritto possa prevalere sull'opinione anche nel suo caso. Intanto erano arrivati davanti alla porta dell'aula dove si sarebbe svolto il procedimento. In aula, poca gente e qualche collega di altre testate, che Enrico aveva salutato con un cenno della testa. Naturalmente c'era la giornalista che seguiva la giudiziaria per *Unità a sinistra*.

Le due avvocate ed Enrico si erano seduti e poco dopo era entrato il giudice monocratico Alfonso Fadda e il pubblico ministero che avevano preso posto ai loro scranni. Evase velocemente le formalità obbligatorie di rito, era iniziato il processo per diffamazione nei confronti di Enrico Carati e del suo giornale. All'inizio c'erano state un po' di schermaglie fra le parti. Sembrava che avvocato dell'imputato e Pubblico ministero si stessero odorando, stessero prendendosi le misure. Questi era un omone piuttosto grosso e alto, occhiali da miope e capelli lunghi sul collo. Manuela Di Battista aveva informato Enrico che il Pm era uno con la fama da duro, che non mollava tanto facilmente. Appena avuta la parola dal presidente, il Pm Lorenzo Gallarini aveva cominciato a illustrare le motivazioni per cui Enrico Carati era finito sul banco degli imputati. Era stato un intervento, il suo, non molto lungo e si era concluso ordinando al giornalista d'indicare le fonti che avevano permesso di fare accuse circostanziate alla Casa di riposo "Il Dolce Sorriso". Immediatamente era intervenuta Manuela Di Battista.

– Mi oppongo signor presidente. Solo un giudice e mai un Pm può ordinare a un giornalista d'indicare le sue fonti. In pratica il Pm è saltato alla conclusione del dibattimento, conclusione che spetta al giudice, ripeto, mai a un Pm.

– Dottor Gallarini, si attenga alla sua funzione di Pm. Se ha terminato, dottor Gallarini, passo la parola all'avvocato Manuela Di Battista.

– Grazie presidente. Io, purtroppo, non sarò tanto veloce, nella mia esposizione, quanto è stato il dottor Gallarini. Noi qui stiamo dibattendo sul segreto professionale non solo di un giornalista, il mio assistito, quanto più in generale e cioè se questo diritto del segreto professionale, sia applicabile o meno anche ai giornalisti considerato che è utilizzato da numerose categorie, dai medici agli avvocati, dai sacerdoti alle ostetriche e tanti altri. Ricordo che il segreto professionale dei giornalisti fa parte delle norme della legge istitutiva dell'Ordine dei giornalisti e che la Costituzione repubblicana garantisce a tutti i cittadini il diritto di manifestare liberamente il proprio pensiero con la parola, lo scritto e ogni altro mezzo di diffusione, nonché fatti, notizie e vicende di pubblico interesse e che la libertà d'informazione e di critica è diritto insopprimibile del giornalista e il diritto di cronaca costituisce uno dei fondamenti su cui poggia un sistema democratico. Per questo, signor presidente, siamo preoccupati d'iniziative, pur legittime, che sono, di fatto, pressioni o, peggio, intimidazioni nei confronti dei giornalisti che svolgono con scrupolo e serietà la propria professione, nella piena osservanza delle norme, a tutela della personalità altrui...

– ... avvocato le faccio notare che stiamo discutendo di una diffamazione. Lasci perdere accuse di pressioni o intimidazioni.

– Signor presidente le faccio presente che, querelando un giornalista si attua, in effetti, una intimidazione che non necessariamente è violenta...

– ... non mi tenga una lezione, avvocato. Andiamo avanti. Le ricordo, infine, che sarò io a decidere se il suo assistito ha diffamato o meno la Casa di riposo. Non accetto lezioni, ma voglio conoscere i fatti.

– E io questo stavo facendo. Per farlo, però, debbo necessariamente, avere lo spazio e il tempo per formulare il mio pensiero in modo da non lasciare nulla d'intentato. Continuo facendo una panoramica sulla professione giornalistica che è la somma di raccolta, commento ed elaborazione di notizie destinate a formare oggetto di comunicazione interpersonale attraverso gli organi d'informazione. Il giornalista si pone, pertanto, come mediatore tra il fatto, l'evento e la diffusione di esso, cosicché i cittadini possano prendere conoscenza e coscienza di tematiche meritevoli della dovuta attenzione e considerazione. Analizziamo questa vicenda. Abbiamo un articolo scritto dal mio assistito dove si denuncia un certo tipo di trattamento nei confronti di persone deboli e fragili ricoverati al "Dolce Sorriso". Questo è il contesto. L'articolo ha causato diffamazione o ha sollecitato, come dicevo e come dice la Cassazione civile, i cittadini a prendere coscienza e conoscenza della situazione della Casa di riposo? Oltre a questo c'è anche la vicenda di un ricoverato che si è suicidato. Siamo sicuri, in coscienza, che questo gravissimo episodio non sia una conseguenza dell'atteggiamento di prevaricazione che utilizzano alcuni dipendenti della Casa di riposo?

– Signor presidente, questo non c'entra nulla con il nostro dibattimento.

– Avvocato, il Pm ha ragione, si attenga al contesto.

– Nel nostro ordinamento la tutela del segreto professionale risale all'articolo 622 del Codice penale del 1930, che punisce la rivelazione del segreto professionale. E qui ritorniamo all'inizio: i giornalisti possono impugnare il segreto professionale? Lo debbono fare perché l'articolo 2 della legge n. 69/1963, la loro legge deontologica, dice chiaramente che i giornalisti «*sono tenuti a rispettare il segreto professionale sulla fonte delle notizie, quando ciò sia richiesto dal carattere fiduciario di esse*».

Il dibattito era andato avanti ancora fra interruzioni e schermaglie giudiziarie, diverbi e citazioni di precedenti articoli di norme giuridiche e pronunciamenti della Cassazione. Poi il presidente aveva sospeso la seduta e l'aveva aggiornata alla settimana seguente, giovedì 13 febbraio.

In redazione si era tenuta una riunione nell'ufficio del direttore Stefano Ercolani. Oltre al direttore c'era, naturalmente, l'avvocata Manuela Di Battista, Enrico Carati e Silvana Crippa, la redattrice che seguiva il Palazzo di giustizia. Aveva voluto la sua presenza il direttore Ercolani per avere una visione del dibattimento più obiettiva e aveva dato a lei, subito, la parola.

Silvana Crippa aveva una quarantina d'anni. Quando era arrivata al giornale era stata soprannominata immediatamente "Grandi Tette Veloci" parafrasando uno slogan pubblicitario di una compagnia di navigazione e determinata dal fatto che Silvana si muoveva sempre velocemente, era sempre di corsa fra redazione e Palazzo di giustizia.

Appena inviata al Palazzo di Giustizia era stata subissata da inviti da parte di avvocati e colleghi di altri giornali. Inviti di tutti i generi, dalle cene, a «*una seratina fra amici*», da una mostra a una prima teatrale. Silvana si era destreggiata bene perché aveva sì "grandi tette", ma anche un cervello.

Dotata di un corpo statutario, era felicemente sposata con un professore universitario che spesso veniva in redazione a prenderla.

Quando capitava di andare a cena, tutti assieme, spesso partecipava anche il marito. Col tempo, Enrico apprezzò di Silvana la signorilità e una curiosità umana, non solo giornalistica. E la sua sensibilità.

«*A mio parere* – aveva esordito la redattrice giudiziaria – *il presidente ha parteggiato decisamente per il Pm. Io, se sei d'accordo, Stefano, scriverei un pezzo sul dibattimento di questa mattina mettendo in luce, anzi sottoli-*

neando, il fatto che spesso ha interrotto il nostro avvocato limitandolo nei suoi interventi».

– No. Come avvocato non condivido questo atteggiamento. Forse è giusto dal punto di vista giornalistico, ma io ho l'obiettivo di salvare il mio cliente. Se scriviamo un articolo, in pratica contro il presidente, questi sarebbe certamente più propenso, per reazione, a stare dalla parte del Pm.

– Come direttore del giornale, Manuela, ti faccio una domanda ben precisa. Che percentuale abbiamo di vittoria?

– Non si possono fare previsioni. Come vi avevo detto la volta scorsa, il presidente può costringere Carati a rivelare la fonte. C'è una norma del Codice di procedura penale del 1988 che va in questo senso. Vedremo se il presidente farà questo...

– ... io non posso rivelare una fonte fiduciaria. Sarebbe la fine. Non si fiderebbe più nessuno di me. Se mi rifiuto, cosa succede?

– Lo sai anche tu, Enrico e io come tuo avvocato te lo ripeto: se ti rifiuti puoi finire in carcere. Ora, però, non pensiamo a questa ipotesi. Da parte mia continuerò a battermi, con tutte le mie forze, perché questo non avvenga. Questo è il mandato che mi avete dato e io lo porterò fino alla fine. Debbo anche dire, però, di valutare bene se non dare il nome della fonte. Se perdiamo, non solo Enrico potrebbe andare in galera, ma ci saranno scossoni anche dal punto di vista finanziario e certo voi sapete meglio di me, come la questione finanziaria per un giornale come il vostro non sia una cosa da nulla, ma esiziale.

La riunione si era chiusa così. In pratica senza nessuna decisione, se non quella di mantenere l'anonimità della fonte. Manuela Di Battista era andata via ed erano rimasti nella stanza il direttore, Enrico e Silvana sempre più decisa a scrivere un articolo critico nei confronti del presidente del dibattimento. Il direttore di *Unità a sinistra*, invece, condivideva la tesi dell'avvocata e non era convinto per nulla di attaccare, in quel momento, il presidente. Pensava, aveva detto, che ci potessero essere ripercussioni su un giudizio sereno nei confronti di Enrico. No, aveva detto, fai un articolo, Silvana, di come è avvenuto il dibattimento. Limitati alla cronaca. Inutile esasperare gli animi prima della sentenza.

Silvana aveva abbandonato l'ufficio del direttore per iniziare a scrivere l'articolo. Enrico era rimasto e aveva parlato ancora un po' con il direttore.

— Stefano, ti rendi conto che, se io faccio i nomi, salta tutto. Chi mai potrà fidarsi di noi, del nostro giornale? Non solo per un caso come questo, ma anche la semplice questione lavorativa sarebbe castrata. Pensa, ad esempio, a un componente di un consiglio di fabbrica che è venuto a conoscenza di una certa lavorazione nociva in fabbrica. Lo dice a me perché di me si fida, perché sa che non lo buggererò, non farò mai il suo nome. Invece io in tribunale sono costretto a farlo. Cosa può pensare di me, del nostro giornale? Nello stesso tempo sono ben conscio che un mio diniego in Tribunale significa il carcere...

101

– ... domani uscirà un comunicato dell'Ordine dei giornalisti in tua difesa e anche gli altri giornali parteggeranno per la difesa dell'anonimato delle fonti...

– ... lascia perdere Stefano. Sai anche tu che l'Ordine conta poco. In quanto agli altri colleghi, ci sarà la lunga mano degli editori a frenare le loro decisioni e prese di posizioni. Comunque, ora è inutile parlarne. Vado a casa perché non ho nessuna voglia di mettermi a scrivere.

– Sì, vai pure a casa. Oggi per te è stata una giornata particolarmente stressante. Cerca di riposare e speriamo in bene.

Si erano lasciati così. Enrico si era diretto verso via Scaldasole. Lasciata l'auto nel parcheggio sotterraneo che utilizzava tra via Scaldasole, vicolo Calusca e corso di Porta Ticinese, un parcheggio solo in parte utilizzato perché solo il primo piano era occupato da meno di un centinaio di macchine. Gli altri tre piani, che avrebbero potuto contenere 500 auto, erano abbandonati all'incuria. C'erano calcinacci, materassi sventrati, frigoriferi in disuso, insomma, una discarica. Con l'aggravante che il tutto era di proprietà comunale. Ci dormivano anche dei senza casa e, certo, non era molto salutare attraversarlo. A Enrico, però, non era mai successo nulla. Anche l'auto, molto vecchia, la ritrovava sempre e molti di quelli che dormivano in quel sotterraneo li conosceva.

Prima di salire nel suo "buco", come definiva il suo appartamento, si era fermato in un negozio del vicolo Calusca, un negozio eritreo, ad acquistare qualcosa da mangiare. Servivano anche piatti pronti da asporto ed

Enrico aveva scelto un piatto vegetariano perché non amava molto i cibi piccanti, tipici di quella cucina. Aveva scelto *shirò,* un piatto a base di ceci e salsa. Poi aveva preso anche una mezza porzione di *mincet abish,* carne macinata con vari contorni non piccanti e due birre.

Praticamente non mangiava dal giorno prima. Aveva fame, ma nello stesso tempo era molto preoccupato per quella vicenda e doveva prendere delle decisioni. Decisioni che spettavano solo a lui, decisioni che però, avrebbero avuto ripercussioni non solo sulle persone, ma anche sul giornale. Aveva uno stato d'animo crepuscolare, triste, un senso di disagio accentuato simile a quelle persone che attendono, in ospedale, di fare una colonscopia.

A casa aveva aperto la prima birra e si era seduto per iniziare a mangiare. Dopo aver ingurgitato tre cucchiai di *shirò,* si era fermato. La fame era passata. Nello stomaco aveva un bolo acido e non per colpa dello *shirò* o della birra. Era una questione di testa. In modo prepotente, in testa aveva solo un pensiero: doveva decidere, doveva prendere una decisione, possibilmente una decisione la più indolore possibile, per tutti.

Si era sdraiato sul divano con le birre a portata di mano ed era suonato il telefono. Era Mirella. Cazzo, aveva esclamato sottovoce Enrico, mi ero completamente dimenticato che dovevo telefonarle.

Ovviamente Mirella era incazzata nera: «*Enrico, sei il solito stronzo. Sono tre giorni che ti cerco, lascio detto di chiamarmi e non lo fai. Guarda che non ci sei solo tu e il tuo lavoro. Lavoro anch'io e anch'io ho i miei problemi.*

Ma i tuoi sono sempre più importanti, vero? E allora sai cosa ti dico: tieniteli i tuoi problemi e, soprattutto, vaffanculo, giornalista di merda!». E aveva chiuso la comunicazione. Aveva ragione. Come faceva a sopportare le mie ubbie, pensò Enrico, gli appuntamenti mandati a monte perché era avvenuto qualcosa di grosso per il giornale, le mie mancate telefonate dopo le promesse? Avevano tutti ragione. Aveva ragione Francesca Pozzi e le sue due colleghe, aveva ragione il direttore, l'avvocato e pure il presidente della causa. Lui solo non aveva ragione e, soprattutto, doveva prendere una decisione, doveva fare una scelta certamente non facile.

Si era addormentato così, sul divano. Si era risvegliato attorno alle due di notte, infreddolito e incazzato. Si era ricoperto alla meglio ed era restato lì, invece che recarsi a letto. Aveva tentato di riprendere sonno. Un desiderio mal riposto perché era stata una nottata difficile, con risvegli frequenti e pensieri cattivi, la bocca impastata e catalessi, inebetito, incapace di reazioni. La mattina era distrutto. Si sentiva sporco e senza forze. Doveva reagire e, soprattutto, doveva prendere una decisione.

Lo specchio del bagno gli rimandava una faccia pesta, dello stesso colore dei mattini autunnali milanesi. Si era ficcato sotto la doccia molto calda. Si era sentito subito meglio. Poi aveva scaldato la solita tazza di latte senza caffè e ci aveva spezzettato dentro due fette di pane. Ora sì, stava decisamente meglio e sembrava che potesse anche prendere la giusta decisione.

Si era cambiato camicia e maglione, accorciata la barba, preso il giaccone dall'attaccapanni ed era uscito per recarsi al giornale.

In auto pensava alla sua situazione, ma gli sembrava di vedere, per la prima volta, una soluzione, gli sembrava che potesse esserci una conclusione positiva a quella vicenda. Come al solito alle 11 c'era la prima riunione di redazione della giornata. In redazione pochi redattori, in quel momento. Enrico aveva parlato con alcuni di loro e poi, con il solito bicchiere di cioccolata della macchinetta, si era recato nell'ufficio di Ercolani per la riunione. Nell'ufficio c'erano già quattro redattori e c'era "grandi tette" che si era subito seduta vicino a Enrico.

– Sai Enrico, forse per la prima volta non sono d'accordo con Ercolani. Io un bell'articolo come si deve a quello stronzo di presidente lo avrei scritto. Sennò cosa ci stiamo a fare?

– Lascia perdere Silvana, Stefano sa quello che fa. Sono convinto che abbia consigliato la strada migliore o la più corretta. Vediamo come va il prossimo dibattimento, decideremo subito dopo come comportarci.

Stefano Ercolani e il vice Sinatra avevano cominciato con il passare in rassegna i fatti del giorno, gli eventi che il giornale, compatibilmente con lo spazio a disposizione, avrebbe seguito e portato. Lo spazio era sempre tiranno e loro non potevano disporre più di 14 pagine giornaliere da riempire. Ercolani aveva iniziato, sottolineando quella che era la notizia politica più importante del giorno e cioè che Bettino Craxi era disposto a negoziare con la Dc per formare il prossimo governo. Inoltre, aveva continuato, il

Procuratore capo della repubblica di Roma ha firmato la richiesta per l'archiviazione del caso Gladio. Questi due episodi sembrano a sé stanti, invece penso che ci sia un collegamento, se non diretto, quantomeno indiretto.

Si era aperta una discussione fra i redattori e alla fine si era concordato che l'*apertura*[6] del giornale, il giorno dopo, doveva essere su questi due episodi. Ercolani avrebbe scritto il "fondo" e avrebbe "aperto" il giornale, con un titolo a 5 colonne. Poi era intervenuta Silvana Crippa.

– Direttore, al Palazzo di Giustizia ci sono strane voci, non confermate, che sarebbe in atto un'indagine della Procura nei confronti di politici milanesi e di alcuni ospedali. Secondo la mia fonte, sembra imminente un blitz in alcune strutture sanitarie milanesi.

– Direi di seguire attentamente questa voce, ma per ora, non scrivere nulla. Se dovessimo farlo potremmo mandare a monte il blitz. Scrivi un corsivo sulla necessità che la Procura indaghi sulla Sanità milanese e cita gli ultimi casi vergognosi che sono avvenuti negli ospedali milanesi. Atteniamoci a questo, senza spingere oltre l'acceleratore.

– Quante righe?

Ercolani aveva guardato Sinatra che già stava disegnando un possibile *menabò*. Avevano confabulato fra loro poi avevano deciso di mettere il corsivo di Crippa in ultima pagina, la 14. Una colonnina, di *spalla* di 50 righe e titolo, sempre a una colonna.

---

6   L'articolo più importante del giornale

Cosa abbiamo di cronaca? Aveva domandato Ercolani. Il vice Sinatra, guardando i *menabò*, aveva risposto che una donna era stata ammazzata, sembra dal marito, a Lambrate. Direi che questo omicidio – aveva continuato Sinatra – possiamo farlo seguire da Enrico. Poi il sindacale, gli spettacoli e un po' di sport che era l'argomento meno gettonato su *Unità a sinistra* ma che, comunque, bisognava portare.

La riunione era terminata e tutti i redattori che non avevano impegni all'esterno del giornale, si sarebbero rivisti alle 17, per un'ulteriore riunione e con un aggiustamento dello spazio, in base a quello che in quelle ore sarebbe avvenuto.

I redattori si erano dispersi. Anche Enrico stava per raggiungere la propria scrivania quando era stato richiamato da Ercolani.

– Enrico, hai preso qualche decisione?

– Sì, Stefano. Credo proprio che resterò sulla mia posizione iniziale, cioè non darò al giudice, se lo dovesse chiedere nuovamente, il nome della mia fonte. So quali sono le conseguenze e sono pronto a subirle. Piuttosto il giornale è disponibile a "coprirmi"? In caso di mia condanna dovrà sborsare parecchi soldi...

– ... sarà una mazzata per le finanze del giornale. Sono però anche cosciente che questo mestiere, quando lo si fa, lo si deve fare bene e andare sino in fondo. Non so quanto e come pagheremo. In un modo o nell'altro faremo e, in ultima ipotesi, chiederemo ai lettori una sottoscrizione. Di solito, quando si tratta di problemi importanti, non hanno mai mancato di far sentire il loro affetto, anche pecuniario. La battaglia che tu in questo momento stai conducendo, è anche quella del nostro giornale. Ci sono dei princìpi che vanno riaffermati e questo è uno di quelli. Fai quello che credi più giusto fare. Noi, come giornale, siamo dalla tua parte. Faremo tutto il possibile perché questa è una battaglia di libertà.

– Sì, questo lo so. Mi preoccupa solo che la mia scelta potrebbe condizionare la vita stessa del giornale e non solo quella.

– Sentimi bene, Enrico. Tu non sei alle prime armi e sai benissimo come funzionano le cose nei giornali. Al di là delle regole che ci siamo dati come categoria professionale, al di là del nostro codice deontologico, c'è qualcosa che non tutti i giornalisti possiedono: la coscienza. Sembra un assurdo, eppure sono convinto che non tutti i giornalisti possiedono e usano la propria coscienza per fare questo lavoro. Magari sono bravissimi, scrivono bene e chiaro, stanno sempre sul pezzo e non *bucano*[7] mai una notizia, eppure – a mio parere – non sono giornalisti come dovrebbero essere. Cosa scrivere e come scriverlo, deve essere la coscienza a dettarlo. Per questo prima domandavo cosa avevi deciso di fare. Cosa t'impone la tua coscienza? Questa è la domanda che ti devi fare.

– Ti ho già risposto, Stefano. Io vado avanti così come avevamo deciso.

– Bene. Ero sicuro che saresti restato sulle tue posizio-

---

7 La mancata pubblicazione di una notizia importante che gli altri giornali portano

ni che poi sono posizioni del nostro codice che ci siamo liberamente dati. Ora torniamo al nostro lavoro.

Si erano lasciati così, con un impegno ben preciso: resistere, in tribunale, alle richieste del magistrato di conoscere i nomi delle fonti di Enrico Carati, quelle fonti che avevano permesso al giornalista di scrivere quello che era avvenuto alla residenza per anziani "Il Dolce Sorriso".

CAP. 5 – Condanna onerosa

L a giornata si preannunciava come una delle tante giornate dell'inverno milanese: piovigginava quel giovedì 13 febbraio. C'era foschia, forte umidità ed era tutto grigio e triste. L'appuntamento in Tribunale era per le 11. Enrico era sveglio dalle 6, dopo una notte agitata, in preda a foschi presagi. E con tante domande. Come sarebbe finita questa vicenda? Cosa avrebbe deciso il magistrato? E lui sarebbe stato all'altezza della situazione?

Ora guardava dalla finestra la via sottostante, mentre, in piedi, sorseggiava il latte caldo. Via Scaldasole non era molto larga, passavano poche auto. Il rumore di corso di Porta Ticinese arrivava abbastanza attutito alle orecchie di Enrico. Il traffico era, soprattutto di sera, fra piazza XXIV Maggio sino a corso Genova, complice quella che chiamavano la *movida,* mutuandola da un'espressione spagnola che significava "mossa, movimento". Terminato di bere il latte caldo, si era fatto una doccia, altrettanto calda, e poi, con calma, si era vestito. Naturalmente, al Palazzo di giustizia, era arrivato molto prima dell'orario stabilito, come tutte le persone ansiose. Ed Enrico, malgrado la professione esplicata, era ansioso. Ricordava di esserlo sempre stato. Anche da ragazzo quando era al liceo, la mattina dell'interrogazione o del compito in classe era sempre un dramma: bocca secca, salivazione azzerata e un discreto mal di testa. Poi, appena iniziava a scrivere il compito in classe, oppure appena il suo nome era chiamato dal professore per l'interrogazione, tutto svaniva. E, lui, spesso, superava brillantemente la prova. Intanto, però, era agitato. Come la volta precedente, con l'avvocata Manuela Di Battista si erano trovati nel bar di via Freguglia, di fronte all'entrata del Palazzo di Giustizia.

L'avvocata era arrivata tutta trafelata, all'ultimo momento. Non aveva bevuto nulla al bar e, con Enrico e la sua aiutante, si era diretta velocemente verso l'entrata del Palazzo di Giustizia. Solita trafila all'entrata, con il deposito di tutti gli oggetti passati allo scanner, compresi loro e poi via verso l'aula del dibattimento.

Al piano terra del Tribunale tre aule erano dedicate ai processi per direttissima. Fuori dalle aule sostavano persone con le manette ai polsi, guardati a vista da carabinieri e Polizia penitenziaria. Una buona parte di essi erano stranieri. Con gli anni, poi, questi aumenteranno sempre di più sino ad arrivare, per i condannati, al 31% della popolazione carceraria. Chi è in attesa di essere giudicato, di entrare in quelle tre aule, sono quasi sempre imputati di piccoli reati, furti, piccole rapine, stupefacenti e a Enrico, mentre saliva le scale, per raggiungere il primo piano dove si sarebbe svolto il suo processo per diffamazione, veniva in mente un'inchiesta che aveva compiuto per il suo giornale sull'affollamento delle carceri e il fatto che una percentuale molto alta fosse rappresentata da stranieri. Quindi, questo significava che gli stranieri delinquono di più?

Le cose non stavano proprio così. Lo aveva spiegato chiaramente un avvocato che Enrico aveva intervistato. Coloro i quali – aveva chiarito l'avvocato – finiscono nei processi per direttissima, sono tutte persone presi in flagranza di reato. Molti di essi sono senza lavoro, senza casa, privi di una famiglia. Spesso, per questi reati, ci sono i domiciliari. Ma chi non ha casa viene portato in carcere ed ecco che le percentuali degli stranieri in carcere crescono sensibilmente. D'altronde siamo il Paese – aveva continuato l'avvocato intervistato – «*dove il* colletto bianco *finito in carcere, ad esempio, per bancarotta e condannato a sei anni e mezzo, ci sta solo 80 giorni perché riesce a dimostrare che la sua salute è incompatibile con il carcere, mentre lo straniero senza casa che ha tentato di rubare in un supermercato, finisce in galera e ci resta*».

Enrico conosceva bene il tribunale, eppure quelle volte altissime, l'imponenza di quelle mura gli facevano sempre uno strano effetto, come se fosse nel paese di Lilliput, il paese immaginario dove approda Gulliver nel libro di Jonathan Swift, un piccolo essere oppresso da quelle alte volte, dai quei marmi. Come sempre, di sottofondo, c'era il vociare di chi, in quel momento, saliva le scale o percorreva i lunghi corridoi. Un vociare continuo e incessante, mentre le persone, a passo sostenuto, cercavano una determinata aula per il dibattimento. Qui e là capannelli di persone con i loro avvocati i quali, a voce bassa, parlavano con i clienti e probabilmente consigliavano su come si sarebbero dovuti comportare. Avvocati tutti con in mano cartelle voluminose e traboccanti di carte. Spesso, al loro fianco, impiegate che reggevano faldoni. Faldoni con dentro carte, tante carte, carte che servivano ad assolvere o far condannare il proprio cliente. Mentre giravano compulsivamente quei fogli, a Enrico sembrava di cogliere il fruscio di quelle carte, quasi volessero parlare.

Erano entrati nell'aula in cui si era svolta la prima udienza. Nell'aula c'erano ancora meno persone della prima volta. Solo qualche svogliato collega di altre testate. C'era, però, Silvana "Grandi Tette Veloci" e la sua presenza aveva fatto piacere a Enrico. Certo, lei seguiva la cronaca giudiziaria e, quindi, *doveva* esserci. Eppure la presenza di una collega, di un'amica, era stata una cosa gradevole. Mentre seduto vicino a Manuela rivedevano le carte del processo, si era girato verso il pubblico e aveva visto Stefano Ercolani, il direttore di *Unità a sinistra*. Si erano scambiati un cenno di saluto e, subito dopo, Stefano aveva alzato il dito pollice in segno di vittoria, una esortazione a tenere duro perché avrebbero vinto.

Dopo una decina di minuti era entrato il presidente del dibattimento e il Pm Lorenzo Gallarini. Le solite schermaglie iniziali e il processo, nei confronti di Enrico Carati, imputato di diffamazione per un articolo sulla Casa di riposo "Il Dolce Sorriso" e la proprietaria Sofia Egle Arnaboldi, aveva potuto iniziare. Subito si era alzato il Pm, chiedendo la parola al presidente.

– Signor presidente, chiedo, prima d'iniziare il dibattimento di chiamare a deporre tre testi che il mio ufficio ha reperito e che potrebbero dare una svolta importante al processo.

– Signor presidente, noi della difesa non siamo stati

per nulla informati di questi nuovi testi. Quindi chiedo una sospensione del dibattimento affinché il mio ufficio possa vedere le nuove carte che il Pm ha, come dice lui, reperito. Non possiamo accettare un metodo così indelicato nei confronti della difesa.

– Avvocato Di Battista a me sembra molto importante ascoltare nuovi testi. Dovrebbe convenire anche lei che tutto ciò che possa rappresentare un arricchimento al dibattito...

– ... questo è un modo irregolare di procedere. In questo modo si mette la difesa in condizione di non poter svolgere il proprio lavoro con la serenità indispensabile. Protesto per il modo di comportarsi del Pm e protesto, e lo farò in tutte le sedi deputate, per il suo comportamento, signor presidente.

Manuela Di Battista aveva alzato la voce ed Enrico aveva notato che i colleghi seduti fra il pubblico che seguivano svogliatamente il processo, si erano come risvegliati dal letargo. Probabilmente pensavano che, se il "litigio" fra la difesa e Pm fosse continuato, poteva venirne fuori un articolo.

– Naturalmente ha la facoltà di farlo, avvocato. Andiamo avanti dottor Gallarini.

– Grazie signor presidente. Come dicevo poc'anzi, il mio ufficio ha acquisito tre nuove testimonianze. La prego di far chiamare a deporre la signorina Francesca Pozzi così da poterla interrogare.

Enrico e Manuela si erano guardati disorientati in faccia. L'avvocata aveva domandato a Enrico cosa poteva essere successo: ma Francesca Pozzi non era una delle tue fonti coperte?

– Certo, non so cosa possa essere avvenuto.

– Signor presidente, tenendo conto che sono intervenuti fatti nuovi e che la difesa non ha potuto accedere ai nuovi atti, la invito a sospendere la seduta per una decina di minuti, così da poter conferire con il mio cliente.

– Sospensione accordata. Riprendiamo fra dieci minuti esatti.

Giudice e Pm avevano abbandonato l'aula.

Enrico e le due avvocate avevano cominciato a confabulare. A loro si era aggiunto anche il direttore di *Unità a sinistra*, Stefano Ercolani.

Certo, aveva espresso l'avvocata Manuela Di Battista, che le cose non si mettono assolutamente bene. Noi facevamo di tutto per non farle scoprire, per mantenere l'anonimato delle fonti e queste vengono alla ribalta... c'è qualcosa che non torna...

Se è così, aveva aggiunto Ercolani, non ha più senso la riservatezza delle fonti, rischiare di pagare con la galera il mantenimento dell'anonimato delle tre infermiere. Tanto vale, a questo punto, attaccare.

Di questo parere era anche l'aiutante di Manuela e Silvana Crippa che aveva raggiunto anch'essa il tavolo dove sedevano imputato e difesa.

– Senti Enrico, tu mi hai raccontato del tuo incontro con Francesca Pozzi e quello che ti ha rivelato. A questo punto abbiamo, a mio parere, due opzioni: chiedere un rinvio del dibattimento, cosa che il giudice probabilmente non accetterà, oppure il contro interrogatorio delle tre infermiere e il tuo interrogatorio.

– Sì, ormai andiamo fino in fondo. Se le tre infermiere hanno voluto apparire pubblicamente, malgrado le cose che mi hanno detto, allora significa che ci sono state nei loro confronti delle coercizioni, delle pressioni o delle minacce. Chiedi pure la sospensione, ma personalmente preferirei andare avanti.

Giudice e Pm stavano rientrando. La discussione si interruppe e ognuno tornò ai posti che occupavano prima dell'interruzione del dibattimento.

– Signor presidente, a seguito della dichiarazione del Pm di nuovi testimoni di cui la difesa non era a conoscenza, chiedo la sospensione del dibattimento e una ripresa dello stesso in data da concordare fra le parti.

– Avvocato .... Non intendo procrastinare ulteriormente il dibattito con l'evidente scopo di perdere altro tempo. Ritengo che attraverso gli interrogatori dei nuovi testi prodotti dall'accusa e, naturalmente dalla difesa, se ne ha, di poter avere un quadro preciso e di poter, di conseguenza, giudicare con cognizione di causa. Pertanto chiamo la signora Francesca Pozzi per essere interrogata.

Francesca Pozzi era entrata nell'aula a testa bassa. Indossava un giaccone grigio e una gonna blu scuro, scarpe basse e nessun trucco.

Il Pm si era disposto per iniziare l'interrogatorio e, subito dopo le domande anagrafiche di rito, aveva formulato la prima domanda.

– Lei, signorina Pozzi, è dipendente della Casa di riposo "Il Dolce Sorriso". Vuole chiarire da quanti anni lavora nella residenza e qual è il suo ruolo?

– Lavoro nella resi…

– … parli più forte signorina Pozzi e non sia emozionata.

Il presidente era intervenuto per incitare la teste a parlare più forte.

– Come stavo dicendo, lavoro nella residenza da sette anni. Sono infermiera diplomata e il mio compito è quello di assistere gli ospiti della residenza.

– Assistere significa anche dare loro le medicine?

– Certo, sempre però su indicazione dei medici.

– Lei conosceva il signor Augusto Roscini?

– Sì. Era nostro ospite da diversi anni.

– Ha mai avuto l'impressione, il sentore che il signor Roscini avesse intenzioni suicide?

– No… mi è sempre sembrato normale.

– Ha avuto occasione di conoscere Enrico Carati?

– Sì.

– In che occasione l'ha conosciuto?

– L'ho visto subito dopo il funerale del signor Augusto Roscini.

– E cosa voleva da lei questo giornalista?

– Mi ha chiesto informazioni sulla residenza dove lavoravo e sul signor Roscini, sulla sua morte.

– E lei cosa ha risposto…

– … signor presidente in questo modo il Pm suggerisce alla teste le risposte. Non è possibile continuare così.

– Dottor Gallarini, riformuli la domanda.

– Signorina Pozzi, crede che il Carati volesse carpire informazioni da lei?

– Non lo so... io non ho detto nulla perché non c'era nulla da dire.

– Per ora ho terminato, signor presidente.

– Avvocato Di Battista, ha la facoltà d'interrogare la teste.

– Signorina Pozzi, lei ha affermato che ha parlato con Enrico Carati una sola volta, alla fine del funerale di Augusto Roscini. E così?

– Sì.

– Dove va, signorina Pozzi, a fare la spesa...

– ... signor presidente dove vada la signorina Pozzi a fare la spesa è ininfluente per la causa che stiamo trattando.

– Sia più precisa avvocato.... Oppure cambi la domanda.

– Il mio intento, signor presidente, è dimostrare che la teste sta mentendo, quindi se il Pm mi permette di terminare il mio ragionamento, dimostrerò che la testimonianza dell'infermiera è artefatta.

– Sono accuse gravissime queste, avvocato. Lei ne risponderà personalmente.

– Va bene. Intanto se il presidente mi concede di continuare...

– ... continui pure, ma non esageri con conclusioni campate in aria.

– Signorina Pozzi, lei va mai a fare la spesa al supermercato Bennet di Erba?

– Sì... ogni tanto... Non sempre...

– Quindi ci va. E si ricorda se è andata anche sabato 20 gennaio del 1990?

Il Pm l'aveva interrotta immediatamente, ma il presidente aveva sollecitato la teste a rispondere alla domanda della difesa.

– Forse... quel giorno ci sarò andata... non so...

– Al bancone del pesce, mentre sceglieva cosa acquistare, con chi si è incontrata?

– Con nessuno.

– È sicura? Non ha, per caso, incontrato Enrico Carati e parlato con lui?

– No.

– Strano perché quella stessa mattina, alle 10, il signor Carati era al supermercato Bennet di Erba come dimostra lo scontrino fiscale di un acquisto che ha fatto il mio assistito e che accludo agli atti. Ed è strano che pochi giorni dopo che Carati abbia tentato di parlare con lei, tutti e due vi recate, all'insaputa l'una dell'altro, al Bennet di Erba e che Carati, pur abitando a Milano, vada fino a Erba per acquistare un Cd vergine, uno solo. Chiedo che la teste sia perseguita per falsa testimonianza.

– Ha terminato avvocato?

– Non ancora presidente. Chiedo alla teste che tipo di pressioni abbia subìto per cambiare così radicalmente parere, considerato che lei e le sue due colleghe, erano le fonti che sono state alla base dell'articolo del mio assistito Enrico Carati...

– ... signor presidente è assurdo che l'avvocato possa accusare di falsità il testimone, saltando alla conclusione del dibattimento.

– Avvocato... Ha terminato?

– Non proprio, signor presidente. Chiedo di poter interrogare Enrico Carati

– Lo facciamo dopo aver interrogato le altre due infermiere.

– Insisto. È importante farlo subito perché la sua testimonianza potrebbe rendere inutile ascoltare le due infermiere.

– D'accordo. Interroghi pure il suo difeso, ma non salti alle conclusioni del processo che spettano a me. Non tollero altrimenti confusioni di ruoli.

Enrico si era alzato e spostato sulla sedia dove venivano sentiti i testi, mentre Francesca Pozzi, sempre a testa bassa, era uscita dall'aula.

– Da quanti anni scrive per *Unità a sinistra*?

– Da parecchi anni. Ho cominciato mentre ero all'università come collaboratore, poi sono stato assunto definitivamente. Da almeno dodici anni sono dipendente di questo quotidiano.

– Di cosa si occupa principalmente?

– Nel giornale in cui lavoro, non ci sono compartimenti stagni, a parte i colleghi che scrivono per gli spettacoli, la cultura e il giudiziario. Tutti gli altri redattori, in base agli avvenimenti di ogni giorno, scrivono su tutti gli argomenti.

– Chi ha deciso, quel giorno, che lei dovesse scrivere della morte di Augusto Roscini.

– Come sempre la decisione di occuparsi di questo o quell'evento è presa dal direttore o dal capo-redattore. Nel caso specifico, il direttore.

– Quindi il suo direttore ha deciso di far seguire questo caso a lei. Perché il giornale ha deciso in questo senso?

– Avevamo appreso che c'era stata questa morte e avevamo deciso d'interessarci del fatto.

– Ha mai parlato con la signora Francesca Pozzi?

– Sì, direi tre volte.

– Quindi mi sta confermando che non è la prima volta, oggi, che vede la signora Pozzi?

– Lo confermo.

– Può raccontare in che occasione ha avuto modo di parlare con la signora Pozzi?

– Una prima volta al termine del funerale del signor Augusto Roscini. Poi telefonicamente e, infine, ho avuto un colloquio di persona, al supermercato Bennet di Erba dove la stessa mi aveva dato appuntamento.

– Non ho altre domande, signor presidente.

Il presidente aveva dato la parola al Pm, dottor Lorenzo Gallarini, per il controinterrogatorio.

– Dottor Carati, lei...

– ... non sono dottore.

– La ringrazio della precisazione. Lei ha scritto nel suo articolo – leggo le sue precise parole – «*secondo quanto affermato da alcune nostre fonti, il professore Augusto Ro-*

*scini, negli ultimi tempi era depresso, a causa delle conti-
nue molestie da parte di alcune infermiere».* Vuole rivelare
queste fonti?

– Come tutti i giornalisti, debbo – se richiesto dall'interessato – mantenere l'anonimato delle fonti. Considerato, comunque, che ormai le fonti in questa vicenda sono
palesi, non ho motivo per continuare ad attenermi alle
norme deontologiche. Le mie fonti sono le tre infermiere,
e fra esse, la prima che stamane è stata interrogata, la signorina Francesca Pozzi.

– Lei mi sta dicendo che Francesca Pozzi era una delle
sue fonti?

– Sì. Nell'incontro che ho avuto con lei al supermercato
di Erba, mi ha raccontato le cose che poi ho scritto sul mio
giornale.

Il presidente, subito dopo, aveva chiamato a deporre le
altre due infermiere. Le stesse, in modo titubante, avevano confermato quanto già dichiarato dalla Pozzi: loro non
conoscevano Enrico Carati e non avevano mai parlato con
lui. Tantomeno avevano mai accusato altre colleghe di violenza nei confronti degli ospiti della Residenza.

Poi era stato chiamato a deporre il dottor Gaetano
Maugeri. Il Pm aveva chiesto se fosse a conoscenza che
Roscini avesse mostrato atteggiamenti suicidi e se avesse
mai parlato con lui di questi problemi.

Maugeri aveva negato e, soprattutto, aveva negato il
fatto che Augusto Roscini si fosse rivolto a lui. Aveva dichiarato, invece, che era intervenuto quando aveva visto
due infermiere che trattavano male l'anziano professore.

A questo punto era stato controinterrogato dall'avvocata Di Battista.

– Dottor Maugeri, lei è, attualmente, Direttore sanitario della Residenza per anziani. Da quanti anni esplica questa funzione?

– Da due anni.

– Essere Direttori sanitari comporta una grande responsabilità. Leggo da una pubblicazione specializzata che «*Il Direttore sanitario è una figura dirigenziale in campo medico e svolge la funzione di guida, supervisore, coordinatore e garante all'interno di un'azienda ospedaliera o di una qualsiasi struttura sanitaria pubblica o privata*». Una bella responsabilità, certo. Come mai, dottor Maugeri, è stato nominato lei e non altri medici con più anni d'esperienza?

– La direzione della residenza per la quale lavoro, ha valutato il mio curriculum e ha deciso di conseguenza. Sono Direttore sanitario in attesa che la Residenza esplichi un concorso pubblico...

– ... che in questi due anni la direzione della Residenza non ha mai esplicato. Uno dei suoi compiti, dottor Maugeri, è anche quello di occuparsi della sicurezza del paziente e della gestione del rischio clinico. Lei è mai intervenuto in questo senso?

– Certo, quando ravviso questo pericolo, intervengo immediatamente. Le faccio, però, notare che nel caso specifico sono intervenuto quando non ero ancora stato nominato Direttore sanitario, tanto è vero che la direzione della Residenza ha poi sospeso dal lavoro per 15 giorni due infermiere che si acuivano nei confronti del professore Augusto Roscini.

– Questo lo sappiamo. Volevo sapere se è capitato altre volte d'intervenire in questo senso.

– Fortunatamente no perché la nostra Residenza per anziani, è molto attenta alle esigenze degli ospiti...

– ... direi clienti più che ospiti...

– ... signor presidente, l'avvocato Di Battista insinua, in continuazione, come se la Residenza fosse qualcosa al di fuori della legge. Non è tollerabile questa continua accusa.

– Avvocato Di Battista può continuare, ma sia più precisa, quando formula delle accuse.

– Presidente, non sono accuse ma dati di fatto. Le rette che si pagano al "Dolce Sorriso" non sono certo abbordabili da tutti. Solo questo. Quindi i degenti non sono ospiti ma, più precisamente, clienti. Per tornare al dottor Maugeri vorrei conoscere il rapporto esistente fra lui e il cosiddetto "ospite" Roscini e di cosa parlavano considerato che tutte le testimonianze dicono di una certa affinità fra lo stesso e il dottor Maugeri.

– Confermo che numerose volte mi sono attardato a chiacchierare con il professore Augusto Roscini. Parlavamo, quasi esclusivamente, di libri perché lui era un grande lettore, soprattutto di classici.

– Parlavate di libri e il professore non gli ha mai confidato di essere depresso, di aiutarlo a morire?

– Gli anziani sono sempre depressi. La depressione senile è un disturbo dell'umore molto frequente nella popolazione anziana. Tale disturbo può manifestarsi con i sintomi più tipici della depressione, come la tristezza, la perdita d'interesse o l'isolamento sociale. Non era il caso del professor Roscini che, come detto, aveva grande interesse per i libri. Li spiegava anche ad altri degenti che non potevano leggere per vari motivi. Inoltre, una richiesta del genere da parte del professore al sottoscritto, sarebbe stata da me immediatamente bloccata sul nascere.

L'ultimo intervento era stato compiuto dal Pm Lorenzo Gallarini, il quale aveva incentrato tutto il suo intervento tra la differenza esistente fra ingiuria e diffamazione. «*La diffamazione* – aveva concluso – *consiste nell'oltraggiare la reputazione di altre persone, dovendosi intendere per reputazione l'onore, il decoro e la dignità della vittima nell'opinione degli altri. In genere, si è soliti dire che l'ingiuria offende la stima che la vittima ha di sé, mentre la diffamazione lede la stima che il pubblico ha della vittima. Secondo la Corte di Cassazione, oggetto della tutela penale del delitto di diffamazione è l'integrità morale della persona: il bene giuridico specifico è dato dalla reputazione dell'uomo, dalla stima diffusa nell'ambiente sociale, dall'opinione che gli altri hanno del suo onore e decoro. E qui, non c'è dubbio, che* Unità a sinistra *abbia colpito l'onore e il decoro di Sofia Egle Arnaboldi e della Residenza per anziani "Il Dolce Sorriso". Per questo chiedo di condannare il giornale, Enrico Carati e Stefano Ercolani alla pena prevista in questi casi*».

Il presidente aveva sospeso la seduta per ritirarsi a deliberare. Ormai erano le 13 passate e certamente, come aveva detto l'avvocata Manuela Di Battista sarebbero passate almeno un paio di ore. E così Enrico, l'avvocato e la sua aiutante, il direttore Ercolani e la cronista giudiziaria Silvana Crippa avevano deciso di andare a mangiare un panino. Non erano andati lontano, come al solito di fronte all'entrata di via Freguglia. Nessuno di loro aveva fame. Un panino mangiato di malavoglia o un toast farcito, acqua minerale. Mentre erano seduti aleggiava tra loro una tensione palpabile, come un'oppressione. Pendevano un po' tutti dalle labbra di Manuela, ma in realtà anche lei non poteva dire molto anche perché ogni processo era sempre diverso dai precedenti.

Ercolani si era detto preoccupato dall'andamento del dibattito e un po' tutti erano pessimisti del risultato. Soprattutto, però, non capivano quella retromarcia di Francesca Pozzi. Perché si era rimangiata tutto? Perché aveva cambiato così radicalmente versione arrivando fino al punto di negare di aver mai parlato con Enrico? «*Per me* – era intervenuta Silvana Crippa – *l'hanno comprata o le hanno promesso avanzamenti di carriera. Non si spiega altrimenti la sua posizione*». Più o meno erano tutti su questa linea. Erano stati ancora un po' a discutere, poi avevano deciso di tornare in tribunale. Erano le 15 e le aule del tribunale, le scale, gli uffici non erano più affollate da pubblico e avvocati. Aleggiava una calma, almeno apparente, di quel posto dove si amministrava la giustizia, dove si decideva chi doveva continuare a vivere e chi, in un modo o nell'altro morire, quantomeno civilmente.

Enrico non era entrato nell'aula assieme ai due avvocati. Era rimasto nel corridoio a discutere con il direttore per un po'. Poi, appena entrati nell'aula Pm e presidente, avevano ripreso il loro posto.

Il presidente era rimasto in piedi così come il Pm, gli avvocati di Enrico e, ovviamente, lui stesso. Il presidente aveva citato una serie di articoli cui faceva riferimento e sottolineato che «*per attività giornalistica deve intendersi la prestazione di lavoro intellettuale volta alla raccolta, al commento e alla elaborazione di notizie destinate a formare oggetto di comunicazione interpersonale attraverso gli organi d'informazione. Ribadito questo concetto* – aveva continuato il presidente – *se ci fosse stato solo la questione del segreto professionale, mi sarei appellato all'articolo 200 del Codice di procedura penale del 1988 che stabilisce, per quanto concerne il rapporto tra obbligo a deporre avanti al giudice e segreto professionale, che il giornalista può opporre il segreto professionale sui nomi delle persone dalle quali egli ha avuto notizie di carattere fiduciario nell'esercizio della professione. Tuttavia, se le notizie sono indispensabili ai fini della prova del reato per cui si procede e la loro veridicità può essere accertata soltanto attraverso l'identificazione della fonte della notizia, il giudice ordina al giornalista d'indicare la fonte delle sue in-*

formazioni. In questo caso, però, siamo partiti da fonti coperte che poi, nel prosieguo del dibattimento, sono diventate palesi. Quindi decadono le norme deontologiche e si deve guardare all'accusa di diffamazione a mezzo stampa da un'ottica diversa. Ritengo che il giornalista non si sia comportato in modo conforme al suo statuto e ritengo che abbia accusato la signora Sofia Egle Arnaboldi e la Residenza per anziani che dirige, ingiustamente, in quanto non sono emersi fatti che inducano a pensare che Augusto Roscini si sia suicidato, a seguito dei maltrattamenti inflitti da personale della clinica. Inoltre, come testimoniato dai testi escussi, in base agli articoli...

Il presidente era stato interrotto dalle grida del direttore Ercolani e dalle proteste dell'avvocata di Enrico. Lui no. Lui se ne stava dritto a osservare il presidente, zitto.

Non aveva più nulla da dire. Da quel momento Enrico aveva capito che la sua vicenda, la sua vita era segnata, che tutte le cose in cui credeva e aveva portato avanti spesso con fatica e sacrifici non valevano più. Sarebbe stato condannato, avrebbe pagato per aver scritto contro un potente. Quindi, se i potenti vincono sempre, pensava con rammarico, che senso ha continuare a lottare, cercare la verità. E poi, cos'era la verità? Bastava che una fonte cambiasse versione ed ecco che la tua vita prendeva una piega diversa.

– Basta! Non tollero altre interruzioni o faccio sgombrare l'aula.

Il presidente Alfonso Fadda, aveva continuato, chiarendo che Enrico Carati risulta colpevole e, quindi, condannato a pagare alla Residenza Il Dolce Sorriso una provvisionale di 15 milioni di lire «*in attesa che venga definitivamente accertato quanto in totale le è dovuto per essere stata diffamata dall'articolo*». Inoltre, era stato giudicato colpevole il direttore Stefano Ercolani per non aver ottemperato al controllo dell'articolo, come suo precipuo dovere, essendo il direttore responsabile di *Unità a sinistra*. La somma che il quotidiano dovrà pagare – aveva continuato il presidente – è di 50 milioni di lire!

Un salasso.

Tutto era ormai concluso. Mestamente le avvocate di Enrico avevano ritirato le carte, riempite le loro cartelle. Manuela Di Battista, rossa in viso per l'ira, aveva detto a Enrico che avrebbe preparato immediatamente il ricorso.

Tornati in redazione avevano fatto il punto della situazione. L'avvocata aveva continuato a ribadire che era necessario fare ricorso alla sentenza.

Ercolani era d'accordo. Solo Enrico, stanco e sfiduciato, aveva dichiarato di non essere d'accordo per il ricorso. Si era aperta una discussione con toni concitati. Perché, aveva affermato Ercolani, questa tua posizione? Che senso ha pagare e non tentare neppure di modificare la sentenza in Appello?

– Hai ragione Stefano, non ha senso. Tutta questa vicenda non ha senso. Non ha senso la querela, non ha senso il cambio di passo dell'infermiera, non ha senso la morte di Roscini, non hanno senso i 50 milioni di multa che il giornale deve sborsare e i miei 15, per ora, che non ho...

– ... non ti devi preoccupare di questo...

– ... no, Stefano. Lasciami dire. So benissimo che potrei chiederti un aiuto e il giornale me lo darebbe. Non lo chiedo questo aiuto e non lo voglio. Ho sempre creduto che fare questo mestiere fosse raccontare le vite delle persone, vedere, verificare fisicamente e non soltanto per sentito dire una notizia, non riprenderla da un comunicato stampa ma verificarla, appunto. Davanti a qualsiasi cosa, anche davanti al nostro codice deontologico ci dovrebbe essere la nostra coscienza, mi avevi detto solo qualche giorno fa, che indica cosa scrivere o non scrivere. Io l'ho applicata questa massima. I risultati, però, sono fallimentari. Noi cerchiamo di fare bene il nostro lavoro, ogni giorno sul nostro giornale denunciamo le porcherie del potere, denunciamo le ruberie di quella che viene chiamata la "classe dirigente". E cosa avviene? Nulla. Anzi, chi denuncia questo malcostume, spesso è penalizzato e, come abbiamo visto oggi, condannato. E allora, mi chiedo, che senso ha continuare a stare sulle barricate, guadagnare poco, non riuscire a pagare l'affitto, rovinare le famiglie, non vedere mai i figli. Non è meglio lasciar perdere? Ora sono stanco, snervato, amareggiato. Vado a casa, Stefano. Scusatemi.

Enrico Carati si era alzato dalla sedia, aveva voltato le

spalle e si era diretto verso l'uscita. Per lui si era chiusa un'epoca, la fine di tante certezze. Questa vicenda se la sarebbe portata sempre dentro di sé. Difficile riuscire a dimenticarla.

Poco dopo quel processo – lunedì 17 febbraio 1992 – era "scoppiata" Tangentopoli con l'arresto di Mario Chiesa. Erano da poco passate le 18 del 17 febbraio 1992 quando il capitano dei carabinieri Roberto Zuliani fece il suo ingresso nell'ufficio di Mario Chiesa in via Marostica 8 a Milano, presidente del Pio Albergo Trivulzio e membro di spicco del Psi milanese, cogliendolo in flagranza di reato, mentre intascava una tangente. Scattavano così le prime manette che avrebbero dato avvio a "Mani Pulite", la serie d'inchieste giudiziarie portate avanti da un pool di magistrati che scoperchiarono il sistema di corruzione di partiti e imprese. Chiesa venne colto in flagranza di reato mentre accettava una tangente di sette milioni di lire dall'imprenditore Luca Magni, che gestiva una società di pulizie. A denunciarlo alla Procura di Milano era stato lo stesso Magni, stanco di pagare: per la vittoria di una gara d'appalto al Trivulzio, un lavoro da 140 milioni, Chiesa aveva preteso per sé una tangente del 10%, quindi 14 milioni di lire. Magni, d'accordo coi carabinieri e con il Pm Antonio Di Pietro, si presentò nell'ufficio di Chiesa alle 17 e 30, portando con sé una valigetta con 7 milioni, corrispondenti alla prima trance della tangente.

Tra il maggio e il luglio del 1992, l'Italia intera è scossa dall'assassinio dei due magistrati antimafia, Giovanni Falcone e Paolo Borsellino. E, come sempre avviene nel nostro Paese, una vicenda piena di misteri mai chiariti. Il seguito di quella lunga stagione di tensione e terrorismo politico che aveva coinvolto importanti apparati dello Stato che, quasi a diminuire la gravità dei fatti, venivano definiti "deviati".

Sull'attentato dinamitardo di Capaci, i due magistrati che indagavano, Paolo Giordano e Luca Tescaroli, nel 1995 dichiarano al *Corriere della Sera* che dietro la strage aveva operato una oscura «*lobby in rapporto con i vertici di Cosa nostra, composta da esponenti del mondo imprenditoriale, finanziario e politico, compresi settori dei servizi segreti deviati*».

Perché i due magistrati Falcone e Borsellino furono uccisi a così poca distanza uno dall'altro? Possibile che Totò Riina e gli altri fossero convinti che lo Stato non avesse reagito? Non erano così sprovveduti. Sapevano benissimo che lo Stato avrebbe dovuto, per forza, reagire. E, allora? Perché quegli omicidi? O forse, perché – come sostengono alcuni studiosi di mafia – ad alto livello, si era deciso che doveva cambiare tutto, cominciando dalla classe dirigente che "da sempre" governava il nostro povero Paese.

Non è un caso che dopo Capaci, Andreotti viene sconfitto per la sua corsa al Quirinale e, poco dopo, processato. In quegli stessi mesi, le indagini dei magistrati che compongono il gruppo che indaga su "Mani Pulite", determinano centinaia di arresti in tutto il Paese. Le confessioni di politici e imprenditori coinvolgono tutti i partiti e le principali aziende, dalla Fiat a Ferruzzi. Spariscono partiti come la Dc e il Psi e il Pci si salva solo grazie alla sua trasformazione. Ma è la fine anche per questo partito, almeno per come lo avevamo conosciuto. Per l'Italia è l'inizio della Seconda Repubblica, nella scena politica fa il suo ingresso un importante imprenditore televisivo che ne segnerà i successivi venti anni: Silvio Berlusconi. E un nuovo partito, la Lega Lombarda.

Si è parlato molto di Tangentopoli (termine inventato dal caporedattore di *Repubblica* Piero Colaprico che si rifaceva alla waltdisneyana Paperopoli), spesso criticandola. In realtà, i dati parlano chiaro: è stata la più vasta inchiesta sulla corruzione avvenuta in un Paese democratico. Se pensiamo solo al filone milanese, ci sono state 4.520 persone indagate, 1.322 rinvii a giudizio (42,3% delle richieste), 620 condanne del Gup (Giudice udienza preliminare), 611 condanne nei successivi gradi di giudizio; a livello nazionale si contano circa 12mila persone indagate e 5 mila arresti, qualche centinaio di parlamentari, cinque ex presidenti del consiglio e decine di ex ministri coinvolti a vario titolo.

Nonostante i molti procedimenti prescritti, le assoluzioni furono appena il 14,5 per cento, contro una media nazionale di oltre il 20 per cento. Fra i partiti, al 31 dicembre 1993, risultavano indagati 975 Dc, 554 Psi, 167 Pds, 71

Psdi, 71 Pri, 49 Pli, 10 Rifondazione comunista, 9 Msi, 2 Lega.

Significativamente, nelle successive elezioni politiche del 1994 si registrò quasi il 70% di ricambio di parlamentari, il più alto nella storia d'Italia. In realtà, questa inchiesta ha soltanto graffiato, intaccato la corruzione. Agli italiani va bene così e alla mafia, pure. Questa, con le stragi del 1993, ha trattato con la Seconda Repubblica da pari a pari. È il risultato degli accordi sottobanco fra destra e una certa sinistra. E nel 1992, il 31 luglio viene definitivamente soppressa la "scala mobile" dal governo diretto da Giuliano Amato formato da Dc, Psi, Psdi , Pli.

Nel 1993 l'economia sta collassando. L'anno prima il governo Amato ha varato una manovra di 93 mila miliardi e svalutato la lira del 20 per cento. La spesa pubblica arriva a 135mila miliardi di lire e il debito pubblico a 1.600.000 miliardi di lire. Aumenta la disoccupazione come, del resto, aumentano le tasse e l'evasione fiscale. I politici sono sempre più corrotti, ignoranti. Sono i peggiori d'Europa. Dietro di loro, mentre il Paese muore o è in coma, nascono mediocri personaggi che si credono furbi e sono, invece, solo inutili conformisti.

Ad aprile, l'ex socialista Amato si dimette e al suo posto arriva Carlo Azeglio Ciampi, ex governatore della Banca d'Italia.

Per i mezzi d'informazione fu un periodo di grande lavoro. Ogni giorno notizie di arresti d'industriali e politici, ogni giorno cortei di cittadini scesi in piazza per incitare i magistrati a continuare, per fare sentire loro la vicinanza della gente comune stanca dei ladroni che c'erano in quasi tutti i partiti. Anche Enrico lavorò molto in quel periodo, talmente tanto che si era quasi dimenticato della sua vicenda, della sua condanna. Solo quando s'infilava nel letto, gli veniva in mente la sua condanna. E siccome, le disgrazie non vengono mai da sole, ecco che era intervenuto anche l'Ordine dei giornalisti per censurare il comportamento di Enrico: l'Ordine aveva sospeso dall'Albo professionale, per cinque anni, Enrico.

In teoria non avrebbe più potuto firmare i suoi articoli. Nella realtà poteva firmare con un nome inventato, un alias. Per scrivere su un giornale non c'era certo bisogno di far parte dell'Ordine dei giornalisti. Una proposta, questa di far continuare a lavorare Enrico a *Unità a sinistra*, che era pervenuta anche dal direttore Ercolani, oltre che da diversi colleghi. Enrico, però, non aveva accettato. Il giornale aveva già pagato, per lui, i 15 milioni e aveva rateizzato il pagamento degli altri 50. Inoltre, il giornale non andava bene. Le vendite diminuivano in modo costante e lui non voleva assolutamente creare altri problemi. Così si era licenziato da quel giornale che amava tanto, che lo aveva formato, fatto diventare "grande" professionalmente. Sì, era proprio finita un'epoca e non solo a causa di Tangentopoli.

Il 26 gennaio 1994, nel pomeriggio, dai teleschermi appare Silvio Berlusconi, proprietario di tre reti televisive e non solo, con un discorso costruito con grande capacità comunicativa. Gli italiani abituati a politici ingessati, con un frasario spesso retorico, si trovano nel tinello di casa, uno moderno, brillante che sa utilizzare i mezzi di comunicazione. Usa una metafora calcistica per annunciare la sua «*discesa in campo*». Sorriso impostato a 32 denti, luce soffusa, una calza di nylon sull'obiettivo della "camera" per addolcire le espressioni del viso. Alle spalle, una libreria e le foto di famiglia. Un set attentamente studiato, che non nasce a caso. Poi parla:

> L'Italia è il Paese che amo. Qui ho le mie radici, le mie speranze, i miei orizzonti. Qui ho imparato, da mio padre e dalla vita, il mio mestiere di imprenditore. Qui ho appreso la passione per la libertà. Ho scelto di scendere in campo e di occuparmi della cosa pubblica perché non voglio vivere in un Paese illiberale, governato da forze immature e da uomini legati a doppio filo a un passato politicamente ed economicamente fallimentare.

Alla fine chiude con una frase che resterà in testa agli italiani e se la ricorderanno quando andranno a votare:

> Vi dico che possiamo, vi dico che dobbiamo costruire insieme per noi e per i nostri figli, un nuovo miracolo italiano.

Berlusconi vincerà le elezioni. Gli italiani credono alle sue promesse, al suo sorriso sempre stampato in viso, alle sue capacità imprenditoriali che, in realtà, sono sull'orlo del fallimento. Molti pensano che se Berlusconi è così sgamato e nessuno è stato mai capace di fregarlo, significa che ha i numeri, è bravo e, quindi, gli do il mio voto. Di tutto questo raggiro, però, solo pochi se ne accorgono e subito messi all'indice. D'altronde l'Italia è stanca. Due anni prima ci sono stati gli assassinii di Falcone e Borsellino, Tangentopoli con suicidi eccellenti di alcuni inquisiti, bombe a Roma, Firenze, Milano. Nel 1991 i delitti della cosiddetta "Banda della Uno bianca" con una sentenza finale che incolpa solo alcuni poliziotti infedeli. Una versione che non persuade, una pagina oscura, una delle tante. Anche in questa vicenda, l'ombra della mafia e dei servizi segreti stranieri.

Gli italiani hanno voglia di credere al «*nuovo miracolo italiano*» promesso da Berlusconi.

Qualcuno ricorda che dal 1994, in Italia, non si è più verificata una strage. Solo un caso? Prima di quella data, prima del 1994, sono avvenute nel nostro Paese, almeno 15 stragi. Per ignavia o per interesse, si è preferito dimenticare tutti i casi di eversione avvenuti nel nostro povero Paese sino al 1994.

S'inizia a perdere il valore politico della memoria, l'assenza di una memoria collettiva che, negli anni a seguire, raggiungerà vette impensabili. Assieme all'amnesia, gli italiani sottovaluteranno il pericolo dell'oblìo, dimenticando così che un futuro migliore non potrà venire di certo da un venditore di sogni quanto, piuttosto, riconoscendosi nei valori del passato, della storia.

Le stragi avevano una finalità molta precisa: provocare una reazione, una risposta popolare di rabbia così da giustificare una repressione e spazzare via i movimenti di protesta.

Cap. 6 – Il ricatto

Ormai era tutto pronto. La cena, in piedi, era fissata per le 20. Era la prima volta che Tanuzzo e Nunzia invitavano gente a cena ed erano emozionati. Col tempo, quello d'invitare persone a cena, era diventata, per loro, un'abitudine. Era un modo per farsi vedere, conoscere, far parte di quella società cui Nunzia aveva sempre aspirato.

D'altronde anche per loro, in quei due anni, erano cambiate tante cose. Avevano una nuova casa, un bambino di nome Saro, un'auto nuova, un fuori strada Range Rover.

La nuova casa era una villa in un paese vicino a Longone al Segrino, a Montorfano dove c'era anche lì un lago e Nunzia, dalla vetrata del salotto poteva guardarlo, mentre faceva colazione la mattina. Sì, decisamente, le cose per Gaetano e Nunzia andavano bene e ora attendevano gli ospiti, gente benestante della zona, avvocati, imprenditori, affaristi.

Gente che in occasioni di queste cene, mentre si ingozzava di prosciutto, di foie-gras, di vino, parlava di come fossero assillati dalle tasse da pagare, mentre fuori avevano posteggiato la Mercedes o l'Audi.

Padroni di fabbrichette della zona, che parlavano contro i sindacati «*affossatori dell'iniziativa privata*», mentre già pensavano di raggiungere la casa che avevano acquistato nella vicina Svizzera o sulla Costa Azzurra.

Nunzia si era messa un vestito scollato, tacchi alti, un vestito bianco midi da cerimonia, in chiffon e maniche a pipistrello e l'immancabile Chanel N. 5. Faceva la sua figura e lo capiva da come gli uomini la guardavano e lo capiva anche dagli sguardi falsi delle donne presenti. Così com'erano falsi i baci sulle guance, le risate, i sorrisi. A lei però, tutto questo non interessava, a lei interessava che Gaetano facesse sempre più soldi, che potessero fare una vita con tante soddisfazioni.

Dopo il processo per diffamazione, Gaetano aveva parlato sovente con Nunzia di tutto quello che era avvenuto e che stava avvenendo. Gaetano, come sempre, era titubante, aveva molti problemi di coscienza, ma Nunzia, invece, lo spronava a continuare sulla strada che aveva iniziato a percorrere, quando aveva dichiarato il falso in Tribunale.

In effetti, da quel momento, le cose avevano preso a marciare nel modo giusto.

Subito dopo il processo, Sofia Egle Arnaboldi aveva accennato a Gaetano che per fare soldi, un metodo c'era, un metodo sicuro che il vecchio direttore sanitario sperimentava da anni. «*Vede dottore* – aveva affermato la direttrice – *ovviamente i nostri ospiti sono tutti anziani. E gli anziani, lei sa meglio di me, hanno bisogno di cure costanti perché anche dal punto di vita fisico sono fragili... Ogni tanto è necessario aiutarli, con piccoli interventi, a muoversi meglio*».

– Non capisco, cosa significa?

– Massì che ha capito benissimo. Se un ospite ha difficoltà a muoversi, ad esempio, a causa di una gamba malata, basta inserire una piccola protesi.

– Ma queste cose non si possono fare. Non possiamo consigliare di operare, se non si ha bisogno di quell'operazione. Andrei contro alla mia deontologia professionale...

– ... non la faccia troppo lunga, caro Direttore sanitario. E non mi parli di deontologia professionale. Si è dimenticato che ha dichiarato il falso in Tribunale? Ti sei dimenticato della vicenda di Augusto Roscini? Dopotutto non mi sembra che ti facciano schifo i soldi che prendi...

La donna era passata improvvisamente al tu, una forma quasi minacciosa.

– ... ma è un abuso... non posso farlo. È un ricatto, questo!

– Non è un ricatto. Direi, piuttosto, un suggerimento. Illustro, semplicemente, un dato di fatto. Naturalmente decidi come meglio credi, ricordando, però, che in questa vicenda ci sei dentro fino al collo e non si può recidere il tutto con un semplice "arrivederci e grazie tante". Qui ci sono interessi enormi che non riguardano solo la Residenza. Ricordati che la prima volta sembrava non possibile quella testimonianza. Poi, però, l'hai fatta e ci abbiamo guadagnato tutti. Tu per primo. E ricordati anche, che quando sei arrivato da noi avevi le pezze al culo. Oggi il tuo culo appoggia su una Range Rover. Questo non è un taxi che quando sei arrivato a destinazione, paghi e scendi. Qui, da questo affare, non si può scendere quando si vuole.

Arnaboldi lo aveva "licenziato" sbrigativamente. Gaetano era uscito sconvolto da quel colloquio e, la sera, ne aveva parlato con Nunzia. Come al solito Nunzia lo aveva ascoltato attentamente, in silenzio, poi – da novella bovary qual era – aveva smontato tutte le certezze di Gaetano. I soldi ci fanno comodo, aveva affermato Nunzia, e d'altronde cosa vuoi che incida su un anziano un piccolo intervento, una piccola protesi.

– Ma non serve a nulla inserire delle protesi. Non ha proprio senso. Per l'anziano, è un'inutile sofferenza.

– Appunto Tanuzzo. Non serve a nulla. E allora facciamole queste operazioni. Tanto che danni possono mai fare a un anziano?

Da quel momento era stato un continuo. Gli ospedali erano ben contenti di ricevere persone da operare e agli ospiti del "Dolce Sorriso" s'impiantavano protesi ortopediche, valvole cardiache, pacemaker. I rimborsi regionali incassati, i soldi arrivavano al "Dolce Sorriso" e al direttore sanitario Gaetano Maugeri e tutti erano contenti. E non c'erano solo soldi: c'erano viaggi, partecipazioni a convegni in località amene, regali. I margini di guadagno sulle protesi erano notevoli. Basti pensare che una vite di metallo pregiato costava circa 200 mila lire, una fresa 600 mila lire, due placche più di 300 mila lire. Una protesi arrivava a costare 2 milioni di lire! Ed erano, spesso, di pessima qualità.

Addirittura Gaetano aveva seguito personalmente il caso di una ricoverata, una signora di 80 anni che non poteva quasi più muoversi e aveva consigliato ai parenti un intervento di artrodesi alla schiena, un delicatissimo intervento neurochirurgico con la fissazione delle vertebre mediante viti e placche. I parenti erano contenti di aver trovato un medico così coscienzioso, talmente coscienzioso che la mattina dell'operazione si era recato nella clinica milanese dove sarebbe stata operata l'anziana signora.

Seconda parte

Cap. 7 – Una morte semplice

Era scattato il rosso ed Enrico Carati aveva dovuto frenare bruscamente. Mentre era in attesa del verde, un ragazzo vestito da mille colori aveva invaso la sede stradale e aveva cominciato a lanciare in aria birilli e palline. Mentre il giocoliere era intento a non far cadere palle e birilli, si era materializzato improvvisamente un uomo di una cinquantina d'anni che, armato di spugna e acqua, aveva cominciato a lavare il parabrezza dell'auto di Enrico.

– Lascia stare! Non vedi che è pulito?

L'uomo continuava imperterrito nella sua opera di pulizia. Carati aveva cominciato a inveire nei suoi confronti. Poi era sceso dall'auto.

– Ti ho detto che non ho bisogno... Fuori dalle palle marocchino di merda... Non si può neppure fermarsi che ci saltate addosso... via, vai via!

L'uomo era indietreggiato impaurito, impressionato della foga di Enrico; poi l'aveva guardato ed esclamato:

– Io no marocchino. Io europeo, ignorante!

– ... sì va bene, fuori dai coglioni.

Le auto dietro cominciavano a suonare il clacson. Enrico aveva alzato nei loro confronti il medio della mano destra, era risalito in macchina ed era ripartito, borbottando. Una piccola e inutile soddisfazione.

Mentre guidava si era domandato perché mai avesse trattato quel poveraccio in quel modo. Perché aveva avuto quella reazione da cafone? È proprio vero – aveva pensato – che quando si vivono momenti difficili, si deve trovare un nemico così da scaricare sul più debole i propri problemi, le proprie frustrazioni. Si era profondamente vergognato del proprio comportamento e di ciò che aveva pronunciato nei confronti del lavavetri.

Si stava recando al giornale per il quale lavorava da qualche tempo. Non più *Unità a sinistra*, ma *Il nuovo milanese*, un quotidiano di tiratura media, di proprietà di un industriale farmaceutico. Enrico pensava spesso a quello che era avvenuto negli anni che avevano seguito la sua condanna e "l'esilio" di cinque anni, essendo stato estromesso dall'Ordine dei giornalisti. Erano stati anni duri per lui. Ogni tanto rimediava qualche collaborazione firmata con nomi fittizi, qualche volta scriveva comunicati stampa per improbabili aziende. Piccole cose, tanto per racimolare qualche soldo. Per un periodo di tempo aveva scritto anche sceneggiature per film porno. Non era molto faticoso questo lavoro ed era pagato abbastanza. Non era faticoso perché i dialoghi dei vari personaggi erano solo composti da «*Ahhh*», «*Ancora, ancora...*», «*Dai, fammi godere*» e amenità del genere. L'unico vincolo è che bisognava scrivere in fretta, consegnare, diciamo così, la sceneggiatura nei tempi stabiliti.

Una volta aveva dovuto andare anche sul set dove si girava il porno perché c'erano degli aggiustamenti da fare "al volo" alla sceneggiatura. Le storie erano sempre le stesse:

una moglie vogliosa, un idraulico o il panettiere o, ancora, il macellaio che si recava nell'abitazione della donna e finivano a letto. Tutto qui. Certo non il massimo della letteratura, ma a Enrico importava poco tutto questo. Dopo la condanna al processo, a Enrico non interessava più nulla. Con la sua condanna era finita un'epoca, almeno per lui, erano finiti i sogni, la voglia di combattere per cambiare, attraverso il giornalismo, la società, per un mondo migliore. Tutte cazzate, si diceva fra sé e sé Enrico. Tutto finito.

Sì, era andato sul set cinematografico per aggiustare la sceneggiatura, a Cologno Monzese. Era arrivato alla fine di una scena. Quando era arrivato, i protagonisti erano in pausa mentre i tecnici aggiustavano le luci e gli operatori di ripresa si apprestavano a girare la successiva scena. Seduti sul letto c'erano i due protagonisti, nudi, che stavano bevendo qualcosa da un bicchierino di carta. In quei corpi nudi, esposti agli sguardi di tutti, non c'era nulla che riguardasse l'eros, la sensualità, il desiderio, piuttosto due persone in pausa di lavoro, un lavoro come un altro. Lei, una quarantina d'anni, era piuttosto sovrappeso, con grossi seni e capezzoli pronunciati; lui con una faccia da bietolone, piuttosto robusto e, dal punto sessuale, ben fornito. Più che a scene peccaminose, la vista di quelle due persone, nude, che bevevano un caffè era di una tristezza enorme. Nello specifico della finzione, lui era un falegname che si era recato a casa della donna, per riparare un'anta dell'armadio della camera da letto che non chiudeva bene e, come spesso accade, erano finiti a letto. Il regista voleva inserire l'arrivo improvviso del marito della donna, dare più spessore alla vicenda, con la scoperta della moglie

fedifraga. Una cazzata cui Enrico si era adattato immediatamente con un finale assurdo in cui a letto, ci finivano
tutti e tre. Al regista il finale era piaciuto.

Poi una sera, mentre Enrico cenava, da solo, nell'alloggio affittato di via Scaldasole, una cena a base della solita
pizza surgelata e di un paio di birre, era arrivata una telefonata di Claudio, l'amico che lavorava alla Consulting Comunication. Non si vedevano da tempo, anche se da parte
di Claudio, dopo la condanna subìta da Enrico, c'erano
stati diversi tentativi per invitarlo a cena a casa sua. Claudio si era poi sposato con Carla ed era sempre più lanciato
nel far carriera. Quella sera, aveva proposto a Enrico l'en-
nesimo posto di lavoro. Questa volta era in un quotidiano,
appunto *Il nuovo milanese*. Una proposta che Carati, questa volta, non aveva fatto cadere. Lavorare, di nuovo, in un
quotidiano era per Carati certamente un'ipotesi pregevo-
le. La Consulting Comunication aveva ricevuto una importante commessa dall'editore del quotidiano, le cose erano
andate bene con soddisfacimento da entrambe le parti e
Claudio aveva fatto il grande passo: in pratica raccoman-
dare «*un mio caro amico, serio e sicuro professionista, anche se molto sfortunato*». L'editore, un lombardo che si
vantava con tutti «*di essersi fatto da solo*», Sandro Pelucchi, aveva un'azienda farmaceutica che andava a gonfie
vele. Aveva però bisogno anche di un organo di stampa,
per difendere i propri interessi, una cosa che ormai cercavano di fare tutti. Il quotidiano, *Il nuovo milanese* era un
quotidiano di 50 mila copie giornaliere e aveva sede in un
grande appartamento di via Tagliamento, vicino a corso
Lodi e alla stazione di Porta Romana. La stampa, invece,

avveniva alla periferia della città. Ormai con la tecnologia imperante non era più necessario avere tipografia e rotativa sotto o nello stesso palazzo della redazione. Le pagine venivano inviate al Centro stampa con la *teletrasmissione*[8].

E così era partita l'ipotesi assunzione di Enrico Carati. L'editore-farmaceutico era però stato chiaro con Claudio.

– Io lo assumo perché è lei che me lo chiede. Ho preso informazioni in merito e il suo amico, passa per un rompicoglioni comunista che è stato anche condannato e, se un giorno si mette in testa di scrivere contro l'industria farmaceutica, soprattutto la mia, lo caccio a calci in culo. Perché non si può sputare nel piatto dove si mangia. *T'hee capì?* La democrazia l'è una *gran bèla roba*, ma alla fine è meglio che decido io, da solo. E se decido di cacciarlo, il suo amico, lo faccio. Sa cosa diceva sempre mio padre? «*A furia de tirala, porca Peppa, anca ona bona corda la se sceppa*» (non abusare troppo della pazienza degli altri perché come una buona corda, se la tiri troppo si rompe).

Claudio aveva assicurato Sandro Pelucchi in merito e si era detto certo che quello paventato dall'industriale farmaceutico non sarebbe proprio avvenuto. Enrico Carati, aveva proseguito, è un ottimo professionista, può scrivere di tutto. È stato solo sfortunato.

– *Damm a trà*. Il suo amico è ancora comunista? Perché *mi gho nagòt cuntra* i comunisti, basta che non siano a casa mia. Chiaro?

C'erano state ancora minacce da parte dell'industriale

---

8 Trasmissione a distanza delle intere pagine

e assicurazioni da parte di Claudio. Comunque, l'assunzione era andata in porto e ora Enrico Carati era tornato a lavorare in un quotidiano, tornato a fare il proprio mestiere, la propria professione. A *Il nuovo milanese* non si trovava male. Faceva il meno possibile, non rompeva le balle a nessuno, non aveva stretto amicizia particolare con nessun collega o nessuna collega. Sperava di essere "invisibile", cercava di tirare sera con meno dispendio di forze possibile. Era l'unico sistema, questo, di lavare via i pensieri che periodicamente aveva in testa.

Quella sera era di turno per la chiusura delle pagine. Verso le 22,30, poco prima che uscisse dalla redazione, sulla scrivania di Enrico, lo scanner sintonizzato sulle frequenze della polizia, Doppia Vela 21, in quel momento annunciava, fra fruscii e disturbi vari, di un morto trovato nel sottopasso della stazione, in viale Brianza: «*Siena Monza 32 recarsi tunnel ferroviario viale Brianza. Probabile cadavere. Notiziate prima possibile*». «*OK ricevuto, ci rechiamo immediatamente tunnel indicato*», L'automobile della polizia di riferimento era Siena Monza 32. Quindi significava Squadra Mobile perché a ogni lettera dell'alfabeto corrisponde una città e la lettera iniziale del reparto d'appartenenza. In questo caso, Siena Monza sta per Squadra Mobile. I carabinieri no. Loro per comunicare via radio, usano l'alfabetico fonetico Nato. Lo scanner, sintonizzato sulle frequenze della polizia, era proibito, ma l'utilizzavano tutti i giornali e la polizia lo sapeva benissimo. Enrico si era recato dal direttore per informarlo. Questi era un uomo sui 65 anni, piuttosto pienotto, non alto,

completamente calvo. Scialbo. Non scriveva mai un articolo, né un fondo. Lui organizzava, faceva scrivere agli altri,
forse per paura di inimicarsi l'industriale farmaceutico e
perdere, così, il posto. Quando l'industriale gli telefonava,
Otello Mengogni – così si chiamava il direttore – si metteva sull'attenti, spesso prono ai voleri del suo padrone, alle
esigenze del potere. A Enrico tutto ciò non interessava
nulla.

– Direttore, lo scanner ha appena comunicato che hanno trovato un morto in un anfratto di un sottopasso della
Stazione centrale. A mio parere sarà il solito drogato sfigato. È proprio necessario che vada a vedere? Continuiamo a
scrivere le stesse cose. Non interessa a nessuno di questi
drogati. Semmai dovremmo interessarci chi sta dietro a
questi poveri cristi, chi ci specula, chi vende loro la droga.

Nell'ufficio del direttore c'era anche Fabiana Roma, la
vicedirettrice. Con Enrico non andava per nulla d'accordo.
Era una cinquantenne con il naso molto arcuato, a becco,
capelli tinti sul biondo, magra, sempre piena di monili e
collane. Era riuscita a diventare vice a *Il nuovo milanese*
grazie al fatto, così dicevano le malelingue redazionali,
che il marito fosse uno dei dirigenti dell'azienda farmaceutica del proprietario del quotidiano. Aveva una grande
considerazione di sé stessa, era egotista, convinta di essere una giornalista competente. Invece, era solo una stronza arrogante, una delle tante che pullulano nelle redazioni.
A Enrico, comunque, come fosse Fabiana non gliene poteva fregare di meno.

– Enrico sei proprio uno stronzo. E sei uno scansafatiche. Hanno trovato *tipo* un morto e noi dobbiamo portare la notizia. Non so se ti sei accorto, ma noi facciamo, ogni giorno, un quotidiano e questa del morto è una notizia. Quindi adesso prendi e vai a vedere chi è lo «*sfigato drogato*» che è morto.

Mengogni era subito intervenuto per calmare i due contendenti, mediare, come era suo costume. Non a caso era soprannominato *taja e medega* che tradotto letteralmente dal milanese sta a indicare una persona che ha commesso un errore e tenta di porvi rimedio, così, come quando ti tagli, ti disinfetti. Nella vulgata popolare il *taja e medega* era persona non troppo di carattere che tentava di trovare sempre un rimedio per non esacerbare gli animi.

– Va bene, non litigate. Enrico, vai in viale Brianza. Scrivi 30 righe che le mettiamo in settima.

– Certo che vado. Cosa non farei per scrivere *tipo* 30 righe in settima pagina. Ciao a tutti.

L'intercalare della parola *tipo* nella parlata della vicedirettrice era irritante e senza senso. In più, quando parlava, strabuzzava in continuazione gli occhi. Chi se ne frega pensava Enrico, parli come vuole e strabuzzi gli occhi come crede.

Si era diretto verso l'uscita. La cosa più scocciante era che in via Tagliamento non aveva trovato, come capitava frequentemente, uno spazio dove posteggiare e si era dovuto spingere fino a via Brembo. Mentre camminava, pensava a tutti i film sui giornalisti che aveva visto. Soprattutto i film americani dove il giornalista scopre intrighi, fa a pugni, salva il mondo dal cattivo di turno, non va in redazione, per mesi lavora solo sulle sue inchieste. Nella realtà nostrana, i cronisti s'annoiano a morte nel seguire un Consiglio comunale e, alle conferenze stampa, spesso qualcuno ne approfitta per un pisolino. Come visto, niente di esaltante: un sacco di tempo a incollare le agenzie, fare titoli, aggiustare comunicati di qualche politico, scrivere didascalie, uno dei lavori, fra l'altro, più difficili. Altro che indagini e inchieste. Altro che scavare per trovare la verità in questa città, in questa Milano che si regge sull'avidità di una classe dirigente e sulle menzogne dei politici. Io, pensava Enrico, ora debbo andare a vedere un drogato che si è ammazzato per una overdose oppure perché gli hanno venduto roba tagliata male. Che merda!

Quando era arrivato nel tunnel sotto la Stazione centrale, c'era già una discreta folla: poliziotti, polizia urbana, qualche collega, la Scientifica, barellieri. L'area attorno a dove era stato trovato il cadavere era contornata dal nastro di plastica biancorosso che impediva agli eventuali curiosi di avvicinarsi e calpestare così impronte, prove e quant'altro.

Il tunnel di viale Brianza aveva sempre rappresentato un luogo misterioso con la lunghissima galleria che collega viale Lunigiana a viale Brianza, per poi sfociare in piazzale Loreto e alcuni anfratti e passaggi portavano in via Sammartini che era meglio non percorrere, soprattutto di sera, a salvaguardia della propria incolumità. Enrico aveva lasciato l'auto con due ruote sul marciapiede, aveva attraversato le due carreggiate e si era diretto verso il luogo del ritrovamento, dove c'era il tipico assembramento di quando c'era un morto. Sotto il tunnel l'aria sapeva di gas di scarico delle auto, mentre la luce giallognola dell'illuminazione pubblica tentava di rischiarare quel pezzo di tunnel già invaso da umidità e da un po' di nebbia. Aveva domandato a un collega di un altro giornale se si conoscesse il nome della vittima, ma ancora non si sapeva nulla. Poi si era recato dal commissario capo della polizia, per avere maggiori informazioni. Anzi una commissaria capo della Squadra Mobile della Questura di Milano – Terza sezione, la Omicidi e reati contro la persona perché era una donna. Giovanna Scalzi aveva 45 anni, corporatura minuta, capelli castani tagliati corti. Sarà anche stata di corporatura minuta, ma aveva un carattere da poliziotto con le palle, modi di fare spicci ma, nello stesso tempo, acuta, una che non lasciava nulla al caso. Sposata, aveva due figli e un marito. Come facesse a conciliare un lavoro del genere, con orari stressanti, con turni anche notturni, era per Enrico un mistero. Con i giornalisti parlava il giusto; non raccontava molto ma, quanto poteva, dava informazioni, cosa che molti suoi colleghi ritenevano i giornalisti solo una rottura di palle.

Con Enrico andava relativamente d'accordo. Almeno abbastanza. Una certa dimestichezza che si consolida fra persone che, tutto sommato, fanno vite simili, che si ritrovano a parlare attorno a un cadavere in attesa che arrivi il magistrato di turno, magari di notte, attorniati solo dal freddo milanese. Spesso si racconta della propria vita, della famiglia, dei turni, dei figli, dei problemi che attanagliano tutte le persone "normali".

In realtà, Enrico sapeva benissimo che dare confidenza a un poliziotto era rischioso, ma era sempre meglio dare confidenza a un poliziotto piuttosto che a un politico. Questo sì che era veramente imprudente. Si erano conosciuti – con Giovanna Scalzi – durante una manifestazione di gruppi extraparlamentari. Lei, in quel momento, era in forza all'Ufficio politico e comandava un drappello di poliziotti in tenuta antisommossa. Lui, Enrico, seguiva la manifestazione per scrivere il servizio. I manifestanti erano stati bloccati dalla polizia all'inizio di via Turati, in piazza Cavour. La loro intenzione era quella di raggiungere il consolato americano, in Largo Donegani. Non erano autorizzati a farlo; per questo erano stati bloccati dai poliziotti all'inizio del loro percorso. Enrico faceva la spola fra i poliziotti e i manifestanti, cercando di non farsi notare troppo. Pericoloso, in quei frangenti, farsi vedere fra i poliziotti e pericoloso era stare in mezzo ai dimostranti che potevano scambiarti per un infiltrato. E fra i dimostranti, d'infiltrati – Enrico lo sapeva bene – durante le manifestazioni ce n'erano sempre. Anche vestirsi come loro, che poi erano i vestiti che normalmente Enrico usava, non assicurava certo di non finire massacrato. Era sempre pericoloso seguire, per lavoro, le manifestazioni. Enrico ricordava la faccia di un fotografo di un'agenzia di stampa, colpito da un candelotto sparato dalla polizia: mascella fratturata, diversi interventi chirurgici, impossibilità, per mesi, di inghiottire cibo solido.

Da quando i protagonisti di alcuni film polizieschi erano poliziotti infiltrati nelle "bande" e, quindi, si vestivano come i componenti delle "bande", anche i nostri poliziotti che seguivano le manifestazioni di protesta si vestivano come i manifestanti. Il drappello che comandava Giovanna aveva "costruito" un "tetto" di scudi di plastica per proteggersi dei sassi, bottiglie, bulloni che i manifestanti lanciavano verso i poliziotti.

Poi era suonata la carica e c'era stato il fuggi fuggi generale.

Nel parapiglia Giovanna era rimasta isolata. Era finita per terra perché aveva inciampato. Enrico l'aveva soccorsa e ordinato di seguirlo perché, come gli avevano insegnato i cronisti più esperti, «*devi sempre crearti una possibile via di fuga*». Lì vicino c'era un passaggio solo pedonale, una galleria con diversi negozi che collegava via Turati a via Manin. Sbucati in via Manin, erano corsi verso via della Moscova, per poi sbucare, appunto, in Largo Donegani e ricongiungersi con i drappelli di polizia e carabinieri a presidio del consolato.

Da quel momento, si era instaurato fra loro un certo rispetto, pur restando ognuno in un ambito ben definito: da una parte il poliziotto, dall'altra il giornalista.

– Giovanna, che mi dici del morto? Potrebbe essere il solito *collettaro*, uno dei tanti drogati che passano le giornate in stazione a cercare di racimolare il necessario per una dose chiedendo spiccioli ai viaggiatori?

– Potrebbe essere, ma non lo so. Come vedi tu stesso, la cosa sembra evidente. È nero, non ha documenti in tasca, ha lo s*padino*[9] ancora infilzato in vena... in tasca due bustine di coca... chiaro, no?

---

9 Siringa

– Secondo te è morto mentre si faceva una *pera*?[10]

– Così sembrerebbe. La certezza l'avremo solo dopo che l'anatomopatologo l'avrà esaminato.

– L'identificazione?

– Questa sarà più difficile perché non ha nessun documento. Invieremo le sue impronte all'Apis, il sistema automatizzato di identificazione delle impronte del ministero dell'Interno. Se però è clandestino e non ha mai o, non ancora, commesso reati, sarà molto difficile identificarlo.

– Chi l'ha trovato?

– Il solito pensionato. Se vuoi i suoi dati, fatteli dare dal vice ispettore Giulini che è lì, sulla macchina. Comunque poca roba. Si era accorto di un fagotto, si era avvicinato e dato l'allarme.

– Ma 'sti cazzi di pensionati, non dormono mai? Non hanno mai niente da fare?

Giovanna aveva riso, poi aveva ripreso.

– Beh, bisogna anche dire che, però, i pensionati sono "sentinelle" della città. Meno male che loro, almeno, si guardano in giro. Gli altri non vedono mai nulla. Sai come si dice, no? Se al Sud non parlano, si chiama omertà, al Nord si chiama riservatezza.

Intanto era arrivato il medico legale. Il corpo era tutto raggomitolato su sé stesso, con le gambe sul marciapiede e la testa perpendicolare all'anfratto, sul fianco destro. Indossava un giubbotto, ma la manica sinistra era alzata. E, infilzata nella vena, appunto l'ago, lo *spadino* come veniva

---

10 Drogarsi con sostanze iniettabili

chiamato da drogati e poliziotti. Giovanna Scalzi si era avvicinata al medico e aveva chiesto se poteva dirle qualcosa della morte. Il medico legale aveva allargato le braccia e poi si era rifugiato nel solito luogo comune: morto per arresto cardiocircolatorio. D'altronde, tutti coloro che muoiono è sempre per arresto cardiocircolatorio. Enrico si era avvicinato il più possibile al cadavere: aveva un viso giovane, un corpo molto lungo anche se in quel momento le gambe erano rattrappite, giubbotto e cappellino di lana in testa, blue jeans e scarpe da ginnastica. Pallido e cianotico. Almeno così pareva a Enrico visto che il ragazzo morto era di pelle nera. Il volto, però, era contratto, una smorfia sofferente e atroce.

Giovanna Scalzi continuava a parlava con il medico legale. Enrico aveva origliato, ma erano tutte cose che già sapeva. Giovanna parlava come parlavano tutti i poliziotti. Sembra che stiano sempre per scrivere un verbale, usando la lingua "verbalese", termini che i comuni mortali non capiscono. I poliziotti ti dicevano che Tizio girava *accavallato* e dentro di te dovevi tradurre che Tizio girava armato, oppure che era stato *attinto* da colpi di pistola, oppure che è stato *addobbato*, termine che sta per essere stato ucciso. Se un soggetto era sotto osservazione dicevano che era stato *notiziato*, o *attenzionato*, mentre *cavallo di ritorno* stava a significare un furto con riscatto. Il *ferro* era la pistola e il *gabbio* era la galera. *Il due* o *il doppio* indicava il carcere di San Vittore di Milano perché posto al civico 2.

Frattanto, era arrivato anche il magistrato di turno che dopo aver confabulato con il medico e con Giovanna Scalzi, aveva dato il permesso di portare via il cadavere che era stato deposto in una bara di zinco e caricato su un furgone. Destinazione Città Studi, all'obitorio.

Vicino a Enrico era spuntato chissà da dove un gatto, striminzito, probabilmente un randagio che lo guardava speranzoso. Aveva un pelo grigio pieno di croste. Speranze vane quelle del gatto perché Enrico non aveva nulla da dargli da mangiare né, tantomeno, poteva e voleva portarselo a casa.

A Enrico non restava altro da fare che telefonare al giornale e dettare le trenta righe. Era risalito in auto e si era diretto in viale Brianza dove al primo bar con l'insegna del telefono, si era fermato per telefonare, appunto al giornale perché, sino a quel momento, l'amministrazione de *Il nuovo milanese*, non aveva fornito loro, i famosi telefonini portatili.

Si era seduto a un tavolino, preso un caffè e sbattuto giù un po' di righe. Successivamente si era diretto al telefono, posizionato accanto al bancone del bar e introdotto un po' di gettoni così da chiamare il giornale. Come avveniva sempre nei locali pubblici, la cornetta del telefono era lurida e puzzolente, piena di strane macchie di incerta provenienza. Enrico la tenne a distanza di sicurezza dalla bocca.

– Ciao, sono Enrico Carati, passami i *dimafonisti*[11] per favore.

– Pronto dimafoni, devi dettare? Cosa c'è?

---

11 Addetti che ricevevano e registravano gli articoli dei giornalisti in quel momento fuori sede

– Sì, sono Carati, un morticino fresco di giornata o, meglio, di serata. Così, tanto per gradire.

– Tu, Carati sempre a rompere. Non potevi andartene a casa invece di rompere a noi?

– Dai che sono solo 30 righe. Poi te ne torni a dormire o a guardare la Tv.

– Sì, va bene. Puoi andare, detta.

È stato trovato cadavere un giovane dall'apparente età di 25 anni *virgola* ieri sera nel tunnel sotto la Stazione centrale di Milano che collega viale Lunigiana a viale Brianza *punto* Si tratta di uno straniero *virgola* probabilmente africano *virgola* senza documenti d'identificazione *punto* Nel braccio sinistro aveva ancora infilzato lo spadino *punto* Il corpo... no, correggi invece di spadino fai una siringa che non si capisce. *Riprendo.* Il corpo è stato ritrovato da un pensionato che stava portando il suo cane a passeggio attorno alle 21,30 di ieri sera *punto* Secondo i primi accertamenti *virgola* sembra che la causa della morte sia stata quella dell'arresto cardiocircolatorio provocato *virgola* appunto *virgola* dalla droga iniettatasi *punto* Con il morto di ieri sera sono così saliti a.... *qua metteteci gli ultimi dati che non ricordo punto* La zona è molto frequentata da drogati e senza casa *punto* La Stazione Centrale e le vie adiacenti sono una delle piazze dello spaccio milanese *punto* Le indagini sul decesso sono state affidate alle indagini *no, aspetta c'è due volte indagini, ripeto* sono state affidate al commissario capo Giovanna Scalzi della Squadra Mobile *punto*

– Hai terminato?

– Sì. Puoi continuare a dormire.

– Macché dormire. Sto studiando che fra una settimana ho l'esame di Filologia.

– Meraviglioso. Avrai un grande avvenire.

– Vaffanculo Carati. Buonanotte.

Enrico era tornato a casa, in via Scaldasole che era ormai mezzanotte passata. Si fece una doccia, restandoci parecchio sotto l'acqua calda come per lavar via tutto il sudiciume di quella serata, di quella giornata che aveva accumulato. Infilò nel microonde una porzione di melanzane alla parmigiana acquistate già fatte al supermercato, stappò una birra e accese il televisore. Le melanzane gli fecero ricordare che doveva telefonare a Benedetta, una ragazza siciliana che frequentava da diversi mesi. Con lei, Enrico, si trovava bene e, forse, sotto questo aspetto, sembrava aver trovato una certa tranquillità affettiva. Lavorava come impiegata presso un grosso studio di avvocati associati e, ogni tanto, quando poteva, dava qualche esame presso la facoltà universitaria cui era iscritta, Archeologia, una futura e sicura – come la canzonava spesso Enrico – disoccupata. Benedetta era una bella ragazza alta e sottile. Capelli corti castani chiari e occhi grandi, altrettanto chiari. Non era infrequente, fra i siciliani, trovare persone alte, chiare di carnagione e occhi azzurri, risultato della dominazione normanna nell'isola iniziata nel 1061.

Il piatto di melanzane alla parmigiana che vedeva girare nel microonde, gli aveva fatto venire in mente quella volta che, assieme, si erano recati a mangiare in un ristorante siciliano sui Navigli. O, meglio, vicino alla stazione di Porta Genova dove il Naviglio Grande esce dalla Darsena. Avevano ordinato due porzioni di melanzane alla parmigiana e, quando stavano per iniziare a cenare, era arrivata la domanda di Benedetta.

– Tu che sei un giornalista che sa tutto, lo sai perché si chiama così questo piatto?

– Intanto togliti dalla testa che i giornalisti sanno tutto. Non sanno proprio niente. Solo quello che altri raccontano e loro riportano. In quanto a questo piatto, immagino perché si utilizza il formaggio parmigiano.

– Naturalmente hai toppato. Sei proprio *intamato*...

– ... *intamato*? Ma come parli?

– Significa, tradotto dal siciliano, che sei lento a capire le cose. Voi milanesi non vi chiedete mai l'origine dei cibi che mangiate, non avete tempo. L'origine del nome di questo piatto deriva dalla parola siciliana "parmiciana" che sono i listelli di legno che formano la persiana, quella delle finestre. I listelli, nelle persiane, sono sovrapposti uno dietro l'altro e questo ricorderebbe la disposizione delle melanzane nella teglia per preparare la parmigiana. *T'hee capi?* E ricordati che le melanzane le hanno portate gli arabi in Sicilia e non solo le melanzane. Ma voi musoni

163

lombardi, avete solo polenta, *cassoeula* e nervetti, i *nervit*, figuriamoci!

– L'hai scoperto mentre scavavi per portare alla luce qualche antichità e, invece, hai trovato una melanzana?

Spesso, Enrico e Benedetta, scherzavano sulle loro origini prendendosi per il culo vicendevolmente. In realtà andavano molto d'accordo ed era una parte dell'esistenza di Enrico che, stranamente, andava per il giusto verso. Certo, c'erano gli orari impossibili di Enrico, ma Benedetta riteneva che ognuno di loro due doveva fare, al meglio, il proprio lavoro. Enrico non capiva se l'attrazione per Benedetta era amore vero o passione. In realtà erano riusciti a creare un equilibrio che permetteva loro di superare incomprensioni e asperità dei caratteri.

L'aveva conosciuta, Benedetta, a casa di amici comuni, durante una cena di compleanno. Non che Enrico amasse particolarmente quelle riunioni e su questo Benedetta aveva ragione nel definire "musoni" i lombardi, lui in particolare.

Si erano rivisti da soli e avevano cominciato a frequentarsi. Benedetta aveva raccontato della Sicilia, della sua famiglia. Abitava, a quel tempo, a Siracusa e lei era l'ultima di quattro figli, due maschi e due femmine. Il padre lavorava, come perito chimico, all'Eternit di Siracusa ed era morto a causa del mesotelioma pleurico, un tumore maligno che colpiva, in particolare i polmoni. Il killer che uccideva tanti lavoratori era l'amianto. Su 350 dipendenti, aveva raccontato Benedetta con le lacrime agli occhi, erano morti in 130. Benedetta gli era sembrata una ragazza solare, piena di vita e di voglia di vivere e, invece, nel raccontare quella vicenda, era scoppiata in lacrime.

– Scusami Enrico, ma quando ricordo quei fatti, divento triste. Anche mio padre è morto a causa dell'amianto. Questa maledetta fibra non ha colpito solo le persone che lavoravano all'interno dello stabilimento. Per 30 anni i responsabili dell'Eternit hanno usato il mare come discarica, le spiagge sono state contaminate dall'amianto e nei fondali marini vi erano seppelliti i manufatti di eternit. Pensa che il 9% della popolazione della zona è stata colpita dal mesotelioma pleurico, pur non avendo mai lavorato in quella fabbrica.

Enrico conosceva bene Siracusa, una città con un duomo imponente nell'isola di Ortigia, facciata barocca di un rosa splendente. La fabbrica, però, aveva sottolineato Enrico, aveva portato soldi e benessere.

– Questo è vero. Si lavorava e, quindi, c'era benessere. Molti operai venivano dalle campagne dove non c'era né sicurezza di lavoro e neppure benessere. Sempre sotto ricatto da parte dell'agrario di turno. In fabbrica gli ex contadini, gente fiera e per bene, si sentivano liberi, orgogliosi di non dover mendicare un tozzo di pane. Poi cominciavi a tossire, sputavi catarro. Andavi dal medico e questo ti diceva che ti eri beccato la bronchite. Così era avvenuto per mio padre e a tanti come lui. Invece era cancro, un cancro con un nome terribile solo a pronunciarlo: mesotelioma pleurico! C'era benessere, è vero, a scapito, però della salute e dell'ambiente ormai inquinato, ferito a morte. Gli ex contadini ora non avevano più fame, mangiavano tutti i santi giorni. Ma morivano. A stomaco pieno, certo. Ma morivano.

Per questo aveva interrotto l'università e, assieme a sorella e fratelli, erano saliti al Nord. Anzi, la sorella e un fratello stavano in Germania mentre l'altro fratello vicino a Londra.

Nel frattempo le melanzane erano pronte. Enrico, col piatto si sedette sul divano e mise la bottiglia di birra su un vicino tavolino. Quello di mangiare sul divano era una brutta abitudine che avrebbe dovuto eliminare. In quella casa, però, c'era solo lui, quindi... Anche quello era un segno della solitudine, la casa di un uomo solo con il lavello incrostato dal calcare, vestiti ammonticchiati sulla poltrona, scarpe gettate alla rinfusa, medicinali scaduti da tempo. Avrebbe dovuto far venire la donna che settimanalmente faceva le pulizie, qualche volta in più. Poi, però, non lo faceva e il disordine continuava.

Uno dei notiziari televisivi su cui si era sintonizzato, aveva iniziato con le notizie politiche per poi passare alle dichiarazioni di un esponente della destra e uno della sinistra, il famoso "panino" informativo. Poi un paio di incidenti stradali con un morto vicino a Melegnano e uno, senza morti, sull'Autostrada per Torino. Del morto in Stazione Centrale neppure una parola: d'altronde a chi poteva interessare la morte di un drogato sfigato? Nero, per giunta.

La mattina dopo, alle nove, prima di andare al giornale, Enrico si recò in Questura, in via Fatebenefratelli, per tentare di parlare con la commissaria capo Giovanna Scalzi che, ovviamente, era occupata. Aveva atteso in corridoio, seduto su una panca di legno scomoda, per circa un'ora. Finalmente Giovanna era uscita dal suo ufficio e, col braccio, gli aveva fatto segno di entrare. Era in borghese, il viso di una donna che aveva dormito male, capillari infiammati, occhiaie evidenti. Lo stesso suo viso quando la mattina si era guardato allo specchio: un viso stanco e grigio. Il pensiero era corso subito a quando era più giovane, quando lavorava a *Unità a sinistra*. Un periodo molto bello quello, un futuro non certo ricco economicamente, ma ricco di esperienze, prospettive, con rapporti interpersonali importanti, formativi.

Un periodo che sembrava dovesse durate in eterno. Ora, invece, pensò Enrico, sono diventato vecchio. E i vecchi non hanno futuro, hanno solo il passato. Ma forse non è proprio così. Il fatto è che il passato, nella nostra testa, è sempre idealizzato, a torto.

Il tempo ha eroso, consumato i nostri ricordi e rimpiangere la giovinezza è sintomo evidente di decadimento. Io, pensò Enrico, faccio di tutto per sopravvivere. Dovrei, invece, pensare a vivere, ma la realtà di tutti i giorni è assai meno romantica di come la pensi.

Facevamo, giornalisti e poliziotti, proprio una vita di merda. A lui, fra l'altro, le melanzane del supermercato gli erano restate sullo stomaco. Magari lei, Giovanna, non aveva dormito perché uno dei figli aveva la febbre oppure per qualche altro problema.

– Cosa mi puoi dire del morto di ieri sera?

– Niente, attendo il risultato dell'autopsia. Sto, appunto, andando all'obitorio. A quest'ora il cadavere del ragazzo sarà pieno di macchie dell'ipostasi, provocate dal sangue che si coagula. Non sarà un bello spettacolo. Comunque, se vuoi, puoi venire a vedere?

– Non ci penso neppure. Ci rinuncio volentieri. Ho già visto troppi cadaveri. E non amo per nulla l'odore dei cadaveri in decomposizione, mischiato con l'odore delle vostre sigarette... la formalina, l'etere...

–... già, tu sei uno dei pochi giornalisti che io conosco che non fuma.

Giovanna Scalzi si era fatta una risata. In realtà anch'ella non amava per nulla l'istituto di medicina legale con quei muri giallini, colore dell'itterizia, impregnati dall'odore nauseante della piridina, un solvente dell'alcol adoperato nelle reazioni istochimiche. Si era sempre chiesta la motivazione del perché un medico decida, invece di curare i vivi, di sezionare i morti.

– L'unica cosa che so è che il medico sembra sicuro che il risultato sarà overdose di eroina pura. Se così sarà, possiamo chiudere pratica e indagini e archiviare il tutto...

– Ma?

– Ma cosa?

– Non mi sembri convinta. C'è dell'altro?

– No. Una sola cosa. Una mia perplessità, ma non scriverla.

– D'accordo. Qual è la perplessità?

– Uno che si droga, non si spara in vena una overdose di eroina pura. I drogati sanno benissimo che morirebbero subito. Con una overdose di eroina pura, stramazzereb-be anche un cavallo.

– Vuoi dire che, volutamente, qualcuno gli ha iniettato l'eroina per eliminarlo?

– Io non ho detto questo. Lo stai dicendo tu. Io non ti ho detto nulla, chiaro?

– Certo, non ci sono problemi. Ci prendiamo un caffè?

– No, non ho proprio tempo, grazie.

Cap. 8 – Un frate iracondo

Aveva lasciato la questura diretto verso la redazione. Per raggiungerla doveva attraversare mezza Milano. I chilometri, in realtà, non erano molti, forse sei, ma il traffico milanese aveva fatto perdere un sacco di tempo a Enrico. Dopo i viali Majno e Bianca Maria con le magnifiche facciate dei palazzi liberty, in piazza 5 Giornate, era tutto bloccato. In redazione era arrivato attorno alle 11. Aveva così saltato la fumosa e noiosissima riunione di redazione con gli sproloqui della vice Fabiana Roma e questo, per lui, era un bene. In fondo non gli importava nulla di quella messa cantata che ogni mattina si celebrava.

Inizialmente, la riunione mattutina era solo per i responsabili delle pagine. Poi si era allargata a tutti i redattori. Enrico, però, se appena poteva la evitava perché gli pareva una perdita inutile di tempo. Se c'era da scrivere qualche pezzo su qualcosa, bastava che glielo ordinassero e lui eseguiva. Di più non faceva e non voleva fare. Non era iscritto neppure al sindacato e non gli importava di nulla. Cercava di tirare sera nel migliore dei modi e con un dispendio di forze ridotte al minimo. La sua filosofia era tutta qui. Ormai non credeva più al potere taumaturgico della stampa per impedire le malefatte del potere. A lui, tutto questo non interessa più. Aveva già dato e i risultati non erano stati dei migliori. Le redazioni, poi, erano pieni di leccaculi, come del resto tutti i posti di lavoro. Ora nelle redazioni vigevano beghe e cordate, rivalità e conventicole. Non c'entrava nulla rimpiangere gli anni passati. La realtà era che una volta il giornalista stava sul campo per verificare, vedere, parlare con i testimoni di un accadimento. Ora, invece, si restava, sempre più, chiusi in redazione.

Si era seduto alla sua scrivania e aveva cominciato a leggere le agenzie. Aveva, però, dentro di sé qualcosa di indefinito che gli dava fastidio. Il colloquio con Giovanna Scalzi gli aveva lasciato l'amaro in bocca: cosa aveva voluto dire quando aveva affermato che «*uno che si droga, non si spara in vena una overdose di eroina pura*»?

All'improvviso, mentre pensava al colloquio con Scalzi, si era sentito un frastuono, un vociare scomposto proveniente dal corridoio. Nello stanzone della redazione irruppe una persona vociante trattenuta a stento da Oreste, il fattorino del giornale.

– Chi è quel cretino che ha scritto questa cazzata... Voglio parlare con il direttore... Tieni giù le mani...

L'uomo era piuttosto alto, capelli radi, tutti bianchi. Ma quello che impressionava maggiormente in lui era il saio da frate che portava addosso con, sul davanti, una grossa croce rossa disegnata. Subito erano accorsi alcuni redattori, per cercare di bloccarlo.

Enrico guardava il fuori programma come se fosse uno spettacolo cinematografico e, tutto sommato, era un fuori programma interessante. Il frate era stato accompagnato nell'ufficio del direttore ed era accorsa anche la vice Fabiana Roma. Attraverso i vetri, non si sentivano le parole, ma si vedevano le figure, i gesti. Sembrava che i tre, fossero in un acquario. Il direttore aveva aperto il giornale che aveva appoggiato sulla sua scrivania e attorno il frate che continuava a inveire.

C'era stato, poi, un momento di calma apparente. Dall'ufficio era uscita la vice e si era diretta verso la scrivania di Enrico.

– Cazzo, Enrico, hai combinato *tipo* un bel casino con quell'articolo sul morto per overdose. Vieni dal direttore.

Enrico si era alzato dalla sedia di malavoglia. Che palle! Ora ci si mettevano anche i preti a rovinargli l'esistenza. Ma poi che cazzo c'entra quello lì con i morti per droga?

Nell'ufficio del direttore erano in quattro. Si erano tutti seduti attorno alla scrivania di Otello Mengogni che aveva subito preso la parola.

– Enrico, padre Achille Pratini...

– ... no direttore. Io sono fratel Achille, non padre. Faccio parte dell'ordine dei Camilliani.

– Sì... certo, mi scusi. Dicevo che fratel Achille è venuto da noi per lamentarsi del tuo articolo. Secondo la sua versione – che non dubito possa essere vera – il ragazzo morto ieri sera non era un drogato. Chiede una rettifica.

– E io che c'entro? Io ho scritto quello che ho visto e ho visto un corpo con infilzato una siringa al braccio. Questo ho scritto.

Il frate era balzato in piedi e aveva ricominciato a inveire, questa volta nei confronti di Enrico.

– Tu sei un giornalista del cazzo... Non hai indagato prima di scrivere... che ne sai tu chi fosse Mbdao?

Anche Enrico era balzato in piedi, mentre Mengogni si metteva nel mezzo dei contendenti.

– Stammi a sentire prete. Tu fai il tuo lavoro. Al mio ci penso io. E togliti dalla testa che io faccio una rettifica. Una rettifica di cosa, poi. I fatti sono quelli che ho descritto. Se ci saranno fatti nuovi in seguito, in base alle indagini della polizia, di essi ne scriverò sul giornale. E ora non mi rompere più che debbo andare a lavorare.

Fabiana Roma era subito intervenuta.

– Come al solito, Enrico, non capisci nulla. Se non la vuoi fare tu la rettifica, la faccio io. Dopotutto non sconvolgiamo nulla. Diciamo semplicemente *tipo* che secondo fratel Achille...

– ... non secondo me, ma perché è vero. E voi lo dovete scrivere che Mbdao non era un drogato. È questa la verità, non quella che ha scritto quella specie di giornalista...

Enrico si era avventato, di scatto, sul frate, afferrandolo per il saio. Mengogni era subito intervenuto e nella stanza si erano radunati diversi giornalisti, nel tentativo di separare Enrico dal frate che era quasi sdraiato con la schiena sulla scrivania del direttore, spinto dalla foga di Enrico.

Mengogni si era messo a gridare «*Basta!*», aveva cacciato fuori dall'ufficio i giornalisti accorsi e aveva fatto rimanere solo il frate, la vice Roma ed Enrico.

– Ma cosa ti ha preso, Enrico?

– Come cosa mi ha preso? Questo grida che non so fare

il mio lavoro e tu te la prendi con me, invece di difendermi
e buttare fuori questa *specie* di frate. Io non faccio nessuna rettifica. Fattela fare da Fabiana che quando lei è davanti a qualche potente, scodinzola come un cagnolino...

– ... non ti permettere, stronzo!

– ... mi permetto e come. Volevo vedere, se invece del
frate ci fosse stato il padre di un ragazzo morto per droga,
magari un operaio. A te non sarebbe importato nulla. Ma
davanti a un frate, pur senza grande apparente potere, sei
subito disposta a fare la rettifica. E allora, come dicevo prima, me ne vado e fate quel cazzo che volete.

Enrico aveva raggiunto la propria scrivania e si era
messo a lavorare, sentendo su di sé gli sguardi di tutti i
colleghi. Nell'ufficio di Mengogni erano rimasti il frate, il
direttore e la sua vice. Dopo circa un'ora, il frate era uscito
dall'ufficio del direttore e abbandonava la redazione senza
salutare e senza degnare di uno sguardo Enrico.

Era stata una giornata relativamente calma. A Enrico,
per fortuna, non avevano chiesto di seguire qualche accadimento fuori della redazione e così aveva potuto starsene
per conto proprio a passare agenzie e a titolare qualche
pezzo.

Attorno alle 21, aveva deciso di andarsene. Stava giusto
terminando di sistemare alcune carte nei cassetti, quando
si era avvicinato un collega, Attilio Mancini, un pescarese
prossimo alla pensione che aveva avuto diverse esperienze
in altri quotidiani. Mancini era alto e grosso, con un bel
paio di folti baffi bianchi. Seguiva lo sport, ma in realtà,
come tutti sapevano, avrebbe dovuto diventare lui diretto-

re de *Il nuovo milanese* ma, inaspettatamente la proprietà aveva preferito Mengogni, certamente più malleabile e chinato ai voleri del padrone.

– Carati, sto uscendo anch'io. Andiamo a berci una birra, così parliamo?

– Senti Mancini sono stanco morto. Non ho passato una bella giornata.

– Lo posso capire. Proprio per questo vorrei parlarti.

Erano andati in un bar del vicino corso Lodi. Mancini birra, Enrico un analcolico. Avevano cominciato appena a bere che Mancini aveva domandato a Enrico se conoscesse fratel Achille.

– No. Non l'avevo mai visto prima. Ma non posso permettere che mi si accusi di essere incompetente. E quei due cretini di Mengogni e Roma subito dalla sua parte...

– ... lascia perdere quei due che sono nullità...

– ... saranno anche nullità, ma comandano...

– ... credimi, sono due poveri mentecatti pronti a vendersi al miglior offerente. No, io voglio parlarti del frate. Credo che tu abbia sbagliato nei suoi confronti, anche se riconosco che ne avevi ben donde ad essere inferocito. Dico questo perché io ho avuto a che fare con fratel Achille quando ero in altri giornali e ti assicuro che lui i drogati li conosce e bene.

– No, senti Attilio se vuoi anche tu farmi la predica, ti dico subito che non è la serata adatta...

– ... no, ti assicuro, lungi da me farti prediche. Voglio solo farti capire che quel frate ha una storia importante con drogati e senza casa. Non è uno che predica e basta.

Lui si "sporca", vive con loro, li assiste, li rifocilla. Lui sta sempre per strada fra barboni e drogati, mangia quello che mangiano loro. E a fine giornata è difficile capire che differenza visiva passa fra loro e il frate.

– Questo non gli dà diritto di essere offensivo e di criticare il lavoro degli altri. Se il frate vuole rispetto, deve portare rispetto nei confronti degli altri, anche se non sono drogati e senza casa. Qui va a finire che uno si deve sentire in difficoltà perché non si droga o perché ha casa. Casa... poi. Io abito in affitto in un monolocale a Porta Genova...

– Ascolta Enrico. Tu segui questa vicenda, senti cosa ha scoperto la polizia, scrivi la loro versione, ecc. Ma se posso permettermi di darti un consiglio, fai uno sforzo e vai a parlare con il frate. Sta in via Sammartini dove ha fondato, appunto, "La Baita" per i senza-casa. Da buon giornalista qual sei, una scappata lì la dovresti fare. Sarebbe interessante parlare con il frate. Poi, naturalmente, fai come meglio credi. Non sei un ragazzino alle prime armi. Sai bene come muoverti.

Si erano lasciati così. Enrico aveva recuperato la macchina e si era diretto verso via Scaldasole. Solo il pensiero di cenare, da solo, con la solita pizza surgelata lo metteva di cattivo umore. Così aveva deciso di deviare e andare verso casa di Benedetta che stava in via Augusto Anfossi, nei pressi di Largo Marinai d'Italia, famosa per la palazzina Liberty, luogo simbolo, anni prima, del teatro di Dario Fo.

Erano già le 22 passate, ma spesso Enrico andava da

Benedetta anche a orari "anormali". Aveva suonato il citofono e, con l'ascensore, era arrivato al quarto piano, nell'appartamento affittato dove abitava Benedetta, un appartamento di tre locali in un caseggiato di sei piani.

– Benedetta scusa per l'orario, ma non avevo voglia di mangiare da solo una pizza. Andiamo in trattoria?

Benedetta che era in tuta e maglietta aveva declinato l'invito. Meglio se ti faccio un piatto di pasta, aveva detto. Io, aveva continuato, non ti faccio compagnia perché ho appena terminato di cenare. E così avevano fatto. Mentre mangiava, Enrico aveva raccontato l'episodio del frate a Benedetta e il consiglio di Attilio.

– Di Attilio ti puoi fidare?

– Sì, è una brava persona e buon giornalista, penalizzato perché non ha detto troppi *sì*. Se dici sempre di no oppure fai risaltare la tua posizione critica, non diventerai mai direttore. E Attilio aveva tutti i numeri per diventarlo. Un buon direttore.

– Certo che tu gli amici te li vai a trovare tutti scalognati...

– ... no, Benedetta. Non scalognati, ma onesti sì. D'altronde è così dappertutto. Nello studio legale dove lavori non è uguale? Chi fa carriera lì, l'avvocato che dice sempre sì o quello che contesta per un'istruttoria che non condivide?

– Sì è così ormai dappertutto, in tutti i posti di lavoro. Beh, un amico non scalognato ce l'hai, Claudio. Questo è addirittura un manager...

– ... certo, Claudio sembra ce l'abbia fatta. Per me è più

che un amico. Ma chissà quanti *sì* ha dovuto dire, suo malgrado per arrivare dove è arrivato. Vale la pena tutto questo sbattimento per poi finire superato dall'ultimo assunto, quello con la raccomandazione dell'onorevole?

– Lasciamo perdere, che questi discorsi m'intristisco-
no... Vuoi qualcosa da bere?

Enrico aveva rifiutato e si era spostato accanto a lei, sul
divano. Avevano acceso il televisore che in quel momento,
su quel canale, trasmetteva un insulso dibattito politico
con le solite grida degli invitati, con il parlarsi sopra, tutti
tesi a non far capire nulla al povero telespettatore. E, naturalmente, con la presenza degli "esperti" di aria fritta.

– Vedrai, Benedetta, che terminato il dibattito, il talk-
show, come si usa dire ora, tutta la brigata che ha fatto
fuoco e fiamme, uno contro l'altro, si ritroverà al ristorante, attovagliati a mangiare tutti assieme. È il gioco delle
parti, ognuno ha un ruolo ben definito in Tv.

Avevano poi cominciato a sbaciucchiarsi e, alla fine,
avevano fatto all'amore, lì mezzi vestiti, sul divano. Enrico
però non era come sempre. Aveva un tarlo nel cervello che
non lo aveva abbandonato per tutta la serata, quello che gli
aveva raccontato Giovanna Scalzi sul morto drogato e l'invito di Attilio ad andare a trovare fratel Achille. Benedetta
si era accorta di questa sua "lontananza", come solo le
donne sanno fare e percepiscono ogni attimo che passano
con il proprio uomo.

Alla fine, contrariamente al solito, non l'aveva invitato
a restare a casa sua. Per Enrico andava bene così, almeno
per quella sera.

Dalla parte del torto

La vice direttrice, Roma, lo aveva chiamato nel suo ufficio, dopo la riunione di redazione delle 11, Enrico, volutamente, l'aveva fatta attendere un po', così da innervosirla. Dopo si era recato da lei e si era seduto di fronte alla sua scrivania. Fabiana Roma indossava un abito a giacca blu e, come al solito, era piena di collane e monili. Enrico proprio non la sopportava.

– Alla buon'ora! Il grande giornalista si è degnato di venire a parlare con la vice del suo giornale.

– Ho avuto da fare.

– Certo. Tu hai sempre da fare cose importanti che noi *tipo* poveri mortali non possiamo comprendere.

– Comunque sono qui. Qual è il problema?

– Devi preparare un articolo, *tipo* per la prossima settimana sulla Sapelu Farmaceutica che lancia una nuova linea di prodotti, esattamente una pomata antiemorroidale...

– ... emozionante!

– La tua ironia non la capisco. E poi sei sleale nei confronti di chi ti paga.

– Non sono sleale. In realtà non vedevo l'ora di scrivere un articolo *tipo* contro le emorroidi. Pensa che ne soffro anch'io. Se vuoi, ti spiego come faccio ad attutire il bruciore...

– ... rimani sempre uno stronzo, Enrico. Se fosse stato per me, non ti avrei assunto di certo. D'altronde, cosa ci si può aspettare da un comunista?

– Ancora con 'sta storia dei comunisti? Siete proprio ossessionati. Credete ancora al "pericolo rosso"? Forse non ti sei accorta, ma i cosacchi non arriveranno più ad abbeverare i loro cavalli a piazza San Pietro. Comunque, dimmi cosa devo fare.

Fabiana Roma aveva bevuto da una bottiglietta che teneva sulla scrivania, un sorso d'acqua. Aveva il viso in fiamme, nervosa.

Enrico godeva a farla innervosire. Non poteva proprio soffrirla quella donna, con la sua prosopopea, con l'atteggiarsi a grande giornalista mentre, in realtà, era semplicemente una passacarte che occupava quel posto solo grazie al marito, dirigente della Sapelu Farmaceutica, l'azienda di Sandro Pelucchi.

Insomma, una mediocre persona e, come tutti i mediocri, presuntuosa e arrogante. Dopo qualche istante, la vice aveva ripreso.

– Come dicevo la Sapelu ha aperto *tipo* una nuova linea per la produzione di pomate e supposte. Bisogna spiegare al lettore, *tipo* l'importanza di questo nuovo farmaco, lo sforzo dell'azienda...

– ... un soffietto, quindi.

– No, direi *tipo* chiarire bene cosa produce la Sapelu Farmaceutica, qualche intervista a qualcuno dei dirigenti ecc. Al signor Sandro Pelucchi no, perché ci pensa il direttore a intervistarlo...

– ... magari intervisto Lorenzo Salvati che, casualmente, è tuo marito.

– Lo intervisti perché è il responsabile dello Sviluppo nuovi medicinali della Sapelu Farmaceutica, non perché è mio marito.

– Certo. Infatti, ho detto *casualmente* tuo marito. E *tipo* al Consiglio di fabbrica, nessuna intervista?

– No, non mi sembra il caso.

– Un soffietto, appunto. Va bene. Dov'è questa azienda?

– Sentimi bene, Enrico. Sappi che appena fai un passo falso, io farò di tutto per farti sbattere fuori dal giornale...

– ... non ho dubbi a questo proposito. Dai, dimmi dov'è questa azienda.

Fabiana Roma aveva il viso stravolto dall'ira, gli occhi inviavano lampi di stizza nei confronti di Enrico. Si era alzata in piedi, facendo tintinnare tutta la chincaglieria che aveva addosso. Poi si era riseduta, bevuto un sorso d'acqua e chiuso gli occhi per qualche minuto. Infine, aveva ripreso con un lungo respiro.

– A Nova Milanese che è *tipo* nella Bassa Brianza...

– ... so dov'è. Quante righe?

– Tu scrivilo... Poi vediamo cosa tagliare se è troppo lungo. Tieni conto che fra l'intervista del direttore, qualche foto e il tuo articolo porterà via una pagina intera. La prossima settimana la Sapelu, convocherà una conferenza stampa, per lanciare il nuovo prodotto e noi usciremo l'indomani con il tuo articolo, le interviste ecc.

Enrico Carati, nel primo pomeriggio, si era recato a Nova Milanese. Il nuovo capannone della Sapelu stava in una zona tutta di capannoni industriali, quasi al confine con Cinisello Balsamo. Si era fatto annunciare e ora stava seduto su una poltrona di fronte al direttore dello stabilimento di Nova. Questi aveva snocciolato un po' di dati, di cifre, dal numero degli occupati al tipo di produzione, magnificando i grandi progressi della Sapelu Farmaceutica. Tutte cazzate, per dimostrare come fosse importante l'azienda e, ovviamente, per salvare il suo remunerato posto di lavoro. A Enrico gli era venuto sonno. Segnava su un taccuino le cifre elencate dal direttore, ma tutto sommato quello era un servizio di tutto riposo, tranquillo. Bastava pompare un po' i termini della descrizione dell'azienda e il gioco era fatto. E tutti erano contenti. D'altronde, aveva fatto di peggio dopo che si era licenziato da *Unità a sinistra...*

Aveva chiesto di parlare con il responsabile dello "Sviluppo nuovi medicinali", Lorenzo Salvati. Il direttore aveva chiamato la segretaria e pregato di accompagnare il giornalista da Salvati, *casualmente* marito della vice direttrice Fabiana Roma.

L'ufficio di Salvati era un tipico ufficio manageriale, tutto acciaio e vetro con una grande scrivania. Su questa, un Pc con uno schermo di almeno 22 pollici. Alle spalle di dove stava seduto Salvati, una grande vetrata che dava sullo stradone che conduceva a Cinisello Balsamo. Dall'altra parte della strada, capannoni industriali. Certo, non un bel vedere. In un angolo del grande ufficio, un tavolinetto con sopra una macchina a cialde per il caffè.

– Si accomodi pure dove preferisce dottor Carati. Sono subito da lei.

Lorenzo Salvati stava firmando alcune carte che un'impiegata gli porgeva. Il giornalista aveva preferito restare in piedi e si era soffermato a guardare diverse fotografie appese sulla parete, a sinistra della scrivania di Salvati. Erano tutte formato 24x36 poste all'interno di cornici "a giorno", tutte in bianco e nero. In tutte le fotografie – una decina – non appariva mai una persona, un bambino. Ritraevano panchine vuote, fontanelle senza acqua, alberi spogli, autunnali. Un senso di tristezza avvolgeva il tutto.

L'impiegata aveva posto i fogli firmati in un faldone ed era uscita dall'ufficio. Il responsabile dello Sviluppo nuovi medicinali, si era alzato in piedi e stretta la mano di Enrico Carati.

– Le dico subito, a scanso di equivoci, che non sono laureato.

– Nessun problema. Io sono laureato in Filosofia e guardi cosa faccio...

Lorenzo Salvati era un uomo non troppo più vecchio della moglie Fabiana. Pochi capelli in testa, biondicci, pizzetto d'altri tempi e baffetti.

Era, però, decisamente più intelligente e simpatico della moglie. Buon parlatore, aveva illustrato a Enrico i nuovi medicinali, in particolare la pomata che stavano per immettere sul mercato e alcune cifre, riguardanti le aziende farmaceutiche.

Subito dopo, senza enfatizzare cifre e mirabilie della Sapelu Farmaceutica, era passato a domande sulla vita di Enrico: se era sposato, se aveva figli, dove aveva lavorato prima di approdare a *Il nuovo milanese*.

Si era creato fra loro una specie d'intesa. Lorenzo Salvati era poi passato a raccontare di sé, di come avrebbe voluto fare un'altra professione, il fotografo.

– Il fotografo? Avrebbe fatto la fame. Le assicuro che è meglio fare il dirigente d'azienda.

– I soldi non sono tutto e neppure la carriera. Certo, i soldi aiutano molto, ma a me sembra di stare in gabbia...

– Avete figli?

Lorenzo Salvati si era appoggiato allo schienale della poltrona, poi aveva fatto un grosso sospiro ed espulso l'aria immagazzinata.

– No. Fabiana non li ha mai voluti. Lei pensa solo al giornale, a far carriera. Mah! Comunque inutile parlarne. Se ha bisogno di qualche altro dato sulla Sapelu, mi telefoni senza problemi.

Si erano salutati con una forte stretta di mano. A Enrico, il responsabile dello Sviluppo nuovi medicinali, gli aveva fatto l'impressione di una brava persona. Una persona che aveva bisogno di parlare, di confidarsi. Certo, farlo con Fabiana non doveva essere semplice. Questo, però, non era un problema suo. Ne aveva già tanti e non faceva l'assistente sociale.

Era tornato in redazione, a Milano. Lì aveva cominciato a buttare giù qualche cartella, ad abbozzare l'articolo. L'indomani l'avrebbe terminato e consegnato alla vice direttrice. Aveva già in mente un possibile titolo. Comunque un lavoro tranquillo, senza sbattimenti. Sempre meglio della vicenda del tossico che si era tolto la vita con una abbondante dose di eroina.

L'indomani mattina, dopo la rituale, inutile riunione di redazione, aveva consegnato il tutto alla vice direttrice. Questa si era meravigliata che avesse fatto così in fretta a scrivere il servizio. Enrico aveva abbandonato sulla sua scrivania l'articolo ed era tornato nel salone della redazione, alla sua postazione di lavoro.

Fra poco, ne era sicuro, sarebbe stato richiamato da Fabiana Roma che gli avrebbe contestato questo o quel passo dell'articolo e, soprattutto, il titolo proposto da Enrico: «*L'empireo della supposta*». Stranamente, invece, non era stato chiamato e non gli aveva contestato nulla.

Dopo un paio di giorni, il direttore Otello Mengogni, aveva avvisato Enrico che l'editore e padrone della SAPELU voleva parlargli. Si sarebbe scomodato lui a venire nella redazione de *Il nuovo milanese* e conoscere così Enrico Carati. Quando era stato assunto, infatti, Enrico aveva parlato soltanto con il direttore Mengogni e con un ragioniere per la parte relativa alla retribuzione. La mattina dopo, alle 9, il proprietario della SAPELU FARMACEUTICA, nonché padrone del quotidiano era arrivato a *Il nuovo milanese*.

Un orario quantomeno anomalo per fare riunioni in un quotidiano. Il direttore Otello Mengogni, si era raccomandato con Enrico di essere puntuale e aveva precettato alcuni responsabili e capi-servizio. Così, tanto per fare numero. Enrico, la sera prima era andato a casa a mezzanotte e alla riunione era arrivato con mezz'ora di ritardo. Si era diretto subito nell'ufficio del direttore dove c'erano già la vice Roma e, ovviamente, Sandro Pelucchi. Aveva salutato e si era accomodato in una delle sedie disposte a raggiera attorno alla scrivania del direttore.

Al posto del direttore stava seduto Pelucchi. Alla sua destra il direttore Mengogni e alla sua sinistra la vice Fabiana Roma. Direttore e vice erano paonazzi e furenti nei confronti di Enrico, del ritardo di Enrico.

Sandro Pelucchi era un uomo non molto alto di una sessantina d'anni. Il viso era da predatore, conseguenza di un naso affilato e fronte prominente. Pochi capelli, occhi sottili. Mengogni aveva cominciato a parlare e aveva presentato Sandro Pelucchi, lasciando a lui la parola. In realtà era tutta una pantomima. In quell'ufficio non interessava a nessuno cosa avesse da dire Pelucchi anche perché il fine dell'incontro era conoscere Enrico Carati.

– È mezz'ora che aspetto e non ho tempo da perdere, io. *Gho minga temp de perder*. Chiaro? Io devo lavorare sennò chiudo tutto e ve ne andate a casa. Volevo conoscere il mio dipendente Enrico Carati perché l'articolo che ha scritto sulla mia azienda, mica mi ha convinto, sapete? Anzi, dopo aver letto il titolo volevo licenziarlo. Poi il mio ragioniere mi ha detto che, tutto sommato, era anche quella pubblicità. Cosa cazzo significa «*L'empireo della supposta*» mi sono chiesto? Me lo vuole spiegare lei, Carati?

– In pratica l'Olimpo della supposta. Il massimo...

– ... *te me ciapet per il cü?*

– Non mi permetterei mai.

– Ti racconto una storia, caro il mio giornalista. Però prima ti ricordo che, se voglio, ti prendo a calci e ti sbatto in mezzo a una strada. Ti ricordo che sei stato assunto solo perché sei stato raccomandato da Claudio Borghesi. In genere io i comunisti non li assumo perché sono rompicoglioni e io non voglio casini nella mia azienda.

– Ha perfettamente ragione. Mai fidarsi dei comunisti.

Mengogni e Fabiana Roma erano impalliditi, mentre gli altri giornalisti presenti ridacchiavano.

– Sa lei che è giornalista come ho cominciato? Come ho fatto i soldi? Glielo dico io: perché ho intuito, perché *capisi subit* se vale la pena percorrere quella strada. Io, da giovane, abitavo a Nova Milanese proprio dove ho impiantato la mia ultima produzione. Abitavo in un quartiere che si chiama *Grantort*, Grugnotorto e, di sera, prendevo il tram e frequentavo la Santa Marta di Milano, scuola professionale. Io facevo il primo anno di perito meccanico e di giorno lavoravo in una officina, sempre a Nova, dove facevano volani per le macchine da cucire. Lei mi chiederà cosa centri l'intuizione. Il fatto è che, quasi alla fine dell'anno scolastico, un gruppo di ragazzi come me che prendevano il tram, di sera, per recarsi a Milano a studiare, avevano deciso di organizzare una cena. Io avevo messo a disposizione il portico del cortile dove abitavo e così avevamo mangiato e, soprattutto, bevuto. Era un sabato sera e, come d'abitudine, l'indomani mattina ci si trovava in un bar nel centro del paese. Quando mi ero recato al bar avevo trovato solo due amici. Gli altri erano tutti a casa, come mi era stato raccontato, in preda a dolori di stomaco perché non avevano digerito. Io stesso avevo avuto difficoltà a digerire. Soltanto che quando questo capitava, mia madre prendeva del semplice bicarbonato che mio padre usava per pulire il radiatore del trattore, ci aggiungeva il succo di mezzo limone e la digestione era assicurata. *Te capì el me giurnalista?*

– Sì, ho capito. E allora?

– Allora ho preparato delle bottigliette con bicarbonato, acqua e limone e ho cominciato a venderle ai miei amici. Col tempo, ho smesso di fare il corso di perito meccanico e mi sono messo a produrre *l'effervescente Pelucchi*
che ha avuto tanto successo. Sa cosa c'è dentro nell'effervescente? Gli ingredienti base che ho utilizzato dopo quella festa con digestione difficile: limone, bicarbonato di so-
dio, zucchero, sciroppo di glucosio e poco altro. Da lì sono
partito e ho fatto i soldi, ho diversificato la produzione e
oggi ho aperto un nuovo stabilimento a Nova Milanese.

– Sono contento per lei. Però non ho ancora capito perché mi ha fatto venire alle 9 del mattino. Solo per dirmi
che è stato bravo a fare i soldi? Debbo essere contento che
ha fatto i soldi? A me, i soldi, non interessano molto. Anche perché non ne ho.

– Chi dice che non gli interessano i soldi è una persona
pericolosa.

Nell'ufficio nessuno fiatava. Tutti gli sguardi erano
rivolti su Enrico. Quando questi sentiva parlare di soldi, di
finanza, mercati gli veniva l'emicrania o l'orticaria. I fondi
speculativi, i capitali di rischio gli facevano sgranare gli
occhi ed era pervaso da un'allergia, da una intolleranza
continua. Anche perché sapeva benissimo che quel mondo
era un mondo fasullo, fatto più che altro da supposizioni e
sogni. E, come sempre, vinceva colui che era più "furbo".
Enrico non aveva azioni, non aveva quattrini da investire,
non gli interessavano le speculazioni in Borsa. Viveva così,
con quello che guadagnava.

– Comunque, Carati, il titolo non mi è dispiaciuto. Quindi non la licenzio. Ma stia attento che se scrive qualcosa contro le supposte che ho messo in produzione, la sbatto fuori. Chiaro?

– Chiarissimo. Infatti, dicevo proprio ieri alla vice direttrice Fabiana Roma, che anch'io soffro di emorroidi. Ora so cosa acquistare. Magari potrei avere delle scatole con lo sconto. Sconto per i dipendenti. Che ne dice, signor Pelucchi? Qui, di emorroidi, soffriamo tutti. Soprattutto quelli troppo attaccati alle sedie.

Pelucchi lo guardava in tralice, mentre il direttore e la vice fremevano di rabbia. Lui, invece, Enrico era rilassatissimo. Le riunioni di redazione erano una scocciatura, però erano un rituale, un rituale che lo rilassava e lo consolava nello stesso tempo. Perché erano tutte uguali e ognuno degli attori recitava una parte, un copione già scritto.

La riunione si era conclusa così, come era cominciata. Senza motivo. Ognuno era tornato alle proprie occupazioni ed Enrico, forse per castigarlo del suo comportamento, era stato mandato in questura a raccogliere notizie.

Cap. 9 – In attesa dell'Apocalisse

Longone al Segrino, marzo 2002

Il consiglio di amministrazione della casa di riposo "Il Dolce sorriso" era stato fissato per le 10 di un mercoledì di fine marzo. Un mercoledì piovoso. Gaetano Maugeri era, formalmente, il vice presidente, oltre che Direttore sanitario. In realtà, almeno sulla carta, la Casa di riposo era gestita dalla Scf Invest (Società finanziaria d'Investimento) presieduta da tale Valter Orsini. Un personaggio che Maugeri non aveva mai conosciuto. Alle riunioni si presentavano sempre tre membri del consiglio di amministrazione accompagnati da un ragioniere, un uomo piccolo con grandi occhiali da vista. I tre erano piuttosto silenziosi. L'unico che parlava, dettando le cose da fare, era un tipo alto con occhiali dai vetri marroni, fumée, magro, bianco di capelli, tagliati a spazzola, il viso devastato da una probabile acne giovanile. Gaetano non aveva mai visto i suoi occhi e, quindi, non riusciva a decifrare le emozioni dell'uomo. Gli altri due più che in un consiglio di amministrazione, Gaetano li immaginava a scaricare patate o altro da qualche camion. Erano piuttosto corpulenti, colli taurini e occhi inespressivi. Ogni volta che arrivavano, Gaetano si domandava come avessero fatto a finire nel consiglio di amministrazione della Casa di riposo.

Nella sala dove si sarebbe tenuta la riunione, Gaetano era giunto per primo. Si era seduto, come al solito, al capo del tavolo, posizione che spettava a lui, essendo il vice presidente, in assenza del presidente, Valter Orsini, che non aveva mai né visto né conosciuto. Dall'amministrazione della Casa di riposo si era fatto preparare il bilancio da sottoporre agli altri membri del consiglio di amministrazione. Quattro cartellette da distribuire agli intervenuti, più la sua.

I quattro erano entrati e si erano disposti come al solito: alla destra di Gaetano, l'uomo dagli occhiali fumée, Carlo Vailati, con a fianco il ragioniere Fausto Zucchetti. Alla sua sinistra i due buttafuori, i due *malacarne*, Ignazio Aversente e Gigino Sapia. Vailati, dopo aver stretto la mano di Gaetano, aveva aperto la cartelletta gialla e dato un rapido sguardo ai fogli contenuti. Gli altri due, la cartelletta non l'avevano neppure aperta.

Quando stringeva la mano di Vailati, a Gaetano sembrava di avere in mano una triglia, uno dei pesci che suo padre portava a casa quando terminava di lavorare alla pescheria, alla *pischeria* di Catania, vicinissima a piazza Duomo. Una mano viscida e fredda, senza vita, una mano da invertebrato. Un aspide. I due calabresi erano due *malacarne*. Due *spezzaossa* "prestati" dalle cosche calabresi e al servizio di Vailati.

– Bene, signori. Intanto ben arrivati. Nella cartelletta che trovate davanti a voi ho fatto predisporre il bilancio. Dalle cifre riportate si può desumere, con sicurezza, che il lavoro che abbiamo compiuto al "Dolce Sorriso" va per il meglio. Se guardate la colonna delle entrate vedrete una cifra che giudico molto significativa che sta a significare l'ottimo momento che la Casa di riposo sta attraversando. La compianta Egle Arnaboldi aveva visto giusto e oggi siamo una delle Case di riposo più prestigiose del territorio...

– ... questo lo giudicheremo noi.

L'interruzione di Carlo Vailati era stato un sibilo, quasi fosse un serpente.

Sì, a Gaetano quell'uomo sembrava un serpente, pericoloso e viscido.

– Comunque le cifre sono sulle carte che vi ho consegnato e...

– ... lasci perdere queste cazzate. Siamo venuti perché abbiamo deciso che è necessario diversificare la nostra offerta. Oggi non basta più la Casa di riposo, oggi dobbiamo interessarci anche degli immigrati che sempre più numerosi giungono nel nostro Paese. Dicono che rappresentano una ricchezza e allora facciamola nostra questa ricchezza.

– Ma questo cosa c'entra con gli anziani... la nostra missione...

– ... lo ripeto per l'ultima volta, lasci perdere le cazzate. Abbiamo deciso in questo modo e così faremo. La Casa di riposo continuerà a funzionare come sempre. Ma a poca distanza da qui, su terreno sempre di nostra proprietà, c'è una costruzione fatiscente, abbandonata. Abbiamo deciso di sistemarla e accogliere gli immigrati.

– Ma il presidente cosa dice?

– Non si preoccupi del presidente. Lei, una volta che è partita l'iniziativa, dovrà sovraintendere la parte sanitaria del progetto. Ragioniere, diamo al *vicepresidente* del "Dolce Sorriso" qualche cifra.

Gaetano aveva notato una forzatura nella voce di Vailati quando aveva pronunciato "vicepresidente", quasi una derisione. Il ragioniere l'aveva distolto dai suoi pensieri.

– Sì, ecco qua. I conti sono presto fatti: lo Stato dà per ogni profugo 35 euro al giorno. Di questi, solo 2,50 euro al giorno restano al profugo (7,50 euro in caso di famiglie di tre o più persone) per le piccole spese, caffè, sigarette... Il resto è erogato alla struttura d'accoglienza che con quei soldi deve assicurare vitto, alloggio, pulizie, vestiario, igiene, insegnamento della lingua italiana, una ricarica telefonica di 5 euro ogni 15 giorni e altri servizi previsti dalla convenzione che ciascuna struttura sottoscrive con la Prefettura di riferimento. La durata dell'accoglienza è dai due ai tre anni durante i quali i profughi continuano a rimanere in queste strutture...

– ... non è possibile fare questo... io non posso permettere che si speculi... e poi la Prefettura, figuriamoci, non avallerà mai...

Gaetano aveva alzato un po' la voce e questo aveva "svegliato" dalla loro taciturna apatia i due buttafuori. Era però intervenuto immediatamente Vailati con la solita voce monocorde e sibilante.

– Forse non ci siamo capiti. Lei non deve decidere proprio nulla. Non è il suo compito prendere decisioni. Lei deve solo eseguire quello che decidiamo noi. In quanto alla Prefettura, è compito nostro farci rilasciare i relativi permessi per poter operare. Il mese prossimo inizieranno i lavori di ristrutturazione della palazzina. Forniremo allo Stato 200 posti letto.

– Ma sono un'enormità... Io non credo di poter essere d'accordo...

– Sentimi bene dottore. E non voglio ripeterlo. Tu farai quello che abbiamo deciso perché tu non sei nessuno mischiato con niente. Ricordati che hai dichiarato il falso in Tribunale e ti abbiamo salvato noi. Fai una vita invidiabile, la tua mogliettina spende e spande, tuo figlio studia in Svizzera. Vuoi cambiare? Basta dirlo e i miei due amici qui presenti agevoleranno il tuo cambiamento, anzi la tua dipartita.

I due buttafuori erano scoppiati in una fragorosa risata. Vailati non rideva, invece. Lo guardava come un serpente guarda la preda da ingoiare. Lo stavano ricattando per l'ennesima volta, pensò Gaetano. Sarebbe mai terminato questo ricatto? Vailati aveva ripreso.

– Se inseriamo nella nuova struttura 200 persone, ogni giorno abbiamo dallo Stato 6.500 euro. Moltiplichiamo questa cifra per due/tre anni... Non solo. Noi dobbiamo fornire i pasti e altri servizi. Basta risparmiare su queste voci e il gioco è fatto. Altro che droga!

Gaetano era allibito. Ci fu nella sala un momento di silenzio totale, un momento di sospensione. Solo il ragioniere era intento a scrivere qualcosa su un quaderno che poi aveva fatto leggere a Vailati. Questi aveva assentito. Rivolgendosi sempre al Direttore sanitario, perché gli ordini non erano terminati, così aveva continuato.

– E c'è un'altra cosa che deve fare. Nei prossimi giorni,

organizzi una cena a casa sua... faccia i soliti inviti. Fra questi deve però invitare anche il padrone della Sapelu Farmaceutica che si chiama...

Vailati aveva guardato il foglio che gli aveva passato il ragioniere.

– ... ecco qui... Sandro Pelucchi. Chiaro? La ditta di questo tizio ha un brevetto di un farmaco che va bene ai nostri anziani. Un farmaco che, diciamo così, ringalluzzisce i vecchietti... Noi dobbiamo diventare soci di questa azienda così che i ricavi della produzione arrivino a noi...

– ... conosco benissimo il farmaco. Non è opportuno somministrarlo agli anziani. Significa inibire, a loro, una normale respirazione... potrebbe essere fatale. Tanto è vero che il ministero della Salute ha messo il farmaco sotto osservazione e non è stata ancora concesso il via libera alla commercializzazione...

Vailati non aveva avuto bisogno di interrompere Gaetano Maugeri. Era bastato uno sguardo e Gaetano si era interrotto.

Odiava quello sguardo di Vailati. Era uno sguardo di odio, uno sguardo ostile, freddo e minaccioso nello stesso tempo. Non gli piacevano quelle riunioni, ma non poteva evitarle.

Con Nunzia ne aveva parlato varie volte, ma lei lo aveva invece spronato a fare quello che voleva Vailati. Non possiamo perdere tutto ciò che abbiamo, aveva detto una volta, solo perché tu ti fai degli scrupoli inutili. Se dici di no, cosa avviene? Ti sostituiscono e le cose le farà un altro. Ci conviene, questo?

Già, aveva pensato Gaetano, cosa conviene? In certi momenti pensava a suo padre, allo sguardo fiero che aveva quando si era laureato; pensava a sua madre che non aveva voluto venire al Nord e che ormai era morta. Poco prima di morire gli aveva stretto una mano e, guardandolo profondamente negli occhi, aveva esclamato: «*Tanuzzo, ricordati gli insegnamenti di tuo padre. Lui, nella vita, si è sempre comportato con onestà. Eravamo poveri e abbiamo fatto tanti sacrifici, ma non ha mai abbassato la testa davanti a un potente pur di lavorare... spero che tu faccia come tuo padre*». Già, l'onestà, aveva pensato Gaetano. Eppure era cambiato tutto... Avevano fatto i soldi, avevano una magnifica villa, il figlio Saro studiava in uno dei collegi più esclusivi della Svizzera, eppure avevano perso l'onestà. Anche Nunzia era cambiata. Non aveva più nei suoi confronti gli slanci affettuosi di una volta. Era staccata, molte volte apatica, tutta tesa ad acquistare nuovi capi di abbigliamento, ad andare in palestra, negli istituti di bellezza, a sciare d'inverno e in qualche isola d'estate. I loro rapporti, quando si vedevano, erano ridotti al minimo, le solite frasi di circostanza. Non insegnava più. Faceva della sua frivolezza un punto di forza della propria esistenza. L'unica cosa nei confronti di Gaetano era di spronarlo a fare più soldi, di non guardare troppo per il sottile...

La voce di Vailati lo aveva incalzato.

– Allora dottor Maugeri ci siamo capiti bene? Al ministero della Salute ci pensiamo noi. Lei, per ora, pensi a organizzare la cena. Lei e sua moglie dovete essere estremamente gentili nei confronti di Pelucchi. Dovete diventare amici. Lui deve fidarsi di voi. A tutto il resto ci pensiamo noi. E appena sistemata questa vicenda dell'azienda di Pelucchi, lei e la sua signora riceverete un *cadaux*, un regalo.

– Ma cosa debbo fare? Magari Pelucchi non è interessato né alla festa e neppure a farci entrare nel brevetto... Io non so come potrei convincerlo...

– Mi delude dottore. Eppure sono sicuro che riuscirà benissimo. Sua moglie, poi, è molto brava a convincere...

I due mastini avevano sorriso. Il ragioniere no. Continuava a scrivere sul suo quadernetto.

– Cosa significa... Cosa c'entra mia moglie. Lasciatela fuori da questa storia. Farò quello che chiedete, ma mia moglie lasciatela fuori...

– ... non si scaldi dottore. Certo che lei farà quello che chiediamo. Come sempre. E sua moglie, anch'ella, sa cosa fare in certe situazioni. Si ricordi: siate gentili con il signor Sandro Pelucchi. E vedrà che tutto andrà bene. Contatti Pelucchi e mi faccia sapere per quando ha organizzato la festa. Qui ci sono gli estremi di Sandro Pelucchi, telefono, fax... Arrivederci, a presto, dottor Maugeri. Veda di concludere in fretta. Attendo sue notizie.

Vailati si era alzato, imitato dagli altri tre. Nessuno aveva stretto la mano a Maugeri. Erano usciti dalla sala delle riunioni silenziosamente, senza neppure un cenno di saluto.

Gaetano Maugeri era scoraggiato e, chiudendo gli occhi, si era preso la testa fra le mani. Gli sembrava di essere in un vicolo cieco, di non avere nessuna possibilità di affrancarsi da chi realmente era il padrone della clinica, di quel gruppo con a capo il fantomatico presidente Valter Orsini che non aveva mai visto. Avrebbe avuto voglia di telefonare a Nunzia, raccontare a lei i suoi problemi, ricevere una parola di comprensione e affetto. Decidere assieme, cambiare vita, partire per qualche luogo sconosciuto e ricominciare tutto da capo. Loro tre. Che bisogno c'era di mandare il figlio a studiare in Svizzera?

Ma Nunzia non c'era mai. Molte volte partiva con le amiche per alcuni giorni, oppure era a Milano a qualche mostra o ad acquistare capi di abbigliamento nei negozi più alla moda. Dov'era finita la Nunzia che aveva amato a Catania? La Nunzia piena di vita e progetti, progetti che includevano loro due e, forse, un figlio.

Ora era diventata una donna meschina, tutta tesa a spronarlo a fare soldi, anche se questo significava mettere un macigno sulla loro coscienza. Perché, si domandava Gaetano, è finita così? Che insegnamenti abbiamo dato a Saro?

Stranamente quando era arrivato, a casa, la sera, Nunzia era presente. La cameriera aveva chiesto a Gaetano cosa volesse mangiare, ma lui l'aveva liquidata con un laconico «*Per ora nulla, debbo parlare con mia moglie*». Nunzia era distesa sul divano, nel grande salotto con la vetrata sul lago, e stava sfogliando una rivista di moda. Gaetano si era seduto di fronte a lei e gli aveva domandato come aveva passato la giornata.

– Ah Gaetano, sono stanca morta. Non si può più andare a Milano a fare compere... C'è un traffico terribile. Siamo andate con l'autista della Susy... Ha ragione la moglie di quello che ha la fabbrica di seta a Como, ricordi no? Massì, la Fanny. Meglio andare in Svizzera...

– ... senti Nunzia... dobbiamo parlare. Non parliamo mai, non ci sei mai...

– ... di cosa dobbiamo parlare. È successo qualcosa?

– No. Non è successo niente. Va tutto bene. Troppo bene. E quando va troppo bene, prima o poi qualcosa succede.

– Come sei negativo, Tanuzzo.

– Non sono negativo, ma realista. Tu non hai mai tempo di parlare di cose importanti, stai sempre a Milano, in giro... dobbiamo parlare. Dobbiamo cercare di cambiare vita... questa non è la nostra vita, quella che sognavamo, assieme. Ma noi non stiamo mai assieme, non facciamo neppure l'amore... non sei mai disponibile. Senti, se tu vuoi, io mi licenzio dalla clinica. Partiamo, andiamo al Sud, in qualsiasi regione che vuoi, magari con il mare. Il lavoro come medico lo trovo facilmente, tu potresti riprendere l'insegnamento. Saro starebbe con noi come in tutte le famiglie normali...

– ... e riprenderemo la vita di prima? Quella dove non avevamo neppure i soldi per acquistare una casa? Un'auto decente? Gaetano *si uscito fùora ri cirividdu?*

– No, non sono uscito di cervello. Te lo dico seriamente. Se vuoi salvare il nostro matrimonio, cambiamo vita e andiamocene da qui. Se restiamo non ci salveremo più. Non capisci che sta andando tutto a puttane, che io servo solo come paravento per sporche azioni che vengono compiute da chi realmente comanda. Non capisci che sono ricattato in continuazione, che debbo ingoiare tutte le porcherie, che prima o poi sarò solo io a pagare? Ricordati che il denaro protegge da molte cose. Ma non protegge da sé stessi, dalle proprie fragilità. E tu, Nunzia, malgrado l'apparenza, sei fragile. Ne resterai travolta.

Gaetano aveva alzato la voce come mai aveva fatto. Ora gridava le sue ragioni e anche Nunzia gridava.

– E secondo te, io dovrei lasciare tutto questo e ritornare in Sicilia o chissà dove perché il *dottore* ha la coscienza che gli rimorde? E perché poi. Lo fanno tutti, del resto. Se possiamo guadagnare, che male c'è. Che male c'è a voler stare meglio, a voler dare a Saro un avvenire migliore. Io non ho nessuna intenzione di ritornare in affitto e stringere la cinghia. I soldi girano e io voglio la mia parte. Se a te non va bene, te ne puoi andare in Sicilia, in Basilicata o dove cazzo vuoi. Io e Saro staremo qui. E, comunque, ricordati che, se te ne vai, devi mantenerci e con questo tenore di vita, non con quello di un misero medico della mutua. In quanto al fatto che non facciamo più all'amore, arrangiati come meglio credi. Non sono certo gelosa.

– Come sei cambiata, Nunzia. I soldi ti hanno dato alla testa... Non ragioni più. Prima o poi la pagheremo questa tua decisione. E non ci sarà più nessuna possibilità di recuperare... È finita, Nunzia. Quando ci chiameranno in tribunale a rispondere del nostro operato, non ci sarà più nessuna possibilità di ricomporre la nostra esistenza. E considerato che queste sono le tue decisioni, allora vedi di mettere in piedi, al più presto possibile, un ricevimento a casa nostra. Datti da fare, per mantenere il livello attuale della nostra esistenza. Al ricevimento, fra gli altri, dovrai invitare anche un industriale farmaceutico. Cerca di essere gentile con lui. Così vogliono i nostri padroni, quelli che ti permettono questa vita che ami tanto.

Nunzia era scoppiata in un riso isterico.

– Cosa devo fare? Ci devo andare a letto?

– Non essere inutilmente volgare. Sii gentile e vedi che non manchi nulla, dal cibo allo champagne. Forza, continuiamo con questa esistenza, continuiamo con la sporcizia della nostra vita. L'importante è cambiare auto, andare ad acquistare vestiti e gioielli, andare in crociera, sciare a Saint Moritz... Massì, forza diamogli sotto, fino a quando ci metteranno le manette.

Poi si era alzato dal divano e si era recato al piano superiore, nel suo studio, fra testi di medicina che non consultava più, il computer, un televisore e un letto singolo. Da quel momento lui avrebbe dormito lì, su quel letto. In attesa dell'Apocalisse che, di questo era sicuro, sarebbe arrivata.

Cap. 10 – Il lungo viaggio

Boulel (Senegal), aprile 1996

Mbdao aveva ormai deciso. Non poteva più sopportare la situazione in cui viveva nel villaggio della comunità rurale di Boulel. La città più vicina era a 22 chilometri di distanza, Kaffrine, un centro di 49 mila abitanti; la capitale, Dakar, a 286 chilometri.

Nella comunità rurale di Boulel si coltivavano, soprattutto, arachidi e mais, ma i cambiamenti climatici, causa precipitazioni irregolari, avevano portato a una diminuzione del raccolto e, quindi, a un minore impiego di manodopera. Il padre di Mbdao – Keba Ndiaye – non tutti i giorni riusciva a lavorare e diventava sempre più difficile vivere solo con lo stipendio, misero, di Mbdao, lo stipendio di insegnante di francese, sempre più difficile riuscire a mangiare, quantomeno, un pasto decente al giorno. In famiglia erano in cinque. Oltre la madre, Adaliya, e il padre, Mbdao aveva una sorella maggiore, Mali, da qualche anno emigrata a Londra e un fratello di 15 anni, Babacar.

No, si era detto Mbdao, non poteva continuare così. Continuare con quella vita che conduceva, una vita precaria in tutti i sensi. Doveva partire, emigrare così come aveva fatto la sorella Mali che stava a Londra e lavorava in una fabbrica di scarpe. Le poche volte che ella scriveva a casa, chiudeva sempre le sue lettere con l'invito al fratello Mbdao di raggiungerla a Londra dove, a suo dire, avrebbe trovato lavoro. Sì, pensò Mbdao, doveva andarsene per ripagare i sacrifici che i genitori avevano fatto per farlo studiare. Lui era insegnante di francese in una scuola elementare di Kaffrine. In auto si raggiungeva questo centro in poco più di venti minuti. Già, in auto! Ma chi possedeva l'auto? Sperava sempre nel passaggio di qualche camion. Una speranza che non sempre si avverava. Il più delle volte, l'autista del camion lo lasciava a chilometri di distanza da Kaffrine e lui doveva farsela a piedi. Quando suo padre non usava la bicicletta per andare in campi lontani a lavorare, Mbdao raggiungeva la scuola in bicicletta; qualche volta a piedi: ci metteva quattro ore!

Una mattina, suo padre si era svegliato all'alba per andare a lavorare in un lontano campo. Mbdao, quella mattina, non doveva recarsi a scuola e ne aveva approfittato per parlare con la madre. Adaliya si era svegliata all'alba, per preparare qualcosa da mangiare a suo marito. Aveva mischiato miglio e riso, con pomodori e zucchine.

– Mamma, ti debbo parlare.

Adaliya lo aveva guardato intensamente. Poi aveva abbassato lo sguardo, si era seduta e cominciato a piangere.

Non c'era bisogno di parole. Una madre capisce sempre i figli. Bastava guardarli negli occhi. Dopo un po' di silenzio, interrotto solo dai gemiti trattenuti di Adaliya, Mbdao aveva cominciato a parlare.

– Ho cercato di resistere. Non possiamo andare avanti in questo modo... non ce la facciamo più... Guarda che vita

*conduciamo... papà che deve fare sacrifici enormi per po-
ter lavorare, tu che ti devi inventare cosa preparare per
mangiare, con quel poco che riesci a recuperare, Babacar
che deve fare tre chilometri, ogni giorno, per approvvigio-
narci di acqua...*

– *Dopo Mali anche tu. Sto perdendo i miei figli, uno a
uno. E dopo te vorrà partire anche Babacar... noi rimarre-
mo soli, vecchi senza più affetti, senza i nostri figli e di
loro non sapremo più nulla. Meglio morire...*

*Mbdao le aveva preso le mani. Le aveva strette nelle
sue come a infonderle un po' di calore, di fiducia. L'aveva
abbracciata.*

– *Non abbatterti... Io riuscirò a trovare un lavoro a
Londra e con quello che guadagneremo io e Mali, faremo
venire anche voi e Babacar potrà avere un avvenire diverso dal nostro.*

– *No, Mbdao. Se te ne vai la famiglia non c'è più. È rotta. Non illuderti. Io non conosco le grandi città dell'Europa, ma sento che se parti, figlio mio, non ci rivedremo più.
È un brutto presentimento, il mio. Ma sento che sarà così.*

*Dopodiché si era messa seduta in un angolo, a piange-
re. Babacar aveva scostato la tenda ed era sceso dalla
branda dove dormiva. Aveva sentito tutto. Era andato ad
abbracciare la madre. In quel preciso istante aveva capito
di non avere più una famiglia. La sera, al suo rientro, Keba
Ndiaye, era stato informato dalla moglie dell'intenzione
di Mbdao di emigrare. Keba non aveva detto nulla. Si era
lavato e dopo aver cenato con quello che aveva avanzato a
mezzogiorno, si era recato fuori dalla casupola dove vive-*

va con la famiglia. Si era seduto su un tronco che fungeva da panchina a fumare una sigaretta. Mbdao non era anda-to da lui. Sapeva che il padre in certi momenti aveva biso-gno di restare solo, di pensare, di metabolizzare la cattiva notizia che gli aveva comunicato la moglie Adaliya.

Con lui, Mbdao aveva parlato dopo due giorni. Gli oc-chi del padre guardavano all'orizzonte. Uno sguardo vuo-to, perso, rinunciatario. A lui aveva ripetuto le medesime argomentazione utilizzate con la madre: era indispensa-bile che partisse. Era l'unico modo per dare un aiuto alla famiglia, per dare un futuro migliore a Babacar. Keba lo aveva guardato con affetto ma, nello stesso tempo, con scetticismo.

– Volete tutti partire... Forse avete ragione... Forse se fossi giovane lo farei anch'io. Ma non illuderti Mbdao. Se parti, non ci rivedremo più. La nostra famiglia non esiste-rà più. Forse riuscirete a stare meglio economicamente... ma non ci rivedremo più. Tua madre piange perché una madre certe cose se le sente dentro. Ma se è questo che vuoi, parti pure. Come abbiamo fatto con tua sorella Mali, faremo il possibile per darti i soldi necessari per il viaggio. Sai, non te l'ho mai detto, ma quando ero giovane sono andato via anch'io, sono andato nella capitale, Dakar. Era-no i primi anni in cui a Dakar arrivava la famosa corsa de-nominata Parigi-Dakar. Dicevano che i francesi e gli euro-pei, al seguito della corsa, avrebbero portato soldi e lavoro. Ci sono andato a piedi e ci ho messo più di 50 ore. Non ho trovato né soldi e neppure lavoro. Ho trovato ladri e pro-stitute. Ho trovato droga. Questa corsa non ha portato nul-

la a noi senegalesi. Ha distrutto, invece, tante famiglie. C'è stato solo un periodo importante per noi senegalesi ed è stato quando il Paese è stato retto dal presidente-poeta Lèopold Senghor. Poi il vuoto. E oggi i giovani scappano.

Quando qualcuno emigrava, usava che tutti i parenti si prodigassero per dare dei soldi a chi se ne andava. Tutti vendevano qualcosa e fu così anche per Mbdao. Nella piccola casa di Keba Ndiaye erano arrivati tanti parenti e conoscenti. Ognuno di loro portava quello che poteva, il minuscolo ricavato di qualche povero oggetto che erano riusciti a vendere. Lo stesso Mbdao si era venduto un registratore a cassette cui teneva molto e il fratello Babacar una cintura piena di incisioni. Un regalo che aveva ricevuto dai genitori e che utilizzava solo nelle occasioni speciali. Ormai tutta la gente del villaggio era a conoscenza che Mbdao era in procinto di partire, di emigrare. I giovani lo invidiavano; gli anziani scuotevano la testa.

Il viaggio di Mbdao non era certo facile. Non c'era solo il problema dei soldi, ma anche il problema di essere rapinato dalle bande che infestavano il deserto. Per questo, la sera prima di partire, la madre di Mbdao aveva cucito la maggior parte dei soldi raccolti nella manica della camicia pesante che Mbdao avrebbe messo nel viaggio, all'altezza del gomito. Il resto, molto poco, nelle calze, fra il piede e i sandali; il posto dove i predoni guardavano immediatamente.

Quella sera, la sera precedente la partenza, il clima in casa Ndiaye non era certo rasserenante. La madre Adaliya continuava a singhiozzare sommessamente; il padre, muto come una statua, guardava nel vuoto; Babacar preferiva stare in strada piuttosto che convivere con quel clima pesante, angoscioso che si era instaurato a casa. Ad un certo punto Mbdao era uscito e aveva raggiunto Babacar seduto su un muretto. Era una serata magnifica e all'orizzonte la linea rosso fuoco del sole che tramontava.

– A cosa pensi Babacar?

– Non mi piace che vai via. Io rimango solo... con chi potrò mai confidarmi... i nostri genitori sono anziani. Se si ammaleranno cosa potrò fare io? Perché siamo ridotti così?

– Hai ragione. Con la mia partenza tu rimarrai l'unico riferimento per loro. E so anche che il tuo compito non è facile. Io non so rispondere alle tue domande, ai tuoi perché. So solo che se sei fortunato nasci bianco, in Occidente; se non lo sei, nasci nero, in Africa.

– La nostra terra è però ricca, l'ho studiato a scuola. Abbiamo miniere, petrolio...

– ... e a cosa ci serve questa ricchezza se non sappiamo sfruttarla. Se ci sono governanti che affamano i popoli solo per arricchire sé stessi, se queste ricchezze sono depredate dai bianchi occidentali che hanno i mezzi per poterlo fare. Basta che costruiscono una diga per il loro tornaconto e milioni di persone sono ridotte alla fame, i loro terreni seccati, il bestiame decimato. E, come se non bastasse tutto questo, gli occidentali non ci mettono molto a scatenare guerre, appoggiando una volta questo dittatore, una volta l'altro così da proteggere i propri mercati e accedere alle risorse dei territori. No, Babacar. Io devo partire, *devo tentare di trovare un lavoro così che con lo stipendio anche di nostra sorella, possiamo farvi arrivare tutti e tre a Londra e dare a te un domani migliore. Abbiamo problemi nutrizionali, le donne in stato di gravidanza non riescono a trovare il cibo per la creatura che dovrà nascere, il clima cambia e il deserto avanza e non abbiamo acqua potabile sufficiente, servizi sanitari e igienici. Ci stiamo tutti ammalando e, fra poco, moriremo di fame. Una volta l'Oceano era generoso con noi e molti vivevano di pesca. Ma gli europei sono arrivati con navi molto grosse, navi che hanno l'attrezzatura per tirare a bordo grandi quantità di pesce. Alle popolazioni locali resta ben poco di quella pesca. Cosa debbono fare per sfamare le loro famiglie?*

– Ho paura Mbdao. Ho paura di non rivederti più. Ho paura che la nostra famiglia si sia ormai frantumata come dice nostra madre. Non ci vedremo più Mbdao così come non vedrò più nostra sorella Mali.

I fratelli si erano abbracciati, emozionati. Poi Mbdao si era staccato per rientrare in casa, mentre Babacar era corso via, trattenendo a stento le lacrime.

Mbdao era ben cosciente che l'attendeva un viaggio aspro e difficoltoso. Doveva raggiungere l'Europa, ma per farlo doveva attraversare il deserto e il mare. E poi ci volevano i visti d'ingresso. Anche se migrare è un diritto umano, questo diritto viene meno, se non hai un timbro su un pezzo di carta. Per arrivare a Londra è necessario passare dall'Italia e se non hai il visto regolamentare, se non c'è quel maledetto timbro su un pezzo di carta, in Italia non ci arrivi come migrante. E allora non resta che tentare di migrare come clandestino. Naturalmente questo costa molto di più. Le leggi restrittive che non permettono l'immigrazione non fanno altro che favorire i mercanti di uomini, i trafficanti che si arricchiscono sulla pelle di migliaia e migliaia di disperati disposti a tutto, pur di raggiungere l'Europa nella speranza di avere una possibilità di vita diversa.

No, non era certo semplice partire. Un viaggio lungo e pericoloso. Occorreva risolvere questioni pratiche come l'approvvigionamento del bene più prezioso nel deserto: l'acqua. Non si può partire senza almeno 40 litri d'acqua. Babacar e il padre avevano fatto la spola tra la loro casa e la fonte idrica, avevano percorso più volte quei tre chilometri e ora i 40 litri d'acqua c'erano, divisi in due bidoni di plastica di 20 litri ciascuno.

La partenza era stata organizzata dal villaggio di Ayorou su un camion stracolmo di persone e viveri. Da lì era necessario raggiungere Agadez, in Nigeria. Si doveva attraversare il Mali, toccare la città di Gao. Sono più di 750 chilometri. Un viaggio lunghissimo, faticosissimo, tutti ammassati uno sull'altro, seduti sul cassone del camion e cercando di contendersi quei pochi centimetri a disposizione. Niente, comunque, rispetto a quello che li aspetta, quando raggiungeranno Agadez. Arrivati in questa città, si trasborda su un altro camion. Non tutti i compagni di Mbdao ci saliranno. Molti decideranno di tornare indietro.

Agadez è una città di 80 mila abitanti all'inizio del deserto. Per arrivare ad Agadez il camion su cui viaggia Mbdao ci mette 25 ore. Non va a più di 30 chilometri l'ora. *Quando arrivano, i migranti compagni di viaggio di Mbdao sono tutti sofferenti. Quando scendono dal camion sono indolenziti, camminano curvi per essere stati tante ore con una postura scorretta. Ogni giorno partono da questa località per attraversare il deserto e raggiungere così la Libia, quattro o cinque camion che significa che ogni mese partono da questa località 15 mila persone. Ad Agadez il traffico di esseri umani è palese, sotto gli occhi di tutti. Così come la prostituzione. Le ragazze che non hanno soldi a sufficienza per comprarsi un passaggio su questi camion, si fermano ad Agadez e vendono il loro corpo sin quando non riescono a trovare la cifra per poter partire. Non sempre però questo è possibile e allora le ragazze sono bloccate in questa città piena di sabbia che arriva dal vicino deserto. Mbdao pensa alla sorella, a Mali. Quanto tempo si sarà fermata ad Agadez? Si sarà prostituita anche lei, pur di attraversare il deserto? Pensieri che Mbdao cerca di scacciare dalla mente anche se un rovello gli rimane dentro, conficcato nel cervello.*

La partenza da Agadez è fissata per l'indomani mattina. Mbdao ha tutto il giorno e una notte prima di lasciare Agadez. Si guarda un po' in giro. C'è molto traffico con camion e fuoristrada soprattutto, ma ci sono anche molti carretti trainati da asini. Sopra quei carretti c'è un po' di tutto: vecchi televisori, sedie, poltrone. Non si capisce bene dove stiano andando, se quel materiale deve essere venduto o è stato appena acquistato o conquistato.

– Hé! Je vous le dis, me comprenez-vous? Comprenez-

vous la Français? Voulez-vous venir avec moi? Pas cher et je suis bon, vous savez. (Ehi! Dico a te, mi capisci? Capisci il francese? Vuoi venire con me? Costo poco e sono brava, sai).

Mbdao si era sentito interpellare in francese. Era una ragazza sui 18 anni, mora, capelli crespi. Indossava una gonna molto corta gialla e tacchi piuttosto alti. Si era avvicinato alla ragazza e aveva così notato che aveva occhi molto belli, chiari come avveniva frequentemente fra le popolazioni tuareg.

– *Bien sûr, je connais la Français. Comment t'appelles-tu? Ne vous offusquez pas, mais je ne veux pas venir avec vous. Je ne peux pas dépenser d'argent... Comment t'appelles-tu... Quel âge avez-vous?* (Certo che conosco il francese. Come ti chiami? Non offenderti ma non voglio venire con te. Non posso spendere soldi... come ti chiami... quanti anni hai?).

– *Combien de questions. Ce à quoi je dois répondre en premier... Quoi qu'il en soit, j'ai 17 ans et je m'appelle Safiyah. Et toi?* (Quante domande. A cosa debbo rispondere prima... Comunque ho 17 anni e mi chiamo Safiyah. E tu?).

Si erano seduti su un muretto e avevano cominciato a parlare come se fossero amici da sempre. E così, Mbdao aveva appreso che Safiyah era nigeriana. La sua intenzione era quella di arrivare in Europa e cercare occupazione nel campo della moda. Lei aveva già posato per alcuni studi fotografici. Per arrivare in Europa, però, ci vogliono soldi, tanti soldi. E lei soldi non ne aveva. La sua famiglia era molto povera e le avevano dato solo un po' di soldi per

211

arrivare ad Agadez. Ecco perché si prostituiva, per accumulare la cifra per poter pagare il passaggio sopra i camion, attraversare il deserto, arrivare in Libia e da lì, arrivare in Italia. «Se tu hai i soldi anche per me – *gli aveva detto a un certo punto Safiyah* – io faccio l'amore gratis con te tutte le volte che vuoi». *Mbdao aveva gentilmente rifiutato la proposta. No, aveva risposto* «non posso fare questo. Se lo facessi, sarei come tutti gli altri sfruttatori che approfittano dei bisogni della povera gente. Io e te, Safiyah, siamo poveri – *aveva continuato Mbdao* – non è giusto che a 17 anni tu ti debba prostituire per poter abbandonare questo Paese. Ti aiuterei volentieri ma, credimi, non posso. Ho i soldi contati per pagarmi l'attraversamento del deserto... Non posso».

Safiyah aveva abbassato la testa, forse per non farsi vedere che stava piangendo. Poi aveva raccontato a Mbdao le angherie subìte da parte del suo protettore, un cinese che aveva una "scuderia" di una ventina di ragazze. Ogni sera dovevano versare a lui tutti i "guadagni" del loro triste mestiere. Se non lo facevano, partivano schiaffi e pugni, se non peggio. Lei era una ragazza fra le più giovani. Era di "proprietà" del cinese. Ormai, aveva poi singhiozzato Safiyah, non ho più speranza di lasciare Agadez. Il mio destino è segnato e non riuscirò mai a raggiungere l'Europa. Finirò, come tante compagne, abbandonata da tutti, con qualche malattia venerea. E non voglio, aveva continuato, essere consegnata al bouga, *alla guida che ti porta a Tripoli ma che durante il viaggio sfrutta le ragazze e anche bambine di 13/14 anni. Ad ogni tappa le ragazze vengono fermate anche due o tre mesi. Perché devono rende-*

re due o tre volte il costo del viaggio. E le obbligano a prostituirsi. I soldi li prendono i bouga; alle ragazze che vendono il proprio corpo, restano solo le briciole. Subito dopo
si era alzata, aveva guardato Mbdao, gli aveva fatto una
carezza ed era corsa via. Mbdao non la rivide più.

Dopo aver mangiato due palline di Puff-puff acquistate da un venditore ambulante – una pasta dolce fritta a
base di farina, zucchero, olio e lievito – aveva cercato un
posto dove passare la notte, almeno fino alle tre, l'ora fissata per la partenza. Gli avevano indicato l'autogare, un'e-
norme capannone dove si ammucchiavano centinaia di
persone in attesa della partenza. Lì si dormiva, si giocava
a carte, si cucinava, ci si prostituiva. Lì, spesso, come gli
avevano spiegato, durante la notte, si veniva rapinati. Era
un posto dove era importante non addormentarsi. Mbdao
aveva trovato un angolo, a ridosso di un pilone che sorreggeva il soffitto del capannone. Non c'erano pareti e forse
era meglio così, considerato che si cucinava, si facevano i
bisogni corporali, si fumava. Tutti assieme. Si era coperto
il più possibile, aveva appoggiato la schiena al pilone e
cercato di dormire. Non era facile, però. Troppe emozioni.
Il viaggio, i suoi compagni che erano giunti con lui ad
Agadez, tutto riaffiorava alla memoria. E poi, non riusciva
a cancellare dalla testa Safiyah, quello che era costretta a
subire per non morire di fame, per tentare di fuggire da
quel posto terribile. Anche se, lei stessa, a 17 anni non aveva più speranze. D'altronde come avere ancora speranza
quando si vive in un Paese dove venti famiglie hanno in
mano tutta l'economia del Paese? E ora il deserto attendeva Mbdao, la prova più ardua da superare. Sopravvivere

durante l'attraversamento e arrivare in Libia e poi, finalmente, in Italia. Alcuni anziani, prima di partire dal suo
villaggio gli avevano raccontato di stare molto attento ai
militari che rubano ai clandestini tutto quello che hanno,
non solo soldi e, soprattutto, salvaguardare il più possibile
l'acqua perché nel deserto il bene più prezioso non sono i
soldi, ma l'acqua.

A un certo punto della notte Mbdao è svegliato da rumori. C'è agitazione, frenesia. Mbdao apre gli occhi e vede
che in tanti cominciano a legare i pacchi, spengono i fornelletti a carbone dove hanno cucinato qualcosa da mangiare, chiamano i bambini piccoli. Insomma, anche se è
appena mezzanotte, ci si comincia a preparare. Anch'egli
prepara quel poco che ha: una specie di zaino con camicia
e pantaloni di ricambio. Soprattutto avvicina a sé le due
taniche di acqua. Dopo circa un'ora, senza che nessuno
abbia dato l'ordine, si comincia ad uscire dall'autogare, dirigendosi verso un piazzale poco lontano da dove parti-
ranno i camion. È una lunga fila di persone. Nessuno parla e si sono ammutoliti anche i bambini perché sino a quel
momento i bambini vociavano e giocavano, così come
deve essere, così come fanno tutti i bambini del mondo,
anche se hanno il colore della pelle diversa. Ora, invece,
sono silenziosi, quasi consapevoli della grande prova che
li attende.

Nel piazzale, alcuni camion hanno già cominciato a
caricare merci e persone. Sono camion vecchi, malandati.
Sono questi camion che affronteranno il terribile deserto
con almeno 160 persone sul cassone. Alle fiancate del mez-

zo sono legati circa centocinquanta bidoni d'acqua, tutti rivestiti di cartone e canapa così da proteggerli dal sole cocente del deserto. Su ogni cartone, il nome del proprietario dei bidoni, bidoni che, in genere, sono già stati utilizzati, (prima contenevano olio per i trattori o nei casi migliori olio di girasole). Sul camion sono ammassate molte donne con bambini anche piccolissimi, qualcuno nato da pochi giorni. Non c'è spazio neppure per muoversi, per distendere le gambe. Bisogna stare bene attaccati alle sponde del camion. Non c'è una strada vera e propria e cadere per un sobbalzo, per una buca, significa restare nel deserto e morire. I camion non si fermano. Ogni tanto s'incontra qualche relitto di camion, fermo, senza nessuno. Se si rompe un pezzo meccanico è la fine, la morte certa.

I compagni di viaggio di Nbdao sono tutti molto coperti, dalla testa ai piedi. È l'unico modo per non farsi colpire dal sole terribile del deserto; la notte, invece, un grande freddo. Per i bisogni corporali, ogni tanto ci si ferma e ognuno scava un buco nella sabbia. Le prime volte si cerca di allontanarsi dagli altri; poi non ci si fa più caso, ci si abitua. Uomini e donne accovacciati a poca distanza uno dall'altro fra pianti dei bambini e richiami degli adulti.

È questo che Mbdao trova all'inizio del viaggio. Tante persone come lui, desiderose di un avvenire migliore, di sconfiggere la fame, dare ai figli le possibilità che loro non hanno avuto. E tanta disperazione nei loro occhi. Disperazione e fame. Paura.

Dopo qualche ora dalla partenza, il camion si ferma

per un posto di blocco militare. Fino alla Libia, Mbdao ne conterà ben 12.

Il primo posto di blocco lo si trova dopo soli cinque chilometri dalla partenza. Dopo mezz'ora appena di viaggio, i militari fanno scendere tutti e chiedono soldi. Li mettono in fila e chi dichiara di non aver soldi gli fanno togliere i sandali e con un coltello tagliano la suola per vedere se ci sono soldi nascosti. Molte volte si accontentano di rubare loro i sandali. Un dramma perché dovranno continuare il viaggio senza scarpe con la sabbia del deserto che brucia loro la pianta dei piedi. Torturano i viaggiatori con canne di gomma e fili elettrici per farsi dare i soldi. Ad ogni posto di blocco è così, si scende, si viene torturati e rapinati, se non ci sono più soldi, qualsiasi cosa può andar bene. Questa è la fonte del reddito dei militari.

Dopo il primo controllo, i militari impediscono a un gruppo di nigeriani, una ventina, di risalire sul camion. Non hanno soldi e, quindi, debbono restare a terra, ritornare ad Agadez, a piedi. Nessuno di loro si lamenta, si ribella, malgrado abbiano pagato per viaggiare sul camion. Rassegnati, perché consapevoli di non contare nulla.

A Mbdao è andata bene. È in fondo alla fila e i militari probabilmente sono stanchi, sono ore che sono sotto il sole. Lo perquisiscono e toccano ripetutamente il colletto della camicia per capire se lì ha nascosto dei soldi. Una donna sviene e il marito tenta di rimetterla in piedi. Ci guadagna solo una gragnola di staffilate da parte dei militari.

Mbdao è nauseato da quella visione di violenza, ma non

può far nulla. La solidarietà in quei tragici frangenti non conta niente. Ognuno deve badare a sé stesso e sperare che non sia troppo visibile.

Alla fine ripartono. Vicino a lui c'è un ragazzo giovane. Avrà più o meno l'età di Babacar. Dice di chiamarsi Karim e viene dal Ghana. Sotto il boubou, la lunga veste che indossa per proteggersi dal caldo, indossa una maglia dell'Inter. Chissà come l'ha avuta e da chi. Come tutti, anche Karim vuole arrivare in Europa. Lui in Ghana faceva l'idraulico ed è sicuro di poter trovare un buon posto in Germania perché è lì che vuole andare Karim. Ad Amburgo c'è un suo zio che lo aiuterà a trovare un posto di lavoro.

Mentre viaggiano, fra buche e scossoni, fra i piedi degli altri viaggiatori che spesso ti finiscono sulla faccia, Mbdao pensa a quei primi giorni che ha lasciato il suo villaggio, la sua famiglia. Ha già percorso migliaia di chilometri e ne deve percorrere ancora molti. Soprattutto deve farcela a superare il deserto. E pensa a Babacar, a sua madre, a quello che gli ha raccomandato suo padre. No, lui ce la farà e a Londra farà arrivare tutta la famiglia, riuscirà a riunire tutti, anche Mali. Al pensiero della sorella, si accomuna il pensiero di Safiyah, a quello che, così giovane, ha dovuto subìre.

Cosa avrà dovuto sopportare sua sorella Mali? E poi la stessa domanda che si era fatto dopo il colloquio con Safiyah: anche lei, per pagarsi il viaggio, avrà dovuto prostituirsi?

Per arrivare a Sabha in Libia si devono percorrere, da Agadez, più di 3.500 chilometri. Quanto ci metteranno, *pensa Mbdao, e questo camion non resterà in panne? Se avvenisse ciò chi ci salverebbe?*

Il camion, un Mercedes, avanza con fatica sulla pista sabbiosa. Molti sono seduti a cavallo delle fiancate. Per attutire i colpi, hanno messo fra le gambe, coperte di lana arrotolate. È un groviglio di corpi e di linguaggi, di angoscia, di afflizione che è comune a tutti gli occupanti del camion. Fa molto caldo, acuito dal groviglio di corpi umani, dagli odori che emanano i corpi, l'odore della paura. L'odore della povertà. Quando il camion accelera, il coperchio del tubo di scarico, diritto come un comignolo, posizionato a fianco della cabina degli autisti rilascia una nuvola di fumo puzzolente che investe i migranti. Per non respirarlo, è necessario abbassare la testa, chinarsi verso il fondo del camion. Ma lì ci sono decine e decine di piedi, pacchi, contenitori dell'acqua, gente sdraiata, bambini che piangono.

Improvvisamente dal camion, guardando verso le dune color ocra, si vedono avanzare lentamente tantissimi dromedari. Saranno almeno duecento. Ognuno di loro, diranno alcuni compagni di viaggio di Mbdao, portano fino a centocinquanta chili di merce legati ai fianchi. Hanno attraversato due volte il deserto del Ténéré. All'andata e al ritorno.

Seicento chilometri per due. Quaranta giorni di cammino, dalle cinque del mattino alle undici di sera. È la rotta del sale, prezioso come l'oro.

Il sale viene barattato con capre, formaggio caprino, miglio, zucchero, tè, tabacco e calebasse, una pianta erba-

218

cea grossa e sferica, strisciante o rampicante, una particolare specie di zucca.

Ora è diventato più fresco e le stelle cominciano a bril-
lare. Il camion accende i fari mentre prosegue il suo viaggio con le ruote dentro "binari" scavati da altre migliaia di
ruote passate prima sulla stessa pista.

Il vocìo dei passeggeri si è attutito. Molti cercano di
chiudere gli occhi con in testa il pensiero dominante: riuscirò a raggiungere l'Europa?

– Secondo te, Mbdao, reggerà questo camion fino alla
fine del viaggio?

Karim si era rivolto a Mbdao guardandolo dal basso
verso l'alto.

Nel cercare di trovare la posizione più comoda, Karim
era seduto sul piano del cassone mentre Mbdao sulla
sponda e le lunghe gambe che finivano praticamente sulle
spalle del ghanese. Si era rivolto in francese che ambedue
conoscevano.

– Je ne sais pas. Non lo so. Je ne connais pas la mécani-
que.

– Je pense. Les allemands de Mercedes produisent des
moteurs puissants (Io credo di sì. I tedeschi della Mercedes producono motori forti).

– Sei ottimista tu.

– Certo. Se non fossi ottimista non sarei partito... Sono
sicuro che noi riusciremo ad arrivare in Europa, tu a Londra e io in Germania. Se restiamo uniti, ce la possiamo
fare. Tu non credi?

– Io non credo più a nulla. Spero, naturalmente di farcela, ma sono preoccupato del carico, del peso che c'è sul camion. A spanne non andiamo a più di cinque-dieci chilometri l'ora. Quanto ci vorrà per arrivare in Libia?

Alle due di notte il freddo è intenso. Bisogna coprirsi e la stanchezza è terribile. Ci si addormenta aggrappati alle braccia del vicino. Ci si addormenta con la preoccupazione di cadere dal camion, di essere lasciati nel deserto a morire. Cambiare posizione non è facile e, spesso, durante il viaggio nascono litigi, grida in una babele di idiomi diversi. Poi, finalmente, l'alba. È tutta rosa, poi cambia colore e, infine, ecco, di nuovo, il sole, il tepore che comincia a riscaldare i corpi distrutti.

Il camion ora si ferma.

Gli autisti aprono il cofano per far raffreddare il motore e si sgonfiano gli pneumatici affinché possano avere più presa sul fondo sabbioso.

Si scende dal camion, irrigiditi dalla posizione di tante ore, si fanno i bisogni corporali, si beve acqua e si mangia pane secco accompagnato, in alcuni casi, da miele. Almeno quelli che ce l'hanno.

Un ragazzo sta male, è disidratato. Stargli vicino è impossibile. Emana un lezzo insopportabile. Durante la notte ha svuotato la diarrea dentro i pantaloni. È necessario fargli bere qualcosa di caldo. Mbdao e Karim si guardano attorno. I due autisti, indifferenti a quanto accade fra i passeggeri, hanno acceso un fuoco e si stanno scaldando del tè. I due ragazzi chiedono loro di poter scaldare dell'acqua perché un ragazzo sta male. Non rispondono neppure. Spostano solo una teiera dal fuoco. Appena l'acqua è calda i ragazzi mettono del tè e tre cucchiaini di zucchero. Certo ci vorrebbe qualcosa per bloccare la diarrea, qualche medicina. Il ragazzo viene caricato sul pianale del camion. Attorno a lui ora c'è molto più spazio perché nessuno vuole stargli vicino per il fetore. Gli autisti suonano il clacson due volte e partono. Molti sono ancora a terra e si aggrappano alle fiancate o alle braccia di parenti o amici, per non restare nel deserto. Altri corrono dietro al camion per saltare su. Dopo tre giorni che viaggiano in queste condizioni hanno percorso circa 400 chilometri. Dopo due ore di viaggio, trovano un pozzo che viene salutato dai viaggiatori con grida festose, ma gli autisti non si fermano: è troppo profondo e si perderebbe troppo tempo per trovare l'acqua. La delusione è palpabile anche perché le razioni d'acqua stanno terminando.

Karim chiede a Mbdao quanto tempo, secondo lui, ci vorrà per arrivare a Dirkou.

– Non lo so. Da Agadez sono 650 chilometri. Forse ce la facciamo in cinque giorni, quindi arriveremo dopodomani.

Di giorni, invece, per arrivare a Dirkou, nel Mali, ce ne mettono due in più. Ci arrivano esausti, affamati, sporchi, laceri. Molti compagni di viaggio di Mbdao e Karim hanno deciso d'interrompere il viaggio, di fermarsi. Ma se ti fermi, è finita. Non solo resterai in Niger e non raggiungerai l'Europa, ma sarai associato al centro di detenzione appena sorto e rimandato indietro. Arrivano in questa cittadina nigeriana di poco più di 9 mila abitanti, con pochissimi soldi. Infatti, in tutti i posti di blocco, sono rapi-

nati dai militari. Ormai a Mbdao non restano che i dollari cuciti nella manica della camicia da sua madre, all'altezza del gomito.

Gli autisti hanno avvertito che l'indomani si parte alle quattro del mattino. Coloro i quali non sono presenti resteranno a terra. Inoltre è necessario pagare 3 dollari a testa perché per farli ripartire i militari nigeriani hanno chiesto altri soldi. Se non si hanno, inutile presentarsi alle quattro del mattino. Un discorso terminato fra le proteste e la disperazione di coloro che non hanno i 3 dollari per poter ripartire l'indomani.

Sono le 19. Mbdao e Karim debbono mangiare qualcosa e trovare un posto per dormire. Mentre camminano vedono una ragazzina sui 10 anni che sta mescolando del cibo in un bidone con sotto del fuoco. È il couscous, il piatto tradizionale africano che si dice vada consumato in compagnia attingendo da un piatto comune perché, come recita il Corano, «con un dito mangia il diavolo, con due il profeta e con cinque l'ingordo». È quello che fanno i due migranti. Si siedono vicino alla ragazzina, per terra, e da un piatto mangiano il tradizionale couscous afferrandolo con le dita.

Alla ragazzina chiedono dove possono dormire per una notte. In albergo risponde lei, ridendo. Ma sa benissimo che i due ragazzi non hanno soldi per l'albergo e allora indica loro una casa poco distante, una casa fatta con materiali di risulta, precaria come sembra tutto precario in quella cittadina. Cercando di farsi capire in qualche modo, la ragazzina spiega che in quella casa ci abita lei e la sua famiglia, ma se a loro può andare bene, dietro la casa c'è uno spazio non coltivato. Lì, se vogliono, possono dormire, all'aperto.

I due si guardano in faccia e poi acconsentono. D'altronde non hanno opzioni possibili da perseguire. Non hanno opzioni e neppure soldi. Cercheranno di dormire all'aperto, coprendosi il più possibile.

– Senti Mbdao tu ne hai ancora di dollari?

– Ormai pochi. Pochi dollari che sono riuscito, finora, a non farmi rapinare dai soldati. Perché me lo chiedi?

– Perché io non ne ho quasi più. Forse abbastanza per acquistare un altro piatto di couscous e poco altro. Quindi se domattina non consegno i 3 dollari all'autista, il mio viaggio termina a Dirkou.

– Io potrei prestarti i 3 dollari per il viaggio, Ma poi è finita. Prima di partire per l'Italia, se mai ci riusciremo, dobbiamo necessariamente trovare qualche lavoro. Senza soldi, lo sai anche tu, gli scafisti non ci portano di certo in Italia.

– Sarò anche ottimista, ma sono sicuro che qualche lavoro lo troveremo, così posso restituirti i 3 dollari e raggranellare i soldi necessari per andare in Italia. Se stiamo assieme, Mbdao, ce la faremo. Siamo giovani e ancora in buona salute. Vuoi che non troviamo da lavorare? Guarda i nostri compagni di viaggio. Chi è rimasto a terra, chi non ce la fa più, chi si è ammalato, sono stati soprattutto le persone più vecchie di noi. Noi ce la faremo. Poi, una volta in Italia, troveremo un sacco di lavori, così faremo i soldi per poter andare da tua sorella a Londra e io in Ger-

mania. E un giorno, sono sicuro, ci ritroveremo e ridere-mo nel raccontare questo viaggio.

– Sei proprio inguaribile Karim, optimiste. Forse, però, hai ragione tu... ora è meglio lasciar perdere le fantasie e cerchiamo un posto per dormire. Dobbiamo sforzarci di dormire qualche ora perché domani ci attendono ancora circa 2 mila chilometri per arrivare a Misurata.

I due amici si erano recati nel luogo indicato dalla ra-gazzina. In realtà era solo uno spiazzo con qualche filo d'erba rinsecchito. Da un lato c'era quella che una volta era stata una piccola casa. Ora era tutta distrutta, il tetto sfondato, alcuni muri crollati. I due si erano recati nei pressi della casa, si erano sdraiati, coperti con tutto ciò che avevano. Quando si era fatto buio, sopra di loro vede-vano il cielo pieno di stelle. Mbdao e Karim non parlavano più ora. Erano chiusi in sé stessi, pensavano a quello che li attendeva, pensavano a quello che avevano lasciato, alle loro famiglie. Chissà se li avrebbero rivisti, chissà se un giorno fosse stato possibile riunirsi con i propri familiari. E poi una domanda, la solita, insistente e ossessiva: «Per-ché, perché dovevano soffrire così tanto? Perché se nascevi in una latitudine sbagliata, se nascevi di un colore della pelle diverso da quello europeo, dovevi sopportare tutto ciò?». Il sonno tardava ad arrivare a causa delle emozioni della giornata, di quel viaggio che sembrava non dovesse finire mai.

Mbdao a un certo punto aveva sentito come un sibilo, un verso e in un primo momento aveva pensato a un cane. Si era fatto più attento. Quello strano verso proveniva dal giaciglio dove stava Karim. Aveva cercato di ascoltare meglio e aveva capito: Karim, l'ottimista, il ragazzo sicuro di farcela stava singhiozzando. Attorno alle 3, Mbdao era stato svegliato da Karim.

– Forza Mbdao svegliati. Oggi cominciamo a fare gli ultimi migliaia di chilometri per poi arrivare in Europa. Forza, non vorrai restartene a poltrire mentre gli altri se ne vanno a Misurata?

Era ritornato a essere il Karim che aveva conosciuto all'inizio del viaggio, ottimista e un po' scanzonato. Ma Mbdao sapeva che non era così. Quando arriva la notte sei debole, la tristezza ti assale, ti senti abbandonato da tutti, senza speranze.

Sul camion molti non c'erano alla partenza. Mbdao aveva dato 6 dollari agli autisti e poi si erano seduti appoggiati con la schiena al cassone di guida. Ora c'era più spazio, ma anche più tristezza. Non parlava nessuno e anche i bambini erano aggrappati alle loro madri. Quasi di fronte a Mbdao e Karim c'è una bambina abbracciata alla madre. Avrà tre anni. È magrissima. È solo occhi. Occhi che hanno già visto la violenza, la morte. Sono cotti dal sole madre e figlia. Non dicono nulla. Fissano il vuoto. Silenziose e senza speranze. Sul camion sono tutti così. Stravolti, stanchi, affamati. Silenziosi. Ognuno chiuso nei propri pensieri, non certo gioiosi.

Per arrivare a Misurata, per fare i circa 2 mila chilometri di distanza da Dirkao, c'avevano messo circa 20 giorni. Giorni lunghi da passare, inframmentati dai posti di blocco dei militari, dalle loro perquisizioni che andavano a

*colpire la dignità di tutti. I militari non si facevano scru-
poli a perquisire donne, uomini, bambini, davanti a tutti,
umiliandoli. Quando finalmente giunsero a Misurata, la
città portuale a 120 chilometri a Est di Tripoli, erano solo
in 30 sui 160 partiti da Agadez. Per arrivare a Misurata,
dalla partenza dal suo villaggio di Boulel, in Senegal, Mbdao ci ha impiegato due anni. È partito che aveva 21 anni,
ora ne ha 23.*

Cap. 11 – Errore fatale

Il ricevimento a casa Maugeri era in pieno svolgimento. Abitavano, ormai da tempo, in una casa molto bella con vista sul laghetto. Nell'arredamento predominava il bianco e il nero, divani e poltrone in pelle, tavolini di metallo e cristallo. Sulle pareti, quadri astratti così come imponeva la moda in quel momento. Tutto era perfettamente organizzato e Nunzia faceva la spola fra un capannello di invitati e la cucina, così da assicurarsi che gli invitati avessero tutto quello che desideravano. Gli ospiti erano i soliti: industrialotti che avevano fatto fortuna e che portavano avanti una filosofia di vita semplice, quella del *ghe pensi mi*, gente che senza dubbio lavorava sodo e che odiava lo Stato centralista perché, secondo il loro modo di pensare, dava sempre fregature a loro e favoriva i sindacati, qualche rappresentante politico del Partito di Maggioranza, personaggi del sottobosco politico, qualche *imbucato*. In tutto, una quarantina di persone. Le donne erano le mogli degli industriali. In genere donne di una certa età che tentavano disperatamente di restare giovani e snelle sottoponendosi a ore e ore di massaggi, torture inutili senza risultati apparenti.

Quando ormai gli invitati erano tutti giunti, una cameriera aveva sussurrato all'orecchio di Gaetano che era arrivato il signor Sandro Pelucchi. Gaetano aveva chiesto scusa a un gruppo di ospiti con cui stava parlando ed era andato verso l'entrata della villa a ricevere il nuovo venuto. Questi era accompagnato dalla moglie, una donna piuttosto pienotta, dall'apparenza mite che Pelucchi aveva presentato come «*la mia signora, la signora Graziosa*».

– Sono contento che sia potuto venire, signor Pelucchi. Ho tanto sentito parlare di lei, della sua azienda. È un piacere immenso averla con noi questa sera... vedrà che si divertirà. Accomodatevi nel salone che vi presento gli altri commensali.

Intanto una piccola orchestra aveva principiato a suonare un motivo in voga in quel momento, *Uomini soli* dei Pooh, qualche commensale aveva iniziato qualche passo di danza. Quando poi l'orchestra aveva cominciato a suonare *Barbie Girl* degli Aqua, i ballerini erano diventati più numerosi. Gaetano, prima di tutto, aveva presentato Nunzia a Pelucchi. Questi aveva tentato un ridicolo bacio della mano e pronunciato «*Piacere*» mentre, a sua volta, presentava Graziosa a Nunzia. La quale, molto disinvolta, aveva fatto sapere che avrebbe fatto fare un giro per la casa alla «*signora Graziosa*» e avrebbe presentato le altre ospiti «*tanto voi maschietti dovete sempre parlare di politica e di affari*». Nunzia era splendida. Perfettamente nella parte, indossava un tubino nero che metteva in evidenza il suo corpo che andava incontro alla maturità con disinvoltura estrema. Il seno, arrogante, ben disegnato dall'abito, i tacchi alti che la snellivano, gli occhi neri che brillavano. Un filo di perle avvolgeva la gola e una spilla impreziosiva l'abito. Sì, pensava Gaetano mentre le due donne si allontanavano, era propria bella Nunzia. I suoi pensieri furono distolti dalla voce di Pelucchi.

– Allora di che cosa ha bisogno, dottore?

– Niente. La volevo conoscere e far conoscere. Vede, le nostre feste sono una specie di Cenacolo. Ci si conosce, si tengono rapporti che possono venir buoni successivamente... insomma, si allarga il nostro orizzonte... Ecco, venga che le presento l'on. Festucci. Fa parte della Commissione Economica del governo...

– I politici *me piasen minga trop...*

– ... guardi che l'on. Festucci è una persona a modo e simpatica.

Mentre conduceva l'ospite appena arrivato dall'on. Festucci, Gaetano pensò che aveva proprio detto una cazzata definendo Festucci «*persona a modo e simpatica*». Era, invece, un cafone, pieno di boria, ignorante e vanitoso. Faceva parte del nuovo raggruppamento politico, nato dopo Tangentopoli. In quel momento stava concionando di nuove leggi che avrebbero dato un taglio definitivo alle richieste dei sindacati, il vero «*cancro*» del Paese.

– *Ossignur, tel chì el Perego.*

Pelucchi aveva interrotto l'onorevole a voce alta ed era andato verso un uomo che stava ascoltando rapito l'onorevole. Si erano stretti la mano e dato due pacche sulle spalle.

– Signori, considerato che già vi conoscete, vi lascio un momento. Onorevole, scusi se l'abbiamo interrotta. Questo è l'industriale Sandro Pelucchi, proprietario della Sapelu Farmaceutica che ha voluto essere con noi questa sera. Sono sicuro che avrete molte cose da raccontarvi. Fra poco inizia la cena e debbo andare a controllare se è tutto a posto. Ci vediamo più tardi, signori. Grazie.

Era una scusa, la sua. Tutto era a posto. Il motivo era che non riusciva più a sopportare tutti quei palloni gonfiati sempre a straparlare contro lavoratori e sindacati. Non ne poteva più. Chissà come si sarebbe comportato suo padre se fosse capitato, improvvisamente, in quel salone? Gaetano era sicuro che avrebbe preso tutti a ceffoni e prima di tutto i ceffoni li avrebbe indirizzati a lui.

– *Uei*, Pelucchi. *L'è vera quel che se dis?* Che hai intenzione di scendere in politica?

– *Ma va a ciapaa i ratt!* Ma va! Tutte balle dei giornali. E fino che non leggerete la notizia sul mio di giornale, non dovete credere a niente. Anche se debbo dire che un pensierino l'ho fatto. Siamo noi che abbiamo costruito l'Italia, con il nostro lavoro e, quindi, spetta a noi in questo casino raddrizzare la baracca. Lei cosa ne pensa, onorevole?

– Completamente d'accordo. Credo che bisogna metterci la faccia. Se vogliamo salvare le nostre aziende e non farcele portare via dai comunisti, allora dobbiamo essere in prima fila a difendere la democrazia.

In realtà l'on. Festucci parlava al plurale, ma lui non aveva mai posseduto un'azienda. Anzi, non aveva mai lavorato in vita sua.

Una vita passata fra il biliardo del bar sotto casa, l'elezione a consigliere comunale del suo piccolo paese, poi in Consiglio comunale a Milano e, infine, subito dopo Tangentopoli dove guidava manifestazioni contro i «*politici corrotti*», l'elezione in Parlamento.

– Il problema – aveva continuato Pelucchi – sono i sindacati che sono diventati troppo forti e i magistrati che assolvono in continuazione gli operai quando bloccano le fabbriche. Ecco perché voglio metterci la faccia. La mia fabbrica, che ho creato io, non me la faccio portare via da un gruppo di fannulloni scalmanati...

– ... su questo caro Pelucchi deve stare tranquillo. Al governo, come sa, c'è una persona che è scesa in campo per il bene del Paese, ha sacrificato le proprie aziende e sta iniziando a tagliare le unghie a sindacati e operai. E un colpetto lo darà anche allo strapotere delle toghe rosse. Un vero eroe. D'altronde cosa chiedono le persone per bene? Ordine, lotta alla criminalità, bloccare gli extracomunitari prima che entrino nel nostro Paese. Questo ci chiedono e questi sono i punti più qualificanti del nuovo governo. Le nostre città sono invivibili. Se necessario, in città dobbiamo mandare i militari così che l'ordine sia ristabilito.

– Si faccia sentire nei prossimi giorni, signor Pelucchi. Il nostro movimento ha bisogno di persone come lei. Dobbiamo creare un fronte comune, dobbiamo liberare l'Italia dal pericolo comunista e non solo. Chiudere con questa Europa che vuole comandare. Padroni a casa nostra, dico io. Respingere tutte le cose che c'impongono i "mangiapatate". Se io debbo costruire, e posso farlo perché ho i capitali, costruisco. Non mi possono mettere vincoli, creare problemi con la burocrazia. Del resto c'è tanto spazio in giro, no? La natura, l'Unesco, il Wwf... Tutte balle! Non si può fermare il progresso, lo sviluppo. Quindi padroni a casa nostra! Abbiamo un grande compito da portare avanti, unire le forze politiche con quelle imprenditoriali e questo progetto lo faremo per noi, per i nostri figli, affinché l'Italia non sia schiacciata dalla zampa comunista.

Erano le tesi che si ritrovavano sulla maggior parte dei giornali e si ascoltavano in Tv. Appena avveniva qualcosa di anomalo, un omicidio, un furto in una villa, uno sciopero, un'occupazione di una scuola, ecco che giornali e Tv facevano parlare gli immancabili "esperti": calciatori, attori e attrici, scrittori, cantanti e tutto il *cucuzzume* vario. La tecnica era sempre la medesima. Trovare qualcuno da odiare, un nemico, una categoria, una persona, un popolo, una moschea. Un odio interclassista: odiavano chi faceva fatica ad arrivare alla fine del mese e anche le "sciurette" della Ztl. Era il giornalismo-spettacolo molto meno faticoso che sbattersi per trovare notizie e più remunerativo. Ma, forse, le persone volevano proprio questo, più spettacolo e meno informazione.

Intanto, l'on. Festucci aveva passato un biglietto da visita a Pelucchi. Proprio in quel mentre, era stata annunciata la cena e tutti si erano recati nella vasta camera da pranzo. A ogni posto un cartellino con il nome del commensale; Nunzia aveva disposto tutto con molta precisione: alla sua destra Pelucchi con a fianco la moglie; alla sua sinistra l'on. Festucci. A fianco di Graziosa Pelucchi, suo marito Gaetano.

Anche durante la cena, il discorso predominante era lo

strapotere dei sindacati inframmentato da maldicenze nei confronti di questo o quel personaggio, dal comportamento della moglie, dalle corna. E poi la nuova cura lanciata per perdere peso e come si stava bene in quell'albergo di Courmayeur o Cortina. Gaetano guardava tutti i commensali, guardava come s'ingozzassero di cibo, guardava le loro pappagorge e si domandava perché era tutto finito così, perché la sua vita, la vita sua e di Nunzia, del piccolo Saro era finita in questo modo? Guardava Nunzia e non la riconosceva. Era diventata oramai una specie di trottola che girava vorticosamente fra feste e occasioni mondane, sfilate di moda e viaggi. Molto lontana dai problemi che assillavano tantissime persone, una donna che non aveva nessuna propensione per la cura della casa e della famiglia.

Lei, Nunzia, non era per nulla a disagio, rideva di gola alle battute salaci, era perfettamente nella parte. E anche lei – che mai aveva visto una fabbrica neppure da lontano – si lamentava del troppo potere che i sindacati avevano in Italia. «*Se continua così* – aveva esclamato ad un certo punto – *dovremo andarcene dal nostro Paese perché i comunisti ci porteranno via tutto quello che abbiamo guadagnato, lavorando*». Gaetano era esterrefatto da ciò che sentiva provenire dalla bocca della moglie. Comunisti... lavoro... sindacati... ma che cazzo diceva proprio lei che, appena aveva potuto, aveva rinunciato anche al posto d'insegnante e passava tutta la giornata nei negozi a fare compere per lo più inutili. Nunzia gli sembrava provenire da un altro pianeta.

Intanto, fra una battuta e una risata, qualche barzelletta spinta e qualche cafonaggine, Pelucchi con fare assente aveva appoggiato la sua gamba sinistra a quella di Nunzia. Lei si era subito staccata, ma lo aveva fatto in modo non deciso. Intanto continuavano a mangiare e a bere. Ad un certo punto, quasi alla fine della cena, Pelucchi con la mano sinistra nascosta dalla tovaglia aveva brancato la coscia destra di Nunzia e la stringeva. Nunzia, con molto tatto l'aveva allontanato una prima volta, ma poi aveva lasciato fare. E Pelucchi, abituato a prendere anche ciò che non era suo, non si era fatto scappare l'occasione. Aveva allungato il braccio e con la mano, ora, accarezzava il ginocchio di Nunzia e introduceva la mano tra le ginocchia della donna.

Fu, comunque, alla fine della cena che Nunzia portò a compimento il suo "mandato". Avevano cominciato tutti a ballare, caricati dal vino e dallo champagne. La piccola orchestra suonava ritmi alla moda, e subito Pelucchi aveva invitato Nunzia a ballare, mentre – per educazione – Gaetano faceva lo stesso con la moglie di Pelucchi, la signora Graziosa che era sì scialba e insignificante, ma aveva più testa di Nunzia, non fosse altro perché, a un certo punto, aveva domandato a Gaetano se era d'accordo con tutti quei discorsi sul sindacato. «*A me sembra* – aveva esclamato a un certo punto – *che se noi stiamo bene e abbiamo fatto i soldi, questo è merito anche di chi nelle nostre fabbriche ha lavorato e lavora. È d'accordo, dottore?*».

– Mah sa, cara signora Graziosa, io faccio il medico e non sono troppo addentro nelle questioni sindacali... le fabbriche, i contratti di lavoro... io cerco di curare chi sta male. Se riesco a fare questo sono contento.

Intanto Nunzia continuava a ballare con Pelucchi. Più che ballare era uno strusciamento continuo. Sentiva l'eccitazione di Pelucchi, ormai infoiato, bramoso di toccare Nunzia, di prenderla così come prendeva tutto ciò che gli serviva, come fosse un oggetto. Sapeva di piacergli, Nunzia, sapeva di piacere a tanti uomini grazie alla seduzione che irradiava la sua persona. I capelli corvini, gli occhi profondi e neri che guardavano con simulata innocenza, le mani affusolate, le labbra piene, i fianchi pronunciati.

La serata era continuata sino alle 2 di notte. Poi le coppie, una dopo l'altra, avevano abbandonato la casa di Gaetano, ringraziando per l'ottima serata passata assieme. Nella confusione dei saluti, Pelucchi aveva messo in mano a Nunzia il suo biglietto da visita con il numero di telefono dell'ufficio.

Era terminata così anche quella serata, inutile come tante altre serate di Gaetano, con persone che non apprezzava, ma costretto a frequentare. Quando erano restati soli aveva subito domandato a Nunzia com'era andata con Pelucchi.

– Bene. Non ha fatto altro che brancicarmi tutta sera.

– Questo l'ho visto e l'hanno visto anche gli altri. Potevi avere un po' di ritegno.

– Mi hai raccomandato tu di essere gentile con Pelucchi e io sono stata gentile. Mi ha dato il suo numero di telefono per andare a prendere un aperitivo assieme. Erano questi i patti. O no?

– Non c'era bisogno che ti attaccassi a lui come una ventosa... l'hanno visto tutti come ballavate...

– ... sentimi bene, Gaetano. A me Pelucchi non piace, non m'interessa. Lo faccio perché me l'hai chiesto tu e perché non intendo ritornare a fare la vita di prima. Risparmiami, quindi, le prediche. Non ho certo bisogno di Pelucchi, per farti le corna con tanti bei ragazzi che ci sono in giro... E adesso sono stanca e vado a dormire.

Era uscita dalla camera da pranzo, mentre le cameriere cominciavano a ripulire e sistemare. Gaetano era salito nella sua stanza. Si era sdraiato e, come faceva di sovente, aveva fantasticato su come fosse la sua vita, dal primo incontro con Nunzia, ai tanti sogni non avverati. E poi la solita domanda: perché? Perché erano finiti così, perché lui si faceva ricattare? Perché Nunzia era diventata una persona senza scrupoli? Sarebbe stata possibile una vita senza ricatti, senza menzogne?

L'appuntamento con Sandro Pelucchi era per il mezzogiorno di un giovedì, a meno di una settimana dalla cena dove si erano conosciuti. Un appuntamento in uno degli alberghi più esclusivi di Milano, in piazza della Repubblica, all'hotel Westin Palace.

Nunzia si era vestita in modo elegante, ma comodo: una camicetta color glicine scollata a V, con le maniche a sbuffo, giacca nera Boglioli, orecchini Swarovsky come la collana, scarpe Jimmy Choo con tacco alto, ma non troppo, così da essere eleganti ma comode, una borsa Balenciaga. Per l'occasione aveva deciso di cambiato profumo. Non più l'usuale Chanel N. 5, ma bensì Paris di Yves Saint Laurent.

Il programma prevedeva, ovviamente, l'aperitivo e poi un lunch leggero nello stesso albergo. Pelucchi l'attendeva nella hall. Si erano salutati cordialmente e, per fortuna, Pelucchi non aveva neppure tentato il baciamano. Si muoveva come se fosse di casa in quell'albergo, con molta tranquillità.

Aveva fatto segno al maître e questi aveva immediatamente inviato un cameriere a schiacciare i bottoni dell'ascensore. Sesto piano, camera 625. La camera era molto bella, spaziosa, con un ampio finestrone che dava su Piazza della Repubblica. Pochi minuti dopo, mentre Nunzia guardava il traffico milanese dall'alto dei sei piani, bussarono leggermente alla porta. Un cameriere aveva introdotto nella stanza un carrello dove troneggiava, al centro, una grossa bottiglia di Dom Pérignon, ghiacciata.

– Oh molto bene! Grazie. Per pranzare chiamerò io. Può andare.

Così dicendo, Pelucchi aveva estratto dalla tasca dei soldi che aveva dato al cameriere. Doveva essere una cifra notevole, considerato che l'uomo si era inchinato in segno di ringraziamento più volte.

– Prego Nunzia... le posso dare del tu, chiamarla per nome? Intanto mi fa piacere che abbia accettato il mio invito a pranzo. Ora beviamoci una coppa di champagne.

Così dicendo, si era avvicinato al tavolinetto con sopra la bottiglia di champagne e aveva cominciato a riempire i bicchieri.

– Eh sì. Io lavoro duro, ma qualche soddisfazione me la tolgo. Guarda, ad esempio, lo champagne. *Me pias tantu.* Ah già, *ti te vegnet dal Sud e te capis no... Ma mi* se ordino Dom Pérignon voglio il tipo Vintage che ha un gusto più intenso...

– ... vengo dal Sud, ma ho capito benissimo. E ho anche capito cosa vuole lei. Si ricordi, però, che sono una donna sposata e non ho nessuna voglia di iniziare con lei una relazione...

– ... quando ballavi con me, mi hai fatto morire... se chiudo gli occhi vedo ancora quelle movenze...

Intanto che pronunciava quelle parole, Pelucchi si era avvicinato a Nunzia sul divano e le aveva messo una mano sul seno. I bicchieri contenente champagne Vintage erano ruzzolati per terra e Pelucchi l'aveva violentemente abbracciata e tentato di baciarla. Nunzia l'aveva allontanato, ma subito dopo Pelucchi era ancora addosso a lei.

– Dai, non fare la verginella che piace anche a te. L'altra sera mi hai provocato, hai fatto la troia con me, mi hai riscaldato al punto giusto e ora non fare finta...

L'aveva violentemente brancata e obbligata a girarsi. Le aveva alzato la gonna e strappato calze e mutandine. Era affamato di sesso e di lei. L'aveva presa così, dal dietro. Nunzia lo sentiva sbuffare, ansimare sopra di lei. Il tutto non era durato molto e, tutto sommato, non era stato neppure male. E sì che Pelucchi non era un giovincello. Niente a che vedere, naturalmente, con il maestro di sci di Saint Moritz... Ma questo con Pelucchi, per Nunzia, era lavoro, non piacere. Chissà perché proprio Pelucchi, pensava. Cosa vorranno da lui? A lei, tutto questo, però non interessava. A lei interessava continuare a fare la vita che conduceva, avere soldi, poter spendere, andare in località esotiche, fare feste.

Intanto Pelucchi non si agitava più e aveva concluso il tutto con una manata sul culo di Nunzia.

– Sai Nunzia, sei proprio un gran pezzo di sventola... dobbiamo rivederci ancora, quando ho più tempo. Ora debbo scappare perché ho il lavoro che m'aspetta... Ma tu stai finché vuoi, fatti portare il pranzo... è già tutto pagato. Così dicendo si era alzato e si era diretto in bagno. Dopo una decina di minuti era riapparso vestito di tutto punto.

– Allora ci si rivede eh! *Me racumandi, sparis minga dalla circulaziun.* Non sparire... magari riusciamo a organizzare un fine settimana da qualche parte. Per la biancheria che ti ho rovinato, non preoccuparti che la prossima volta ti porto a comprare quello di cui hai bisogno. Ora vado che sono già in ritardo.

Così dicendo, era uscito dalla stanza. Nunzia era restata sdraiata ancora per un po' sul divano. Poi, molto lentamente, era andata in bagno e si era immersa nella rilassante Jacuzzi.

C'era restata per più di un'ora. Aveva telefonato alla reception e aveva ordinato il pranzo in camera. Non era stata troppo a sottilizzare: aveva ordinato delle ostriche e, di nuovo, champagne ghiacciato, naturalmente Vintage. Quello che non riusciva a capire era quello che volevano da Pelucchi i "padroni" di Gaetano. Comunque non era affare suo. Si era concentrata sulle ostriche.

Dopo quattro giorni da quell'episodio, una mattina attorno alle 10, la segretaria di Sandro Pelucchi aveva annunciato al proprietario della Sapelu Farmaceutica che un uomo, che non aveva appuntamento, chiedeva insistentemente di parlare con lui.

– No, *gho minga temp*. Se cerca lavoro mandalo dal ragioniere, se vuole venderci qualcosa digli che non abbiamo bisogno di niente.

– Già fatto signor Pelucchi, ma quello è lì che attende da mezz'ora e ha detto che non va via se non parla, da solo, con lei.

– Che palle! Dài fallo passare.

La segretaria era uscita per qualche istante, per poi rientrare con l'uomo, Carlo Vailati.

– E *allura, forza, cusa ghe*? Non ho tempo da perdere. Ha bisogno di lavorare?

L'uomo, con i soliti occhiali fumée che gli travisavano il viso, aveva risposto che voleva parlarle, da solo.

– Guardi che la Rosa sa tutto di questa azienda, anzi ne sa più lei di me. Insomma, cosa vuole? Però faccia presto perché non ho tempo da perdere.

L'uomo non si era scomposto, aveva cacciato la mano nella tasca della giacca ed estratto una busta. Poi l'aveva consegnata a Pelucchi. Silenziosamente, senza proferire verbo.

– Non ho problemi a parlare davanti alla sua segretaria. Decida lei.

Pelucchi aveva aperto la busta, guardato dentro ed era sbiancato.

– Signora Rosa, abbia pazienza... ci lasci per qualche minuto e non mi passi telefonate.

La donna, stizzita, aveva abbandonato l'ufficio di Pelucchi. Questi, invece, aveva estratto dalla busta una serie di fotografie, le aveva guardate con apprensione, poi in uno scatto di rabbia, le aveva stracciate a pezzettini.

– Mi volete ricattare? Volete soldi? Chi è lei?

– Non alzi la voce. Chi sia io non ha nessuna importanza. Ha stracciato le fotografie, ma noi abbiamo un sacco di copie, soprattutto i negativi...

– ... quanto volete per i negativi?

– Ma cos'ha capito signor Pelucchi. Noi non siamo ricattatori. Non vogliamo i suoi soldi.

– E allora, cosa? Me lo dica che la finiamo qui.

– Ogni cosa al momento debito. Non si agiti. Lei farà quello che chiederemo. Se così non fosse, quelle foto andranno a finire nelle mani della signora Graziosa e in quelle di sua figlia Giulia. Quanti anni ha? Ah, sì, tredici, mi sembra. Così potrà guardare il suo "paparino" mentre inchiappetta la signora Nunzia... Se è proprio questo che vuole...

– ... vigliacchi!... lasciate fuori da questa storia mia figlia...

Pelucchi si era alzato in piedi, rosso in viso, con le mani protese verso Vailati, quasi volesse afferrarlo per la gola. Con molta calma, l'uomo dagli occhiali fumée era indietreggiato di un solo passo. Poi aveva sibilato:

– Sta a lei signor Pelucchi decidere cosa fare. Ci pensi bene. Fra una settimana, alle 12, telefonerò per sapere cos'ha deciso. Non mi faccia attendere al telefono, risponda subito.

Così dicendo, silenziosamente com'era entrato, era uscito dall'ufficio di Pelucchi lasciando l'uomo in preda a una cupa previsione: lui di quelle fotografie, una quindicina in tutto, aveva visto solo le prime due, poi preso dalla rabbia le aveva stracciate. Cosa doveva fare? Poteva rischiare di far finire quelle sconce foto in mano a Giulia? La Graziosa lo preoccupava meno... Giulia non poteva vedere quelle indecorose e oscene fotografie. No. Doveva fare qualcosa... Cosa voleva quell'uomo? E chi era, poi?

Dopo una settimana, precisamente alle 12 come aveva preannunciato Vailati, era suonato il telefono personale di Pelucchi. Esso attendeva nel suo ufficio quella telefonata, dopo aver passato una settimana in preda ai più foschi presagi.

– Pronto, sono Pelucchi... cosa volete, soldi?

La voce di Vailati era, come al solito, un sibilo, un sibilo calmo che metteva, però, apprensione.

– Le ho già detto che i soldi non c'interessano. Si faccia trovare domani, alle 17, a Roma, al caffè Canova. In quell'occasione le farò sapere cosa vogliamo. Cerchi di essere puntuale...

– ... ma come faccio... ho il lavoro, gli impegni...

– ... non è un problema mio. Cerchi di esserci per il suo bene e per quello della sua famiglia.

Vailati aveva chiuso la comunicazione. Pelucchi si era preso la testa fra le mani, consapevole di essere in un vicolo cieco. Aveva l'impressione che quella situazione sarebbe perdurata, l'impressione che per lui, comunque andasse, era finita. Da qualsiasi parte guardasse quella terribile situazione, non vedeva soluzione: o accettava quello che voleva Vailati, oppure... Aveva schiacciato il bottone dell'interfono e ordinato alla segretaria, la fedele signora Rosa, di prenotargli un posto aereo per Roma, per l'indomani. La segretaria le aveva risposto che l'indomani aveva già fissato un appuntamento con un funzionario del ministero della Salute...

– ... non m'interessa nulla del funzionario del ministero. Disdica tutto... s'inventi qualcosa... dica che sto male, che sono morto. Quello che vuole. L'importante che domani possa partire per Roma. Lo prenoti per la tarda mattinata e rientro in serata. E ora, non voglio più essere disturbato.

Aveva chiuso la comunicazione e aveva cominciato a camminare per il suo ufficio, avanti e indietro, da una parete all'altra. Pensava alla sua esistenza, alla sua famiglia, a quella stupidata con Nunzia. Pensava a come venirne fuori... Avrebbe ucciso quell'uomo, pur di salvare la propria esistenza e la sua famiglia. Ma l'uomo con gli occhiali fumée, ne era convinto, era solo una pedina... Chi c'era dietro lui? Come poteva scoprirlo? Assoldare un investigatore privato? E anche quando avrebbe saputo chi fossero le persone che lo stavano ricattando, cosa avrebbe fatto? Come avrebbe potuto neutralizzarle? No, non c'era nessuna soluzione. Doveva sottostare al ricatto, nella speranza che non fossero troppo esosi.

Il luogo dell'appuntamento, il Caffè Canova, sta proprio

di fronte a un altro celebre locale, il Rosati, in piazza del Popolo, una piazza famosa per l'obelisco più antico di Roma e per la chiesa che si affaccia su quella piazza, Santa Maria dei Miracoli. Sì, ci sarebbe voluto proprio un miracolo per lui, aveva pensato Pelucchi, mentre scendeva dal taxi alle 17 in punto. L'uomo con gli occhiali fumée, Pelucchi lo aveva individuato subito, seduto a un tavolino all'aperto, con le spalle al muro del locale, vicino all'entrata. L'industriale, senza salutare, si era seduto a quel tavolino. Attorno a loro non c'erano molti avventori e comunque, apparentemente, erano tutti intenti a bere e a parlare fra loro.

– Ecco, sono arrivato. Mi dica cosa vuole e la facciamo finita.

– Stia calmo, non abbia fretta. Voi milanesi avete sempre fretta... gli affari si fanno con calma...

– ... affari? ... questo è solo uno sporco ricatto. Facciamola finita.

– No, caro il mio signor Pelucchi. Cerchi di non agitarsi e non alzi la voce. Se continua su questo tono, me ne vado e domani se la scazzerà lei con sua moglie e sua figlia. Noi siamo pazienti, ma fino a un certo punto. Decida lei se debbo continuare o andarmene.

Mentre pronunciava queste parole si era avvicinato un cameriere per le ordinazioni.

Vailati aveva deciso per tutti e due: a lui un Martini secco, a Pelucchi, una camomilla. Lo prendevano per il culo e Pelucchi fremeva di rabbia; avrebbe voluto alzarsi e prendere a pugni quell'individuo odioso e sgradevole. Non poteva, però, farlo. Doveva sottostare al suo gioco, al suo ricatto.

– Va bene. Mi dica cosa vuole per i negativi di quelle foto...

– Oh, vedo che inizia a ragionare. Guardi che dal nostro patto, se accetterà, ci potrebbe guadagnare anche lei. Io rappresento un grosso gruppo che ha interessi in diversi campi dell'economia e dell'industria. Abbiamo società e interessi anche nei giornali... Un accordo con noi potrebbe interessare anche a lei, soprattutto tenendo conto che sappiamo che ha intenzione di *scendere in campo*, di fare politica attiva con il Partito di Maggioranza...

Pelucchi era allibito. Aveva avuti segreti contatti con esponenti di quel partito, che spingevano affinché facesse politica attiva nel loro raggruppamento. Questi sapevano, dunque, tutto quello che faceva.

– ... Noi siamo d'accordo. È importante che amici nostri stiano in Parlamento. Ma per arrivare in Parlamento ci vogliono i voti, e noi i voti li abbiamo. Noi possiamo farla eleggere in Parlamento... s'immagini come sarà contenta la signora Graziosa, pensi un po' come suona bene: «*Onorevole Pelucchi*».

– Cosa volete per i negativi di quelle fotografie?

– Non molto e ci guadagniamo tutti e tutti saremo contenti perché nessuno si farà male.

– Quanto?

– Non quanto. Cosa? Questa è la domanda. La risposta è subito detta. Lei trasferisce l'intero pacchetto azionario della sua industria a noi, compreso il quotidiano. Noi, una volta firmato il passaggio, le consegneremo i negativi e in più le faremo avere i voti, così da essere eletto in Parlamento. Mi sembra equo lo scambio, no?

A Pelucchi gli era crollato addosso il mondo intero. La sua azienda, la sua ragione di vita... I sacrifici fatti per far diventare la SAPELU grande, autonoma anche dal sistema bancario... Tutto finito, tutto finito per essere andato con una puttana... maledetto quel giorno... maledetta anche Nunzia che, senza dubbio, era complice anch'ella di questo schifoso gioco di ricatti...

– Lei è pazzo... Non se ne parla neppure.

– Non c'è problema. Domani sua moglie e sua figlia riceveranno le foto. Sono sicuro che saranno molto contente nel vedere il paparino e il marito affettuoso con i pantaloni abbassati. Lo stesso uomo affettuoso che non le fa mancare nulla, che le porta a messa la domenica. Proprio una brava persona.

Alle parole, terribili e minacciose di Vailati, Pelucchi non aveva reagito. Pensava intensamente a cosa potesse fare, ma gli sembrava non avere scampo. Erano passati diversi minuti

– Allora Pelucchi, si è addormentato?

– No... ma voi dovete convenire che non è possibile, così in tempi brevi fare questi passaggi... e i negativi quando ne verrò in possesso? E chi mi assicura che non ci sono altri negativi in giro?

– Nessuno. Fra galantuomini, timorati di Dio, fedeli alla famiglia e alle tradizioni cristiane, basta la parola.

Il maledetto, pensava Pelucchi, si permetteva di prenderlo per il culo e senza mai cambiare espressione del viso. Sembrava un alligatore sul punto di ingoiare un'antilope...

– Pensiamo a tutto noi. Fra qualche giorno si presenterà dal notaio che le indicheremo, a Milano, e faremo tutti i passaggi burocratici che la legge prevede.

– E i negativi?

– Il giorno seguente alla sua firma, quei negativi saranno sopra la sua scrivania...

– ... ma io... come faccio...

– ... lei non dovrà fare proprio nulla. Lei resterà al vertice dell'azienda. Sarà il nuovo Direttore generale o, meglio, lo *Chief Operating Officer*, come si usa dire oggi che è tutto americanizzato. Le piace questa definizione? Naturalmente con retribuzione adeguata.

– Non conterò più nulla.

– Non sia così pessimista, Pelucchi. Oggi abbiamo fatto un affare da ambo le parti. E poi non dimentichi che lei non avrà molto tempo di pensare alla sua ex azienda. Lei deve fare il parlamentare e noi abbiamo bisogno di persone cui fidarci. Il pericolo è che questa nostra Italia cada in mano a sindacalisti e comunisti. Lei questo non lo vuole, come non lo vogliamo noi, perché siamo dalla stessa parte. Ci sono grandi prospettive future per chi sarà dalla parte giusta e lei è uno dei predestinati. Vedrà che un giorno sarà contento. Noi siamo stati con lei molto gentili e discreti, non abbiamo minacciato, fatto violenza. Se pensa di buggerarci, di fotterci, ha finito di vivere. E non solo lei. Abbiamo amici molto pericolosi che hanno la passione per le tredicenni, sanno come farle male. Ci pensi bene, prima di fare qualche cazzata, perché noi vi raggiungeremo in qualsiasi posto andiate.

Pelucchi era attonito. Vailati minacciava senza nessuna espressione del viso, sempre apparentemente calmo, sempre con gli occhi travisati dagli occhiali fumèe... era proprio finita.

Si era alzato senza salutare e senza pagare la consumazione che, per altro, non aveva consumato. Ci voleva ben altro che la camomilla... Aveva voltato le spalle a Vailati e raggiunto la strada dove, in quel momento, transitava un taxi. L'aveva fermato e aveva ordinato all'autista di raggiungere, prima possibile, l'aeroporto. Voleva andarsene presto da quel luogo che sentiva come una minaccia continua.

L'incontro con il notaio era stato fissato per le 10 di un lunedì di aprile, dopo quindici giorni dalla cena, in via Pietro Mascagni, a Milano. Pelucchi si era recato in quel palazzotto fine '800 senza grande apprensione. Ormai era stato tutto deciso. La fedele signora Rosa, la sua segretaria che, da sempre, era sua consigliera e sapeva tutto di quell'azienda avrebbe voluto accompagnarlo, ma Pelucchi era stato irremovibile: sarebbe andato da solo. Aveva paura che al momento di firmare l'atto di cessione dell'azienda, di quella azienda per cui aveva speso una vita, per farla diventare grande e produttiva, sarebbe scoppiato a piangere. No, sarebbe andato da solo. Alla Graziosa aveva raccontato, dopo giorni di cupa rassegnazione, che quell'operazione andava fatta, che lui ormai era vecchio ed era necessario passare la mano. In fondo, aveva raccontato alla moglie, lui restava ai vertici dell'azienda... Una fandonia a cui per primo era lui a non credere.

Lo studio del notaio Giovanni Manfredi trasudava di antico, mobili spessi e pesanti, scuri, uffici in penombra con tanti impiegati, librerie al soffitto, pieni di libri tecnici. Quando era entrato Pelucchi, una segretaria lo aveva accompagnato nello studio privato del notaio dove, in attesa, erano già presenti Vailati e due altre persone che lui non conosceva e che erano visibilmente fuori posto, i due guardaspalle di Vailati. Dopo circa una decina di minuti, era entrato nella stanza il marito di Nunzia, il dottor Gaetano Maugeri anch'esso con lo sguardo spaurito. Chissà, si era domandato Sandro Pelucchi, se sapeva delle corna che gli faceva la moglie? Maledetto il momento che aveva accettato quell'invito a cena...

– ... signorina, se ci sono tutti, possiamo cominciare. Se non ci sono pregiudiziali fra le parti darei lettura dell'atto di cessione della Sapelu Farmaceutica e del quotidiano *Il nuovo milanese*.

Il notaio Giorgio Manfredi era un uomo imponente, alto e grasso, con un vocione baritonale. Si era rivolto alla segretaria che le aveva passato una cartella grigia contenente gli atti inerenti al passaggio di proprietà. Il tutto si era svolto velocemente. Facendo l'appello dei presenti e dei testimoni, il notaio aveva informato che il presidente della società Scf Invest, Valter Orsini, aveva inviato un certificato medico in cui si notificava di non poter partecipare per la sua cattiva salute e che delegava, al vice presidente Gaetano Maugeri, ogni adempimento in merito all'acquisto delle aziende di Sandro Pelucchi. Ancora una volta, aveva subito pensato Maugeri, il presidente Orsini si sottrae, non si fa vedere e tutta la responsabilità grava sulle mie spalle.

Intanto il notaio Manfredi, con voce monocorde, ma sempre con una tonalità molto alta, stava terminando di leggere l'accordo e gli impegni presi dalle parti. Era l'atto finale della truffa perpetrata nei confronti di Pelucchi, del ricatto da lui subìto, del furto perpetrato nei suoi confronti.

– Se non ci sono contestazioni in merito e se le parti concordano con quanto ho letto, direi di passare alle firme. Signorina faccia firmare...

Pelucchi avrebbe avuto voglia di alzarsi in piedi e andarsene, non prima, però, di aver dato volentieri una testata su quegli orribili occhiali fumée di Vailati. Sarebbe stata una goduria vederlo sanguinare, con il naso rotto. Ma era un desiderio che Pelucchi non avrebbe potuto soddisfare.

Proprio quella mattina, prima di uscire di casa, per recarsi dal notaio, sua figlia lo aveva baciato e sussurrato all'orecchio: «*Sono contenta di avere un papà come te*». Gli avrebbe fatto meno male se lo avessero trafitto con una pugnalata. Un papà che è una merda, che si è lasciato ricattare, che ha dovuto cedere le sue aziende, per essere andato con una troia... sì proprio un papà meraviglioso...

Poi, velocemente, così com'era cominciato, era tutto terminato. Pochi minuti per perdere il lavoro di una vita.

Prima di uscire dagli uffici del notaio, Vailati si era avvicinato a Pelucchi.

– Allora siamo d'accordo. Domani, in mattinata, riceverà i negativi nel suo ufficio. Con questo ultimo atto abbiamo concluso il nostro patto. C'è ancora una piccola formalità. La società acquirente e il vecchio proprietario si presenteranno, assieme, per informare le maestranze sia della Sapelu Farmaceutica che de *Il nuovo milanese* dell'avvenuto passaggio.

Erano usciti dallo studio notarile e ognuno si era diretto alle proprie auto. La Sapelu Farmaceutica, almeno come concepita da Sandro Pelucchi, non esisteva più. E anche lui, Pelucchi, pensava che era finita un'epoca, la sua epoca, la sua vita. Lui era finito.

L'assemblea dei dipendenti de *Il nuovo milanese* era stata fissata per il primo pomeriggio, alle 14. Il direttore Mengogni, di concerto con i nuovi proprietari, aveva deciso che il giorno seguente il giornale sarebbe uscito con un notiziario ridotto e avrebbe portato, in prima pagina, il comunicato congiunto della vecchia proprietà, della nuova e, a fianco, la posizione del Comitato di redazione.

La presenza all'assemblea era "obbligatoria" per tutti i redattori, quindi anche per Enrico. Era arrivato nel salone della redazione, ormai al completo, con *soli* 10 minuti di ritardo. Si era seduto accanto ad Attilio Mancini e, guardandosi in giro, aveva notato che i più "vecchi" fra i partecipanti erano proprio loro due. La maggior parte dei giornalisti erano giovani e si respirava un clima da fine anno scolastico: battute, pacche sulle spalle, visi sorridenti. Questi erano carne da macello, venivano – come aveva scritto un grande giornalista – comprati e venduti e manco se ne accorgevano. Quelli del Comitato di redazione facevano la spola fra un gruppo e l'altro, probabilmente per convincere della bontà dell'operazione di vendita i più riottosi. Da Enrico e Attilio Mancini, non si era recato nessuno, probabilmente davano per scontato la loro contrarietà all'operazione di vendita della testata.

Il lungo tavolo della presidenza era già sistemato, ma per ora c'era seduta solo Fabiana Roma. Poi, erano entrati tutti gli altri: il "vecchio proprietario" Sandro Pelucchi, Gaetano Maugeri, Carlo Vailati, Otello Mengogni. Al centro era stato posto Pelucchi ed era lui che aveva avuto l'incarico di spiegare alla redazione il perché dell'operazione di vendita della testata.

Pelucchi ne avrebbe fatto a meno di quell'incarico. Aveva il cuore in subbuglio e una nausea permanente. Non aveva pranzato e non aveva fame; voleva solo che tutto finisse al più presto possibile, voleva andare via, non partecipare a quella pagliacciata vomitevole. Voleva, ma non poteva. Erano i patti.

«*Egregi giornalisti, mi accingo* – così aveva esordito Pelucchi – *a passare le consegne alla società Scf Invest delle mie aziende e del quotidiano* Il nuovo milanese. *Per me questo passaggio è molto difficile perché ho amato moltissimo le mie aziende. Molte volte, però, è necessario passare la mano, per l'età, per governare le nuove sfide tecnologiche, per essere competitivi nei confronti degli altri gior-*

nali, per tanti altri motivi. La nuova proprietà mi ha assicurato che nessuno di voi perderà il posto di lavoro e questo, per me, è una cosa positiva. A tutti voi un augurio di buon lavoro».

I redattori erano basiti. Si aspettavano il solito Pelucchi sanguigno, esuberante e invece si trovavano davanti un Pelucchi che sembrava avesse fretta di concludere, di andare via, incolore. Nella sala, dopo il primo momento d'imbarazzo, era sceso un silenzio assordante. Subito era intervenuto il direttore Otello Mengogni che non sapendo cosa dire aveva optato per presentare le persone sedute alla presidenza. Arrivato al momento di presentare Carlo Vailati si era mostrato esitante, probabilmente perché non sapeva a quale titolo Vailati fosse presente e così aveva optato per una formula ambigua: «*Il signor Carlo Vailati ha fatto da tramite fra le parti per raggiungere l'accordo*». Poi aveva chiesto se qualcuno voleva chiarimenti oppure volesse esprimere opinioni.

Subito si era alzato Attilio Mancini.

– Egregi signori, sono sconcertato da questa operazione che non è per nulla chiara. Se lo fosse, Sandro Pelucchi avrebbe perorato la sua scelta di vendere l'azienda e spiegato le motivazioni. Invece, poche parole di nessuno spessore. Non si possono vendere due aziende e dire semplicemente «*a causa dell'età*». Se c'è qualcosa d'altro che dobbiamo conoscere è meglio essere chiari e informarci onestamente. E la richiesta la dovrebbe fare soprattutto il Comitato di redazione.

I redattori avevano rumoreggiato. Era intervenuta Fabiana Roma, in modo deciso, strabuzzando, come al solito, gli occhi.

– Non riesco a capire perché qualsiasi operazione, da parte di alcuni, è vista come qualcosa *tipo* di irregolare, di machiavellico, di interessi nascosti. La questione è chiara e il vicepresidente della Scf Invest avrà occasione di spiegare cosa intende fare *tipo* la nuova società. D'altronde come avete sentito, tutti i posti di lavoro non sono in predicato.

Enrico si era perso parte dell'intervento della vicedirettrice perché occupato a guardare attentamente Gaetano Maugeri. Dove l'aveva visto?

Poi, improvvisamente, un flash, un ricordo nitido: la Casa di riposo, la morte dell'ex professore Augusto Roscini, la sua condanna in tribunale... Sì. Ora ricordava bene e a distanza di circa dieci anni se lo ritrovava davanti e, questa volta, come suo "principale".

La vita era veramente strana... Si era alzato in piedi e aveva chiesto la parola.

– Stavo pensando, proprio in questo momento, che la vita è veramente strana. Io conosco il vicepresidente della nuova società che gestirà il giornale, il dottor Gaetano Maugeri. Poco più di dieci anni fa, indirettamente, fu la causa del mio abbandono del giornale dove lavoravo a quel tempo, il quotidiano *Unità a sinistra*. Posso dire, sicuro di non essere smentito e con cognizione di causa, che questo Gaetano Maugeri, di giornali e di comunicazione, non capisce proprio un cazzo...

Otello Mengogni era prontamente intervenuto.

– Prego il collega Enrico Carati a esprimersi in modo più corretto. Non possiamo tollerare in assemblea un frasario volgare...

– ... e come dovrei esprimermi, di grazia? Facciamo un minuetto in onore della nuova proprietà? Attilio Mancini è stato chiaro e vi ha fatto una domanda precisa: come si fanno a vendere due attività produttive industriali e non spiegare le motivazioni che stanno alla base di questa vendita? La Scf Invest non ha nessuna esperienza di comunicazione; gestisce Case di riposo per anziani. E, improvvisamente, s'interessa di quotidiani. Come mai? Cosa e chi ci sta dietro a questa società finanziaria? Ancora una cosa. Chi è e cosa rappresenta Carlo Vailati che «*ha fatto da tramite fra le parti per raggiungere l'accordo*»? Cosa significa questa frase? Vogliamo conoscere la motivazione, quella vera, della vendita del giornale da parte di Sandro Pelucchi.

La sala era ammutolita.

Gaetano Maugeri si era alzato in piedi, mentre Vailati scriveva qualcosa su un foglio di carta e lo passava a Maugeri.

– È vero. Conosco Enrico Carati da tanti anni, anche se ci siamo confrontati o, meglio, scontrati solo in tribunale in una causa che lui, sottolineo, ha perso. Non c'è nessun mistero in questa vendita. La società d'investimento che io rappresento, ha deciso, dopo attenta valutazione, di fare una proposta di acquisto a Sandro Pelucchi per *Il nuovo milanese* e per la Sapelu. Una normale transazione, chiara, alla luce del sole. Il signor Pelucchi ha ritenuto di accettare la nostra proposta. Questa è la situazione... non c'è nessun mistero...

Carati l'aveva immediatamente interrotto.

– ... vuole spiegare, dottor Maugeri, com'è morto l'ex professore Augusto Roscini?

Subito era intervenuto Mengogni.

– Questo non c'entra nulla. Sono fatti vecchi, superati...

– ... non credo proprio, direttore. La morte del ricoverato nella Casa di riposo diretta da Maugeri non è stata mai chiarita. Vi sembra possibile che Pelucchi venda a uno così il suo e il nostro giornale?

Il quesito di Enrico aveva fatto scendere un silenzio irreale nella sala della redazione. Carlo Vailati si era alzato in piedi.

– Giunti a questo punto vorrei dare alcuni chiarimenti, per non lasciare nessun dubbio.

Era intervenuto con voce ferma, sibilante ma, nello stesso tempo, decisa. Gli occhi, alterati, dai soliti occhiali fumée non lasciavano trasparire emotività di sorta.

– Come al solito c'è sempre qualcuno che vuole rimestare nel torbido, che vede complotti inesistenti. Io, è vero, ho fatto da tramite fra i due contendenti perché è la mia professione, ho una società di intermediazione. Ma è tutto regolare, tutto alla luce del sole. Tutti gli atti sono controfirmati da un notaio. Non cacceremo dal giornale nessuno, il direttore sarà riconfermato e, allora, di cosa ci si lamenta? A meno che nella mente di qualcuno ci sia solo un odio immotivato nei confronti dei "padroni", di coloro che fanno, onestamente, la propria professione. Il giornale continuerà a fare ciò per cui è nato, cioè informare. Il mondo sta cambiando rapidamente e il giornale deve essere pronto alle nuove sfide tecnologiche, deve combattere con le armi in suo possesso, cioè con la capacità di formare l'opinione pubblica, per un futuro più armonico, ordinato.

Anche Italo Bonvissuto, responsabile del Comitato di redazione aveva voluto intervenire.

– Il Comitato di redazione era stato preavvertito che vi erano in corso trattative per l'acquisto del quotidiano da parte della Scf Invest. Da parte nostra ne abbiamo discusso e abbiamo ritenuto, dopo le garanzie richieste alla nuova proprietà, di approvare la cessione del quotidiano alla nuova società. Coloro che oggi contestano questa decisione, che abbiamo preso democraticamente, non fanno neppure parte del Comitato di redazione, del sindacato. Quindi il loro parere è solo personale e non va a inficiare le decisioni da noi prese...

Attilio Mancini era subito intervenuto con veemenza.

– ... ma che cazzo dici? La votazione va fatta fra tutti i redattori, non soltanto quelli iscritti al sindacato. E si può sapere a quale titolo ha parlato questo signor Vailati? Mi sembra si sia espresso come il vero proprietario del giornale, non come uno che ha semplicemente fatto da mediatore fra compratore e venditore. Vorrei avere una risposta.

C'era stato un attimo di tregua, un confabulare fra i componenti che sedevano dietro il tavolo della presidenza. Poi era intervenuto, in modo risoluto, Gaetano Maugeri.

– È vero che io non capisco un "cazzo" di giornali come si esprime in modo colorito Enrico Carati. Sì, è vero. Non ho esperienza in questo campo, ma grazie a tecnici che stiamo assumendo, faremo de *Il nuovo milanese* un giornale moderno, all'altezza dei tempi che attraversiamo. Vailati è proprio un tecnico in questo campo e ci ha aiutato molto. In questo momento non posso dire se lui resterà con noi. Noi gli abbiamo fatto delle proposte concrete. Starà a lui decidere se accettarle o meno. Da parte nostra siamo convinti che la sua presenza nel giornale sarà importante.

Enrico era scoppiato in una risata.

– È incredibile. In pratica ci state dicendo che la nuova proprietà sarà rappresentata da Carlo Vailati che nessuno, nel mondo editoriale, conosce. Sarà lui il vero proprietario del giornale, lui che prenderà le decisioni su come uscire e, soprattutto, cosa portare nel giornale, in pratica la linea editoriale de *Il nuovo milanese*. E com'è che il presidente della Scf Invest non è presente oggi a una così importante riunione? Scommettiamo che Carlo Vailati accetterà la proposta che gli ha fatto la nuova proprietà? E a proposito di ordine, signor Vailati, considerato che lei ha vagheggiato su un futuro *ordinato*. Non pretendo che lei sappia cosa diceva Marcello Marchesi, un umorista, ma non solo. Lo ricordo io, per tutti: «*Il disordine dà qualche speranza, l'ordine nessuna*».

A questo punto era scoppiata la bagarre: urla e grida, parlarsi addosso, accuse nei confronti di Enrico e Attilio, accusati di voler far chiudere il giornale.

Dopo, faticosamente, si era passati alla votazione. Tutti d'accordo sulla vendita del giornale alla nuova proprietà a esclusione di due voti: quelli di Attilio Mancini ed Enrico Carati.

Quel giorno era di *corta*[12] e così, Enrico Carati, aveva deciso di andare, nel pomeriggio, a Novara e cercare il presidente della Scf Invest, Valter Orsini. Aveva fatto una ricerca alla Camera di commercio e dai registri risultava che Valter Orsini dimorava in via San Bernardino da Siena dove vi era anche la sede della Scf Invest. Aveva telefonato alla Polizia urbana di quella città e aveva chiesto notizie su come arrivarci.

– Mi scusi se sono indiscreto: ma che ci va a fare in via San Bernardino?

– A trovare un amico.

– Si vede proprio che non conosce Novara. In quella via erano sorte delle case per militari, mai abitate. Ora sono tutte in disuso, ammalorate. E come sempre avviene, sono state occupate abusivamente dai senza-casa. Se fossi in lei, non andrei. È un luogo squallido e pericoloso.

– Probabilmente ha ragione. Il fatto è che io non vedo il mio amico da tanti anni e mi piacerebbe rivederlo e parlare con lui dei vecchi tempi. Grazie per le informazioni che mi ha fornito e buon lavoro.

Aveva chiuso in fretta la comunicazione per non dare al poliziotto urbano la possibilità di ingenerare una discussione. Quindi la sede della Scf Invest, aveva pensato Enrico alla fine della telefonata, aveva sede in una casa occupata abusivamente. Com'era possibile tutto ciò?

---

12 Praticamente un giorno di riposo settimanale

Dalla parte del torto

Per raggiungere Novara da Milano, ci vogliono 45 minuti. Sono poco più di 50 chilometri. Questo sulla carta perché con il traffico, gli svincoli, i lavori in corso, i restringimenti di corsia, di ore Enrico ne impiega circa due. Fuori dall'autostrada, Enrico si dirige verso il centro. Si ferma diverse volte a domandare come arrivare in via San Bernardino da Siena e, alla fine, ci arriva. Una via lunga e stretta, in mezzo alle sterpaglie. L'unico palazzo esistente ha tre piani e, forse, all'inizio era stata una bella palazzina. Ora, invece, l'intonaco è tutto scrostato, le inferriate dei balconi arrugginite, cavi pendono dal tetto e s'infilano negli appartamenti.

Sorpassa la casa, poi ritorna indietro e si ferma in una rientranza con il muso dell'auto diretto all'esterno della via. Chiude le portiere dell'auto e, a piedi, ritorna verso il caseggiato. Il portoncino d'ingresso non esiste più: divelto completamente. Al posto dei citofoni, quella rientranza è occupata da diversi oggetti di dubbia provenienza: cartaccia, pacchetti di sigarette stropicciati, "muccini" di sigarette, un preservativo. Spazzatura da tutte le parti. Non c'è nessuno in giro a cui domandare a quale piano abiti Valter Orsini e, quindi, Enrico si dovrà fare, a piedi, tutti i tre piani per cercarlo.

Al primo piano c'è un corridoio dove sono allineati dieci appartamenti, cinque per lato. E così per tutti i piani: dieci appartamenti per piano. Pochissime porte portano i nomi dei "proprietari" dell'appartamento; i più non hanno nessuna indicazione. Nell'aria un odore pungente di minestrone e di urina. Accanto a ogni porta d'ingresso ci sono almeno tre bottiglie di plastica con acqua così da tener lontano, come dice una leggenda metropolitana, i gatti e il loro piscio. Impegno inutile considerato che i muri sono impregnati di urina non solo di gatti. In mezzo al corridoio, un filo proveniente da un buco nel soffitto, porta la luce elettrica attraverso una lampadina sporca. Una luce tenue che non serve certo a rischiarare la tristezza che quel luogo emana. La tristezza della povertà, di chi non ha più nulla e si adatta a vivere in condizioni miserevoli pur di sopravvivere, di avere un tetto sulla propria testa. Molte porte d'ingresso degli appartamenti mostrano segni di effrazioni. Certo non per cercare di rubare, perché in quegli appartamenti ci sarà ben poco da rubare, quanto piuttosto per entrare, per occupare l'appartamento. A ogni piano, in fondo al corridoio, una finestra alta e stretta, fa entrare una tenue luce e guarda su un cavedio.

Comunque il nome di Orsini non c'è su nessuna porta d'ingresso. Enrico sale sino al terzo piano e lì trova l'appartamento del presidente della Scf Invest. Sulla porta, affisso con nastro isolante rosso, un cartellino con il nome di Valter Orsini. Sotto, un altro pezzo di carta, specifica che è presidente della Scf Invest. Enrico comincia a bussare senza esito. Nulla. Nessuno risponde. Si guarda in giro e non vede altro che le pareti del corridoio, pareti scolorite, muffa un po' dappertutto, scritte inneggianti alle Br e scritte inneggianti all'eroina e a Casa Pound. Immancabili i disegni e le scritte oscene. Una decreta che «*Giovanna è una puttana*».

A forza di picchiare e chiamare a gran voce Orsini, si

apre uno spiraglio nella porta dell'appartamento di fronte a quello di Orsini e una donnetta piccola domanda a Enrico cosa voglia.

– Buongiorno signora. Cerco Valter Orsini. Abita qui, vero?

La donna apre un po' di più la porta ed Enrico si accorge solo in quel momento che è nera, una straniera finita lì chissà dopo quante peripezie.

– Sì, Valter abitare lì, ma non esserci.

– E dove lo posso trovare?

– Valter stato male, non esserci. Valter è ospedale.

– In quale ospedale? Cos'ha avuto?

– Non so. Ospedale Novara.

La donna ha chiuso immediatamente la porta, timorosa. Si sente che traffica con chiavistelli e catene. Ha paura che qualcuno possa entrare in quel buco maleodorante che comunque ha conquistato, probabilmente, con grande fatica. A Enrico non resta che scendere le scale, recuperare la macchina e tentare di andare all'ospedale cittadino. Sempre che Valter Orsini sia lì ricoverato. Appena ritorna sulla via che ha percorso fuori dall'autostrada, diretto verso il centro città, si ferma ad un bar. Chiede un caffè e s'informa se l'ospedale cittadino, che si chiama Maggiore, è molto lontano da lì. Il barista spiega che l'ospedale sta in corso Mazzini, vicino piazza Garibaldi, un chilometro e mezzo da quel bar, dopo aver superato piazza Martiri.

Piazza Garibaldi è una zona piena di verde, con una collinetta dove sorgono parecchie dimore. L'ospedale, venendo dal centro città, è sulla sinistra. Enrico trova un parcheggio a pagamento orario e posteggia. Dopo, a passo sostenuto, perché ormai sono le 16 passate, si dirige all'interno. Nel primo gabbiotto che incontra, domanda all'addetta, una donna dai denti cavallini, in che reparto sia ricoverato Valter Orsini. La donna lo guarda perplessa poi fa presente che non può dirlo perché «*c'è la privacy*». Ormai, quella della privacy, è diventata una barzelletta. Ognuno se la stiracchia come vuole.

– Senta signorina. Io non posso andare da Valter Orsini, se non so dove si trova. O lei mi dice dov'è ricoverato, oppure io da qui non mi muovo e blocco il passaggio. E domani troverà sul giornale il suo nome e il fatto che per causa sua l'ingresso dell'ospedale è restato bloccato. Allora, cosa vuole fare? Chiami il suo responsabile.

La donna solleva la cornetta del telefono e confabula brevemente, a voce bassa, con qualcuno. Intanto diverse persone cominciano a rumoreggiare perché il passaggio è ostruito da Enrico. Pochi minuti dopo arriva trafelato un uomo piuttosto alto, con occhiali spessi.

– Si vuole spostare, per cortesia, che blocca il passaggio. Vediamo di risolvere questa grana.

– Voglio solo sapere dov'è ricoverato una certa persona. Come faccio a visitarlo se non so in quale reparto è ricoverato?

– Senta, noi dobbiamo rispettare il regolamento...

– ... non mi faccia ridere. Io sono un giornalista e se non mi dà immediatamente l'informazione che ho chiesto, scriverò un articolo dove si dice che mi ha impedito di fare il mio lavoro... A proposito, considerato che è un dipendente pubblico, come si chiama lei? Mi dia subito il suo nome.

Nel domandare questo, Enrico aveva estratto dalla tasca un bloc-notes e una penna. Enrico aveva fatto un azzardo e, spesso, molti ci cascavano. In realtà i giornalisti si dovevano attenere, come tutti ad esclusione di magistrati e forze dell'ordine, ai regolamenti vigenti.

– Va bene, mi dica il nominativo così la facciamo finita.

L'uomo era entrato nel gabbiotto dove la donna con denti cavallini aveva seguito con apprensione tutta la scena e dopo aver smanettato su un computer, aveva informato Enrico che Valter Orsini era ricoverato nel reparto cardiologico. Anzi, si era reso disponibile ad accompagnare Enrico. Avevano camminato per i viali alcuni minuti, costeggiando palazzine d'inizio Novecento con bifore e vetrate. Doveva essere stato un bel complesso quello che ora attraversava Enrico, abitato, probabilmente, dai ricchi dell'epoca. Ora era un ospedale e come tutti gli ospedali dava ai visitatori e malati un senso di minaccia. Sulla sinistra, c'era un padiglione dove una targa chiariva che quello era il reparto di cardiologia. Enrico aveva ringraziato l'accompagnatore ed era entrato deciso nel reparto cardiologia. All'ingresso c'erano cinque larghi gradini che portavano a un atrio dove, di fronte, c'erano delle scale. Sulla destra, un ufficio dove dietro ai vetri c'era un infermiere. A lui, Enrico, aveva chiesto dove poteva trovare Valter Orsini. Aveva fatto la domanda sperando che l'infermiere non tirasse fuori la questione della privacy. Per fortuna all'infermiere forse interessava maggiormente la soluzione di un cruciverba che aveva davanti, sulla scrivania. Aveva consultato un registro e indicato a Enrico il primo piano.

Alla fine dei gradini del primo piano, una grande porta a vetri e, oltrepassata questa, un corridoio. Una infermiera gli aveva indicato la stanza n.15, letto 2. Mentre attraversava il lungo corridoio, per arrivare alla stanza 15, si sentiva nell'aria aleggiare una puzza di medicinale mischiato a un penetrante odore di minestrone. La stanza n. 15 era composta da quattro letti. Nel secondo letto entrando, a sinistra, c'era sdraiato Valter Orsini, il presidente della Scf Invest. Almeno così gli aveva indicato l'infermiera. Quello che Enrico vedeva in quel momento era un uomo magro, con pochi capelli ritti sul cranio. Nelle narici, i tubicini che portavano ossigeno. Un viso pallido, esangue. Il naso percorso da numerose venette, un naso liscio, con la pelle trasparente. Barba sfatta, occhiaie profonde, sclere inoculate di sangue.

Respirava con fatica Valter Orsini. Dal braccio sinistro usciva un tubicino, una flebo, mentre sopra il suo letto c'era un monitor che segnava il battito del suo cuore. Indossava un pigiama a righine gialle, sozzo, con maniche e colletto tutte sdrucite. Degli altri tre degenti, due dormivano. Quello vicino a Orsini, invece, sembrava interessato al visitatore e a lui si era rivolto il giornalista.

– Mi scusi, come sta Orsini?

– Mica bene. Ieri ha avuto una crisi cardiaca.

– Riceve visite Valter Orsini?

– Mai. Io non ho mai visto nessuno venire a trovarlo.

– Che lei si ricordi, non è mai venuto proprio nessuno?

– Beh, solo una volta. Io ero appena arrivato perché mi debbono cambiare una valvola, ma non si decidono mai. Sono anche stufo di stare in ospedale senza fare nulla. Io, sa, ho una rivendita di tabacchi e ora ci sta mia nuora, ma non è come se ci fossi io...

– ... certo, lo immagino. Mi dica però della visita a Orsini?

– Ah sì, come dicevo, una volta è arrivato uno. Anzi erano in tre, ma due si sono fermati in corridoio.

– Che aspetto aveva questa persona? Me la può descrivere?

– Ma cos'è, sarà mica un poliziotto lei? Tutte queste domande... io non voglio avere grane.

– No, non sono un poliziotto, non si preoccupi. Sono delle assicurazioni e dobbiamo essere sicuri, prima di pagare, che sia tutto regolare. Deve sapere che ci sono agenzie concorrenti che fanno sottoscrivere ai malati polizze assicurative. Noi dobbiamo vigilare e lei si ricordi non firmi mai nulla.

– Ci può giurare. Non firmo niente io.

– Bene, mi descriva l'uomo, allora.

– Non lo ricordo molto bene... mi sembra alto e forse con occhiali... sì, certo, aveva occhiali scuri.

– Grazie signor... come si chiama lei?

– Orazio.

– Grazie tante signor Orazio. Ora cercherò di parlare con Valter Orsini.

Detto ciò, Enrico si era spostato di pochi passi dal letto

del signor Orazio e si era rivolto a Orsini. L'aveva scosso attraverso il braccio e, dopo alcuni tentativi, Orsini aveva aperto gli occhi. Respirava con fatica e i suoi occhi chiari vagavano nel vuoto. Sembrava non guardassero niente in particolare.

– Buongiorno signor Orsini. Come si sente oggi? Se la sente di parlare?

– Chi è? Non voglio... non voglio firmare più niente... andate via.

– Non si preoccupi signor Orsini io non voglio farle firmare nulla. Ho solo bisogno di avere alcune informazioni sulla Scf Invest...

– ... no... non voglio...

Orsini si era interrotto e cominciato a tossire diventando tutto rosso sulle guance esangui. Una tosse catarrosa ed enfisematica. Poi con il dito aveva indicato il comodino, il bicchiere posto sul tavolino contenente acqua. Enrico l'aveva preso e portato alle labbra di Orsini il quale aveva bevuto pochissime gocce. Stremato, era ricaduto sul guanciale.

– Mi dica solo una cosa. L'uomo che veniva a farle firmare le carte era un uomo con occhiali scuri? Un uomo alto, Carlo Vailati?

– Chi è lei? Cosa vuole? Io sto morendo...

– Sono un assicuratore, ho bisogno di sapere se quell'uomo risponde al nome di Carlo Vailati? Faccia uno sforzo Orsini. Per noi è importante.

– Sì è lui, ma io non firmo più niente... non ce la faccio più, ho bisogno di riposare...

– ... ha ragione Orsini. Mi dica solo un'ultima cosa: lei firmava e l'uomo la pagava?

– Sì, è così. Io non ho pensione... non ho casa... non ho famiglia...

Si era interrotto di nuovo, tossendo e aprendo la bocca nel tentativo di ingurgitare più aria possibile. Poi aveva continuato.

– Sì, tanto sto morendo... Mi davano soldi che a me servivano per andare avanti... bastava una firma ogni tanto... sapevo che non era una bella cosa, ma dovevo mangiare... io firmavo tutto. Non so neppure a cosa servissero quelle firme... ora basta, sono stanco... vada via.

Enrico aveva abbandonato Orsini ed era uscito da quella stanza opprimente. Quella stanza che sapeva di morte, dell'odore dolciastro della morte. Era tornato al piano terra e si era diretto verso l'uscita dell'ospedale Maggiore. La luce del giorno, ormai, lentamente, stava morendo. In auto, mentre tornava casa, bloccato dal traffico aveva pensato intensamente a quell'incontro, all'uso che poteva fare di quelle rivelazioni. Dunque, tutto tornava. Vailati aveva bisogno di una *testa di legno* ed era stata individuata – chissà come – in Valter Orsini, un povero cristo bisognoso di soldi. Probabilmente non molti, solo quelli necessari per poter continuare a vivere la sua magra esistenza, abitare in un palazzo degradato di via San Bernardino da Siena. E, ora, stava morendo.

Cap. 12 – Nel lager di Misurata

Misurata (Lybia), luglio 1998

*S*ono ormai due mesi che Mbdao e Karim vivono *nel lager libico di Misurata, la città della Sirte a 120 chilometri a est di Tripoli. Un lager sorvegliato da guardie armate e filo spinato tutto attorno. Una città, Misurata, di circa 500 mila abitanti, molto caotica. Appena il camion si era fermato, gli autisti si erano dileguati ed erano subentrati, quasi fosse una staffetta organizzata, un gruppo di militari che, a forza di cinghiate e pugni sulla nuca, avevano costretto gli occupanti del camion a scendere. Quella povera umanità, stanca, lacera, senza neppure la forza delle illusioni, era stata incolonnata e, sempre a forza di ordini gutturali gridati, di cinghiate e pugni, li avevano fatti marciare, sotto un sole cocente, verso quello che poi avevano appreso essere il Centro di detenzione di Misurata. Una marcia soffocante non solo per il grande caldo, ma soprattutto perché non sapevano dove li stavano portando e perché. Le scorte d'acqua erano terminate ed era inutile chiedere ai militari un sorso d'acqua. Chi lo aveva fatto, aveva ricevuto, come risposta, calci e pugni. Una persona anziana era stata percossa con particolare brutalità al punto di rimanere sdraiata per terra per le percosse subìte. E lì era stata abbandonato dai militari. Karim stava per intervenire in difesa dell'anziano,* ma Mbdao l'aveva trattenuto per un braccio. Le persone che passavano per quelle caotiche strade non prestavano nessuna attenzione a ciò che stava avvenendo, quasi fosse una cosa del tutto normale.

Gli autisti del camion erano, evidentemente, in combutta con i militari. Avrebbero dovuto, così erano i patti, portare i superstiti di quel viaggio terribile e inumano al porto e da lì imbarcarli su una nave verso l'Europa. Un patto scritto sulla sabbia.

Dopo un'ora di cammino, i meno di 50 superstiti erano giunti a una specie di fortino, tutto contornato da filo spinato, con quattro torrette a delimitare il campo di detenzione. Perché quello che vedevano Mbdao, Karim e gli altri compagni di sventura, non era altro che una prigione, la prigione di Bani Walid. Il grande centro di detenzione sorge in campagna, nel quartiere di Tasni al Harbi, alla periferia della città, lager di proprietà dei trafficanti, inaccessibile alle organizzazioni umanitarie, senza nessun controllo, neppure da parte di chi, come gli italiani, finanziano il governo libico. Quasi tutti coloro che sono partiti per raggiungere l'Europa, hanno pagato un riscatto ai militari, per potersi imbarcare.

Tutto questo i due giovani l'apprenderanno dopo una settimana di permanenza nel lager. In quel momento hanno solo paura, paura di ciò che potrà accadere loro. Appena dentro il campo, furono sistemati in un hangar. Varcata la soglia, una puzza terribile arrivò al loro naso. All'interno un ammasso di persone, uomini, donne e bambini, tutti assieme. Molti di loro erano sdraiati e non ave-

vano fatto nessun movimento all'arrivo dei nuovi prigionieri. Segno che non avevano neppure la forza di alzare
un braccio. Non c'erano letti e l'ordine era stato di mettersi dove volevano. Così Mbdao e Karim si erano cercati uno
spazio per potersi sdraiare e l'avevano trovato dalla parte
opposta al portone d'entrata. I vicini li guardavano senza
benevolenza, visto che il loro arrivo toglieva loro spazio vitale. Ma era la puzza la sensazione più terribile che arrivava alle narici dei due migranti. Non era difficile spiegarsi
il perché: dentro quel capannone erano almeno in 200,
non c'erano servizi igienici. Ognuno defecava o urinava
dove poteva. Dal capannone non potevano uscire. Lo potevano fare soltanto coloro che si recavano a lavorare in città, per ordine dei militari. La loro paga veniva requisita da
questi. In pratica, erano schiavi.

In quei due mesi che hanno passato reclusi in quel lager, Mbdao e Karim hanno visto ogni nefandezza possibile. Spesso, di notte, militari libici ubriachi entravano nel
capannone e violentavano, davanti a tutti, le donne che
capitavano a tiro. Gli uomini, offesi e picchiati. Altre volte
si divertivano a sparare su bersagli umani. Soprattutto,
chissà perché, venivano presi di mira gli eritrei. Li portavano fuori, in cortile e intimavano loro di correre mentre
sparavano. Li usavano come bersagli mobili. La grande
tragedia lì, era ammalarsi e, vista la promiscuità, non era
per nulla improbabile che potesse avvenire. Non c'erano
cure o medici; quando morivi ti portavano via e il vicino
guadagnava così un po' più di spazio.

Mbdao e Karim appena arrivati, si erano sdraiati, di-

strutti dal lungo viaggio. Qualcuno, vicino a loro, piange-
va, altri si lamentavano, soffrivano. Nessuno badava loro.
Ognuno chiuso nella propria disperazione.

– Da dove venite... parlate francese?

Chi si era rivolto ai due, in francese, con queste parole
era un uomo piuttosto anziano. In realtà, come avevano
appreso dopo qualche giorno, aveva meno di 60 anni, ma
il perdurare in quell'hangar, mangiare poco, la mancanza
di vitamine aveva fatto di lui un vecchio. Aveva detto di
chiamarsi Yusef e proveniva dal Ghana. Era stato lui a
spiegare ai due le regole del campo, quelle regole che per-
mettevano, in parte e con molta fortuna, di sopravvivere
alla violenza dei militari.

– Ma possibile che nessuno intervenga?

Yusef si era messo a ridere. «Di ciò che avviene qui
dentro lo sanno tutti, ma nessuno interviene. L'Italia continua a foraggiare il governo libico in cambio della chiusura del confine meridionale del Paese, quello che lo separa
dal Niger. Inoltre, fornisce ai libici i pattugliatori, per impedire ai migranti di lasciare le coste libiche. Sono miliardi, tanti soldi che arrivano al governo libico. E questo ha
dato ai militari la libertà di fare ciò che vogliono di noi.
Hanno la libertà di derubarci, violentarci, picchiarci e tanto altro. Tanto sanno che nessuno mai li denuncerà o li
condannerà. In quanto alle organizzazioni umanitarie, le
stesse non riescono a entrare nei lager. Voi dove volete andare?».

– Io a Londra e lui in Germania.

– Siete giovani, forti. Forse riuscirete a farcela. La pri-

ma cosa è cercare di fuggire da qui. Poi, una volta fuori, cercare un lavoro e raggranellare soldi per la traversata. Se mancano questi presupposti, non riuscirete mai a trovare una barca che vi porti in Italia.

– Ma come fare a fuggire?

– Qualcuno ci ha provato cercando di scavalcare le mura, di notte. Ma nel filo spinato ci passa la corrente e si resta arrostiti. Altri hanno corrotto qualche militare, ma questo costa molto e pochi hanno i soldi. Un altro sistema è quello di farsi inviare dalle famiglie la cifra richiesta dai militari. Qualche volta questo metodo riesce. Il problema è se i militari si mettono in testa che le vostre famiglie hanno i soldi, alzano la posta. La scorsa settimana una giovane eritrea è stata appesa a testa in giù e bastonata ripetutamente allo scopo di estorcere soldi per salvare la figlia. L'indomani, la giovane è morta per le percosse; della figlia non si è saputo più nulla. Poi ci sarebbe un altro sistema per fuggire da qui: le fogne. Sembra che portino a qualche chilometro dall'entrata del campo. So che qualcuno ha scelto questa soluzione; ma non l'ho più visto. Non so proprio se ce l'abbia fatta o sia stato mangiato dai topi. Qui per sopravvivere, devi mostrarti trasparente, farti notare il meno possibile. E non ammalarti. Se ti ammali, sei finito, morto.

Poi il "vecchio" si era girato verso il muro e aveva chiuso gli occhi.

I due ragazzi erano rimasti in silenzio, ognuno con la propria angoscia, con la paura non solo di non riuscire ad arrivare in Europa, ma neppure a riuscire a sopravvivere, mentre arrivavano alle loro orecchie pianti, urla, richieste di aiuto in una babele di lingue e dialetti.

E invece sino a quel momento ce l'avevano fatta, pur con l'unico panino e la poca acqua che veniva data loro. Qualche volta erano stati utilizzati per pulire il cortile e le camerate dei militari, lavare i pavimenti e i vetri. Venivano ricompensati con qualche tozzo di pane; una volta, addirittura, con un paio di quadratini di cioccolato. Il più delle volte, però, stavano rinchiusi nel maleodorante capannone, nell'inedia più assoluta e con un unico pensiero in testa: fuggire, fuggire appena possibile da quell'inferno. Certo, il fisico non era quello di quando erano partiti da Agadez, ma cercavano di resistere, di non farsi prendere dallo sconforto. Karim una volta era stato scelto per asciugare l'acqua che fuoriusciva da un tubo dei bagni dei militari e aveva cercato di far capire ai militari di essere un idraulico, di poter riparare il danno. E così aveva cominciato a ricevere, per i lavori di manutenzione, cibo che, inesorabilmente, divideva con Mbdao.

Questa divisione del poco cibo che Karim riceveva, non era durata molto. Vicino a loro era arrivata, da poco, una donna ghanese con un bambino attaccato al seno. La donna piangeva come pure il bambino perché non aveva più latte. Karim e Mbdao si erano guardati negli occhi. Non c'era stato bisogno di parlare fra loro. Da quel momento la razione di cibo che Karim portava nel capannone alla fine del lavoro, andava tutta alla donna ghanese. Gli altri guardavano con concupiscenza quelle fette di pane e qualche volta un po' di latte, ma non si poteva certo darlo a tutti. Restavano muti a guardare la donna mangiare. Anche fra gli ultimi c'era sempre qualcuno più ultimo ancora. Ricevevano un panino ogni 24 ore e un poco d'acqua, spesso salata. I "detenuti" venivano picchiati per un nonnulla, non c'erano bagni e dormivano per terra. I topi, indisturbati, scorrazzavano fra i corpi sdraiati dei prigionieri.

Una sera Karim, tutto raggiante, aveva informato Mbdao di aver individuato l'inizio della fognatura. Quel giorno gli era stato ordinato di pulire la fognatura che si era intasata. Certamente non un lavoro ambìto e allettante. Un militare lo aveva accompagnato a un tombino, dietro i capannoni dei detenuti, in una zona vuota, dove non sorgeva nulla. Lì c'era l'inizio della fogna; il tombino divelto, spostato dalla pressione del nauseante contenuto che continuava a fuoriuscire. Mentre il militare si metteva controvento per non dover subìre la terribile puzza che emanava, Karim si era messo a lavorare. Con una pala caricava le feci su una carriola che poi svuotava in una buca, al limite del campo. Dopo ore di lavoro nauseabondo, era riuscito a individuare la causa dell'intasamento. Incredibilmente, fra le feci, era apparsa una ruota di scooter finita chissà come nella fogna. Il militare era stato molto contento e aveva detto al graduato che Karim aveva risolto il problema, ricevendo così doppia razione di cibo. Una felicità certo, ma non era il cibo a rendere felice Karim, quanto il fatto che i militari gli avessero ordinato di pulire tutto bene. La ricompensa era stata una doccia. E c'era anche un altro motivo della felicità di Karim. Nel pulire l'imboccatura della fogna, era venuta alla luce una scaletta di fer-

ro che portava all'interno della fogna. Quindi si poteva scendere. Lui l'aveva fatto con la scusa d'ispezionare se era tutto a posto e aveva potuto notare un lungo e grosso tubo che percorreva uno stretto corridoio. Dove andasse non lo poteva sapere. Ma dalle notizie che avevano avuto dal vecchio ghanese, quelle fogne andavano oltre le mura del lager, verso il mare.

Mbdao era titubante. L'inattività, lo stare rinchiuso in quel capannone sporco e fetido, non riuscire a riposare, di notte, per i continui lamenti o per le violenze dei militari, gli avevano fatto perdere la fiducia di potercela fare. Era diventato apatico e anche quel poco cibo che riusciva a ingurgitare, non lo aiutava a risollevarsi.

– Ascolta Mbdao. Ce la possiamo fare. Dobbiamo solo riuscire a uscire da qui di notte, senza farci vedere. Io so dove si trova il tombino della fogna. Lo alziamo facilmente perché, mentre lavoravo, senza farmi accorgere dalla guardia, ho lasciato sotto un piccolo sasso. Ci caliamo dentro e scappiamo.

– Vai da solo Karim. Io non ce la faccio proprio. Io resto.

– Non dire fesserie. Noi siamo stati sempre insieme e se non fosse stato per te, per i soldi che mi hai dato, non sarei riuscito ad arrivare sin qui...

– ... bella roba. Guarda come siamo conciati... Forse era meglio rimanere ai nostri Paesi.

– Non dire così. Sono sicuro che possiamo farcela. Se tu non vieni, non vado neppure io. Siamo stati sempre assieme, abbiamo affrontato un viaggio terribile, le botte

dei militari ai posti di blocco, le umiliazioni e se ce l'abbiamo fatta è perché eravamo uniti, ci siamo aiutati a vicenda. Da soli, né io e neppure tu saremmo riusciti a superare il deserto.

– Tu, Karim, continui a dire che «ce l'abbiamo fatta». Ma ti rendi conto che siamo in prigione, che ogni giorno potrebbe essere l'ultimo che viviamo. Ora potrebbero entrare i militari e ucciderci così, senza motivo. E tu continui a dire che ce l'abbiamo fatta. Sei proprio il solito ottimista che, però, non si guarda attorno, non guarda la realtà in cui vive.

– Sono ottimista perché ne ho motivo. Di me, ormai, i militari si fidano. Domani ho l'ordine di pulire il cortile proprio dove c'è il tombino della fogna. Chiederò alle guardie di potermi fare aiutare da te. Così esci e ti renderai conto che il mio piano potrebbe funzionare. Non dire no adesso. Prima fammi fare questo tentativo.

Così avevano fatto. I militari avevano dato il permesso di farsi aiutare da Mbdao. Loro avevano iniziato a pulire, spazzando la sporcizia ed estirpando le erbacce che infestavano il cortile. Quasi al centro c'era, appunto, il famoso tombino, quello con sotto un sasso così da poterlo sollevare solo con l'aiuto delle mani, considerato che non avevano attrezzi.

Ciò che serviva maggiormente era una torcia, strumento indispensabile per poter percorrere la fogna. Dove trovarla? E ammesso che qualcuno l'avesse, come si poteva fare per farsela dare? Se avesse chiesto soldi, loro non avevano nulla. Gli ultimi risparmi erano stati rubati dai militari, al momento di entrare nel Centro di detenzione o, meglio, nel lager.

Di questa esigenza ne avevano parlato lungamente. Entrambi erano coscienti che senza una torcia non era assolutamente possibile percorrere il lungo corridoio nauseabondo della fognatura.

Che fare?

Dopo qualche giorno di inutili ragionamenti, si erano decisi di rivolgersi al "vecchio" ghanese Yusef, di renderlo partecipe del loro piano. Era un rischio, certo. Poteva denunciarli ai militari, per ottenere così qualche agevolazione, magari solo un po' di pane in più. Yusef era stato l'unico, comunque, a parlare loro delle fogne, di questa possibilità.

Nel corso del tempo trascorso assieme, sdraiati uno a pochi centimetri dall'altro, Yusef aveva insegnato loro come cercare di sopravvivere. Come far durare maggiormente il misero panino che ricevevano ogni 24 ore, come sottrarsi alle sevizie dei militari, quale parte del corpo mettere in evidenza quando i militari li colpivano con le cinghie. E così, una sera, prima di dormire, Mbdao si era rivolto al ghanese.

– Yusef abbiamo un problema e vorremmo parlarne con te.

– Vi dico subito che non mi piacciono gli uomini. Inoltre se avete deciso di far la pelle a qualcuno, non contate su di me.

– No, niente di tutto questo. Tu ci hai raccontato della fognatura che porta fuori dal campo, qualche chilometro

verso il mare. Ecco... noi avremmo deciso di tentare la fuga attraverso la fogna.

Yusef li aveva guardati in tralice. Subito dopo aveva scosso la testa.

– Siete pazzi! Pazzi a pensare a una cosa come questa... Non ce la farete mai... la fogna è lunga, ci sono i militari di guardia, come pensate di riuscire?

Mbdao e Karim si erano guardati in viso. Forse non era stata una buona idea informare Yusef. Karim si era rivolto al "vecchio".

– Era un'idea così, Yusef. Non pensarci... sai qui non hai mai nulla da fare e le idee corrono... Lascia perdere e buona notte.

– Certo che lascio perdere... una pazzia e io non voglio averci a che fare. Buonanotte.

Il "vecchio" si era rivolto con il viso verso il muro, sdraiato – come tutti – sui propri vestiti e aveva chiuso gli occhi.

Era passata mezz'ora, forse poco più. Mbdao e Karim stavano con gli occhi chiusi, ma non dormivano. Pensavano anche a quest'ultimo fallimento che stavano subendo. All'improvviso, Yusef li aveva scossi e, sottovoce, aveva chiesto loro come pensavano di infilarsi nel tombino. Nella mente dei due giovani si era accesa una tenue speranza e così avevano raccontato a Yusef il loro piano, il tombino con sotto un piccolo sasso per agevolare il sollevamento dello stesso, la loro intenzione di infilarsi durante la notte, magari quando i militari facevano festa ed erano ubriachi, insomma il piano completo.

– *È talmente raffazzonato il vostro piano che potreste anche farcela. Quando avete pensato di tentare la fuga?*

– *Ecco... qua c'è un problema, uno dei problemi. Per infilarsi nella fognatura è necessario possedere una torcia e noi non l'abbiamo e neppure soldi per corrompere qualche guardia. Per questo volevamo il tuo parere.*

– *Anch'io non ho soldi e non posso aiutarvi. Mi avete detto, però, che Karim è entrato nelle grazie dei militari e, spesso, viene utilizzato per riparare qualcosa di idraulica, qualche rubinetto eccetera. L'unica cosa potrebbe essere quella di farsi dare una torcia dai militari così da vederci meglio per una riparazione. Se in quel momento dovesse succedere qualcosa, i militari sarebbero costretti a recarsi a controllare e Karim avrebbe la possibilità di sottrarla.*

– *Già, ma cosa? Cosa si potrebbe fare per distrarre i militari?*

– *Dobbiamo pensarci. Ora è inutile farlo, meglio dormire.*

Yusef aveva ripreso la sua posizione, su un fianco, la testa rivolta verso il muro. I due ragazzi, invece, si erano preparati a trascorrere un'altra notte insonne, con i loro pensieri, cupi, senza apparente speranza.

Da quel colloquio era passata una settimana. Una sera, Karim era rientrato nel capannone raggiante. Nel cassetto della stanza adibita a officina, dove egli lavorava, mentre prendeva una chiave inglese, si era accorto che, in fondo al cassetto, c'era una torcia, funzionante. A fine lavoro, prima di rientrare nell'hangar per la notte, i migranti-lavoratori, venivano perquisiti. Karim aveva avuto però la *prontezza di spirito di arraffare la torcia e gettarla fuori della finestra. Erano a pianterreno e, presumibilmente, la torcia era caduta a ridosso della finestra, sulla sabbia del cortile, lo stesso dove c'era il tombino della fognatura.*

Oramai avevano preso la decisione. Avrebbero tentato di fuggire l'indomani notte, attorno alle 3. Avevano informato Yesuf della loro decisione e questi aveva recitato una preghiera nella sua lingua, la Kwa, per proteggere i due fuggitivi.

Yesuf era di religione animista e dopo essersi raccolto fra sé, con gli occhi chiusi, aveva augurato loro buona fortuna.

– Non ho né soldi né cibo da donarvi per il viaggio. Ho, però, un portafortuna e voglio donarvelo. Sono sicuro che, finché lo terrete con voi, non potrà succedervi nulla di brutto.

Così dicendo, si era slacciato una scarpa ed estratto, dalla stessa, un piccolo sasso piatto, nascosto sul lato della scarpa. Un talismano raffigurante un piccolissimo pesce.

– Portatelo sempre con voi questo talismano. Vi aiuterà a vivere.

I due ragazzi erano commossi. Avrebbero voluto rifiutare il regalo, ma Yosef aveva insistito molto e, alla fine, Mbdao l'aveva intascato.

– Perché non ti unisci a noi, Yesuf. Scappa con noi. Se avrai qualche difficoltà, ti aiuteremo noi. È il minimo che possiamo fare per la tua disponibilità nei nostri confronti, per i consigli che ci hai fornito, per averci protetto. Vieni via.

– *No. Per me non c'è domani, non c'è futuro. Sono vecchio e malato, perdo i denti in continuazione, sono debole. Sarei un peso. Voi, invece, intanto che avete ancora un po' di forze potete farcela e il talismano vi aiuterà. Se per me ha così disposto il mio Dio, significa che questo è giusto e la sua volontà deve imporsi.*

Si erano abbracciati. Infine ognuno si era sdraiato nel proprio angolo. I due ragazzi pensando all'indomani notte, a quello che li aspettava. Ce l'avrebbero fatta? E se fossero stati scoperti, cosa avrebbero subìto? I militari li avrebbero torturati? Uccisi? In cuor loro speravano, nel caso fossero stati scoperti, una morte rapida, un colpo di pistola.

L'indomani, Karim non era stato chiamato per lavorare. Assieme a Mbdao aveva trascorso l'interminabile giornata senza far nulla, dentro l'hangar, con il solito tozzo di pane e un po' d'acqua. Yosef non aveva detto più nulla. Se ne stava silenzioso, perso nei suoi pensieri, come se la loro fuga non lo riguardasse più. Finalmente, era arrivata la sera. Ormai gli occupanti dell'hangar erano quasi tutti sdraiati, nel tentativo recondito di dormire, fra pianti di bambini, richieste di aiuto impossibile da offrire e qualche piccola rissa, per trovare un po' di spazio per sdraiarsi. I militari non si erano fatti vedere. Ma avrebbero potuto entrare nell'hangar, improvvisamente, di notte e senza motivo picchiare coloro che erano più vicini al portone d'entrata o violentare qualche donna.

Invece sino alle 2 di notte non era avvenuto nulla. Dall'hangar si sentiva ridere e schiamazzare. Probabilmente i militari avevano deciso di fare festa. Ogni tanto qualche colpo di arma da fuoco sparato in aria, quando non era diretto agli eritrei, ai bersagli umani. I due ragazzi avevano fatto passare ancora un'ora nella speranza che l'alcol ingurgitato dai militari avesse intorpidito la loro vigilanza. Poi, molto cautamente, erano usciti dall'hangar sotto lo sguardo disinteressato e apatico dei prigionieri che erano sdraiati vicino all'entrata, una delle posizioni più pericolose.

Fuori, la notte, purtroppo, era chiarissima. Il cielo era pieno di stelle luminose che rischiaravano tutto il campo. Un momento pericoloso, quello. I due dovevano percorrere una zona aperta, così da arrivare a ridosso della baracca-officina. Praticamente, sperando nella buona sorte, avevano strisciato sulla sabbia. Girato l'angolo, mentre si udiva qualche residua risata dei militari, Karim aveva fatto segno a Mbdao di fermarsi. Lui era rotolato più avanti e aveva cominciato, freneticamente, con le mani a setacciare la sabbia alla ricerca della preziosa torcia. Dopo un paio di tentativi, aveva alzato il braccio in segno di vittoria. Nel suo pugno, la torcia.

Ora si trattava di strisciare verso il tombino della fogna, un centinaio di metri più avanti. I militari non si sentivano più, forse avevano deciso di andare a dormire. C'era un gran silenzio nel campo. Raggiunto il tombino, assieme, avevano fatto forza per aprirlo. Dove Karim aveva lasciato il piccolo sasso, Mbdao aveva introdotto le dita di una mano e congiuntamente avevano alzato il tombino. Si era mosso e l'avevano spostato su un lato, sulla sabbia. Si erano guardati in viso. Sotto di loro non si vedeva nulla, un antro buio pronto a inghiottirli. Non si vedeva nulla, ma si sentiva una grande puzza che proveniva dal buco nero. Karim si era introdotto per primo. Dopo i primi gradini della scaletta di ferro affissa alla parete della fogna, aveva acceso la torcia. Una volta scesi, si erano guardati attorno. Per quanto potevano vedere c'era un lungo tunnel dalle basse volte con a lato un canaletto. Fra il canaletto pieno di merda e il muro del tunnel, un piccolo spazio invaso da feci. E lì, su quello scivoloso camminamento, loro avrebbero dovuto passare, percorrerlo per superare il lager e trovarsi verso il mare.

I due non avevano certo scarpe adatte per la bisogna. Mbdao indossava un vecchio paio di sandali; Karim addirittura degli infradito. Molto lentamente avevano cominciato a camminare, Karim con la torcia per far luce davanti, dietro Mbdao. Lentamente, perché il camminamento angusto era scivoloso. Inoltre, la volta bassa obbligava i due a camminare curvati e per Mbdao, alto come tutti i senegalesi, era un supplizio.

I due trattenevano il fiato per l'odore e non solo. Attorno a loro, fra i loro piedi, come impazziti, per la luce della torcia, decine e decine di topi. Dopo circa mezz'ora di cammino avevano fatto solo poche decine di metri e Mbdao aveva vomitato. Si erano fermati e guardati in faccia. Pur con la poca luce che emanava la torcia, i visi dei due erano terrei. Anche Karim cominciava a pensare che non ce l'avrebbero fatta. Non si poteva stare ore e ore nel tunnel, senza aria, con quella puzza che ti avvolgeva. Ormai, aveva detto Mbdao, non possiamo tornare indietro. Saremmo scoperti e fatta pagare con torture e altro. Comunque sia, aveva continuato, dobbiamo proseguire. Del resto, morire per morire, almeno tentiamo di arrivare in fondo. Karim era dubbioso, sembrava che il suo proverbiale ottimismo, l'avesse abbandonato. Poi, con uno sforzo notevole aveva ricominciato a camminare. Dall'entrata della fogna alla fine lager, così era riuscito a sapere dai militari quando la stessa si era intasata, c'erano 500 metri. Da quel punto, fino all'uscita della fogna, vicino al mare, altri 2 chilometri.

Loro erano entrati nella fogna alle tre di notte. Quanto ci avrebbero messo, di quel passo, ad arrivare all'uscita? Le ore passavano lente e più di una volta erano scivolati per terra, imbrattandosi tutti. Continuavano però a camminare; solo la loro disperazione li incitava a continuare. Ormai fuori doveva esserci il sole alto e, probabilmente, le guardie si erano accorti della loro fuga. Da dove fossero scappati, però, i militari non potevano saperlo. Una volta entrati nella fogna, avevano avuto l'accortezza di chiudere bene il tombino.

Dopo ore di cammino, la torcia aveva iniziato a perdere consistenza. La luce andava e veniva. Poi si era spenta del tutto. Karim aveva bestemmiato nella sua lingua e, con un gesto di rabbia, aveva gettato la torcia lontano da loro. Adesso erano al buio completo.

– Facciamo così Karim, Ora io passo davanti, con il braccio sinistro tocco il muro e mi faccio "guidare". Tu ti attacchi con un braccio ai miei pantaloni, all'altezza della

vita. Proseguiamo in questo modo. Se riusciamo a resiste-
re, prima o poi questo tunnel maledetto finirà. Inoltre, ho
toccato il talismano che ci ha dato Yusef. Speriamo che
funzioni.

Avevano fatto nel modo indicato da Mbdao e ce l'ave-
vano fatta. Per percorrere 2 chilometri e mezzo ci avevano
messo poco più di 24 ore ma, questo, loro non lo sapevano
perché non avevano orologi. Sapevano soltanto che erano
entrati nella fogna che era notte ed erano usciti che anco-
ra era notte. Non capivano di quale giorno; avevano perso
completamente la cognizione del tempo. Con le ultime
forze rimaste avevano sollevato, con fatica, la grata del
tombino; poi, con molta circospezione e paura, Karim
aveva messo fuori la testa. Al primo momento non aveva
visto nulla. Dopo tante ore al buio, i suoi occhi facevano
fatica a mettere a fuoco. Lentamente, strisciando era usci-
to e aveva incitato Mbdao a fare altrettanto.

Si erano guardati attorno. Il tombino era in mezzo a
una strada piccola. Avevano riposto la grata e, furtiva-
mente, si erano alzati. Con fatica, perché la schiena si ri-
fiutava di mettersi in verticale. Di lì, ad ogni modo, dove-
vano andarsene perché potevano essere visti da qualcuno.
Da lontano veniva il rumore del mare, delle onde, della ri-
sacca. Si erano diretti in quella direzione e poco dopo l'a-
vevano ben visto il mare. Era stata una visione consolante,
esaltante perché il loro comune pensiero era stato quello,
finalmente, di lavarsi, di immergersi in acque pulite, to-
gliersi da dosso quella puzza vomitevole.

E così avevano fatto. Erano entrati nel mare fra le onde

e avevano cominciato a strofinarsi. Non avevano sapone per lavarsi, ma già il fatto di poter stare nell'acqua era una sensazione di benessere che avevano ormai scordato. Erano dentro il mare ed erano liberi. Ora dovevano, però, andarsene da quel posto, il più lontano possibile, nascondersi perché c'era sempre la possibilità di essere fermati dai militari o da qualche spiata fatta per poter incassare qualche soldo, qualche dinaro libico. Dovevano fare in fretta a trovarsi, anche, dei vestiti. Quelli che avevano addosso erano puzzolenti e stracciati.

Avevano trovato rifugio a qualche chilometro dal mare in una baracca mezza distrutta, situata in mezzo agli arbusti. L'avevano ripulita alla meglio e si erano insediati. Dopodiché avevano cominciato a cercare lavoro. Accettavano di tutto, dalle pulizie allo scarico e carico delle navi, dagli sguatteri ai muratori. Avevano deciso di fare cassa comune. Tutto quello che guadagnavano, dopo le spese per un paio di pantaloni, una maglietta e un paio di scarpe, doveva essere conservato così da arrivare alla cifra necessaria per andare in Italia. Già, ma quanto chiedevano i trafficanti di uomini per portarli in Italia? Avevano cominciato a prendere, con molto tatto, informazioni in proposito. Tutti gli interpellati dicevano una cifra attorno a 1.500 dollari. Loro dovevano trovare quei circa 3 mila dollari al più presto possibile. Chi riusciva a portare "a casa" più soldi, era senza dubbio Karim. Aveva cominciato a fare piccole riparazioni idrauliche, rubinetti che perdevano e cose simili. Il problema erano gli utensili per lavorare, i ferri per poter lavorare che non aveva e, quindi, molte volte era impossibilitato a lavorare. Così avevano deciso di sospendere l'accumulo dei soldi per la traversata e acquistare qualche utensile indispensabile affinché Karim potesse lavorare. Questo aveva fatto perdere tempo prezioso, ma era indispensabile acquistare gli utensili. Prima erano riusciti a trovare una chiave a "pappagallo" usata, in seguito, sempre usato, un martello, una pinza, un cacciavite. Con questi pochi attrezzi, Karim aveva cominciato a lavorare. Andava in giro per negozi e case a offrirsi. Era un lavoro che faceva perdere tanto tempo, ma a sera portava a casa sempre una cifra che andava a rimpinguare il loro "tesoretto" che tenevano in una scatola di metallo sotterrata sotto un albero dietro la loro casa. Mbdao, invece, lavorava per lo più come manovale edile, verniciava qualche saracinesca, zappava in campagna. Portava a casa molto meno di Karim e questo lo disturbava non poco.

Fra loro, però, non c'erano problemi. Mbdao in quel viaggio aveva capito che coloro che se la cavano nei momenti difficili sono quelli che hanno molta manualità. Lui era un insegnante e aveva lavorato poco manualmente, aveva lavorato solo nei campi ad aiutare suo padre, ma il tempo maggiore l'aveva passato sui libri.

Per raggiungere la somma richiesta dagli scafisti c'era voluto ben più di un anno. Mesi e mesi passati a rinunciare a tutto, a cercare di mettere da parte il più possibile per poter partire, per lasciare la Libia che era sempre più una prigione, sempre con il terrore di essere presi dalla polizia e riportati, di nuovo, in qualche lager.

La mafia libica ormai caricava le "carrette" di migranti

anche in inverno. Il fatturato annuo minimo per i libici era di tutto rispetto. Calcolando il prezzo medio di 1.500 dollari a traversata per passeggero e 16 mila passaggi annui in partenza solo dalla Libia, si arrivava a un considerevole introito.

Cap. 13 – Italia!

Febbraio 2000

*L*a partenza è fissata alle 4 del mattino. Fa freddo a quell'ora e ben prima dell'orario, sulla spiaggia indicata, c'è una moltitudine di persone. *Non tutti potranno salire sul barcone; solo quelli che il giorno prima hanno consegnato la cifra pattuita agli scafisti, ai trafficanti di uomini, ricevendo, in cambio, una specie di ricevuta, scritta a matita su un foglietto con impresso un numero. Karim ha il numero 102, Mbdao il 130. In mare, pur nell'oscurità della notte, si vede un gommone. Sarà lungo 10-12 metri. Sulla spiaggia, un tavolino dove gli scafisti ritirano a tutti coloro che stanno partendo telefonini, soldi, vestiti di ricambio. Mbdao e Karim non hanno né telefonini e neppure soldi o vestiti. I migranti raggiungono nell'acqua il gommone che fa la spola fra la riva e un peschereccio in attesa, di colore blu, vecchio e in pessime condizioni.*

Non è molto grande e quando salgono a bordo i due amici, è già tutto pieno. Alla fine del carico, su quella barca, ci saranno circa 500 persone fra donne, bambini, uomini, tutti ammassati uno sull'altro. Durante il viaggio, coloro che sono stati mandati nella stiva fanno fatica a respirare, manca l'aria, vomitano. I bambini piangono disperati e i loro genitori non sanno come fare. Manca an-

che l'acqua così come i giubbotti di salvataggio. Sono tre i libici che gestiscono le persone su quella barca. Uno sta al timone, uno al controllo del motore e un terzo che minaccia e picchia i migranti che si lamentano.

L'afrore che emana dai corpi è pungente. E l'afrore dei corpi si mischia con l'odore della paura. Ci sono persone, su quel barcone, che provengono da tutte le nazioni africane. La maggior parte dei migranti è a piedi nudi. Vicino a Mbdao e Karim c'è un ragazzo che avrà 17 anni. Si chiama Jawo ed è in viaggio dalla capitale gambiana Banjul. Racconta del suo viaggio che è iniziato dopo che il padre è stato arrestato per motivi politici. Ha viaggiato attraverso Mali, Burkina Faso e Niger, per raggiungere la Libia sud occidentale. Racconta che i trafficanti lo hanno messo nella parte posteriore di un camioncino e hanno guidato per dieci giorni sulle dune desolate del deserto. «Potevamo portare – *racconta* – una tanica da quattro litri di acqua ciascuno. Gli ultimi giorni – *continua il ragazzo* – non ho bevuto nulla. La sabbia mi entrava negli occhi e io non avevo nemmeno la forza di chiuderli». *Poco più in là una donna. Dice di provenire dalla Nigeria. È incinta di quattro mesi. Lei ha già tentato di arrivare in Europa. Lo ha fatto con il marito. Li hanno caricati su un gommone scuro. Erano in 120 persone, c'era acqua e pane ma mancavano i giubbotti di salvataggio. Dopo quattro giorni di navigazione il gommone si è capovolto,* «eravamo in troppi e le onde erano alte. Ci siamo salvati in dieci. Anche mio marito – *continua piangendo* – è morto. Aveva 28 anni».

«Meglio morire in mare che stare in Libia. In mare si

muore una volta sola, se stai in Libia è come se morissi tutti i giorni». *La pensa così un ragazzo giovane, seduto in mezzo al groviglio di decine e decine di piedi e gambe. Viene dalla Guinea-Bissau e ha raggiunto la Libia attraverso il Gambia, quattro settimane di viaggio nel deserto.*

«I letti dove dormivamo in Libia – *racconta* – erano pieni di insetti, avevamo pagato il viaggio, ma nell'attesa dovevamo lavorare per i padroni del posto. Gratis, come schiavi. Chi si rifiutava veniva picchiato. Ho visto gente morire sepolta a pochi metri da dove dormivamo».

Storie di migranti, storie tutte simili, storie che hanno alla base lo sfruttamento delle persone e dei territori, storie di persone costrette a lasciare le loro case, le loro famiglie per motivi politici o per fame, per sfuggire alla galera o alle percosse dei potenti di turno.

Mbdao e Karim si erano guardati in faccia. Erano tutti dei disperati alla ricerca solo di un po' di pace. Ma l'avrebbero trovata? Intanto il peschereccio era partito verso il mare aperto. Ce l'avrebbero fatta ad arrivare in Europa, in Sicilia?

Dopo qualche ora di lento viaggio perché queste barche viaggiano alla velocità di cinque miglia all'ora e la traversata verso la Sicilia può durare anche 40 ore, il mare comincia a infuriarsi. Le onde sono alte e iniziano a imbarcare acqua. L'uomo addetto al controllo dei migranti, inveisce nei loro confronti, porta tre secchi e ordina di svuotare la barca. Ma tre secchi sono pochi e allora chi possiede ancora delle scarpe usa quelle come recipiente. Molti stanno male e vomitano. Quelli chiusi nella stiva, picchiano il boccaporto in continuazione per farsi aprire, per poter uscire e respirare. Ormai è l'alba. S'intravvede una tenue luce, un chiarore di speranza. Sono tutti laceri e bagnati, stanchi, affranti, sporchi di vomito. I trafficanti decidono di aprire la stiva. Ne esce un'umanità che non ha più nulla di umano. Dentro, nella stiva, sono rimasti sei cadaveri fra cui due bambini. Sono tutti morti per asfissia.

Un uomo alto, con la barba grigia, anziano, si dirige decisamente verso il trafficante di uomini. Per raggiungerlo calpesta, incurante, corpi e gambe, allunga le braccia e riesce a stringere le mani al collo del trafficante. L'uomo non se l'aspettava e cerca di liberarsi dalla stretta mortale, ma il vecchio è forte e continua a stringere. Sembra che gli occhi dell'aguzzino stiano per uscire dalle orbite. Improvvisamente una decina di immigrati che stanno alle spalle del trafficante si alzano in piedi, facendo così barriera alla vista di quello addetto ai motori. L'uomo, però, nota il movimento sospetto. Si fa largo con una frusta e impugna una pistola. Quando riesce a raggiungere il compagno, questo è a terra, strangolato dal vecchio, il quale guarda quel corpo inerte e piange. Egli sa cosa gli aspetta e sembra quasi che si offra all'uomo con la pistola che cerca di raggiungerlo. Quell'attimo quasi di sospensione, dura pochissimo. Due colpi di pistola rieccheggiano nel silenzio del mare. Il vecchio è stato centrato alla testa e a una spalla. Crolla fra i corpi degli altri migranti. È tutto finito. Il vecchio era il nonno dei due bambini morti soffocati.

Il trafficante comincia a frustrare coloro che sono a

portata di frusta. Poi ordina di buttare a mare i morti. Poveri corpi buttati in mare, offerti alla voracità dei pesci. Poveri corpi che non hanno neppure avuto una tomba. Semplicemente scomparsi, dissolti. Non avevano diritti da vivi, figuriamoci da morti.

Ora il sole comincia a riscaldare e la sete aumenta di conseguenza. Avere sete ed essere attorniati da una enorme quantità d'acqua, senza poterla bere, è un supplizio. Quanti ce ne saranno ancora di supplizi prima di arrivare in Italia? Assetata, la donna incinta allunga le mani nel mare e ingoia l'acqua salata. Comincia a tossire, poi vomita. Mbdao e Karim sono stravolti, non hanno più la forza di fare nulla.

Si guardano attorno spaesati, come fossero per caso capitati su quelle barca piena di persone dolenti, di persone che rischiano la vita per avere una possibilità di riscatto, per avere libertà e dignità. Per non dover rispondere ai propri figli che chiedono pane, che questo non c'è. Per non dovere più fuggire davanti ai fucili, dalla repressione, dalla povertà, dalla violenza.

Per questo s'imbarcano su quelle imbarcazioni precarie, per questo attraversano il terrificante deserto, soffrono fame e sete. Non altro. Le Convenzioni internazionali, pur firmate dalla maggioranza dei Paesi, per i migranti sono carta straccia e anche se migrare è un diritto umano, si fanno sempre più leggi repressive nei loro confronti, nei confronti degli ultimi.

Ormai sono su quella barca da 15 ore e non sanno neppure quanto manchi all'arrivo. Sono disidratati, affamati, laceri. Le speranze si affievoliscono con il passare delle ore, nessuno parla. Tutti chiusi nei loro pensieri. Senza speranza.

Obbligare così tante persone, tante ore in spazi angusti è criminale così com'è criminale depredarli di 1.500 dollari per salire su quelle barche scassate. Criminale impedire loro di migrare, criminale fare leggi repressive nei confronti di chi non ha più nulla.

Molti non si lamentano neppure più. Stanno lì, sdraiati, sporchi delle loro stesse feci. Nel pomeriggio, attorno alle 20, il mare comincia ad agitarsi di nuovo e si alza il vento. Per alcune ore la barca resiste ai marosi. Poi comincia, di nuovo, a imbarcare acqua. Tutto attorno c'è buio assoluto. La paura attanaglia quelle sventurate persone. Improvvisamente, fra gli occupanti della barca si alza un grido, «Edhau! Edhau!». In tunisino significa luce! Mentre grida quella parola, il tunisino con il braccio indica una non bene definita direzione, dalla parte opposta dove lui sta seduto. È un attimo. Centinaia di persone, improvvisamente, si spostano nella direzione indicata dal tunisino. La barca si piega su un lato, poi si ribalta. Cielo e mare sono neri. Non si vede nulla. Si sentono solo le disperate grida di aiuto declinate in tante lingue. Ma chi può aiutare quella torma di disperati?

Mbdao grida il nome Karim e poco dopo questi riaffiora. Si attaccano alla prua della barca che è stata spezzata dalla furia delle onde. Decine di persone hanno fatto come loro, aggrappati con le unghie ormai rotte e sanguinanti a quel pezzo di legno. Le stesse che non vedono con piacere chi cerca di sorreggersi a "quell'àncora". La donna incinta non è fra loro. Anche il secondo tentativo di raggiungere l'Europa, per lei, è fallito.

È notte fonda. Buio. Ora non si sentono più le grida, le invocazioni di soccorso da parte dei migranti. Non si sentono più le urla delle madri che invocano i figli scomparsi nelle acque nere del mare ostile. Sopravvivere ai propri figli è una cosa tremenda. Le madri che si sono salvate porteranno per tutta la vita, dentro di loro, il rimorso di non essere riusciti a salvare i figli.

Le onde si sono calmate, il mare sembra meno cattivo. Passano ore e ore aggrappati a quel pezzo di barca, bagnati e infreddoliti. Le mani non hanno più la forza della presa, non hanno sensibilità. Ogni tanto qualcuno molla la presa, grida aiuto e viene sommerso dalle acque. Nessuno può aiutarlo. La solidarietà in quei frangenti non esiste più. Esiste solo la propria persona.

Non sanno dove stiano andando. Sono in balìa delle correnti. All'alba si sente come un borbottio, sempre più forte. Poi nel chiarore lattiginoso dell'alba, i migranti superstiti vedono apparire, in mezzo all'umidità, un natante. E allora è un grande agitarsi, un gridare scomposto, un agitare continuo di braccia. Chi lo sa fare fischia, altri urlano. Tutti invocano l'attenzione del natante avvistato. Questi però prosegue, incurante delle grida, la propria corsa lasciando nello sconforto, delusi, ancora una volta, quel gruppo di disperati.

Improvvisamente, il natante sembra rallentare. Sì, ha rallentato e ha diretto la prua verso loro. Sono stati indivi-

duati. Qualcuno piange, altri continuano ad agitare le braccia. È un peschereccio italiano. I pochi pescatori dell'equipaggio iniziano ad aiutare i naufraghi a salire. Alla fine ne portano 48 sul peschereccio. Danno loro dell'acqua e delle coperte. Poi caffè caldo. Non hanno coperte termiche anche se spesso salvano migranti dalla furia delle onde e altrettanto spesso nelle loro reti da pesca restano impigliati tanti cadaveri.

Ormai i pescatori hanno perso la giornata. Non andranno a cercare il pesce per poi venderlo. Oggi hanno pescato uomini. Tornano indietro, si dirigono verso la loro isola, verso Lampedusa. Lì sbarcheranno le 48 persone salvate, saranno interrogati dai carabinieri. Firmeranno verbali. La solita trafila burocratica. Ma è la loro legge, la legge del mare, quella che impone di salvare le persone in difficoltà. E loro lo fanno, come lo facevano i loro padri e i loro nonni. Lo fanno da sempre.

I pescatori parlano una lingua che i 48 superstiti non sempre riescono a comprenderne il significato. Parlano la lingua dei naviganti che chiamano sabir nata non si sa quando e che mischia, come fosse couscous, l'italiano e il siciliano, il tunisino e lo spagnolo così come si fa con il cibo mescolando in un unico piatto i capperi, il pesce, il pane secco.

Intanto si vede Lampedusa, questa isola siciliana di 20 chilometri quadrati che, però, è più vicina alla Tunisia che alla Sicilia: 80 miglia dall'Africa, 160 dalla Sicilia. Le autorità portuali siciliane sono state già avvertiti dalla radio del peschereccio. Quando il natante attracca alla banchina del porto, al molo Favarolo, si vedono già le autoambulanze e i carabinieri sul molo dove si nota una grande attività. I primi a salire a bordo del peschereccio è il personale medico e i volontari. Sarà il medico Pietro Bartolo ad avvicinarsi a loro, a domandare come stanno, a rincuorarli. I volontari fanno indossare ai migranti le coperte termiche. Un ragazzo che sembra non riprendersi, viene fatto sbarcare subito, posto su una barella e caricato su un'autoambulanza che parte a sirene spiegate. Per Mbdao e Karim sembra quasi impossibile che non siano stati frustati, picchiati al loro arrivo. Una fratellanza che non conoscevano. Con molta calma, sorretti dai volontari, sbarcano tutti. Li mettono su un pullman e vanno verso l'Hotspot di Lampedusa, nella contrada di Imbriacola che non è altro che un Centro per l'identificazione e la registrazione dei migranti.

Mentre il pullman si dirige all'Hotspot, attraverso una via stretta e dissestata che attraversa le campagne, dai finestrini i migranti vedono diverse caserme militari e tanti cartelli di divieto: "Zona militare", "Divieto di accesso", "Sorvegliata armata". Sapranno poi che nell'isola ci sono tre caserme, sei stazioni radar, gli insediamenti per la guerra elettronica, le squadre di navi ed elicotteri.

Il cosiddetto Hotspot di Lampedusa, in contrada Imbriacola, ha una capienza di 96 persone ma, a causa dei continui sbarchi, nel momento in cui accedono i sopravvissuti di quella notte terribile, sono in 182. I telefoni pubblici non funzionano, non ci sono kit completi per l'igiene di tutti i presenti e i pasti vengono consumati all'aperto *perché mancano zone destinate alla mensa e alla socialità. Eppure, per la prima volta, dopo tanti mesi di atrocità, i naufraghi non sono picchiati. Anzi. Appena arrivati sono rifocillati. Squadre di volontari li assistono grazie alle donazioni; gli abitanti di Lampedusa portano loro vestiti e scarpe. A turno, li portano alle docce, una cosa che Karim e Mbbao avevano dimenticato. Lavarsi con il sapone è qualcosa di meraviglioso, di sublime, un piacere che avevano ormai obliato.*

L'indomani erano cominciati gli interrogatori. Mbdao e Karim avevano raccontato il loro vissuto, la tratta che avevano fatto per arrivare sino a Lampedusa, del loro desiderio di arrivare a Londra e in Germania. Dall'altra parte della scrivania, un graduato dei carabinieri e un interprete annotavano il tutto. Poi l'interprete aveva fatto presente ai due giovani che l'ingresso dei migranti in Italia è regolato da un disegno di legge del 1998. Essendo loro privi di documenti di riconoscimento, avrebbero dovuto essere prima identificati in appositi centri. Per questo appena possibile, aveva continuato l'interprete, sarebbero stati trasferiti in Calabria, a Crotone. In seguito, nel 2002 – ma questo non potevano saperlo – sarebbe arrivata la legge Bossi-Fini a peggiorare la situazione e poi tutte le altre.

Era passata una settimana da quel colloquio, ma non avveniva nulla. Tutto era fermo e le giornate si passavano nell'inedia più assoluta. Mbdao e Karim avrebbero voluto andarci subito a Crotone così da accelerare i tempi, ma l'ordine di partire non arrivata. Dopo una quindicina di giorni, finalmente, furono imbarcati su un mezzo navale della Marina italiana e portati a Crotone e da lì al centro di identificazione di S. Anna, quasi di fronte all'aeroporto di Crotone. Il Centro si trova all'interno dell'ex base dell'aeronautica militare, lungo la trafficatissima statale 106 a 5 chilometri dal comune di Isola Capo Rizzuto e a 16 da Crotone.

Un posto grandissimo con dentro, in quel momento, più di 1.200 persone. Qui sembra di essere ripiombati in un carcere libico. Di diverso c'è solo che non si picchia nessuno.

Chi sta in questo grande centro non è più considerato una persona, un essere umano. Più volte al giorno si è sottoposti a controlli di sicurezza. Abitudini e gesti naturali vengono rimossi, considerati pericolosi. Ogni giorno arrivano nuovi migranti giunti con i barconi. E con l'arrivo di nuove persone, i servizi lasciano a desiderare: i bagni sono in comune e attorno a questi locali c'è un lezzo nauseabondo.

Dai pozzetti aperti fuoriesce continuamente acqua putrida, dai rubinetti un filo d'acqua e lo scarico di molti lavandini risulta otturato. I migranti, al loro arrivo, non vengono sottoposti ad analisi per verificare eventuali patologie infettive, quali tubercolosi, Aids, Ebola e quant'altro. In questa situazione non fa fatica a germogliare il traffico di uomini, gestito dalla 'ndrangheta. All'interno del Centro d'identificazione ci sono personaggi di varie nazionalità, perlopiù turchi ed egiziani legati alla malavita locale che cercano di convincere i migranti di fuggire dal Centro, dietro, ovviamente, cifre alte.

Anche Mbdao e Karim erano stati contattati a soli pochi giorni dal loro arrivo, mentre camminavano in cortile. Erano stati fermati da un turco che parlando un po' in italiano, un po' in francese aveva fatto loro una proposta.

– Arkadaşlar! Amis! Volete andare a Milano in treno? Io posso farvi arriver, varmak.

– Quanto costa?

– Küçük, petit petit. Prima, però, fuir, capito, kaçmak, fuggire. Per 70 dollari a persona.

– E poi?

– Puis le mien, poi mia organizzazione gizler, nasconde e poi accompagne a treno.

– E il viaggio quanto ci costa?

– Küçük, petit petit. 600 dollari a testa.

– Non se ne parla. Non abbiamo soldi.

– No problème. Con Wester Union vostri famille. Para geldi, l'argent est arrivé portare a treno, a train.

– E se non arrivano i soldi, non ci accompagnate al treno. Praticamente un ricatto, anzi un riscatto. Ne facciamo a meno.

– Pire pour vous. Vous resterez in questa merda. Tu comprends, merde. Peggio per voi.

Un paradosso. Perché prima il governo italiano non voleva che i migranti sbarcassero a Lampedusa, poi una volta portati a Crotone non li fa andare via. Persone che sono, in pratica, detenuti senza aver commesso nessun reato.

Mbdao e Karim per giorni avevano parlato di questa

301

possibilità. Ma il costo di una simile scelta era troppo alto, troppo oneroso per le loro famiglie che non se lo potevano permettere, avendo già fatto fatica per pagare il viaggio per attraversare il deserto. E allora, che fare? A parere di Karim, l'unica cosa da fare era fuggire e tentare di arrivare a Milano a piedi, in qualche modo, lavorando per mantenersi durante il cammino. D'altronde, aveva continuato, Karim, qua la vigilanza non è assidua. Io ho contato i militari. Sono solo 14. E i poliziotti solo 20. Dobbiamo tentare. Qui c'è il rischio di rimanere in questo centro chissà per quanto tempo.

– Sì, penso tu abbia ragione. Dobbiamo andarcene il più presto possibile. E poi cosa vuoi che ci possa succedere peggio di quello che abbiamo sofferto in mare? E non dimenticare che io ho sempre il talismano di Yosef che ci protegge.

– A proposito. Per un po' il talismano lo vorrei portare nelle mie tasche. Mi sentirei più al sicuro.

Si erano fatti una risata e Mbdao aveva tolto una scarpa dove l'aveva nascosto e dato a Karim. Così avevano fatto. Erano fuggiti di notte e non avevano avuto grandi problemi a farlo. In attesa dell'alba, si erano nascosti nei pressi di un casolare, non distante dalla strada statale 106. Dopo aver domandato indicazioni, avevano cominciato a camminare in direzione del Nord. Qualche volta avevano trovato passaggi sopra i cassoni dei camion, ma il più delle volte avevano camminato a piedi, mangiando frutta e pomodori rubati nei campi. Lavoravano nelle campagne qualche giorno, incassavano la misera paga e poi s'incam-

minavano verso la Puglia dove altri migranti li avevano informati che lì, in quella regione, iniziava la raccolta dei
pomodori. Bastava presentarsi e si era assunti. Erano
mesi e mesi di lavoro sicuro. Con quei soldi avrebbero potuto raggiungere Milano e poi... Certo, toccherebbe alla
politica risolvere questi problemi, almeno quelli più sem-
plici. Per esempio abolire il reato di clandestinità che secondo chi opera sul campo, magistrati, poliziotti e associazioni umanitarie, non serve a scoraggiare chi vuole migrare. Questo inutile reato non fa altro che intasare i tri-
bunali di carte, di processi lunghissimi, non fa altro che
portare uomini che non hanno commesso reati, in carcere. E, tutto, questo, costa tanti soldi alla comunità intera.
Ma nessuno dei politici fa una battaglia in questo senso.
L'opportunismo politico vige incontrastato.

Da Crotone a Borgo Tressanti vicino a Cerignola, in
provincia di Foggia, ci avevano messo tre mesi.

Cap. 14 – Resa dei conti in redazione

Enrico Carati, quella mattina era arrivato in redazione attorno alle 10. Come sempre, aveva preso dalla macchinetta una cioccolata calda e, decisamente, si era recato verso l'ufficio del direttore Otello Mengogni con il bicchierino di carta della bevanda fra le mani. In quel momento Mengogni stava guardando il *menabò* della giornata, non ancora pienamente tracciato.

– Ah Carati, vieni, avevi bisogno di me?

Enrico si era seduto sulla sedia disposta di fronte alla scrivania di Mengogni.

– Sì, avevo bisogno di parlarti perché ho scoperto qualcosa d'importante sui nostri nuovi proprietari.

Il viso di Mengogni non sembrava entusiasta e aveva allungato il braccio verso il telefono.

– Aspetta che chiamo Fabiana...

– ... no direttore. Se chiami quella incompetente, me ne vado subito.

– Non ti sembra di essere troppo duro nei suoi confronti... È una che si dà da fare... perché non cerchi di andare d'accordo con lei?

– Che si dia da fare è innegabile. Infatti, se non stai attento, fra poco quella ti pugnalerà alle spalle e ti toglie la sedia.

– Beh, dai, non esageriamo... comunque non la chiamo, dimmi pure.

– La cosa è molto semplice. Ho fatto una piccola indagine a Novara e ho scoperto chi è il presidente della ScF Invest, Valter Orsini. E sai perché non l'ha mai visto nessuno e perché non era alla riunione di qualche giorno fa? Semplicemente perché è ricoverato in ospedale ed è messo male...

– ... questo lo sapevamo. Avevano detto, infatti, all'apertura della riunione che era malato e che non avrebbe potuto intervenire.

– Certo. Ma tu hai mai domandato a Vailati chi fosse questo personaggio che è diventato il padrone del giornale, quindi il tuo padrone?

Mengogni taceva imbarazzato. Enrico l'aveva guardato profondamente negli occhi, poi aveva ripreso.

– Vedi direttore, io non auspico un direttore con la schiena dritta perché so benissimo quanti rospi avrai dovuto ingoiare per avere quella sedia su cui sei seduto, ma almeno un po' più di coraggio sì. Comunque te lo dico io chi è Valter Orsini. È un poveraccio che per fame, per bisogno, ha dato il suo nome a dei farabutti e questi, ora, lo utilizzano come "*testa di legno*". Fanno firmare a lui tutte le carte della ScF Invest in modo che, in caso di problemi con il fisco o altro, il responsabile è lui non certo Carlo Vailati e quelli che gli stanno sopra. Abita in una casa decrepita, pensa un po', una casa occupata. Non possiede nulla. Tu hai dovuto ingoiare rospi, certo, ma nella vita ci sono sempre due opzioni: accettare per il quieto vivere, oppure ribellarsi. Tu hai accettato il quieto vivere e il posto da direttore...

– ... senti Carati non farmi la predica, ricordati che sono il tuo direttore. Non hai nessun diritto di parlarmi in questo modo...

– ... e invece ti parlo proprio in questo modo perché ti sei venduto, pur di mantenere il posto. È questo lo schifo di questa società. Tutti hanno un prezzo, si dice, e quando qualcuno rifiuta viene messo in condizioni di non nuocere.

Le guance di Mengogni si erano, improvvisamente, lasciate andare. A guardarlo appariva per quello che era, un vecchio con tanti problemi, un vecchio senza coraggio. Gli occhi erano arrossati. Guardava Carati con un misto di odio e tolleranza, come fosse consapevole che il momento che stava vivendo, prima o poi, sarebbe arrivato. Poi, lentamente, quasi facesse fatica a cercare le parole giuste, aveva iniziato a parlare.

– Sapevo che saremmo arrivati a questo punto. Tu o qualcun altro non fa differenza. Sotto questo aspetto ti dovrei ringraziare... Sì, hai ragione, non ho fatto nulla, ho preferito far finta di non sapere... insomma la via più facile. Vedi Enrico, quando ho iniziato questo mestiere ero convinto che, attraverso il giornalismo, avrei trovato la mia dimensione esistenziale. Mi sembrava che fare il giornalista fosse l'arma migliore per sconfiggere il malaffare... e invece. Poi gli anni sono rotolati uno sull'altro... Mi sono sposato, ho avuto due figlie, i problemi che hanno tutti, l'affitto, le preoccupazioni per la salute... Non so se ne sei a conoscenza, ma mia moglie mi ha lasciato circa due anni fa. Ora sono solo, debbo far crescere le figlie... ho un sacco di problemi anche fisici, debbo pagare l'affitto alla mia ex moglie, debbo dare a lei la quota che il giudice ha stabilito, ho bisogno di due persone che gestiscano le ragazze... non posso, certo, starmene a casa dal giornale ogni qualvolta qualcuno di loro ha il mal di gola... Non ce la faccio economicamente... Se dovessi perdere questo posto... E così ho detto sì, prima a Sandro Pelucchi e poi a Vailati. Cosa dovevo fare? Cosa avresti fatto tu?

– Non cercare solidarietà in me. Ognuno fa le proprie scelte nella vita. Io ho fatto una scelta di un certo tipo, tu una scelta di sottomissione a chi detiene il potere qua dentro. La contropartita è che devi ingoiare merda. Io non la ingoio. E neppure cioccolatini. La cosa peggiore è che mi possono licenziare. Mi è già capitato. Sopravviverò in qualche modo. Non mi fai pena, direttore. Ognuno la fossa se la scava con le proprie mani.

– Stai attento, Enrico. Questi sono potenti e vendicativi. Hanno legami con l'ambiente malavitoso, con le istituzioni... stai attento. Non c'è solo il posto di lavoro in ballo.

– Grazie del consiglio, starò attento.

Enrico era uscito dall'ufficio del direttore Mengogni. Aveva raggiunto la propria scrivania e aveva cominciato a lavorare.

Dopo un paio di ore Mengogni si era avvicinato. Sotto braccio aveva una cartella voluminosa. L'aveva appoggiata sulla scrivania di Enrico. Poi aveva indossato il cappotto che teneva sull'altro braccio. Recuperata la cartella aveva guardato in viso Enrico e senza proferire parola si era diretto verso l'uscita. Molte volte non è necessario parlare, esprimersi. Spesso basta un gesto, anche piccolo, per capire cosa sta passando per la mente a una determinata persona.

Da quel momento, per tutta una serie di ragioni, Enrico non aveva più visto Otello Mengogni. Alla macchinetta del caffè aveva incontrato Attilio Mancini.

– Enrico, sei poi andato da fratel Achille?

– No. Non ho avuto tempo. Ho però scoperto cose interessanti sui nostri nuovi proprietari. Ma forse a te non interessano, considerato che tutti ti danno partente verso la direzione di un settimanale sportivo.

– In questo ambiente niente è riservato, eh. Ebbene sì, siamo alle fasi finali con l'editore. Se ci mettiamo d'accordo, me ne vado a Roma. È lì che sarà la sede del nuovo settimanale. Un posto, per te, ci sarà sempre o, quantomeno, una collaborazione.

– Grazie Attilio ti ringrazio, ma come sai bene lo sport non è il mio settore. Salvo che ammazzino qualche presidente, qualche giocatore, allora...

– Guarda che quello che ho in mente non è solo la partita o il risultato. A me interessa il risvolto sociale dello sport. Non è un caso che ho già in mente la nuova testata *Sport&Società*... quindi preparati.

– Grazie. Io resto, per ora, alla "nera". Col tempo si vedrà. Però vorrei parlarti di una cosa importante. Ti spiace se andiamo alla tua scrivania?

Il posto di lavoro di Attilio Mancini era in fondo al locale, ma staccato dalle altre scrivanie dei redattori, in un angolo, dove, per arrivarci non poteva essere una cosa casuale, ma ti ci dovevi recare appositamente. Uno dei posti più appartati del giornale. Dove si poteva parlare senza essere ascoltati dai colleghi.

– Attilio, ho scoperto qualcosa d'interessante sul nostro nuovo proprietario, il presidente della ScF Invest. Sono stato a Novara alla sede della società e sai dov'è la sede? In un palazzo occupato.

– Incredibile! Non finirò mai di stupirmi... e il famoso Valter Orsini?

– Un povero vecchio che non sapeva neppure cosa firmava. Ora è grave, in ospedale. Io gli ho parlato, ma questo non sa nulla. L'unica cosa che ho saputo e che a lui passavano i soldi e lui firmava tutto ciò che Vailati voleva che firmasse. La classica "*testa di legno*".

– Te l'ha detto lui che era Vailati?

– Non in modo palese. Io l'ho descritto e Orsini non ha negato.

– Che te ne vuoi fare di questa informazione? Come intendi utilizzarla?

– Beh, certo non posso scriverla su *Il nuovo milanese*. Però ho intenzione di utilizzarla dopodomani, quando ci sarà il programmato incontro fra redazione e nuova società per discutere delle nuove iniziative che la nuova società metterà in campo.

– Io non ci sarò. Sono a Bologna per seguire il ritiro degli Azzurri. Comunque, sei ben deciso a spiattellare tutto in riunione?

– E che dovrei fare? Tenermela per me? No, voglio che

la redazione si renda conto per chi stanno lavorando, di che pasta son fatti i nuovi proprietari.

– Mengogni lo sa tutto questo?

– Sì, gli ho parlato poc'anzi. Quasi piangeva. Un po', ma solo un po', mi ha fatto pena, ma ha scelto lui da che parte stare. Ha adombrato un sacco di problemi di carattere personale... la moglie che l'ha abbandonato... le figlie da tirare grandi eccetera. Tutte scuse. Tutte balle per giustificare il proprio ruolo, il proprio comportamento. Sì, mi spiace un po', ma non faccio la balia a nessuno. Ognuno faccia quello che la propria coscienza gli impone e si comporti di conseguenza.

– Certo, parlare di coscienza in una redazione è un azzardo. Qui siamo tutti avvoltoi, pronti a sbranarci, pur di avere l'esclusiva di una notizia. Ho visto che il direttore è andato via.

– Sì. Dopo il mio colloquio se n'è andato.

– Non so Enrico cosa consigliarti. Questi se la legheranno al dito e, appena possibile, te la faranno pagare. Pensaci bene. Dopodomani sarai solo contro tutti perché a nessuno farà piacere quello che racconterai, perché andrai a metterli davanti a una realtà che presuppone una scelta di campo. E le scelte coraggiose, in questa società, in questo momento che stiamo vivendo, sono difficili da prendere.

I due si erano lasciati così, senza nulla di fatto, senza nessuna decisione, se non quella di Enrico di denunciare il tutto alla riunione di redazione.

Alle 22 era andato a casa. Prima era andato da Benedetta e aveva cenato da lei. E a lei aveva raccontato cosa era avvenuto in redazione, l'incontro con Mengogni e Attilio. Non avevano fatto l'amore. Nessuno dei due era nelle condizioni migliori. Avevano, invece, parlato lungamente, mentre sorseggiavano gli ultimi bicchieri di vino bianco che aveva portato Enrico. Con Benedetta ci stava proprio bene. Faceva molto bene a lui potersi scaricare, raccontare i problemi del proprio lavoro, così come faceva anche lei. Forse aveva proprio ragione Claudio, era necessario organizzare meglio la propria esistenza, con un'unione più duratura con Benedetta. Ora, però, doveva pensare a come denunciare quello che aveva scoperto a Novara.

Si era svegliato presto Enrico, pur trattenendosi, sveglio, sotto le coperte. Dalla finestra si vedeva un cielo perlaceo, tipico cielo milanese novembrino. Attorno alle 8,30 si era alzato, si era fatto la doccia e preparato la solita tazza di latte caldo, senza caffè. Questa volta non si era dimenticato di fare provviste e così, a colpo sicuro, aveva aperto l'armadietto della cucina ed estratto una scatola di plumcake. Quella mattina aveva fatto un'eccezione. Di solito beveva solo la tazza di latte, solo qualche volta con dentro qualche fetta di pane. Poi, con calma, si era vestito e si era recato a prendere dal posteggio l'auto, schivando chi ancora era sdraiato a dormire e salutando chi era sveglio e lo guardava imbambolato. Aveva tutto il tempo. La riunione al giornale era fissata per le 10, ma, come al solito, la puntualità nei giornali non era una cosa usuale. L'ordine del giorno era altisonante: «*Le nuove sfide che abbiamo davanti. Utilizzare le nuove tecnologie, per vincere le sfide*». «*Me cojoni!*» avrebbero esclamato a Roma. La relazione l'avrebbe tenuta un ingegnere del settore.

Quando era arrivato, molti redattori erano attorno alla macchinetta del caffè, altri sparsi per il salone redazionale. Al tavolo della presidenza c'era già Fabiana Roma e il vicepresidente Gaetano Maugeri che, fittamente, parlavano a voce bassa. Dell'espressione di Maugeri non sembrava che questi fosse molto convinto di ciò che sentiva. Non c'era ancora né il direttore Mengogni e neppure Carlo Vailati. C'era, invece, il relatore di quella mattina, l'ingegnere Alfonso Capitta, un uomo sui 50 anni – stempiato, occhiali d'ordinanza – il quale consultava i fogli della sua relazione.

Enrico si era seduto vicino alla redattrice degli spettacoli e a quelli che seguivano l'economia e aveva iniziato a parlare con loro.

– Ne sapete niente voi di questo che deve parlare?

– No. Io ho parlato con Giorgio, del Cdr, ma anche lui non ha notizie certe. Sembra vogliano ristrutturare un po' tutto, per tagliare i tempi di lavorazione.

– Scommettiamo che la prima cosa che taglieranno saranno i redattori?

– Tu sempre negativo, Enrico. Dopotutto il giornale non va male, perché dovrebbero tagliare il personale?

– Perché il giornale si può fare con meno persone. È la logica che avviene da tutte le parti. Che prodotto poi dai al lettore, questa è cosa secondaria.

Intanto, nella sala si era creata un po' di animazione. Erano entrati i membri del Cdr che parlavano fittamente fra loro e, quasi contemporaneamente, Carlo Vailati con l'ordinario viso senza espressione, con i soliti occhiali dai vetri marroni, fumée. Al tavolo della presidenza mancava il direttore Otello Mengogni. Subito aveva preso la parola Gaetano Maugeri, alzandosi in piedi.

– Buongiorno a tutti. Intanto vi ringrazio della vostra partecipazione a questa riunione molto importante per il giornale e per noi tutti. Prima di iniziare, v'informo che il direttore Mengogni si scusa di non poter essere presente, in quanto poche sere or sono ha subìto un attacco di cuore e dopo le prime cure in ospedale, è stato rimandato a casa, ma gli è stato proibito di tornare al lavoro. Deve stare in assoluto riposo per almeno un mese.

Nella sala si era alzato un mormorio. Nessuno ne sapeva nulla di Mengogni. Maugeri, però, aveva chiesto silenzio e aveva proseguito.

– Ovviamente, tutti noi gli inviamo l'augurio di riprendersi presto e poter tornare a dirigere questo giornale. Nel frattempo, di concerto con il Cdr e la proprietà del giornale, le funzioni di direttore sono assunte da Fabiana Roma.

In tanti avevano cominciato a parlarsi sopra, a gridare, chiedere d'intervenire. Un caos che vedeva l'ingegnere che doveva tenere la relazione tecnica come schiacciato su sé stesso, impaurito da quelle grida. L'unico a non scomporsi minimamente, ancora una volta era Carlo Vailati, seduto dritto, nascosto dietro gli occhiali, un crotalo pronto ad attaccare.

– Per favore basta! Signori, lasciate parlare l'ingegnere Alfonso Capitta. Di seguito potrete fare tutte le domande che vorrete. Prego ingegnere, può illustrare il suo progetto.

Capitta si era alzato in piedi con dei fogli in mano e aveva cominciato, in modo timoroso, la sua relazione. A Enrico le questioni tecniche non interessavano poi molto. Pensava soprattutto al cuore di Mengogni e al colloquio che avevano avuto poche sere prima. Il nuovo progetto illustrato da Capitta prevedeva un accorpamento dei settori. Un *deadline* piuttosto ravvicinato a metà mattina e uno al pomeriggio. Ormai questi parlavano tutti così. Il *deadline* non era altro che una scadenza. Praticamente quello che già si faceva, con la differenza che il piano prevedeva anche l'accorpamento dei settori e questo significava che, alla lunga, ci sarebbe voluto meno personale. Era questo il messaggio di quella mattina: meno persone, svecchiamento, cambio di ruoli eccetera. La relazione continuò per ancora mezz'ora, una noia mortale. Poi, finalmente, l'ingegnere chiuse l'intervento.

Maugeri si era alzato in piedi e aveva passato la parola alla neo direttrice pro tempore, Fabiana Roma. Questa sembrava emozionata ma, nello stesso tempo, fiera di essere riuscita, anche se solo sino al rientro di Mengogni, a dirigere il giornale.

Aveva iniziato, come tutti i mediocri, lisciando il pelo ai redattori.

– Cari colleghi. Con la maggior parte di voi, ci conosciamo da anni. Abbiamo passato in questo stanzone i migliori anni della nostra vita, abbiamo visto successi e insuccessi. Oggi il giornale è adulto e ha delle sfide da superare. Dobbiamo cambiare, *tipo*, il nostro modo di lavorare, ragionare non più a compartimenti stagni, ma aperti. È una sfida, questa, una sfida che m'impegna in prima persona perché ho avuto l'onore e l'onere, anche se in un momento brutto per Mengogni, di doverlo sostituire. Certo questo non sarà facile. Riuscirò a farlo, se avrò l'appoggio e la spinta ideale da tutti voi, nessuno escluso. Possiamo fare, *tipo*, un grande giornale. Abbiamo le forze e le capacità di poterlo fare.

C'era stato un timido applauso, subito zittito da Maugeri che aveva dato la parola al responsabile del Cdr Italo Bonvissuto. Questi era sui 35 anni, ma appena entrato a *Il nuovo milanese* aveva capito che, se voleva fare carriera, doveva far parte del sindacato e, in breve tempo, era diventato il responsabile sindacale. Certamente brillante, ottimo oratore, laureato a pieni voti, ma non era un giornalista. Era, appunto, uno che galleggiava, pur di fare carriera e aveva trovato spazio nel sindacato. Al giornale, almeno teoricamente, avrebbe dovuto occuparsi di economia. Ma non c'era mai. Sempre impegnato in riunioni e convegni.

– Egregi colleghi. A nome del Cdr vi comunico che la proprietà, il direttore Otello Mengogni e la vice direttrice Fabiana Roma nei giorni scorsi ci hanno comunicato l'intenzione di ristrutturare la lavorazione del giornale. Purtroppo il direttore oggi è assente, ma la collega Roma ha seguito tutto l'iter. Da parte nostra, dopo aver attentamente valutato il progetto, abbiamo dato il nostro benestare...

– ... e te pareva!

L'esclamazione era stata di Enrico. Tutte le teste si erano girate nella sua direzione. Fabiana Roma era subito intervenuta.

– Carati, ti prego di non interrompere. Avrai tempo, dopo, di intervenire.

– Direttrice, permettimi solo una domanda a Italo Bonvissuto. Quanti posti di lavoro salteranno con questa ristrutturazione?

Si era scatenato un putiferio. Tutti a gridare, a inveire, non si capiva nulla. Maugeri e Roma avevano il loro bel daffare per calmare gli animi esacerbati dei redattori. Si era alzato in piedi Carlo Vailati. Si era fatto silenzio, senza bisogno di appelli.

Tutti sapevano che quelli seduti al tavolo della presidenza erano solo comprimari, marionette. Era Vailati il vero "padrone" del giornale.

– Lasciatelo parlare, vediamo cos'ha da dire il nostro valente redattore di "nera", il redattore che è stato già condannato da un Tribunale e sospeso dall'Ordine professionale. Un vecchio comunista sempre fedele a una ideologia condannata dalla Storia. Assunto in questo giornale perché raccomandato e perché ha trovato, in quel momento, la disponibilità di Sandro Pelucchi. Prego *dottor* Carati ci racconti qualcosa.

Enrico si era alzato in piedi. La sala ammutolita. Tutti attendevano che scoppiasse il temporale.

– Come avrete capito il vero padrone qui dentro è questo personaggio ambiguo e subdolo di incerta provenienza. È inutile che fa dell'ironia. Ho sempre dichiarato di non essere laureato ed è vero che sono in questo giornale perché raccomandato da un mio caro amico giovanile, come, del resto, tanti di voi. Qui dentro, però, ho sempre lavorato in modo coscienzioso, ho portato le notizie, ho scarpinato a destra e a manca per avere più dati dei cronisti degli altri giornali. Non ho mai guardato all'orario perché non sono un impiegato del Catasto, ma un giornalista. Ho preso *buchi*[13], pochi, e ne ho dati agli altri colleghi. Funziona così nei giornali, ma il signor Vailati forse il giornale non l'ha mai neppure acquistato in edicola, così come riconfermo, che il dottor Gaetano Maugeri non s'intende un cazzo di giornali. Resterebbe Mengogni che però è malato e Fabiana Roma, raccomandata anch'essa, che oggi è al settimo cielo perché, finalmente, dirige un giornale. A proposito, colleghi. Domandatevi come mai qui ci si ammala tanto facilmente. Il presidente della società, proprietaria del giornale, non l'abbiamo mai visto: è sempre ammalato e ora s'ammala anche Mengogni. C'è, forse, un virus che aleggia in redazione? Oppure siamo solo sfortunati? Vailati lei che dice? È vero. Io ho creduto e credo a «*un'ideologia condannata dalla Storia*». Ma chi sono i giudici che hanno condannato questa ideologia? Comunque non è di questo che vi vorrei parlare. Ma del fatto che io ho scoperto chi è il presidente della ScF Invest, il famoso e sempre assente Valter Orsini.

Nella sala c'era un silenzio angosciante. Tutti erano ammutoliti e tutte le teste guardavano in direzione di Carati. Attendevano da lui quello che aveva scoperto. Carati

---

13 Una notizia che gli altri giornali portano a differenza del tuo

aveva fatto sedimentare le proprie parole, poi aveva ripreso.

– Sì, perché ci sono due modi di fare il giornalista. C'è quello che attende i comunicati stampa, scrive un articolo e, secondo lui, ha fatto il proprio dovere. Questo non indaga, non si pone delle domande, convinto che questo sia il giornalismo. I poteri forti con lui dormono tranquilli e, prima e poi, sarà premiato con qualche aumento di stipendio. Poi c'è un altro modo di fare i giornalisti. Questi sono i giornalisti da marciapiedi. Si sporcano le scarpe, ma le notizie le trovano, le cercano e, soprattutto, cercano di capire le notizie, si fanno domande, seguono le storie e se trovano in esse qualcosa, a loro parere, importante, non mollano. Ecco, qui dentro, giornalisti di questo tipo ce ne saranno tre o quattro. Gli altri sono tutti impiegati-giornalisti.

Nella sala si cominciava a rumoreggiare. Ma Carati, implacabile, aveva ripreso.

– In realtà non esistono giornalisti scomodi. Penso che di scomodo ci siano solo le notizie e i giornalisti queste debbono trovare. Non attendere che arrivi sulla scrivania il comunicato-stampa, ma "scovare" la notizia scomoda e denunciarla sul giornale. E qui abbiamo un caso da manuale. In una precedente riunione di redazione quando, in modo tartufesco, non chiaro, il proprietario Sandro Pelucchi ci ha comunicato che lasciava la proprietà alla ScF Invest, siamo stati anche informati che il presidente di questa società di investimento corrisponde al nome di Valter Orsini che, purtroppo, non era potuto intervenire perché malato. Ora un giornalista-impiegato come si comporta, cosa fa davanti a questa notizia? Niente. Se ne sta al calduccio della redazione e si fa i cazzi suoi. Ma il giornalista da marciapiedi come si comporta? Embé, si comporta in modo diametralmente opposto. Niente di trascendentale, solo il proprio lavoro che significa fare una scappatina alla Camera di commercio, così da capire cos'è questa ScF Invest e conoscere dove sta, fisicamente, questa società d'investimento.

Nessuno aveva interrotto Carati. Silenzio attonito, alibiti nell'ascoltare le rivelazioni di Carati. Sapevano tutti che fra poco ci sarebbe stato il botto e lo attendevano come qualcosa di liberatorio. Alla presidenza, Maugeri si teneva la testa con due mani, Fabiana Roma era pallida con un tic continuo all'occhio destro. Solo Carlo Vailati non si muoveva, impassibile come una sfinge guardava Enrico Carati. Dietro, i due guardaspalle attendevano ordini da lui, ordini che non venivano. Carati aveva fatto la giusta pausa e ora si apprestava al finale.

– E così cari colleghi ho avuto la prima notizia. La ScF Invest sta a Novara in via San Bernardino da Siena. Cosa fare a questo punto? Per parlare con il signor Valter Orsini, presidente, era necessario andare a trovarlo. E io, contrariamente a voi, l'ho fatto. Così ho scoperto cose interessanti. Certo che se state sempre incollati alle sedie, le notizie non le avrete mai, vero Roma? Io ho alzato il culo e sono andato a Novara. L'ho fatto, non sottraendo tempo al giornale, ma quando ero in "corta". Debbo dire che tutto sommato è stata una gita interessante, non solo perché

Novara è una bella città, ma, soprattutto, per le cose che ho appreso. Sapete dove è situata la fantomatica ScF Invest? In un palazzo decadente, occupato abusivamente da immigrati stranieri, zingari e italiani disperati. Alla Camera di commercio ho anche scoperto che la Scf Invest è una srl con 10 mila euro di capitale, il minimo previsto dalla legge. Valter Orsini ha il 20% del capitale, Gaetano Maugeri un altro 10% mentre il restante 70% è intestato a una società con sede nel principato del Liechtenstein.

Subito si era alzato un brusio da parte dei partecipanti alla riunione. Si era alzato in piedi il responsabile del Cdr, Italo Bonvissuto, rivolgendosi alla presidenza.

– Non possiamo continuare a subire le maldicenze di questo personaggio... è una vergogna che si dia così tanto spazio a un personaggio che certo non brilla di moralità, che è stato anche, non dimentichiamolo, condannato da un tribunale e sospeso dall'Ordine dei giornalisti. Prego la direttrice di togliere la parola a Carati. Il Cdr ha già esaminato ampiamente la questione. Siamo aperti alle nuove sfide tecnologiche e la proprietà, sì la ScF Invest, ha garantito il mantenimento dei posti di lavoro. E, allora, cosa stiamo qui a perdere tempo?

Chiamata in causa, Fabiana Roma, stava per intervenire ma era bastata un'occhiataccia di Vailati per farla desistere. Era lui il vero padrone e decideva lui chi doveva o non doveva intervenire.

– Ho già detto in precedenza di far parlare Enrico Carati. Noi siamo per la democrazia. Vediamo cos'ha scoperto questo giornalista-giornalista, l'ultimo dei mohicani del giornalismo. Prego Carati, continui pure. Non vorremmo essere accusati di toglierle la parola. A me interessa questa storia. Vada avanti.

– Grazie della lezione di democrazia. Io non credo ad una sola parola di quello che ha detto perché lei è un personaggio sfuggente e ambiguo. Comunque continuo, informando che in questa casa occupata, il signor Valter Orsini non c'era perché malato. Era ricoverato presso l'ospedale Maggiore di Novara.

– Che fosse malato lo sapevamo, non mi sembra proprio una grande notizia... Quello che stai dicendo, mi sembra di più *tipo* una *bufala*[14], un *serpente di mare*[15]...

Così Fabiana Roma era intervenuta malgrado lo sguardo non certo compiacente di Vailati. Qualcuno del Cdr l'aveva subito appoggiata, gridando «*Lo sapevamo già che fosse malato, che cavolo di notizia è, questa?*».

– Se avete la pazienza di ascoltarmi vi racconto il resto della storia che è la parte più interessante. Sì, perché sono andato all'ospedale Maggiore per parlare con Valter Orsini. Ebbene sapete chi è? È un povero cristo che, per bisogno, ha dato il proprio nome a Carlo Vailati. Quello che viene definito, comunemente, "*testa di legno*", un uomo di 82 anni che sta morendo per problemi di cuore e che, appena mi ha visto, ha gridato che lui non firmerà più nulla. Questi è il proprietario della ScF Invest e del nostro giornale. È questo che per bisogno, per pochi spiccioli, ha fir-

---

14 Bufala sta per notizia infondata
15 Notizia falsa pubblicata in tempo di magra come quella del mostro di Loch Ness

mato tutto ciò che questo signore seduto alla presidenza, Carlo Vailati, gli ha sottoposto. Ora, ognuno di voi faccia il proprio esame di coscienza e decida cosa fare: se stare con Vailati o stare dalla mia parte e chiedere a gran voce il ripristino in questo giornale di un minimo di democrazia, un minimo di chiarezza. Ciò che ho scoperto a Novara, sul giornale non mi permettono di scriverlo e, quindi, sono costretto a denunciarlo a voce. Per concludere voglio fare un regalo a Vailati, una frase di un personaggio che esso odierà perché anche questo era «*Un vecchio comunista sempre fedele a una ideologia condannata dalla Storia*», Bertolt Brecht, il quale in una sua famosa opera teatrale, «L'Opera da tre soldi», così s'esprime: «*Ci sedemmo dalla parte del torto visto che tutti gli altri posti erano occupati*». In pratica, la lotta esistenziale e sociale di chi si batte per evitare l'omologazione. Ecco colleghi, considerato che gli stupidi sono sempre sicuri di ciò che fanno, mentre le persone intelligenti sono pieni di dubbi, vedete voi in questa situazione, in questo giornale, chi sono gli stupidi e gli intelligenti e comportatevi di conseguenza.

Carati si era seduto con una tensione evidente che gli si leggeva sul viso, mentre la bocca era piena di fiele amaro. Mentre Maugeri continuava a tenersi la testa e non dava segni di vita, Fabiana Roma si era alzata in piedi con un foglio e aveva letto un ordine del giorno da mettere in votazione. L'ordine del giorno sottolineava che i posti sarebbero stati salvaguardati, che fosse necessario un rinnovamento tecnologico e che per gestire questo rinnovamento tecnologico, la proprietà del giornale incaricava Carlo Vailati della bisogna. Poi l'odg era stato messo ai voti. Tutti quanti, chi in modo deciso e chi timorosamente, avevano alzato il braccio per approvare. Era una palude. L'unico che aveva votato contro, era stato Carati. Un'altra volta dalla parte del torto.

Sapeva benissimo che dopo il suo voto negativo e il suo intervento ci sarebbero state ripercussioni. Pur tuttavia era convinto che fosse necessaria la chiarezza, il coraggio delle proprie idee. Per non farsi schifo quando, la mattina, si sarebbe guardato allo specchio. Carati era consapevole che era finita un'epoca. Purtroppo non c'erano più i giornalisti impegnati a far emergere certe situazioni che il potere voleva non emergessero.

Un vero giornalista deve verificare la notizia che scriverà, deve ascoltare, controllare e non riportare una versione preconfezionata. Di pari passo diminuivano le copie acquistate in edicola e aumentavano i siti internet: il regno dell'imprecisione. Questi siti erano popolati da precari sottopagati, sempre in corsa per fregare la concorrenza e arrivare a dare quella notizia in Rete pochi secondi prima dei concorrenti.

Era l'informazione "mordi e fuggi". Il giornalismo di denuncia, quello che aveva fatto grande il giornalismo italiano in certi anni, non esisteva più, così come non era più necessario avere in tasca una manciata di gettoni telefonici per comunicare con la redazione. Ora c'erano i telefonini che facevano anche le fotografie. Fra qualche tempo, questione di pochissimi anni – pensava Enrico – i quotidiani cartacei non li leggerà più nessuno. Saranno acquistati solo dagli anziani, quelli che non si accontentano del sito internet o delle notizie-titoli sul telefonino con lo schermo minimale. Ci sarà l'illusione di ricevere, comodamente a casa propria, le notizie, gratuitamente. Cos'ha tutto questo con l'informazione? Con il gusto di scoprire una notizia? Con il gusto di leggere una notizia? Saremo tutti dipendenti dal web e non potremmo più farne a meno perché così ci hanno convinto le società che vendono apparecchiature elettroniche. Ma – si continuava a chiedere, senza riuscire a darsi una risposta univoca – cosa c'entra tutto ciò con l'informazione?

Magari, qualche volta, i giornalisti, grazie alla loro abnegazione e coraggio, riuscivano a far affiorare qualcosa, convinti di aver compiuto il loro dovere e non si accorgevano che altri usavano quei fatti per i loro interessi. La stampa non condizionava l'opinione pubblica ma, spesso, era la politica a condizionare loro. I bilanci dei giornali erano ormai all'osso. Per potercela fare, gli amministratori dei quotidiani dovevano contenere le spese, considerato che si vendevano sempre meno copie e la pubblicità latitava. E allora i padroni cambiavano manager che costavano come lo stipendio di una ventina di redattori. Il manager non riusciva a portare i conti in pareggio e, allora, ne arrivava un altro. Altre spese. Poi si licenziava. Oppure ti proponevano una collaborazione a 5 euro ad articolo. Spese a tuo carico, naturalmente.

Già nei giornali non c'erano più figure mitiche a cui fare riferimento. Erano scomparsi i correttori di bozze e, nelle pagine dei giornali, se ne vedeva il risultato, considerati gli innumerevoli errori; non c'era più il proto, il personaggio più importante della tipografia che decideva nei momenti difficili della chiusura del giornale; non c'era più l'archivio che ora era solo virtuale e tante altre figure. Ora si volevano fare le *isole a professionalità mista*, giornalisti e poligrafici. Sarebbe stato un massacro sia di una categoria che dell'altra. Ma tutto sarebbe avvenuto in un ambiente asettico, silenzioso. Come in una clinica ospedaliera.

Poco dopo le 13 era arrivato in redazione – dopo aver seguito il ritiro calcistico a Bologna degli Azzurri – Attilio Mancini. Assieme, erano usciti a pranzo e si erano recati in piazzale Lodi. Appena seduti e fatto la comanda – un piatto di pasta per Enrico, un'insalata e formaggio per Attilio. Un bicchiere di vino per uno, vino fermo. Attilio aveva domandato a Enrico dell'assemblea. Enrico mangiucchiava, non aveva fame, era irritato, indignato dal comportamento dei colleghi, del voto al buio su un ordine del giorno senza sicurezza. Aveva raccontato tutto ad Attilio.

– Ascoltami Enrico. Sapevamo entrambi che sarebbe andata a finire così, non fartene un dramma. Certo, stare in redazione, per te sarà molto complicato d'ora in poi. Ti faccio, però, una proposta. Fra una settimana rassegnerò le dimissioni e andrò a Roma per dirigere *Sport& Società*. Ho firmato ieri il contratto. Debbo organizzare tutto perché l'editore vuole uscire fra due mesi, quindi ricerca dei giornalisti, dei corrispondenti ecc. Bene. Se tu vuoi e puoi spostarti a Roma, io sono disposto ad assumerti. Pensaci, ma non hai tanto tempo per farlo. Giusto una settimana.

– Grazie Attilio. Ci penserò certamente, ma sin da ora ti dico che rimarrò a Milano. Non che abbia particolari legami. Il fatto è che io sono un "nerista". Non mi troverei bene in un settimanale di sport, anche se la testata dichiara che sarà un settimanale con un occhio particolare sulla società.

– Ti ho già detto che non voglio fare un giornale solo con i risultati della serie A o di altri sport anche minori. Voglio fare un giornale che indaghi su cosa ci sta dietro il mondo sportivo non soltanto la campagna acquisti, ma anche le tifoserie, le curve negli stadi, i legami con i gruppi organizzati di destra ecc. Ecco, la società. Pensaci perché potresti essere un ottimo inviato. L'editore mi ha dato carta bianca per le assunzioni. Pensaci, potrebbe essere un'ottima soluzione per lasciare questa cloaca del nostro quotidiano.

Avevano discusso ancora di ciò che era avvenuto la mattina, mentre il cibo desolatamente era rimasto nei piatti. Solo il vino era stato consumato. Dopo, lentamente, si erano recati verso via Tagliamento.

– A proposito, Enrico. Sei poi andato a far visita a fratel Achille?

– No. Con tutto quello che avevo in ballo... mi è proprio andato via dalla mente. Dopodomani sono in corta e ne approfitterò per andare a trovarlo anche se, francamente Attilio, non ne ho nessuna voglia.

La redazione era stranamente silenziosa, come se sentisse incombere su di essa qualcosa che stava per arrivare. Qualcosa non certamente piacevole. Enrico si era seduto al suo posto e aveva cominciato a fare i giri telefonici: polizia, ospedali, carabinieri ecc., così da sapere cosa era avvenuto. Poi aveva telefonato a Giovanna Scalzi. Avevano ancora in sospeso il ritrovamento del cadavere del drogato, stroncato da una overdose.

– Ciao Giovanna, come stai? Sono Enrico Carati.

– Oh ciao Enrico, stavo giusto pensando a te.

– È un onore. Ma tuo marito lo sa?

– Non fare il cialtrone che non ne sei capace. No, pensavo a te perché volevo informarti dell'autopsia di quel ragazzo straniero che abbiamo trovato nel sottopasso della Stazione centrale. Se passi da me ne parliamo. Non domani mattina. Meglio nel pomeriggio. Puoi fare un salto in Fatebenefratelli?

– Sarò da te attorno alle 15,30. Non puoi, intanto, anticiparmi qualcosa?

– No. Ne parliamo a voce domani. Ora scusami, ma debbo lavorare. A domani pomeriggio.

Alle 21 Carati era andato a casa. Era stata una giornata dura, difficile, sempre in tensione. Avrebbe avuto bisogno di distendersi mentalmente, di parlare, di cercare assieme a una persona a lui molto vicina, una soluzione. In più si era aggiunta anche la proposta di Mancini.

Una proposta che a lui non interessava troppo, ma che, indubbiamente, poteva dare una svolta alla sua disastrata vita .

L'indomani mattina, alle 10 era in redazione, al suo tavolo di lavoro.

Poco dopo era suonato il suo telefono. Era la neo direttrice Fabiana Roma che lo voleva, immediatamente, nel suo ufficio che poi era l'ufficio di Otello Mengogni, sempre in malattia. Enrico si aspettava quella chiamata. Non pensava, però, che avvenisse così in fretta, addirittura l'indomani mattina dopo l'assemblea.

Fabiana Roma era seduta dietro la grande scrivania onusta di carte, *menabò* e alcune cartelle di diverso colore. Testa bassa, era intenta a scrivere qualcosa sopra un foglio.

– Siediti, arrivo subito.

Enrico si era seduto e guardava Fabiana. Una figura, quella della direttrice sempre più opaca, con i capelli tinti di biondo, la faccia tirata.

Indossava un abito a giacca blu da donna in carriera e aveva qualche chilo di troppo appeso fra bracciali e collane. In realtà la carriera la stava facendo, a scapito di Mengogni, ma la stava facendo. D'altronde, coloro i quali dicono sempre sì al potente di turno, la carriera la fanno. Fabiana aveva terminato di scrivere e aveva guardato Enrico.

Si vedeva che era nervosa. Lo si capiva dai suoi comportamenti, lo strizzare più volte gli occhi e il tamburellare sulla scrivania con tutte le dita, manco fosse una pianista.

– Ti ho chiamato perché stiamo iniziando a fare *tipo* la ristrutturazione dei servizi e delle pagine. Dobbiamo essere consapevoli che il nostro ruolo, con la tecnologia che avanza, cambierà e cambieranno *tipo* anche i ruoli. Per quanto ti riguarda, da oggi non ti occuperai più di cronaca nera. Abbiamo deciso di portare in seconda pagina, ogni giorno, *tipo* una specie di pastone[16] da Roma. Sempre per

---

16 Un servizio che riassume e comprende tutte le notizie di uno stesso argomento

via della ristrutturazione in atto nel giornale, si è deciso che sarai tu a curare questa nuova rubrica.

– Siete pazzi? Chi si è inventato questa cazzata? Sei stata tu? Il pastone non usa più da almeno trent'anni...

– ... i *Tg* lo utilizzano.

– Appunto. I *Tg* non hanno nulla a che vedere con il giornalismo. Servono solo ai politici dei vari schieramenti che, con un minimo sforzo, hanno il massimo in visibilità. Loro parlano, parlano e l'ascoltatore non capisce nulla. Il loro è semplice soliloquio, siparietti dove ognuno recita il proprio ruolo. Dopo la guerra, con i giornali a corto di carta, si poteva anche capire... ma oggi un pastone che riassume la giornata politica, che senso ha?

– Comunque così è stato deciso. Quindi da oggi il pastone lo curi tu.

– E chi prende il mio posto alla nera?

– La nera sarà seguita da Fausto Infascelli...

Enrico si era messo a inveire. Si era alzato in piedi minaccioso.

– ... Infascelli? Ma quello non sa neppure dove sta la questura... Appena vede un morto si cagherà addosso...

– ... non puoi sempre *tipo* denigrare i colleghi. Infascelli è giovane, ha voglia di lavorare e farà senz'altro bene. D'altronde non ci sei solo tu qui dentro. Dobbiamo valorizzare altre persone.

– Intanto non potete cambiarmi mansione. Il contratto non lo prevede. È necessario discutere con il Cdr...

– ... già fatto. Il Cdr è d'accordo. E, caro Enrico, te ne

dico un'altra. Se non sei d'accordo puoi sempre licenziarti.

Enrico si era avvicinato alla scrivania e con l'indice minaccioso si era avvicinato al viso della direttrice.

– Stammi bene a sentire. Tu sei una nullità e se sei nel posto che occupi, è solo perché tuo marito è un dirigente del padrone, anzi dell'ex padrone del giornale, fra l'altro molto più intelligente e simpatico di te. Sei una nullità come giornalista e come donna. Sei solo stronza e, pur di fare carriera, faresti di tutto, anche venderti tua madre. Ma resti sempre e solo una nullità. Togliti dalla testa che dia le dimissioni. Mi dovete licenziare voi e darmi, di conseguenza, un pacco di soldi. Debbo fare il pastone? Va bene, farò il pastone. Ma ti avverto. Non rompermi le palle perché la prossima volta ti strozzo con queste mani. E adesso vai a prenderlo nel culo.

– Mi hai minacciata... la pagherai... non finisce così... Volgare che non sei altro!

Mentre Fabiana Roma si sedeva, portando la mano destra sul collo quasi a proteggerlo, Enrico era uscito dal suo ufficio e sbattuto la porta con violenza, facendo frantumare il vetro. In redazione tutti gli sguardi erano su di lui.

Molti redattori si erano alzati in piedi dai propri posti e stavano accorrendo verso l'ufficio della direttrice. Lui era andato alla sua scrivania, aveva preso lo scanner collegato con la polizia e l'aveva depositato sulla scrivania di Fausto Infascelli, il nuovo cronista di "nera".

– Infascelli questa ora è roba tua.

– ... ma io... io non so neppure come funziona. Finora ho seguito la cronaca bianca... cosa faccio?

– Non è un mio problema. Io da questo momento non c'entro nulla con la cronaca nera. Se non ti va bene, vai a piangere da quella santa donna della direttrice. Quello che so, io l'ho dovuto imparare da solo. Fallo anche tu e auguri. Sei giovane e, come dice, quella stronza della direttrice «*farai senz'altro bene*».

Era ritornato alla sua scrivania. Avrebbe dovuto iniziare a guardare le agenzie, per sapere cosa si diceva a Roma, al centro del potere politico e assemblare tutte le cazzate dei politici.

Non aveva nessuna voglia, era troppo nervoso, le mani tremavano. No. Non poteva stare lì a lavorare, come se nulla fosse avvenuto. E così era andato dal caporedattore, Angelo Sorrenti, e notificato che se ne andava a casa perché non era in condizioni di lavorare serenamente.

– Senti Enrico, mi spiace...

– ... no, lascia perdere. Vado a casa. Fate quello che volete.

Era uscito dal giornale con una grande rabbia in corpo. Mentre scendeva velocemente le scale aveva incontrato Attilio Mancini.

– Sai Attilio dove mi hanno messo a lavorare? Debbo fare il pastone politico... Ma ci pensi? Il pastone che non lo pubblica più nessuno lo facciamo noi.

– Ti avevo avvertito. Qui dentro è finita per te e anche per me. Vieni a Roma perché ormai, in questo giornale, non hai nessuna prospettiva, non hai futuro. Se ti hanno messo a curare il pastone è perché vogliono sbarazzarsi di te. Ti stanno obbligando a licenziarti.

– Per ora non mi li licenzio. Voglio vedere sino a dove arrivano.

Si erano salutati. Enrico aveva ripreso l'auto e si era diretto verso la stazione centrale, verso via Sammartini, verso "La Baita" di fratel Achille.

Cap. 15 - «Perché Dio permette... »

"La Baita" sorgeva circa a metà di via Sammartini, una strada piena di magazzini-depositi adiacente ai binari della Centrale che scorrevano sopra i loro soffitti. La Stazione Centrale di Milano, fondata nel 1931, è mastodontica: ogni giorno quei binari sono percorsi da 600 treni e 320 mila passeggeri il che significa ben 120 milioni di viaggiatori l'anno.

Enrico conosceva bene quei luoghi perché, spesso, si era recato per seguire qualche episodio di cronaca nera. D'altronde la stazione era anche il ritrovo di tanti disperati, non solo drogati.

Attorno all'ingresso centrale della stazione c'erano sempre tanti immigrati, tante persone in cerca di un tetto, di un lavoro, persone senza permesso di soggiorno, disperati disposti a tutto, pur di mangiare. Nei giardinetti erano accampati interi nuclei familiari. E pur senza nessuna organizzazione o indicazione, erano divisi per etnia: sulla destra dell'entrata principale, ci stavano i migranti dell'Est Europa. Erano lì in attesa di un ingaggio lavorativo, un ingaggio anche solo di un giorno, manovali o badanti. Si smerciavano sigarette di contrabbando e droga. Sulla sinistra i migranti provenienti dall'Africa. Lì si poteva comprare e vendere di tutto, dai vestiti, alle spezie, alla droga. E, naturalmente, sesso. Spesso scoppiavano risse, spesso scorreva il sangue. I migranti dell'Est Europa sono i protagonisti della domenica mattina. Piazza Luigi di Savoia cambia pelle. Alla domenica, si cucina su fornelletti da campeggio, si vendono salumi e scarpe, cappotti e Cd musicali. Si fa la permanente all'amica oppure massaggi alla cervicale. Gli uomini se ne stanno in circolo a chiacchierare e bere birra. Si contattano le cosiddette "badanti". Dopo il tramonto non era molto salutare attraversare quelle aree. Di notte centinaia di immigrati africani sono stesi sulla rachitica e fredda erbetta delle aiuole. I più fortunati, dentro i sacchi a pelo, gli altri solo con una coperta. È anche questo il volto di Milano, la Milano della moda e del rito dell'aperitivo, delle tangenti e dei politici rampanti, la Milano dei benpensanti che non vedono questi agglomerati di disperati e se ne stanno nei loro attici, con i riscaldamenti al massimo, a guardarsi la partita o il dibattito attraverso il televisore ultimo modello. La famosa Milano con il cuore in mano che fa, ogni tanto, una sottoscrizione per i senza-casa o per i bambini bisognosi, tacitando così la propria coscienza.

Da tempo si discuteva, nei luoghi deputati, della ristrutturazione della Stazione Centrale. Per ora, fra le alte volte della stazione, convivevano un albergo diurno, con bagni e docce, parrucchiere e manicure, nonché un cinema di terza visione. E nei sotterranei c'erano tantissime persone che ci vivevano. Vivevano fra topi e sporcizia, ultimi fra gli ultimi. Erano, i sotterranei, una specie di terra di nessuno con magazzini, gallerie, scale.

Un labirinto dove solo gli abitanti di quel sottosuolo sapevano districarsi. Persone che avevano trovato casa lì, stranieri e drogati, persone che non volevano farsi vedere, che si nascondevano, anche se quei giacigli oscuri erano situati in anfratti umidi, scrostati, sporchi e malsani. Fra gli addetti ai lavori – poliziotti, giornalisti, ferrovieri – quegli anfratti erano stati chiamati, non a caso, Hotel Inferno.

"La Baita" era praticamente a metà della via Sammartini, sulla destra. Arrivando da viale Lunigiana, si svolta a sinistra, in via Sammartini e, appunto, sulla destra si trova "La Baita". Sopra ci passano i treni. Originariamente era un magazzino all'interno del tunnel ferroviario, poi dismesso. Soffitti a volta, "La Baita" sviluppava 400 metri quadrati. Al pianterreno c'era un gabbiotto che fungeva da accoglienza.

Le persone che si rivolgevano alla "Baita" venivano smistati nei vari uffici dove volontari, medici, psicologi valutavano i loro bisogni. Dal soppalco si accedeva alla sala ristoro, lavanderia, docce, altri servizi. Sull'alto soffitto passavano grosse tubature.

Il tutto era piuttosto squallido, se non fosse per i coloratissimi murales che alleggerivano, di molto, la tetraggine dell'ambiente.

Enrico si era decisamente diretto verso il gabbiotto a vetri dove una signora sui sessant'anni stava, in quel momento, parlando al telefono o, meglio, stava gridando, inveendo nei confronti dell'interlocutore.

– Burocrazia, maledetta burocrazia! Ogni volta manca sempre un timbro. Dovevano consegnarmi, oggi, prodotti di pulizia, sapone, asciugami ecc. e manca un timbro, manca sempre qualcosa. Mi scusi... lei cosa vuole?

La donna aveva i capelli stopposi, di un biondiccio slavato, tagliati corti. Alta e con qualche chilo di troppo, nel passato doveva essere stata una bella donna. Il viso, una ragnatela di rughe. Ora era solo arrabbiata.

– Avrei bisogno di parlare con fratel Achille...

– ... anch'io. Non riesco a farlo da due giorni... Non è possibile andare avanti in questo modo... Se ha pazienza può darsi che arrivi. Può attendere là.

La donna, sbrigativamente, aveva indicato a Enrico una fila di sedie appoggiate contro una parete, perlopiù tutte occupate. Sedute c'erano donne e bambini, uomini soli, soprattutto anziani, stranieri. Enrico si era seduto e aveva cominciato a osservare con interesse quelle persone. Tutte bisognose di qualcosa, tutte disperate. Come spesso gli capitava, guardando quei visi, tristi e sofferenti, s'immaginava cosa fossero stati prima di arrivare alla "Baita". Forse avevano avuto una vita normale, una famiglia, degli affetti. E poi cosa era avvenuto? Qual era stato il motivo scatenante che li aveva portati a dormire negli anfratti della Stazione Centrale e ricorrere alla "Baita"?

Mentre faceva queste riflessioni era entrato un uomo alto con capelli e barba bianca. Capelli lunghi così come la barba. Senza scarpe, incedeva per il salone dirigendosi verso il gabbiotto. Aveva un portamento elegante. Appena la donna del gabbiotto lo aveva notato era uscita tutta felice.

– Andrea, sei ritornato? Che bello rivederti. Come stai?

Però ti sei fatto rubare, di nuovo, le scarpe. Devi fare più attenzione. Adesso ti siedi e attendi. Poi facciamo una bella doccia e tagliamo un po' la barba, eh? Va bene?

L'uomo chiamato Andrea non aveva risposto. Si era seduto poco distante da Enrico e poco dopo, una ragazza e un uomo, con il camice bianco erano venuti a prelevarlo e l'avevano portato via dalla sala d'aspetto, probabilmente alle docce.

Intanto arrivavano altre persone. Compilavano un foglio e si sedevano in attesa. Poco distante da Enrico c'era una famiglia di nomadi: la madre, molto giovane, forse meno di vent'anni e tre bambini piccoli. Erano silenziosi, guardavano nel vuoto. I bambini, di solito, sono piuttosto vispi, allegri e vitali. Questi non dicevano nulla; fissavano il vuoto, non si muovevano, non giocavano. Nei loro occhi la tristezza di chi non si attende niente dalla vita. Il padre mancava mentre la madre aveva uno sguardo angosciato, seppur animato da due occhi neri molto belli.

Poco più in là un ragazzo dall'età incerta. Parlava da solo e non si comprendeva nulla, con un tono di voce strascicato, deformato nella pronuncia delle parole, le pupille piccole.

Si grattava in continuazione, tipico di chi fa uso di eroina. E si scaccolava incessantemente. Enrico ne aveva visti molti di drogati. Tutti con espressioni fameliche, abuliche, scheletri che vagavano per la città, alla disperata ricerca di una dose, disposti a tutto. Soprattutto erano tra i venti e i trent'anni, tutti con la pelle grigia e gli occhi gialli per l'epatite.

Poco più avanti da dove era seduto Enrico, c'era seduta una donna ossuta con tanti capelli grigi in testa. Un braccio era appoggiato a un carrello della spesa, certamente sottratto a qualche supermercato. Sembrava lo tenesse con molta determinazione. Era, probabilmente, tutto quello che era rimasto della sua precedente vita, i suoi averi, forse i suoi ricordi. Non poteva permettere a nessuno di rubarli.

All'improvviso c'era stata fra quella umanità dolente e cenciosa, un po' di animazione e tutti avevano guardato la porta d'entrata. Fratel Achille era entrato, con il solito saio con su disegnata una croce rossa. Alto, imponente, ha modi bruschi e un'andatura incerta, ma la sua persona irradia una grossa efficienza. Subito la donna del gabbiotto era uscita e si era diretta da lui. Ma fratel Achille non aveva nessuna intenzione di ascoltare le proteste della donna.

Non si era fermato da nessuno e si era diretto verso una porta aperta da dove s'intravvedeva una scrivania.

Enrico si era alzato in piedi e l'aveva chiamato. Fratel Achille si era voltato e messo a fuoco il viso di Enrico. Subito dopo aveva fatto un po' di ironia.

– Guarda, guarda chi abbiamo. Il grande giornalista che racconta balle come tutti i giornalisti. Vieni pure nel mio ufficio... Lorenza non voglio essere disturbato per nessun motivo...

– ... ci sono un sacco di carte da firmare, non ci consegnano i prodotti... mancano i soldi...

– ... di questo non ti devi preoccupare. Ci pensa la Madonna... vedrai che i soldi arriveranno. Non preoccuparti.

Intanto Enrico aveva seguito il frate nel suo ufficio. Un ambiente piccolo e disadorno dove l'unica cosa importante che si notava era una statua della Madonna. Per il resto c'erano faldoni buttati per terra, libri, incredibilmente, un cavalluccio a dondolo.

– Lorenza è una brava persona, ma si preoccupa troppo. Sai dove l'ho "pescata" o, meglio, dove lei ha pescato me? Faceva la prostituta, sai. Il suo magnaccia la picchiava e lei non aveva la forza di liberarsene... Poco alla volta l'ho convinta. Ha smesso quella vita e oggi lavora per la "Baita". È proprio vero che le vie del Signore sono infinite. Allora sei venuto a confessarti, sei pentito? Lo sapevo che saresti venuto.

– Mettiamo in chiaro una cosa. Io ho considerazione per tutto quello che fa, ma esigo rispetto. E poi per quale motivo mi deve dare del "tu"? Non siamo né amici e neppure compagni di lavoro.

Il frate era scoppiato in una risata rumorosa.

– Io non do del "lei" a nessuno. Tu fai come credi. Perché sei venuto da me?

– Perché ho bisogno di chiarimenti che riguardano la morte di quel ragazzo. Non per confessarmi perché non credo che bastino due Ave Maria per ritornare puliti come prima. E non sono pentito. Lei non ha capito per nulla come lavoriamo nei giornali. Nel caso specifico, ho soltanto scritto quello che ho visto e le informazioni che mi ha fornito la polizia.

– I giornalisti, però, dovrebbero verificare le notizie prima di pubblicarle.

– Ripeto. La verifica mi è stata fornita dalle forze dell'ordine e dall'autopsia del ragazzo: era pieno di droga...

– ... questo è un falso. Mbdao era un bravo ragazzo, faceva, per noi, il mediatore culturale... ha passato anni di violenza inenarrabili, era contro la droga. Era fuggito dal suo Paese, nella speranza di trovare un mondo migliore e, invece, ha trovato la morte. E tu queste cose li devi scrivere!

– Se è per questo, sono stato esautorato dal seguire questa vicenda. Non posso scrivere più nulla su questo e altri casi di cronaca nera. Mi hanno trasferito ad altro servizio. Mi spiace.

– E allora cosa vuoi da me?

– Mi stia bene a sentire. Mettiamo da parte l'incompatibilità dei nostri caratteri. Sono venuto da lei perché il ragazzo era pieno di eroina e uno abituato a drogarsi non si spara in vena una quantità di eroina così alta, perché i consumatori di questa sostanza sanno benissimo che potrebbero collassare, morire.

– Quindi mi stai dicendo che accetti le cose che ho sempre sostenuto?

– Diciamo che ho avuto un riscontro, in questo senso, da una persona di cui non posso fare il nome.

– Dunque possiamo scrivere queste cose? Finalmente Mbdao potrebbe essere, diciamo così, "risarcito" moralmente?

– L'ho già detto. Io, sul mio giornale, non posso scrivere nulla. Potrei farlo su qualche altro, ma non è questo il punto. Il punto è che ho bisogno di sapere, di conoscere per poter scrivere. Oggi pomeriggio debbo vedere quella persona che le dicevo prima. Se questa persona mi porterà delle prove concrete e non aleatorie, allora posso, seriamente, tentare di denunciare su qualche altra testata, su qualche altro giornale, la vicenda del giovane senegalese. Non le prometto nulla, però.

– Sono sicuro che la Madonna saprà consigliare per il meglio questa persona e anche te.

– Sì, vabbè la Madonna...

– ... sei un miscredente. Guardati in giro, guarda quante persone soffrono, non hanno neppure da mangiare e altri spendono anche 150 euro, a testa, per una cena. Ti sembra normale, questo?

– Appunto. Non solo non mi sembra normale, ma mi domando da che parte guarda la Madonna da lei sempre invocata. Se Dio è veramente, come dite, misericordioso e onnipotente perché permette tutto questo? Perché permette le guerre, le violenze, le ingiustizie, le crudeltà, le catastrofi?

– Già la solita domanda. Perché? Fai peccato di superbia come tanti, uno dei peggiori peccati. E sei anche incoerente. Chi dice questo presuppone che Dio esista, visto che dà a lui la colpa. Perché Dio non interviene? E perché dovrebbe? Noi godiamo del fantastico dono del libero arbitrio e ognuno di noi può fare quello che vuole, salvo poi renderne conto alla fine dei suoi giorni terreni. E poi, guerre, fame, ecc. sono cose puramente "umane" che potremmo risolvere tranquillamente da soli, visto che le abbiamo generate noi. È come se io tagliassi un tubo dell'acqua e poi andrei a lamentarmi dalla società distributrice perché ho una perdita in casa.

– Non ho detto che sono ateo. Sono agnostico perché, riguardo l'esistenza o l'inesistenza di Dio, per me il problema è insolubile, considerato che non può essere verificato in alcun modo, né razionalmente e neppure materialmente. Insomma, come diceva il poeta francese Arthur Rimbaud: «*Se Dio c'è si è nascosto molto bene*».

– Ascoltami. Quando Gesù percorre tutta la Galilea, si ferma su un'altura, nei pressi di Cafarnao. Vede i suoi seguaci dall'alto e pronuncia, ritmicamente, per nove volte la parola "Beati". E chi sono i Beati? Gesù ne fa un elenco; i poveri, chi piange, coloro che non sono violenti, chi ha fame e sete di giustizia, chi ha compassione degli altri, i puri di cuore, chi diffonde la pace, i perseguitati, gli insultati. A loro si rivolge Gesù: a una umanità oppressa, che attende giustizia e mantiene la pace. Per tutte queste persone ci sarà la ricompensa nei cieli. Hai visto tutta quella gente che attende là fuori? Hai visto quello alto con la barba? Ebbene quello era dirigente di una importante azienda. Quando la moglie l'ha lasciato, è crollato tutto. Ha cominciato a bere, a non andare più a lavorare. L'hanno sbattuto fuori dell'azienda, fuori di casa e si è messo a vivere come un barbone. Eppure lui è stato scelto per questa grande prova di umiltà. Lui è stato fortunato a essere stato scelto da Dio, per essere stato messo alla prova. Con questo suo difficile percorso si sta "prenotando" un posto in Paradiso. Gli altri, invece, quelli con i soldi, quelli che truffano, che ammazzano per il potere, questi sono i veri miserabili. Per loro non ci sarà giustizia eterna, per loro ci sarà solo dannazione. Una città come Milano con così tanti poveri, dovrebbe far scaturire nei cuori di tutti un senso di riparazione nei loro confronti. Invece la povertà non è vista come un'ingiustizia, ma come una colpa. E sai qual è l'altra grande malattia di Milano e dei suoi abitanti? La solitudine. Siamo in tanti, ma siamo soli. E siamo indifferenti. La povertà non è univoca. Ci sono vari tipi di povertà. Una è quella che colpisce una persona perché, magari, ha perso il lavoro. Questo ha bisogno di una casa, di soldi per pagare l'affitto, soldi per acquistare il cibo per lui e la sua famiglia. Poi c'è un tipo di povertà che inizia per motivi di malattia e qui metto dentro anche le tossicodipendenze. Poi c'è quella che ti dicevo prima, la solitudine. Questa è una terribile malattia, forse la peggiore perché questo malato non ha più punti di riferimento, non ha famiglia, non ha amici. Tutti lo scansano perché è sporco, lacero. Ma, soprattutto, è solo. Non ha identità. Difficilmente vedrai uno di questi derelitti piangere perché, come ha detto qualcuno, i poveri si vergognano persino dei loro sentimenti.

Fratel Achille aveva alzato il tono della voce. Ora gridava, guardava la statua della Madonna in modo ieratico e gridava. Poi si era rivolto, di nuovo, a Enrico.

– Noi facciamo quel poco che possiamo. Chi non ha più nulla, chi ha perso tutto viene qui per avere un po' di calore, di tenerezza, di partecipazione. Ricordati che basta un nulla per ridursi come loro, può capitare a tutti... una malattia, la perdita del lavoro... non ci vuole proprio nulla.

Le vicende del mondo possono apparirci a volte oscure, contraddittorie, senza senso. Le tenebre non sono proiettate su un orizzonte metafisico o mitico: sono qui, con noi, parte della nostra vita. Ma la realtà divina, luminosa, è la ragione prima e ultima di tutto ciò che esiste. E la presenza del Verbo fatto carne accompagna tutto ciò che diviene. La storia trova luce in lui, che chiede di essere accolto, carne della mia carne: «*Venne fra i suoi e i suoi non lo hanno accolto. A quanti, però, lo hanno accolto ha dato il potere di diventare figli di Dio*». Dimmi cosa c'è di più rivoluzionario della vita di Gesù? Si è scagliato contro i mercanti nel tempio. Ricordati che Cristo fu ucciso dal potere, in quel momento il giudaico-romano. Ucciso perché diffondeva un messaggio incompatibile, opposto a quello di quei tempi, un messaggio che prendeva le distanze dal denaro e diffondeva, invece, il concetto di solidarietà...

– ... e mentre si aspetta il paradiso, che facciamo? In attesa del paradiso, i popoli si scannano fra loro, i bambini muoiono di fame, interi popoli sono costretti a espatriare. Comunque non sono venuto qui da lei per digressioni filosofiche-religiose. All'inizio mi ha detto che Mbdao era fuggito dal suo Paese ed era contro la droga. Mi può dire qualcosa di più di questo senegalese?

– Certo che posso. Ma tu sei pronto a ricevere quello che ti racconterò? Io sono in grado di raccontarti tanto e ho anche un documento...

– ... quale documento? Di che si tratta?

– Calma. Prima di raccontare certe cose e farti vedere quel documento, io debbo essere sicuro che tu sei dalla mia parte, della parte di chi soffre così come Gesù ha sofferto sulla croce.

– Senta fratel Achille, io faccio il giornalista, non il prete o l'educatore. Se ha voglia di raccontarmi le cose che sa, io le prometto che cercherò di denunciare queste cose attraverso qualche giornale. Ma lei deve essere chiaro con me, non rifugiarsi nel Verbo e parlare *come un prete*. Facciamo un patto: come le ho detto, questo pomeriggio ho un incontro con una persona. In base a ciò che mi dirà questa persona di cui mi fido, tornerò da lei. Le racconterò tutto, ma voglio da lei altrettanta chiarezza. Se c'è un documento, qualcosa su cui appoggiarsi, per me sarebbe molto più semplice convincere a farmi scrivere queste cose su qualche altro giornale. Questo è il patto. Mettiamo da parte la questione religiosa e parliamo di questo senegalese. Se vogliamo riabilitarlo, dobbiamo portare argomenti forti, per far riaprire le indagini.

– D'accordo. Mi hai convinto. Torna da me e vedremo come comportarci. Ma se tenti di fregarmi, pregherò la Madonna affinché ti castighi. Chiaro?

Si erano salutati. Fratel Achille era uscito dall'ufficio e si era messo a parlare con la famiglia dei nomadi. Enrico era uscito dalla "Baita" e si era diretto verso l'entrata principale della Stazione Centrale. Ormai erano le 13 passate e lui doveva necessariamente mettere qualcosa nello stomaco. Si era seduto in uno dei bar-ristoranti della stazione e aveva ordinato un piatto di pasta e una birra. Mentre mangiava ripercorreva, con la mente, quella mattinata, le cose che gli aveva raccontato lo strano frate, l'esistenza di un documento. Di che documento si trattava? E cosa gli avrebbe detto, fra poco, Giovanna Scalzi? Aveva tempo e così aveva lasciato l'auto posteggiata in via Sammartini e si era incamminato per raggiungere la sede della Questura. Aveva toccato via Vittor Pisani, piazza Repubblica, costeggiato i giardini di via Palestro, poi Filippo Turati e, infine, via Fatebenefratelli. Camminando lentamente, ci aveva messo poco più di mezz'ora. In quella mezz'ora aveva pensato intensamente alla sua situazione, a quello che era capitato al giornale, al suo demansionamento, alla sua esistenza praticamente fallimentare. Aveva un bel dire il frate, ma cosa poteva fare contro la situazione che si era creata al giornale? E poi, alla vicenda del senegalese.

Frattanto era arrivato in questura e si era diretto verso l'ufficio della commissaria capo della Squadra mobile, al primo piano. Aveva bussato e all'«*Avanti!*» era entrato.

Giovanna Scalzi era in borghese, seduta ad una scrivania, intenta a leggere degli incartamenti.

– Ah, ciao. Sei arrivato? Siediti che sono subito da te. Termino di leggere queste carte.

Enrico anche se non era la prima volta che entrava in quell'ufficio, si era guardato attorno e come sempre si era detto che gli uffici degli "sbirri" erano sempre gli stessi. Passavano gli anni, cambiavano i governi, ma gli uffici rimanevano sempre squallidi e con un senso di "sporco" che aleggiava fra le pareti.

– Ecco fatto. Perdiamo un sacco di tempo a leggere scartoffie che non servono a nulla... Ormai qui è tutta burocrazia aggravata dal fatto che i cittadini vedono troppi

telefilm. Ieri due miei colleghi dell'Antidroga mi raccontavano che erano di servizio, in borghese, nella zona Como-
Garibaldi. In corso Como avevano notato un ragazzino,
poi risultato avere 17 anni, che entrava e usciva in conti-
nuazioni dai locali di quella zona. Quando si era spostato
in piazza XXV Aprile, a ridosso del Teatro Smeraldo, avevano deciso d'intervenire. Avevano fermato il ragazzino e
chiesto di fargli vedere cosa contenesse lo zainetto. Sai
cosa ha risposto il ragazzino? «*Ce l'avete un mandato?*».
Capito? A parte che da noi non si chiama *mandato* ma *decreto di perquisizione*, questi vivono come se la loro vita
fosse un telefilm.

– E i poliziotti cosa hanno fatto?

– L'hanno portato in questura e chiamato i genitori. Si
è presentato il padre, commerciante di mobili, con ben
due avvocati. La loro tesi è stata quella che le bustine di ha-
scisc erano per uso personale e i soldi erano la sua "pa-
ghetta". Copia dell'atto verrà inviata al Tribunale dei Minorenni competente sul luogo della perquisizione... Qualche giorno fa, mi raccontavano i colleghi del Nucleo Speciale di Polizia Valutaria, avevano avuto una segnalazione
che a Milano era giunto un noto falsificatore di banconote. Significava che si stava preparando a inondare la piazza di Milano di banconote false. Questo falsario – che aveva preso alloggio in un alberghetto di viale Abruzzi e si era
registrato con il proprio nome – è un distinto signore di
circa 70 anni, pacifico e cordiale. Mai fatto una violenza,
mai usato una pistola o un coltello. Insomma, "una brava
persona". Malgrado fosse stato in prigione diverse volte e

conoscesse a menadito gli articoli del Codice penale, ha fatto il diavolo a quattro quando l'hanno arrestato. I colleghi l'hanno scoperto perché fra i nominativi delle "Schede alloggiati", sai quegli elenchi che tutti i titolari di hotel, pensioni e affittacamere devono compilare con i nomi e i relativi documenti degli ospiti e consegnarli alla polizia, c'era anche il suo. Si sono presentati nell'albergo e l'hanno invitato a seguirli in questura. Ebbene, il falsario si è rifiutato perché voleva la presenza del suo avvocato e un *mandato*. Ti rendi conto quanto male fanno i telefilm? Cambia proprio tutto, anche la malavita. Mentre la mafia o, meglio, le mafie hanno introdotto l'organizzazione e hanno una mentalità imprenditoriale, i mezzi di comunicazione di massa hanno fornito gli elementi per una tecnologia al servizio della malavita. Di fatto hanno cambiato la delinquenza tradizionale. Una volta, ti rubavano il portafoglio. Ora non più. Ora, senza spostarsi da qualche Paese offshore, schiacciando un solo tasto del computer, mandano in rovina l'intera economia di un altro Paese. Polizia e magistratura mancano di specializzazione, non possiedono quelle indispensabili chiavi di lettura per capire questi fenomeni. Mah! Allora veniamo a noi. Cosa mi racconti?

– Sei tu che devi raccontare. Io non faccio il poliziotto.

– Molte volte le cose le sapete prima voi giornalisti che noi. Comunque ti volevo parlare per confermarti i miei dubbi. L'autopsia del ragazzo trovato morto per overdose attesta che era pieno di eroina.

– E a te questa versione non piace per nulla, vero?

– Il fatto è che, come ti dicevo, chi usa eroina sa perfettamente che una dose troppo abbandonante lo porterebbe alla morte... questo, invece, era pieno zeppo di eroina. La cosa non mi quadra troppo... c'è qualcosa che non capisco. Le dico a te queste cose, ma ti prego di non scriverle...

– ... se è per questo puoi stare tranquilla. Mi hanno spostato di mansione. Basta, non faccio più la cronaca nera. Quindi...

– ... cazzo, questa non ci voleva. Contavo su di te, per cercare di far venire alla luce certi particolari. Ora è inutile continuare.

– Senti un po' Giovanna. Sono comunque un giornalista e posso sempre aiutarti, se tu aiuti me.

– Il solito tipico ricatto dei giornalisti...

– ... no. Voglio solo farti capire che anch'io su questa vicenda potrei avere fra poco delle notizie interessanti. Te le posso passare, ma ho bisogno che tu mi parli chiaramente.

– Che genere di notizie?

– Quel ragazzo nero morto per overdose si chiamava Mbdao, il cognome ancora non lo so, ed era senegalese. Faceva il mediatore culturale presso la "Baita" di fratel Achille. Immagino tu lo conosca. Ebbene, ho parlato con questo frate e mi ha promesso un documento importante che potrebbe chiarire la sua morte. In cambio io debbo scrivere la "verità" su Mbdao, sulla sua morte perché il frate non crede affatto che Mbdao si sia drogato fino a morirne.

– Il frate non deve fare nessun patto con te. Se ha dei documenti che possano chiarire la morte del ragazzo, deve portarli qui da noi.

349

– Sai anche tu che non lo farà mai perché non si fida, diciamo così, della giustizia terrena. Io fra l'altro ho millantato che posso scrivere la "verità" su Mbdao su un altro giornale, ma in questo momento sono praticamente tagliato fuori.

– Siamo messi proprio bene! Tu, praticamente, non puoi scrivere e io non posso indagare.

– Perché?

– È inutile girarci attorno. La morte di... come si chiama... Mbdao è stata archiviata come overdose, quindi tutto il faldone non è più di mia competenza. Il giudice istruttore ha firmato il decreto di «*non doversi promuovere l'azione penale*». Aveva ragione mio padre quando l'avevo informato che volevo entrare in Polizia. Lui mi aveva risposto che era meglio facessi l'insegnante. Aveva ragione. Ora avrei una vita più tranquilla e starei di più con i miei figli, con mio marito. Nella vita si sbaglia sempre...

– ... non apriamo questo tasto perché hai davanti a te il campione mondiale degli sbagli. A parte le battute spiegami bene perché non puoi continuare a investigare.

Giovanna Scalzi apre un cassetto della sua scrivania ed estrae una decina di fogli in formato A4, spillati.

– Tieni. Questo è il *Registro generale dei cadaveri non identificati*, aggiornato a ieri. Sono i cadaveri trovati negli anni in Italia e ancora non identificati. Viene pubblicato da parte del ministero dell'Interno. Guarda le caselle che ho evidenziato in giallo.

Enrico prende i fogli che gli porge la commissaria e comincia a guardare. Sono fogli stampati in orizzontale, divisi in otto caselle. C'è la *Regione* dove è stato rinvenuto il cadavere, la *Provincia*, il *Comune*, il *Luogo*, il *Sesso* del cadavere, l'*Età*, la *Data* del ritrovamento e le *Notizie* cioè se è annegato, se ha tatuaggi, com'è vestito, se è un bianco o di etnia diversa.

Enrico scorre i fogli e trova quello riferito a Mbdao. In realtà il nome e cognome non c'è. C'è, invece, il luogo dove è stato ritrovato, l'età approssimativa, gli indumenti che indossava al momento del ritrovamento. Sotto la voce *Notizie* c'è scritto: «*Da esami medici risulta assuntore abituale di eroina, cocaina e altre droghe*».

– Ma come fanno a scrivere che faceva uso abituale di eroina, se non sanno neppure come si chiama di nome?

– Il tutto è stato chiuso troppo in fretta. Non è che mi abbiano tolto il caso. Il caso non è stato mai aperto, in realtà. L'autopsia ha certificato overdose. L'indomani mattina, il fascicolo è stato portato in archivio. Fine. Un'efficienza mai vista. D'altronde a chi vuoi che interessi uno che si chiama Mbdao? Un nero drogato. Se fosse avvenuto durante un droga-party in via della Spiga... magari.

– Mi starai mica diventando comunista, eh! Senti, io domani torno dal frate e verifico cosa realmente ha da darmi. Appena so qualcosa di preciso ti avviso. Se veramente trovo nel documento qualcosa d'importante, potresti riaprire le indagini?

– Come ben sai questo non dipende da me. Posso, però, insistere con il questore, per riaprire le indagini. Ma debbo avere in mano argomenti concreti.

Si erano lasciati con questi intendimenti. Erano ormai

le 17,30. Enrico era uscito dalla Questura e si era fermato nel bar-tabaccheria di fronte. Aveva ordinato un bicchiere di latte caldo e telefonato a Benedetta. Si erano messi d'accordo di vedersi dopo il lavoro e andare a mangiare una pizza assieme. Era tornato, poi, in via Sammartini a prendere l'auto.

Alle 21 erano seduti in una pizzeria di Largo Marinai d'Italia, vicino all'abitazione di Benedetta. Mentre mangiavano la pizza, Enrico aveva raccontato quello che era avvenuto al giornale e poi l'incontro con fratel Achille e l'archiviazione della morte di Mbdao.

– Stai attento a non esagerare. Ti potrebbero licenziare.

– Certo. Per ora sono coperto e anche la direzione del giornale starà molto attenta. Ma, sulla carta, sono sì licenziabile. Domani, fra l'altro, chiederò un periodo di ferie. Anzi, dopo quello che è avvenuto al giornale, è meglio che vado dal dottore e mi faccio dare un po' di giorni di riposo. Sono esausto...

– ... non puoi cambiare giornale?

– Chi ti assume oggi? Costo troppo, sono vecchio. Meglio assumere un ragazzotto che costa poco, non ha tutele sindacali ed è disponibile a tutto, pur di lavorare. Oggi la tecnologia avanza e un giorno, fra non molto, potrai lavorare anche da casa. Nessuna assunzione stabile, nessun obbligo per gli editori, per i padroni, paghe basse, nessuna pensione. Questo è il futuro. Io sono un dinosauro in via d'estinzione. Un posto ci sarebbe, ma dovrei trasferirmi a Roma. Non ne ho nessuna voglia... e poi come farei senza di te?

– Non sparare cazzate. È una settimana che non mi telefoni neppure.

Enrico si era messo a ridere e la tensione si era un po' stemperata. Poi Benedetta aveva ripreso.

– So troppo bene quanto ami il tuo lavoro. Non ti ho mai chiesto nulla. A me va bene così, anche se desidererei farmi una famiglia, stare assieme più spesso. Se vuoi accettare la proposta di Roma, non esitare. Il futuro lo dobbiamo decidere noi.

Erano andati a casa di Benedetta. Si erano seduti in salotto, avevano parlato ancora e acceso il televisore. Su un canale privato, trasmettevano un vecchio film di Pietro Germi, «*Un maledetto imbroglio*», un film del 1959 tratto da «*Quer pasticciaccio brutto de via Merulana*» di Carlo Emilio Gadda dove lo stesso regista Germi, recita nella parte del commissario Ingravallo. L'avevano visto sino alla fine, sorseggiando, ogni tanto un po' di vino rosso.

– Se vuoi, puoi fermarti qui a dormire. Io domani, però, alle 8 debbo essere fuori casa, per andare in ufficio. Tu, invece, puoi dormire fin che vuoi. La solita fortuna dei giornalisti!

– Sì resto. Una bella fortuna, certo. Anche quando alla sera rincasiamo alle 2 di notte, oppure quando il telefono ti sveglia, per dirti che hanno trovato un cadavere al Giambellino. Sì, proprio una bella fortuna.

A letto erano restati abbracciati a parlare. Non avevano fatto l'amore. Erano restati così per tanto tempo. Benedetta aveva parlato dei suoi desideri, di un lavoro stabile, magari quello per cui aveva studiato, di formarsi una famiglia.

Successivamente si era e aveva fatto una domanda: chiedo troppo?

– Hai ragione Benedetta. Non chiedi troppo. Il fatto è che io non posso darti quello che chiedi. Con me non hai avvenire. Conduco una vita disordinata, ho problemi lavorativi, sto sempre in mezzo ai casini. Non sono proprio il tipo che possa dare sicurezza e tranquillità. Sarebbe irresponsabile, da parte mia, mettere al mondo dei figli.

Erano passati alcuni giorni da quella serata. Enrico era andato dal medico che gli aveva prescritto una settimana di riposo. Quei giorni li aveva utilizzati per andare in giro per Milano, visitare alcune librerie, fare un po' di pulizia a casa e rimpinguare il frigorifero. La sera passava a prendere Benedetta fuori dall'ufficio e andavano a mangiare, quasi sempre, però, a casa di Benedetta. Una parvenza di vita normale, a fianco di una persona che ami. E mentre mangiavano, parlavano ancora di loro, del loro non-futuro.

Enrico aveva telefonato a Silvana Crippa, la ex redattrice giudiziaria di *Unità a sinistra*. Erano passati tanti anni, ma Silvana restava sempre un'amica molto cara per Enrico. Continuava a seguire il Palazzo di giustizia e la cronaca giudiziaria. Lo faceva per uno dei più importanti quotidiani milanesi. Ogni tanto si sentivano, ma sempre più raramente, presi ognuno con i propri problemi di lavoro, di famiglia. I figli, i turni, i problemi che attanagliano tutte le famiglie. Quando aveva sentito la voce di Enrico, Silvana era scoppiata in un'esclamazione di gioia.

– Finalmente! Che bello sentirti. Ci eravamo detti che

non ci saremmo lasciati mai e, invece, sono anni che non ci sentiamo e non ci vediamo. Per fortuna ho un marito perché se aspettavo te, facevo in tempo a invecchiare. Come stai?

– Bene. Hai ragione. Non ti ho più chiamata. Ma sai anche tu come sono queste cose. Non è che negli ultimi anni sono andato "alla grande". Come avrai saputo ho avuto problemi anche di lavoro e non mi andava di piangere sulle tue spalle, magari farmi compatire...

– ... sei il solito pirla. Non riesco mai a capire se parli seriamente o mi prendi per i fondelli. A parte le battute mi fa molto piacere sentirti. Sono contenta di sapere che stai bene. Perché non ci vediamo qualche sera, a cena, a casa mia, così parliamo un po'. Magari porti anche la tua ragazza o tua moglie. Non ti sarai mica sposato senza dirmi nulla?

– No, non mi sono sposato anche perché ti ho giurato eterno amore...

– ... non prendermi per il culo...

– ... senti io vengo volentieri a casa tua, prima, però ti debbo parlare di una cosa seria. Ho bisogno di un piacere. Dovresti vedere nei meandri dell'archivio del Palazzo di giustizia se c'è qualcosa su una persona che è diventato, in pratica, il padrone de *Il nuovo milanese*. Si chiama Carlo Vailati.

– Ho preso nota. Facciamo così. Tu che turno fai sabato sera? Io sono libera e possiamo vederci a cena. Mio marito sarà felice, così mangerà qualcosa di diverso che i soliti piatti pronti.

– Pure io sono libero perché sono in malattia per tutta la settimana, quindi rimaniamo d'accordo per sabato sera.

– Non ti presentare da solo. A proposito, come si chiama la fortunata?

– Si chiama Benedetta e non è proprio fortunata ad aver trovato me. Di nome è Benedetta, ma di fatto...

– ... puoi ben dirlo. Con te non si è mai né benedetti né fortunati. Vi aspetto alle 20,30 a casa mia, sempre che tu ricordi dove abito.

– Certo che lo ricordo. Ah, senti. Il vino lo portiamo noi. Bianco o rosso?

– Meglio tutte e due. Bianco e rosso, così non sbagli. A sabato, dunque. Un bacio. Sono contenta che mi hai telefonato. Ciao.

Silvana abitava vicino a piazza 5 Giornate, esattamente all'inizio di viale Regina Margherita a un passo dal Palazzo di Giustizia. Si sarebbe potuto dire "casa e bottega", se non fosse che poi doveva andare in redazione che era in via Solferino. Benedetta aveva tergiversato sull'invito a cena, ma Enrico aveva insistito e così quel sabato sera, puntualissimi, avevano suonato al citofono di Cervia/Crippa. Abitavano al primo piano di un palazzo primo Novecento, un bellissimo palazzo con un giardino interno. Non avevano preso l'ascensore e sulla porta dell'appartamento li attendeva il marito di Silvana, Giordano Cervia, professore universitario alla Bicocca di Milano. Almeno così ricordava Enrico. Occhiali, alto, pochi capelli sul cranio, barba, ormai bianca, appena accennata. Non insegnava più perché era in pensione, ma era attivo nei comitati cittadini per la difesa del territorio, contro gli insediamenti delle grandi imprese che, di fatto, stavano trasformando Milano, sbattendo in periferia artigiani e lavoratori, piccoli negozianti.

Dietro Cervia era apparsa Silvana che, per prima cosa, aveva abbracciato con trasporto Enrico. Malgrado il trascorrere degli anni, anche se non era più "Grandi Tette Veloci" era sempre una bella donna e, soprattutto, una bella persona. Soliti convenevoli, presentazioni. Benedetta era molto elegante nel suo abito rosso impreziosito da un foulard, una sciarpa bianca con una cintura aderente in vita dello stesso colore e delle scarpe con i tacchi, piuttosto sobrie sempre in bianco.

Si erano seduti nel salotto di quella bella e accogliente casa. Una casa calda, vissuta, non certo come quella di Enrico. Il marito, mentre versava in un bicchiere gli aperitivi, aveva chiesto dove Benedetta e Enrico si fossero conosciuti. Avevano parlato dei rispettivi lavori, dell'impegno urbanistico di Giordano, delle beghe che c'erano, anche lì, nel giornale dove lavorava Silvana, della laurea di Benedetta che tardava ad arrivare. Si era creata un'atmosfera complice e sembrava che Benedetta avesse conosciuto, da sempre, Silvana e Giordano. Anzi, a un certo punto, le due donne avevano cominciato a parlare fitto fitto fra loro. Poi erano andate in cucina a controllare il cibo. Enrico aveva portato quattro bottiglie di vino, due rossi Gaglioppo della Calabria e due bianchi di Duca di Salaparuta, siciliani di Trapani. Enrico si era rivolto a Silvana.

– I vostri figli dove sono? Li avete nascosti?

– No, sono abbastanza grandi e sono andati a dormire

da mia madre. Loro sono contenti di fare tardi e noi stiamo più tranquilli.

– Guarda che non davano nessun fastidio. Anzi, saremmo stati felici di conoscerli.

– Ti assicuro che è meglio così. Questi rompono sempre. Piuttosto raccontami del tuo lavoro. Chi è questo Carlo Vailati?

– Me lo devi dire tu. E questo che ti ho chiesto.

– Purtroppo su questo ho cattive notizie nel senso che una cartellina con il nome di Carlo Vailati esiste. Soltanto che è vuota.

– Come vuota?

– Sì, vuota. Non c'è dentro nulla, neppure un foglietto, una riga. Ho chiesto come sia possibile una cosa del genere e l'archivista mi ha risposto che è possibile perché in quelle cartellette tutti ci mettono mano e sottraggono i documenti che servono. I risultati sono le numerose cartelline vuote.

A Enrico la fame era passata e, malgrado amasse molto mangiare pasta, e quella pasta con gli agrumi fosse molto buona. Gli si era bloccato l'appetito. Contrariamente a Benedetta che, invece, sembrava gradire quella pasta, una ricetta proveniente dalla sua Sicilia e ancor di più il vino.

– Per telefono mi hai detto che è il nuovo proprietario del tuo giornale. E così?

Enrico aveva raccontato quello che era avvenuto a *Il nuovo milanese*, gli strani personaggi che ci giravano attorno, la "*testa di legno*" come presidente di una finanziaria che deteneva la vera proprietà del quotidiano. Attorno a quel tavolo si erano creati due "schieramenti": da una parte Silvana ed Enrico che parlavano di giornali, di proprietà, di come sarebbe cambiata fra non molto la loro professione, dall'altra Benedetta e Giordano che parlavano di urbanistica e scavi archeologici. Come secondo piatto, Silvana aveva cucinato calamari ripieni con pane, parmigiano, acciughe e prezzemolo. Il tutto innaffiato dal vino bianco portato da Enrico. La serata era continuata così. Con racconti, episodi di quando lavoravano, assieme, a *Unità a sinistra*, a quei tempi pieni di prospettive e speranze. Prospettive e speranze che non si erano consolidati e la società era peggiorata, molto peggiorata rispetto a quella di quegli anni. Ed era peggiorata anche perché, allora, il cittadino era più informato, c'era molta voglia, nella società, di conoscere, di sapere. D'altro canto un cittadino informato è anche un cittadino più sensibile e attento.

Certamente una bella serata, anche se a Enrico quell'episodio della cartellina intestata a Carlo Vailati, vuota gli aveva guastato un po' la serata. Inoltre, non era abituato a mangiare così tanto. Si può dire che i veri pasti erano solo quelli che consumava a casa di Benedetta. Per il resto, sempre cose già cucinate, pronte all'uso, soprattutto pizze surgelate. Il vino, invece, andava giù bene e anche Benedetta dal colore del viso, dimostrava di averlo gradito. Ogni tanto scoppiava in una risata.

– Senti Enrico, se vuoi potrei domandare notizie di Vailati a qualcuno del giornale. Quelli che hanno contatti con Servizi... loro senz'altro sapranno qualcosa.

– Grazie Silvana. Ma preferisco, in questa fase, non

smuovere troppo le acque. Se avrò bisogno, non perderò occasione per interpellarti. Per ora va bene in questo modo.

Alle 23,30 Benedetta ed Enrico avevano deciso di andare a casa. Si erano ripromessi di rivedersi con Silvana e Giordano, di passare altre serate assieme. «*Non a casa mia* – aveva aggiunto Enrico – . *Perché tutti e quattro non ci stiamo*». Avevano riso. Silvana aveva chiesto a Enrico se abitasse ancora in via Scaldasole. Avutone conferma, aveva fatto un po' di ironia sul fatto che Enrico è «*fedele nei secoli come i carabinieri, anche nelle abitazioni*».

– Il fatto è che mi piace il quartiere dove abito. Certo, non è viale Regina Margherita. Ma io ci sto bene e l'eritreo sotto casa fa delle pizze molto buone.

Avevano riso tutti.

– Inoltre c'è un motivo, diciamo, storico. Sapete cosa è avvenuto in via Scaldasole? Ricordate... 1969... Pinelli... Poco più avanti a dove abito io, in un seminterrato ci stava il circolo anarchico Ponte della Ghisolfa. Lì era giunto il commissario Calabresi, poche ore dopo lo scoppio della bomba alla Banca dell'Agricoltura, e aveva invitato Giuseppe Pinelli a seguirlo in questura. Calabresi con la macchina di servizio; Pinelli con il suo motorino «*almeno così quando torni* – aveva detto Calabresi – *non sono costretto a riaccompagnarti*». Ma Pinelli non era più tornato. Era morto per un «*malore attivo*». Precipitato da una finestra del quarto piano della Questura.

Poi si erano salutati. Quando si erano abbracciati, Silvana aveva sussurrato all'orecchio di Enrico: «*Se hai bisogno, non farti scrupolo. Qualsiasi cosa. Siamo intesi?*».

Dalla parte del torto

In macchina, mentre tornavano a casa, Benedetta era molto contenta di aver passato una serata con quelle persone di cui aveva apprezzato la loro signorilità e raffinatezza che non era determinata dal loro conto in banca, ma da qualcosa di più profondo che avevano dentro di loro. Erano andati a casa di Enrico. Avevano fatto l'amore con trasporto, poi si erano addormentati. L'indomani, domenica, Enrico non lavorava perché era l'ultimo giorno di malattia. Si erano alzati tardi. Erano andati alle colonne di San Lorenzo e avevano fatto colazione. Infine, dopo aver girovagato per il quartiere, di nuovo a casa. Enrico dopo aver mangiucchiato qualcosa, si era sdraiato e si era addormentato subito, mentre Benedetta tentava di sistemare un po' l'appartamento di Enrico. Impresa per molti versi disperata. La sera Enrico aveva accompagnato a casa Benedetta e mentre ritornava verso via Scaldasole pensava a quella cartelletta vuota, al fatto che non aveva notizie di Carlo Vailati.

Da fratel Achille, Enrico era tornato dopo alcuni giorni, di pomeriggio. Aveva ripreso il lavoro al giornale e gli sembrava di essere un impiegato del Catasto. Aveva addosso un senso di vuoto, di umiliazione, di rabbia repressa. Era tagliato fuori dalla lavorazione del giornale, non usciva mai per fare servizi, nessuno dei colleghi parlava con lui. Tantomeno parlava con lui la ormai direttrice Fabiana Roma, tutta presa a rimarcare con tutti che era la direttrice del giornale e il povero Fausto Infascelli che non sapeva dove sbattere la testa fra incidenti stradali, giri telefonici degli ospedali, morti ammazzati. Gli faceva pena. Anzi, no. Ognuno è padrone della propria esistenza, si diceva tra sé. Se Infascelli aveva subìto i voleri di Fabiana, erano cazzi suoi...

Tutto sommato, pensava, malgrado il suo ruolo fosse stato demansionato e tolto dalla "nera", c'era un risvolto positivo. Nessuno gli rompeva le palle. Faceva il suo lavoro, come un impiegato, appunto, poi era libero. Quanto poteva durare una simile situazione? D'altronde ormai nelle redazioni dei giornali era tutto cambiato o stava cambiando. Non c'erano più i "grandi" giornalisti con il gusto della notizia, con il gusto di capire prima di scrivere. Ora tutti scrivevano di tutto, erano nati, non a caso, i tuttologi, esperti di qualsiasi cosa. Giornali e Tv propinavano un sacco di cazzate espresse da persone senza arte né parte. Erano ignoranti e spesso se ne vantavano pubblicamente, ma nel medesimo tempo erano aggressivi e quando di fronte a loro c'era qualcuno che non contava nulla, senza potere, lo umiliavano e lo oltraggiavano. Mentre tornavano a cuccia, quando di fronte a loro c'era il potente di turno, politico o industriale che sia. I giornali erano ormai quasi tutti omologati. Non seguivano l'essenza, il fondamento delle notizie, erano imperturbabili ai meccanismi che favoriscono il potere.

Non era raro che qualche giornale, a seguito di un fatto clamoroso, s'inventasse piste volutamente artefatte, magari un'intervista a qualche fonte, anonima, naturalmente. Tanto chi avrebbe potuto smentire quell'intervista se, appunto, la fonte era anonima? Ormai i quotidiani si assomigliavano tutti, considerato che le notizie le prendevano dalla stessa fonte. E questa fonte erano le agenzie di stampa, dall'*Ansa*, alla *Adnkronos*, dall'*Agi* all'*Ap, alla Reuters* e a tante altre.

Terminato di fare, come ogni mattina, il "pastone", faceva cose sue e aveva tempo anche di pensare a Mbdao, a fratel Achille, al fatto che la questura aveva archiviato il tutto.

Da fratel Achille, alla "Baita", come detto, ci era tornato al primo giorno di "corta". La "Baita" era sempre uguale, piena di gente desiderosa di ricevere aiuto, con la segretaria Lorenza indaffarata a rispondere a tutti, con i volontari impegnati ad assistere quella torma di senza casa e non solo, di disperati, di miserabili.

Questa volta il frate era già nel suo ufficio, con la porta aperta, mentre gridava al telefono. Una stanzetta dimessa con qualche stampa ai muri. Disadorna, con il telefono che continuava a squillare a ripetizione. Unica nota che rallegrava l'ambiente era una gracile pianta in un angolo dell'ufficio. Doveva avere molta sete perché aveva un aspetto trascurato.

Aveva fatto segno a Enrico di entrare ed egli si era seduto sull'unica sedia che c'era davanti alla scrivania del frate, in attesa che chiudesse la comunicazione.

– Sapete cosa vi dico. Siete incompetenti. Volete fare i politici, ma se fosse per me non vi farei amministrare neppure un condominio... Sono stanco del vostro tergiversare, con il fatto che le delibere debbono passare dal Consiglio comunale, dalle commissioni... E intanto a un bambino che mi chiede da mangiare cosa gli rispondo: aspetta la delibera che va in Consiglio comunale fra 15 giorni... gli rispondo così? Fate quel che volete. Io chiamo i giornali e denuncio il tutto.

Aveva sbattuto il vecchio telefono sulla forcella. Poi si era rivolto a Enrico.

– Come posso continuare in questo modo? I politici accampano sempre scuse. Ma i miei tempi sono diversi dai loro. Quando viene da me uno che non ha casa, che dorme in strada coperto dai cartoni debbo risolvere la sua situazione... vorrei vedere l'assessore dormire per strada... che merda di società... Vorrei vederlo quando piove o nevica e i cartoni sono tutti una poltiglia, le coperte inzuppate d'acqua...

– Noto che ormai parla come me. Non solo. Quando serve va bene anche la stampa che è sempre, come dice lei, bugiarda. Ha minacciato di chiamare i giornali. Allora si è ravveduto?

– Non fare lo spiritoso. Voi siete una categoria di mentecatti sempre pronti a buttarvi come corvi sui poveracci, magari uccisi o morti per droga...

– ... va bene, non ricominciamo a litigare. Piuttosto, io mi ero preso l'impegno di parlare con una persona. L'ho fatto. Purtroppo per il suo Mbdao non ci sono speranze. La pratica, la questura l'ha archiviata e se non avvengono fatti nuovi, la cartellina di Mbdao sarà dimenticata in archivio.

– Cosa significa?

– Significa che non ci saranno indagini per scoprire com'è morto il ragazzo senegalese, salvo che avvengano fatti nuovi. Ma fatti nuovi non verranno perché non ci sono indagini. Quindi Mbdao è morto, ufficialmente, per overdose di eroina.

– Chi ti ha detto tutto questo? Se mi dai il nome vado io a parlarci...

– ... no è una mia fonte e le fonti le debbo tenere coperte. Il nome non posso farlo. Rischierei di bruciarla questa fonte.

– Quante palle! Io vado a parlarci e mi porto dietro anche la statua della Madonna e voglio vedere se questa persona non riapre le indagini.

– Escluso nel modo più assoluto. Piuttosto noi avevamo fatto un patto. Io parlavo con questa fonte e lei mi raccontava di Mbdao e mi dava un documento. Sono venuto per leggere quel documento.

Il frate si era passato una mano fra i capelli e sulla fronte. Un gesto di stanchezza evidente. Era vestito in modo stazzonato con un maglione largo marrone, con delle macchie. Il colletto della camicia liso, la barba lunga di qualche giorno, i pochi capelli bianchi scomposti. Quello che, però, faceva più impressione a Enrico erano gli occhi: infossati, scuri, occhiaie come autostrade, sclere rosse. Tutti segni che il frate dormiva poco e male e mangiava peggio, quando mangiava. Aveva guardato con spossatezza Enrico, poi aveva ripreso.

– Sì, io ho un documento importante. Potrei anche dartelo, ma voglio sapere dove finirà e se verrà pubblicato quando e dove, su quale testata, considerato che tu ormai non puoi più scrivere sul tuo giornale. Sai, io e te siamo uguali, ci assomigliamo. E sai perché? Perché siamo due perdenti. Io, però, sono fortunato perché ho una prospettiva futura migliore della tua, perché sono credente, mentre tu mi fai tanto pena perché sei ateo o, meglio, come mi hai detto giorni fa, agnostico.

– Lasci perdere che al mio futuro ci penso io. Piuttosto rispondo alle domande che mi ha posto. È vero, la questione del senegalese non la posso scrivere sul mio giornale. Ma fra poco uscirà un nuovo settimanale, a Roma, e il direttore mi ha proposto una collaborazione. Potrei anche far conoscere il documento alla mia fonte. Se questa fonte riterrà il documento veritiero, è possibile far riaprire il caso ai magistrati. Non serve a nulla che lei tenga quel documento nel cassetto. La credibilità di Mbdao non otterrà, in questo modo, nessun beneficio.

– E io mi dovrei fidare?

– Non c'è nessuna opzione: o si fida o non ne facciamo nulla e io mi alzo e non ci vedremo più. Le assicuro che anch'io ho i miei problemi da risolvere e non solo lavorativi. Allora, me lo vuole dare questo documento?

Fratel Achille guardava intensamente Enrico. Lo fece per svariati interminabili minuti con quegli occhi che sembrava potessero trapassare qualsiasi cosa. Riprese a parlare con calma, con voce stanca, una voce che non si aspetta, dalla vita, più nulla.

– D'accordo, ho deciso. Ora ti darò il documento. È piuttosto corposo. Sono una sessantina di pagine formato A4 scritte su ambo le facciate. Sono scritte in italiano perché Mbdao conosceva oltre altre lingue, anche la nostra. Conosceva tante cose Mbdao e avrebbe potuto fare molto anche per la nostra società e, invece, qualcuno ha deciso che doveva morire. Ora lo vado a prendere. Non lo tengo in ufficio, per timore di qualche furto. Mbdao fa anche i nomi... nel documento... io non li conosco, forse tu sì.

Si era alzato ed era uscito senza aggiungere altro. A Enrico non restava che attendere. Era rimasto seduto. Poco dopo si era alzato e dai vetri dell'ufficio aveva guardato il salone. Come sempre, pieno di natura umana disperata. L'attesa si era protratta per oltre quindici minuti. Poi il frate era tornato con le mani vuote.

– Si è forse perso il documento? Non mi dica che non c'è più?

– Sei proprio un uomo di poca fede. Un documento del genere non lo tengo di certo in questi uffici, con il pericolo che qualcuno se ne appropri. No. Sarò anche un frate, ma conosco come vanno le cose terrene. Sai dove l'ho nascosto? Sotto un binario, sotto uno scambio ferroviario...

– ... sotto un binario? E se lo vedeva qualcuno?

– Quel binario è in disuso da almeno vent'anni. È vicino al binario 21 quello da dove partivano i treni per i campi di eliminazione tedeschi, praticamente vicino al posto di polizia della stazione.

Mentre diceva questo, il frate aveva chiuso la porta e aveva infilato una mano sotto il maglione sortendone con un plico, il famoso documento di Mbdao.

– Tienilo da conto, mio caro giornalista. Qua dentro, in questi fogli, c'è la vita e la morte di una persona, Ci sono le sue aspettative, i suoi desideri, la sua voglia di vivere, di cambiare questa società che permette lo sfruttamento di interi popoli per i loro interessi. Che permette lo sfacelo delle famiglie, la rottura dell'equilibrio della natura. Leggilo attentamente come l'ho letto io e poi, in sincerità, domandati, se puoi affermare che il ragazzo senegalese è morto per overdose di eroina. L'hanno ucciso. Io lo so perché ho letto il documento. Leggilo anche tu senza preconcetti, senza superbia e tienimi informato. Ora ti debbo lasciare perché ho un sacco di arretrato da fare. Pregherò per te, ma tu stai molto attento. Quelli che hanno ucciso Mbdao lo possono fare con chiunque. Arrivederci.

Si era alzato ed era uscito dall'ufficio, lasciando Enrico ancora seduto. La statua della Madonna sembrava che guardasse, con sufficienza, Enrico. Egli non sapeva dove porre il documento. Optò per nasconderlo dentro i pantaloni, all'altezza della vita. Operazione che aveva compiuto andando ai servizi. Forse era un po' paranoico, ma era sempre meglio nascondere il documento. Non ci voleva nulla strapparglielo, se lo avesse tenuto fra le mani, mentre camminava per andare a prendere la macchina e tornare a casa.

A casa era arrivato a pomeriggio ormai inoltrato. Aveva posteggiato e si era fermato dall'eritreo, per acquistare qualcosa per la cena. A casa, come al solito, il frigorifero era vuoto.

Doveva necessariamente acquistare del cibo perché prevedeva che la serata sarebbe stata lunga. Dall'eritreo aveva acquistato due bottiglie di birra, latte, un piatto di *zighinì*, un piatto unico composto da uno spezzatino di carne (manzo o pollo) verdure e legumi vari. Servito con pane *injera*, usato come cucchiaio per mangiare il tutto. Anche una pizza surgelata.

Sentiva il bisogno di mangiare un dolce e l'eritreo gli aveva consigliato il *Himbasha*, il pane dolce dell'Eritrea. Gli aveva indicato gli ingredienti contenuti nel dolce, ma Enrico appena sentito che c'era dentro anche l'aglio, lo aveva subito bloccato.

– Per me niente aglio.

– Aglio fa molto bene, tu provare.

– No, grazie. Che altro dolce hai?

– Del mio Paese, nulla oltre il *Himbasha*. Solo prodotti confezionati tipo "Mulino Bianco". Roba non buona, meglio dolce con aglio.

– Ti ho già detto di no. Hai una ciambella allo yogurt?

– Aspetta... vediamo... Ne ho una senza zucchero e burro. E senza aglio. Va bene?

– Sì. Dammi anche quella.

Enrico aveva pagato ed era uscito dal negozio dirigendosi verso il suo appartamento. Il documento scritto da Mbdao gli dava terribilmente fastidio perché lo limitava nei movimenti, visto che l'aveva in vita, tenuto dai pantaloni.

Ormai, però era praticamente arrivato a casa. Era entrato nel portone che non aveva portone. Era, quindi, sempre aperto, aveva guardato la sua cassetta della posta che non conteneva nulla e si era fatto i due piani a piedi, considerato che non c'era ascensore.

In quel momento era uscita la signora che abitava nel

suo stesso pianerottolo. Questa era una zitella di una sessantina d'anni, milanese, sempre con qualche problema di
natura condominiale.

– *Dutur lè ura de finila*. Ieri all'entrata, *gho truvà un
barbun che durmiva*. Bisogna far *quaicòss. Lu che fa il
giurnalista, non puderia* scrivere *quaicòss. Mi go paghura
de entrà de not. Chi lè un rebelòt... Le pien de malnàt. Lé
propri ura de finila.*

– Signora Rosetta. Le ho già detto tante volte che non
sono dottore e non posso scrivere cose personali sul giornale. E poi lei dove va di notte? Dia retta a me. Stia a casa.

– *Mi sto a ca mia. De sera tiri giò la clèr e basta.*

– Fa bene, Rosetta. Tiri giù la "saracinesca" e vada a
dormire.

L'aveva mollata sul pianerottolo ed era entrato nel suo
appartamento.

Per prima cosa aveva abbandonato all'entrata i sac-
chetti della spesa, e tirato giù i pantaloni aveva recuperato
così il documento di Mbdao. Aveva sistemato subito la
spesa in frigorifero.

Doccia calda, indossato una tuta e si era sdraiato sul
divano. Avrebbe voluto rilassarsi un po', ma il documento
del senegalese incombeva su di lui. L'aveva messo sul tavolo e avrebbe voluto cominciare a leggerlo. Nello stesso
tempo, però, aveva "paura", paura di trovare nel documento cose non piacevoli. Guardava quei fogli e non si decideva.

Si era alzato e aveva deciso di iniziare a cenare, anche
se non era ancora l'orario canonico della cena. Ma lui, con

gli orari del giornale, mangiava a qualsiasi ora. Così aveva scaldato lo *zighinì* nel microonde e aveva cominciato a cenare, aiutandosi con il pane *injera* come cucchiaio.

Nei ristoranti tipici eritrei si mangia con le mani e ci si aiuta, appunto, con il pane *injera*. Era molto buono. Guardava il piatto vuoto e i fogli del documento di Mbdao, ma non si accingeva ancora a leggerli. Si era alzato e lavato il poco che aveva sporcato. Si era messo sul divano e, finalmente, aveva cominciato a leggere quello che aveva scritto Mbdao.

Mbdao scriveva bene in italiano. Dalla scrittura si vedeva che era una persona colta. Ai margini del foglio c'erano note e integrazioni allo scritto. Una specie di diario che iniziava dal Senegal, dalla decisione di partire per raggiungere a Londra la sorella. E poi il terribile viaggio per attraversare il deserto, la fame, il caldo di giorno e il freddo di notte, l'angoscia.

Descriveva le percosse dei militari nei posti di blocco, l'incontro con Karim, le botte dei libici nel campo-lager da dove erano riusciti a fuggire attraverso le fogne. Gli anni trascorsi a Misurata per raccogliere i soldi, così da pagare i trafficanti di uomini che l'avrebbero portati in Europa, in Sicilia.

E, finalmente, sulla barca, di notte, diretti verso Lampedusa. In 500. Una notte di terribile terrore, il naufragio, le grida inutili di aiuto, i morti attorno a loro. E poi Lampedusa, la solidarietà di quelle popolazioni nei loro confronti, l'opera indefessa del dottor Bartolo, il trasferimento in Calabria.

Leggere quelle pagine era come calarsi in un girone dantesco. Eppure le pagine che seguivano questa descrizione, riuscivano a farlo immergere in qualcosa di peggio, se ancora fosse possibile.

Le pagine riguardanti Borgo Tressanti a Cerignola, in provincia di Foggia, erano la dimostrazione di come ancora una volta i migranti servivano solo ed esclusivamente per essere sfruttati con una paga da fame e una fatica enorme sotto il sole cocente. L'omicidio di Karim, la fuga di Mbdao, il suo tentativo di raggiungere il Nord Italia sembrava un film dell'orrore. Come poteva, si domandava Enrico, l'animo umano sopportare tutto questo? Come faceva Mbdao, e tanti come lui, avere ancora fiducia negli uomini? Fiducia in un domani migliore per loro e le loro famiglie?

Terza parte

Cap. 16 – Da via Corelli alla "Baita"

A Milano, Mbdao, giunge nell'inverno 2000. Da quando ha lasciato il suo villaggio, nel Senegal, sono passati cinque anni. Giunto a Milano si rende conto che non cambia nulla con la sua precedente situazione. Appena arrivato, lo bloccano e lo mandano nel centro espulsione di via Corelli, estrema periferia est di Milano, in realtà chiamato – così per addolcire la pillola – Centro di permanenza per i rimpatri, a seguito dei decreti che si sono susseguiti nel nostro Paese. In realtà è un carcere anche se, sulla carta, questi centri sono strutture di detenzione amministrativa (ci si finisce non per aver commesso un reato, ma per non essere in possesso di un titolo di soggiorno). Un abominio. Lì, per Mbdao e compagni inizia un'altra via crucis. Le rivolte sono all'ordine del giorno. Appena arrivato Mbdao resta coinvolto in una rivolta cominciata perché un migrante, con famiglia in Italia da diversi anni, temendo di essere nella lista dei rimpatriati, aveva inghiottito dei pezzi di vetro e tentato di impiccarsi con le lenzuola. Per protesta gli altri "detenuti" bruciano materassi, spaccano finestre e porte. Nessuno di loro era riuscito a nominare un avvocato o a capire come muoversi, per evitare l'espulsione. Le organizzazioni di volontariato non possono entrare nel Centro di via Corelli e neppure il Garante dei detenuti. La polizia, ovviamente sì. Si pensa di risolvere un problema sociale – scrive Mbdao –

con l'intervento della polizia in assetto antisommossa. Venti tunisini sono stati rimpatriati – continua Mbdao –. Persone che non hanno commesso nessun reato. L'unica loro colpa è quella di non avere un foglio di carta e qualche timbro sopra. Mentre ai capitali – prosegue ancora il senegalese – è garantita la libertà di movimento, agli uomini questo diritto è negato. Rimandarli in Tunisia, per loro, significa la morte certa. Per sfuggire a questa fine, un altro migrante tunisino, con moglie in Italia e figlio di due anni, si era cucito la bocca con filo di ferro. I poliziotti erano intervenuti e avevano strappato il filo di ferro dalle labbra del tunisino. Una violenza inaudita. L'avevano caricato su un furgone e, scortato, lo portarono immediatamente all'aeroporto. Per lui, oppositore del governo di Tunisi, questo rimpatrio significava la fucilazione certa.

Erano gli effetti delle varie leggi italiane contro l'emigrazione, a cominciare dalla legge 40 del 1998, la Turco-Napolitano (dai nomi dei parlamentari Livia Turco e Giorgio Napolitano del Pds). In seguito erano arrivate le altre leggi che, però, Mbdao non le aveva vissute perché era stato ammazzato prima: la legge Bossi-Fini del 2002 che prende il nome dagli ex leader di Alleanza nazionale Gianfranco Fini e della Lega nord Umberto Bossi (all'epoca rispettivamente vicepresidente del Consiglio e ministro per le riforme istituzionali nel governo Berlusconi). E, per cascata, tutte le altre leggi che si sono susseguite, sino ad arrivare alla legge Minniti del 2017.

Ed è proprio a seguito di una rivolta, che Mbdao e altri quattro migranti riescono a fuggire dal Centro di permanenza per i rimpatri di via Corelli. Mbdao non conosce Milano. Sa solo che deve correre, correre più veloce che può, come quando scappava dai "caporali" delle campagne di Cerignola. Comincia a vagare per la città, dormendo in qualche anfratto, coprendosi con cartoni. D'inverno, la temperatura, di notte, a Milano, è rigida e così si rifugia sopra gli sfiatatoi della Metropolitana. Chiede la carità anche se lo fa con fatica perché convinto che un uomo, per pagarsi il cibo, debba lavorare, non mendicare o rubare. Inevitabilmente finisce alla Stazione centrale e lì impara a sopravvivere, impara a dormire negli angoli più riparati, impara a chi rivolgersi per mangiare un piatto caldo. Lì ha anche alcune offerte che sdegnosamente allontana. La prima è quella di prostituirsi. Ci sono, a Milano, persone facoltose che di notte, con i loro macchinoni, girano nella zona alla ricerca di ragazzi che vogliono prostituirsi. Hanno soldi, sono ben vestiti, i più hanno famiglie e figli, sono timorati di Dio e ossequiosi delle leggi.

L'altra proposta è quella di vendere droga. Qui i soldi si fanno più velocemente, ma Mbdao è stato sempre contro. «*La droga* – scrive il ragazzo senegalese – *è una bestia feroce che annienta il tuo cervello, che, a poco a poco, lo erode, che ti fa perdere lucidità e sentimenti. Se resti schiavo della droga non sei più un uomo, sei l'ombra di un uomo e io non voglio essere responsabile di questo abbrutimento vendendo droga*».

Ecco perché fratel Achille era così violento nei confronti di Enrico. Perché sapeva di questa netta posizione di Mbdao. Intanto le settimane passano e la possibilità di arrivare a Londra, per Mbdao, si fanno sempre più esigue. Si rende conto che sin che rimarrà con quella umanità dolente che vive sopra e sotto la Stazione centrale, non avrà futuro, non avrà scampo e, alla fine, disperato e affamato, potrebbe anche decidere di vendere droga o andare con qualche ricco milanese.

Dopo un paio di mesi di quella vita randagia, c'è il fatale incontro con fratel Achille. Ogni tanto andava alla "Baita" a mangiare e quel mezzogiorno si era messo in coda per un piatto di minestra. Una coda lunghissima e non sempre, alla fine, tutti riuscivano a rifocillarsi. Ogni tanto scoppiava qualche lite per questioni di precedenza, ma in genere la fila era piuttosto ordinata. Quel mezzogiorno era uscito dalla "Baita" un medico-volontario, con il camice bianco e, a voce alta, aveva chiesto a coloro che pazientemente erano in fila, se qualcuno sapesse cosa stesse dicendo uno straniero di origine africana che il medico stava visitando. Mbdao aveva alzato il braccio e il medico l'aveva portato all'interno della struttura, nel suo studio, dove effettuava le visite. Lì, su una barella, stava sdraiata una persona di una sessantina d'anni, con pochi capelli in testa, senza denti, con occhi lucidi. Mbdao aveva cominciato a salutarlo nella lingua che in Senegal si utilizza maggiormente, il Wolof, la lingua madre. Ma l'uomo guardava Mbdao con uno sguardo sofferente e non capiva. Poi aveva tentato con il francese che è un po' la lingua nazionale, ma l'uomo era sempre più perso nel suo dolore che gli faceva tirare le labbra e produceva una nenia lamentosa. Dopo un po' di tentativi, Mbdao aveva provato con il Balanta-Ganja, una lingua parlata nel sud-ovest e nel sud del Senegal e aveva fatto centro. L'uomo si era come risvegliato e anche il suo viso sembrava meno sofferente. I due avevano parlato fittamente per un bel po', poi Mbdao si era rivolto al medico: «*Da quello che posso intuire, ha dolori molto forti al lato destro della schiena. Dolori che sono cominciati ieri sera e hanno continuato tutta notte. Lui dorme nei sotterranei della stazione. Non ha medicine, non ha famiglia. È solo*». Il medico aveva così capito che il dolore era causato da una colica renale e gli aveva fatto immediatamente una iniezione dopo averlo palpeggiato e schiacciato in certi punti del corpo. D'altronde, con la vita che conduceva la maggioranza dei migranti era, la colica renale, ancora una cosa "accettabile".

Mbdao se ne stava andando, ma il medico l'aveva fermato.

– Aspetta… volevo ringraziarti perché è sempre difficile riuscire a capire i sintomi di malattie di persone che non parlano la nostra lingua. Tu, dunque, sei senegalese?

Mbdao aveva risposto affermativamente. Il medico si era interessato anche a quante lingue conoscesse, dove dormisse, se lavorava ecc. Poi gli aveva chiesto quali fossero le sue prospettive future, se voleva restare in Italia. Mbdao aveva risposto che la sua intenzione era quella di ricongiungersi con la sorella a Londra, non di restare in Italia. Senza soldi, aveva aggiunto, però questo è impossibile. Senti, aveva continuato il medico, facciamo così. Adesso vai pure a mangiare. Quando termini, però, non andare via. Ti siedi nella sala d'aspetto e mi attendi. Assieme, andremo a conoscere una persona, quello che ha "inventato" questo posto, fratel Achille. D'accordo? Erano rimasti d'accordo. Mbdao aveva salutato il medico, ancora una volta ringraziato e si erano lasciati.

Dopo un buon piatto di minestra calda e un panino, Mbdao stava certamente meglio. Era digiuno dalla sera precedente. Era riuscito a mangiare mezzo panino imbottito che qualcuno aveva gettato in un angolo della stazione, forse per il sopraggiungere del treno che attendeva. Non era molto "salutare" entrare in stazione perché c'era la polizia che controllava; meglio bivaccare nei giardini antistanti. Lì raramente la polizia faceva retate. Quella sera aveva troppa fame e aveva fatto il tentativo di entrare nella stazione per cercare qualcosa nelle cassette dei rifiuti. In un angolo, appunto, per terra, aveva trovato il mezzo panino. L'aveva furtivamente preso ed era immediatamente uscito, per mangiarlo.

Ora sedeva, al caldo, nella sala d'aspetto assieme a tanti altri, in coda per essere visitati o per essere intervistati dai volontari. Aveva appoggiato la schiena allo schienale della sedia e la testa al muro. Stava bene, era al caldo, aveva mangiato. Le palpebre erano diventate pesanti e Mbdao era entrato in una specie di limbo fuori dal tempo e dallo spazio che lo circondava. Avrebbe voluto restare lì ancora tanto, per sempre, al caldo, con persone che si rivolgevano a te come a una persona umana, non come a un oggetto da gettare. Aveva dormito per oltre due ore. All'improvviso era stato scosso dal medico.

– Forza, Mbdao, svegliati che andiamo a parlare con fratel Achille. Ho già parlato di te e vuole conoscerti.

Mbdao si era alzato e aveva seguito il medico. Nell'ufficio, il frate, come al solito, inveiva con qualcuno al telefono. Poi, prima di chiudere la comunicazione, aveva esclamato all'interlocutore: «*Non creda di cavarsela così perché la Madonna ha ascoltato i nostri discorsi. E la Madonna sta dalla mia parte. Lo ricordi bene*». Sembrava una minaccia e forse lo era. Poi aveva chiuso la comunicazione e si era rivolto al medico: «*Hai sentito, Giulio? Per farti dare un po' di soldi, devi sempre minacciare. Ci scommetto che quello ci ripensa e ritelefona. Scommettiamo?*». Il medico aveva sorriso: «*No. Non scommetto più con te, perché vinci sempre. A proposito, questo è Mbdao di cui ti ho parlato poc'anzi. Penso che potrebbe esserci utile. Per me sarebbe l'ideale come mediatore culturale, considerato la padronanza che ha delle lingue*».

Fratel Achille aveva spostato il suo sguardo indagatore sulla figura di Mbdao, e aveva esclamato: «*Se è arrivato fin qui non è stato merito suo, ma della Madonna. Quindi se lo ha inviato a me e a lei va bene, va bene anche a me*». Poi si era rivolto a Mbdao: «*Qui c'è molto da lavorare e la paga è poca. Però possiamo offrirti un letto, tre pasti al giorno e una ricca esperienza. E possiamo offrirti anche una doccia. Non è tanto, ma non è neppure poco. Se sgarri, però, ti scaccerò a pedate sul culo. Chiaro? A proposito. Di che religione sei? In Senegal siete tutti musulmani, no?*». «*Sì, ma la mia famiglia non è seguace dell'Islam. Noi siamo protestanti, anche se non osservanti*». «*Ah, andiamo bene. Ho una segretaria che faceva la puttana, un medico comunista e ateo, lo psicologo che è gay, il cuoco che è appena uscito dal carcere e ora arriva il protestante. Ma la Madon-*

na non potrebbe...». In quel momento era squillato il telefono e il frate si era affrettato a rispondere. «*Pronto... ah è lei. Ci ha ripensato? Ha fatto bene perché con la Madonna non si scherza, quando se la lega al dito sono guai... allora quando ci dona... No, faccia uno sforzo, faccia cifra tonda... Va bene, d'accordo e arrivederci. La benedico e la raccomando alla Madonna. Grazie!».*

– Che ti dicevo, Giulio. Ci ha ripensato. Ha avuto paura della Madonna e ci dà un po' di soldi. Per qualche mese possiamo tirare avanti. Non è meraviglioso? Devi sapere, come ti chiami... Mbao? Ah no, Mbdao, certo. Devi sapere, dunque, che c'è gente che ha nel cervello solo un fine e nulla altro: fare soldi, sempre di più come questo con cui ho parlato al telefono e non voleva sganciare nulla. Hanno i soldi, magari li hanno fatti rubando a tutta la collettività, ma poi per la carità, per i bisognosi hanno il braccino corto. Non capiscono che quando muoiono debbono lasciare tutto. Per fare i soldi rubano, appunto, inquinano, trafficano con la droga, vendono e comperano azioni. I più, non producono nulla. E allora, caro Mbdao, bisogna dire che aveva ragione, il grande capo dei Sioux, il pellerossa, Toro Seduto, quando affermava che i ricchi, i potenti «*quando avranno inquinato l'ultimo fiume, abbattuto l'ultimo albero, preso l'ultimo bisonte, pescato l'ultimo pesce, solo allora si accorgeranno di non poter mangiare il denaro accumulato nelle loro banche*». Sante parole. D'altronde, senza scomodare il coraggioso capo Sioux, più o meno le stesse cose le cantava il bravissimo Fabrizio De André quando affermava che «*dai diamanti non nasce niente, dal letame nascono i fiori*». Forza, non perdiamo altro tempo. Occu-

pati di portare Mbdao da Lorenza, per compilare la sche-
da...

    – ... le volevo dire che io non ho il permesso di soggior-
no...

    – ... se è per quello anche Gesù non l'aveva. Non preoc-
cuparti. Il permesso di soggiorno a noi non interessa e se
qualche poliziotto viene qua, ci penserà la Madonna a si-
stemarlo.

    Il medico e Mbdao erano usciti dall'ufficio del frate e si
erano diretti verso il gabbiotto di Lorenza. Non giudicare
male fratel Achille, aveva detto Giulio. È una gran brava
persona... ce ne sarebbero di preti così. È un po' "fissato"
con la Madonna, ma tu non farci caso. In realtà deve avere
una corsia preferenziale con lei, perché le cose che vuole si
avverano quasi sempre. Si erano salutati e aveva lasciato
Mbdao nelle mani di Lorenza, la quale gli aveva consegnato dei moduli da riempire. Aveva chiamato un volontario e
aveva pregato di accompagnare Mbdao dove avrebbe dovuto dormire. Prima però, aveva detto Lorenza, fagli fare
la doccia e dagli indumenti puliti. Mbdao non credeva ai
propri occhi... doccia, un letto tutto suo... gli sembrava un
miracolo. Il suo letto era in fondo a uno stanzone dove
dormivano una ventina di persone impegnate a lavorare
alla "Baita". Buona parte di loro erano stranieri, di varia
nazionalità. Dentro quel camerone c'era veramente l'Onu.

    Prima spaesato, con il passare delle settimane, Mbdao
si era integrato perfettamente. Il suo lavoro era quello di
mediatore culturale, in pratica aveva il compito di facilita-
re la comunicazione tra cittadini di origine e culture di-

verse e le istituzioni pubbliche così da favorire l'inclusione sociale degli stranieri. Interveniva anche come risolutore di conflitti che inevitabilmente esistevano fra persone di etnia diversa e, spesso, accompagnava il migrante negli uffici pubblici. Per poter far questo, Mbdao si era dovuto studiare non solo la Costituzione italiana, ma anche diritti e doveri dei migranti, i reati e le conseguenti pene previste dalla legge. Un enorme mole di lavoro cui il senegalese si sottometteva volentieri perché capiva benissimo che il suo futuro non poteva che passare attraverso lo studio e il lavoro alla "Baita".

Con fratel Achille si vedevano poco perché quello strano frate era sempre di corsa e non aveva molto tempo per parlare. Quando però questo avveniva, dialogavano volentieri anche se in modo aspro. Un giorno Mbdao aveva rivelato al frate che il suo desiderio era quello di lavorare più a contatto con i drogati perché voleva capire come fossero arrivati ad annientarsi in quel modo, voleva sapere chi tirava le fila di quel turpe commercio che stava decimando una intera generazione e non solo. Ultimamente – aveva continuato Mbdao – nel giro di poco tempo sono stati uccisi 20 ragazzi per overdose, per lo più minorenni. La droga viene tagliata con qualsiasi porcheria come il talco. E voglio ricordare, aveva aggiunto, che questo è un problema vecchio. A metà degli anni '80, infatti, "scoppia" l'Aids. All'inizio la si confonde con l'epatite e con altre malattie cui sono soggetti chi si scambia le siringhe per drogarsi. Ma non è così.

Chi si becca l'Aids è sempre più stanco, magro, la bocca

con pustole bianche, ghiandole gonfie, i polmoni che non funzionano come dovrebbero. Nel 1984 si contavano in Lombardia 13 casi; nel 1989, più di 700 giovani e meno giovani ne furono colpiti.

Il frate l'aveva guardato di traverso, obliquamente, un po' scettico.

Poi, lentamente, come facesse una grande fatica a parlare, l'aveva messo in guardia dal prendere iniziative nei confronti di quel mondo violento e pericoloso.

– Non mi riferisco al drogato che viene qui da noi per cercare un po' di assistenza. Ma a coloro che stanno dietro, a chi fa i soldi con la droga e ancora più in alto. Mi riferisco a quelli che la droga magari non la usano, ma la impongono. È un mondo opaco, questo, un mondo dai contorni non ben definiti e, ripeto, pericoloso. Vedi, la droga è un affare con margini di guadagni altissimi. Chi cerca di mettere della sabbia in questi ingranaggi, rischia grosso.

– Ma allora non facciamo nulla? Penso che il cambiamento debba partire dal basso, da quello che abbiamo attorno...

– ... non ho detto questo. Infatti, noi qua lavoriamo per restituire un po' di dignità a questi ragazzi.

– In questo modo non cambierà mai nulla. Noi, certo, facciamo molto, li aiutiamo, li ripuliamo e li rifocilliamo. In seguito, però, questi ragazzi, ritornano in strada e ci ricadono. Dobbiamo rompere questo meccanismo, fare qualcosa di più definitivo. Non possiamo limitarci a fare la "carità", dobbiamo *eliminare* coloro che inducono giovani e meno giovani a utilizzare la droga. Il mercato sin quando sarà in mano alle varie mafie, sarà sempre un affare per chi importa e vende droga.

– Questo è vero. È un problema enorme quello della diffusione della droga. Chi lo deve risolvere? Noi possiamo solo pregare la Madonna che ci dia la forza e la possibilità di aiutare questi ragazzi. Di più non possiamo fare. Deve essere chi ha il potere a intervenire...

– ... sempre che anche questo non sia colluso con la mafia.

– Queste cose non le so. Io so che debbo continuare a dare loro, quando si presentano alla "Baita", non solo un piatto caldo ma, soprattutto, il rispetto, trattarli da uomini non da bestie. Ti voglio raccontare un episodio avvenuto alla fine dell'800, per dimostrarti che la storia si ripete. Non so se tu hai conosciuto, attraverso i libri, Friedrich Engels. È stato filosofo, sociologo, economista, fondatore assieme al sodale Karl Marx del marxismo classico e del socialismo scientifico. Non farti meraviglia se cito questo studioso perché lui dice cose che spesso condivido. Parlando della condizione degli operai inglesi alla fine dell'800, egli afferma che «*Tutte le lusinghe, tutte le possibili tentazioni si uniscono per spingere gli operai all'ubriachezza. L'acquavite è per essi quasi la sola fonte di piacere, e tutto congiura per metterGliela a portata di mano. L'operaio ritorna a casa stanco ed esaurito dal suo lavoro; trova un'abitazione priva di ogni comodità, umida, sgradevole e sudicia; ha un acuto bisogno di una distrazione, deve avere qualcosa per cui valga la pena di lavorare, che gli renda*

sopportabile la prospettiva delle fatiche del giorno succes-
sivo... in simili circostanze esiste una necessità fisica e
morale, per cui una grande parte degli operai deve soggia-
cere all'alcool... Ma come è inevitabile che un gran numero
di operai cada vittima dell'ubriachezza, così è anche inevi-
tabile che l'alcool eserciti i suoi effetti distruttivi sullo spi-
rito e sul corpo delle sue vittime». Visto com'è attuale questo brano? E bada bene che non mi scandalizza, contrariamente a tanti altri sacerdoti, la proposta di legalizzare alcune droghe non dimenticando, però, essendo ben consapevoli – come diceva Engels – che la droga (l'alcol) *«eserci-*
ti i suoi effetti distruttivi sullo spirito e sul corpo delle sue
vittime».

– Potremmo continuare a parlare per ore di questo argomento. Io voglio fare qualcosa di concreto e voglio iniziare a mappare il territorio per capire i flussi della droga.

Fratel Achille gli aveva "concesso" il permesso e da quel
momento Mbdao, pur continuando a seguire le situazioni
difficili che si presentavano alla "Baita", aveva iniziato, come
aveva detto lui, a "mappare" il territorio.

Erano le quattro del mattino. Enrico era stanco, ma
nello stesso tempo non voleva smettere la lettura di quel
documento che faceva conoscere il senegalese sotto una
luce diversa. Non più il possibile drogato morto per overdose, ma una persona che voleva combattere la droga e chi
faceva i soldi con essa, mandando a morire tanti poveri ragazzi. Si era alzato ed era andato a guardare, dietro ai vetri, la città addormentata. Quantomeno quella piccola fet-

ta che poteva vedere da quella finestra: via Scaldasole e un pezzetto di marciapiedi di corso di Porta Ticinese. Aveva acceso il gas e messo a scaldare un bricco di latte. Molto caldo e senza zucchero, come al solito; poi si era tagliato una fetta di ciambella allo yogurt e aveva iniziato a fare colazione. Mentre mangiava, pensava a Mbdao, a tutte quelle fatiche e umiliazioni che aveva dovuto subìre, pensava al frate... Fra un po' di ore avrebbe dovuto andare al lavoro, un lavoro e un ambiente che ormai odiava. Forse, pensava, mi dovrei comportare come gli operai londinesi di fine '800, mi dovrei dare all'alcol perché anch'io, pensava, ho *un acuto bisogno di una distrazione..., qualcosa per cui valga la pena di lavorare, che renda sopportabile la prospettiva delle fatiche del giorno successivo.* E, invece, pensava, bevo latte, non fumo, non mi drogo...

Cominciava un nuovo giorno e lui non aveva dormito per niente. Eppure non aveva sonno. In testa gli ronzava continuamente quel racconto del senegalese. Avrebbe voluto continuare la lettura, ma sapeva benissimo che sarebbe stato impossibile continuare. Era troppo stanco. Era andato in bagno e si era fatta una doccia molta calda. Con calma, si era vestito e aveva deciso di fare una passeggiata a piedi, in attesa dell'orario in cui avrebbe dovuto andare al giornale. Si era diretto verso Porta Ticinese e la Darsena. Poi sull'Alzaia del Naviglio Grande. Lì si era fermato e, appoggiato al parapetto, osservava l'acqua del Naviglio che scorreva placida. A guardare l'acqua c'era rimasto parecchio tempo. Guardava l'acqua, ma pensava a Mbdao e a quello che scriveva. Poi era tornato indietro e si era diretto alle Colonne di San Lorenzo.

Gli piaceva passeggiare vicino a quelle colonne di marmo alte sette metri e mezzo, con i capitelli in bella vista. Di mattina presto, c'era poco traffico, i locali che attiravano di sera tantissime persone, tutti chiusi. Si era fermato in un caffè stranamente aperto, o forse non ancora chiuso, e ordinato una cioccolata calda. Dopo, lentamente, molto lentamente, era tornato a casa. E lì, a casa, si era accorto che la stanchezza gli aveva fatto compiere una disattenzione: aveva lasciato sul divano il documento di Mbdao. Una leggerezza imperdonabile. Non ci sarebbe voluto molto a forzare la porta d'ingresso e portarsi via il documento. Per portarlo a casa lo aveva nascosto nei pantaloni e ora... Era, aveva pensato, il segno della vecchiaia.

Al giornale non era cambiato nulla. Soliti saluti di circostanza, la direttrice che convocava nel suo ufficio questo o quel redattore, la famosa riunione di redazione che Enrico si poteva permettere anche di non partecipare, considerato che lui aveva uno spazio fisso in seconda pagina.

Quella mattina mentre la redazione non era ancora al completo, da Roma arrivavano già le dichiarazioni dei soliti parlamentari di maggioranza e minoranza sulla questione del giorno. Facevano a gara a chi fosse il più insulso, la gara di non dire nulla, soprattutto di non far capire nulla. Grandi paroloni, tante promesse, ma pochi risultati. In genere quelle dichiarazioni arrivavano sino alle 13.

La politica romana, dopo quell'ora, si attovagliava e si faceva una pennichella, lunga. In pratica Enrico, dopo aver assemblato queste banali prese di posizione, aveva terminato di lavorare. Consegnava il tutto al caporedatto-re ed era libero. Restava, però, in redazione, seduto alla propria scrivania, così da non dare l'estro alla direzione di poterlo licenziare per abbandono del posto di lavoro. Face-va cose sue, scriveva, leggeva, si portava avanti per il lavo-ro del giorno dopo, se qualche parlamentare si degnava di fare qualche interrogazione al governo. Piccole cose. Ora, però, aveva in ballo il racconto di Mbdao che aveva posto in una tasca interna dello zainetto che utilizzava. E lì, in redazione, dove ormai nessuno più gli rivolgeva la parola, aveva ricominciato la lettura.

Mbdao aveva scoperto che i *cavalli* partivano, per con-segnare la droga, da una sala-giochi di piazzale Loreto, a fianco di una palestra di pugilato dove sostavano perenne-mente giovani attaccabrighe, con i vestiti d'ordinanza: oc-chiali Ray-Ban, stivaletti alti da mandriano, Moncler e inondavano Milano di droga. Certo, non solo da quella sa-la-giochi, ma da diversi punti della città. Periferici e cen-trali. Contrariamente a quello che si pensa, sottolineava Mbdao, non è lo spaccio a indurre il consumo, ma bensì la domanda molto elevata creata dal mercato. E le tecniche di mercato erano state studiate molto attentamente da co-loro che stavano sopra i *cavalli*. A Milano si arrivava alle tecniche come quelle attuate dai supermercati, del tipo «*prendi due e paghi uno*»: ti regalo un grammo, se ne compri due e cose del genere. Il mercato "imponeva" ven-dite promozionali accompagnati da concetti salutistici («*se sei depresso o non ce la fai più, prendi questa pasti-glia e ti sentirai subito meglio*»).

Insomma, Milano era un grande megastore a cielo aperto, dove potevi trovare droga anche a prezzi di realizzo. Sempre, dalla mattina a notte fonda. C'era la droga per ricchi, cocaina o Tucibi (2CB) la nuova droga dei ricchi, detta anche cocaina rosa. La tendenza dei narcotrafficanti è quella di potenziarla, aumentando la percentuale di principio attivo per "affamare" il consumatore e fidelizzarlo. Il parco clienti in questo modo si allarga. Non si usa quasi più iniettarla perché la siringa è associata alle infezioni e a persone che vivono ai margini della società. L'eroina è invece usata di frequente da persone perfettamente al centro della società che la fumano o inalano. Un grammo di cocaina, a Milano, costa intorno agli 80 euro; una dose da 0,15 grammi di Tucibi può costare anche 400 euro. Per i poveri, invece, c'erano le pastiglie di Rivotril, uno psicofarmaco che assunto con alcol riproduce, in qualche modo, gli effetti dell'eroina. Insomma, la droga interessava tutti gli strati sociali. Era necessaria per apparire, per superare un esame ostico, per essere sempre *in*, alla moda, per resistere a stare in ufficio 15 ore al giorno, per dimostrare alla direzione della tua azienda che su te possono contare, giorno e notte. La visione modernizzata di ciò che diceva Engels a fine '800. E ora, a Milano, scriveva Mbdao, era arrivata la *shisha* dalla Grecia, definita la cocaina dei poveri, una sostanza con dentro tutto: metanfetamine mescolate con shampoo per capelli, olio per motori, liquido delle batterie. Il costo di una dose iniettabile era sui 4 euro, e c'era anche lo *shaboo* dove basta solo un decimo di grammo di questa sostanza per non sentire la fatica. Il suo costo al grammo è di poco inferiore a quello della cocaina ed è la prima droga sintetica cui fanno riferimento soprattutto chi si deve "sballare" tutta notte.

Nella sua inchiesta Mbdao aveva parlato – o, meglio, tentato di parlare – con molti pusher. I più avevano la bocca cucita, avevano paura delle ritorsioni dei clan mafiosi. Da qualcuno, però, dopo molti appostamenti e incontri, era riuscito a sapere qualcosa di più. Mbdao scriveva chiaramente che a lui interessava soprattutto capire in che zone di Milano la droga si espandeva e chi teneva le fila del traffico. Le piazze dello spaccio erano a Rogoredo, Maciachini, via Padova, Stazione Centrale, i Navigli (via Gola e Magolfa), Corvetto e anche la zona della "movida" di corso Como.

Originariamente corso Como e Garibaldi erano zone popolari piene di botteghe artigiane. Ora gli artigiani erano stati "risucchiati" dai nuovi locali aperti fino a notte inoltrata, con gruppi di persone, palestrati e pieni di tatuaggi, che stazionano fuori con in mano un bicchiere di birra o intrugli vari. Spesso c'erano scazzottate e la droga fluiva alla grande. Al centro di corso Como c'erano i tavolini dove si pranzava, cenava o si prendeva l'aperitivo, tavolini riscaldati, d'inverno, dai "funghi" a gas e dove un aperitivo non era certo a buon mercato. Lo scritto di Mbdao continuava descrivendo i criminali e spiegando che essi si avvalevano della forza d'intimazione e del ricatto e assoggettavano coloro che non avevano potere, che dipendevano da questi criminali per mangiare. Questo dava a loro, a questi criminali anche se avevano i colletti bianchi, la possibilità di controllare attività economiche, appalti pubblici e non solo, anche concessioni di natura prefettizia. In questo modo realizzavano profitti enormi che poi reinvestivano in attività lecite. C'erano le cosiddette sinergie criminali, quegli equilibri, quei legami tra il mondo di sopra, fatto di colletti bianchi, istituzioni, imprenditori, banche e politica e il mondo di sotto, cioè i *cavalli* i rapinatori, i trafficanti di droga ecc.

A questo punto del racconto, però Mbdao s'interrompeva. C'erano spazi bianchi e cancellature. Frasi smozzicate, incomplete. Sembrava fosse in preda a qualcosa di pesante, quasi che non potesse scrivere quello che aveva appreso. Forse paura, timore di essersi spinto troppo oltre parlando di un mondo, di un ambiente dove era facilissimo finire ammazzati. Poi, molto cautamente, riprendeva e qua Enrico era saltato dalla sedia. Il ragazzo senegalese scriveva di aver scoperto che esisteva un piano, chiamato "Piano Blue Moon" che non aveva altro fine se non quello di diffondere stupefacenti negli ambienti giovanili italiani allo scopo di spegnere l'interesse dei giovani verso le questioni politiche e civili.

Mbdao nel tentare di descrivere chi stava dietro al "Piano Blue Moon", aveva anche citato uno strano connubio fra chi smerciava droga e la tratta dei migranti. Non faceva nomi, ma lasciava intendere che i due ignominiosi traffici erano gestiti da un'unica organizzazione dove al vertice ci stava un non meglio specificato personaggio, nome in codice Zeta. A lui facevano capo sia le organizzazioni dedite allo spaccio della droga e sia quelli che trattavano i migranti. Nessuno, però, fra coloro che aveva parlato con Mbdao avevano indicato chiaramente chi fosse; tutti avevano paura di parlare, un'emozione, un sentimento perfettamente capibile.

L'unica cosa che il ragazzo senegalese aveva appurato, era che il vertice dell'organizzazione malavitosa aveva sede a Roma, mentre a Milano c'era una *dependance* (il ragazzo scriveva proprio così).

L'organizzazione sembra avesse diverse attività perfettamente legali che servivano come lavanderia dei soldi sporchi, ristoranti, alberghi, case di riposo. Una di queste, scriveva, Mbdao, sembra essere situata fuori Milano, in un posto ameno, sopra un laghetto. Non diceva altro Mbdao chiarendo, però, che lui non si era mai recato in quella Casa di riposo, ma che, appena possibile, avrebbe voluto andarci. Inoltre, sottolineava, vicino alla Casa di riposo c'era un Centro di permanenza per il rimpatrio.

A questo punto il testo s'interrompeva. Mbdao non aveva scritto più nulla. Qualcuno gli aveva impedito di continuare. Era stato ammazzato.

Era come se si fosse abbattuta sulla testa di Enrico una bastonata. Era come riportare indietro l'orologio del tempo, la Casa di cura per anziani, il vicino Centro di permanenza per il rimpatrio, il suo processo... un *flasback* che aveva già vissuto dal vivo. Com'era possibile questo connubio fra droga e migranti? Chi era Zeta? Chi stava dietro e sopra lui? Qual era l'obiettivo di questa confraternita del male? Mbdao aveva già fatto molto. Ora, però, toccava a lui. Mbdao era una persona dalla pelle scura, senza potere, né cittadinanza. Lui, invece, malgrado la sua situazione attuale, era pur sempre un giornalista, era un bianco protetto in qualche modo dalle leggi. Toccava a lui andare avanti nel lavoro iniziato, con molto coraggio, da Mbdao. Questi aveva perso la vita per indagare, per cercare di capire chi stava massacrando un'intera generazione e chi stava dietro al turpe traffico dei migranti. Era lui, Enrico Carati, che doveva completare il lavoro iniziato dal senegalese. Già, ma come? In che modo? Con quali mezzi, considerato che era isolato? Non partiva, però, da zero, aveva pensato. C'era il lavoro di Mbdao e quello che aveva scoperto lui sulla strana società proprietaria sia della Casa di riposo "Il Dolce Sorriso" e sia del quotidiano *Il nuovo milanese*. Ora si aggiungeva anche il Centro temporaneo per il rimpatrio (Cpr), attiguo alla Casa di riposo. Sì, era proprio necessario che riprendesse, quantomeno nel tempo libero, a fare il giornalista, a consumare – come si diceva nel gergo – le suole delle scarpe. Ed era necessario anche fare una visita al dottor Maugeri. Intanto, per prima cosa, doveva depositare il lavoro di Mbdao in un posto sicuro. E cosa c'era più sicuro che la Questura di Milano?

Giovanna Scalzi, stranamente, era in ufficio reduce di una serie di interrogatori su una truffa che vedeva coinvolti una trentina di persone. Era seduta dietro la sua scrivania e si teneva la testa fra le mani. Al collo, una catenella sorreggeva un porta-tessera di cuoio e la placca della polizia.

Occhiaie evidenti, senza trucco, capelli disordinati. Vestiva un maglione verde e un paio di jeans. Era l'immagine della stanchezza.

– Andiamo a prendere qualcosa Giovanna. Non mi sembri la scattante poliziotta che io conosco.

– Non è giornata Enrico. Ho passato la notte a interrogare, ho un figlio con l'influenza, l'altro è appena uscito dalla varicella, mio marito, giustamente, si lamenta e la baby sitter ha minacciato di andarsene. Ci può essere qualcosa di peggio?

– Non era mia intenzione prenderti per il culo. Capisco benissimo che deve essere molto difficile, per te, conciliare famiglia e polizia. Usciamo comunque a prendere qualcosa, ti farà bene.

Non erano andati al bar-tabaccheria che stava proprio di fronte alla Questura. Avevano preferito allungare un po' il percorso e fermarsi in un bar nei pressi di via Pontaccio. Seduti a un tavolino, avevano cominciato a parlare.

– Non riesco proprio più a conciliare lavoro e famiglia. Devo trovare una soluzione... tu come vai. Novità del senegalese morto?

– La poliziotta che chiede al giornalista le novità. Il mondo è proprio ribaltato. Sei tu che mi devi dire qualcosa... Io vado alla grande: non posso scrivere più nulla. Non è meraviglioso?

– ... per noi la questione è chiusa, archiviata. Il senegalese è morto per overdose. Punto. Fine.

– In realtà un fatto nuovo c'è e sono venuto proprio per questo anche se mi rendo conto che non è la mattina giusta. Sono riuscito a reperire, grazie a fratel Achille della "Baita", un documento scritto da Mbdao prima di essere ammazzato. L'ho qui nel mio zaino e ti chiedo se posso lasciarlo a te, per sicurezza... non saprei proprio dove nasconderlo.

– Io in questo momento non posso fare nulla se non, appunto, tenertelo... non ho proprio il tempo e la forza di mettermi a seguire questa vicenda... scusami...

– Ti chiedo solo se puoi leggerlo. E vorrei sapere se non ti è mai capitato di "incontrare" nelle tue indagini uno che si faccia chiamare Zeta e che ha in mano il cartello della droga e dei migranti. Se ti sei mai imbattuta nel cosiddetto "Piano Blue Moon".

– No... non mi pare proprio... Zeta... non è neppure un nome. E chi sarebbe?

– È un nome in codice. Secondo le indagini fatte dal senegalese, una delle basi per lo smercio di droga a Milano è una sala-giochi di piazzale Loreto...

– ... guarda che questo lo sappiamo anche noi. Abbiamo fatto anche delle irruzioni, ma non abbiamo trovato nulla se non poca erba...

– ... lo immaginavo. Il fatto nuovo è che ci sarebbe una saldatura fra la droga e lo sfruttamento dei migranti da parte di una organizzazione che avrebbe la sua testa a Roma dove, appunto, al vertice ci sta Zeta. Non solo. I migranti sono diventati un affare e Mbdao indica anche una base fuori Milano, un Centro di permanenza per il rimpatrio a fianco di una Casa di riposo per anziani.

– L'unica cosa che posso fare è sentire se sanno qualcosa i colleghi che seguono gli stranieri.

– No. Meglio, in questo momento, non agitare le acque. Magari domando io in via ufficiale, come giornalista.

Vorrei solo che tu leggessi quelle pagine, non tutte, certo, perché so che non hai tempo, ma almeno la parte che riguarda Milano.

– Va bene. Non so quando, ma ti prometto che leggerò il documento. Intanto dammelo che lo tengo io.

Enrico aveva pagato ed erano tornati verso la Questura. Poi si erano lasciati. Enrico al giornale, Giovanna Scalzi a riprendere gli interrogatori. Chiusi nel loro isolamento. La sera Enrico era andato da Benedetta e avevano cenato assieme. Aveva raccontato a lei dell'inchiesta compiuta da Mbdao e dello strano connubio fra droga e traffico dei migranti. Benedetta aveva espresso tutta la sua preoccupazione per quello che stava facendo Enrico. A suo parere era una cosa pericolosa seguire quella vicenda, soprattutto per uno come Enrico che, in realtà, non aveva protezione di nessun tipo, non aveva più un giornale alle sue spalle e che poteva perdere il lavoro da un momento all'altro.

– Sì, tutto questo è vero. Ma io debbo sapere perché il ragazzo è stato ammazzato, cosa ci sta sotto.

– Perché non chiedi alla tua amica poliziotta di seguire il caso... non so... riaprire le indagini sulla morte del senegalese...

– ... no. Ho già parlato stamattina con lei... Non può farlo se non avvengono fatti nuovi per riaprire le indagini. E questi fatti nuovi li debbo trovare io.

– Con tanti ragazzi e uomini che c'erano in giro, dovevo mettermi con uno che ha la testa più dura di un mulo...

– ... con gli altri sarebbe stata una vita noiosa, la tua. Se ti mettevi con un ingegnere, questo avrebbe parlato sempre di calcoli, di edificazioni, di progetti edili; se ti mettevi con un avvocato, magari dello studio dove lavori, ti parlava solo come fare più soldi con le cause: se ti mettevi...

– ... ma almeno vivevo in un modo più regolare. Magari, a quest'ora, ero già sposata con bambini... Invece con te, come dicevi l'altra volta, non c'è futuro.

– Benedetta, parlando seriamente lo vedi anche tu che non possiamo sposarci, avere dei bambini. Io non sarei capace di gestire figli e famiglia... ho troppo casini in ballo e non ho certo l'età giusta per mettere al mondo dei figli. M'innamoro facilmente delle cause perse e questa di Mbdao è una di queste. Se però non risolvo questo problema, non posso dedicarmi ad altro. E non dimenticare l'aspetto economico. Se perdo il lavoro, con cosa sfamiamo il nostro ipotetico figlio? Ti voglio molto bene Benedetta, ma io non sono tipo da sposare. Te l'ho detto altre volte: tu sei libera di fare le tue scelte, anche se queste mi colpiranno violentemente nei sentimenti. Non sono contrario a mettermi assieme a te, ma figli niente. È una responsabilità, questa, troppo importante, gravosa e io non sono in grado di adempiere a una responsabilità di tale portata. Non me la sento.

– Senti Enrico, già te lo volevo dire alcuni giorni orsono. Se ci trasferissimo a Siracusa, mio cugino che sta in Regione potrebbe trovarti un lavoro... vivremmo in modo più tranquillo...

– ... mi spiace Benedetta, ma se vuoi andare a Siracusa, dovrai andarci da sola. Io faccio il giornalista. È questo il mio lavoro, non altro. Io resto a Milano a fare questo mestiere. Mi spiace, Benedetta, ma non me la sento proprio, alla mia età, di ricominciare da capo.

– Spiace più a me, sì, anche se, onestamente, non ero per nulla certa di convincerti con la testa che ti ritrovi. Poi dicono che al Sud hanno la testa dura. Ma tu batti tutti. Forse i tuoi avi venivano dal profondo Sud. Comunque lasciamo perdere. Significa che il mio destino era quello di innamorarmi di un giornalista con la testa dura, uno che non farà mai carriera, che non farà mai i soldi, che non finirà mai in televisione. Che all'età di 50 anni vive ancora come se fosse un fricchettone...

– ... ma non mi faccio le canne, almeno non più.

Si erano abbracciati, baciati a lungo. C'era un forte rapporto fra Benedetta ed Enrico, un rapporto fatto di sentimenti, attrazione affettiva, complicità. D'altronde Benedetta aveva superato i 40 anni ed era consapevole anch'ella che alla sua età era pericoloso fare figli. Aveva un'età, Benedetta, magica per una donna, quando le forme del fisico si appesantiscono, ma nello stesso tempo con una luce particolare nei loro occhi. Consapevole della sua bellezza, Benedetta non era sfacciata. Accettava la relazione con Enrico, quasi come se non ci fosse altro, in modo totalizzante.

Per lui, invece, Benedetta, rappresentava la sua àncora, la sua scialuppa di salvataggio. Enrico si era fermato a dormire da lei. Prima di addormentarsi, Enrico aveva pensato al discorso che gli aveva fatto Benedetta, alla possibilità di trasferirsi a Siracusa. Capiva lo stato d'animo di Benedetta. D'altronde non era semplice stare con uno che pensava solo al giornale, alle notizie, che venivano prima di ogni altra cosa. Si sentiva in colpa di trascurarla, non riuscire a ricambiare l'amore che ella le donava. Ma era così. E, ormai, era troppo tardi per cambiare, per recuperare il tempo perduto, per essere meno "egoista".

L'indomani, si erano recati ai rispettivi lavori. Come sempre. Come tutti i giorni.

Cap. 17 – Pagina 99

D a quella sera erano passati cinque giorni senza nessuna novità. Enrico aveva parlato telefonicamente con Attilio Mancini che a Roma stava organizzando la nuova redazione e stava facendo le prime assunzioni per il nuovo settimanale *Sport&Società*. Aveva rinnovato a Enrico la proposta di andare da lui a lavorare. Enrico aveva tergiversato, ma non aveva detto un no definitivo. E neppure aveva raccontato ad Attilio gli ultimi avvenimenti relativi all'inchiesta di Mbdao. Non voleva parlare di questi temi per telefono. L'avrebbe fatto andando un paio di giorni a Roma, magari con Benedetta.

Una mattina, mentre si riscaldava il latte per fare colazione, passando davanti alla porta d'ingresso gli era caduto l'occhio sul pavimento e aveva notato che spuntava una busta da sotto la porta. Una busta che la sera prima, quando era rientrato, non c'era. Prima di salire a casa, aveva guardato nella cassetta della posta situata all'entrata e non aveva trovato nulla, se non la solita pubblicità di un supermercato che prometteva prezzi "sottocosto". E allora chi aveva messo quella busta sotto la sua porta? E soprattutto cosa poteva contenere? Beh, la fessura sotto la porta era talmente ridotta che nella busta non ci poteva certo stare qualcosa di pericoloso. E allora cosa conteneva? Un biglietto, probabilmente. Da parte di chi? Enrico esitava a raccoglierla e ad aprirla. Aveva addosso un senso d'incertezza e pure un certo timore, come se quella busta potesse essere foriera di cose spiacevoli.

Dopo averla guardata per diversi minuti, si era deciso. L'aveva raccolta e aveva notato che il contenuto era esiguo, non era indirizzato a nessuno e non c'era mittente. Si decise, infine, ad aprirla. Dentro, c'era un minuscolo foglietto bianco, di non più di 12x5 cm., scritto a mano, che così recitava:

> Se vuole saperne di più sul giornale dove lavora e sui proprietari, vada domattina alla libreria Feltrinelli della Stazione Garibaldi. Si rechi al reparto libri autori stranieri: scelga "Delitto e castigo" e guardi a pagina 99.

Gli sembrava di avere a che fare con una specie di Catena di Sant'Antonio. Magari nel libro avrebbe trovato un'altra indicazione... Pagina 99! Chi aveva scritto quel biglietto doveva essere del suo ambiente. Sì, perché c'era un detto, una specie di leggenda metropolitana-libresca che consigliava, nel caso avresti dovuto acquistare un libro, per sapere se lo stesso ti potesse interessare, come fosse inutile leggere la quarta di copertina e cose del genere, meglio aprire il libro e leggere la pagina 99. Se quella pagina ti colpiva favorevolmente, allora potevi acquistare il libro. Anni prima, a Milano, era uscito anche un quotidiano che aveva come testata, appunto, *pagina 99*. Quotidiano che aveva chiuso dopo qualche mese di vita e che usciva stampato su carta salmonata, un po' come quella del *Sole 24 Ore* e la *Gazzetta dello Sport*.

Intanto, però, doveva cercare di saperne di più. Enrico si era lavato e vestito. Dopodiché era andato a suonare dalla signora Rosetta, sua dirimpettaia.

Lei aveva aperto la porta dopo aver chiesto chi fosse. Si era presentata stringendosi addosso una vestaglia azzurra.

– Buongiorno Rosetta, ho bisogno di un'informazione.

– Ah *le lü dutur.* Dica pure.

– Rosetta, so che lei non guarda mai dal suo spioncino. Ma non è che stamattina, per caso, senza volerlo, certo, ha guardato dallo spioncino e ha visto un signore che infilava una busta sotto la mia porta?

– *Mi guardi mai perché sun minga curiusa...* Qualche volta se senti un *rumur... cuntroli perché se sa mai... Anca quand l'ariva de not con la sua murusa, che l'è una bela tusa, guardi mai.*

– Lo so, lo so. Faccia uno sforzo... stamattina ha sentito rumore, ha visto qualcuno?

– *Me sembra ai setur,* alle sette. *U guardà, inscì,* senza motivo.

– E cosa ha visto Rosetta, forza, me lo dica.

– Un *omm negher* che...

– ... un nero, uno di colore...

– No un *negher, un omm vestì de negher* che infilava sotto la porta una carta.

– E com'era questo uomo vestito di nero, alto, basso, senza capelli, con tanti capelli...

– ... no, no *dutur. Podi no* descriverlo... *Per mi, però, l'era minga a post.*

– Perché?

– *Pudeva no suonar il campanel? Me daga a tra, dütur: a pensà mal se fà maal, ma se sbaglia mai.*

– Va bene Rosetta. Grazie tante e controlli sempre.

– Su *minga curiusa mì*!

– Appunto. Ma è meglio controllare sempre. Arrivederci signora Rosetta.

Enrico era rientrato nel suo appartamento. Aveva ripreso in mano il biglietto dello sconosciuto. Letto ancora una volta il messaggio. Poi l'aveva stracciato in minuscoli pezzettini, l'aveva buttato nel water e aveva tirato lo scarico. Chi mai poteva essere quell'uomo? Doveva attendere l'indomani e, forse, avrebbe risolto il mistero.

Alla Libreria Feltrinelli era arrivato attorno alle 8. La libreria, tenendo conto dei treni pendolari che arrivavano e partivano da quella stazione, apriva alle 7. L'atrio della stazione dove c'era l'entrata della libreria, era piena di gente scaricata dai numerosi treni in arrivo. Tutti di corsa verso i rispettivi lavori. Enrico era entrato nella libreria e si era diretto dove erano posizionati gli autori stranieri. Non c'era voluto molto a trovare "Delitto e castigo", il grosso libro di Fëdor Dostoevskij. C'era disponibile solo un'edizione economica di 585 pagine. Era andato subito a pagina 99 e c'era il foglietto promesso dal misterioso personaggio. Quella pagina dell'edizione economica, iniziava con «*sotto l'ascella finora non l'ho tolto! Me ne sono scordato, ho scordato una cosa simile! Un simile indizio!*». Egli strappò via il laccio e si mise in fretta a farlo a pezzetti, cacciandoli sotto il guanciale fra la biancheria. Dei pezzi di tela strappata in nessun caso desteranno sospetti; così è, pare, così è, pare!*»...

Strana quella frase iniziale di quella pagina, della pagina 99 di quell'edizione. Anche lui, la mattina precedente aveva strappato a pezzetti il biglietto e l'aveva buttato nel water perché così «*non desteranno sospetti*». Tenendo il libro aperto, aveva letto il nuovo messaggio sempre scritto a mano:

Dopodomani, giovedì, attorno alle 11, venga in Valchiavenna, a Campodolcino. Posteggi l'auto nella piazzetta della frazione Tini dove c'è la Trattoria Due Spade. Non scenda dalla macchina e mi attenda. Verrò a prelevarla. Si assicuri di non essere seguito. Distrugga questo scritto.

Aveva riletto varie volte il messaggio. Chiuso il libro e messo in tasca il biglietto dello sconosciuto. Domandato a un commesso della libreria dove fossero i servizi, si era infilato in un gabinetto, riletto per l'ennesima volta il messaggio. Poi l'aveva stracciato minuziosamente e gettato nel water. Quindi, aveva scaricato la cassetta dello scarico dell'acqua. Come scriveva il protagonista del libro di Dostoevskij i pezzi stracciati *«non desteranno sospetti»*. Così, quantomeno, sperava Enrico.

Per arrivare in redazione aveva impiegato parecchio tempo anche perché fra Porta Venezia e piazzale 5 Giornate la strada era interrotta.

Quando era giunto in via Tagliamento, la riunione di redazione era già iniziata e Fabiana Roma stava pontificando sui massimi sistemi dell'informazione. Si pavoneggiava camminando avanti e indietro come fosse la maestrina della penna rossa. A ogni passo, tintinnava la ferraglia che aveva addosso. Si illudeva, probabilmente, di essere una vera direttrice di quotidiano, ma nella sua pochezza non si accorgeva che era solo patetica. Patetica e inutile.

Enrico si era seduto al proprio posto e aveva impostato l'articolo che doveva scrivere, iniziando a raggruppare le varie dichiarazioni dei parlamentari o esponenti dei partiti offerte a raffica dalle agenzie di stampa. Parlamentari noti e meno noti facevano a gara per apparire. Si sarebbero venduti la madre per essere citati, l'indomani, sui giornali o, meglio ancora, da qualche canale televisivo. Sembravano anch'essi, patetici, inutili, un po' ridicoli come Fabiana Roma.

Ma era questa la sua mansione ed Enrico, tutto sommato, la eseguiva in modo coscienzioso. Quella mattina, poi, quello che dicevano i politici era il suo ultimo problema.

Quella mattina, in testa, lui aveva solo il biglietto trovato all'interno del libro di Dostoevskij. Chi poteva averlo scritto? Chi poteva essere il suo interlocutore misterioso? E perché tutta quella manfrina sulla segretezza... non farsi seguire...

Avrebbe voluto essere il protagonista del film di René Clair «*Avvenne domani*» dove un giornalista riesce a sapere quello che accadrà il giorno successivo da un vecchietto che gli regala il quotidiano dell'indomani: in tal modo fornisce al suo giornale notizie in anteprima. Invece non era in un film di Clair. Piuttosto gli sembrava di essere dentro un film di serie B. Attorno a mezzogiorno aveva interrotto il lavoro, si era recato alla macchinetta che distribuiva bevande calde e fredde, preso una cioccolata calda e, con il bicchiere di cartone in mano, si era recato dal caporedattore Angelo Sorrenti. Con lui aveva avuto sempre rapporti corretti, non rapporti amicali, ma si rispettavano a vicenda.

– Senti Angelo, la "corta" questa settimana la farei giovedì perché ho un impegno.

– Non credo ci siano problemi. Io, però, volevo parlarti. Mi è spiaciuto quello che è avvenuto... mi spiace che non fai più la "nera"... qui, ormai, è una merda gigantesca. Questo non è più un giornale. Il direttore Mengogni non rientrerà più, il tutto è passato a una incompetente come Roma... è sempre più faticoso chiudere le pagine in orario, l'organizzazione non c'è più, ci sono nuovi padroni, non c'è più Sandro Pelucchi... Se potessi, me ne andrei domani stesso. Ma dove?

– Angelo, io non sono il più indicato a infonderti coraggio perché ho i miei problemi da risolvere. Se potessi, me ne andrei anch'io. Ma non posso. Quindi debbo restare nella speranza che non mi caccino. Mi spiace, non posso aiutarti.

– Lo so e mi devi scusare se ti ho caricato dei miei problemi. Però ci tenevo a dirti che con te si sono comportati male. Non dovevano confinarti al "pastone". La cronaca nera è praticamente sparita dalle pagine. Per giovedì va bene... tanto qui è solo merda.

Cap. 18 – A rapporto da Zeta

Roma, novembre 2002

Carlo Vailati era arrivato a Roma alle 8,40, all'aeroporto Leonardo da Vinci. Per arrivare in città aveva preso il Leonardo express, un treno che in poco più di 30 minuti portava alla Stazione Termini. Preferiva non prendere i taxi perché i taxisti, soprattutto i romani, parlavano troppo e lui non voleva di certo pubblicizzare il suo arrivo a Roma. Per uno come lui che aveva fatto della segretezza la sua ragione di vita, era meglio e opportuno "nascondersi" fra la gente piuttosto che prendere un taxi.

L'appuntamento con Zeta era per le 12. Aveva tutto il tempo per arrivare in orario. A Termini aveva fatto colazione. Poi era uscito e si era incamminato in direzione di via del Moro. Distava 3 chilometri e Vailati si era diretto a piedi. Per arrivare in via del Moro era necessario attraversare il Tevere tramite il Ponte Sisto che collegava, appunto, una parte di Roma con il quartiere di Trastevere. Vailati non amava quel ponte anche se era molto descritto nelle mappe di Roma. Essendo solo pedonale, ci stazionavano in permanenza pittori, giocolieri, venditori di paccottiglia varia. Giovani con barba e capelli lunghi, ragazze con gonne corte o sino ai piedi. Una umanità che Vailati odiava, gente che non lavorava e che viveva di espedienti, seduti a terra a tutte le ore del giorno e della notte, considerato che quel ponte era molto gettonato dai turisti che si recavano nelle trattorie di Trastevere o a Campo dei Fiori. Quando sarebbero saliti al potere – pensava Vailati, guardando quei giovani e meno giovani seduti per terra – tutto questo schifo, questo modo di vivere alle spalle degli altri, questi deleteri comportamenti sarebbero stati eliminati anche con la forza, se necessario. Ci voleva ordine e mano ferma contro perdigiorno, finocchi, drogati, barboni e zecche comuniste.

In realtà, Vailati non amava per nulla Roma e i suoi abitanti. Avevano tutti – pensava – un'aria di sufficienza, di supponenza, come fossero ancora immersi nel Caput Mundi, al centro del mondo, il centro di ogni attività politica, economica e culturale mondiale.

Via del Moro, superato il ponte, era vicina. Una via all'interno di Trastevere, stretta e lunga con case d'epoca, spesso bisognose di ristrutturazione e botteghe artigianali. Al numero 7, all'entrata di un portone, di giorno sempre aperto, vi era una grande targa di ottone che informava che lì, al piano rialzato, aveva sede un'agenzia assicurativa che trattava solo polizze del "Ramo Vita". Ogni qualvolta Vailati vedeva quella targa, non poteva far meno di sorridere. "*Ramo Vita*"! Zeta non poteva scegliere di meglio. A fianco delle scale dell'entrata, ci stava uno scivolo per i disabili.

Vailati era entrato e si era fermato al piano rialzato, davanti a una porta che riportava nuovamente l'indicazione "Assicurazioni Ramo Vita". Aveva suonato due volte, brevemente, il campanello e la porta si era aperta, comandata a distanza. Appena dentro, aveva percorso un lungo corridoio superando una scrivania dove una donna di una cinquantina d'anni era intenta a scrivere su una tastiera del Pc e che non aveva degnato di uno sguardo Vailati. Lui si era fermato davanti a una porta con sopra una lampada accesa colore rosso. Aveva atteso qualche minuto finché la lampada si spegnesse, poi era entrato.

La stanza non aveva finestre e i muri erano imbottiti con materiale fonoassorbente. La luce era, di conseguenza, artificiale e il ricambio dell'aria avveniva tramite dei bocchettoni sul soffitto. Vailati era sicuro che tutto quello che si diceva in quella stanza, veniva registrato e filmato. Qualche metro più in là da quella stanza, c'erano senza dubbio uomini in camici bianchi con schermi dei Pc accesi, intenti ad ascoltare tutto quello che si diceva nella stanza dove c'era Vailati e Zeta e non solo in quella stanza.

– Comandante Zeta, agli ordini.

– Si segga Vailati.

Zeta era seduto su una sedia a rotelle a capo di un lungo tavolo. In testa, tanti capelli candidi. Secco e, probabilmente, alto. Vestiva un completo grigio di buon taglio, ma senza cravatta. Aveva un viso con una mascella molto prominente, probabilmente era affetto da prognatismo che, comunque, dava al viso un senso di decisionismo. Anni prima, aveva fatto parte del Servizio Informazioni Forze Armate (SIFAR), poi dell'Ufficio Affari Riservati e, infine, del SID, il Servizio informazioni della Difesa. Massone, aderente alla Loggia Riformata, durante una missione in Sardegna, mentre sorvolava con un elicottero una zona dove avrebbero dovuto esserci reparti pronti per entrare in azione contro i comunisti, l'elicottero aveva avuto un'avaria ed era precipitato. I due piloti erano morti, mentre il comandante Zeta si era salvato, ma era restato paralizzato. Si era dimesso dal Sɪᴅ e si era messo per proprio conto. Aveva le capacità e le conoscenze giuste per continuare a tramare. Questo comportamento di Zeta lo potremmo definire mafioso, ma faremmo un grave errore. Zeta aveva i contatti giusti con soggetti del retroterra economico. Oggi è terminata l'epoca dei delitti che colpiscono negativamente l'opinione pubblica. Oggi è più produttivo per quella che chiamiamo genericamente mafia, entrare nel mondo economico e, per fare questo, essa ha bisogno di entrare organicamente nella massoneria, quella deviata, quella che nulla ha a che vedere con le idee di Mazzini e della nobiltà massonica risorgimentale. A Zeta non interessavano i soldi, ville o macchine potenti. Lui godeva a controllare le vite delle persone con cui veniva in contatto. Un vero burattinaio che non si lasciava fuorviare dai sentimenti che lui, per altro, non aveva. La democrazia, per Zeta, era un abominio, la rovina di tutto. Il risultato era il disordine imperante. Ma questo disordine giocava a favore del gruppo che Zeta rappresentava perché la democrazia per continuare a dimostrare di essere tale, aveva bisogno di menzogne da propinare ai "sudditi". Questi non dovevano mai conoscere la verità, nessuna verità. Apprendendola, non sarebbero stati più "vassalli" e Zeta e i suoi sodali che stavano ben al di sopra di lui, non sarebbero più riusciti a mantenere il consenso.

Vailati era stato uno dei primi a essere interpellato e "assunto" da Zeta.

— Per prima cosa vorrei avere notizie da Milano. Vailati a che punto siamo? Ho appreso che vi siete "persi" Maugeri. Com'è stato possibile?

Ogni volta che Zeta parlava, Vailati non riusciva a comprendere come fosse sempre così informato di tutto quello che avveniva anche in luoghi lontani da Roma, come nel caso di Milano. Sapeva che doveva rispondere e dare risposte univoche, rassicuranti.

— Sì, in realtà il dottor Maugeri, il nostro vicepresidente, è scomparso. Non c'è però da preoccuparsi perché è stato monitorato in continuazione e sappiamo dove sta in questo momento. Interverremo in modo deciso nei prossimi giorni.

— È stata una falla imperdonabile lasciarlo scappare con il pericolo che possa raccontare a qualcuno tutto quello che sa. Per questo "progetto" i nostri committenti, e noi stessi, abbiamo messo tanti soldi e non possiamo permetterci di perderli. Dobbiamo fare in modo che il vicepresidente Maugeri non nuoccia al "progetto".

— A Milano stiamo lavorando bene. La pratica Maugeri sarà archiviata nel breve tempo. Non c'è da preoccuparsi. Sono io il responsabile della zona milanese e userò i metodi che riterrò più opportuni per non far fallire il "progetto" che sta a cuore a tutti noi. D'altronde, mi sembra che fra Casa di riposo e attiguo Centro di permanenza per i rimpatri i soldi arrivano.

— Lei sa benissimo che non abbiamo in ballo solo i due

settori che ha citato. Fra poco doppiamo partire, proprio a Milano, con la partecipazione in società di edificazione e le varianti del Piano regolatore debbono filare in modo lineare. Non possiamo permetterci di fare errori. Abbiamo bisogno che le cose stiano sottotraccia. Più casino c'è, più gli affari ne risentono in modo negativo. Fra poco a Milano si liberano le aree di ben sette scali ferroviari e noi dobbiamo essere presenti anche perché investire a Milano è conveniente.

— Intende per gli oneri di urbanizzazione?

— Certo. Ma non solo. A Milano gli oneri stanno tra il 2 e il 6% mentre, ad esempio, a Berlino stanno al 30%. Dobbiamo, diciamo così, "rigenerare" i vecchi quartieri popolari e cacciare gli attuali abitanti fuori da questi quartieri. Se ne debbono andare con le buone o con le cattive. Quello che però mi preoccupa, in questo momento, è quel giornalista che si sta cominciando ad agitare troppo.

— Anche lui è attenzionato permanentemente. Penso che oggi non sia più come anni or sono. I tempi in cui si poteva far sparire un giornalista impunemente. Oggi dobbiamo fare molta più attenzione. Se diventa necessario, ovviamente, lo faremo sparire. D'altronde, come risaputo, se non c'è cadavere sparisce anche il reato. E noi siamo in grado di farlo.

— Cominciamo a inviargli alcuni messaggi... telefonate, qualche danno alla macchina e vediamo se capisce. In caso contrario, se non recepisce questi messaggi, meglio eliminarlo. I nostri referenti romani non vogliono avere nessun tipo di ripercussione negativa. Il "progetto" deve andare avanti. E non dimentichiamo, Vailati, che l'O9A è intenzionato a entrare nel nostro "progetto" Come lei ben sa, loro sono specialisti nell'infiltrazione negli eserciti occidentali con l'obiettivo di smantellarli dall'interno. "L'Ordine dei Nove Angoli" incentiva il terrorismo, la violenza sessuale, il separatismo e l'odio razziale. Sono perfetti per creare diversivi, per distogliere l'attenzione degli investigatori sui nostri disegni e obiettivi. Sappiamo benissimo che i tempi sono diversi che nel passato. Ma sappiamo anche che abbiamo un governo che è dalla nostra parte perché noi siamo stati gli artefici del suo successo. C'è una regola che è sempre valida, la tecnica della disinformazione. Questa regola è stata applicata proprio recentemente con quel negro di Milano che parlava troppo e s'interessava troppo dei nostri affari. Basta rivestire la verità da diversi strati di menzogne e la verità non esiste più. A Milano così si è fatto e il negro è risultato pieno di eroina. La pratica è stata archiviata. Il resto lo farà il tempo che lavora a nostro favore. L'oblìo pulisce tutto e indebolisce la memoria delle persone, così che anche la più atroce verità non farà più paura. E a proposito del negro, è necessario capire dove sia finito il documento che stava scrivendo, bisogna recuperarlo assolutamente.

– Ci stiamo lavorando. È probabile che lo scritto ce l'abbia il frate. In questo momento, però, mi preoccupa maggiormente il giornalista. Io sono d'accordo a inviargli alcuni "messaggi" di avvertimento, ma se egli decidesse di proseguire, di scavare, dobbiamo intervenire in modo deciso. L'abbiamo confinato, al lavoro, in un posto dove non può recarci danni, ma se non si ferma, se s'interessa ancora del nostro "progetto", dobbiamo bloccarlo. Ricordo che è stato lui a scoprire, a Novara, il falso presidente della Casa di riposo e l'ha fatto sapere a tutti. Se lo eliminiamo, diventa un monito anche per gli altri. Avranno terrore e resteranno allineati e coperti al caldo, nelle loro redazioni. D'altronde quando una persona è terrorizzata è molto facile condizionarla perché dopo il terrore di finire come il collega messo a tacere per sempre, c'è sempre una fase di demoralizzazione. Nessuno si arrischierà più a fare inchieste in tal senso. Sempre che i proprietari dei giornali siano d'accordo a fare inchieste in tal senso. Ma su questo, comandante, lei sa bene che non c'è da preoccuparsi. Ormai l'informazione dipende totalmente dalla pubblicità e questa l'abbiamo in mano noi.

La riunione era conclusa. Zeta aveva azionato il motorino elettrico della sua sedia a rotelle. Aveva guardato Vailati in viso e senza salutare era uscito dalla stanza. Dopo, a distanza di dieci minuti, anche Vailati aveva abbandonato gli uffici romani dell'Agenzia Assicurativa – Ramo Vita.

Da piazzale Loreto, dove si era recato per vedere da vicino quello che descriveva Mbdao, Carati aveva percorso viale Abruzzi, viale dei Mille e un pezzo di viale Umbria. Aveva costeggiato, in parte, l'Ortomercato con i suoi 445 mila metri quadrati e i 109 mila metri cubi di celle frigorifere.

Era il mercato all'ingrosso più grande d'Italia per quantità di prodotti commercializzati (oltre 1.000.000 tonnellate/anno). Enrico ricordava quando aveva compiuto, per

Unità a sinistra, un'inchiesta sulle infiltrazioni mafiose all'Ortomercato.

Erano passati anni, ma la situazione non era cambiata. Dove girano i soldi c'è la mafia, declinata con vari nomi, ma con gli stessi metodi. Oggi c'è la fila di immigrati pronti a scaricare quintali di frutta e vige ancora, come nel passato, l'usura e il traffico di stupefacenti e di merci rubate. E all'Ortomercato, questo immenso mercato funzionante dal 1965, c'è anche molto lavoro nero, con migranti pagati 5 euro l'ora senza nessuna garanzia. Ben 600 irregolari, ogni notte, si mettono in fila nella speranza di un giorno di lavoro.

Milano restava una città dalle contraddizioni evidenti. Vedevi sorgere nuovi quartieri con palazzi che chiamavano "Art déco" e la fila interminabile di persone in attesa di un pasto al "Pane quotidiano" o alla Caritas, i ristoranti affollati e chi frugava nelle immondizie, persone con auto da 35/40 mila euro e sacche di miseria intollerabile. Era la Milano della moda e del designer, degli *influencer*, dei futuri già programmati grattacieli alti più di 200 metri. La Milano di quelli che dormivano coperti da cartoni, per difendersi dal gelo e quelli che dormivano in alberghi dai 750 ai 4 mila euro a notte. La Milano luminescente che passava da quartieri abitati da persone con ricchezze smisurate a quartieri abitati da diseredati.

Il nostro Paese, pensava Enrico, ormai è così. Si distruggono, in modo pervicace, le cose belle che abbiamo, come la lingua. Si distrugge la natura per costruirci sopra orribili residenze o, meglio, *residence*, si tracciano auto-strade che nessuno utilizzerà perché care e inutili doppio-ni. Poi con le prime piogge, crolla tutto e nei paesi colpiti arrivano, con le facce di circostanza e le lacrime incorpo-rate, ministri che promettono e costruttori che si fregano le mani.

Cap. 19 – Uno strano suicidio

Campodolcino (SO), novembre 2002

Secondo internet per raggiungere Campodolcino, da Milano, attraverso la Statale 36, ci vogliono 3 ore e 11 minuti. Queste indicazioni Enrico le prendeva sempre con le pinze perché lui non riusciva mai a stare dentro ai tempi indicati. Si trattava di portarsi, appunto, sulla Statale 36, superare Monza, dirigersi verso Lecco, quindi Chiavenna e poi, dopo 13 chilometri si arrivava a Campodolcino.

Da casa era partito alle 7 del mattino e per uscire dalla città aveva perso tempo. Enrico possedeva una vecchia Citroën Picasso 1600, alimentata a Gpl. Un'auto comoda, con tanto spazio nell'abitacolo. Una volta, per arrivare a Chiavenna, si costeggiava il lago di Lecco, una strada piacevole, se non avevi fretta perché, sulla tua sinistra, il lago ti accompagnava.

Poi avevano costruito il nuovo tratto, scavato gallerie e il lago lo vedevi solo a tratti. Il traffico era sempre sostenuto ma, in compenso, si viaggiava velocemente. Si era fermato in una stazione di servizio a fare colazione. Subito dopo aveva ripreso il viaggio. «*Si assicuri di non essere seguito*», aveva scritto l'anonimo. E come faceva a essere sicuro: viaggiavano tutti in coda a 100 all'ora, tutti seguivano tutti. Dopo il Fuentes, il traffico si era diradato perché da lì c'era la deviazione per Sondrio, mentre lui continuava diritto, verso Chiavenna.

A Campodolcino era arrivato attorno alle 10,30. Una giornata plumbea, umida, con gocce di pioggia molto fini. La frazione Tini era poco prima del centro di Campodolcino. Non aveva fatto fatica a trovare la piazzetta indicata e aveva fermato l'auto abbastanza vicino alla trattoria "Due Spade". Contrariamente alle indicazioni dell'anonimo, era sceso dall'auto, chiusa la macchina e aveva fatto quattro passi verso il centro del paese. In giro, poche persone. Pochi camini fumavano. I più erano spenti. A significare che c'era poca gente in quel momento in paese. Non c'erano i turisti che sarebbero venuti fra qualche tempo, a ridosso del Natale. La maggior parte delle case erano chiuse. Un paese dove si era costruito molto, con case anche molto belle. Case utilizzate dai turisti amanti della montagna. Poco più avanti c'era Madesimo, Valle Spluga. C'era Motta. Se si scendeva a Chiavenna e si prendeva sulla sinistra, si arrivava a Saint Moritz, nel giro di un'ora o poco più.

Enrico aveva camminato per una decina di minuti, poi era tornato alla macchina. Era molto umido e si era alzato in testa il cappuccio del giaccone. In perfetto orario: ora c'era solo da attendere, nella speranza che tutta quella pantomima non fosse una presa in giro.

Alle 11 precise era uscito dalla trattoria un uomo con un grembiule bianco sul davanti che si era diretto verso l'auto di Enrico. Aveva bussato con le dita al finestrino.

– È lei Enrico Carati? La vogliono al telefono.

Enrico aveva seguito l'uomo. Erano entrati nella trattoria dove si espandeva un odore gradevole di cibo, un ambiente caldo alimentato da una bella stufa a legna, in un angolo. Il telefono era a fianco della cassa.

– Sono Carati.

– Le avevo detto di restare in macchina.

– Mi stia a sentire...

– ... no, stia a sentire lei e non m'interrompa. Esca dalla trattoria e si diriga alla sua destra. C'è una piccola via che costeggia il fianco della trattoria. Circa a metà via, sulla sinistra c'è un portoncino aperto, io l'attendo lì. Sarò con cappello, occhiali e una sciarpa che mi nasconderà il viso. Lei mi segua all'interno del portoncino.

La comunicazione era stata chiusa. Enrico si era guardato attorno e domandato all'uomo che prima l'aveva avvertito della telefonata, sino a quando era possibile pranzare. «*Sino alle 15*», aveva risposto l'uomo mentre era affaccendato in cucina. Enrico era uscito e aveva seguito le indicazioni. Effettivamente, sul portoncino c'era una persona tutta bardata: aveva un cappello scuro a larghe falde, occhiali neri, una sciarpa che effettivamente gli celava buona parte del viso, un cappotto blu. Si era diretto verso l'uomo sempre più curioso, ma anche in modo apprensivo. Chi era? Cosa voleva da lui? L'uomo gli aveva voltato le spalle e si era diretto verso le scale, sempre seguito da Enrico. Al primo piano si era fermato. C'era solo una porta. L'uomo aveva tirato fuori dalla tasca delle chiavi e aperta la porta di quello che avrebbe potuto essere l'appartamento dell'uomo. La porta aveva due serrature, quindi Enrico aveva dovuto attendere di poter entrare: due serrature di sicurezza a difesa di cosa? Appena entrati, l'uomo aveva chiuso la porta e armeggiato con le serrature di sicurezza. Poi, finalmente, aveva parlato. «*Si sieda dove vuole*», aveva affermato in modo perentorio. La stanza dove erano entrati era piuttosto grande. In fondo, dalla parte opposta alle finestre che davano sulla strada, c'era una minuscola cucina; in un angolo una bella stufa, monumentale, accesa che espandeva un prezioso calore. Enrico si era diretto proprio da quella parte. Aveva sempre freddo e, quindi, appena adocchiava una fonte di calore si fiondava nelle vicinanze. È meraviglioso e confortante ascoltare lo scoppiettare del fuoco che brucia la legna. Gli veniva in mente cosa scriveva uno dei più bravi giornalisti del mondo, il polacco Ryszard Kapuściński: «*È sbagliato scrivere di qualcuno senza averne condiviso almeno un po' la vita*». Ecco, lui ora era in quella casa e, di fatto, stava condividendo un po' la vita con lo sconosciuto.

– Allora, vogliamo finirla con questi indovinelli? Chi è lei e cosa vuole da me?

L'uomo, molto lentamente, si era tolto il cappotto, il cappello, la sciarpa. Per ultimo gli occhiali. Enrico, alla vista del viso dell'uomo, era rimasto impietrito: Gaetano Maugeri! Il medico del "Dolce Sorriso" nonché vice presidente della ScF Invest, la società proprietaria del giornale dove lui lavorava. Incredibile! Cosa poteva volere da lui il dottor Maugeri?

– Non mi dica che non aveva capito chi fossi. Le ho dato una traccia ben precisa: non è un caso che il messaggio era occultato dentro il libro "Delitto e castigo". Il libro avrebbe dovuto farle ricordare la vicenda che, tanti anni fa, ha vissuto, anzi abbiamo vissuto. Un giornalista come lei avrebbe dovuto capire subito.

– Sono passati tanti anni. Per me quella è stata una brutta vicenda che ho completamente rimosso. E ora cosa vuole. Si è pentito di avermi fatto licenziare? Di aver dichiarato il falso in Tribunale?

– Sì, anche per questo. E anche per altro. Gradisce un tè?

Maugeri si era voltato e senza attendere la risposta di Enrico, si era diretto verso la minuscola cucina. Aveva preso un pentolino, messa l'acqua e acceso il gas. Enrico si guardava attorno. Alle pareti della stanza, riproduzioni di vecchie stampe, un divano che aveva visto momenti migliori e due poltrone, una da lui occupata. Al centro di quella ampia stanza, un tavolo e quattro sedie, un cassettone a reggere un piccolo televisore e nulla più. La cosa più preziosa erano due travoni di legno che attraversavano le pareti e che davano all'ambiente, piuttosto sciatto e desolato, un senso di rustico, accentuando un senso di accoglienza e calore.

– Non è casa mia. L'ho affittata solo per qualche tempo. Di mio, qua dentro, non c'è nulla.

– Senta quello che lei dice sarà anche interessante ma...

– ... ha ragione, mi perdoni. Beva il tè che, poi faremo una lunga chiacchierata.

Enrico l'aveva bevuto ben volentieri il tè, proprio perché caldo.

Era però sulle spine. Perché Maugeri l'aveva fatto venire fin qui?

– Ora le racconto una storia... cerchi di non interrompermi...

– ... prima perché proprio io? Perché ha scelto me per raccontare una storia. C'era bisogno di farmi venire sin qui per sentire una storia? E poi perché tutta questa segretezza, questa messinscena, il suo abbigliamento, l'esortazione a non farmi seguire...

– ... perché lei? È presto detto. Perché mi fido di lei. Non m'interrompa. Sì, è vero, fra noi non ci sono mai stati rapporti corretti e lei ha tutto il diritto di odiarmi. Attenda, però, che le racconto la storia. E, le assicuro, non sono fisime o sceneggiate. Ho paura, sì ho paura che mi possa accadere qualcosa. Sono qui nascosto perché fra poco non mi vedrà più. Ho già organizzato il mio espatrio in Svizzera e da lì in un altro Paese. Non mi chieda quale perché non lo direi neppure a lei. Ho paura.

La voce del medico si era fatta flebile, sommessa. C'era stato un momento di silenzio. Poi, con molto sforzo aveva ripreso il racconto.

– Quando c'è stato il processo dove lei è stato condannato per diffamazione, io sapevo bene che la morte del professore Augusto Roscini non era avvenuta come l'avevano raccontata i testimoni, per altro falsi. Avrei dovuto dire tutto ai magistrati e, invece, non l'ho fatto e questo è stata la mia rovina. Mi ero consigliato anche con mia moglie, ma lei era d'accordo con la proprietaria della Casa di riposo e mi aveva convinto che raccontare il falso poteva essere per noi la svolta economica della nostra vita che da tanto attendevamo. Noi veniamo dal Sud, dalla Sicilia. A quel tempo ero un giovane medico con grandi ideali. La mia famiglia aveva fatto tanti sacrifici per farmi studiare. Mia madre lavava le scale dei condomini e mio padre, persona retta, un comunista come lei...

– ... non ci sono più i comunisti e io non so proprio cosa sono.

– No, aspetti, mi faccia dire. Non so se mio padre fosse un comunista ortodosso. So, però, che aveva un grande senso della giustizia e in tutta la sua vita si è sempre comportato in modo onesto, spesso pagando di persona. Io no. È questo che mi rode dentro... io non sono stato capace di seguire il suo esempio. E sa perché? Perché sono stato convinto che fosse necessario fare i soldi, tanti soldi così da poter acquistare una magnifica casa, andare a sciare nelle località più alla moda come qui vicino, a Saint Moritz, d'estate nelle isole dei Mari del Sud. Ho amato molto mia moglie, ma ormai sono anni che siamo come perfetti sconosciuti. Lei voleva una vita diversa e l'ha ottenuta. Ha scelto e coltivato gli algidi egoismi borghesi, la bulimia del denaro. La vita diversa l'ha ottenuta, certo. Ma in che modo? A quale prezzo? Annientandosi nell'animo, prostituendosi non solo col corpo. Ho un figlio che studia in Svizzera e si può dire che non ci conosciamo...

– ... non sono un sacerdote. Non deve confessarsi...

– ... no, è importante questo discorso perché in caso contrario non si capirebbe il seguito di questa storia. Dicevo questo perché sono consapevole di non avere avuto il

426

carattere o le palle per dire no a mia moglie. E forse non l'ho detto perché anche a me, inconsciamente, non mi dispiaceva il successo e, con esso, i soldi. Dopo il processo sono stato ricattato, prima da Egle Arnaboldi, la ricorda? E poi da Carlo Vailati. Sono stato testimone e partecipe di atti delittuosi, come quello di inserire delle protesi in anziani i quali non ne avevano assolutamente bisogno, ho fatto finta di nulla quando hanno cominciato a costruire, a fianco della Casa di riposo, il Centro di permanenza per i rimpatri. Lì ci sono speculazioni enormi. Vailati e soci guadagnano un sacco di soldi in combutta con personaggi che lavorano nelle Prefetture di mezza Italia. È un giro molto ampio con tentacoli, come ben lei sa, anche nei giornali. E non mi dica che non capisce a cosa mi riferisco. In questa vicenda non ci sono in ballo solo i soldi, pur importanti, perché con essi si compra tutto, uomini, partiti e tanto altro. Ci sono in gioco, in questa vicenda, interessi superiori. Con il loro potere queste persone stanno condizionando la politica del Paese. Si soffermi un momento sulle Case di riposo per anziani. Certo è un business, un affare non da poco. Ma dietro questo affare c'è anche il cambiamento della mentalità di tantissime persone. Questa è la reale strategia: tacitare la coscienza dei figli quando decidono di parcheggiare i vecchi in queste strutture. D'altronde, il governo del nostro Paese ha compiuto una rivoluzione non da poco. Ha cambiato la cultura, il modo di essere degli italiani, il loro modo di pensare.

– Perché non va a raccontare tutto questo alla polizia.

– Perché non arriverei neppure in questura. Mi farebbero fuori prima. Lei non ha idea di quanto sono potenti Vailati e soci.

– Chi sono i sodali di Vailati?

– La domanda da fare è un'altra. Chi sta sopra a Vailati? A questa domanda non posso rispondere perché non sono mai riuscito a saperlo. Non ci sono singole persone quanto, piuttosto, organizzazioni. Vailati è un esecutore, potente, ma sempre un esecutore. Qualche volta, in riunione, ho sentito parlare di un certo Zeta ...

– ... di Zeta? Chi è Zeta?

– Non lo so. Non sono mai riuscito ad appurarlo. Lei che è giornalista dovrebbe indagare in tal senso. Scoprire chi è questo personaggio...

– ... il compito del giornalista non è di indagare. Quello lo deve fare la polizia. Il giornalista deve informare, raccontare le cose di cui viene a conoscenza. Ma grazie a voi, sono impossibilitato a fare il mio mestiere. Praticamente mi avete messo in condizione di non scrivere.

– Senta, Carati. Io mi sono esposto molto nel farla venire qui. Se dovessero scoprire il nostro incontro, per me sarebbe la fine. E anche lei non starebbe meglio. Ripeto: quella è gente pericolosa. Io fra qualche giorno vado in Svizzera e poi da lì in un altro Paese che – come detto – non voglio rivelare. Inizierò da capo la mia vita. Farò il medico come ho sempre desiderato fare. Non è cosa da poco questa mia scelta, non è da poco ricominciare a più di 50 anni, senza nessun sostegno familiare affettivo. Il rammarico è che non saprò più nulla di mio figlio. Mia moglie, invece, la prenderà con più filosofia. Anzi. La prenderà bene, considerato che le rimangono i soldi per la sua insulsa vita fatta di libertinaggio, feste, occasioni mondane. Mia moglie, purtroppo, non è fatta per condividere le esigenze di una normale famiglia che vive grazie al proprio lavoro... Se ne vada anche lei Carati da questo Paese che non ha avvenire, non ha futuro. Non sono un cultore o un appassionato di musica leggera. Eppure, quanto sento un verso di una vecchia canzone di Francesco De Gregori, mi soffermo sempre a pensare come bastino poche parole di una vecchia canzone del 1979, per farti capire in che Paese viviamo. Lei la ricorda? A un certo punto il cantante dice: «*Viva l'Italia, presa a tradimento, l'Italia assassinata dai giornali e dal cemento*». Non è forse così il nostro Paese? Vada via da questo Paese assassinato *dai giornali e dal cemento*.

— No. Non è nella mia indole abbandonare il campo. Se lei mi racconta qualcosa in più, io le prometto che riuscirò a scrivere di questa vicenda.

— Non ho molto più da raccontarle. Gli ho già detto di Zeta, ma il traffico, il lucro non si limita solo a lui, alle sue attività. Ci sono un sacco di soldi che debbono trovare collocazione, soldi fatti con la droga, la prostituzione e con gli immigrati. Lei dovrebbe conoscere le tariffe che lo Stato paga per, diciamo, il mantenimento dei migranti. Il margine di guadagno è altissimo. Ma tutto questo va di pari passo con gli investimenti fatti anche in campo edilizio. Per evitare controlli e tassazioni, si utilizza il collaudato metodo delle "scatole cinesi". Come lei sa le "scatole cinesi" hanno dimensioni diverse e ci stanno una dentro l'altra. Basta creare una società in uno dei paradisi fiscali, tipo Panama

429

o Cayman. Questa società detiene la maggioranza di un'altra società più piccola che a sua volta controlla un'altra società e così via. Per evadere le tasse si usa il sistema dei doppi nomi. In pratica si costituiscono due società con lo stesso nome. Una però è, chessò, alle Cayman, l'altra in un Paese con la fiscalità normale. La prima società aprirà in banca i conti e gestirà la liquidità, mentre la seconda serve per fatturare.

– Mi faccia un esempio pratico perché per uno come il sottoscritto che vive del proprio stipendio, ha difficoltà capire certi meccanismi.

– Ho fatto fatica anch'io. Io ho studiato per agevolare gli anziani e, invece, mi sono trovato a dover capire tutti questi passaggi finanziari, o, meglio, di cattiva finanza...

– ... e la ScF Invest usa questo sistema?

– Questo e altri. Ora, ad esempio, ha trovato nell'edilizia un nuovo filone per riciclare i soldi. Milano costruisce molto e lo farà sempre più col tempo. Non solo. Recentemente, la ScF Invest ha acquistato sei società italiane proprietarie di edifici e terreni dove sorgono alcuni centri commerciali. La ScF Invest non ha acquistato direttamente queste società, ma quelle che le controllavano, cioè tre società offshore...

– ... e queste società dove sono registrate?

– A Cipro e in Lussemburgo e fanno capo a un trust neozelandese a sua volta creato da una società di Panama. Questo marchingegno ha permesso così di non pagare in Italia le imposte sulle plusvalenze realizzate con la compravendita di immobili e terreni. Spezzare le ossa o uccidere coloro che si oppongono a questi sistemi, ormai viene usato solo in casi estremi. Più efficace è impadronirsi delle aziende attraverso i pacchetti azionari.

– Per denunciare tutto questo ho bisogno delle pezze d'appoggio, documenti...

– ... non se ne parla. I documenti sono in una cassaforte situata nei sotterranei della Casa di riposo. È interrata sotto il pavimento e per aprirla sono necessarie due chiavi contemporaneamente. Una la detiene Vailati, l'altra uno dei due cerberi che sono sempre con lui. No, non ho nessuna possibilità di trafugare quei documenti.

– In questo caso non posso fare nulla. Non posso certo scrivere e denunciare questi maneggi senza pezze d'appoggio. Senta, lei prima ha nominato un certo Zeta. Cosa sa di lui?

– Poco. Io non l'ho mai visto e Vailati non mi viene certo a raccontare di lui. Da quello che sono riuscito a carpire, nel corso dei mesi, questo personaggio sta al vertice dell'organizzazione. Non da solo. C'è una specie di triangolazione con elementi della mafia, della 'ndrangheta e della massoneria. So che ha un ufficio di copertura a Roma, un ufficio di assicurazioni. È lì che periodicamente s'incontrano. L'ufficio sta in via del Moro al numero 7. Non so altro.

Enrico aveva scritto tutto anche se quello che aveva raccontato Maugeri non era molto, almeno dal punto di vista giornalistico. Aveva domandato al medico quali fossero, ora, i suoi progetti.

– Noi non ci vedremo più. Dopodomani lascerò definitivamente l'Italia. Non mi telefoni perché ho già eliminato il mio telefonino e con esso la mia vecchia vita. Ripeto che voglio rifarmi un'esistenza anche se non sono più giovane, lontano da questa porcheria che ho dovuto ingoiare così da far contenta mia moglie, così da non avere problemi con lei. So che ho sbagliato, ma – come diceva don Abbondio davanti al cardinale Federico Borromeo – se uno non ha il coraggio non se lo può dare. Invidio le persone comuni che hanno coraggio. Lavorano, magari guadagnano poco eppure affrontano le asperità della vita con forza. Quelli sono i veri coraggiosi, quelli che cercano di tirare la fine del mese senza sotterfugi, senza sporchi legami con i delinquenti come ho fatto io per tanti, troppi anni. Loro hanno avuto coraggio, io no. Sono sempre più convinto che a spingere gli uomini a un determinato comportamento, non è la logica, il raziocinio ma i sentimenti, le emozioni. Il genere umano è imprevedibile e io lo so bene, se penso a mia moglie. Imprevedibile e spesso crudele. Ora la debbo salutare. È meglio che vada via. Non sia troppo duro nei miei confronti anche se riconosco che le ho fatto del male. Prima di abbandonare l'Italia definitivamente, volevo parlare con lei. Non sarei riuscito a partire con questo peso che mi porto addosso. L'ho voluta rivedere per chiederle scusa per il male che le ho fatto, dichiarando il falso in tribunale. Addio! Aspetti... non dimenticherò mai una frase che ha detto il magistrato che indagava sulla morte del prof. Roscini. A un certo punto, mentre m'interrogava, mi ha rivolto una domanda mutuata ancora da "Delitto e castigo": il protagonista del libro sfugge alla giustizia ma non riesce a sfuggire «*alla propria coscienza, ai rimorsi e*

432

all'angoscia». Anch'io non riesco a sfuggire alla «*coscienza, ai rimorsi e all'angoscia*» per tutto ciò che ho fatto nella vita.

Maugeri si era alzato e si era diretto alla porta. Un invito esplicito affinché Enrico se ne andasse. Cosa che aveva fatto. Aveva ripreso il suo giubbotto avvicinandosi alla porta. Non si erano dati la mano. Sarebbe stato, da ambo le parti, un'ipocrisia. Enrico era sceso in strada e si era diretto verso la piazzetta dove aveva posteggiato. Prima di voltare sulla sinistra, aveva volto lo sguardo verso la finestra dov'era poc'anzi con Maugeri. La luce era spenta. C'era solo un lieve chiarore determinato, probabilmente, dalla fiamma della stufa. Chissà a cosa pensava in quel momento Maugeri, chiuso in quella stanza non sua, con la sola compagnia dei suoi fantasmi?

Ormai erano le 13,30 e aveva fame. E così Enrico era entrato nella trattoria Due Spade. Non c'era molta gente, in quel momento. Si era seduto a un tavolino da due e guardato attorno.

Sulla sua sinistra, un po' in fondo, c'era un tavolo con cinque persone sedute. Indossavano tutti delle tute dell'Anas, probabilmente operai che stavano lavorando in quella zona, sulle strade. Un po' più distaccati una coppia di mezza età che stava pagando e, poco più in fondo, una persona sola. Un uomo sui 50 anni, occhiali e borsa a fianco del tavolo. Probabilmente un rappresentante di commercio.

– Allora cosa le porto?

Enrico tutto preso ad osservare gli altri avventori, non

si era accorto che una signora era uscita dalla cucina e stava domandandogli cosa volesse da mangiare.

– Possiamo fare un piatto di pizzoccheri della Valchiavenna...

– ... sì, volentieri. Ma deve farmeli senza aglio.

– Aglio? Da noi l'aglio non si mette. I nostri non sono quelli della Valtellina. Quelli che facciamo noi sono piccoli gnocchetti, sempre di grano saraceno.

– Allora va benissimo. Per secondo mi faccia un piatto di bresaola e formaggio di questa zona. Che formaggi ha?

– Abbiamo del Casera, quello di Latteria, Bitto...

– ... va benissimo il Casera. E mezzo litro di rosso. Grazie.

La donna era rientrata in cucina ed Enrico aveva cominciato a pensare all'incontro con Gaetano Maugeri, alla sua voglia di farla finita con quella vita, alla voglia di ricominciare un'esistenza senza sotterfugi. Non sarebbe stato semplice, per Maugeri, riuscire a raggiungere questo traguardo. E poi, inevitabilmente, aveva pensato alla sua di vita, a quanto era avvenuto al giornale, a Benedetta, alla lettura dell'inchiesta di Mbdao, alla mancanza di prove, per poter scrivere e denunciare tutto il marciume che ci stava dietro agli immorali traffici di droga e dei migranti, sfruttati sino alla fine.

Intanto erano arrivati i pizzoccheri ed Enrico aveva iniziato a mangiare. Si era concentrato su quel piatto semplice, ma gustoso. Non voleva pensare ad altro. Quando aveva terminato, nella sala della trattoria c'era rimasto solo lui. Con calma aveva centellinato il vino e aveva rifiutato il dolce proposto dalla padrona delle Due Spade. Aveva pagato con la nuova moneta, l'euro che vigeva dal primo gennaio 1999, ma che era andata in vigore come moneta in circolazione dal gennaio 2002. Così avevano deciso in Europa, con l'obiettivo di diminuire i costi relativi alle operazioni transfrontaliere, promuovere l'occupazione e la parità dei prezzi in Europa favorendo, quindi, una maggiore prosperità economica. Programma certamente degno, ma in Italia, come al solito, le cose non erano andate in quel senso. Alimentari e beni di consumo erano aumentati sensibilmente. Mancando i controlli, molti ne approfittarono e convertirono 1 euro in 1.000 lire, riducendo, così, quasi della metà il valore reale della moneta.

Quando Enrico andava in qualche bar e chiedeva un caffè che sino al giorno prima costava 900 lire, dopo l'introduzione dell'euro, quella tazzina di caffè costava 90 centesimi. Quando con Benedetta andava a mangiare una pizza Margherita, essa costava a Milano, una media di 6.500 lire. Ora, con l'euro, 7,50 cioè 14.522 delle vecchie lire. Un libro, venduto prima a 15 mila lire, dopo l'introduzione dell'euro lo vendono a 15 euro che sono quasi 30 mila lire delle vecchie lire. Insomma, un salasso per lavoratori e pensionati. Una situazione speculativa che negli altri Paesi europei, dove i controlli esistono, non è avvenuta. Carati era uscito e si era diretto alla sua auto, a pochi passi dalla trattoria. Pioveva molto più che in mattinata. Un cielo cupo che non invogliava, certo, fare passeggiate. Piuttosto, stare accanto a una stufa a mangiare castagne arrostite e bere vino rosso.

Per tornare a Chiavenna non c'era molto traffico. In lontananza, le cime delle montagne erano coperte da una densa foschia. Dopo Chiavenna il traffico era aumentato e così era stato fino a Milano. Viaggiava, comunque, in modo spedito e quelle ore passate in macchina, da solo, non potevano non riguardare quel tempo passato con Maugeri e a quello che aveva appreso. Improvvisamente si sentì molto stanco, stanco delle ombre della sua vita, stanco di aver ascoltato cose vergognose perpetrate nei confronti dei deboli, delle persone senza potere, consumate da chi il potere lo deteneva e non voleva perderlo, ma voleva ancora maggiori fette di potere. E, con esso, soldi, tanti soldi. Per ottenere tutto ciò non si guardava troppo per il sottile: si arrivava non solo ad affamare tanta gente desiderosa solo di una vita migliore, ma anche ad uccidere. In quel momento Enrico non avrebbe voluto essere sulla statale 36, direzione Milano, avrebbe voluto essere su una spiaggia deserta e calda a guardare il mare. Senza telefoni e senza persone. Soprattutto senza fantasmi e senza ombre.

Attorno alle 14,30 di quel giorno, l'inquilina del piano di sopra a dove stava provvisoriamente il dottor Maugeri accese, come tutti i giorni, il televisore. E, come sempre, con volume molto alto. Una cosa che disturbava notevolmente Gaetano Maugeri. Per fortuna, aveva pensato, domani me ne vado e non avrò più problemi di televisione.

Mezz'ora dopo sentì bussare alla sua porta. Chi poteva essere? Lui in quel paese dove provvisoriamente soggiornava, non conosceva nessuno e nessuno sapeva, a parte Enrico Carati, che stava lì, nascosto in quella località. Carati?

436

No, non poteva essere ritornato. Doveva essere qualcun altro. Con molta circospezione, silenziosamente, si era avvicinato alla porta e guardato dallo spioncino. Vide una ragazza giovane, non molto alta, bionda, in divisa da postina con la pettorina gialla regolamentare e una grande borsa a tracolla.

– Chi è?

– Buongiorno, le debbo consegnare una raccomandata.

– Non attendo nessuna raccomandata. Chi è il mittente?

Per quello che Maugeri poteva vedere dallo spioncino, la ragazza stava rimestando con foga nel borsone da dove aveva estratto una busta.

– Qua dice, aspetti... ah, ecco: Casa di riposo "Il Dolce Sorriso". Se non la vuole la rimandiamo indietro.

– No... attenda un momento.

Maugeri tentò di pensare velocemente: come facevano a sapere al "Dolce Sorriso" che lui stava lì? L'avevano seguito? Oppure avevano seguito Carati? Domande cui non poteva rispondere senza leggere la raccomandata.

– Va bene, le apro.

– Anche perché deve firmare la ricevuta.

Nel momento stesso che faceva scattare le serrature per aprire la porta, si rese conto di aver fatto un'enorme cazzata non più recuperabile. Dietro la postina, infatti, erano apparsi i due guardaspalle di Carlo Vailati che si erano introdotti nell'appartamento. Uno di essi, Ignazio Aversente, teneva una pistola munita di silenziatore a meno di 30 cm. dalla fronte di Maugeri che era indietreggiato. La falsa postina si era dileguata, lasciando nell'appartamento Gaetano Maugeri e i due giannizzeri mentre la Tv del piano di sopra inondava, con una musichetta melensa, l'appartamento.

– Dottor Maugeri, è un piacere rivederla. Perché si è andato a nascondere fra queste montagne? Non stava bene sul laghetto di Montorfano? Con la sua dolce e bella mogliettina Nunzia? Ha fatto un errore a nascondersi anche perché, questo l'avevamo sempre detto, sapeva che l'avremmo raggiunta in qualsiasi posto si fosse nascosto. E ora siamo qui.

– Cosa volete da me? Cosa mi volete fare? Che intenzione avete?

– È presto detto. Se farà il bravo e farà quello che vogliamo, questa pistola non la userò e non si farà male nessuno. In caso contrario, le farò un buco in fronte. Il rumore della pistola non lo sentirà nessuno, grazie al suo vicino che tiene la Tv con il volume altissimo e al silenziatore. Sta a lei decidere come comportarsi.

Maugeri era impallidito ed era nuovamente indietreggiato. In quella stanza c'erano solo loro tre, lui e i due *malacarne* di Carlo Vailati che, inutile illudersi pensava Maugeri, l'avrebbero ucciso. Il suo piano di ricominciare una nuova vita era fallito. Fallito nel momento che, stupidamente o incoscientemente, aveva aperto la porta alla falsa postina.

– Sieda al tavolo, trovi un foglio e scriva quello che detto.

Maugeri aveva preso da un cassetto un foglio di carta e

una penna, sempre controllato da Gigino Sapia. I due calabresi calzavano guanti di lattice e questo non era certo un buon segno. Il medico si era reso conto che era spacciato. Sperava solo di non soffrire quando Aversente avrebbe tirato il grilletto della pistola.

– Allora scriva: «*È finita. Ho fallito tutto nella vita. Anche mia moglie si è staccata da me e non posso più rimediare. Sono esausto. Perdonatemi*». Ora firmi con il suo nome e cognome.

– Cosa volete fare? Mi uccidete e farete in modo che sembri un suicidio? Non ci crederanno mai...

La Tv continuava a sentirsi a volume molto alto. Mentre Gaetano Maugeri era ancora seduto al tavolo, con la penna in mano, gli vennero in mente tutti i sacrifici compiuti dal padre e dalla madre per farlo studiare e laureare. Non erano serviti a nulla, pensava. Che merda!

Il colpo sulla testa gli arrivò all'improvviso e perse i sensi, la testa reclinata sul biglietto che era stato costretto a scrivere. Il colpo era arrivato da dietro, per opera di Gigino Sapia. Per colpirlo aveva utilizzato un sacchetto pieno di sabbia e vecchi giornali che teneva in un borsone a tracolla, così da non lasciare nessun segno visibile sul corpo di Maugeri.

I due avevano adagiato Maugeri sul divano. Avevano estratto dalla grossa borsa che Sapia teneva sulla spalla, una lunga corda con il cappio già pronto e infilata la testa del medico. L'altra estremità della corda l'avevano gettata sulla trave che passava da una parete all'altra della camera e fissata saldamente. Successivamente, avevano messo una sedia sotto i piedi di Maugeri e, subito dopo, Aversente aveva dato un calcio alla sedia. Il corpo di Gaetano Maugeri ora dondolava, appeso per il collo alla trave e sembrava sprofondare in un pozzo buio. Dopo pochi minuti, la morte, se non altro indolore per Maugeri. In questo era stato esaudito. Per il Direttore sanitario Gaetano Maugeri era stata, comunque, una brutta morte, una morte "sporca". Sì, perché quando muori impiccato, quando il corpo è sospeso con costrizione del collo, avviene l'asfissia. Nel giro di pochi minuti, subentra la morte grazie all'ipossia cerebrale e arresto cardiaco. Successivamente la perdita di coscienza, le convulsioni e, infine, il rilasciamento generale di tutti gli organi, anche degli sfinteri. Decisamente una morte "sporca" per il dottor Gaetano Maugeri.

I due malavitosi avevano guadagnato l'uscita, dopo aver riposto nel grosso borsone il sacchetto di sabbia. Le voci di una soap-opera si sentivano chiaramente penetrare nell'appartamento in cui era vissuto per pochi giorni il dottor Gaetano Maugeri. Ormai era buio perché in montagna il buio arriva presto. Si erano allontanati velocemente e, recuperata la macchina posteggiata poco lontano, si erano diretti, senza indugi, verso Milano. Nessuno li aveva visti. Il dottor Gaetano Maugeri, per tutti, si era "suicidato".

Già all'entrata del palazzo di via Tagliamento dove aveva sede il giornale, aveva capito che c'era qualcosa che non andava. Il fatto che il portiere-guardiano non fosse al suo posto seduto su un trespolo dietro una scrivania con tanti bottoni e telefono, non era certo consueto. L'aveva poi visto sbucare, quasi di corsa, che con la sua mole piuttosto massiccia non doveva essere facile. E non era neppure solito farlo. Alfredo era sempre calmo.

– Ehi Alfredo cosa succede? Cos'è tutta questa tua agitazione?

– Mah! Sembra che il vice presidente si sia suicidato... non so bene. Vai, vai in redazione.

Enrico aveva fatto le scale a due a due. Al primo piano c'era la redazione e quando era entrato, c'era tanta animazione: telefoni che squillavano, redattori con lo sguardo sui monitor delle agenzie. Aveva bloccato un collega e aveva domandato a lui cosa fosse successo.

– Hanno trovato il corpo di Maugeri, morto. Sembra si sia impiccato.

– Chi segue il caso?

– Per ora tutto è concentrato sul caporedattore e su Fabiana. Se chiedi ad Angelo sarà più preciso.

Così aveva fatto. La scrivania di Angelo Sorrenti tracimava di stampate provenienti dalle agenzie. Il suo telefono squillava in continuazione. Il caporedattore in un giornale è una figura importantissima, indispensabile per fare funzionare il giornale. È lui che organizza tutto ed erano sue le beghe innumerevoli che c'erano in tutti i giornali e che doveva risolvere.

– Angelo cosa mi puoi dire? Com'è successo?

– Non abbiamo, ancora, che poche notizie frammentarie. Il corpo è stato scoperto in località Tini di Campodolcino, un paese in provincia di Sondrio... Aveva affittato una casa e non aveva detto a nessuno, neppure alla moglie, che si sarebbe assentato. Quando la donna delle pulizie, dopo aver bussato ripetutamente, aveva deciso di aprire con la chiave che precedentemente Maugeri le aveva fornito, l'aveva trovato appeso a una trave dell'appartamento.

– Cosa dicono i carabinieri?

– Per ora nulla. Ho allertato il nostro corrispondente e ho mandato Ernesta Baudino in Valchiavenna.

Enrico era andato alla sua scrivania. Sembrava avesse 100 anni. Una batosta quel suicidio. Un suicidio di cui, in parte, era responsabile. Perché suicidarsi? Nel colloquio avvenuto con Maugeri, questi non aveva mai fatto intendere di avere posizioni suicide. Anzi. Aveva più volte affermato che andava via perché voleva cominciare da capo una nuova vita, una vita senza ricatti, una vita onesta. Uno che ti parla così, come puoi pensare che subito dopo da quell'intendimento si suicidi? Cosa era avvenuto di così importante da fargli cambiare repentinamente idea?

Erano passati un paio d'ore da quella notizia così tragica anche per il giornale. Angelo Sorrenti gli aveva fatto segno di andare da lui.

– Allora, ha telefonato Ernesta. Dice che con i carabinieri non riesce a parlare. C'è un muro. Però mi ha detto un'altra cosa. Secondo Ernesta, i carabinieri di Campodolcino sono stati, praticamente, estromessi dall'indagine. Ci sono, sul posto, tre persone non identificate, in abiti civili. Sono loro che hanno in mano tutto e, di fatto, hanno estromesso i carabinieri. Secondo te chi possono essere? Qualcuno dei Servizi? E se fosse così, per quale motivo uomini dei Servizi sono interessati al suicidio di un vicepresidente di un'azienda, stimato primario di una Casa di riposo?

– Sempre che si sia suicidato.

– Che vuoi dire? Hai qualche notizia in più? Sai qualcosa?

– No, non so nulla, non ho notizie in merito. Mi è venuto spontaneo dire questo. Non ho né notizie e neppure certezze. E poi io debbo terminare il "pastone" che è importantissimo e vitale per il nostro giornale.

Era tornato alla sua postazione e continuato a lavorare. Ma la testa era sempre lì, a Campodolcino. In testa sempre la solita domanda. Perché? Perché si era suicidato? No, non si era suicidato. Più facile che qualcuno l'avesse suicidato. E poi un rimorso che attanagliava il cuore, incistato nel cervello. E se mi avessero seguito? Se fossi stato io a portarli da Maugeri? E chi poi?

Attorno alle 16 era arrivato in redazione il vero padrone del giornale, quell'ambiguo Carlo Vailati. Sempre calmo, con il viso con la medesima espressione immobile di sempre, si era subito infilato nell'ufficio di Fabiana Roma.

Appena entrato aveva abbassato le "tapparelle" di plastica così da isolarsi, visivamente, dal resto della redazione, mentre all'entrata si accendeva una lampadina rossa posizionata sopra la porta. Sin quando la lampadina era rossa, nessuno poteva entrare dalla direttrice.

La riunione era durata almeno un'ora. Cosa si erano detti? Non era dato sapere, salvo se Fabiana si fosse lasciata scappare, magari con Sorrenti, qualcosa. Poi erano usciti. Fabiana aveva gridato: «*Un attimo d'attenzione*» e tutto si era fermato. I due erano restati in piedi a significare che la comunicazione non sarebbe durata molto. Fabiana aveva impostato la voce sul tragico-singhiozzante.

– Come ormai saprete, il nostro vicepresidente, il dottor Gaetano Maugeri, è scomparso, ci ha lasciati. È una grande perdita per noi, per il nostro gruppo, per tutta la famiglia che fa capo alla Scf Invest. Chi l'ha conosciuto ne ha potuto apprezzare *tipo* l'impegno e l'abnegazione nello svolgere il proprio lavoro, anche come medico, responsabile della Casa di riposo. Ultimamente si era impegnato anche nell'organizzare e assistere i migranti attraverso un Centro costruito vicino alla Casa di riposo. Voi capite che una notizia del genere significa *tipo* rifare il giornale di domani... Ovviamente non abbiamo in archivio nessun *coccodrillo*[17] sul nostro vicepresidente... Era ancora giovane... chi poteva pensare a una cosa del genere?... Una disgrazia...

Ecco, aveva pensato Enrico. Era riuscita a infilare *tipo* anche nella commemorazione.

– ... quindi le rubriche, il pastone da Roma, i programmi televisivi, la pagina degli spettacoli saltano. La maggior parte della foliazione sarà dedicata alla scomparsa del nostro vicepresidente. Abbiamo inviato in provincia di Sondrio la collega Ernesta Baudino ed è stato mobilitato anche il nostro corrispondente da Sondrio. Il caporedattore Sorrenti assegnerà i vari compiti, affinché domani i lettori possano trovare un prodotto completo, pur in un momen-

---

17 Articoli già pronti su personaggi noti, da utilizzare in caso di morte improvvisa del personaggio

to tragico come quello che stiamo vivendo. Grazie per l'attenzione e buon lavoro.

Questa era proprio una cretina, aveva pensato Enrico. Nessuno le aveva insegnato che non esiste termine più corretto di "morto". Invece questa si baloccava ancora con i luoghi comuni, con *deceduto, ci ha lasciato, è scomparso*. Tutte balle. Intanto i redattori si erano avvicinati al tavolo del caporedattore Sorrenti. A loro erano stati assegnati i compiti. Quasi tutti impegnati sulla morte di Maugeri. L'articolo più importante, in prima pagina, contornato, sarebbe stato scritto da Fabiana Roma. Ci sarebbe stato da ridere, l'indomani, leggere quell'articolo. Uno dei pochi cui non avevano assegnato alcun compito, era proprio Enrico. Tutte le occasioni erano buone per penalizzarlo, per cercare di indurlo a dimettersi dal giornale.

Attorno alle 18 aveva deciso di andarsene a casa. Aveva telefonato a Benedetta che sarebbe passato a prenderla fuori dall'ufficio.

Prima di lasciare la redazione si era fatto dare da Sorrenti il telefono di Ernesta Baudino. Aveva telefonato e aveva chiesto se ci fossero novità.

– No. Nessuna novità. Le bocche, qui, sono tutte cucite. È inutile che resti qui. Appena Fabiana me lo permette, me ne torno a casa. Spero questa stessa sera.

– Senti Ernesta, ma la storia di quelli in borghese che hanno esautorato i carabinieri l'hai scritto nel tuo pezzo?

– Sì, certo. Ma Fabiana l'ha scassata. Almeno così mi ha preannunciato Sorrenti. Censura, mio caro. A me non importa una mazza. Basta che ritorni a casa presto. Qui fa un freddo cane e inoltre piove. Sono tutta bagnata e intirizzita.

— Sono le gioie dell'inviato. Resisti, bella, che un giorno il posto di Fabiana sarà tuo.

— Ma vaffanculo, Enrico. Sempre a prendere in giro, tu.

Aveva chiuso la telefonata. Enrico aveva però appurato che di quegli uomini in borghese che avevano preso la direzione delle indagini, non si doveva parlare e l'indomani sul giornale non sarebbe apparso nulla di tutto ciò. Ci sono, però, gli altri giornali, aveva pensato. Ne avrebbero parlato gli altri?

Benedetta lavorava in corso Magenta. Era salita in auto e si erano diretti verso la sua abitazione percorrendo via De Amicis e Lamarmora. Appena iniziato a percorrere questa via, Enrico aveva sentito il volante dell'auto non controllabile, mentre l'auto tirava tutta a destra. Aveva imprecato a voce alta e, fra le proteste degli altri automobilisti, si era fermato sulla destra, aveva acceso le frecce direzionali ed era sceso a controllare. Come immaginava aveva forato la ruota anteriore destra.

Le altre auto suonavano, non avevano certo tempo e pazienza. A Milano, si sa, si va sempre di fretta. Benedetta era scesa anch'ella. Enrico continuava a inveire e si guardava attorno. Non era certo pensabile mettersi a cambiare una gomma in pieno centro città. Poco più distante dalla loro posizione, c'era un negozio di frutta e verdura. Enrico si era diretto al negozio e aveva domandato al proprietario se ci fosse nei paraggi un meccanico. Sì, aveva risposto il negoziante e aveva indicato come raggiungere il meccanico. Non era molto lontano ed Enrico, a passo veloce, si era diretto sul luogo indicato dal fruttivendolo. L'officina c'era. Ma come fare a portare lì l'auto? Il meccanico aveva consigliato di andare molto adagio e di raggiungere l'officina con il proprio mezzo. Era l'unico modo per risolvere la questione. E così aveva fatto Enrico, sempre accompagnato dagli improperi degli altri automobilisti. Arrivati in officina, il meccanico aveva messo l'auto sul ponte sollevatore e aveva cominciato a guardare la gomma bucata. Aveva individuato subito il chiodo che aveva forato la gomma e cominciato a lavorare.

Nel frattempo Enrico e Benedetta si erano spostati e si erano messi a parlare. Enrico si era recato verso l'auto. Ormai il meccanico aveva smontato la gomma e si era spostato su un altro macchinario per ripararla. Enrico guardava il fondo esterno della sua auto e aveva pensato che era proprio conciata. Avrebbe avuto proprio bisogno di acquistarne una nuova... Poi l'occhio gli era caduto sul serbatoio Gpl che era nella parte posteriore dell'auto, un recipiente che assomigliava a un contenitore per pneumatici di riserva. Lì, all'estrema sinistra di questo contenitore c'era attaccato una specie di grosso bottone cilindrico. Si era avvicinato per capire cosa fosse. Poi l'aveva strappato. Era attaccato come fosse una calamita. L'aveva preso e messo velocemente in tasca. Il meccanico era tornato con la gomma riparata. L'aveva rimontata e fatto scendere l'elevatore. Enrico aveva pagato e, con Benedetta, si era diretto verso via Augusto Anfossi dove, appunto, abitava Benedetta.

A casa, avevano preparato la cena poi, senza neppure

sparecchiare avevano cominciato a parlare. Enrico non aveva detto nulla di ciò che aveva trovato calamitato al serbatoio del Gpl per non allarmare Benedetta. Le aveva parlato, invece, di come fosse difficile vivere in questa società dove mancavano punti di riferimento, dove le ideologie erano scomparse o, meglio, ne era rimasta una sola, quella del denaro, del potere. In seguito avevano parlato del suicidio di Gaetano Maugeri ed Enrico aveva rivelato di aver parlato con Maugeri poco prima che si suicidasse.

– Non me l'avevi mai detto. Quando è stato?

– Qualche ora prima del suo suicidio. Sempre che si sia suicidato. Abbiamo avuto un incontro a Campodolcino, in Valchiavenna, dove hanno trovato il corpo appeso con una corda a una trave nella stanza che aveva affittato. Maugeri mi ha raccontato alcune cose riguardanti la Casa di riposo e non solo.

– Non credi al suicidio?

– Mi sembra così tutto perfetto, scontato... poche righe di commiato... suicidio e via. Tutto viene messo a tacere e si può continuare come prima.

– Sul tuo giornale, domani, cosa troveremo scritto?

– Un sacco di cazzate. Troverai scritto che era stressato, esaurito a causa dei tanti impegni... E c'è un altro elemento che mi fa propendere per non credere troppo alla versione del suicidio. Il fatto che sul posto sono intervenuti, rapidamente, alcuni strani personaggi non meglio identificati, ma con tanto potere al punto da esautorare i carabinieri nei primi momenti dell'indagine. Ti sembra normale?

448

– Quando mi parli di queste cose, mi fai paura. Non c'è mai un andamento lineare nelle cose che succedono nel tuo mestiere. Ci sono sempre personaggi occulti, cose indicibili... Anche un semplice suicidio diventa un elemento, per voi giornalisti, qualcosa di poco chiaro, torbido...

– ... non per tutti i giornalisti. Solo per coloro che non si accontentano delle versioni ufficiali, che non si limitano ai comunicati-stampa, che si pongono domande. Il fatto è che sono stanco e questa storia, accompagnata dal fatto che il lavoro non mi soddisfa più, mi fa vedere tutto nero... forse non è come dico io...

– ... ti fermi, stasera?

– No, preferisco andare a casa. Sono stanco e domani ho parecchie cose da fare...

– ... mi debbo preoccupare? Non cacciarti di più ancora di come sei, nei pasticci. Al mio paese dicono «*Calati junco chi passa la china*». Significa...

– ... lo so bene cosa significa: «*Piegati giunco finché non è passata la piena*». Insomma, meglio accettare situazioni pesanti, difficili e attendere tempi migliori, lasciando che la furia dell'acqua diminuisca, così da rialzarci quando è passata la piena. Lo possiamo intendere, questo detto, anche come un invito alla speranza. Ma vivere con la speranza non ha mai risolto nulla. Se si vuole cambiare qualcosa, bisogna opporsi allo stato delle cose.

– Ma tu sei solo. Come pensi di opporti a cose che non sai neppure ben definire? Chi sono quei personaggi che comandano più dei carabinieri? Sei solo, Enrico. Non fare il Don Chisciotte della situazione.

Si erano lasciati così, con l'animo desolato, tormentato da mille pensieri. Enrico aveva ripreso l'auto e si era diretto verso via Scaldasole. In realtà, le cose affermate da Benedetta erano in gran parte vere, di buon senso. Anche lui era stanco di essere sempre "contro", di nuotare controcorrente. Avrebbe voluto cambiare anch'egli, ma l'animo umano non si può cambiare. Continuava a credere che ognuno di noi, nel momento in cui nasce, ha già tracciato il suo futuro, il suo modo di essere, di porsi davanti ai problemi.

Forse fratel Achille sarebbe stato capace di spiegargli meglio ciò che sentiva dentro. Ma il frate aveva la fede, credeva nella resurrezione. Lui no.

La differenza stava tutta qui. E non era poco. E aveva paura. La scoperta di ciò che aveva trovato, calamitato al serbatoio del Gpl, gli aveva fatto capire che era controllato, sotto osservazione. Da parte di chi?

Aveva paura, ma nello stesso tempo sapeva benissimo che questa condizione non serve a scongiurare il pericolo, solo a buttare via ore, tempo, giornate. La paura annebbia i riflessi, questo Enrico lo sapeva bene e appanna i pensieri.

Mentre guidava, rifletteva su quanto aveva detto a Benedetta a proposito della morte di Maugeri: «*domani sul giornale troverai scritto che Maugeri era stressato, esaurito a causa dei numerosi impegni*». Già, i giornali. Pensava a com'era facile manipolare l'opinione pubblica. Questa storia che Gaetano Maugeri fosse stressato, l'avrebbero ripetuta tutti, anche le televisioni. Chi non è stressato, oggi?

Chi non ha tanti impegni, oggi, in questa società? Dovrebbero suicidarsi tutti?

Ormai i giornali, anche quelli che una volta erano definiti "seri", rincorrevano il fatto eclatante, lo scandalo, per non parlare della nuova frontiera dell'informazione che era diventata la Rete.

La finalità di tutto questo lavorìo era convincere i lettori che la verità ufficiale non esiste, che gli investigatori sono ignoranti quando non collusi (e, questo, molte volte era vero). Ma poi, alla fine di tutto, per fortuna del lettore ecco arrivare "l'esperto" di turno che aprirà gli occhi dei lettori o dei telespettatori.

Il fatto è che – come insegnava Joseph Goebbels, ministro della Propaganda del Terzo Reich – «*Ripetete una bugia cento, mille, un milione di volte e diventerà una verità*». In realtà, questa frase sembra non l'abbia pronunciata Goebbels.

Ma tant'è. Ormai l'opinione pubblica sapeva solo le cose che il potere voleva far sapere loro. Quante verità restavano nascoste per sempre? E a proposito di verità nascoste, nessun quotidiano avrebbe fatto cenno ai carabinieri di Campodolcino, esautorati dalle indagini sul "suicidio" di Gaetano Maugeri da strani personaggi in borghese.

L'indomani, come previsto, i quotidiani scrivevano all'unisono – a proposito della morte di Maugeri – che il direttore del "Dolce Sorriso" era stressato e attraversava un momento di grandi impegni, sempre più teso a coniugare la direzione della Casa di riposo e il vicino Centro di permanenza per il rimpatrio.

Dalla parte del torto

La pagina del *Corriere*, dedicata ai necrologi, non era altro che un interminabile elenco di persone, associazioni, case farmaceutiche ecc. che «*piangevano*» il dottor Gaetano Maugeri. Tutti parlavano retoricamente della «*dipartita*» che, ovviamente, era sempre «*dolorosa*». I luoghi comuni abbondavano con i dipendenti della Casa di riposo che erano restati «*attoniti*» nell'apprendere «*la tragica e immatura scomparsa*» del medico. Tutte chiacchiere senza fondamento. Fuffa.

Cap. 20 - «Eliminate il frate!»

Milano, gennaio 2003

Si era alzato presto quella mattina. "Siringa" si era alzato presto quella mattina e con una gran voglia di vomitare. Non aveva riposato bene perché era in astinenza. La "scimmia" sulla schiena premeva per avere la sua dose giornaliera di droga, almeno uno "schizzo". Non aveva riposato perché la *rota*[18] ti spacca. Doveva darsi da fare, "sbattersi" per cercare la bustina di eroina, per iniettarla in vena o tirarla su per il naso.

Franco Delmasso, detto "Siringa", aveva circa 30 anni. Magro, occhi gialli, pochi denti in bocca, aveva bisogno di "farsi" rapidamente uno "schizzo". Ecco perché si era alzato presto: doveva andare in cerca di qualcosa da rubare e rivendere o trovare qualcuno che gli potesse prestare dei soldi, per poter acquistare un po' di eroina. Abitava, da solo, in un sottoscala di uno dei numerosi ed enormi palazzoni di Quarto Oggiaro, siti in fondo a piazza Capuana, una piazza che, negli ultimi tempi, grazie all'impegno dei volontari e delle Acli, cercava di darsi un volto accettabile. Ma a "Siringa" questi problemi, però, interessavano meno di niente. A lui interessava solo la droga.

Aveva cominciato a girare per il quartiere ed era arri-

---

18 Sta a indicare la sofferenza provocata dalla crisi d'astinenza

vato fino a via Sabatino Lopez senza, però, trovare nulla. Ed era lì che a fianco di un bar aveva adocchiato un'Audi nera. Conosceva quell'auto perché i proprietari, più volte, gli avevano allungato un centone per fargli fare piccoli furti o cose di modesta entità. Piccole cose perché "Siringa", strafatto com'era quasi sempre, non sapeva neppure rubare.

In realtà, i due, lo tenevano per le palle: ogni tanto allentavano un po' le briglie, ma poi sempre da loro doveva tornare. Era, insomma, il classico capro espiatorio che poteva venir buono per qualcosa. E quella mattina "Siringa" doveva pagare il suo debito.

Ignazio Aversente e Gigino Sapia, i due calabresi guardaspalle di Carlo Vailati da un po' di mattine battevano Quarto Oggiaro alla ricerca di "Siringa". Si erano fatti anche questo bar senza risultato.

Uscendo, l'avevano adocchiato sul marciapiede opposto al bar. Gigino Sapia aveva attraversato la strada andando in direzione del drogato.

– Ehi "Siringa", come butta?

– Male... debbo trovare qualcosa... non ce la faccio più. Non avreste qualcosa... farmi un prestito?

– Si vede che stai proprio di merda. Un prestito? Quanto ci devi dare... vediamo un po'. Ci devi 700 euro e ora vuoi ancora soldi. Il fatto è che tu non sei buono neppure a rubare. Non sai fare proprio nulla. Cosa ce ne facciamo di uno come te?

– No, senti... ho un'idea: ci potremmo fare l'ufficio postale...

– ... fammi il piacere. Non saresti neppure capace di arrivare agli sportelli... con noi hai chiuso. Sei troppo fatto...

– ... no, non andare via. Sono disposto a tutto... cosa volete... vi faccio un pompino...

– ... ma per chi ci hai preso. A noi piace la figa e non i rottami come te. Piuttosto visto che ci devi 700 euro, un lavoretto, forse, ci sarebbe. Ma è roba importante e tu non sei capace neppure di allacciarti le scarpe.

– Mettetemi alla prova... se mi faccio una dose, dopo vado bene. Fatemi provare...

Sapia, volutamente, aveva fatto passare qualche minuto senza dire nulla. Voleva esasperare il più possibile il drogato. Poi lo aveva guardato in faccia e gli aveva detto di seguirlo. Lo aveva fatto entrare in macchina, dove alla guida c'era Ignazio Aversente.

– Ignazio, il nostro amico "Siringa" sarebbe disposto a fare quel lavoretto. Che fa lo mettiamo alla prova?

– Non è capace. Se lui riesce *me fazzu prievite* (mi faccio prete). Quanto ci deve? Mi sembra 700 euro.

– E proviamolo, no?

– No. Questo è *cacajùelu* e *liccacùlu* non sta manco in piedi... no... *lassalu jire...*

"Siringa" sudava e seguiva con apprensione, per quel che poteva capire, quel discorso frammentato da termini in dialetto calabrese. Dopo quelle battute, nell'abitacolo dell'auto era sceso il silenzio. Erano passati alcuni minuti.

– Me va *buenu*, oggi. Mi sento buono... Stammi a sentire "Siringa". Tu ci devi ben 700 euro. Io te ne do, subito, altri 400 così ti spari un po' di merda in vena che stai tutto *allupàtu* e domani sera, facciamo un lavoretto in provincia.

— Cosa devo fare?

— Aspetta, stai calmo che non ho finito. Ti abbuoniamo i 700 euro, te ne diamo 400 subito e 600 a fine lavoro.

"Siringa" non credeva alle proprie orecchie. Era uscito di casa senza prospettive di trovare soldi per la droga e ora tutti quei soldi...

— Domani sera andiamo a trovare, in provincia, un frate. Lo immobilizziamo e tu, nella casa dove abita, puoi rubare quello che vuoi. Noi chiederemo una cosa al frate. Se non la molla, lo sistemiamo una volta per tutte. Tu vai ad auto-denunciarti dai carabinieri. Ti porteranno a San Vittore. Sei drogato, hai la testa bruciata dalla droga. Il carcere non durerà a lungo. Noi ti procuriamo anche l'avvocato e fra qualche anno sei fuori. Intanto, in carcere, ti cureranno e quando uscirai sarai rimesso a nuovo e troverai i soldi che ti spettano.

Franco Delmasso, detto "Siringa", era ammutolito. È vero, lui non uccideva, ma doveva prendersi la colpa, fare – come si diceva in gergo – la *pecora*. Per una cosa del genere i soldi offerti erano pochi. Doveva rilanciare.

— Una cosa del genere la si deve pagare meglio perché sono io che vado in galera.

— Sentisti Gigino? Lo avevo detto che non andava bene.

— No, Ignazio, proviamo a sentire cosa vuole?

— Ti sei *rincugghinitu*?

— Senti "Siringa", quanto vuoi? E decidi in fretta perché non abbiamo tempo da perdere.

Il drogato non poteva sparare troppo né troppo poco. Per andare al *gabbio* dovevano scucire almeno cinque mila euro.

– Cinque mila? Ma stai *babbiando*? Non se ne fa niente. Meglio *annàre*.

– No, aspetta Ignazio... senti, se noi ti diamo i 5 mila euro non è che poi ti ritiri?

I due calabresi giocavano a fare il poliziotto cattivo e quello buono: "Siringa" non si accorgeva di nulla. Ormai aveva il cervello spappolato dalla droga e tutto sommato, pensava, un po' di galera andava anche bene. Mi tiro fuori dal giro per un po', non pago i debiti fatti negli ultimi mesi... sì, si poteva fare. D'altronde, in galera ci era stato già diverse volte.

– No, non mi ritiro. I soldi, però, li voglio prima perché se mi devo autodenunciare dai carabinieri non posso andarci con i soldi in tasca.

– Giusto. Però non puoi certo lasciare i soldi a casa tua. Quando esci da galera non li troveresti più. Devi trovare un posto sicuro.

– Da mia madre. Sì, le porterò a lei e li farò nascondere raccontandole una balla. Di me, mia madre, si fida.

– Bene. Il colpo è per domani sera. Fatti trovare domattina qui alle 10 e ti daremo i soldi promessi. E domani sera cerca di essere sveglio. Fatti una *pera*, una bella endovena di eroina almeno due ore prima. Domani mattina ti diremo l'orario e tutto il resto. Adesso scendi che hai impestato l'auto di merda. Forza, fuori.

"Siringa" era sceso e si era incamminato verso il bar

dove acquistava la droga. Aveva in tasca 400 euro e domani mattina ne avrebbe ricevuto ben cinquemila. Fece un sorriso. Sì, con i soldi la vita era bella.

Alle 10 del giorno dopo, "Siringa" era davanti al bar. Anche i due erano stati puntuali e "Siringa" si era tranquillizzato. Non c'era voluto molto. Era salito in macchina e Ignazio gli aveva passato una busta. "Siringa" l'aveva subito presa e messa sotto la maglietta senza neppure contare i soldi. Poi Ignazio gli aveva ricordato, ancora una volta, che per quella sera doveva essere sveglio e in piena forma. Franco Delmasso era sceso dalla macchina, felice di sentire sullo stomaco il dolce peso dei soldi. Si era diretto subito a casa dove precedentemente aveva preparato una scatola delle scarpe per depositare i soldi. Come deciso, li avrebbe portati a casa dei suoi genitori che abitavano vicino a viale Palmanova, nelle case popolari di via Teocrito. Sperava solo, quando fosse arrivato a casa dei genitori, di non trovare il padre. Con lui, ogni volta che si vedevano, finivano col litigare, spesso anche in modo violento. Aveva preso la linea verde della Metropolitana ed era sceso alla fermata di Cimiano. A piedi, era arrivato dove sorgeva il palazzo in cui abitavano i genitori. Era andata bene perché il padre, quella mattina era di turno al lavoro, in una officina meccanica di piazza Precotto. La madre lo aveva abbracciato e si era lamentata, come faceva sempre, che fosse troppo magro. Poi gli aveva preparato una tazza colma di latte e biscotti. Come sempre le madri non vedevano quello che non volevano vedere. Franco si era messo a parlare e aveva raccontato una delle tante menzogne propinate, in quegli anni, alla madre. Aveva trovato lavoro, aveva raccontato, e per un certo periodo avrebbe dovuto andare a lavorare a Salerno. Non era un lavoro "con i libretti" e, quindi, la retribuzione era in contanti. Proprio per quello nella scatola c'erano i soldi degli ultimi mesi di lavoro. Non poteva lasciarli a casa sua perché in sua assenza potevano anche rubarli. Li lascio, aveva detto, e poi vengo a ritirarli. La madre aveva domandato perché non li versava in banca, ma "Siringa" aveva risposto che era meglio che li tenesse lei. La scatola con i soldi, era stata posta sopra l'armadio che c'era nella camera da letto dei genitori, occultati da una vecchia carrozzina di quando era piccolo Franco, inspiegabilmente mai buttata.

L'appuntamento era per le 20 nello stesso posto dove si erano incontrati per mettersi d'accordo. "Siringa" si era sparato in vena una bella porzione di eroina sciolta nell'acqua poco dopo le 17. Aveva le pupille degli occhi dilatati, tipico di chi usa droga. Si sentiva rilassato e felice, sveglio. Per sicurezza, in tasca, si era portato alcune pastiglie di anfetamine, un medicinale dalle proprietà euforizzanti e stimolanti.

In auto lo avevano messo davanti, a fianco di Ignazio che era alla guida. Nessuno dei tre parlava. L'unico che aveva domandato dove stavano andando, era stato "Siringa", ma non aveva avuto nessuna risposta. Stavano comunque dirigendosi fuori Milano attraversando paesotti che a "Siringa" non dicevano nulla. Il frate – avevano detto i due calabresi – di solito arriva, nella sua abitazione, attorno alle 22. Egli abitava presso la chiesa di Baruccana, a

Seveso. In realtà quando aveva visto il cartello con la scritta Seveso, "Siringa" si era ricordato qualcosa, un episodio avvenuto tanti anni prima. Non ricordava cosa... un incidente... qualcosa del genere, forse era caduto un aereo...

Nella frazione di Seveso erano arrivati attorno alle 21. C'era almeno un'ora di attesa prima dell'arrivo del frate. Arrivare sul luogo in anticipo, però, significava studiare la zona e trovare le vie di fuga nel caso qualcosa non funzionasse nel loro piano. Avevano posteggiato in una viuzza, distante dalla chiesa. A quell'ora, con un po' di foschia, non c'era in giro nessuno. Dopo un'attesa che "Siringa" non sopportava più, finalmente si erano mossi. Avevano spinto un cancelletto ed erano entrati nell'area dove sorgeva una piccola chiesa. Secondo le informazioni dei due calabresi, fratel Achille abitava in una casupola distante dall'entrata della chiesa, almeno 150 metri. Non c'era stato bisogno di scassinare la serratura della porta perché sempre aperta. D'altronde, aveva pensato Ignazio, cosa si poteva rubare a casa di un frate che aveva le pezze al culo? Entrati nell'appartamento, sulla sinistra c'era un piccolo studio arredato in modo spartano: una scrivania, un mobile con appoggiati sopra una ventina di libri, in un angolo una pianta sempre verde bisognosa di acqua. L'unica cosa notevole in quello studio era una grande statua della Madonna. Oltre a quello studio, una piccola stanza solo con una rete e un materasso dove probabilmente dormiva il frate e un piccolo cucinino. Più avanti un "buco" con il water, il lavandino e la doccia chiusa da una tenda di plastica a fiori. I due calabresi si erano infilati i guanti di lattice.

Ignazio si era posizionato dietro la porta, mentre Gigino Sapia e "Siringa" si erano collocati nello studio. "Siringa" aveva iniziato ad aprire i cassetti della scrivania per cercare qualcosa da portare via. C'erano solo libri di preghiera e relazioni dei volontari che operavano alla "Baita". Cominciava ad essere nervoso e aveva buttato tutto in giro. Era andato nella stanza dove dormiva il frate, ma anche lì non aveva trovato nulla da rubare.

Alle 22 e 10 era entrato il frate. Appena aperta la porta, Ignazio l'aveva bloccato da dietro e gli aveva puntato una lama affiliata di coltello alla gola.

– Non fare scherzi, se non vuoi finire infilzato. Ora andiamo nello studio dove ci attendono altri due e lì faremo un bel discorso.

Il frate non poteva neppure rispondere. Il braccio sinistro di Ignazio gli bloccava fortemente la gola, con la destra aveva il coltello puntato all'altezza della carotide. Arrivati nello studio, l'avevano legato ad una sedia con il nastro isolante che si erano portati dietro.

– La bocca non te la blocchiamo perché devi rispondere alle nostre domande. Ma se solo provi a gridare, t'infilziamo. Chiaro?

– Sì... cosa volete, chi siete? Qua non c'è proprio nulla da rubare...

– Noi non vogliamo rubare, vogliamo informazioni. C'è solo il drogato che vorrebbe rubare, ma, anche per lui, non c'è nulla in questa merda di appartamento.

– La Madonna vi sta osservando. State attenti perché il male che fate oggi, poi ve la farà pagare...

461

– ... smettila di predicare che non siamo in chiesa. Ascoltami bene. Noi vogliamo sapere dov'è il documento che ti ha passato quel negro di merda che abbiamo già sistemato.

– Non so di cosa stai parlando. Io non ho nessun documento.

Il manrovescio era arrivato improvvisamente sul viso del frate facendogli uscire sangue dal naso. Aveva cominciato a pregare a voce alta l'Ave Maria. Questa volta si era beccato un pugno da Gigino Sapia. Aveva sputato alcuni denti e la faccia cominciava essere un impasto di sangue e saliva. Poi Ignazio si era avvicinato al viso di fratel Achille.

– Te lo dico per l'ultima volta. Dimmi dove hai nascosto quello che ha scritto il negro. Noi sappiamo che ce l'hai tu lo scritto. Ci indichi dov'è, lo prendiamo e sei libero. E non ci vedrai più. Se continui a non rispondere, sappiamo come farti parlare. Magari cominciamo a tagliarti qualche dito. Che ne dici?

In un angolo, seduto per terra, "Siringa" rideva a tutto spiano. Aveva ingoiato due anfetamine. Era su di giri e non aveva la cognizione esatta di cosa stesse avvenendo. Frattanto il frate aveva cominciato nuovamente a farfugliare qualche preghiera. Un altro pugno l'aveva fatto cadere con tutta la sedia. Era stato rialzato dai due calabresi. Per farlo, Ignazio aveva appoggiato, momentaneamente, il coltello sulla scrivania ed era stato in quel momento che "Siringa", sempre ridendo, l'aveva afferrato e appena i due avevano rialzato il frate con tutta la sedia, si era avventato su di lui e lo aveva colpito con un fendente la gola. Il sangue era sgorgato copioso, sporcando anche la manica di "Siringa", mentre il frate rantolava. I due avevano bloccato il drogato che si stava avventando nuovamente con il coltello in mano verso il frate. "Siringa" continuava a ridere, con gli occhi spiritati, mentre fratel Achille Pratini agonizzava soffocato dal suo stesso sangue.

– Stronzo, cosa hai combinato? L'hai ucciso.

Il drogato continuava a ridere. I due gli avevano appioppato un paio di schiaffi per ricondurlo alla ragione e gli avevano messo in tasca il coltello. Lentamente, avevano riaperto la porta e guardato se ci fosse pericolo. Fuori era tutto buio. Non c'era nessuno. Potevano andarsene, anche se senza avere trovato quello per cui erano venuti dal frate. Prima era uscito Ignazio, poi "Siringa" e, infine, Gigino. In macchina l'avevano messo nel sedile anteriore.

– Drogato di merda. Hai visto cosa hai combinato? Il frate doveva parlare, doveva consegnarci un documento. Invece l'hai ucciso e noi abbiamo fallito... Ora ti portiamo nei pressi della stazione. Vedi di consegnarti a qualcuno e fai chiamare i carabinieri... Stai attento a quello che dici. Se ti lasci scappare che eri con noi, se ci descrivi, per te è finita... Stai attento perché noi possiamo venire a fartela pagare anche in galera... Sei proprio una bestia!

"Siringa" aveva vagato per la piccola stazione, ovviamente deserta a quell'ora. Aveva, poi, visto un ferroviere che usciva dal cesso e si era recato da lui.

– Chiamate i carabinieri...

Il ferroviere aveva immediatamente capito che quel ragazzo non ci stava con la testa. Era anche insanguinato.

Aveva chiamato l'unico altro collega che in quel momento c'era in stazione e avevano subito telefonato ai carabinieri mentre "Siringa", seduto per terra nell'atrio della stazione, continuava a farfugliare e ridacchiare.

Poco dopo era arrivata un'auto dei carabinieri con a bordo un appuntato e due militari. L'avevano caricato in macchina e portato in caserma per interrogarlo. Non era certo facile interrogare "Siringa" in quello stato. Comunque "Siringa" era stato perquisito e avevano rinvenuto nelle sue tasche un coltello sporco di sangue. Avevano chiamato il pronto soccorso e chiesto l'invio di un medico che, dopo una prima sommaria visita, gli aveva fatto una puntura per calmarlo. «*Lasciatelo riposare sino a domattina*», aveva suggerito il medico «*perché in queste condizioni non potrebbe neppure rispondervi. Deve aver ingerito degli stimolanti, forse della droga. Bisognerebbe fargli delle analisi per appurarlo. Comunque fatelo riposare. Domani starà meglio*».

Il maresciallo aveva avvisato il Comando di Milano. Aveva inserito il coltello, che aveva in tasca il drogato, in una busta di plastica. L'indomani mattina Franco Delmasso sembrava più reattivo. Gli avevano dato da bere un caffè. L'avevano portato nell'ufficio del maresciallo dove c'era anche l'appuntato e un milite seduto al computer per la deposizione di "Siringa".

– Allora cominciamo da capo. Generalità.

Franco Delmasso aveva *declinato* le proprie generalità così si usa scrivere burocraticamente quando un pubblico ufficiale t'interroga.

– È tuo il coltello insanguinato che abbiamo trovato nelle tue tasche?

– Sì, il coltello è mio.

– Ieri sera hai dichiarato di aver ucciso una persona. Chi avresti ucciso?

– Ho ucciso un frate... quello che abitava di fronte a una piccola chiesa.

I carabinieri si erano guardati in faccia.

– Intendi fratel Achille?

– Sì... mi sembra si chiami così. Proprio fratel Achille.

Il maresciallo si era rivolto nervosamente all'appuntato e aveva ordinato di andare, immediatamente, a verificare quanto affermava il drogato. Poi aveva ingiunto che lo portassero di nuovo in cella.

Aveva alzato la cornetta del telefono e telefonato, nuovamente, al Comando provinciale di Milano, in via della Moscova, dove aveva spiegato quanto appreso. Una rogna, una rogna che le cadeva sulla testa.

Sarebbero sorti, senza dubbio, dei problemi con il Comando... proprio sul territorio di sua competenza doveva capitare una cosa del genere... fratel Achille... i giornalisti sarebbero arrivati a frotte.

Dopo una decina di minuti aveva telefonato l'appuntato.

– Maresciallo, purtroppo è proprio il frate. Non si capisce dal viso perché è una maschera di sangue... non è una bella visione, ma è lui senza dubbio... indossa ancora il solito saio con la croce rossa...

– ... non muoverti di lì. Recinta tutto con il nastro e non far entrare nessuno, soprattutto eventuali giornalisti, che nessuno tocchi nulla. Fra poco arrivano quelli del Comando provinciale. Decideranno loro come muoversi.

Meno di un'ora dopo, erano arrivati quattro carabinieri, tre in borghese e uno in divisa, il capitano Ettore Borsani. Poco dopo il loro arrivo, un furgone della Scientifica. I tecnici avevano cominciato a scattare fotografie da tutte le posizioni. Il frate era ancora legato con il nastro isolante alla sedia con il capo reclinato sul mento.

– Maresciallo.

– Comandi.

– Organizzi con i suoi uomini un cordone protettivo. Non voglio vedere giornalisti in giro sul luogo del delitto. Li tenga fuori dalla cancellata. Mi porti in caserma. Voglio interrogare immediatamente chi dice di essere l'assassino.

Franco Delmasso era stato nuovamente portato nell'ufficio del maresciallo. Ma seduto alla scrivania non c'era. Al suo posto un altro con un sacco di stellette. Tutto come gli avevano prospettato i due calabresi. D'altronde fratel Achille era persona nota, per certi versi famosa e, di conseguenza, era naturale che fosse interrogato non da un semplice maresciallo.

– Signor Franco, come si sente? Vuole un caffè?

– Sto bene, ma un caffè lo prendo volentieri.

– Ora signor Delmasso compileremo il Verbale di sommarie informazioni rese da persona informata sui fatti ai sensi dell'art. 351 Cpp, il Codice di procedura penale.

– Appuntato scriva: L'anno ecc, il mese ecc, il giorno

ecc. alle ore ecc. in Seveso presso il Comando CC della Stazione di Seveso, avanti ai sottoscritti Capitano Ettore Borsani del Comando provinciale di Milano, Maresciallo di P.G., Maurizio Anfossi e l'Appuntato Marcello Cipriani, è comparso Delmasso Franco, che invitato a dichiarare le proprie generalità e quanto altro valga a identificarlo, con l'ammonimento delle conseguenze alle quali si espone chi si rifiuta di darle o le dà false, risponde:

– Mi chiamo Delmasso Franco, sono nato a Milano il 13 marzo 1973, residente a Milano, via Teocrito, 16/B e abito a Quarto Oggiaro, in fondo a piazza Capuana.

Poi, immancabile, la sigla a ogni risposta A.D.R, a domanda risponde.

– Sono arrivato poco prima delle 10...

A.D.R.

– Sì, mi correggo, prima delle 22 ed ero solo.

A.D.R.

– In treno... ho preso il treno da Cadorna... poi a piedi sino alla chiesa... ero solo.

A.D.R.

– Ero sotto l'effetto di eroina e anfetamine. L'ho bloccato all'entrata, l'ho legato e gli ho chiesto dove nascondeva i soldi... ma lui non voleva parlare... poi non so cosa è avvenuto. Mi sono trovato sporco di sangue... alla stazione. Mi fa male la testa...

A.D.R.

– Sì, il coltello è mio. Lo porto sempre per sicurezza, perché mi capita di frequentare brutta gente.

Il capitano e il maresciallo si erano guardati in faccia. Come potevano credere a quella versione, quando era risaputo da tutti che fratel Achille non aveva soldi neppure per comprarsi il latte... E poi, come credere che da solo quel drogato aveva potuto fare tutto quello scempio?

– Delmasso pensaci molto bene: non è che stai coprendo qualcuno?

– No. Sono stato io a dare la coltellata al frate.

– D'accordo, la coltellata. E chi l'ha tramortito e legato alla sedia?

– Nessuno. C'ero solo io. Ho fatto tutto da solo.

– Maresciallo. Faccia firmare a Franco Delmasso la deposizione. Lo portiamo al Comando di Milano. Una volta interrogato dal magistrato, lo porteremo a San Vittore.

Nuovamente, si era rivolto a "Siringa".

– Signor Delmasso, lei si rende conto chi dice di aver assassinato? Conosceva, per caso, magari solo di fama fratel Achille? Ne aveva sentito parlare?

– No... io avevo bisogno di soldi... avevo bisogno di un buco... di solito i preti un po' di soldi, quelle delle offerte, ce l'hanno sempre... e invece...

– Ha un avvocato di fiducia?

– No... non conosco proprio nessuno. Nel passato sono stato difeso, ma non ricordo niente...

– ... va bene le sarà assegnato un avvocato d'ufficio. Ora la portiamo a Milano. Vuole avvisare i suoi genitori... qualcuno.

– No. Per ora no.

Dalla parte del torto

Franco Delmasso era stato caricato in macchina, in mezzo ai due carabinieri in borghese e a sirene spiegate condotto nella sede del Comando provinciale di via della Moscova, a Milano.

Enrico Carati aveva appreso dell'assassinio di fratel Achille da *Radio Popolare*, mentre faceva colazione. Si era vestito rapidamente con l'intenzione di recarsi al giornale, l'unico posto dove poteva avere informazioni più precise sull'accaduto. Quando era arrivato, già i telefoni squillavano e Fausto Infascelli, il giovane che l'aveva sostituito alla "nera", saltava da un tavolo all'altro per rispondere ai telefoni che, contemporaneamente, suonavano. L'aveva bloccato e gli aveva domandato notizie in merito all'assassinio di fratel Achille.

– Non so niente Enrico... è un casino... ho chiesto in Questura ma anche lì non sanno nulla...

– ... in Questura? Il fatto è avvenuto in provincia di Monza. Cosa c'entra la Questura di Milano... dai spostati.

Enrico si era seduto alla scrivania di Fausto Infascelli e per prima cosa aveva telefonato al Comando provinciale dei carabinieri.

– Buongiorno, sono un giornalista del *Il nuovo milanese*. Avrei bisogno di parlare con il capitano Borsani, Ettore Borsani.

– In questo momento non credo assolutamente sia possibile... aspetti... è arrivato adesso. Chiedo se può parlare con lei.

– Buongiorno Carati. Mi sembrava proprio impossibile

che non mi avesse ancora telefonato. Ho pensato che fosse andato in pensione. È tanto che non la sento.

– Magari. Il fatto è che non seguo più la cronaca nera...

– ... un rompicazzo in meno.

I rapporti fra Carati e il capitano dei carabinieri erano sempre stati formali e, fra loro, non c'erano mai stati problemi.

– Immagino voglia sapere qualcosa dell'omicidio di fratel Achille? Beh non posso dirle molto. Confermo che il presunto assassino è stato fermato e attendiamo il magistrato per l'interrogatorio di garanzia.

– Perché dice presunto? Non è sicuro che sia stato lui? La radio ha parlato di un drogato.

– Sì tutti gli elementi in nostro possesso fanno propendere per questa versione. Saremo più precisi dopo che il Ris avrà esaminato le impronte sul coltello.

– Chi è il magistrato di turno che seguirà questo caso?

– Ermete Pionati. Sta per andare in pensione. Non credo che abbia molta voglia di sbattersi per questo caso. Vedremo. Adesso debbo andare. La saluto Carati. Faccia il bravo e non scriva quello che non deve scrivere. Non mi crei dei problemi perché non ho nessuna voglia di andare a dirigere il comando di Oristano.

Mentre telefonava, era giunto anche il caporedattore Angelo Sorrenti che si era seduto attorno alla scrivania dove Carati stava telefonando. Terminato di parlare con il capitano dei carabinieri, Carati si era alzato per andarsene, ma Sorrenti l'aveva trattenuto.

– Enrico, non potresti dare una mano a Fausto... solo

per questa volta... te lo chiedo come favore personale. Fabiana Roma non c'è, è andata in Egitto con il marito... io sono nella merda.

Carati si era rivolto al giovane giornalista e gli aveva domandato se avesse preso appunti di ciò che si erano detti al telefono con il capitano Borsani. Ricevutone conferma, si era alzato e si era rivolto al caporedattore.

– Angelo, debbo fare necessariamente alcune telefonate. Considerato che la grande direttrice è assente, vado *tipo* nel suo ufficio a telefonare. Appena so qualcosa lo riferisco a Infascelli. Lo faccio solo per te.

– Grazie Enrico... Infascelli non sa come muoversi... grazie.

Carati si era recato nell'ufficio della direttrice. Si era seduto con le spalle alla redazione e aveva iniziato a telefonare ai suoi confidenti, alle sue fonti che aveva nella malavita milanese. Aveva così recuperato l'indirizzo dell'abitazione del presunto assassino di fratel Achille, una descrizione del personaggio da tutti tratteggiato come un "pirla", un malavitoso di caratura modesta. Uno che era stato addirittura beccato mentre rubava da un negozio una pizza surgelata! Aveva poi telefonato a Silvana Crippa e aveva chiesto notizie del magistrato che indagava sull'assassinio di fratel Achille. Crippa aveva confermato quanto già detto dal capitano Borsani: Ermete Pionati era in procinto di lasciare la Procura per la pensione. Non si era mai distinto, nella sua carriera, come magistrato «con le palle». Aveva fatto il minimo indispensabile, non brillando e neppure, però, nascondendosi davanti ai problemi. Insomma, il minimo sindacale. Un personaggio opaco che aveva in testa, ormai, solo di ritirarsi a pescare in pace.

Carati aveva segnato su un foglio tutte le informazioni avute. Poi si era recato alla scrivania di Infascelli. Non gli aveva lasciato il foglio, ma gli aveva consigliato di andare a vedere dove abitasse questo Franco Delmasso, parlare con i vicini, insomma fare un profilo del presunto assassino. Nel "pezzo" che scriverai, gli aveva suggerito, riporta la dichiarazione del capitano Borsani, ma solo le cose ufficiali. Lascia perdere le considerazioni sul magistrato, Oristano ecc. Le fonti, ricorda, vanno coltivate. Quando hai terminato, mi fai leggere il tutto.

Era tornato alla sua scrivania e cominciato quello che lui definiva ironicamente «*un lavoro da impiegato del Catasto*», il famoso "pastone" con le notizie e dichiarazioni politiche inutili che arrivavano da Roma. Alle 13 aveva ormai completato il tutto. Si era alzato ed era andato a parlare con il caporedattore.

– Angelo, io ho terminato. Debbo uscire, ma poi ritorno perché voglio leggere il pezzo che scriverà Infascelli.

– D'accordo ci vediamo più tardi e grazie ancora.

– Non preoccuparti. Lo faccio solo per te, non certo per il giornale e per quella stronza che, secondo lei, ci dirige.

Uscito, era andato a recuperare l'auto e si era recato in Questura nella speranza di trovare Giovanna Scalzi che, naturalmente, non c'era. Era in giro per servizio e non sapevano quando sarebbe tornata. Così Enrico, nell'attesa che la commissaria tornasse, aveva deciso di recarsi alla "Baita" di via Sammartini. Fuori stazionavano due "gazzelle" dei carabinieri e un'auto della Polizia locale. Quando era entrato, aveva percepito immediatamente il clima esistente.

Pochissime le persone presenti nel salone d'entrata. C'erano pochi "utenti" e i volontari erano in gruppo a parlare fra loro a voce bassa, come se il loro chiacchiericcio potesse disturbare il momento tragico che stavano vivendo. Si era diretto verso il gabbiotto dove Lorenza, in lacrime, stava parlando con un carabiniere. Aveva atteso, poi era entrato.

– Buongiorno Lorenza. Si ricorda di me, sono un giornalista. Ci siamo conosciuti qualche tempo addietro quando ero venuto a parlare con fratel Achille... Ce la fa a parlare con me...

– ... è tutta mattina che arrivano giornalisti... Io non ho notizie da darvi... l'ho anche detto ora ai carabinieri... non so come faremo senza lui... e poi perché ammazzarlo?

– Senta, mi dica solo questo: aveva ricevuto minacce?

– Sì, nel passato era capitato. Cosa vuole, qui arrivano di ogni risma. Ci sono personaggi non troppo facili da trattare e qualche minaccia l'aveva ricevuta... ma ucciderlo... ma cosa sta avvenendo? Prima Mbdao ora fratel Achille. Cosa sta succedendo?

– Perché Mbdao? Secondo lei i due casi sono collegati? L'ha detto questo ai carabinieri?

– No, non l'ho detto. È un fatto, però che prima muore Mbdao per overdose e poi viene ucciso fratel Achille...

– Grazie Lorenza. Lasci stare i collegamenti fra la morte di Mbdao e quella di fratel Achille. Sono due cose diverse.

Lasci che i carabinieri indaghino a 360 gradi. Si faccia coraggio che qui, la "baracca", come la chiamava fratel Achille, non si può fermare. Grazie e coraggio.

Volutamente Enrico aveva sminuito il collegamento fra i due omicidi perché di questo si trattava. Anche Mbdao era stato ucciso e non voleva che Lorenza lo suggerisse ai carabinieri. Doveva essere lui a trovare i collegamenti, quei collegamenti che riguardavano anche il dottor Gaetano Maugeri.

Era tornato in via Fatebenefratelli e, questa volta, Giovanna Scalzi c'era. Presa come sempre, con la scrivania colma di carte, la sigaretta all'angolo della bocca, malgrado il divieto di fumo.

– Ciao Enrico, se vieni per fratel Achille non so niente. Sono intervenuti i "cugini" con la striscia rossa sui pantaloni, quindi non posso dirti nulla. È tutto in mano loro.

– No, non preoccuparti. Ho già delle notizie e ho parlato con il capitano Ettore Borsani...

– ... non perdi tempo tu. Se sai già tutto, cosa vuoi da me?

– Voglio che mi aiuti iniziando a fare, insieme, delle considerazioni su questo assassinio. Secondo te regge la tesi del drogato?

– Perché non dovrebbe reggere. L'assassino è lì, bello su un piatto d'argento. È un drogato. Appena il Reparto Investigazioni Scientifiche (Ris) confermerà che le impronte sul coltello sono le sue, lo porteranno a San Vittore in attesa del processo. Tutto risolto, no?

– No, perché anche tu sei scettica. Senti un po'. Fratel

Achille era anziano, è vero, ma era alto circa 1,80, era ancora prestante. Ho saputo che gli avevano diagnosticato un cancro ai polmoni, ma per ora stava bene, era sempre in giro, faceva una vita molto attiva, anche troppo. Dall'altra parte chi abbiamo? Abbiamo un drogato, alto più o meno 1,70, sottopeso, che fatica a restare in piedi se non viene alimentato con qualche droga. Ma ti sembra possibile che uno così blocchi il frate, lo leghi con il nastro isolante, da solo, alla sedia e lo accoltelli? Tu ci credi?

— No, non ci credo. Ma non è importante quello che crediamo io e te. Importanti sono le prove e le decisioni che prenderà il magistrato. Se, come presumo, il drogato si autoaccuserà del delitto, la questione è chiusa.

— Ma tu non puoi indagare...

— ... no Enrico. Ho già tanti problemi... non posso.

— E di Mbdao cosa mi dici?

— Ho letto la sua relazione. Scrive delle cose senza dubbio importanti. Ma Mbdao è morto e chi se lo fila un nero... lasciamo stare.

— E se ti dico che anche il suicidio del dottore Gaetano Maugeri, il direttore della Casa di riposo, è tutta una messa in scena?

— Le prove, Enrico, le prove. Non posso fare nulla senza prove. E anche in quel caso sono intervenuti i carabinieri.

Enrico l'aveva guardata per qualche istante. Poi, lentamente, aveva messo in tasca la mano e aveva estratto dalla tasca del giaccone il trasmettitore che aveva trovato sotto la carrozzeria della sua auto.

— E questo cos'è?

– Un trasmettitore. L'ho trovato, casualmente, sotto la mia auto. Qualcuno conosceva ogni mio spostamento. È così che hanno trovato Maugeri che si era nascosto in Valchiavenna. In pratica, li ho portati io. L'hanno ucciso e hanno fatto un po' di "teatro" affinché si pensasse a un suicidio. Avevo ricevuto un biglietto da parte di Maugeri che mi dava appuntamento a Campodolcino. Lì mi ha raccontato cosa avveniva, che legami ci fossero fra la Casa di riposo e l'attiguo Centro temporaneo per il rimpatrio. È lui che mi ha parlato di Zeta, lo stesso personaggio che, guarda caso, è citato anche dal documento di Mbdao. Non basta tutto questo? E, allora, eccoti tre indizi. Primo indizio: il drogato non poteva, da solo, uccidere il frate. Secondo indizio: il trasmettitore attaccato alla mia auto. Terzo indizio: lo strano suicidio di Maugeri. Ricapitoliamo. Ti fornisco tre indizi che come sai rappresentano una prova.

– Leggo anch'io Agatha Christie e debbo dire che i suoi libri non mi piacciono troppo. Non sempre tre indizi fanno una prova. Questi che tu citi, sono solo coincidenze.

– Coincidenze? Le coincidenze esistono nei film, non nella realtà. A noi, al nostro giornale, risulta che alcune persone in borghese sono intervenute e subito dopo il "suicidio" di Gaetano Maugeri e, di fatto, hanno sottratto ai carabinieri le indagini sulla morte del dottore...

– ... non mi sembra proprio che l'abbiate scritto, questo. D'altronde perché ti scandalizzi. Dovresti sapere che la storia italiana è piena di episodi del genere, da sempre. Uno per tutti: ricordi cosa accadde domenica 19 luglio 1992?

– L'attentato a Borsellino e alla sua scorta.

– Certo. Con lui sono morti Agostino Catalano, Eddie Walter Cosina, Vincenzo Li Muli, Emanuela Loi e Claudio Traina. Però fra i tanti misteri di questo attentato, ce n'è uno poco conosciuto che però fa capire molte cose. Il giorno dopo l'attentato, due agenti della Criminalpol inviati proprio per le indagini giungono in via D'Amelio e la prima cosa che fanno è guardarsi attorno, per capire dove si sono appostati gli attentatori con il telecomando che ha fatto esplodere la 127 con la bomba. Attorno a loro ci sono i palazzi che guardano su via D'Amelio. Ma se gli attentatori si fossero insediati in quei palazzi, avrebbero rischiato di perdere la vita anch'essi, considerato come sono ridotti quei palazzi dopo lo scoppio della 127. Poco più avanti, però, c'è un palazzo di dodici piani appena terminato. Dista una cinquantina di metri. I due investigatori ci vanno e mentre salgono le scale s'imbattono in due fratelli che sono i costruttori del palazzo, i fratelli Graziano. Vanno nel loro ufficio e iniziano a interrogarli in modo informale. Via radio chiedono se i due costruttori hanno precedenti penali. Mentre attendono la risposta dalla centrale, uno dei due investigatori sale le scale e sbuca in una terrazza. E lì si accorge che la visuale su via D'Amelio è ottimale. In più si accorge che per terra ci sono diverse "cicche" di sigarette. Intanto arriva la risposta dalla centrale: sì, i fratelli Graziano sono schedati come mafiosi. Quindi decidono di portarli alla Centrale per interrogarli ufficialmente. Mentre si apprestano a fare ciò, arriva una squadra di poliziotti che si rivolge in modo perentorio ai due agenti della Criminalpol: «*Colleghi. È tutto a posto. Ce ne*

occupiamo noi, adesso». I due fanno ritorno, molto scetti-
ci, alla Centrale e comunque stilano un rapporto di quanto
è avvenuto. L'indomani i due agenti della Criminalpol ricevono un ordine di servizio: devono rientrare al comando
di origine. Il loro lavoro a Palermo è concluso. Hai capito
come funziona? Sempre su questa vicenda, non ti dice
niente che un borghese, dopo lo scoppio, rovisti nell'auto
di Borsellino? Non ti dice niente che l'agenda con la copertina rossa che il magistrato teneva sempre a portata di
mano sia scomparsa e non più ritrovata? Sapessi quante
archiviazioni si fanno...

– ... certo, lo so benissimo, soprattutto quando queste
archiviazioni riguardano la povera gente... Coloro che non
hanno santi in paradiso.

– ... e qui sbagli. Si archiviano anche se i soggetti sono
persone note, persone che appaiono sulle riviste di gossip.
Ricordi, ad esempio, la vicenda di Vacca Augusta, la contessa? La sua morte? Avviene nel 2001, esattamente l'8 di
gennaio. Lei, la contessa, abitava sul promontorio di Por-
tofino, non certo a Quarto Oggiaro come l'accoltellatore
del frate. La contessa precipita a mare e il corpo viene recuperato dopo alcuni giorni. Suicidio? Malore dopo aver
ingerito alcol e pastiglie? Invece no. L'inchiesta stabilisce
che la contessa voleva fare un bagno. Ti rendi conto? Un
bagno, di sera all'8 di gennaio, in pieno inverno? Archiviato.

– Quello che ti ho raccontato io, però, sono fatti, non
coincidenze... no, non ci credo che tu possa pensare solo a
delle coincidenze. Sei stata la prima a non credere neppu-

re alla versione della morte per overdose del povero Mbdao.

– Senza nessun risultato, però. Visto che hanno archiviato la pratica. Malgrado ciò, qualche passo in avanti l'ho
compiuto. Se non nei confronti di Mbdao quanto nei confronti del tuo editore.

– Cosa intendi dire... chi intendi... cosa hai trovato...

– ... un momento, calma. Dopo aver letto il documento
del senegalese, mi sono convinta che era inutile intestar-
dirmi sul fatto che avessero archiviato la morte di Mbdao
come overdose. Era necessario spostare la visione, l'orizzonte sul contorno della vicenda. E così ho chiesto a un
collega di Roma che ha fatto il corso con me e che ora è
"staccato" presso il Servizio informazioni del ministero
dell'Interno, notizie su Zeta e su Carlo Vailati. Sul misterioso Zeta, il mio collega ha trovato un muro. Molta omertà e bocche cucite. Nessuno che si apre, che voglia parlare
di questo personaggio. Su Carlo Vailati, invece, mi ha inviato copia di un documento, vecchio ma che dà il senso
della vicenda.

Enrico era rimasto zitto. Non l'aveva mai interrotta,
quasi pauroso di poter rompere quel momento così delica-
to e importante.

La poliziotta si era alzata e si era recata a un mobile
basso che aveva alle spalle, sotto la fotografia del presidente della Repubblica. Con una chiave aveva aperto un'anti-
na e sotto diversi faldoni estratto un foglio di carta che
aveva consegnato a Enrico. Il foglio, scritto a macchina,
aveva l'intestazione del "Ministero dell'Interno":

MINISTERO DELL'INTERNO

Si certifica che il signor VAI-
LATI Carlo nato a Pola il 29
giugno 1938,abitante a Milano,
via Pantano 19 è in forza a
questo Ministero per le indagini relative agli attentati avvenuti a Milano il 12 dicembre
1969.

OMISSIS

Pregasi le Autorità di Polizia,
di dare il massimo sostegno e
collaborazione al suddetto Vailati Carlo così da agevolarlo
nelle indagini sopra citate.

Il Capo di Gabinetto

Edoardo dott. Ferraris

Roma, 17 dicembre 1969

Enrico Carati aveva letto e riletto quel foglio. Incredu-
lo, ma nello stesso tempo conscio che quel foglio poteva
rappresentare un punto importante per decifrare quella
vicenda. C'era quella parola inquietante «Omissis», che ri-
correva, sempre più spesso, nei documenti ufficiali. Una
parola minacciosa o, meglio, una parola che era sempre
più diventata intimidatoria e che nascondeva le cose che
non si dovevano far conoscere alle persone comuni. Originariamente, significava cose marginali, di nessuna importanza, che si potevano omettere. Con il passare degli anni,

invece, questa accezione significava che in quel documento c'erano cose che non si dovevano far conoscere ai cittadini. Il nostro Paese era diventato sempre più il Paese degli «Omissis», il Paese di episodi inenarrabili.

– Porta la data del 17 dicembre. Quindi a cinque giorni
dallo scoppio delle bombe di piazza Fontana e a due dalla
morte di Giuseppe Pinelli, il ministero dell'Interno incaricava un civile di indagare.

– Questo documento non te lo posso dare. Te l'ho fatto
solo vedere. E fra gli «Omissis» ci può essere di tutto. Non
a caso il mio collega mi ha parlato anche di traffico di armi
con i Paesi della ex Jugoslavia. Ma su questo non mi ha
fornito nessuna pezza di appoggio. È tutto secretato.

Cap. 21 – Tutto da solo?

Ignazio Aversente e Gigino Sapia erano arrivati in via Teocrito, con l'auto, attorno alle 15. Con loro c'era anche Mario il bordolese così chiamato perché aveva vissuto parecchi anni nella città francese di Bordeaux, famosa per l'omonimo vino. In realtà Mario lavorava per i Servizi e veniva usato anche da Zeta quando c'era da scassinare qualcosa. Perché Mario il bordolese era un vero artista nell'aprire serrature e casseforti.

Le case popolari di via Teocrito, dove abitavano i genitori di Franco Delmasso, erano in ristrutturazione. C'erano, quindi, ponteggi, muratori, imbianchini, geometri. Insomma, tutto il personale che è presente nei cantieri quando si costruisce o si ristruttura. Meglio così, avevano pensato i due calabresi. Avrebbero dato meno all'occhio. I tre erano entrati sicuri di non trovare ostacoli ed erano saliti sino al terzo piano.

Sapevano che il padre del drogato faceva il secondo turno, dalle 14 alle 22 e che la madre, ogni pomeriggio, andava in parrocchia a insegnare a lavorare a maglia alle donne straniere.

Individuata la porta dei Delmasso, il bordolese si era messo al lavoro. Un lavoro semplice che aveva risolto in meno di cinque minuti. Si trattava di una comunissima serratura a due mandate. L'aveva aperta ed erano entrati

Ignazio Aversente e lo scassinatore. Gigino Sapia era restato fuori a fare da guardia.

Non c'era molto nell'appartamento dei Delmasso: due camere e cucina. Lo scassinatore e Aversente avevano iniziato a guardare un po' dappertutto sempre con indosso i guanti e non spostando nulla, aperto qualche cassetto, la credenza, i mobiletti del bagno. In camera da letto avevano aperto l'armadio contenente solo qualche vestito. Poi con una sedia, Mario si era avvicinato all'armadio, c'era salito sopra e con il braccio aveva tastato la parte superiore del mobile dove c'era una carrozzina. E lì aveva trovato la scatola che aveva passato a Ignazio. Aveva slegato i nodi della corda che teneva legata la scatola ed estratto i soldi. I soldi c'erano, tutti. Il calabrese, velocemente, li aveva presi e infilati in tasca. La scatola, era stata riempita con fogli di carta di giornali e il bordolese l'aveva rimessa sull'armadio, sotto la carrozzina, dove stava prima.

Silenziosamente, così come erano entrati, erano usciti dall'appartamento dei Delmasso e Mario il bordolese aveva chiuso la porta con due mandate. Nessuno si sarebbe accorto di nulla, almeno fino a quando qualcuno avrebbe deciso di aprire la scatola. Non c'era stato scasso e non c'era stato furto. I tre erano usciti dal palazzo senza nessun problema.

La sera, alle 20, Zeta aveva chiamato Vailati su un telefono schermato a prova di intercettazioni che veniva utilizzato solo ed esclusivamente per comunicare fra loro. Un modello StarTac dove all'interno era celato un registratore.

– Buonasera comandante.

– Buonasera. Avete un po' esagerato con il frate. Doveva essere una cosa semplice e invece l'avete ridotto male prima di ucciderlo. E il documento del negro non l'abbiamo ancora.

– Ha ragione. Ai calabresi è scappata la mano mentre lo interrogavano e a quel punto il drogato l'ha pugnalato. Si è consegnato, come concordato, ai carabinieri e ora è in stato di fermo in attesa dell'interrogatorio di garanzia del magistrato.

– Possiamo avere problemi con il magistrato?

– No. Non è uno che va troppo nel profondo. È in procinto di andare in pensione.

– Macchina e soldi?

– L'auto è stata già demolita dallo "zingaro" di via Salomone; i soldi recuperati oggi pomeriggio.

– Bene. Per quanto riguarda il "suicidio" del dottore?

– Sembra che, appunto, tutto regga e i giornali hanno parlato di suicidio.

– Sì, questo lo so. Volevo sapere se ci sono state ripercussioni dopo la sua morte.

– Confermo. Nessuna ripercussione. La moglie Nunzia, in pubblico piange e fa la vedova in gramaglie.

– I funerali del frate?

– Fra un paio di giorni. Appena avranno conclusa l'autopsia. A questo proposito pensavo se non fosse il caso di fare qualche azione di disturbo durante i funerali e far apparire volantini di discredito del frate. Magari scriviamo che dava fastidio ai ragazzini... Così, tanto per intorbidire le acque.

– No, meglio non fare nulla e attendere. Si concentri sul recupero dello scritto del negro che è la cosa più importante in questo momento e mi tenga informato su tutto. La saluto.

– Agli ordini comandante e buonanotte.

I funerali di fratel Achille Pratini si erano svolti nella basilica di Sant'Ambrogio, officiati dal cardinale di Milano. Enrico aveva partecipato alle esequie in una basilica strapiena. Certo, c'erano le autorità politiche e militari a seguire il funerale. Ma soprattutto, in quel luogo di culto, c'era la povera gente, quelli che vedevano in fratel Achille un punto di riferimento, un approdo sicuro per la loro vita, sconvolta per mille motivi. Facce smunte, facce ancora più rinunciatarie che nel passato, facce scoraggiate che non s'aspettavano più nulla dalla vita. Sulla bara del frate, garofani rossi componevano una croce, un legame con quella croce che fratel Achille portava cucita sul suo saio. Il cardinale aveva pronunciato parole molto sentite, aveva affermato che il frate *«Era uno che i poveri non solo li accoglieva ma li andava a cercare. Si è fatto ultimo fra gli ultimi. Fratel Achille è stata una trasparenza luminosa e credibile dell'infinita paternità di Dio. La sua morte è motivo di riflessione seria e responsabile perché vada continuato ciò che ci ha lasciato in eredità».*

Già, aveva pensato Enrico. La sua morte come motivo di riflessione... certo. Intanto un «*ultimo*» l'aveva ucciso, l'aveva pugnalato. Ma come si poteva credere che il suo assassinio fosse stato compiuto da un drogato come "Siringa"? Bisognava indagare e questo era compito dei carabinieri, non certo suo. Lui, poi, era stato praticamente estromesso dal giornale, non poteva più scrivere. Questa anomalia, però, bisognava rimarcarla: bisognava evidenziare le incongruenze dell'indagine. E lui, questo, forse, poteva farlo.

– Attilio? Ciao sono Carati, come stai?

– Caro Enrico, proprio a te pensavo. Possibile, mi domandavo, che con tutto quello che sta avvenendo a Milano, Enrico non mi telefona?

– Sono abbastanza preso, ma era mia intenzione telefonarti.

– Preso? Il "pastone" è servizio di tutto riposo. Non fai un cazzo da mattina a sera e non ti sei ancora deciso a venire a lavorare nel mio settimanale...

– ... a questo proposito Attilio, volevo dirti che dopodomani sono di "corta". Era mia intenzione, se ti va bene, venire a Roma così parliamo un po'. Sempre che tu non abbia altro d'importante da fare.

– Aspetta, fammi guardare... Dopodomani... sì, ma di pomeriggio perché di mattina ho la firma del contratto con lo stampatore del settimanale... se arrivi attorno alle 13, possiamo andare assieme a mangiare qualcosa, così parliamo. Restiamo d'accordo in questo modo: dopodomani entro le 13 nella sede del giornale. La conosci no? Via Mentana, vicino a Termini.

Enrico sapeva dove avesse la redazione il nuovo settimanale *Sport&Società*. Dalla stazione Termini era comodissima raggiungerla. A piedi non più di 10 minuti. S'incamminò per via Marsala, svoltò a destra per via Gaeta, attraversò le vie Castelfidardo e Palestro. Sulla sinistra ecco via Mentana. Enrico arriva leggermente in anticipo sull'orario concordato, come capita sempre quando ha un appuntamento. La redazione è al primo piano di un vecchio palazzo. La porta della redazione è aperta. Dentro è un cantiere. Ci sono operai che dipingono i muri, elettricisti che fanno correre cavi sotto il pavimento, tecnici che stanno attorno a computer e stampanti. In fondo a questo stanzone, c'è una porta chiusa. Potrebbe essere l'ufficio di Attilio Mancini. Enrico bussa e subito una voce risponde «*Avanti!*».

Mancini è seduto dietro a una scrivania, ma anche in questa stanza sembra sia passato un tornado: fili dappertutto, alcune stampanti per terra, alcuni Pc stanno appoggiati, in equilibrio precario, uno sull'altro, sopra una cassa, fili elettrici che pendono dal muro. Attilio si alza e va ad abbracciare Enrico.

– Vieni Enrico... scusa ma siamo in ritardo... è un casino... c'è polvere dappertutto. Tengo la porta chiusa nella speranza di respirare meno polvere... tu come stai.

– Tutto a posto o, almeno, ci provo a essere a posto. Ce l'ha metto tutta.

– Senti, dammi solo cinque minuti che termino una cosa, così poi andiamo a mangiare. Qui sarebbe impossibile parlare.

Attilio Mancini fa una telefonata, poi prende la giacca

appoggiata sopra una sedia e fa cenno a Enrico che posso-no uscire.

– Andiamo in una trattoria qui vicino, dove mangio io. Oggi sei ospite del giornale...

– ... ma no perché mai il giornale dovrebbe pagarmi il pranzo...

– ... fanno parte delle spese di rappresentanza. Non preoccuparti che non rubi nulla. L'editore, si può dire che me l'abbia imposto.

– Cosa fa il proprietario-editore di *Sport&Società*?

– Ha una azienda di piastrelle vicino a Frosinone e il pallino dell'editoria sportiva. Ho dovuto battermi per far-gli ingoiare di aggiungere nella testata "Società". Politica-mente sta al centro, con un occhio a destra. Per ora non rompe le palle. Paga quello che c'è da pagare, senza proble-mi. Mi ha imposto solo l'assunzione di suo figlio, un ra-gazzo di 18 anni con la fissazione delle cronache sportive. Per le altre assunzioni ho mano libera. Quando arrivi tu?

– Il punto di pareggio a quanto è stato fissato?

– Il break-event è stato fissato a 30 mila copie settima-nali. Dovremmo farcela a superare questa cifra.

Intanto erano arrivati alla trattoria. Una trattoria come ce ne sono tante a Roma. Uno spazio esterno con un po' di tavolini. Carta da pacchi al posto della tovaglia, conduzione familiare. Si siedono a un tavolo per due e appare subito un tizio piuttosto corpulento che poi Attilio dirà essere il proprietario.

– Allora *dottò*, che gli *famo? Du spaghi al pommidoro* e pancetta?

– Va bene Fausto, fai tu. Portaci anche del vino bianco. Per il secondo decidiamo dopo.

– Enrico, hai deciso di venire a collaborare al mio giornale? Guarda che dal punto di vista dei soldi, possiamo metterci d'accordo. A *Il nuovo milanese* non hai prospettive...

– ... senti Attilio. È probabile che accetterò la tua offerta, ma non in questo momento. Ora non sono in grado di decidere. Ho bisogno, prima, di risolvere una questione. E non è assolutamente per i soldi. Non ho mai fatto problemi per i soldi. Vorrei fare solo un lavoro che mi appassioni, non il "pastone"...

– ... appunto! Vieni via. Io ho bisogno di uno che si interessi della società, che descriva il cambiamento, le trasformazioni attorno a noi...

Enrico, nel frattempo, gli aveva raccontato gli ultimi avvenimenti di Milano, per altro già conosciuti da Mancini: il "suicidio" di Maugeri, l'assassinio di fratel Achille, l'archiviazione della morte di Mbdao. Non gli aveva detto nulla, invece, dell'inchiesta fatta a Milano dal senegalese. Era inutile mettere troppa acqua sul fuoco. Poi gli aveva fatto una proposta.

– Senti Attilio, potrei iniziare la collaborazione, scrivendo un articolo su fratel Achille e sul suo "presunto" assassino. Potremmo iniziare con questo articolo. Però lo debbo firmare con un *alias*, uno pseudonimo, perché non ho la liberatoria del mio giornale di collaborare con altre testate.

– Va bene. Io credo di essere pronto per la prossima

settimana. Per sicurezza diciamo dieci giorni. Inviami per mail l'articolo e attendiamo il botto. Per la firma, c'inventiamo qualcosa, non c'è problema. Una cosa però te la debbo dire, per onestà. Ti sei imbarcato in una vicenda molto difficile. E io con te, nel senso che ti sto mettendo a disposizione le pagine del nuovo giornale. Inutile nascondercelo: contro di te, di noi, nessuno me lo può togliere dalla testa, ci sono massoni, Servizi segreti entrambi più o meno deviati che svolgono eminentissimi incarichi nelle istituzioni. Con la caduta del Muro di Berlino del 1989, tutto è stato scompaginato, è finita un'epoca. La linea di confine, precedentemente tracciata tra mafia e Stato è saltata e gli interessi delle due parti, ora, molte volte sono reciproci. Durante la guerra fredda c'era una amalgama fra colletti bianchi, spie, mafia. Una sporca storia che la caduta del Muro ha fatto riaffiorare.

Avevano terminato di pranzare ed erano usciti dalla trattoria, diretti, nuovamente, verso la redazione. Mentre camminavano, Enrico si era soffermato davanti a un polveroso negozietto con esposti vecchi dischi in vinile. Leggere quei titoli era come fare una galoppata nella memoria, quando c'era solo il vinile a 45 o 78 giri. Titoli di musiche di quando era giovane e giovanissimo, un tempo ormai passato, pieno di aspettative per un futuro che sarebbe stato, senza dubbio, radioso. Attilio commentava i titoli, mentre Enrico si era soffermato, con lo sguardo, su alcuni dischi Cetra di un periodo ancora precedente, dischi del Trio Lescano, tre sorelle olandesi-ungheresi, ferventi fasciste, diventate famose soprattutto attorno agli anni '40 che cantavano motivi swing. Ecco, aveva pensato, che nome usare per firmare il mio primo articolo per *Sport&Società*. Utilizzare il cognome delle sorelle italianizzato in Lescano, ma in realtà Leschan. Il nome lo avrebbe trovato dopo, guardando in internet.

In redazione avevano parlato ancora un po', poi si erano lasciati. Erano rimasti d'accordo che Enrico avrebbe inviato l'articolo sull'assassinio di fratel Achille, così che potesse essere pubblicato sul n. 1 del nuovo settimanale.

A Milano, Enrico aveva ripreso la solita vita. Ma già nel pomeriggio seguente al suo arrivo, aveva iniziato ad abbozzare l'articolo. Avrebbe portato la firma di Eveline Leschan, una delle tre cantanti che nella realtà si chiamava Alexandrina Eveline Leschan. L'aveva scritto in pochissimo tempo come era sua abitudine. Fatte le correzioni e scelto il titolo. Un titolo che andava a *sfruculiare* il lettore, così come dicono al Sud, soprattutto nel napoletano: «*Fratel Achille: una morte misteriosa*». Catenaccio: «*Possibile che un drogato abbia fatto tutto da solo?*

Nell'articolo, Enrico aveva inserito anche alcuni passaggi che riguardavano il "suicidio" di Gaetano Maugeri. Poi, però, aveva cancellato questo avvenimento. Troppi elementi. Era meglio che il lettore si abituasse ad avere le notizie poco alla volta. Sull'assassinio di Fratel Achille, Enrico aveva un po' ricostruito la vita del frate, cosa faceva, l'impegno nei confronti dei senza casa, dei drogati, di tutti coloro che non avevano potere in questa società che estrometteva, sempre più, le persone che non stavano al passo con i dettami del capitalismo. Anche sul presunto assassino aveva messo in risalto alcune perplessità: com'era possibile che una persona disturbata dalla droga, debole, alto meno di 1,70 cm avesse avuto la meglio su un uomo di 1,80 cm. di altezza e, da solo, lo avesse legato a una sedia, per poi accoltellarlo. Chi stava coprendo l'assassino? Com'erano andate realmente le cose, quella sera? Domande che avevano lo scopo di far sorgere dubbi nel lettore. Enrico era consapevole che tutti quegli interrogativi non andavano bene, soprattutto non andava bene l'interrogativo del catenaccio perché essi, i titoli, devono dare notizie al lettore non inoculare dubbi. Ma questa volta si poteva fare. Era necessario catturare l'attenzione del lettore e sottolineare l'incongruenza della vicenda della morte di fratel Achille.

Terminato l'articolo, dopo averlo riletto per l'ennesima volta e fatto alcune modifiche, si era guardato attorno. La redazione era intenta a lavorare alacremente, come avviene ogni pomeriggio in tutti i quotidiani. Cercava un telefono "pulito" nel senso che sul suo apparecchio quando, poco prima, aveva telefonato a Benedetta aveva sentito strani rumori. Aveva adocchiato quello della redattrice che seguiva gli spettacoli, Brunella Gasperi, e con una scusa si era recato alla sua scrivania.

– Brunella, posso usare il tuo telefono? Il mio ha dei problemi... non so... non si sente bene.

– Certo, Enrico. Anzi, ti puoi sedere al mio posto. Io stavo giusto andandomene perché debbo seguire una conferenza-stampa di un nuovo gruppo musicale inglese. Siediti pure.

Brunella si era alzata, raccolto le sue cose e abbandonata la redazione. Così Enrico, da un telefono "pulito" aveva chiamato Attilio Mancini per preannunciargli l'invio dell'articolo. Appena uscito dalla redazione, a fine turno, si era recato in un call center gestito da uraguajani che avevano anche Pc e linea internet a disposizione dei clienti. Il negozio era lontano dalla redazione, scelto apposta lontano per sicurezza: stava a metà di via Padova. Una strada, questa, piena di rivendite di kebab, negozi di telefoni, drogherie e parrucchieri tutti gestiti da cinesi, egiziani, sudamericani. Una arteria lunga più di 4 chilometri molto viva, multietnica, però anche molto difficile. Spesso avvenivano scontri tra bande rivali.

Quattro giorni dopo, l'articolo era stato pubblicato e ripreso da quasi tutte le altre testate e dai notiziari radio-televisivi. Il botto era avvenuto.

Enrico aveva telefonato a Claudio, l'amico che lavorava alla Consulting Comunication. Non si vedevano più tanto spesso perché Claudio era di frequente all'estero ed Enrico non riusciva mai a trovare il tempo per farlo. Ogni volta si ripromettevano di uscire a cena assieme ma poi, per un motivo o l'altro, soprassedevano. Claudio, questa volta, era in sede e gli aveva risposto. Enrico gli aveva detto di aver bisogno di parlare con lui, ma non al telefono. Potevano vedersi? Sì, potevano e avevano concordato per l'indomani pomeriggio. Il giorno seguente al loro incontro, Claudio sarebbe partito per Bruxelles.

Il palazzo dove lavorava Claudio era nei pressi di viale Liberazione, uno di quei "torracchioni" come già li chiamava Luciano Bianciardi nella "Vita agra", ancora prima di essere edificati. Ottavo piano, ambiente asettico, luci che non davano fastidio, segretarie inamidate ed efficienti. Insomma, aveva pensato Enrico, un ambiente di merda. Appena le porte dell'ascensore si erano aperte, di fronte, c'era una specie di bussolotto con dentro una delle tante segretarie super efficienti con il sorriso d'ordinanza prestampato sul viso. Tailleur blu, camicetta bianca appena scollata e, immaginò Carati, tacchi altissimi. Chissà come dovevano dolerle i muscoli facciali, la sera, quando rientrava a casa. L'ambiente, era, naturalmente, *open space*.

– Prego. Posso esserle utile?

– Sì. Ho un appuntamento con il dottor Claudio...

– ... mi può dire il suo nome, per favore?

Enrico aveva fornito il proprio nome mentre la ragazza, sempre con il sorriso statico sul viso, azionava un telefono.

– Dottor Carati, prego, la faccio accompagnare dal dottor Borghesi.

Era apparsa un clone della ragazza. Stesso tailleur blu, stessa camicetta bianca, stessi tacchi altissimi. E, soprattutto, stesso sorriso stereotipato. Prima di affidarsi alla nuova ragazza, Enrico si era avvicinato il più possibile alla ragazza seduta nel bussolotto e, con fare volutamente circospetto, guardandosi attorno, a bassa voce le aveva sussurrato: «*Non lo dica a nessuno, signorina. Io non sono dottore. Forse uno dei pochi, qui dentro*».

Aveva seguito, per un lungo corridoio, la ragazza che l'accompagnava. L'aveva così vista da dietro e, certo, era un bel vedere. Gambe che immaginava perfette, un notevole culo, ma... Era fredda, fredda come le luci che rischiaravano l'ambiente sempre accese anche nel primo pomeriggio. La ragazza si era fermata davanti a una porta dove sopra c'era una targhetta con il nome dell'amico. Aveva bussato con leggerezza, poi aveva aperto la porta dell'ufficio e si era rivolta ad Enrico: «*Prego dottor Carati*». Subito dopo, con un grande sorriso aveva suggellato la fine del loro incontro. Claudio si era subito alzato dalla scrivania, aveva ringraziato la ragazza e abbracciato Enrico.

– Finalmente ti sei degnato di venirmi a trovare. Se lo hai fatto, ci sarà senza dubbio un motivo importante.

– Sì, certo. Ora te ne parlo. Ma prima dimmi una cosa: queste ragazze ve le fornisce una macchinetta, tutte uguali, con lo stesso sorriso, con il loro incedere elegante, con lo stesso tailleur blu...

– ... passano gli anni, ma tu resti sempre uno stronzo. Vieni, siediti.

Alle spalle della poltrona con schienale alto di Claudio, da un'ampia finestra, si vedevano numerose gru. Si lavorava alacremente per tirare su altri grattacieli in un quartiere che una volta veniva chiamata l'Isola, un quartiere popolare e che in futuro, invece, al posto delle botteghe artigiane ci sarebbero stati gli edifici disegnati da quelli che ormai venivano chiamati *archistar*. Appartamenti e uffici venduti a prezzi non certo abbordabili dai ceti popolari e dai piccoli artigiani, obbligati così a trasferirsi in periferia. Enrico si era seduto e dopo essersi informato della salute della moglie e dei figli di Claudio, aveva estratto dalla tasca l'oggetto trovato calamitato sul serbatoio Gpl della sua auto.

– Dove l'hai trovato?

– Attaccato al serbatoio Gpl della mia Citroën Picasso.

– Se vuoi sapere cos'è ti dico subito che è un rilevatore Gps e neppure tanto moderno. Se vuoi un consiglio vai dai carabinieri e fai una denuncia contro ignoti.

– Tu dici? E secondo te i carabinieri dove la mettono la mia denuncia? No, non sono venuto solo per questo. Intanto volevo conferma che fosse un rilevatore di posizione. Questo significa che coloro che me l'hanno appiccicato, sapevano ogni mio movimento? Me lo confermi questo? Anche a distanza di un centinaio di chilometri?

– La distanza chilometrica non c'entra nulla. Il rilevatore utilizza la tecnologia Gps e Gsm. Sul mercato li puoi trovare a meno di 100 euro. Naturalmente, quelli più sofisticati superano le 300/500 euro. Questo da te trovato, non vale molto. Cosa stai combinando, Enrico? Sei nei casini come al solito?

– Hai saputo che Sandro Pelucchi non è più l'editore de *Il nuovo milanese* e neppure più il padrone della Sapelu Farmaceutica? Ora è tutto in mano alla ScF Invest, una finanziaria dai contorni non ben definiti.

– Sì, l'ho saputo. Posso fare qualcosa per te? Vuoi andartene da quel giornale?

– No, grazie. Al quotidiano dove lavoro sto da dio, attorniato da persone per bene, con una direttrice coraggiosa che non esita a denunciare le malefatte del potere. No, quello che volevo domandarti è che ho il dubbio che il mio telefono fisso, al lavoro, sia controllato. Ci sono segni inequivocabili per sapere se è controllato?

– Certo. Se senti, quando hai terminato di parlare, una chiusura anomala del telefono oppure se hai una radio accesa e quando fai il numero si sentono scariche nella radio è, senza dubbio, controllato. Per gli smartphone è ancora più semplice controllare, da remoto, un telefono. Basta introdurre un *trojan*. Attraverso un invio di un messaggio, una mail, oppure un qualunque allegato. Tu, senza pensarci, lo apri e da quel momento qualcuno ascolta tutto quello che dici.

– Rimedi?

– Per i telefonini ci sono programmi specifici antispy. Oppure usare un telefonino non codificato. Per i fissi, bisognerebbe individuare la *cimice*. In genere viene inserita nel trasmettitore vocale, dove si parla. Ma si può sapere in che guaio ti sei messo?

– Nessun guaio, Claudio. Qualcuno però sembra essere interessato a quello che dico al telefono. Volevo tranquillizzarmi. Tutto qui.

– Non ci credo, neppure se lo dichiari sotto giuramento. Stai attento Enrico, perché quello è un mondo pericoloso. Cerca di stare lontano da "barbe finte" e spioni.

– Non ti preoccupare, Claudio. Va tutto bene. La mia era solo curiosità.

– Comunque per controllarti, non ci sono solo i telefoni. Ormai, fra poco tempo, si agirà sull'algoritmo di ricerca, i cosiddetti metadati. Nella pratica, in questo modo si riuscirà a individuare e sapere cosa stia facendo una persona, chi sta utilizzando il Pc in quel momento. Anche un semplice file Word contiene una miriade di dati personali di colui che lo sta usando: possiamo così sapere il suo comportamento, quali i file che salva, quali quelli che legge, quanti indirizzi di posta elettronica utilizza e tanto altro.

– A quale scopo tutto questo?

– Per controllarti. Ma non solo. Questo dei metadati lo si usa, soprattutto, per creare pubblicità su misura per il controllato. Che non deve sempre essere invadente, ma sublimale. Chiaro, però, che potrebbe ed è usato anche da coloro che potrebbero volerti controllare, che vogliono sapere quali mail hai inviato e a chi e così via.

– Quindi entrano nella mia vita privata?

– Certo. Ma non ne farei un dramma. Chi, oggi, nel nostro e negli altri Paesi occidentali non è controllato? Non preoccuparti Enrico, siamo tutti controllati. Ma non è detto che questo controllo sia per recarti del male. Il più delle volte è solo per inviarti la pubblicità. Non pensarci, dai. Benedetta?

– Sì, tutto a posto. Stiamo assieme spesso, ovviamente compatibilmente con i miei orari.

– Riusciremo a vederci una sera? Magari venite a casa mia a cena, Carla sarebbe molta contenta di rivederti dopo tanti anni.

– Certo. Possiamo organizzare. Ti telefono e ci metteremo d'accordo. Ora scappo, un bacio a Carla e ai bambini. Grazie di tutto.

Si erano abbracciati, ma entrambi erano coscienti che

la promessa di Enrico sarebbe svanita come la nebbia al primo sorgere del sole.

Zeta aveva letto l'articolo sulla morte di Fratel Achille con molta rabbia. Aveva i denti serrati e il volto leggermente paonazzo, lo sguardo che fissava il vuoto, le labbra serrate. Aveva battuto un pugno sul tavolo, bestemmiando. Poi, sempre sulla sedia a rotelle, aveva percorso il lungo corridoio ed era entrato in una grande sala dove diverse persone, in camice bianco erano intenti a lavorare sui Pc, mentre altri con le cuffie alle orecchie ascoltavano e trascrivevano tutto ciò che sentivano. Si era diretto a una scrivania dove era seduto il responsabile dell'apparato tecnico.

– Allora, ci sono novità da Milano.

– No. Nessuna . La persona attenzionata, per ora, non ha fatto chiamate particolari, nessuna a Roma e non ha inviato email riguardanti il problema per cui è sotto controllo. Lo stiamo monitorando h24, anche sul suo telefonino, oltre al fisso di casa e al giornale. Sarà mia cura, appena ci sono novità, informarla.

– Non esiti a chiamarmi, anche di notte.

– Non dubiti, Comandante.

Zeta era tornato nel salone delle riunioni. Da una cassaforte a muro, sapientemente occultata da pannelli, aveva estratto un telefonino che utilizzava la tecnologia Encrochat e Sky Ecc, i cosiddetti criptofonini. Questi telefonini erano venduti come ultra sicuri e permettevano anche di cancellare tutto con un Pin, di caricare un sistema operativo schermo-civetta, e dall'aria innocua, che nascondeva quello usato per comunicare in segreto. In pratica, dispositivi con sistema Android, ma personalizzati. Per ottenere questo risultato, venivano disabilitati tutti quei servizi che potrebbero essere facilmente intercettati, quali la localizzazione Gps, i servizi Google, il Bluetooth, la fotocamera, la porta Usb (che rimane in funzione solo per la carica della batteria). Anche l'uso di schede Sd esterne viene interdetto. Per seicento euro al semestre, più cento euro al mese, avevi un telefonino "sicuro", apparentemente blindatissimo, almeno sulla carta perché in campo tecnologico ci sono continui progressi. Tutta la rete di comunicazione viene gestita attraverso un'infrastruttura realizzata dallo stesso fornitore dei criptofonini, con server sparsi in tutto il mondo, spesso collocati in paesi "offshore" (quali Costarica e Dubai), ma anche Canada, Olanda e altri. Aveva digitato il numero di Vailati il quale aveva risposto immediatamente.

– Vailati, le cose non vanno affatto bene. Ha letto l'articolo appena uscito su quel nuovo settimanale?

– Certo. Chi l'ha scritto sembra piuttosto informato o informata considerato che è firmato da una certa Eveline Leschan.

– Ha notizie di questa donna?

– Dal nome sembra straniera. Ho messo in pista i nostri amici dei Servizi, ma per ora non ho riscontri. Nessuno conosce questa donna sempre che sia una donna. Nell'elenco dell'Ordine dei giornalisti non appare, ma questo non significa nulla. Per scrivere e firmarsi non è certo necessario essere iscritti all'Ordine professionale. Nella presentazione dell'articolo, il direttore di *Sport & Società*, afferma che è una giovane collaboratrice.

– Ho anch'io dei dubbi. Notizie dal nostro amico?

– Per ora non si muove. Lavora nel settore nel quale l'abbiamo confinato e non sembra più interessato a questo problema. Soprattutto dopo aver appreso del "suicidio" di Maugeri.

– Non mi convince questo suo atteggiamento e non mi fido di Carati. È un personaggio ingestibile, uno a cui non interessano i soldi. Quindi difficile da irretire facendogli balenare la possibilità di guadagnare tanti soldi. Direi di cominciare a pressarlo dal punto di vista psicologico, per vedere se si scopre, se fa qualche errore. Cominciamo in modo soft. Poi, magari, passiamo alla sua donna. Dobbiamo spaventarlo psicologicamente, fargli capire che se ne deve stare buono. Se non basta, in seguito percorreremo altre strade.

– D'accordo, cominciamo stanotte con il telefono. Poi passiamo all'auto.

Zeta aveva chiuso la comunicazione. Quell'articolo di Carati pubblicato su *Sport&Società* lo preoccupava alquanto. Con gli interessi che avevano in gioco, con gli impegni assunti con le organizzazioni mafiose, non potevano permettersi di essere indulgenti. Se qualcuno si metteva nel mezzo, andava eliminato. Senza nessuna remora.

Da quel momento, di notte, improvvisamente squillava il telefono fisso di Enrico. Il più delle volte era muto, non rispondeva nessuno. Qualche volta una voce distorta, gli gridava «*stronzo*» o «*infame*». Oppure diceva: «*Hai visto cosa è successo a Maugeri? Sei stato tu a condurci da lui. Dovremmo ringraziarti. Per riconoscenza non ti eliminiamo. Ma stai attento. Non rompere le palle perché potremmo ripensarci*».

Essere svegliati, di notte, da una telefonata è una cosa tremenda dal punto di vista psicologico, sia se l'interlocutore resta muto e, a maggior ragione, se ti fanno minacce. Enrico aveva preso contatto con il gestore telefonico e aveva fatto disdire la linea del fisso. Per quanto riguardava il "mobile", egli lo teneva spento il più possibile, ma certo non era una soluzione che poteva durare. Soprattutto per uno come lui che faceva il giornalista. Quando poi lo riaccendeva, i messaggi comparivano ed erano tutti messaggi di morte: «*Hai finito di vivere, coglione*». «*La tua destinazione è il cimitero*». «*Sei un pezzo di merda e ti faremo la pelle*».

Era andato anche da Giovanna Scalzi e aveva fatto una denuncia contro ignoti.

Dopo due settimane da quelle telefonate, una mattina era andato a prendere la macchina per recarsi al lavoro e aveva trovato lo specchietto retrovisore esterno destro, rotto.

Un'altra volta la fiancata tutta segnata. Un'altra volta ancora, una gomma bucata. Non potevano essere casi sporadici, sfortuna. C'era il tentativo, invece, scientifico di ingenerare terrore. Come fargli sapere che loro potevano raggiungerlo in qualsiasi posto e momento, logorarlo psicologicamente. Se tutto ciò avveniva, pensava Enrico, significava che erano a conoscenza che Eveline Leschan era lui.

Dopo qualche tempo, sembrava che i danneggiamenti si fossero calmati. Carati continuava a fare il "pastone", non s'interessava, apparentemente, d'altro. Del "suicidio" di Gaetano Maugeri non se ne parlava più. Tutti i giornali l'avevano ormai archiviato, era sparito dalle pagine. Dell'assassinio di fratel Achille, invece, ancora se ne parlava. Enrico aveva saputo che i carabinieri si erano presentati dal direttore Attilio Mancini con la richiesta di interrogare Eveline Leschan, per capire chi fosse la sua fonte. Mancini aveva tenuto duro. Comunicando nel solito modo, Carati aveva parlato con il direttore e avevano concordato che il prossimo articolo sarebbe stato sullo strano suicidio di Gaetano Maugeri.

Spesso, quando era in auto, la mente si soffermava sulla sua vita, le sue speranze e aspettative andate al macero, sul crollo delle ideologie, sulla scomparsa dei partiti, almeno nella forma conosciuta sino a quel momento. Erano pensieri in libera uscita, spesso senza legami uno dall'altro. Pensava alla sua disastrata vita lavorativa. Anche qui un inizio con tanta passione e impegno, sicuro di fare una cosa importante. Cambiare, attraverso il giornalismo, la società, renderla più consapevole, additare all'opinione pubblica le magagne del potere, far emergere i fatti che i potenti volevano nascondere. C'erano stati momenti esaltanti nella sua professione, come ad esempio il grande lavoro di scavo che avevano prodotto i giornalisti al tempo delle bombe di piazza Fontana e di Tangentopoli. Anche in altre situazioni dove si era fatto un giornalismo onesto, d'inchiesta, riportando sulle pagine dei giornali la voce di chi non aveva voce. Poi era tutto crollato. I padroni avevano vinto e la tecnologia aveva azzerato il tutto. Non eravamo più nel 1984 quando Apple aveva messo sul mercato il Macintosh 128K. Oggi ci sarebbe bisogno – rimuginava Enrico – di un giornalismo di qualità, quello che scava per trovare, quello che sta dietro a una qualsiasi notizia, quello che porti alla luce gli intrecci torbidi esistenti fra denaro, politica, criminalità. Un giornalismo che non si fermi alle impressioni, alla prima versione dei fatti, alle cosiddette "fonti ufficiali".

Ora i padroni dei giornali e della pubblicità potevano decidere se e come far uscire un giornale, svuotare le redazioni dei giornalisti e riempirli di tecnici. Ora bastava avere uno smartphone per essere "giornalisti", un continuo cicaléccio senza senso e, soprattutto, senza controllo di quello che inviavano, questi sedicenti giornalisti, in Rete.

Enrico sapeva che questi pensieri, erano inutili, ma non riusciva a fermarli. Per pensare a qualche cosa di positivo, avrebbe avuto bisogno di una spinta psicologica che non aveva. Attorno a lui, d'altronde, le cose erano intessute solo di meschinità e mediocrità. La politica prima di tutto che non riusciva a esprimere, ormai da anni, qualcosa di positivo. All'interno dei partiti c'era solo interesse personale. Altro che i partiti come «*macchine di potere*» come aveva affermato, a suo tempo, Berlinguer. Ora era peggio, se possibile. Si cambiava "casacca" con naturalezza, si saltava da un partito all'altro. L'importante era essere eletti, perpetuare il proprio potere e, naturalmente, la "paga". Chi riusciva in meglio, in questo, era la destra anche perché la sinistra non esisteva più, tutta presa a spartirsi scaglie di potere. Non avevano vinto un'elezione da decenni, eppure erano stati ugualmente al governo per tanti anni. C'erano stati segretari che lanciavano slogan americani, che in campagna elettorale non nominavano neppure per nome il competitore di destra, preferendo definirlo «*il principale esponente dello schieramento a noi avverso*» e si dimenticavano, di coloro che avevano bisogno del lavoro, della casa, di una scuola che non crollasse sopra le loro teste. Loro, invece, erano chiusi nella loro torre di avorio, non ascoltavano nulla e non si preoccupavano di nulla, anche se i consensi calavano ogni volta che si andava a votare e, contemporaneamente, calava anche la percentuale dei votanti. Una generazione di politici senza passioni e tormenti, imperturbabili come rettili.

Si facevano inutili dibattiti se il termine "centro-sinistra" dovesse andare scritto con il trattino o senza, mentre appartenenti a quei partiti rubavano come gli altri. Gli ultimi presidenti della Repubblica che avrebbero dovuto essere il baluardo, il punto di riferimento per tanti cittadini onesti, giuravano in pubblico che mai e poi mai avrebbero continuato quella esperienza, così come indicava la Costituzione. Poi ci ripensavano e rimanevano e riprendevano a firmare tutte le porcherie che i vari governi sottoponevano loro, anche i provvedimenti contro i poveri, contro chi non aveva casa, mentre loro abitavano in un palazzo con 1.200 stanze e quasi mille persone alle loro dipendenze.

D'altronde, come meravigliarsi di tutto ciò se in Parlamento c'era ancora un puttaniere che il tribunale aveva sentenziato possedere «*una naturale capacità a delinquere*»?

L'Italia non si stanca mai – aveva affermato lo scrittore Vitaliano Brancati – di essere un Paese arretrato. Fa qualunque sacrificio, perfino delle rivoluzioni, pur di rimanere vecchio. Era vero perché il nostro era un Paese senza avvenire, senza futuro. Come del resto, pensava Enrico, anche lui non vedeva futuro per sé stesso. Era certamente importante vivere. Ma era molto più difficile, pensava Enrico, morire con dignità. Gli animali, rimuginava Enrico, sotto questo aspetto, quando sentono la fine vicina, si comportano con più dignità, si allontanano da dove hanno sempre vissuto, si nascondono. Forse perché non sono codardi come gli umani, forse perché non hanno la pochezza, la meschinità degli esseri umani. Tutti pensieri in libera uscita.

L'articolo sul "suicidio" di Gaetano Maugeri era stato preparato e inviato ad Attilio. Enrico aveva dapprima tratteggiato il personaggio, il suo percorso dalla Sicilia al Nord, la direzione della Casa di riposo "Il Dolce Sorriso" per poi soffermarsi sui nuovi ambiti, i nuovi interessi lavorativi di Maugeri e cioè la vice direzione della ScF Invest, l'acquisto de *Il nuovo milanese*.

Aveva inserito, nel tratteggiare la figura del vice presidente della società di investimenti, una domanda maliziosa: se il vice presidente era Gaetano Maugeri, chi era il presidente? E qui delineava la figura di Valter Orsini, un povero uomo che faceva da parafulmine agli affari, sporchi, della ScF Invest. E ancora. Che motivo poteva avere Gaetano Maugeri di "suicidarsi". E chi erano quei personaggi in borghese subito accorsi al ritrovamento del corpo di Maugeri che avevano, di fatto, estromesso i carabinieri dall'indagine?

Il titolo, poi, era chiaro e sibillino nello stesso tempo: «*Maugeri: chi lo voleva morto?*». Attilio Mancini era perplesso. «*Pur firmandolo come Eveline Leschan, chi ti sta dando fastidio, capirebbe immediatamente che dietro questa firma ci sei tu... Mi sembra troppo pericoloso. Per la tua incolumità, è meglio che annacqui un po' l'articolo... Non so, leviamo alcune cose che possono ricondurre a te*».

Erano rimasti ambedue in silenzio, in pensiero. Dopo aver riflettuto, Enrico era intervenuto: «*Sentimi bene Attilio. Non possiamo permettere a queste merde di fare sempre il bello e cattivo tempo. Questi sono una congrega di ladri e assassini. Se io, come giornalista, scopro alcune cose su di loro, ho il dovere civico e morale di denunciare tutto. Non è solo un problema deontologico che sarebbe, per altro, molto importante. È un problema di coscienza personale, di onestà e rispetto nei confronti del lettore. Il lettore ha il diritto di sapere, di conoscere chi trama alle sue spalle, di essere messo al corrente di come vengono spesi i soldi pubblici e chi li intasca*».

Attilio non poteva che concordare con quanto detto da Enrico. Pur tuttavia era suo dovere, come responsabile del settimanale, cercare di convincere Enrico alla ponderazione. «*Io* – aveva soggiunto – *concordo pienamente con te.*

*Ma era giusto sollecitarti a smussare certi paragrafi del-
l'articolo. Se però non lo ritieni giusto, andiamo avanti.
Pubblichiamo il tuo articolo come seconda puntata e vediamo cosa succede».*

Cap. 22 – Minacce riuscite

S i erano lasciati con questo comune intendimento, chiudendo la telefonata. Enrico si era diretto verso la propria abitazione con la prospettiva non esaltante di mangiare una pizza surgelata, da solo, visto che Benedetta era a cena con le sue colleghe di lavoro. Una serata triste, con mille pensieri in testa. Terminato di mangiare la pizza, aveva pulito le poche cose che andavano pulite e si era messo sul divano a guardare la televisione. Trasmettevano il solito noioso dibattito politico fra politici di una parte e dell'altra, inframmentato da riprese esterne dove gli inviati mettevano il microfono davanti la bocca della "gente". E la "gente" sparava a tutto spiano, contro i "negri", contro il carovita, contro i gay, contro i partiti, contro la mancanza di lavoro e tanto altro. In studio, intanto, politici degli opposti schieramenti si parlavano o, meglio, si gridavano addosso. Insomma, gridavano tutti e non si capiva nulla.

Era la nuova frontiera dell'informazione. Dopo essere passato da un canale all'altro, alla fine, anche se era iniziato da una decina di minuti, aveva trovato «*I magnifici sette*», western del 1960 diretto da John Sturges liberamente ispirato a «*I sette samurai*» di Akira Kurosawa. Con un gruppo di attori in stato di grazia. Molto meglio che l'inutile e barboso dibattito politico.

Terminato il film si era preparato per andare a letto e proprio in quel momento era suonato il telefonino. Sullo schermo era apparso "Benedetta" e, quindi, aveva risposto, anche se aveva avuto un brutto presentimento perché Benedetta, quella sera, era in giro con le amiche, non c'era proprio nessun motivo di telefonare a lui a mezzanotte circa.

– Benedetta, cosa c'è?

– La macchina... me l'hanno rovinata...

Benedetta piangeva ed Enrico non riusciva a capire bene.

– Adesso calmati Benedetta... Cerca di non piangere e spiegati meglio... non riesco a capirti. Chi te l'ha rovinata...

– ... quando sono uscita dal ristorante, ho trovato le fiancate rigate e i tergicristalli anteriori e posteriori rotti... piegati... Ma non è questo... si ripara. Sono entrati anche in macchina.

– Come entrati? Non era chiusa?

– Certo che era chiusa. Le serrature non erano scassate... hanno lasciato un biglietto sul sedile.

– Non toccarlo Benedetta.

– L'ho già toccato. E sai cosa c'è scritto? Ora te lo leggo: «*Ci dispiacerebbe rovinare il tuo bel faccino. E questo avverrà presto se quello stronzo del tuo giornalista non la smette di rompere le balle*». Ho paura Enrico...

– ... dimmi dove sei, vengo a prenderti. Non restare sola. Resta con le tue amiche sin quando arrivo.

Enrico aveva fatto il più presto possibile. Il ristorante

era in via Murat. Quando era arrivato, le ragazze erano fuori dal ristorante, in gruppo con Benedetta stravolta. Enrico aveva guardato i danni alla macchina ma, soprattutto, voleva vedere il biglietto delle minacce che gli aveva porto Benedetta. La minaccia era scritta con un computer; la carta, una semplice pagina di un quaderno a quadretti.

– Capisci Enrico... questi hanno le mie chiavi... forse anche quelli di casa... come posso stare tranquilla con il pensiero che in qualsiasi momento possono entrare a casa mia, magari mentre dormo... ma chi sono Enrico?

– Ora andiamo a casa. Stanotte vieni da me, poi vedremo.

Enrico aveva ringraziato le amiche che l'avevano assistita. La tua auto, aveva detto a Benedetta, la lasciamo in viale Marche, tanto non c'è divieto sul marciapiede al centro della carreggiata. Domani avviso il meccanico per ripristinare, quanto meno, i tergicristalli. In macchina Benedetta non aveva mai parlato. Fissava fuori dal finestrino la città che scorreva. Guardava le finestre e i balconi delle abitazioni e pensava che all'interno ci stavano persone che dormivano tranquille in attesa della ripresa del lavoro, l'indomani. E lei, invece? Come avrebbe potuto dormire tranquilla?

– Senti, domani andiamo in Questura e facciamo la denuncia. Purtroppo la devi firmare tu. Se domani puoi stare a casa dal lavoro è meglio. Ora cerca di calmarti. A casa ho qualche blando sonnifero, così ti aiuterà a riposare, a dormire.

Così avevano fatto. Enrico si era sistemato sul divano

lasciando il suo letto a Benedetta sempre tesa e preoccupata. Circa mezz'ora dopo da quando si erano coricati, aveva sentito il respiro di Benedetta abbastanza regolare. Lui, invece, non era per nulla tranquillo. Chi fossero non c'era nessun dubbio. Erano gli stessi che avevano "suicidato" Maugeri e ucciso fratel Achille. Che diritto aveva di mettere a repentaglio la vita di una persona che amava e nulla c'entrava con il suo lavoro e le sue inchieste? Nulla c'entrava, Benedetta, con la sua decisione di denunciare pubblicamente le malefatte di Vailati e Zeta.

Il viso di Benedetta, appena sveglia, era sgualcito, stropicciato. Quando si dorme perché usi i sonniferi è sempre così. Non è un vero riposo. Comunque, sempre meglio che passare la notte con i brutti ricordi, piangendo. Avevano fatto colazione, ma entrambi avevano solo bevuto del latte Enrico e un caffè Benedetta.

– Allora Benedetta, facciamo così. Ora andiamo subito in Questura. Poi vieni con me al giornale. Cercherò di fare il più presto possibile. Tu intanto telefona al tuo studio e informali che oggi sarai assente. Se vuoi farti la doccia, sai dove sono gli asciugamani.

Benedetta non aveva detto niente. Si era alzata e andata in bagno. Enrico aveva sparecchiato il poco che c'era e telefonato a Giovanna Scalzi. La quale, in questura, non c'era. Sarebbe arrivata da lì a poco le avevano comunicato.

Benedetta, sempre silenziosa, era uscita dal bagno e andata in camera a vestirsi. Enrico si era lavato velocemente.

– Come ti senti Benedetta? Cerca di reagire, non farti

prendere dall'apatia. Ora andiamo. Non avere paura. Vedrai che andrà tutto bene.

Erano andati a prendere la Picasso e si erano diretti in via Fatebenefratelli.

Nel percorso, Benedetta non aveva detto una parola, malgrado le sollecitazioni di Enrico. Fissava sempre nel vuoto. Trovare parcheggio in via Fatebenefratelli era una impresa non da poco. Così Enrico aveva piazzato l'auto in via San Fermo, con due ruote sul marciapiede. Mancava solo che passasse il carro-attrezzi dei vigili e gliela portassero via. Meglio una multa, aveva pensato.

Giovanna Scalzi c'era. Enrico le aveva presentato Benedetta, mentre la commissaria volgeva parole di coraggio nei confronti di Benedetta.

– Quando succedono questi episodi, non è detto che continuino. Il più delle volte non succede nulla. Benedetta, posso darti del tu? Bene. Non hai mai avuto segnali, chessò telefonate di notte, minacce, lettere minatorie?

– No, è la prima volta.

– Bene. Vedrai che smetteranno di minacciarti. Inoltre, da quello che leggo sul biglietto, la minaccia era rivolta a Enrico. Tu hai fatto solo da "postina".

– Giovanna, scusa. Sarebbe opportuno, secondo il tuo parere, cambiare la serratura della porta di casa di Benedetta?

– Sì, senza dubbio. Ma ti debbo dire che è necessario mettere una serratura non comune, quelle che hanno chiavi speciali. Per stare tranquilli, io la farei cambiare subito. Dal punto di vista psicologico cambiare la serratura serve, fa sentire più sicuri, tranquilli. Ora chiamo per la denuncia.

Aveva pigiato un tasto sul telefono e poco dopo era entrato un agente.

– Per cortesia, porti la signorina a fare una denuncia e poi la riaccompagni qui. Vai pure Benedetta. Noi aspettiamo qui. Ci vediamo più tardi.

– Enrico, l'hai messa in difficoltà Benedetta. Naturale che abbia paura. Com'è naturale che è a te che mirano perché quegli articoli gli hai scritti tu, vero?

– Sì.

– Non avevo nessun dubbio anche se quella firma, in un primo momento, mi aveva spiazzato. Magari qualche volta, quando avremo più tempo, mi racconterai perché hai scelto per lo pseudonimo Eveline Leschan.

Dopo circa un quarto d'ora, Benedetta era tornata, avevano salutato ed erano usciti dagli uffici della Questura, dirigendosi verso via San Fermo, nella speranza che la macchina ci fosse ancora e non fosse stata portata via dal carro attrezzi della Polizia locale. Certo, all'interno del parabrezza c'era il contrassegno dell'Ordine dei giornalisti, ma serviva a poco. Giustamente i vigili se un'auto dava fastidio, ordinavano di spostarla. La loro auto c'era e c'era anche il bollettino della multa. Tutto sommato era andata ancora bene, aveva pensato Enrico.

– Senti, ora andiamo al giornale che sono già in ritardo. Tu puoi restare al giornale o andare a fare quattro passi. Quando termino, andiamo in prossimità di casa tua e cerchiamo un fabbro per cambiare la serratura.

– Preferisco muovermi... debbo anche telefonare al lavoro... ci vediamo quando termini di lavorare. Mi telefoni e ci vediamo all'entrata del giornale.

– D'accordo. Non avere paura. Hai sentito anche tu cosa ha detto Giovanna. Quello che è avvenuto è solo un avvertimento. Sono sicuro che non ti capiterà più nulla.

Erano state ore, quelle passate da Enrico in redazione, penose, senza nessuna voglia di lavorare, soprattutto un lavoro che non gli occupava certo la mente: quel giorno c'era una dichiarazione di Salvini sui migranti e quello che avevano controbattuto le opposizioni. Una pena! Aveva cercato di fare più in fretta possibile, assemblare in qualche modo le patetiche posizioni dei vari politici, tagliando e rimaneggiando i loro testi, le loro dichiarazioni per renderle leggibili. Sempre che qualche masochista li leggesse!

Successivamente aveva telefonato a Benedetta e si erano dati appuntamento. Quando era arrivata, sembrava più tranquilla. Lo si capiva dal viso che era meno tirato, più rilassato. Enrico aveva proposto di andare a mangiare un panino, qualcosa, ma Benedetta aveva rifiutato. Lei avrebbe bevuto solo un caffè. E così erano andati in un locale di corso Lodi, vicino alla stazione di Porta Romana. Enrico aveva mangiato un toast; Benedetta bevuto il solito caffè. Poi si erano recati verso l'abitazione di Benedetta, in via Augusto Anfossi. Poco distante dal suo portone, c'era un negozio di ferramenta. Al proprietario del negozio avevano spiegato quale fosse il loro problema. Certo, si può fare, aveva risposto l'uomo dietro al bancone, ma non prima di dopodomani. Gli aveva illustrato quale serratura avrebbe applicato alla porta di Benedetta, facendole vedere chiavi con dentini molto particolari, così da evitare di poterla scassinare. «*Certo* – aveva continuato – *se i ladri usano la lancia termica* ghe nient de fa, *non c'è serratura che tenga. Ma non credo sia il caso della signorina. Non avrà mica dentro le opere d'arte, no?*».

Avevano concordato tutto e lasciato un anticipo. Dopo essere andati anche dal meccanico e aver indicato, dove avrebbe trovato l'auto da riparare, si erano fermati in un supermercato per acquistare del cibo. Benedetta, così avevano deciso, sarebbe stata da Enrico un paio di giorni, sino a quando non fosse stata montata la nuova serratura. A casa avevano preparato la cena e mangiato di malavoglia, gravati da pensieri funesti. Enrico aveva cercato di alleggerire la tensione con qualche battuta, ma anche lui era oppresso, sentiva in modo preponderante che le sue scelte non potevano cadere su altre persone che non c'entravano nulla. Poi erano andati a letto. Lui sul divano, Benedetta nel letto di Enrico. Era come se fra loro si fosse rotto, frantumato qualcosa, che ci fosse un muro che impediva il dialogo. Mentre mangiavano avevano, inevitabilmente, parlato di quello che stava avvenendo, ma Benedetta era apatica, lontana. Non la sentiva, come sempre, vicino, affabile, scherzosa e seria nello stesso tempo.

Erano passati alcuni giorni. La vita per Benedetta ed Enrico aveva ripreso come sempre. Benedetta aveva telefonato a Enrico.

– Ciao. Enrico avrei bisogno di parlarti.

– Ciao Benedetta, come stai? È successo qualcosa?

– No... diciamo tutto bene. Solo che ho bisogno di parlarti. Ci possiamo vedere domani, quando esco dal lavoro? Verso le 18,30?

– Certo... ma cosa c'è? Debbo preoccuparmi? Quei maledetti si sono fatti risentire...

– ... no, nessuno si è fatto risentire. Ci vediamo domani sera.

Benedetta aveva chiuso la comunicazione, quasi avesse fretta. L'indomani, puntualissimo, Enrico era davanti al portone dove c'era l'ufficio di Benedetta che, per la verità, aveva tardato di una decina di minuti. Capitava frequentemente questo perché negli studi legali c'era sempre qualche cliente che protraeva il proprio appuntamento, documenti da stilare, atti da preparare. Benedetta quando era arrivata, era tesa, lo si vedeva benissimo.

– Dove andiamo? Vuoi mangiare qualcosa?

– Non ho proprio fame Enrico. Meglio che restiamo qui, in macchina. Quello che ti dirò non ti piacerà, ma debbo farlo anche se sono stata molto dubbiosa a compiere questo passo...

– ... ma cosa c'è...

– ... Enrico non interrompermi perché è difficile, per me, dirti certe cose. Dunque, dopo quello che è successo nei giorni scorsi, io ho sempre paura. La notte, malgrado la nuova serratura, non dormo tranquilla... sono sempre nervosa, irritata... Per questo è meglio che per un po' non ci vediamo... Debbo risolvere tanti problemi...

– ... c'è un altro?

– ... perché voi uomini andate a pensare sempre che ci

sia un altro. No, non c'è nessuno Enrico. Io ti amo, ma non credo di poter farcela a stare con te, con tutto quello che ti porti dietro, con i tuoi problemi, il tuo lavoro che è sempre più pericoloso. Come potrei stare in casa la sera, magari la notte ad aspettarti? Non ce la faccio. Non ne sono capace. Io, Enrico, voglio una vita magari meno esaltante, ma più regolare. Una vita che fra noi costruisca qualcosa. Non è un problema di figli, Enrico. È altro. È la voglia di stare assieme e dividere il tempo che passa, in modo regolare, con i problemi che hanno tutti i mortali. Il tuo lavoro, invece, ti porta a introdurti in mondi che io rifiuto e non voglio conoscere...

– ... allora non è un problema di non vederci per qualche tempo. Tu mi stai dicendo chiaramente che non vuoi stare più con me, per sempre. Tu dici di amarmi e allora perché se è così dobbiamo separarci? Ti amo molto anch'io Benedetta. Credo che possiamo benissimo conciliare la nostra vita con il mio lavoro. In questo periodo è così, ma non sempre ci sono di mezzo le telefonate notturne e le auto vandalizzate...

– ... tu sei troppo legato al tuo lavoro, al giornale, a quello che fai...

– ... senti Benedetta. Andiamocene via da Milano. L'offerta del posto di lavoro a Roma è sempre valida. Cambiare ambiente ci farà bene. A Roma, poi, lavorerò in un settimanale non sarò pressato dal quotidiano. Sarà una vita più tranquilla...

– ... no Enrico. È un passo che debbo fare perché non posso vivere così. Anche nel settimanale sarà, prima o poi, la stessa cosa. Le inchieste che farai ti condizioneranno la vita e condizioneranno anche la mia di vita. Sono stanca, Enrico... meglio che diamo un taglio netto.

Nell'abitacolo dell'auto era sceso un pesante silenzio. Ora Enrico e Benedetta non parlavano più, chiusi nel loro mutismo gravido di pensieri. A un certo punto, Benedetta aveva azionato la maniglia della portiera per scendere. Prima di farlo, si era avvicinata ad Enrico e l'aveva baciato sulla guancia destra. Subito dopo era scesa e si era allontanata verso il mezzo pubblico che l'avrebbe riportata a casa.

Enrico era rimasto seduto in auto per diverso tempo, stordito. Neppure lui sapeva quanto. Improvvisamente vedeva la sua vita come in un rallentatore, un tornare indietro, con la mente, a quanto le era accaduto nel corso degli anni. A tutti i fallimenti subìti, alle occasioni perdute. E, questo con Benedetta, era certamente un grosso fallimento. Se anche una ragazza come Benedetta non riusciva a capire l'importanza di stare assieme, allora significava che era tutto finito, che non c'era più un'àncora, cui come naufraghi potessero aggrapparsi. Era terminato un altro periodo della sua vita. E il futuro non era certo promettente. Enrico continuava a stare lì, nell'auto, con i propri pensieri che non l'avrebbero abbandonato di certo, con l'ossessione che anche questa volta c'era stato un fallimento. Molto lentamente, aveva avviato il motore e si era diretto verso casa. Una casa ovviamente vuota. Certo, pensava, anche prima che fosse stato lasciato da Benedetta, la casa era vuota. Ma Benedetta, comunque, c'era. Da questo momento sarebbe stato tutto diverso. Doveva, psicologicamente, prepararsi a passare giornate di vuoto opprimente, di abbandono. In quel momento si rese conto di essere uno sconfitto. Battuto e umiliato dal potere di Vailati.

Aveva posteggiato, ma non era salito nel suo appartamento. Non aveva fame. Aveva bisogno di camminare e così si era incamminato, senza un preciso motivo, verso l'ex Parco delle Basiliche. Attorno alle colonne non c'era ancora molta gente. Alle 20 di un giorno feriale chi deve andare per bar e pizzerie ancora non ha deciso, gli altri che tornano dal lavoro, s'affrettano per andare a casa. Si era seduto su un muretto nei pressi del Parco, con la mente fissa a ciò che era avvenuto quella sera. Avrebbe voluto ubriacarsi, ma non beveva, se non ai pasti un po' di vino e qualche birra. Avrebbe voluto drogarsi, ma aveva il terrore della droga. Voleva annientarsi, ma nello stesso momento non voleva cadere nell'apatia profonda, nell'autocommiserazione, voleva reagire. E, questo, non era certo facile. Per una buona parte della vita hai l'illusione che il tempo giochi a tuo favore, che ci sia ancora tanto tempo. Poi, all'improvviso, ti accorgi che il tempo è passato, che te ne rimane poco e allora t'affanni per dimostrare a te stesso, prima che agli altri, che sei ancora come prima, giovane e pieno di prospettive future. Invece ogni mattina trascini sulle spalle un sacco pieno di angoscia. Aveva affermato giusto Voltaire: «*Se questo è il migliore dei mondi possibili, figuriamoci gli altri*». C'era il problema del lavoro che non gli dava nessuna soddisfazione, confinato a fare una rubrica che, probabilmente, nessuno leggeva. Forse era arrivato proprio il momento di accettare la proposta di Attilio e trasferirsi a Roma...

Dalla parte del torto

Era passata ormai una settimana da quando Benedetta l'aveva abbandonato. Giorni inutili e senza senso. Al giornale non si muoveva nulla e nessuno si curava di lui, di cosa facesse. Lui, in modo coscienzioso, compilava ogni giorno la sua rubrica e poi abbandonava la redazione. Comunque ormai aveva deciso. Aveva preso contatto con Attilio ed espresso a lui la decisione di trasferirsi a Roma. Attilio ne era stato contento e aveva consigliato di dare immediatamente le dimissioni da *Il nuovo milanese* e di non fare neppure il periodo di preavviso che per i giornalisti è di due mesi. Avrebbe pensato il settimanale a coprirlo, dal punto di vista economico. Ma Enrico non aveva accettato: aveva parecchie giornate di ferie non godute e poi avrebbe dovuto cercarsi una casa, in affitto, a Roma. No, preferiva fare le ferie arretrate, cercarsi una casa a Roma, impresa non certo semplice. E solo dopo, iniziare a lavorare al settimanale *Sport&Società*. Aveva anche deciso che l'indomani avrebbe avvisato, in forma definitiva, la direzione del giornale.

Alle 10 era in redazione, alla sua scrivania. Sentiva lo scanner della polizia in funzione, sul tavolo di Infascelli, lo squillare dei telefoni. Nell'ufficio della direttrice, oltre a lei c'era il grafico e il caporedattore Angelo Sorrenti intenti a disegnare il primo *menabò* che, nel corso della giornata, sarebbe stato stravolto diverse volte per gli avvenimenti che si susseguivano. Un normale inizio di una normale giornata di lavoro in un quotidiano. Lui c'era stato tanti anni nei giornali e sapeva benissimo come funzionava. Eppure guardava quei colleghi, quei rituali sempre identici, li osservava con distacco ma, nello stesso tempo, con la consapevolezza che quel mondo per lui era finito. Lavorare in un settimanale è molto diverso e non solo per i tempi. Lui a *Sport&Società* avrebbe dovuto, come si diceva in quei tempi, *resettarsi*, cambiare mentalità. E non era per nulla sicuro di potercela fare.

A un certo punto si era alzato. Aveva deciso di comunicare a Fabiana Roma e a Sorrenti la decisione di abbandonare il quotidiano. Certo, forse un po' Sorrenti se ne sarebbe dispiaciuto. Non certo la direttrice che non vedeva l'ora di liberarsi di Enrico.

Aveva bussato ed era entrato nell'ufficio di Fabiana. I tre, al suo apparire, erano rimasti basìti. Non si aspettavano, di certo, che Enrico andasse da loro anche perché da quando era stato demansionato, non aveva mai avuto l'occasione di parlare con la direttrice; solo qualche volta con Sorrenti.

– Buongiorno. Mi dispiace disturbare il vostro lavoro, ma ho da comunicare una cosa importante che farà felice la nostra direttrice.

Al che il grafico, con una scusa, aveva pensato bene di uscire dall'ufficio. Il viso di Fabiana era livido. Presagiva problemi perché, Carati, dava solo problemi.

– Non preoccupatevi. Vi darò una buona notizia, soprattutto la darò a Fabiana che mi odia amorevolmente. Certamente lei, appena esco da questo ufficio, si affretterà a comunicare la notizia a Carlo Vailati il vero "padrone" di questo giornale. Sì, perché nella sua pochezza, Fabiana è convinta di dirigere un quotidiano. Ed è convinta al punto di credere che sia lei a decidere cosa mettere in pagina. E, invece, no, cara la mia direttrice. Tu sei solo una prestano-me, una che dice sempre sì al "padrone", come i cagnolini che s'arruffiano per avere i croccantini...

– ... non puoi venire sempre a offendere...

– ... stai buona Fabiana che fra poco termino e non mi vedrai più. Quando sono entrato, ti avevo enunciato che ti avrei dato una buona notizia e sono sicuro che, dopo aver-la ascoltata, mi ringrazierai e sarai contenta.

Angelo Sorrenti non sapeva più da che parte guardare. Anzi, quando il suo sguardo si posava sul viso di Enrico, sembrava supplicasse di non esagerare, di fare in fretta.

– Dunque, la buona novella, Fabiana, è che me ne vado. Mi licenzio da questo posto di merda che mi obbliga a fare un lavoro ingrato e inutile. Inutile, bada bene, non solo per me, ma anche per il giornale. E da questo si capisce come sei inadatta a dirigerlo. Un direttore deve valorizza-re le persone, i suoi giornalisti affinché il giornale sia sem-pre all'altezza dei tempi. E, invece, tu cosa fai? Siccome ti sono antipatico perché ho il coraggio di esprimere le mie idee, tu mi confini al "pastone". Ti rendi conto di quanto sei inadatta? Mandi un giornalista di "nera" che nel corso degli anni, faticosamente, si è costruito i rapporti con po-lizia, carabinieri, puttane e papponi perché così è il mon-do della "nera" e lo mandi a compilare una rubrica insulsa che nessuno legge. In questo modo tu non fai gli interessi del giornale, ma solo quello di Vailati mentre tu, imman-cabilmente, scodinzoli ai suoi piedi... no, aspetta, non in-terrompermi che ho terminato. Prima di lasciarvi, vorrei darvi una notizia in anteprima su Vailati. Chi è questo personaggio? Chi rappresenta in realtà? Chi sono i padroni di Vailati? Sì, perché anche lui è un servo. Ad alto livello, ma sempre un servo. Ebbene, siccome sono un giornalista sono andato un po' in giro a chiedere di Vailati. Non lo conosce nessuno, ma poi, improvvisamente, una fonte mi parla e mi fa vedere anche un documento. Ricordate le bombe di piazza Fontana? Non pretendo che tu, Fabiana, sappi, cosa sia avvenuto nel 1969, ma Sorrenti sì. Ebbene, il nostro Vailati, un civile non un poliziotto, ha avuto l'incarico dal ministero dell'Interno d'indagare sulle bombe. A quale titolo? Non è dato sapere, ma è avvenuto. Così si può capire meglio perché gli anarchici sono diventati i capri espiatori di quel massacro, perché Pinelli è stato "defenestrato", perché Valpreda si è fatto tre anni di carcere prima di essere riconosciuto innocente dal tribunale. Il nostro – diceva Sciascia – è un Paese senza memoria e verità. Ecco, per questo io cerco di non dimenticare le cose avvenute nel nostro Paese. Tu no, Fabiana. Tu sei volutamente senza memoria. Cos'è Fabiana, non parli più? Su, su, coraggio. Tu sei in una botte di ferro e continuerai fare la direttrice o anche qualcosa di più. Perché questa società organizzata e gestita da pezzenti e mediocri, ha bisogno disperatamente di persone banali come te. Per finire: io ho tante ferie da fare. E allora i due mesi di preavviso non li faccio e vado via subito, da domani. Contenti?

Detto questo, Enrico aveva volto le spalle ai due e aveva abbandonato l'ufficio della direttrice la quale si era affrettata ad abbassare le tapparelle. Enrico sapeva che avrebbe telefonato immediatamente a Vailati, ma non gl'importava nulla. Era tornato al suo posto di lavoro e si era messo a lavorare come tutti i giorni, per riportare sul giornale le banali dichiarazioni dei politici. Erano, comunque, le ultime ore di lavoro in quel quotidiano. Alla fine del suo turno di lavoro, prima che se ne andasse, Angelo Sorrenti si era avvicinato alla scrivania di Enrico. «*Volevo salutarti ed esprimerti i miei migliori auguri* – aveva detto – *per il tuo nuovo lavoro perché immagino che, giustamente, prima di dimetterti avrai trovato dove andare. Mi spiace sia andata così perché so benissimo, te l'ho già detto, che sei un buon giornalista, che avresti potuto dare molto al giornale. Purtroppo le cose non sono andate come avremmo voluto che andassero. Buona fortuna, Enrico*». Poi aveva allungato il braccio per stringere la mano di Enrico il quale era stato un po' preso in contropiede. Anche lui, aveva allungato il braccio e si erano stretti la mano.

Gli altri redattori avevano notato tutto e avevano capito che stava per succedere qualcosa. Molti avevano lasciato la propria scrivania per andare a salutare Enrico. Altri non ne avevano avuto il coraggio. Enrico aveva raccolto le proprie cose ed era uscito dalla redazione. Ormai non faceva più parte del quotidiano *Il nuovo milanese*.

Giovanna Scalzi aveva chiesto un incontro con il questore Riccardo De Santis. Tipo sbrigativo il nuovo questore, una sessantina d'anni, proveniente da Roma, De Santis ambiva a una poltrona più prestigiosa di quella di questore, pur di una grande città come Milano. Statura media, ma con un fisico allenato, probabilmente, sui campi da tennis o in palestra, dava l'impressione di essere personaggio dinamico, piacione con tutti, democratico e disponibile a risolvere qualsiasi problema. A Milano c'era da soli sei mesi e Giovanna aveva pensato che De Santis fosse la persona giusta per riaprire le indagini sulla morte di Mbdao.

E così aveva chiesto un appuntamento con il questore. Da quella richiesta, era passata una settimana e per quella mattina, alle 11, c'era la convocazione per Giovanna. Il segretario del questore l'aveva fatta attendere in un salottino.

Dopo circa un quarto d'ora di attesa l'aveva fatta entrare nell'ufficio del questore. Qui le pareti non erano gialline smorte come nel suo ufficio, non c'era la trascuratezza tipica dei locali della Questura: sulle pareti quadri notevoli, una grande libreria, poltrone di pelle, piante verdi disseminate sapientemente per il vasto locale.

– Prego si accomodi. Mi scusi se l'ho fatta attendere, ma qui è una bolgia... Ci sono innumerevoli cose da fare, siamo in pochi e, quindi, con la carenza d'organico, lavoriamo tutti peggio. Inoltre, il personale, a Milano, ha una percentuale alta di anziani fra gli agenti e risicate risorse economiche. Noi, comunque, facciamo del nostro meglio e io sono sempre disponibile con tutti. Mi dica commissario capo, come posso esserle utile?

Certo, aveva pensato Giovanna, uno che parte a lamentarsi...

– Forse lei non ricorderà, ma alcuni mesi or sono, a Milano, è stato ritrovato il corpo di un ragazzo senegalese, tale Mbdao Ndiaye, anni 27.

Il questore l'aveva interrotta.

– ... mi scusi solo un momento. Mi faccio portare la pratica.

Così dicendo aveva schiacciato un bottone e chiesto al segretario di fargli avere la pratica relativa alla morte di Mbdao Ndiaye.

– Vede commissario, io preferisco parlare su cose concrete, leggendo i relativi atti. Intanto che attendiamo l'arrivo della pratica, vada pure avanti.

– Sì... come le dicevo, il senegalese è stato trovato morto in un anfratto della Stazione centrale. L'autopsia ha rilevato che il ragazzo era pieno di droga, di vari tipi di droga... Pur tuttavia, secondo varie testimonianze, il ragazzo non solo non usava droga ma la contrastava, lavorava con fratel Achille, anch'egli poco tempo fa ucciso...

– ... ucciso da un drogato, mi pare.

– ... sì, ma il delitto non è credibile perché il drogato, da solo, non avrebbe potuto ridurre all'impotenza il frate. Questi due delitti, ritengo siano collegati. Inoltre...

In quel momento era entrato il segretario con una cartelletta molto smilza che aveva consegnato nelle mani del questore. Si era quasi piegato servilmente ed era uscito dall'ufficio.

– Ecco, vediamo un po'... Sì, Ndiaye Mbdao, anni 27. Qui dice che è stata archiviata, quindi... Si tratta di una piaga sociale che interessa tantissimi ragazzi e ragazze che spacciano droga, pasticche e fumo tra coetanei, i quali per provare lo sballo iniziano a farne uso, con la conseguenza inevitabile di diventarne dipendenti.

– Mi permetta, ma non è questo il problema.

– Ah, no? E quale sarebbe, allora?

– Come le dicevo lui era contro la droga...

– ... con l'utilizzo degli stupefacenti ci si illude di risolvere tutti i problemi che abbiamo, con effetto immediato e così si comincia a fumare erba e poi si utilizzano sempre più sostanze forti. Pensi che più di tre milioni di italiani usano la cocaina, un milione eroina, dodici milioni cannabis e un milione e mezzo altre sostanze chimiche, come ecstasy, LSD e amfetamine. E lei pensa soltanto al senegalese? Noi abbiamo carenze d'organico, mancano 600 poliziotti. E sa qual è l'età media dell'attuale personale di polizia? Ben 48 anni!

– Mi scusi, ma questo non c'entra nulla con il senegalese. Lo ripeto: lui non era un drogato, anzi combatteva la droga. Forse è colpa mia perché non sono stata chiara. Io ero venuta da lei affinché riaprisse le indagini sulla morte del senegalese. Ci sono fatti nuovi? Sì, a mio parere ci sono, a cominciare dell'assassinio di fratel Achille. Le due morti sono collegate. Io le sto chiedendo, ufficialmente, di riaprire le indagini. Se c'è carenza d'organico in questa Questura, io non posso farci nulla. Non è mio compito risolvere questo problema. Io debbo arrestare i malavitosi, questo è il mio compito. Inoltre il tutto è collegato anche al "suicidio" del dottor Maugeri. Ritengo che non sia stato un suicidio quanto piuttosto un omicidio con lo scopo di non far parlare Maugeri e impedire, così, una collaborazione con le forze di polizia che avrebbe potuto essere devastante per alcuni apparati deviati dello Stato.

De Santis l'aveva guardata con un risolino di sufficienza sulle labbra.

– So che lei ha due figli. Bene, dottoressa, guardi i suoi figli e lasci perdere queste battaglie che non portano a nulla. Un negro, come leggo nella relativa pratica, si spara in vena una quantità enorme di droga, anzi di droghe. Ebbene non sarà il primo e neppure l'ultimo. Lasci perdere Mbdao. La magistratura ha archiviato il caso e non sarò certo io a riaprirlo. In quanto al suicidio di Maugeri, se ne occupano i carabinieri. Noi abbiamo abbastanza lavoro da compiere senza interessarci delle indagini dei carabinieri. Adesso mi scusi, ma ho una colazione di lavoro con il sottosegretario all'Interno e non vorrei farlo attendere. Comunque la seguo, sa dottoressa Scalzi, la seguo, so che lavora molto e bene. Vedrà che fra non molto ci saranno promozioni ed encomi. Lei è persona intelligente, dottoressa. Sono sicuro che capirà quando è il momento di insistere e quando, invece, è il momento di lasciar perdere. Questo è uno di quelli. Arrivederci commissario capo e buon lavoro.

Riccardo De Santis si era alzato dalla poltrona e aveva allungato il braccio per stringere la mano a Giovanna la quale, volutamente, era già girata in direzione della porta di uscita dall'ufficio del questore Riccardo De Santis.

Appena Giovanna era uscita dall'ufficio, il questore De Santis aveva aperto l'ultimo cassetto, chiuso a chiave, della sua mastodontica scrivania e aveva estratto un telefono portatile. Aveva composto un numero e atteso che rispondesse.

– Sono De Santis, comandante. È appena stata da me la commissaria Giovanna Scalzi. Mi ha chiesto di riaprire le indagini sulla morte del senegalese e del dottor Maugeri. L'ho liquidata come eravamo d'accordo.

– Se in futuro si agita, lei sa come intervenire.

– Certo, comandante.

Aveva chiuso la comunicazione e si era messo a pensare che non avrebbe permesso a nessuno di bloccargli la carriera a Dirigente generale di pubblica sicurezza. Tantomeno a una donnetta che se ne sarebbe potuta restare a casa a curare i figli, invece di fare elucubrazioni su un caso ormai chiuso e sepolto e su un suicidio. Poi aveva schiacciato un bottone e un istante dopo era entrato il segretario.

– Sto uscendo. Vado a pranzo con il sottosegretario all'Interno. Non voglio essere disturbato per nessun motivo.

– Faccio preparare la macchina?

– No, preferisco andare con la mia. A domani.

In realtà aveva in programma una partita di squash. Poi, dopo il giusto riposo, il massaggio, l'aperitivo con gli amici del circolo, tutte persone danarose e influenti, la cena già programmata con Katrine, una *stanga* proveniente dalla Danimarca, bionda e diafana ma che a letto era scatenata. Alla moglie aveva detto che non c'era per due giorni: convocato a Roma, chiamato dal ministro. Doveva ricordarsi solo di procurarsi un po' di polverina. Anzi, l'avrebbe fatta "tirare" anche a Katrine.

Carlo Vailati si era messo in comunicazione con Zeta

appena appreso delle dimissioni di Enrico Carati. Zeta non se l'aspettava proprio e non sapeva come decifrare quelle dimissioni improvvise. Era stato in silenzio per diversi. Poi era intervenuto in modo deciso.

– Forse è meglio così. Ora, però, dobbiamo muoverci con molta attenzione. Sappiamo già dove andrà a lavorare?

– Non ancora comandante. C'è un problema, però...

– ... che problema?

– Carati ha informato la direttrice Roma di aver visto o di essere in possesso di un documento dove vengo incaricato di indagare sulle bombe di piazza Fontana...

– ... cazzo! Questo non ci voleva... Come ha fatto a venirne in possesso... C'è una talpa nei Servizi, evidentemente. Indaghi quanto prima e, se è il caso, elimini la talpa. Non possiamo permetterci altri errori... Mi tenga informato. Ripeto: sappiamo dove andrà a lavorare Carati?

– Non ancora. Penso, comunque, che andrà dal suo amico Attilio Mancini, a *Sport&Società*.

– Se è così cominci a creare disturbo a quel giornale...

– ... potremmo iniziare con...

– ... non lo voglio sapere e non m'interessa. Lei è un professionista e sa cosa fare. Buongiorno.

La comunicazione era stata chiusa e Vailati aveva fatto un paio di telefonate a Roma, sempre dal telefono schermato. Era necessario dare un segnale, forte e immediato. Dopo due giorni i giornali pubblicavano un trafiletto dell'avvenuto incendio avvenuto in una stamperia romana, dove si stampavano diversi quotidiani e settimanali. La stamperia era a Pomezia e fra le tante testate, stampava anche il neonato *Sport&Società*.

Mancini si era messo in comunicazione con Carati il quale era a conoscenza dell'incendio. Il direttore era molto preoccupato perché l'incendio significava bloccare l'uscita del settimanale, almeno sino a quando non avrebbero trovato un'altra tipografia oppure che, dopo le riparazioni, si potesse nuovamente stampare a Pomezia.

– I danni si possono quantificare, Attilio?

– La cifra non la conosco... certo i danni sono ingenti. Una rotativa è completamente bloccata. L'altra, i tecnici la stanno riparando... Speriamo solo di saltare la stampa di un solo numero. Tu quando arrivi?

– Probabilmente nel giro di una settimana. Appena arrivo debbo cercare una casa dove andare ad abitare. Senti, il nostro editore, cosa dice dell'attentato? Perché si tratta di attentato, vero?

– Gli inquirenti parlano genericamente di incendio quando non c'era nessuno che lavorava, nelle prime ore dell'alba. Io propendo per l'attentato perché con tutti i sistemi tecnici che ci sono oggi, l'autocombustione non sta in piedi... Siamo l'unica testata che stampa in quel posto che non è allineata con i nuovi governanti. Come si fa a credere all'autocombustione? L'editore è su di giri. Se fanno saltare le rotative – ha affermato in un incontro che ho avuto con lui – dopo solo due numeri del nostro settimanale, significa che dobbiamo continuare, che abbiamo fatto centro. Comunque è contento che i primi due numeri del settimanale sono andati a ruba.

– A questo proposito volevo chiederti se la magistratura si è mossa.

– Sì, sono stato interrogato, senza nessun trasporto da parte loro.

– E l'obbligo, per i Pm, di esercitare l'azione penale secondo l'articolo 112 della Costituzione?

– A mio parere tale obbligo scomparirà presto, visto i presupposti del nuovo governo. In questo modo i Pm saranno soggetti ai voleri dei politici. Meglio non contarci troppo su questo obbligo. Senti, hai già idea dove affitterai? Cerca di trovare qualcosa di relativamente vicino al giornale, così da non usare l'auto quando non necessaria. Fammi sapere quando arrivi che dobbiamo parlare parecchio e porta quello che sai. Per la sera del tuo arrivo, sei già invitato a cena a casa mia. Mia moglie è diventata un'esperta della cucina romana.

Si erano lasciati con questi intendimenti. Enrico aveva parecchio da fare prima di partire per Roma e, prima di ogni altra cosa, andare in questura a parlare con Giovanna Scalzi. Lo aveva fatto di prima mattina e l'aveva trovata, come al solito, presa da mille incombenze: telefoni che suonavano, agenti che entravano per chiedere qualcosa a Giovanna, faldoni contenenti carte da firmare. Uno stress continuo. Come potesse resistere, Giovanna, a un ritmo del genere, per Enrico, era un mistero.

– Giovanna, sono venuto per salutarti. Ho deciso di andare a lavorare a Roma.

– Me l'aspettavo da quando mi hai confermato che quegli articoli con firma posticcia erano, in realtà scritti da te. Forse fai bene ad andartene, a cambiare aria. Qui sei diventato una mina vagante.

– A Roma sarà uguale, non cambierà nulla. Ho anche avuto problemi con Benedetta e, quindi, meglio staccare definitivamente.

– Mi spiace. Io sono andata a parlare con il questore per cercare di riaprire le indagini sulla morte di Mbdao...

– ... e cosa ti ha risposto? Riapre?

– Figurati! Mi ha parlato che siamo sotto organico, che l'età media dei poliziotti è alta, cose di questo genere che non c'entravano nulla con la mia richiesta. Quando hai deciso di partire?

– Domani vado a Roma a cercare casa. Una volta sistemato, mi trasferisco definitivamente nella capitale. Prima di partire, però, ripasso da te perché sai che devi darmi una cosa che mi hai conservato.

– Certo. Comunque capto un'aria che non mi piace affatto in Questura. Sembra che tutti mi guardino con sufficienza. Non voglio diventare paranoica... mi aspetto qualche tegola sulla testa... Mah, speriamo bene.

Si erano salutati ed Enrico era uscito dalla questura con un senso di oppressione. Se il questore si era comportato così con Giovanna non era normale. Probabilmente c'era qualcosa sotto. In quel momento era suonato il telefonino ed Enrico aveva visto che sullo schermo era apparso il nome "Benedetta". Aveva rifiutato la chiamata. Gli sembrava inutile continuare a farsi del male vicendevolmente. Se questo era il volere di Benedetta, era inutile ritornare sull'argomento. Molte volte era meglio non parlare, per non peggiorare i rapporti e fare così decantare la situazione.

Appena giunto a Roma, si era messo alla ricerca di un piccolo appartamento. Aveva scandagliato diverse agenzie di compra-vendita case, visitato numerosi appartamenti situati nella zona relativamente vicino alla redazione di *Sport&Società*. Nel pomeriggio era stanco morto. Aveva deciso di andare in albergo e riprendere la ricerca l'indomani. E l'indomani, nel quartiere San Lorenzo aveva trovato un'offerta per un appartamento di 40 mq. in via dei Taurini. Stava al terzo piano senza ascensore, ma aveva una specie di cortile dove era possibile ricoverare la macchina senza nessun sovrapprezzo. Costava 650 euro al mese. Neppure tanto. Certo, ci sarebbe voluto una manutenzione adeguata. Ma a lui non interessava proprio. Aveva solo bisogno di essere imbiancato e per questo aveva dato incarico alla stessa agenzia. La cucina era già arredata. Si era così messo d'accordo con l'agenzia di far trovare tutto pronto per la settimana seguente. Aveva pagato ed era uscito. Non era passato da Mancini. Aveva preso il primo treno per Milano e la sera era nell'appartamento in cui aveva vissuto per tanti anni e che fra pochi giorni non sarebbe più stato suo.

Si era guardato attorno. In via Scaldasole c'era stato bene. Gli piaceva il quartiere, l'aria che si respirava nel Ticinese, un'aria da quartiere popolare, un po' scanzonato, non ligio alle regole. Fra pochi giorni se ne sarebbe andato, non sarebbe più andato ad acquistare i cibi dall'eritreo. Iniziava una nuova vita e non era detto che fosse migliore della precedente. Era stato assalito da un'ombra di mestizia. L'indomani era andato a Palazzo di Giustizia a salutare Silvana Crippa. Non era stato un momento facile con lei. Si erano stimati e avevano lavorato assieme tanti anni, avevano cementato la loro conoscenza e il rispetto reciproco. Silvana aveva la voce rotta dall'emozione. L'aveva abbracciato forte e si erano ripromessi di rivedersi a Roma. Ma i primi a non crederci erano loro stessi. Enrico aveva l'impressione, da quel momento, di aver creato una cesura netta col suo passato.

L'indomani, dopo aver avvisato l'ex affilatore di coltelli, che avrebbe lasciato la casa nel giro di una settimana, Enrico aveva suonato il campanello della sua dirimpettaia, la signora Rosetta.

– *Ah le lu, dutur.. el vegna denter. Seri a dre propi a pensà lu. Le propri vera: batt i pagn, cumpar la stria...*

– No, non si disturbi. Sono venuto solo per salutarla. Domani parto per Roma, volevo salutarla e ringraziarla della sua disponibilità quando ho avuto bisogno.

– *Me spias che va via. Chi l'è che vegn al so post?*

– Non lo so Rosetta, chi verrà nel mio appartamento. Allora la saluto e le auguro di stare bene.

– *Mi el so che lu l'è minga un barlafus, un fanigutun. Ma a Roma ghe tanta gent che ga minga voia de laurà, pelandron.* Faccia il bravo... con tutte quelle attrici...

Appena possibile, aveva interrotto quei saluti che rischiavano di andare per le lunghe, aveva fatto ritorno nel suo appartamento e iniziato a preparare i pacchi con la sua roba. Poche cose. Qualche cornice con dentro fotografie che lo ritraevano in momenti particolari della sua esistenza. In una scatola c'erano altre fotografie di quando era ragazzo, di sua madre e suo padre. E poi fotografie del periodo più bello che aveva passato, prima all'università con le lotte studentesche per una società più giusta, fotografie di picchetti davanti ai cancelli di qualche fabbrica, fotografie di momenti particolari a *Unità a sinistra*. Barba nera e lunga, quando c'era l'illusione che quei momenti e quella gioventù non avrebbero mai avuto fine.

Cap. 23 – Una voce da silenziare

Roma, aprile 2003

Era partito presto per Roma, attorno alle 6 del mattino. Iniziava ad albeggiare e il cielo era lattiginoso, con cirri biancastri. Aveva attraversato la città ancora un po' addormentata e imboccata l'autostrada per Roma. Come al solito le indicazioni internet davano, dall'imbocco dell'autostrada, 5 ore e 34 minuti. In realtà, come al solito, Enrico aveva impiegato più tempo. Se l'era presa comoda. Aveva acceso la radio e ascoltato le ultime, purtroppo, cattive notizie.

D'altronde quei primi mesi del 2003 non portavano all'ottimismo, non fosse altro perché un'altra guerra stava per iniziare. In gennaio, in tutto il mondo, erano avvenute manifestazioni imponenti al grido di «No alla guerra, niente sangue per il petrolio» mentre la bandiera arcobaleno diveniva il simbolo della protesta. La Gran Bretagna aveva inviato 26 mila soldati nel Golfo. Il segretario delle Nazioni Unite, Kofi Annan si era espresso con durezza nei confronti degli Usa, anche perché, secondo il rapporto del 9 gennaio degli ispettori, non c'erano prove di programmi di armamenti segreti dell'Iraq. Ma gli Usa non credono agli ispettori e la guerra la debbano scatenare. La chiedono i fabbricanti di armi, padroni e padrini dell'economia che la guerra ingrasserà. In tutto il mondo ci sono manifestazioni di protesta. A Roma, il 15 febbraio, tre milioni di persone manifestano contro la possibile guerra che, inevitabilmente, la pagheranno quelli che non l'hanno decisa, quelli senza potere. Manifestanti, il 21 febbraio, bloccano il treno Nato vicino a Camp Darby (Pisa) carico di materiale bellico da inviare in Iraq. E il governo italiano? Codino come al solito, prono ai voleri Usa. Le truppe italiane è dall'11 gennaio che sono già in Afghanistan, a Kabul, mentre il governo Berlusconi dà il via libera all'utilizzo delle basi sul territorio italiano agli aerei statunitensi, per «*motivi tecnici*» in vista di un eventuale attacco all'Iraq.

A dimostrazione che siamo una colonia Usa, a Milano, l'11 febbraio, in pieno giorno, viene rapito l'iman egiziano Abu Omar a opera di 22 agenti della Cia in combutta con i Servizi segreti italiani. Poco dopo questa data, il 20 marzo, cominciano i bombardamenti su Baghdad. Ha inizio la seconda guerra del Golfo. Un brutto periodo, deprimente e con nessuna prospettiva di un futuro di pace e di una economia rivolta alle esigenze di coloro che onestamente, con dignità, cercano di vivere o di sopravvivere.

Enrico aveva spento la radio e inserito una chiavetta Usb nel lettore e ascoltato musica, soprattutto la musica di un tempo ormai scomparso, la musica dei suoi anni giovanili, quando tutto gli sembrava fosse possibile. Un tuffo nel passato. Che non lo aiutava, certo, a superare l'apatia e nello stesso tempo, la rabbia che aveva dentro di sé. Forse, aveva pensato mentre percorreva noiosamente l'autostrada, le sue erano tutte paturnie di una persona che si avvicinava sempre più alla vecchiaia. A 18/20 anni, pensava, ti sembra di essere eterno. Hai obiettivi limitati: la patente, riuscire a uscire con quella ragazza che ti piace tanto... Piccole cose. L'esistenza, la vita non ha un valore perché ti appartiene di diritto. Poi, con il passare degli anni, ti accorgi che la vita non è altro che un battito d'ali, che la gioventù è passata velocemente e con essa i tuoi sogni di ragazzo. Le esperienze che hai compiuto non bastano e devi passare, immediatamente, ad altre esperienze. E ti accorgi, improvvisamente, di essere diventato vecchio, di non avere più tempo, neppure per i rimpianti. Improvvisamente si sentì stanco, sfiduciato. Gli sembrava di essere finito in una palude, senza un appiglio per poter uscire. Forse era necessario avere uno scatto, reagire a quello stato d'animo troppo rinunciatario, forse trasferirsi a Roma, gli avrebbe giovato, gli avrebbe fatto bene.

A Roma era arrivato nel pomeriggio e si era recato nella sua nuova casa. Aveva posteggiato nel cortile ed era andato nell'agenzia, poco lontana, che gli aveva affittato la casa. Risolto alcune pratiche burocratiche relative all'affitto, preso le chiavi, si era recato senza indugio nel suo nuovo appartamento.

Dopo essere stato imbiancato e sistemato, l'appartamento aveva un aspetto migliore da come Enrico l'aveva visto la prima volta. La cucina era arredata con una piastra a induzione, frigorifero e una piccola lavatrice. Il letto era fatto e pronto. Aveva aperto la finestra che dava sul cortile dove aveva posteggiato e, tutto attorno, palazzoni. Non era certo una bella vista. Altre finestre, quella della cucina, ad esempio, davano lo stesso tipo di visione, palazzoni. Niente a che vedere, aveva pensato Enrico, alle famose terrazze romane, quelle "pompate" e descritte in romanzi e cinema. E neppure con gli altrettanti famosi e struggenti tramonti immortalati fotograficamente da turisti di tutto il mondo. Comunque a lui tutto questo non interessava. A lui interessava un posto dove stare e ricominciare a vivere. Non altro.

L'indomani mattina si era alzato presto, come quasi sempre. Aveva fatto una doccia ed era uscito per fare colazione perché non aveva nulla a casa. Era andato in un vicino negozio ad acquistare latte, pane, un po' di pasta. In seguito era tornato a casa. Mentre saliva verso il suo appartamento con alcuni pacchi che aveva prelevato dalla sua auto, al secondo piano si era aperta la porta di un appartamento ed era uscito un signore di una sessantina d'anni.

– Buongiorno.

– Ah, buongiorno. Lei deve essere il nuovo inquilino... Io mi chiamo Gabriele, piacere.

Successivamente aveva messo la testa dentro il suo appartamento ancora aperto e aveva chiamato a gran voce: «*Marisa, Marisa, vieni un po' a vede che c'è quello novo*». «*Ma no, lasci stare, sarà per un'altra volta. Ora debbo anche scaricare...*». «*Embé che ce vo. Aho, ma che c'hai prescia?*». Intanto era arrivata la moglie e fatte le presentazioni. Marisa era una donna grassa, della stessa età del marito, almeno così sembrava. Si era asciugata le mani nel grembiule che portava legato alla vita e stretta quella di

Enrico. «*Visto che avete de scaricà l'auto* – era intervenuto il marito – *potete magnà con noi. Marisa oggi fa pasta e broccoli, so' boni*». «Grazie, ma non mi sembra il caso. *Magari un'altra volta. Ho molto da fare*». «*Mbè? Te devi riposà? Va bene aripijate. Però recordate che chi magna da solo se strozza. Daje va, mo vado via. Ce vedemo*». Gabriele aveva cominciato a scendere le scale e, contemporaneamente, parlava da solo. Enrico, imbarazzato, era restato sul pianerottolo con la signora Marisa. «*Nun ce faccia caso a Gabriele. Sta sempre a brontolà come 'na pila de facioli. È proprio 'na rottura de cojoni. Comunque se ha bisogno, so' qua*».

Enrico era salito nel proprio appartamento e cominciato a sistemare la spesa acquistata. Subito dopo era sceso in cortile e iniziato a scaricare i pacchi che c'erano in macchina. Alla fine era piuttosto stanco. Non era abituato a fare, su e giù, tre piani di scale; inoltre, non faceva mai esercizi fisici e di questo il corpo ne risentiva. Si era "stravaccato" su una poltrona che c'era in cucina, per la verità piuttosto comoda e guardato attorno. Il pavimento era pieno di scatoloni da aprire e anche se non aveva nessuna voglia di sistemare il tutto, sapeva che doveva farlo. L'indomani avrebbe dovuto andare da Mancini e cominciare a organizzarsi per il lavoro. Così, con molta calma, aveva cominciato ad aprire gli scatoloni e a sistemare le cose che andavano nell'armadio o in cucina. Per i vestiti non c'era problema. Enrico ne aveva pochi e, quindi, aveva fatto in fretta. Aveva perso più tempo a sistemare piatti, posate, pentole. E mentre sistemava pensava che avrebbe avuto bisogno di una donna che, periodicamente, gli tenesse a

posto la casa. Da solo, con gli orari al giornale, pur essendo un settimanale, non ce l'avrebbe mai fatta. Avrebbe potuto chiedere alla signora Marisa o all'agenzia. Mah, un
problema, comunque, che pensava di risolvere fra qualche
giorno, quando si fosse completamente sistemato.

Il sole romano aveva già inondato la casa con grande
piacere di Enrico che amava la luce e il caldo. Si era scaldato una tazza di latte, molto caldo e senza zucchero, e in-
zuppato una fetta di ciambella allo yogurt. Aveva fatto la
doccia, radunato le cose da portare via quella mattina e
messe nello zainetto che portava sempre con sé ed era
uscito nella speranza di non incontrare Gabriele per le
scale. Speranza esaudita, andata a buon fine. Il programma per quella giornata prevedeva di andare a vedere, almeno dall'esterno, l'ufficio di Zeta, in via del Moro, a Trastevere e poi recarsi alla redazione di *Sport&Società*, in via
Mentana. Aveva preso un paio di mezzi pubblici e attraversato a piedi il Ponte Sisto. La primavera romana si faceva sentire. Nell'aria c'era un odore particolare, il cielo era
di un azzurro intenso e la gente che era attorno a lui mentre camminava, sembrava più radiosa e disponibile. Anche
sul Ponte Sisto sembrava di cogliere questo cambiamento.
C'erano alcuni giocolieri che davano dimostrazione della
loro fluidità nei movimenti, i pittori che pennellavano e
cercavano di vendere le loro opere, alcuni anziani che
chiedevano la carità. Si era fermato appoggiato alla balaustra del ponte, dalla parte dove batteva il sole e c'era rimasto mezz'ora, così da sentire sulla pelle, la carezza calda
dei raggi solari. In quel momento aveva dentro di sé una

grande beatitudine. Si sentiva ottimista, l'ottimismo della volontà da contrapporre al pessimismo della ragione come diceva qualcuno. Con molta calma si era staccato dalla balaustra del ponte e diretto a via del Moro. Voleva dare un'occhiata, magari facendo finta di sbagliare ed entrare nell'ufficio e, se era fortunato, con una scusa, parlare con Zeta.

Sul muro del n. 7 non c'era nessuna insegna che informasse che dentro ci fosse un ufficio assicurativo. Guardando bene, all'entrata del portone, sulla destra, c'era "l'orma" di una targa. Era stata dunque tolta, ma perché? Enrico era entrato e superato una serie di larghi gradini che portavano all'ascensore. Non c'era portineria e non sapeva a chi chiedere. Aveva sentito l'ascensore muoversi verso il basso e poco dopo fermarsi al piano terreno. Dall'ascensore era uscita una signora che teneva al guinzaglio un cagnolino.

– Scusi signora. Io dovrei andare all'assicurazione. Mi può indicare l'ufficio?

– No, guardi. Da almeno una settimana quelli dell'assicurazione si sono trasferiti. Non so dove. Non posso aiutarla. Stavano lì dove c'è la porta aperta.

– La ringrazio, non sapevo del trasferimento.

La signora era uscita dal portone con il cane. Enrico, invece, si era fermato ancora perché voleva dare un'occhiata all'ex ufficio assicurativo. Aveva spinto la porta d'ingresso ed era entrato. L'ufficio era piuttosto spazioso e all'interno del salone d'ingresso, c'erano diverse porte. Le aveva aperte ed era entrato. Dentro regnava il caos: c'erano fili che scendevano dal soffitto, altri cavi sul pavimento. Le scrivanie erano ancora con sopra alcune cartellette vuote. Dava l'impressione che gli occupanti di quella assicurazione fossero dovuti smobilitare velocemente. In fondo al corridoio, una porta era chiusa, ma non a chiave. Enrico era entrato e si era trovato in un vasto spazio, senza finestre. Le pareti erano rivestite con un materiale fonoassorbente. C'era un lungo tavolo e nessun cassetto. A cosa poteva servire tutto ciò per chi faceva assicurazioni? Se lì ci stava Zeta tutto si poteva pensare che facesse, ma non l'assicuratore del Ramo Vita.

Era uscito con i suoi pensieri e il sole, che faceva fatica a penetrare nella stretta via del Moro, lo aveva accolto. In testa i soliti pensieri che sembrava fuggissero via scivolosi, per poi ripresentarsi subito dopo quando cercava di fermarli. Faceva fatica a soffermarsi su essi e appena iniziava a concentrarsi su uno di questi problemi, ecco, come per magia, che ne arrivavano altri. Gli sembrava che, a forza di pensare, il cervello si fosse surriscaldato. Se fosse stato possibile, avrebbe voluto cancellare tutti quei pensieri con un colpo di spugna, con uno strofinaccio passato sul cervello. Una cosa era chiara. Tutto stava rotolando e lui non poteva certo fermare il rotolamento. Questa, pensava, è una società senza futuro, marcia, corrotta e immorale. Si era rotto il confine tra il bene e il male. L'unica cosa che contava erano i soldi e il successo. Gli italiani, poi, non avevano più memoria e, questa, era importante, per poter correggere il futuro. Era cosciente che non poteva, certo, fermare questo decadimento con le sue esili forze.

Si era incamminato verso via Mentana. Aveva deciso di andare a piedi, anche se non era vicinissima. Ma camminare per Roma in una mattinata così, era piacevole. Si sentiva bene. Giovanni Falcone aveva affermato che «*Le cose siano così, non vuol dire che debbano andare così*». Falcone non c'era più, ucciso dallo stesso blocco d'ordine che lui combatteva. Sì, perché Falcone – come del resto Borsellino e tanti altri – non sono stati uccisi dalla mafia siciliana, almeno non solo da essa. Ma da un potere corrotto che voleva e vuole perpetuare il suo potere con la forza, con la violenza pur di non perderlo. Non dimenticherò mai, pensava, quanto diceva Vito Ciancimino, quel democristiano che dal Comune di Palermo, in soli quattro anni, aveva concesso 4.205 concessioni edilizie distruggendo, per sempre, agrumeti e ville liberty: «*Le imprese non possono sopravvivere senza tangenti*». E, quindi, diamoci sotto con le tangenti, le speculazioni, il malgoverno, la distruzione dell'ambiente. Senza dimenticare gli interessi personali, considerato che Vito Ciancimino aveva accumulato un patrimonio di 300 miliardi di lire ben celati in banche di mezzo mondo, grazie allo Ior, la banca del Vaticano.

Riusciremo mai – pensava Enrico, mentre camminava – a tagliare le unghie alla speculazione? A bloccare questo schifo? Riusciremo mai a far pagare le tasse agli speculatori, a coloro che portano nelle banche estere i soldi? Soprattutto far capire che se pagassimo tutti le tasse, avremmo maggior benessere, potremmo intervenire nelle scuole che crollano, potremmo estendere le coperture sanitarie, investire quei soldi nei settori più critici della nostra società, come ad esempio nella ricerca. Se oltre a pagare tutti le tasse, che oggi sono appannaggio quasi esclusivamente delle persone a reddito fisso, taglieremmo le spese per le armi, allora sì che il nostro sarebbe un Paese sviluppato e con un futuro.

Per far ciò era necessario un colpo di reni della politica che, però, si ben guardava da attuare perché i loro ipocriti personaggi erano tutti tesi a salvaguardare i loro privilegi. Con opportunismi e compromessi da cui nessuno era esente. Uno scatto d'orgoglio che doveva essere compiuto anche dalla stampa, così da informare in modo corretto i cittadini. Denunciare le nefandezze del potere.

Per arrivare in via Mentana, ci aveva impiegato un'ora e mezza perché, nel frattempo, si era fermato in una gelateria a mangiare un buonissimo gelato. Ormai, con il suo zainetto sulla spalla sinistra, era quasi arrivato. Già intravvedeva il portone del n. 7 dove c'era la redazione. Aveva attraversato la strada e si era portato sul marciapiede opposto, sullo stesso versante dove c'era il portone d'ingresso della redazione. Sì, pensava, forse venire a Roma era stata la soluzione migliore. Dopo l'incontro con Mancini, avrebbe telefonato a Benedetta e l'avrebbe convinta a raggiungerlo, a ricominciare daccapo, insieme, a Roma, in un ambiente diverso. Forse, assieme, ce l'avrebbero fatta a continuare a vivere o a sopravvivere. Si rendeva conto di voler bene a Benedetta. Gli mancava il suo sguardo limpido, la sua complicità, la sua voglia di vivere, di costruire un futuro senza troppe pretese, ma di costruirlo assieme. Senza Benedetta, lui era come un pezzo di legno sbattuto qui e là dai marosi in un mare in tempesta. Benedetta era la sua àncora, il suo approdo. Sì, avrebbe telefonato a Benedetta e, forse, solo lei sarebbe riuscita a fargli dimenticare gli assassinii di Mbdao, di Fratel Achille, di Gaetano Maugeri. Dimenticare Carlo Vailati e tutte le porcherie perpetuate nei confronti della povera gente. Nonostante tutto, pensava Enrico, credo in quello che faccio, credo nel mio mestiere, sulla necessità di raccontare quello che avviene. Raccontare notizie.

Sono circa le 13 e in via Mentana c'è pochissima gente. Nello stesso momento che raggiungeva la parte opposta della via, tutto perso nelle sue riflessioni, non si era accorto che una moto con due persone a bordo, molto lentamente, si era staccata dal marciapiede. Dopo una trentina di metri, il passeggero che stava seduto dietro, era sceso e senza togliersi il casco si era messo a camminare sul marciapiede, a una decina di metri di distanza da Enrico. Aveva accorciato la distanza che lo separava da Enrico a due metri. La moto, frattanto, aveva accelerato per poi fermarsi all'altezza del n. 7 proprio dove doveva recarsi Enrico. L'uomo che era sceso dalla moto e seguiva, a piedi, Enrico, era alto e indossava un lungo impermeabile bianco. Con molta calma aveva estratto, dalla tasca destra dell'impermeabile, una pistola munita di silenziatore, l'aveva alzata a livello della testa di Enrico e sparato. Enrico era crollato a terra con un rivolo di sangue che usciva da dietro il cranio, mischiato con una sostanza biancastra. Successivamente, sempre con molta calma, l'uomo aveva preso lo zainetto di Enrico sfuggitogli dalla spalla quando era stramazzato al suolo. Nessuno sembrava essersi accorto di ciò che era avvenuto. L'assassino aveva proseguito, sempre con calma, i pochi metri che ormai lo separavano dal n. 7, era risalito sulla moto che, dando gas, era scomparsa velocemente nel traffico romano.

Solo in quel momento un uomo aveva gridato ed era accorso verso Enrico. Tutto in quella radiosa giornata si era fermato per qualche secondo. Poi era avvenuto quello che avveniva sempre quando c'era un morto di mezzo. Grida, invocazioni di chiamare un'ambulanza, la polizia, gente con le mani sulla testa e urla spaventate. Alcuni minuti dopo, era arrivata un'ambulanza. I paramedici non avevano potuto che constatarne la morte. Poi, a sirene spiegate e lampeggiante blu acceso, era arrivata una volante della polizia che aveva fatto indietreggiare la folla attratta, come sempre, dal gusto del macabro nell'attesa che arrivasse il magistrato di turno e la Scientifica. I poliziotti avevano iniziato un primo formale interrogatorio dei testimoni, anche se nessuna versione combaciava. Chi aveva descritto l'assassino alto, chi basso, chi, addirittura, una donna bionda. Una cosa estremamente improbabile, considerato che lo sparatore aveva il casco integrale.

Attilio Mancini aveva sentito le sirene dell'ambulanza e della polizia ed era sceso immediatamente in strada con un redattore e un fotografo.

Aveva un brutto presentimento purtroppo suffragato dalla visione del corpo riverso di Enrico sul marciapiede. Si era recato subito dai poliziotti, mentre il fotografo scattava fotografie a ripetizione.

– Conoscevo questa persona. La stavo attendendo perché avevo un appuntamento con lui. Sono il direttore di *Sport&Società*... Abbiamo la redazione a pochi passi.

All'arrivo del magistrato di turno, erano saliti in redazione dove era stato interrogato, appunto, dal magistrato e da un commissario. In seguito si venne a sapere che Enrico era stato colpito da un proiettile sparato da una pistola Glock, di fabbricazione austriaca. Una pistola – avevano detto i tecnici della Scientifica – affidabile, pratica, precisa. Leggera perché costruita con una lega di materie plastiche, i polimeri, che riduceva il peso e la grandezza della stessa.

Terminava così la vita di Enrico Carati. Terminava in una bella giornata di inizio primavera. Ma non è vero che la morte porta via tutto, annulla tutto. Molte volte, paradossalmente, la morte ti avvicina alla vita. Forse, chissà, qualche giovane avrebbe seguito il suo esempio, la voglia di capire i fatti e, soprattutto, di raccontarli. Terminava così la vita di Enrico in una giornata con un sole caldo, inusuale per quel periodo dell'anno. Un caldo che Enrico amava molto.

Quando i mezzi d'informazione di massa avevano appreso che il morto era un giornalista, si erano scatenati. Avevano intervistato, ovviamente, quello che avrebbe dovuto essere il suo direttore, Attilio Mancini e poi, nei giorni seguenti anche Fabiana Roma, gli ex colleghi, i vicini di casa di Milano. Contemporaneamente era cominciata anche la campagna del fango nei suoi confronti. Sì, certo, era stato ucciso. Ma perché? Che tipo di giornalista era Enrico

Carati? E lì la disinformazione, la malainformazione, la PDDM, la Premiata Ditta Distrazione di Massa, aveva dato il meglio di sé. Enrico Carati veniva descritto come un giornalista in bilico fra la ricerca spasmodica di trovare notizie e il ricatto. Una persona che non esitava a fare del ricatto la sua cifra, pur di avere la notizia. Inoltre, il fatto che gli inquirenti avessero trovato, durante una perquisizione, della droga nel suo appartamento romano, non poneva a suo favore.

Come si esprimevano i mafiosi, chi aveva ordinato l'eliminazione fisica di Carati, aveva anche *mascariato* il giornalista, così da metterlo in cattiva luce nell'opinione pubblica. Un giornalista può essere messo in condizione di non nuocere in diversi modi: si può ammazzarlo, ma non sempre questa strada è percorribile e paga; si può corromperlo, ma nel caso di Enrico non era possibile perché Carati era uno a cui non interessava il denaro, la ricchezza. Non restava che la denigrazione, dimostrare all'opinione pubblica che era inaffidabile, un drogato senza famiglia e affetti, che aveva rancori personali nei confronti di tutti coloro che stavano, ideologicamente, dalla parte opposta alla sua. Come fidarsi, d'altronde, di una persona che detiene droga nella sua abitazione? Nel caso di Enrico erano stati utilizzate due strade. I suoi assassini avevano voluto abbondare: l'omicidio accompagnato dalla denigrazione.

Aveva avuto un bel daffare Attilio Mancini a dichiarare a tutti che Enrico non solo non era un drogato, ma era un ottimo giornalista, non un ricattatore come si era detto e scritto. Le stesse cose erano state affermate ai giornali dalla commissaria capo Giovanna Scalzi e da Silvana Crippa e anche dalla sua ex vicina di casa di Milano, la signora Rosetta. Era stato tutto inutile. L'assassinio di Enrico Carati era stato archiviato come «*regolamento di conti*».

Dopo una settimana dall'omicidio, di Enrico Carati non si parlava più. La Pddm aveva vinto. D'altronde era sempre così. Era già avvenuto per i 30 giornalisti italiani uccisi dalle varie mafie, colpevoli di cercare solo la verità.

Era avvenuto come con l'assassinio di un altro giornalista, Mauro Rostagno, il 26 settembre 1988, in provincia di Trapani. Nella sentenza di primo grado si legge che i suoi assassini lo eliminarono con lo scopo di «*mettere a tacere per sempre quella voce che come un tarlo insidiava e minava la sicurezza degli affari e le trame collusive delle cosche con altri ambienti di potere*». La stessa cosa era avvenuta con l'assassinio di Enrico Carati. Sì perché sarebbe fuorviante dare la colpa solo alla mafia. Era una trama, invece, in cui erano presenti certamente Cosa nostra e 'Ndrangheta, ma anche politica, istituzioni, affari finanziari e massoneria, quel grumo di potere che fin dall'ottobre 1963, davanti alla Commissione McClelland, il boss mafioso Joe Valachi così la definiva: «*Più milioni illegali investono in affari legali, più confondono la linea morale tra il mondo di sotto e quello di sopra*». Purtroppo, nel nostro Paese, le prove che potrebbero chiarire tanti oscuri episodi, vengono sepolte, cancellate. Lo si fa con metodo, tenacia, in modo chirurgico, così che tutto possa essere ben nascosto, dimenticato. Senza tracce non c'è neppure il fatto, ciò che è avvenuto. E le coscienze stanno tranquille.

Mancini aveva pubblicato l'articolo di Enrico, l'ultimo che gli aveva spedito via mail da Milano ed era stato immediatamente indagato, dalla magistratura, per «*procurato allarme*». Il documento di Mbdao che era all'interno dello zainetto sottratto a Enrico non era stato, naturalmente, più trovato. Così come non era stato più trovato il suo Pc e le chiavette Usb.

Qualcuno, quella sera, aveva brindato al nuovo blocco sociale che si stava instaurando nel nostro povero Paese, in questa italietta distratta e senza memoria, distrutta dai «*giornali e dal cemento*».

Titoli di coda

Attilio Mancini, dopo l'assassinio di Enrico Carati, subisce l'incendio dei locali della redazione del settimanale *Sport&Società* e un'altra bomba esplode dove si stampa il settimanale. Dopo aver dichiarato a un giornale che l'aveva intervistato, che in Italia è impossibile fare una buona e corretta informazione, abbandona la professione e si trasferisce a Edimburgo, in Scozia, dove il figlio gestisce un pub. Dopo circa un mese che risiede in Scozia, mentre sulle strisce pedonali sta attraversando una strada di quella città, viene travolto da un'auto che si dà alla fuga e che non verrà più ritrovata. Attilio Mancini giungerà cadavere all'ospedale.

Nunzia, moglie di Gaetano Maugeri si è messa ufficialmente con Sandro Pelucchi, anche se ognuno fa la propria vita. Lei nella villa di Montorfano, in Svizzera o nei mari del Sud. Lui a Roma come parlamentare. Ha aperto due *boutique* a Milano e Firenze, ma incompetente com'è, sono presto fallite. Processata per truffa ai danni dello Stato per aver incassato contributi inesistenti, è stata condannata. Fortunatamente per lei è sopravvenuta – grazie alle lungaggini procedurali messi in atto dai suoi avvocati – la prescrizione. Prescritta, quindi, secondo la vulgata Tv, innocente.

Saro, figlio di Nunzia e Gaetano Maugeri, viene inquisito per guida senza patente. Nell'auto che guidava, i carabinieri trovano diverse bustine di cocaina. Ci vorrà tutto il potere del sottosegretario Pelucchi per non far scattare la denuncia e silenziare il tutto.

Sandro Pelucchi ha fatto carriera ed è diventato sottosegretario al Lavoro. Sua è la proposta di legge sulla libertà di licenziare, così da sciogliere «*lacci e lacciuoli*» dei sindacati.

Fabiana Roma, non è più direttrice del quotidiano *Il nuovo milanese*. Ha fatto anch'ella carriera e ora conduce, alla Tv pubblica, un programma "spazzatura" d'intrattenimento della domenica pomeriggio. Non ha smesso di strabuzzare gli occhi e d'intercalare i suoi interventi con la parola «*tipo*». Si è separata dal marito, Lorenzo Salvati, il quale si è licenziato dalla Sapelu Farmaceutica e ha aperto uno studio fotografico.

Giovanna Scalzi, commissaria capo della Mobile di Milano, subito dopo l'assassinio del giornalista, dichiara ai giornali che Enrico Carati era tutt'altro che un drogato. «*Non mi convince affatto l'accusa* – continua – *che tenesse droga presso la sua abitazione. A mio parere quella droga è stata portata da qualche "manina" per screditarlo*». Dopo questa dichiarazione viene trasferita a Caserta a dirigere l'Ufficio passaporti. Il vecchio «*Promoveatur ut amoveatur*» («*sia promosso affinché si possa allontanarlo*») in Italia funziona sempre.

Benedetta, ragazza di Enrico, si è laureata in Archeologia. Ha abbandonato Milano ed è tornata, definitivamente, a Siracusa. Non fa l'archeologa, ma l'accompagnatrice turistica. Non si è sposata.

Graziosa, moglie di Pelucchi, dopo la separazione con il marito, si è ritirata a Nova Milanese, suo paese natale. Fa volontariato in una associazione che assiste bambini disabili. La figlia, Giulia, vive con la madre.

Ignazio Aversente e **Gigino Sapia**, i due calabresi provenienti da un paesino delle montagne di Reggio Calabria, sono scomparsi e nessuno ha sentito la loro mancanza. Dopo circa un mese da questi episodi, due cadaveri sono stati trovati a Macchiagrande nel Parco del Litorale, a pochi chilometri da Roma. I due corpi erano parzialmente bruciati. Sono stati riconosciuti grazie all'arcata dentale di Aversente e per una "voglia" che Sapia aveva sul gluteo sinistro.

Silvana Crippa, intervistata da un canale televisivo privato, dichiara che Enrico Carati stava conducendo un'inchiesta giornalistica su migrazioni e Case di riposo, inchiesta «*che coinvolge Servizi deviati, massoneria, mafie. Come mai* – aveva continuato la giornalista – *lo zainetto di Carati è sparito e non sono state mai trovate le sue carte e il suo Pc? In compenso hanno trovato, a casa sua, droga. Ma Carati non era certo un drogato. Non fumava neppure le normali sigarette. È stata tutta una messinscena per intorbidire le acque*». Crippa ha continuato a lavorare per l'importante quotidiano milanese, staccata a seguire il

Palazzo di giustizia. A distanza di qualche mese dall'assassinio di Carati, Silvana Crippa è stata posta in prepensionamento.

Franco Delmasso, inteso "**Siringa**", mentre era intento a farsi la doccia, nel carcere di San Vittore, viene accoltellato e muore dissanguato. Ignoti l'autore o gli autori dell'omicidio. Era in carcere da poco più di due mesi, in attesa del processo.

Il comandante **Zeta** e **Carlo Vailati** sono stati accusati, da un troppo solerte magistrato, di aver partecipato «*alla progettazione ed esecuzione di un programma di eversione dell'ordine costituzionale da attuare anche mediante il compimento di atti di violenza, allo scopo – tra le altre cose – di determinare, mediante attività che spaziavano nell'edilizia, nella sanità, nello sfruttamento dei migranti, nella comunicazione, le condizioni per la secessione di alcune regioni del Sud, perseguendo il fine di determinare il definitivo consolidamento del potere criminale di Cosa Nostra e della 'Ndrangheta, nonché di altre associazioni di tipo mafioso ad esse collegate sui territori delle regioni meridionali del Paese*».

L'accusa tiene conto anche dell'articolo 416 bis del Codice penale dove si parla di criminali che «*si avvalgono della forza di intimazione del vincolo associativo e della condizione di assoggettamento e di omertà che ne deriva per commettere delitti, per acquisire in modo diretto o indiretto la gestione o comunque il controllo di attività economiche, di concessioni, di autorizzazioni, appalti e servi-*

zi pubblici o per realizzare profitti o vantaggi ingiusti per sé o per altri».

La polizia, però, non ha fatto in tempo ad arrestarli. Con passaporti falsi, forniti dai Servizi segreti deviati, sono riparati in alcuni Paesi africani: Zeta nella Repubblica centroafricana, Carlo Vailati in Rwanda. Pronti a continuare la loro sporca esistenza, mettendosi al servizio dei governi reazionari africani. In Italia, giravano con in tasca un tesserino blu plastificato rilasciato dal ministero dell'Interno.

Postfazione

Quando s'inizia a scrivere un libro, c'è sempre il trauma della pagina bianca o la schermata del Pc che mostra uno spazio bianco. Uno spazio che si deve riempire con le parole, le frasi, la storia. Quando tenti di abbozzare le prime righe sei solo, tu e il Pc, tu e il foglio bianco. Non so gli altri ma, quando decido di iniziare un romanzo, non è questa la mia principale preoccupazione. La mia preoccupazione, piuttosto, è se riuscirò a raccontare una storia che accompagni il possibile lettore sino alla fine, sino alle ultime righe. Di solito, la trama è già nella mente di chi si appresta a scrivere un libro. La trama, però, non basta. È necessario scrivere con una scrittura che tutti capiscano, svolgere una trama possibile e credibile. Questa mi sembra la cosa più difficile.

Quando inizi a scrivere sei solo. Ma nel prosieguo della storia che vuoi raccontare, i personaggi del libro ti fanno compagnia. I personaggi, sembrano uscire dalle pagine e sedere accanto a te, mentre digiti sulla tastiera del Pc. Personaggi positivi o negativi ti fanno compagnia nelle tue giornate, mentre pensi a come chiudere quel determinato capitolo, mentre decidi di cambiare quel passaggio che ti sembra ostico, non chiaro.

Il tempo che occupi per scrivere, per terminare il libro è un tempo totalizzante, pieno. Almeno per me è così. Sino a quando non hai "partorito" l'ultima pagina del libro, sei come sospeso nel limbo. Sì, fisicamente, sei qui, ma in realtà il pensiero corre sempre al libro, ai personaggi, alla loro descrizione.

Ecco, allora, che possiamo definire la scrittura una terapia. Una terapia per sconfiggere l'apatia che ti assale quando sei subissato da cattive notizie. Notizie di carattere personali e, più in generale, pubbliche: guerre, virus terribili, atti di violenza nei confronti di chi non ha potere, di chi non conta nulla.

Per scrivere questo libro, ovviamente, mi sono dovuto documentare perché è vero che è un romanzo di fantasia, ma è anche vero che tengo conto della realtà, sociale e politica, che ci circonda. Un artifizio, quello da me utilizzato, per raccontare una parte della Storia del nostro Paese e le tragedie che si sono susseguite dalla fine della guerra. La dimostrazione, inoltre, di come la democrazia nel nostro Paese sia molto fragile.

E veniamo ai testi che mi hanno aiutato e che ho utilizzato. Prima di tutto uno dei libri che giudico indispensabile per capire il dramma migratorio, un libro che farei adottare in tutte le scuole, è «*Bilal*» scritto nel 2008 da Fabrizio Gatti, uno dei giornalisti italiani che prima di scrivere «*si sporca le scarpe*» come dice un personaggio del mio libro. Nella pratica, prima di scrivere di un determinato argomento vuole vedere e capire. Fabrizio Gatti si è finto un migrante e per quattro anni, dal 2003 al 2007, ha vissuto da infiltrato col finto nome di Bilal Ibrahim el Habib. Ha viaggiato sui camion con centinaia di migranti dal Niger verso la Libia. È stato recuperato in mare, rinchiuso nel centro di detenzione sull'isola di Lampedusa come immigrato irregolare iracheno. Con i migranti, sulle sponde del cassone di un camion ha sofferto il caldo e il freddo, la fame, la sete. Con loro ha subìto le angherie dei militari ai posti di blocco.

Se questo è stato il testo per me più importante, nondimeno indispensabili sono state le cronache e le inchieste pubblicate da alcuni quotidiani. In particolare *Avvenire, il manifesto, il Fatto Quotidiano*. Fra i siti Internet, quello del Cespi, il Centro Studi di politica Internazionale, soprattutto la relazione su «Il traffico di migranti per mare verso l'Italia. Sviluppi recenti (2004-2008)» e l'edizione italiana del sito dell'Unhcr (Alto Commissariato delle Nazioni Unite per i Rifugiati).

Nel capitolo 15, da pag. 320, c'è un dialogo fra fratel Achille, e il protagonista del libro, Enrico Carati. Un po' una disputa filosofica-religiosa. Quel dialogo è stato da me, in parte, liberamente tratto da una rubrica che padre Antonio Spadaro, direttore de *La Civiltà Cattolica*, tiene, ogni domenica, su *il Fatto Quotidiano*. Del "Piano Blue Moon" da me citato a pag. 381 del capitolo 16, ne parla la brava giornalista e ricercatrice Stefania Limiti nel suo «*Doppio Livello*». A pag. 465/466 del capitolo 20 c'è un dialogo fra Enrico Carati, e la commissaria capo Giovanna Scalzi. La poliziotta racconta cosa è avvenuto dopo lo scoppio della bomba che uccise, domenica 19 luglio 1992, il giudice Paolo Borsellino e cinque agenti della sua scorta.

Poliziotti che indagano e che vengono esautorati per ordini superiori. La vicenda è tratta dal libro «*Il patto*» di Nicola Biondo e Sigfrido Ranucci.

Per ultimo, i ringraziamenti a coloro che mi hanno aiutato a scrivere questo libro: alla redazione di *girodivite.it* e a ZeroBook che, da tempo, edita i miei lavori e mi assiste nella grafica, alla pittrice Beatrice Turra che ha disegnato la copertina, alla poetessa Adele Fossati per la poesia che appare alla fine di questo capitolo e alla professoressa Caterina D'Angelo che si è assunta l'onere di revisionare il testo. Tre donne, tre amiche che hanno lavorato gratuitamente per me.

Un ringraziamento particolare lo dedico, infine, a coloro i quali stanno leggendo queste ultime righe. Per chi scrive una storia, un romanzo, un articolo è certamente un sentimento di conforto, di solidarietà, e stimolo sapere che qualcuno si è appassionato al punto di arrivare alla fine. Grazie!

A.T.

La scelta di Adriano

Immersa nella lettura,
mi ritrovo proiettata nella
realtà,
i personaggi diventate
persone.

Incontro un'umanità
corrotta, priva di una
morale,
votata al raggiungimento
dell'unico dio: il denaro,
mezzo per conquistare il
potere... o forse è il potere
che genera denaro?
Sono come burattini,
manovrati
dal burattinaio che, li infila
sulla mano come un guanto,
muovendoli per i propri
scopi;
... a volte il burattino diventa il
burattinaio.
Attorno c'è odore di sangue,
fetore di morte,
puzza di disumanità.
E poi trovo loro: i Puri.
Chi lotta perché
tutti abbiano una vita che
sia vera vita;
combattono a mani aperte,
pulite, con la schiena dritta,
chiedendo una giustizia
giusta
che la legge a volte
dimentica.
Attorno a loro:
fragranza di speranza.

Laudate Hominem.

Adele Fossati
22 aprile 2023

L'ultima frase della poesia (Laudate Hominem) è una invocazione tratta da «La buona novella» di Fabrizio De André, una sorta di canto liturgico che incita a lodare l'uomo non in quanto figlio di un dio, ma in quanto figlio di un altro uomo, quindi fratello.

Indice

Libri dello stesso autore

Autobianchi: vita e morte di una fabbrica
Editrice l'esagono, 1993 - **Nuova Edizione** *– ZeroBook 2018*

4 strade: il romanzo-Storia della Resistenza a Nova Milanese e in Brianza - *unità a sinistra-Comune di Nova Milanese, 1995*

Una vita in prestito - Storia delle cooperative di Nova
Editrice Legacoop, 1997

Dizionario politico - sociale di Nova Milanese
Edizioni unità a sinistra, 1998
Nuova Edizione *– ZeroBook 2018*

Un mattone lungo un secolo
Editrice Cooperativa La Benefica, 2001

Una botta di vita - (a cura di) *Edizioni Unitre di Cesano, 2009*

Dizionario politico - sociale di Cesano Maderno
(a cura di) *Edizioni Unitre di Cesano, 2011*

Dizionario politico - sociale di Varedo
(a cura di) *Edizioni Unitre di Varedo, 2014*

Neuroni in fuga - *ZeroBook, 2017*

Delitto a Nova Milanese *– ZeroBook, 2020*

Uno sporco Anello *– ZeroBook, 2022*

Adriano Todaro è nato a Nova Milanese nel 1942. Molti di questi libri sono reperibili, sia in formato e-book che cartaceo, da ZeroBook e presso piattaforme e store presenti in internet.

Le edizioni ZeroBook

Le edizioni ZeroBook nascono nel 2003 a fianco delle attività di www.girodivite.it. Il claim è: "un'altra editoria è possibile". ZeroBook è una piccola casa editrice attiva soprattutto (ma non solo) nel campo dell'editoriale digitale e nella libera circolazione dei saperi e delle conoscenze.

Quanti sono interessati, possono contattarci via email: zerobook@girodivite.it

O visitare le pagine su: https://www.girodivite.it/-ZeroBook-.html

Ultimi volumi:

Come il volo irregolare di un aquilone / di Ignazio Vanadia

Mafie e dintorni : Il fenomeno delle mafie e i loro rapporti con lo Stato e la società civile / Franco Plataroti

L'Italia a fumetti / di Ferdinando Leonzio

Qualche parola (2015-2022) / di Luigi Boggio

Sonetti / di William Shakespeare ; tradotti in siciliano da Prospero Trigona

Edifici di città: Roma 2020-2021 / Pierluigi Moretti

Perduti luoghi ritrovati : Poggioreale Antica / di Roberta Giuffrida

Delitto a Nova Milanese : venticinque righe nelle "brevi" / Adriano Todaro

Abbiamo una Costituzione : Ideologie, partiti e coscienza democratica costituzionale / Gaetano Sgalambro

Emma Swan e l'eredità di Adele Filò / di Simona Urso

Otello Marilli / di Ferdinando Leonzio

Autobianchi : vita e morte di una fabbrica / di Adriano Todaro ;

prefazione di Diego Novelli

Sei parole sui fumetti / di Ferdinando Leonzio

Sotto perlaceo cielo : mito e memoria nell'opera di Francesco Pennisi / di Luca Boggio

Accanto ad un bicchiere di vino : antologia della poesia da Li Po a Rino Gaetano / a cura di Piero Buscemi

Il cronoWeb / a cura di Sergio Failla

L'isola dei cani / di Piero Buscemi

Saggistica:

I Sessantotto di Sicilia / Pina La Villa, Sergio Failla (ISBN 978-88-6711-067-4)

Il Sessantotto dei giovani leoni / Sergio Failla (ISBN 978-88-6711-069-8)

Antenati: per una storia delle letterature europee: volume primo: dalle origini al Trecento / di Sandro Letta (ISBN 978-88-6711-101-5)

Antenati: per una storia delle letterature europee: volume secondo: dal Quattrocento all'Ottocento / di Sandro Letta (ISBN 978-88-6711-103-9)

Antenati: per una storia delle letterature europee: volume terzo: dal Novecento al Ventunesimo secolo / di Sandro Letta (ISBN 978-88-6711-105-3)

Il cronoWeb / a cura di Sergio Failla (ISBN 978-88-6711-097-1)

Il prima e il Mentre del Web / di Victor Kusak (ISBN 978-88-6711-098-8)

Col volto reclinato sulla sinistra / di Orazio Leotta (ISBN 978-88-6711-023-0)

Il torto del recensore / di Victor Kusak (ISBN 978-6711-051-3)

Elle come leggere / di Pina La Villa (ISBN 978-88-6711-029-2

Segnali di fumo / di Pina La Villa (ISBN 978-88-6711-035-3)

Musica rebelde / di Victor Kusak (ISBN 978-88-6711-025-4)

Il design negli anni Sessanta / di Barbara Failla

Maledetti toscani / di Sandro Letta (ISBN 978-88-6711-053-7)

Socrate al caffé / di Pina La Villa (ISBN 978-88-6711-027-8)

Le tre persone di Pier Vittorio Tondelli / di Alessandra L. Ximenes (ISBN 978-88-6711-047-6)

Del mondo come presenza / di Maria Carla Cunsolo (ISBN 978-88-6711-017-9)

Stanislavskij: il sistema della verità e della menzogna / di Barbara Failla (ISBN 978-88-6711-021-6)

Quando informazione è partecipazione? / di Lorenzo Misuraca (ISBN 978-88-6711-041-4)

L'isola che naviga: per una storia del web in Sicilia / di Sergio Failla

Lo snodo della rete / di Tano Rizza (ISBN 978-88-6711-033-9)

Comunicazioni sonore / di Tano Rizza (ISBN 978-88-6711-013-1)

Radio Alice, Bologna 1977 / di Lorenzo Misuraca (ISBN 978-88-6711-043-8)

L'intelligenza collettiva di Pierre Lévy / di Tano Rizza (ISBN 978-88-6711-031-5)

I ragazzi sono in giro / a cura di Sergio Failla (ISBN 978-88-6711-011-7)

Proverbi siciliani / a cura di Fabio Pulvirenti (ISBN 978-88-6711-015-5)

Parole rubate / redazione Girodivite-ZeroBook (ISBN 978-88-6711-109-1)

Accanto ad un bicchiere di vino : antologia della poesia da Li Po a Rino Gaetano / a cura di Piero Buscemi (ISBN 978-88-6711-107-7, 978-88-6711-108-4)

Neuroni in fuga / Adriano Todaro (ISBN 978-88-6711-111-4)

Celluloide : storie personaggi recensioni e curiosità cinematografiche / a cura di Piero Buscemi (ISBN 978-88-6711-123-7)

Sotto perlaceo cielo : mito e memoria nell'opera di Francesco Pennisi / di Luca Boggio (ISBN 978-88-6711-129-9)

Per una bibliografia sul Settantasette / Marta F. Di Stefano (ISBN 978-88-6711-131-2)

Iolanda Crimi : un libro, una storia, la Storia / di Pina La Villa (ISBN 978-88-6711-135-0)

Autobianchi : vita e morte di una fabbrica / di Adriano Todaro

prefazione di Diego Novelli (ISBN 978-88-6711-141-1)

Dizionario politico-sociale di Nova Milanese : Passato e presente / Adriano Todaro (ISBN 978-88-6711-151-0)

Abbiamo una Costituzione : Ideologie, partiti e coscienza democratica costituzionale / Gaetano Sgalambro (ebook ISBN 978-88-6711-163-3, book ISBN 978-88-6711-164-0)

La peste di Palermo del 1575 / di Giovanni Filippo Ingrassia (ebook ISBN 978-88-6711-173-2)

Permesso di soggiorno obbligato / redazione Girodivite (ebook ISBN 978-88-6711-181-7, book ISBN 978-88-6711-182-4)

Qualche parola (2015-2022) / di Luigi Boggio (ebook ISBN 978-88-6711-215-9, book ISBN 978-88-6711-216-6)

Di dritto e di rovescio : L'importanza del raccattapalle ed altre storie / di Piero Buscemi (ebook ISBN 978-88-6711-217-3, book ISBN 978-88-6711-218-0)

Mafie e dintorni : Il fenomeno delle mafie e i loro rapporti con lo Stato e la società civile / Franco Plataroti (ebook ISBN 978-88-6711-223-4, book ISBN 978-88-6711-224-1)

Narrativa:

L'isola dei cani / di Piero Buscemi (ISBN 978-88-6711-037-7)

L'anno delle tredici lune / di Sandro Letta (ISBN 978-88-6711-019-3)

Emma Swan e l'eredità di Adele Filò / di Simona Urso (ISBN 978-88-6711-153-4)

Delitto a Nova Milanese : venticinque righe nelle "brevi" / Adriano Todaro (ebook ISBN 978-88-6711-171-8, book ISBN 978-88-6711-172-5)

Enne / Piero Buscemi (ebook ISBN 978-88-6711-179-4, book ISBN 978-88-6711-180-0)

Orientale Sicula : Proebbido entrari ed altri racconti / di Alfio Moncada (ebook ISBN 978-88-6711-193-0, book ISBN 978-88-6711-194-7).

Querelle / di Piero Buscemi (ebook ISBN 978-88-6711-201-2, book ISBN 978-88-6711-202-9)

Uno sporco anello / di Adriano Todaro (ebook ISBN 978-88-6711-205-0, book ISBN 978-88-6711-206-7)

Come il volo irregolare di un aquilone / di Ignazio Vanadia (ebook ISBN 978-88-6711-225-8, book ISBN 978-88-6711-226-5)

Poesia:

Il bambino è il mondo / di Emanuele Gentile (ISBN 978-88-6711-197-8)

Raccolta di pensieri / di Adele Fossati (ISBN 978-88-6711-190-9)

Iridea / poesie di Alice Molino, foto di Piero Buscemi (ISBN 978-88-6711-159-6)

Il libro dei piccoli rifiuti molesti / di Victor Kusak (ISBN 978-88-6711-063-6)

L'isola ed altre catastrofi (2000-2010) di Sandro Letta (ISBN 978-88-

6711-059-9)

La mancanza dei frigoriferi (1996-1997) / di Sergio Failla (ISBN 978-88-6711-057-5)

Stanze d'uomini e sole (1986-1996) / di Sergio Failla (ISBN 978-88-6711-039-1)

Fragma (1978-1983) / di Sergio Failla (ISBN 978-88-6711-093-3)

Raccolta differenziata n°5 : poesie 2016-2018 / di Victor Kusak (ISBN 978-88-6711-149-7)

Sonetti / di William Shakespeare ; tradotti in siciliano da Prospero Trigona (ISBN 978-88-6711-203)

Parole in versi / Adele Fossati (ISBN 978-88-6711-212)

Libri fotografici:

I ragni di Praha / di Sergio Failla (ISBN 978-88-6711-049-0)

Transiti / di Victor Kusak (ISBN 978-88-6711-055-1)

Ventimetri / di Victor Kusak (ISBN 978-88-6711-095-7)

Visioni d'Europa / di Benjamin Mino, 3 volumi (ISBN 978-88-6711-143_8)

Cortale, borgo di Calabria / Pasquale Riga (ISBN 978-88-6711-175-6)

Perduti luoghi ritrovati : Poggioreale Antica / di Roberta Giuffrida (ISBN 978-88-6711-191-6)

Edifici di città : Roma 2020-2021 / Pierluigi Moretti (ISBN 978-88-6711-199-2)

Opere di Ferdinando Leonzio:

Una storia socialista : Lentini 1956-2000 / di Ferdinando Leonzio (ISBN 978-88-6711-125-1)

Lentini 1892-1956 : Vicende politiche / di Ferdinando Leonzio (ISBN 978-88-6711-138-1)

Segretari e leader del socialismo italiano / di Ferdinando Leonzio (ISBN 978-88-6711-113-8)

Breve storia della socialdemocrazia slovacca / di Ferdinando Leonzio (ISBN 978-88-6711-115-2)

Donne del socialismo / di Ferdinando Leonzio (ISBN 978-88-6711-117-6)

La diaspora del socialismo italiano / di Ferdinando Leonzio (ISBN 978-88-6711-119-0)

Cento gocce di vita / di Ferdinando Leonzio (ISBN 978-88-6711-121-3)

La diaspora del comunismo italiano / di Ferdinando Leonzio (ISBN 978-88-6711-127-5)

Sei parole sui fumetti / di Ferdinando Leonzio (ISBN 978-88-6711-139-8)

Otello Marilli / di Ferdinando Leonzio (ISBN 978-88-6711-155-8)

La diaspora democristiana / di Ferdinando Leonzio (ISBN 978-88-6711-157-2)

Lentini nell'Italia repubblicana / di Ferdinando Leonzio (ebook ISBN 978-88-6711-161-9, book ISBN 978-88-6711-162-6)

Delfo Castro, il socialdemocratico / Ferdinando Leonzio (ebook ISBN 978-88-6711-169-5, book ISBN 978-88-6711-170-1)

La socialdemocrazia italiana fra scissioni e confluenze (1947-1998) / Ferdinando Leonzio (ebook ISBN 978-88-6711-177-0, book ISBN 978-88-6711-178-7)

Momenti di socialismo / di Ferdinando Leonzio (ebook ISBN 978-88-6711-207-4, book ISBN 978-88-6711-208-1)

L'Italia a fumetti / di Ferdinando Leonzio (ebook ISBN 978-88-6711-221-0, book ISBN 978-88-6711-222-7)

Parole rubate:

Scritti per Gianni Giuffrida: La nuova gestione unitaria dell'attività ispettiva: L'Ispettorato Nazionale del Lavoro / di Cristina Giuffrida (ISBN 978-88-6711-133-6)

WikiBooks:

La Carta del Carnaro 1920-2020 (ISBN 978-88-6711-183-1)

Webology : le "cose" del Web / a cura di Sergio Failla (ISBN 978-88-6711-185-5)

English books or bilingual:

Perduti luoghi ritrovati : Poggioreale Antica / di Roberta Giuffrida (ISBN 978-88-6711-196-6)

Visioni d'Europa - Europe's visions / di Benjamin Mino, 3 volumi (ISBN 978-88-6711-143_8)

Sonetti / di William Shakespeare ; tradotti in siciliano da Prospero Trigona (ISBN 978-88-6711-203)

Querelle / Piero Buscemi ; preface by Vincenzo Tripodo (ISBN 978-88-6711-209-8, press ISBN 978-88-6711-210-4)

Cataloghi:

ZeroBook: catalogo dei libri e delle idee 2012-...

Catalogo ZeroBook 2007

Catalogo ZeroBook 2006

Riviste e periodici:

Post/teca, antologia del meglio e del peggio del web italiano

ISSN 2282-2437

https://www.girodivite.it/-Post-teca-.html

Girodivite, segnali dalle città invisibili

ISSN 1970-7061

https://www.girodivite.it

il Notar Jacopo : rivista della Bibliotheca

https://https://www.girodivite.it/La-Biblioteca-di-OpenHouse.html

ZeroBook catalogo delle idee e dei libri

bimestrale

https://www.girodivite.it/-ZeroBook-free-catalogo-puoi-.html

www.ingramcontent.com/pod-product-compliance
Lightning Source LLC
Chambersburg PA
CBHW021937110726
47901CB00003B/871